DIE BIZARRE BIBLIOTHEK

BAND 9

DIE BIZARRE BIBLIOTHEK:

Leonard Cline: *Die dunkle Kammer*
Scheck/Hauser (Hg.): *Berührungen der Nacht*
Sarban: *Hörnerschall*
Georges Rodenbach: *Das tote Brügge*
Gustav Meyrink: *Der Mönch Laskaris*
William Hope Hodgson: *Das Haus an der Grenze*
Jean Ray: *Malpertuis*
Karl Hans Strobl: *Eleagabal Kuperus 1*
Karl Hans Strobl: *Eleagabal Kuperus 2*
Richard Marsh: *Der Skarabäus*
Oskar Panizza: *Visionen der Dämmerung*
Karl Hans Strobl: *Lemuria – Unheimliche Geschichten*
William Hope Hodgson: *Unerwünschter Besuch*

Karl Hans Strobl

Eleagabal Kuperus

Zweiter Teil

Höllenfahrt

FESTA

Die Erstausgabe dieses zweibändigen Romans erschien 1910 im Georg Müller Verlag, München und erreichte sechs Auflagen. Eine Neuausgabe erschien 1928 im Verlag Josef Singer, Berlin. Die vorliegende Ausgabe ist der erste Nachdruck seither.

1. Auflage April 2006

Titelbild: Jean Pascal Fournier
Druck und Bindung: PBtisk, s.r.o., Pribram

ISBN 978-3-86552-015-9

Zwei Feinde nähern sich. Meer und Weib. Elisabeth bekommt Besuch

Der Tod des jungen Behrens brachte Bezug einige Unannehmlichkeiten. Während die ganze Stadt von den märchenhaften Geschichten über die Verlobungsfeier im Hause Bezugs erfüllt war, fiel die Ermordung des Fabrikanten in zu unmittelbare Nähe, als dass man nicht beide Ereignisse hätte miteinander irgendwie in Verbindung setzen wollen. War er auch bei Bezugs Fest dabei gewesen? Gewiss, er war dabei gewesen.

Man suchte nach irgendeinem Motiv, das aus diesem Fest entsprungen sein konnte. Ein Gerücht behauptete – es war mit einiger Sicherheit bis in die Nähe der Frau Herold zurückzuverfolgen –, dass Behrens nicht ermordet worden sei, sondern sich selbst getötet habe. Warum? Man flüsterte geheimnisvoll, dass die wundersame, magische Anziehung Elisabeths auch auf ihn wirksam geworden sei, und dass er den Tod einem von hoffnungsloser Leidenschaft zerstörten Leben vorgezogen habe.

Damit wurde er für alle Backfische ein Märtyrer der Liebe, und der *Illustrierte Tageskurier*, der sein Bild auf der ersten Seite brachte, musste im Laufe des Tages drei Auflagen veranstalten.

Nun hatte man auch eine ungezwungene Erklärung für die Abreise Elisabeths. Obzwar sie schuldlos war und den jungen Mann nicht ermuntert hatte – oder hatte sie ihn doch ermuntert? –, wollte sie doch den düsteren Eindruck der Tat durch Ortswechsel und Zerstreuung verwischen. Darum nahm sie auch den Bräutigam nicht mit. Immerhin war es sonderbar, dass sie an seiner statt einen anderen jungen Mann als Begleiter hatte. Und hier, an dieser Ecke, zweigte eine andere Ansicht von der Sache ab. Elisabeth war nicht so schuldlos, wie man geneigt war zu glauben. Sie war eine der ganz großen Koketten, und ein gewisser Kreis, in dessen Mittelpunkt Doktor Störner stand, behauptete, sie hätte zur Zeit des römischen Kaiserreiches geboren sein sollen, um ihre Talente ganz entfalten zu können. Sie sei gefährlich und sei sich ihrer Macht allzu sehr bewusst, um freigesprochen zu werden, wenn durch sie ein Unheil geschehen war.

Die Presse ließ die Frage von Elisabeths Schuld unberührt und focht unter Herolds Führung unentwegt für die Anschauung, dass Behrens durch Selbstmord geendet sei.

Trotz alledem ließ sich eine Gegenmeinung nicht niederringen, die hartnäckig, mit einer gewissen Bosheit, darauf bestand, dass Behrens ermordet worden sei. Es war ein düsterer Chor, der endlich die Behörden zwang, irgendetwas zu unternehmen. Es gab einige Verhöre und Protokollaufnahmen, eine ganze Menge von Zeugen wurden vorgeladen, auch Bezug und Hainx mussten ihre Wahrnehmungen wiedergeben. Dann, nachdem man der öffentlichen Meinung den Willen getan zu haben glaubte, geriet die Angelegenheit in Vergessenheit.

Bezug zeigte sich während dieser Zeit von einer ihm sonst ganz fremden Nervosität und Hast, und einige waren der Ansicht, dass dieses veränderte Gebaren mit der Mordaffäre zusammenhänge. Andere aber brachten diese Nervosität mit dem dritten großen Ereignis in Verbindung, das zugleich mit den beiden anderen seine Wirkungen ausübte: mit der Entdeckung, dass Bezug einen wahnsinnigen Sohn besaß. Durch diesen Umstand verschob sich das Bild Bezugs in den Augen des Publikums etwas. Der Milliardär hatte auch sein menschliches Leid zu tragen. Was half ihm das Geld ...? Und selbst solche, die Bezug bisher eher gefürchtet und gehasst hatten, begannen ihn nun ein wenig zu bemitleiden.

Sie hatten Recht. Bezugs Unruhe kam vor allem aus der Besorgnis um den Sohn. Auch anderes war noch da: Die Scherereien mit den Behörden machten ihn missgestimmt, Hecht war mürrisch und schien zur Empörung geneigt, die Verhandlungen mit Behrens Onkel wollten nicht glatt gehen. Aber vor allem war es die Qual, seinem Sohn keine Hilfe schaffen zu können.

»Ich habe es jahrelang vermieden«, sagte er zu Hainx, »ihn zu sehen. Ich brauche meine Ruhe und Festigkeit; ich kann mich nicht täglich durch diesen Anblick erschüttern lassen. Und das war gut. Aber seit ich ihn wiedergesehen habe ... Es ist ... es ist schrecklich. Was soll ich tun? Was soll ich tun?«

Agathe durfte er mit solchen Klagen nicht kommen, denn die

verfiel beim ersten Wort in Krämpfe. Und selbst wenn ihr Zustand es erlaubt hätte, so hätte es Bezug verschmäht, zu ihr zu kommen; er hatte sie und sich daran gewöhnt, vor ihr als Mensch von Stein und Eisen zu erscheinen, und an der Erhaltung des Glaubens der anderen an seine Kraft war ihm vor allem gelegen.

Hainx staunte über die manchmal plötzlich eintretende Kraftlosigkeit seines Herrn. Mitten in einer Arbeit, die Scharfsinn und Geistesgegenwart erforderte, nach Proben ungeschwächter Beherrschung aller Dinge, sank Bezug plötzlich zusammen, und es war, als ob er irgendwohin lausche. Seine Aufmerksamkeit war auf ein leises Geräusch gerichtet, das manchmal hörbar wurde, ein sehr entferntes und gedämpftes Geräusch, das aus den Tiefen des Hauses kam. Diese Versunkenheit konnte viertelstundenlang andauern, dann war es, wie wenn Bezug erwachte; er richtete sich auf und setzte seine Arbeit genau an dem Punkte fort, wo er sie unterbrochen hatte.

Dass Bezug aber auch nachts stundenlang in seinem Zimmer auf und ab ging und im Bett aufsaß, um auf dieses fürchterliche Gekreisch, das trotz aller schalldichten Wände und Türen zu ihm drang, zu lauschen, wusste niemand.

Jeden Morgen ließ er sich von Richard Bericht erstatten. Und dessen Bericht lautete stets gleich: Es änderte sich nichts am Zustand des jungen Herren. Nach Richard kam der Hofrat, der Vorstand der psychiatrischen Abteilung, der seit einiger Zeit Arnolds Behandlung übernommen hatte. Sein Bericht besagte, obzwar er klarer und mit einigen fachmännischen Ausdrücken geschmückt war, nichts anderes als der des Dieners.

Eines Morgens aber kam Richard mit so merkwürdigem, verstörtem Ausdruck, dass es Bezug sogleich auffiel. Er stand auf und ging ihm entgegen. »Was ist's …? Was gibt's?«, rief er, indem er ihn am Handgelenk fasste und schüttelte.

Richard, der sonst die Fassung und Geistesgegenwart nicht verlor, war unfähig, zu sprechen.

»So rede doch …!«, schrie Bezug heftig.

»Gnädiger Herr … gnädiger Herr!«

»Was denn?«

»Der junge Herr ist zu sich gekommen … es ist, als wenn er ganz vernünftig wäre.«

»Was tut er?«

»Er ist ganz ruhig und schaut vor sich hin … und sieht so blass und elend aus … Er redet auch ganz vernünftig. Er will den gnädigen Herrn sprechen.«

»Mich?«

»Ja!«

»Was will er?«

»Ich weiß es nicht.«

»So komm …«

Aber Richard blieb mitten im Zimmer stehen und machte keine Anstalten, seinem Herrn zu folgen. »Gnädiger Herr!«, sagte er, als Bezug schon die Tür erreicht hatte.

»Also vorwärts … Was willst du?«

»Ich möchte den gnädigen Herrn bitten, mich zu entlassen …«

»Entlassen …? Warum?«

»Wenn mich der gnädige Herr nicht wieder hinaus aufs Schloss schicken wollen, dann will ich lieber ganz gehen … Aus dem Dienst mein ich … ganz …«

»Bist du verrückt?«

»Ich kann das nicht anschauen! … Wenn er tobt und schreit, das ja … das noch … Aber nicht, wenn er so dasitzt … das kann ich nicht …«

»Wir werden sehen … Komm jetzt …«

Und Richard, nach kurzem Widerstand wieder im Bann des gewohnten Gehorsams, ging hinter seinem Herrn zu der eisenbeschlagenen Tür, die er mit einem kleinen Vexierschlüssel öffnete.

Das Vorzimmer war ganz dunkel. Aber auch das kleine Zimmer dahinter war nicht sehr hell, denn eine dem einzigen Fenster gegenüberliegende hohe Mauer ließ von dem Licht des trüben Tages nicht viel in den Raum. Das einfache, doch bequeme Mobiliar war am Boden befestigt, ein Tisch, mehrere Stühle und Schränke, zwei Sofas … alles durch eiserne Klammern und Schrauben verankert und dadurch seltsam bewegungslos und starr, wie tot. Das Seltsamste aber waren die Schaukelgeräte, die von der Decke herabhingen, lange Seile mit Ringen oder Querhölzern. Und in der einen Ecke ein Kletterbaum, der vom Gebrauche ganz abgeschliffen war.

An dem vergitterten Fenster saß Bezugs Sohn auf einem niedrigen Stuhl, vornübergebeugt, sodass der gesenkte Kopf fast die emporgezogenen Knie berührte; die Hände hingen schlaff längs des Körpers bis zum Boden herab. Neben Arnold saß der Hund, der sich nun, beim Eintritt der beiden, knurrend erhob und mit steifen Beinen und funkelnden Augen bereit schien, sich auf die Feinde zu stürzen.

Bezug hörte den lauten, keuchenden Atem des Dieners hinter sich und machte einen Schritt vor.

Jetzt erst erhob Arnold den Kopf. »Vater …!«, sagte er und stand langsam auf. Es war, als seien seine Gelenke schlecht zusammengefügt, denn er knickte mehrere Male ein und vermochte erst, sich ganz aufzurichten, als er sich an der Wand anhielt. Bezug wollte ihm helfen, aber bei der ersten Bewegung sprang der Hund vor und zeigte seine blanken Zähne. Endlich stand Arnold seinem Vater gegenüber. »Zurück, Barry«, sagte er; der Hund gehorchte widerwillig und wich zur Seite, wo er unschlüssig stehen blieb, mit zwischen seinem Herrn und dem Feind wandernden Blicken.

»Was willst du von mir, Arnold?«, fragte Bezug; trotz seines Grauens fiel es Richard auf, dass er diesen Ton in der Stimme seines Herrn noch niemals gehört hatte.

»Vater«, sagte Arnold, »ich muss dich um etwas bitten.« Die Worte kamen nur ganz langsam hervor, es war, als müsse sie Arnold unter großen Schwierigkeiten bilden. Die Artikulation war dumpf und kehlig, wie die von Stummen, denen erst eine Operation die Sprache gegeben hat.

»Es gibt nichts, was ich nicht für dich tun würde …«

»Dann bitte ich dich …«, Arnold wankte vorwärts und ergriff die Hand seines Vaters, »… dann bitte ich dich, lass mich sterben.« Bezug sah das Gesicht seines Sohnes dicht vor sich, sah die weißliche, fahle Haut, die blutig gekratzte Stirne und den irren Schimmer in seinen Augen. Seine Hände pressten die Hand des Vaters mit furchtbarer Kraft.

Nach einem kleinen Schweigen sagte Bezug, und auch bei ihm schien es, als ob es ihm schwierig werde, Worte zu bilden: »Alles, was du willst, mein Kind, nur das kann ich nicht tun …«

»Ich bitte dich, ich bitte dich … lass mich sterben. Was ist denn das für ein Leben? Bin ich denn ein Mensch? Heute gehe ich und spreche ich wie ein anderer … und morgen vielleicht noch und übermorgen … Aber dann wird es wiederkommen … wieder … Du brauchst mich ja nicht selbst zu töten, lass mir nur ein Messer da oder gib mir eine Pistole … Das will ich dann schon selber tun … Ich könnte ja auch … mit dem Stricke … nicht wahr … aber vor dem Strick hab ich ein Grauen …«

Richard, der hinter Bezug stand und die Hände so krampfhaft geballt hatte, dass es ihn schmerzte, sah, wie Bezugs Achseln zu zucken begannen und sein ganzer Körper von einer Seite nach der andern schwankte. Nun beugte sich der Vater zu dem Sohn herab, der sich vor ihm auf die Knie geworfen hatte, und sagte: »Nein … du armer Kerl … du sollst nicht sterben … du sollst leben … Es gibt einen, der dir helfen kann … Ich werde es tun, ich werde zu ihm gehen, für dich … Für dich werde ich es tun. Du wirst gesund werden …«

Mit einem Kuss auf die Stirn hob Bezug seinen Sohn auf.

Arnold lächelte trübe. Es war ein fürchterliches Lächeln, nur eine Verzerrung dieses verwüsteten, entstellten Gesichtes. »Nein, Vater … nein«, sagte er, »mir ist ja doch nicht zu helfen. Lasst mich sterben.« Und dann schrie er plötzlich auf: »Quält mich doch nicht länger!«

»Ich will dich nicht quälen, du wirst gesund werden …«

»Ach, du wirst mich nur weiter quälen, und ich werde doch nicht gesund werden; ich kann es nicht glauben …«

»Ich will dir sagen, was auf dem Haus des Mannes, der dir helfen wird, geschrieben steht: ›Glaube dem Wunder‹, steht über seiner Tür … Glaube dem Wunder, mein armer Kerl; du wirst gesund werden. Sicher wirst du gesund werden.«

Arnold war wieder einen Schritt zurückgetreten; Barry, der den Augenblick wahrnahm, drängte sich wieder schützend vor ihn. »Vater«, sagte Arnold, »wenn du einen Mann kennst, der mir helfen kann, warum hast du ihn nicht schon längst zu mir gerufen?

Warum nicht?«, wiederholte er noch einmal fast drohend, und eine Röte stieg in sein fahles Gesicht.

Bezug schwieg eine Weile. »Weil ich ... ich habe ...«, und nach einer Pause sagte er hastig: »Ich habe ihn erst jetzt kennen gelernt ... jetzt erst ...« Noch einmal wollte er sich Arnold nähern, aber Barry knurrte wieder und zeigte seine Zähne. Arnold sank auf den niedrigen Stuhl am Fenster, so plötzlich, als werde seinen Gelenken auf einmal der Halt entzogen.

»Geh jetzt«, sagte er und winkte mit der Hand.

»Ich gehe heute noch zu ihm ... Ich gehe, und du wirst gesund werden.«

Arnold schüttelte nur müde mit dem Kopf.

In der Abenddämmerung dieses Tages machte sich Bezug auf den Weg zu Eleagabal Kuperus. Vor der Tür des alten Hauses sagte Hainx, der ihn begleitet hatte, noch einmal nachdrücklich: »Nehmen Sie sich in Acht, er hasst Sie ...«

»Ich habe mich vorgesehen«, sagte Bezug und ließ den Klopfer fallen. »Übrigens, verständigen Sie die Eideshelfer. Wenn ich in einer Stunde nicht zurück bin, holen Sie mich heraus.«

Die Tür öffnete sich, Bezug trat ein und wurde von dem Diener mit dem Wolfskopf in den großen Raum mit der Glaskuppel geführt. Wortlos stand der Diener hinter dem Besuch, aber Bezug wusste, dass jede seiner Bewegungen beobachtet wurde ... Nach einigen Minuten des Wartens wandte sich Bezug um: »Wo ist Ihr Herr?«

Wortlos wies der Diener auf die gegenüberliegende Wand. Da stand Eleagabal Kuperus und sah Bezug schweigend an. Seine großen gelben Hauer waren hervorgekrochen und sein starres Gesicht glich einer Maske. Auch Bezug stand regungslos und bemühte sich, ein Gefühl zu unterdrücken, das ihn befangen und schwach machte: das Gefühl, dass ihm sein Feind überlegen sei. Es war keine Furcht, es war nur ein Unbehagen, das er wütend verwünschte. Eleagabal Kuperus ging an den Marmortisch unter der großen Kuppel und entließ den Diener. Dann sagte er: »Wir wollen uns setzen, Herr Bezug.«

Mit raschen Schritten kam Bezug zum Tisch, zog einen Stuhl heran und setzte sich. Ohne ein Wort zu sagen, nahm er den

Revolver aus der Tasche und legte ihn vor sich. »Was soll das?«, fragte Kuperus, und die Hauer kamen wieder hervor.

»Ich weiß, dass Sie mich hassen, und will Ihnen nur zeigen, dass ich mich vorgesehen habe, falls es Ihnen vielleicht einfallen sollte ... Und dann will ich Ihnen nur sagen, dass mich meine Leute holen, wenn ich in einer Stunde nicht zurück bin. Ich kann mich auf meine Leute verlassen.«

Kuperus nickte: »Ich weiß es ... Es sind wohl dieselben, die den jungen Behrens ermordet haben ... verlässliche Burschen ...«

Bezug fuhr von seinem Sitz auf, seine Hand schloss sich um den Griff des Revolvers. »Lassen Sie nur«, sagte Kuperus, »ich will Ihnen nur zeigen, dass ich Sie nicht hasse. Denn ich könnte Ihnen schaden, wenn ich wollte. Ich tue es aber nicht. Hasse ich Sie also? Ich will Ihnen etwas sagen – ich wünsche nichts sehnlicher, als dass der Hass aus der Welt verschwindet!« Dabei sah Kuperus seinem Besuch so ruhig und offen ins Gesicht, dass dieser die Augen niederschlug und unschlüssig dastand. Es war unmöglich, an diesem Blick zu zweifeln. Kuperus sprach die Wahrheit, und Bezug hatte ihm nichts zu entgegnen. Dass er ihn trotzdem hasste und gerade deshalb hasste, weil Kuperus nichts vom Hass zu wissen vorgab – nein, nicht vorgab, sondern wirklich nicht wusste ... das konnte er ihm doch nicht sagen. Vielleicht auch brauchte er es Kuperus nicht einmal zu sagen ... vielleicht wusste er das alles ... Bezug sah nach einer Minute wieder auf.

»Setzen wir uns«, sagte Kuperus mit einer Handbewegung zu Bezugs Stuhl hin. »Setzen wir uns und sprechen wir von dem, was Sie zu mir führt.«

Inzwischen war Bezug zu einem Beschluss gekommen. Er ließ seine Hand hart auf die Marmorplatte fallen: »Sie spielen den Großartigen, Kuperus, und wollen mich beschämen. Aber Sie sollen den Triumph nicht erleben, dass ich mich vor Ihnen verstelle. Es ist nicht klug von mir; denn es könnte sein, dass ich ... Genug, aber das soll nicht geschehen, dass Sie sagen, Thomas Bezug hat vor mir Komödie gespielt, um mich freundlich zu stimmen. Ich verachte Sie ... hören Sie ... ich verachte Sie mit Ihrer Menschenliebe ... Denn diese Bestien verdienen nichts als den Hass ... Ich verachte Sie! Was haben Sie mit allen Ihren Künsten erreicht? Nichts. Kein Mensch hört auf Sie ... Da sitzen Sie in Ihrem Loch, aber ich bin auf dem Wege zur Herrschaft über die ganze Welt ... Und wenn Sie mir auch jetzt Ihre Hilfe versagen; ich hasse Sie ...«

Bezug war ganz bleich geworden, seine Augen lagen tief, und gefährliches Feuer spielte in ihnen. Er lehnte sich in seinen Sessel zurück, und die Finger seiner Hand glitten suchend über den Marmor des Tisches. Es dauerte eine Weile, bis ihm zu Bewusstsein kam, dass er nicht finden konnte, was er suchte. Plötzlich fuhr er mit einem Schrei von seinem Platz auf und starrte auf den Tisch. Der Revolver, der vor ihm gelegen hatte, war fort.

Kuperus lächelte. Es schien, als sammele sich alle Helligkeit des weiten Raumes auf seinem Gesicht.

»Taschenspieler!«, schrie Bezug.

Kuperus hörte nicht auf zu lächeln. Die gelben Hauer lagen ganz draußen auf dem ehrwürdigen Vollbart. »Wenn Sie dann fortgehen«, sagte er, »wird Ihnen mein Diener am Ausgang Ihre Waffe wiedergeben.«

»Ich bin nicht hergekommen, um mir von Ihnen alberne Kunststücke vormachen zu lassen.«

»Ich weiß es. Aber verachten Sie diese Dinge nicht. Es sind keine bloßen Spielereien; denn ich spiele nicht mit den Gesetzen der Natur, die auch diese Dinge bestimmen. Ich will nur, dass Sie sehen, dass ich nicht aus Schwäche dem Hass entsagt habe.«

Bezug sah wild um sich. Dann warf er sich wieder in den Stuhl und schwieg einige Minuten lang.

»Sie sind gekommen«, sagte Kuperus endlich, »um mich wegen Ihres Sohnes zu befragen.«

»Sie wissen es also? Sie wissen es ...«, murmelte Bezug.

»Ich weiß es. Aber, hören Sie, Bezug, bevor wir weitersprechen, muss ich Ihnen eines sagen. Der Mann, der früher als Wärter bei Ihrem Sohn war ...«

»Er wird mir nicht entgehen. Ich werde ihn erreichen ...«

»Sie werden darauf verzichten müssen, ihn zu bestrafen. Weithofer war bei mir und hat mich um meinen Schutz gebeten. Ich habe ihm versprochen, ihn zu schützen.«

»Das wird Ihnen nicht gelingen.«

»Es wird mir gelingen, denn Sie werden mir versprechen, ihn nicht zu verfolgen. Ich kenne die Geschichte der Emma Rößler und sage Ihnen, dass ich eine zweite solche Geschichte nicht mehr zulassen werde. Ich weiß, dass niemand Ihrem Hass zu gering ist. Aber sehen Sie, wie Hass wieder nur Hass erzeugt? Sie haben den Mann, der Ihren Sohn zu warten hatte, fürstlich bezahlt. Und dennoch hat er Sie verraten und verlassen. Warum wohl? Der Mann hat Ihnen jahrelang gedient. Sie haben ihn zum reichen Mann gemacht. Und dennoch? Warum hat er das wohl getan? Haben Sie nicht gefühlt, wie sein Hass gegen Sie von einem Tag zum andern größer wurde? Er hätte Ihnen wohl gar dankbar sein sollen?«

»Ich denke, er hatte allen Grund dazu.«

»Wirklich? Und woher hätte er Dankbarkeit nehmen sollen? Haben Sie nicht sein Leben Jahre hindurch zu einem Kerkerleben gemacht? Sie haben ihn dafür fürstlich bezahlt. Aber ist es nicht gerade das, was ihn empören musste? Es ist Ihnen durch Ihr Geld gelungen, ihn so blind zu machen, dass er nicht mehr sah, dass das, was er aufgab, weit mehr war als das, was er dafür gewann. Er hat der Sonne, dem Licht und der Freiheit entsagen müssen. Der Mann war verheiratet und hatte zwei Kinder. Beide starben ihm, und er konnte nicht dabei sein, als sie starben, und auch nicht, als sie begraben wurden. Denn er stand in Ihrem Dienst, Tag und Nacht. Er hat Ihren unglücklichen Sohn recht gern gehabt, so lieb man einen Menschen haben kann, der nicht allzu viel vom Menschen an sich hat …

Ich will Ihnen nicht wehtun, aber es muss ja doch gesagt werden. Aber dies alles hätte er ertragen können, wenn von Ihnen ein wenig Liebe dabei gewesen wäre. Sie hielten aber Ihren Sohn vor aller Welt verborgen, aus keinem anderen Grund als aus Hass. Jawohl. Nicht aus Hass gegen Ihren Sohn, aber aus Hass gegen die Welt. Sie wollten nicht, dass diese Welt, die Sie hassen, erfahren soll, dass auch Ihre Macht und Herrlichkeit nicht ohne Abgrund ist. Woher sollte er, als er sich einmal über all dies klar geworden war, etwas anderes gegen Sie gewinnen als Hass?

Bevor wir weitersprechen, müssen Sie mir die Versicherung geben, dass Sie Weithofer nicht verfolgen werden.«

Nach einem kurzen Schweigen sagte Bezug: »Gut ... Ich verspreche es Ihnen ...« Er sagte es, ohne aufzuschauen.

Kuperus nickte. »Und jetzt sagen Sie mir, was Sie von mir wollen.«

»Wenn Sie doch schon ohnehin alles wissen ...«, sagte Bezug und fuhr mit der flachen Hand über die Marmorplatte, als wollte er etwas wegwischen.

»Sprechen Sie nur ... es ist notwendig, dass Sie sprechen.«

Mühsam und schwerfällig kamen einzelne Worte: »Mein Sohn ... ist ... krank ... schon lange Jahre. Sie wissen es doch ... wie krank er ist ... Es kann ihm niemand helfen, niemand, kein Arzt ist es imstande ... Es ist grässlich ... Wenn er zu sich kommt und sein Elend erkennt, das ist grässlich. Nur Sie können ihn retten ...« Plötzlich geschah etwas Seltsames. Bezugs Hand, die unaufhörlich über den Marmor strich, begann zu zittern, während Bezug sich in seinem Sessel zurücklehnte und schweigend die Augen schloss. Nun lief das Zittern aus der Hand über seinen Arm weiter, erfasste den ganzen Körper und warf ihn hin und her, bis Bezug mit einem dumpfen Laut aufsprang. Zwei Schritte machte er auf Kuperus zu, blieb wankend mit einem Ruck stehen und hielt sich an der Tischkante fest. »Sie müssen ihn retten!«, schrie er. »Sie müssen ihn retten ...! Hören Sie, Kuperus, retten Sie ihn ... Retten Sie ihn ...«

Da erhob sich auch Kuperus. »Sie lieben ihn, Sie lieben ihn«, sagte er leise und erschüttert.

Von der hohen Glaskugel strahlte ein wundersames Farbenspiel herab, ein mildes weißes Glühen, gedämpft durch zartere rosige Töne. Bezug stand mit gesenktem Kopf und hängenden Armen. »Sie können es ... Wenn Sie wollen, können Sie ihn retten ...«

»Ich will es tun, Bezug, aber ob ich es kann, weiß ich nicht. Ich will aber dafür einen Lohn, denn ich habe so viel gelernt, dass man für große Kaufleute nichts umsonst tun darf. Auch ich habe jemanden zu retten, vor Ihnen, Bezug ... Werden Sie einen Gefangenen freigeben, den Sie schmachvoll gefesselt haben?«

»Wen meinen Sie?«

Zug um Zug, dachte Kuperus. Es sitzt tief. Da ich einen Preis nennen will, merkt er auf, ob er nicht übervorteilt wird. Er ist fest in seinem Kreise.

Dann sagte er: »Ich meine Adalbert Semilasso.«

»Den soll ich freigeben?«

»Ja, Adalbert Semilasso. Seine Schmach hat lange genug gedauert.«

»Und ich soll ihn sogleich freigeben?«

»Ja.«

»Wird mein Sohn auch sogleich gerettet sein?«

»Das ... weiß ich nicht!«

»Was habe ich mit ihm zu tun?«

»Ich habe gelesen: Er wird auf dem Meere gesund werden. Die Unendlichkeit der Horizonte mag wohl nach der schrecklichen Einsamkeit das meiste tun. Aber ich las auch, dass es gut sein werde, einem Weib Einfluss auf ihn zu geben.«

»Das Meer und das Weib ...«, sagte Bezug nachdenklich, »das mag sein ... Und er wird gerettet werden ...?«

»So habe ich es gelesen. Er wird gerettet sein, die einzige Heilung liegt für ihn auf dem Meer. Sie haben ja Schiffe genug auf allen Meeren. Nehmen Sie eines von ihnen und gönnen Sie dem Unglücklichen den Anblick der ewigen glänzenden See ...«

Bezug richtete sich auf: »Ja!«, sagte er, »Ja!«

»Und Adalbert Semilasso?«

Blinzelnd antwortete Bezug, indem er die Miene eines Geschäftsmannes annahm: »Den gebe ich frei, bis ich mit meinem Sohn zurückgekehrt bin ...«

Der Funke scheint zu erlöschen, dachte Kuperus, aber ich weiß, er ist da, er glimmt unter der Asche. »So sind wir also einig ...«

»Ich werde tun, wie Sie mir geraten haben: das Meer und das Weib ... Gut. Und dann, wenn Arnold gesund ist, entlasse ich Ihren Adalbert Semilasso.« Bezug hatte sich aufgerichtet: Auf der Basis eines soliden Geschäfts entfaltete sich wieder seine Kraft. »Ich danke Ihnen«, sagte er kurz und wandte sich zum Gehen, während ihm Eleagabal mit dem Lächeln eines Gewinners nachsah.

An der Haustür stand der stumme Diener mit dem Wolfsgesicht und gab Bezug mit einer Verbeugung seinen Revolver zurück. Lautlos glitt die Tür hinter Bezug ins Schloss. Aus dem Schatten der gegenüberliegenden Häuser trat Rudolf Hainx auf ihn zu, mit der Uhr in der Hand. »Es fehlen noch zehn Minuten auf eine Stunde«, sagte er, »in zehn Minuten hätten wir die Tür eingeschlagen.«

»Hören Sie«, sagte Bezug, indem er Hainx beim Handgelenk erfasste und drückte, »er wird gerettet werden.«

»Ich traue dem Alten nicht.«

»Er spricht die Wahrheit ... Ich weiß es, er spricht die Wahrheit ...«

»Sie glauben ihm?«

»Ich glaube ihm. Morgen telegrafieren Sie dem Kapitän der *Regina Maris,* dass er sich bereitmacht, bestellen Sie sogleich auch für übermorgen einen Separatzug, wir reisen ab.«

»Mit Arnold?«

»Mit ihm! Und dann ...«

»Sie haben vielleicht vergessen, dass sie der Frau Professor Hartl eine Woche idyllischer Einsamkeit zugesagt haben. Die arme Frau freut sich darauf. Bedenken Sie, Sie haben den Mann nach Abessinien geschickt.« Hainx sah in diesem Augenblick schrecklich aus. Der Schein der Laterne fiel von oben auf ihn und schnitt schräg über sein Gesicht. Während der obere Teil unter der Krempe des Hutes im Schatten lag, klaffte im unteren Teil die schwarze Höhle eines offenen Mundes.

Bezug blieb stehen und sah ihn an: »Schweigen Sie«, sagte er. »Was soll das heißen? Ich spreche davon, dass ich meinen Sohn wiederbekommen werde, und Sie erzählen mir von dieser Frau ... Übrigens«, fuhr er nach ein paar Schritten nachdenklich fort, »man könnte ... Nein ... Sie ist gewiss nicht die Richtige ... gewiss nicht ... Man muss an jemand anderen denken ...«

Den beiden Männern waren, als sie über den Domplatz gingen, stillschweigend einige dunkle Gestalten gefolgt, die aus den Seitengassen und dem Schatten der Haustür kamen. Nun, als Bezug und Hainx sich vor dem Domportal der Steintreppe zuwandten, traten ihnen aus der dichten Finsternis, die hinter den gotischen

Pfeilern lag, noch einige Männer entgegen. Zwei Männer erhoben sich plötzlich hinter den Sockeln der Heiligenstatuen am Ende der Treppe. Bezug sah sich von zehn bis zwölf seiner Eideshelfer umringt. Als einer von ihnen einen Schritt auf Bezug zu machte, sagte Hainx: »Ach so … Fast hätte ich vergessen, Zareck hat eine hübsche Entdeckung gemacht. Er scheint unseren famosen Adalbert nicht besonders zu lieben. Nun hat er, ich weiß nicht wie, herausbekommen, dass Nella die Schwester unseres Adalberts ist.«

Der Entdecker, der sich eine besondere Wirkung von seiner Nachricht versprochen hatte, sah erstaunt, dass diese Wirkung ausblieb und die Worte an Bezug vorüberglitten. Mit einem leeren Blick streifte er über Hainx und die Eideshelfer, dann sagte er, als habe nur dieses eine Wort in ihm einen Klang geweckt: »Nella …«, und hastig fuhr er fort: »Nella … ja … sie … sie … sie mag es sein … Gewiss, sie ist es … Nella … Wie ihr Wesen ist …« Er wandte sich an die Schar, die ihn ehrfürchtig in einigem Abstand umgab: »Es ist gut … Geht jetzt nach Hause.«

Während die Männer, einen Enttäuschten in der Mitte, lautlos hinter den Dom abzogen, gingen Bezug und Hainx die Treppe hinab. Auf der untersten Stufe blieb Bezug abermals stehen: »Und noch eines, Hainx, Sie werden Nella davon verständigen, dass sie sich mit uns auf der *Regina Maris* einschiffen wird. Haben Sie verstanden? Dem Direktor geben Sie für die Zeit ihrer Abwesenheit eine Entschädigung.«

Hainx wollte, da er keine Zusammenhänge zwischen den Befehlen Bezugs finden konnte, mit einer Frage an Frau Hartl erinnern, die ihn, den Überbringer der Botschaften Bezugs, täglich mit Bitten bestürmte. Aber er schwieg, denn er empfand, dass es jetzt nicht angebracht war, seinem Herrn mit Dingen zu kommen, von denen dieser nichts hören wollte.

Am Morgen brachte Bezug seinem Sohn die Nachricht, dass sie schon am nächsten Tag eine Reise antreten würden, dass ein Schiff sie auf die See hinausnehmen werde.

Als Bezug, von Richard begleitet, vor die Tür kam, fragte er nach dem Befinden seines Sohnes. Er vernahm, dass Arnold den ganzen gestrigen Tag ruhig zugebracht und auch die Nacht über ganz still in seinem Bett gelegen habe. Ob er geschlafen habe, könne Richard freilich nicht angeben.

Arnold, der beim Eintritt seines Vaters fast genauso dagesessen hatte wie tags zuvor, auf dem Stuhl beim Fenster, den Hund zur Seite, sah auf, blickte seinem Vater ins Gesicht, schüttelte dann den Kopf und lehnte sich an die Wand. »Was soll das? Kann mir das helfen? Ich weiß, dass mir nicht zu helfen ist.«

»Er hat es gesagt, Arnold, und er spricht die Wahrheit ...«

Ein wenig später erfuhr auch Frau Agathe von der geplanten Reise. Sie begann zu jammern, dass sie von allen verlassen werde und dass sie hier zugrunde gehen könne, ohne dass sich jemand um sie kümmere. Bezug sah sie spöttisch an: »Hast du Lust, seekrank zu werden?«

»Nein, um Gottes willen, nein.« Die Seekrankheit hatte sie vergessen; aber sie wollte ja überhaupt nicht mitreisen, sondern nur jemanden um sich haben, dem sie ihr Leid klagen konnte. Die neue Kur, die sie vor einigen Tagen begonnen hatte – sie war reuig zu den alten Weibern zurückgekehrt –, wollte nicht recht anschlagen. Die toten Frösche, die sie sich mit Überwindung ihres Ekels in einem Umschlag um den Leib binden ließ, gaben ihr die Gesundheit nicht zurück. »Ich schlage vor, dass du dir deinen Schwiegersohn kommen lässt; der wird dir ein wenig die Zeit vertreiben«, sagte Bezug.

Aber Agathe fand, dass sie von Hecht mit zu wenig Respekt behandelt werde. Er war stets mürrisch; und von seiner hinterhältigen Bosheit, behauptete sie, werde sie nur noch kränker.

Achselzuckend entfernte sich Bezug, und er nahm mit einer gleichen Gebärde am nächsten Tage von ihr Abschied, als sie ihre Klagen erneuerte.

Er hatte sie gefragt, ob sie noch vor der Abreise ihren Sohn zu sehen wünsche. Agathe, die sich auf ihrem Sofa halb aufgerichtet hatte, fiel vor Entsetzen sogleich zurück. »Nein, nein«, rief sie und hielt die Hände vor das Gesicht, »du willst mich töten!«

»Aber ich sage dir, dass er ganz vernünftig ist, du wirst gar nichts Schreckliches sehen.«

»Schon sein bloßer Anblick regt mich auf. Ich kann nicht, ich kann nicht. Was für eine unglückliche Mutter bin ich, mein Kind nicht umarmen zu können. Aber es ist unmöglich. Ich kann es nicht.«

Bezug holte seinen Sohn ab, der noch immer bei voller Besinnung war und keine Spuren einer Rückkehr seines Wahnsinns gezeigt hatte. Arnold stand reisefertig mitten im Zimmer. Als sie hinausgingen, drängte sich zwischen Arnold und dem Diener, der ihm folgte, Barry hindurch. Da stand er vor seinem Herrn, sah ihm unverwandt ins Gesicht und zuckte aufgeregt einige Male mit dem Schweif. Der Ausdruck einer Erwartung, die schon der Verzweiflung nahe kam, war so deutlich, dass Bezug fragte: »Er will wohl mit dir kommen? – Willst du ihn mitnehmen?«

»Er ist der Einzige, der mich nie ...« Arnold unterbrach sich und beugte sich zu Barry hinab: »Komm mit, Barry!«

In unbändiger Freude sprang Barry an seinem Herrn hinauf, lief voraus, kehrte um, mit kurzem Bellen immer wieder um Arnold kreisend. Ab und zu stieß er mit der feuchten Schnauze gegen die herabhängende Hand des jungen Mannes. Von Frau Agathe wurde mit keinem Wort gesprochen.

Da sich Arnold so verständig benahm und die Besserung in seinem Befinden anhaltend schien, hatte man es unterlassen, besondere Vorsichtsmaßregeln in seinem Wagen zu treffen. Der Separatzug bestand nur aus drei Wagen, von denen der eine für das Gepäck und die Diener, der zweite als Schlafraum bestimmt war, während der dritte, nach Art der amerikanischen Waggons gebaut, äußerst bequem zum Aufenthalt den Tag über eingerichtet war. Bezug setzte sich seinem Sohn gegenüber an das Fenster und versuchte, ein Gespräch zu beginnen. Arnold war aber einsilbig und in sich gekehrt und gab nur ab und zu kurze und befangene Antworten. Immerhin waren sie so gefasst, dass Bezug aus ihnen mit Erstaunen sah, dass Arnold trotz seines Unglücks nicht unwissend war. In seiner früheren Jugend, als die Anfälle seiner Krankheit noch seltener und weniger heftig waren, hatte man die Pausen benützt, um ihm die Anfänge der Schulbildung beizubringen. Damals hatte er Lesen und Schreiben gelernt, und es schien, als ob er in den folgenden Jahren seiner Einkerkerung nicht ohne Nutzen die wenigen Bücher, die sich in seinen Zellen fanden, gelesen habe. Das Beste an ihm war wohl eine reiche Phantasie, die sich von allen Dingen, auch wenn er sie noch nicht gesehen hatte, lebendige und bildhafte Vorstellungen machte. So kam es, dass das Erstaunen all dem Neuen gegenüber, das Bezug erwartet hatte, ausblieb. Während Bezug auf ihn einsprach und ihm für alles, was sie vom rasenden Zug aus sahen, Erklärungen gab, blickte Arnold zum Fenster hinaus, nickte ab und zu und gab durch einige Worte zu erkennen, dass er alles ganz wohl verstand. Selbst das lebhafte Großstadttreiben, das er auf der Fahrt zum Südbahnhof in Wien zu sehen bekam, verwirrte ihn nicht, obwohl man bemerken konnte, dass es nicht an ihm vorüberglitt und dass es ihn keineswegs gleichgültig ließ. Auf dem Südbahnhof erwartete Bezug ein in gleicher Weise zusammengestellter zweiter Separatzug, mit dem die Fahrt sogleich fortgesetzt werden konnte.

Als die Dämmerung hereinbrach, bemerkte Bezug an seinem Sohn eine seltsame Unruhe. Er begann auf seinem Platz hin und her zu rücken, warf ängstliche Blicke auf seinen Vater und dann immer wieder auf einen bestimmten Punkt in der gegenüberliegenden Ecke des Abteils. Nach einer Weile stand er auf, ging einige Male auf und ab und stellte sich dann, mit dem Rücken gegen den Vater, zum offenen Fenster. Bezug gewahrte, dass er die Weste und den Kragen öffnete. Als er sich wieder Bezug zuwandte, sah er verstört aus, sein Gesicht war wie von schrecklicher Angst verzerrt und aschfahl, etwas Fremdes kämpfte um die Herrschaft über ihn. Sein Atem ging schwer, und keuchend ließ er sich auf seinen früheren Platz fallen. Barry, der den ganzen Tag über in einem Winkel des Wagenabteils gelegen hatte, erhob sich, kam zu seinem Herrn und legte den spitzen Kopf auf die krampfhaft zusammengepressten Knie, indem er ihm aufmerksam ins Gesicht sah. Nun schien es auch, dass Arnold für Bezugs Bemühungen um eine Art von Gespräch teilnahmslos geworden sei. Er gab keine Antwort mehr und starrte, die Hand auf den Kopf seines Hundes gelegt, in das mählich wachsende Dunkel vor den Fenstern.

Erschöpft von den Anstrengungen, Brücken zwischen sich und Arnold herzustellen, erhob sich Bezug und ging in die benachbarte Abteilung, wo Rudolf Hainx den Tag zugebracht hatte, ohne dass man es nötig befunden hatte, ihn zu rufen.

»Kommen Sie jetzt mit hinein«, sagte Bezug, »ich bin mit meiner Kraft am Ende. Helfen Sie mir. Ich will nicht, dass er wieder anfängt zu grübeln.«

»Wie steht es mit ihm?«

»Ich glaube gut. Aber jetzt scheint es, dass er wieder über sein Unglück nachzudenken beginnt. Das darf nicht sein. Das macht ihn verzweifelt und ... das ist nicht anzusehen. Wissen Sie ... dieser arme Mensch ist kein stupider, gleichgültiger Idiot, sondern ein kluger und tüchtiger Geist, wie es scheint. Dass ich alles das jetzt sehen muss! Und vielleicht wäre er ein Erbe meiner Herrschaft ... Kommen Sie! Sie sind lebendig und beweglich und werden ihn aufrütteln ... Ich glaube, es fehlen ihm die Eindrücke des Tages, die Nacht ist ... Kommen Sie.«

Hainx folgte Bezug in das Abteil nebenan; aber sie sahen sich vergebens nach Arnold um. Endlich wies Barry, der mit erhobenem Kopf, leise winselnd, in die Höhe sah, ihrem Suchen die Richtung. Da lag Arnold oben auf dem Gepäcknetz, in einer fürchterlichen Verkrümmung unter der Decke des Waggons gezwängt, hielt mit einer Hand einen der eisernen Stützstäbe umklammert und sah durch die Maschen des Netzes nach den Männern. Seine Augen hatten das seltsame Leuchten, wie es sich in den Augen der Tiere findet, ein grünlich gläserner Schein, und tierisch war auch das Gemisch von Furcht und Wut, das ihren Ausdruck ausmachte. Bezug stand, an allen Gliedern zitternd, und hatte alle Spannkraft der Muskeln verloren, sodass ihn das Rütteln des Wagens widerstandslos hin und her warf. Hainx aber, der neben ihm stand, rief laut und heftig in befehlendem Tone: »Kommen Sie augenblicklich herunter und betragen Sie sich vernünftig! Was für Einfälle sind das?«

Darauf bewegte sich Arnold ein wenig auf seinem Lager, seufzte und schloss die Augen. Als er sie wieder öffnete, war der tierische grüne Glanz verschwunden; der Ausdruck hatte sich in Entsetzen gewandelt. Langsam löste sich die Hand vom krampfigen Griff, und mit unbeholfenen Bewegungen kletterte Arnold herab, um sich sofort auf seinen früheren Platz zu setzen. Er war sehr blass und sprach kein Wort, auch nicht, als sich Hainx bemühte, ein unbefangenes Gespräch zu beginnen. Mit keiner Silbe wurde an das Geschehene gerührt, aber das Grauen lag über den dreien, auch über den Einfällen Hainx', sodass sie matt und farblos erschienen.

Endlich erhob sich Bezug und machte den Vorschlag, schlafen zu gehen. Als Arnold die Tür seiner Abteilung hinter sich geschlossen hatte, hielt Hainx Bezug zurück und machte nach einer Bewegung zur Tür hin die Gebärde des Schlüsselumdrehens. »Es ist kein Schloss da«, flüsterte Bezug, »die Türen sind nur von innen versperrbar.«

»Dann müssen wir wachen. Ich fürchte, er tut sich sonst etwas an …«

Hainx und Bezug wachten je eine halbe Nacht. Aber es rührte sich nichts in Arnolds Kabine. Gegen Morgen – der Zug war die Nacht über langsamer gefahren, sodass sie erst nach Tagesanbruch nach Triest kamen – öffnete Bezug die bewachte Tür. Er fand sie unversperrt. Arnold lag angekleidet auf dem Bett und schlug sogleich die Augen auf. »Sind wir schon da?«, fragte er.

»Wir werden gleich einfahren.«

Eine Ungeduld schien über Arnold gekommen, wie über einen Kranken, der das ersehnte Heilmittel ganz nahe weiß und noch zurückgehalten wird, es zu gebrauchen.

»Ist das das Meer?«, fragte er enttäuscht, als sie auf dem Boot der *Regina Maris* durch die engen Wasserstraßen des Hafens gerudert wurden. Bezug sah, dass eine Hoffnung in seinem Sohn erstanden war, eine Hoffnung, die so stürmisch und wild schien, dass sie den Vater nicht weniger entsetzte als früher die Verzweiflung des Kranken. Es war klar, dass sich der Glaube in dem jungen Mann befestigt hatte, ein Blick auf das Meer werde genügen, ihn gesund zu machen. Wie sollte Bezug dieses Hoffen auf sein mögliches Maß zurückführen, ohne ihn misstrauisch werden zu lassen? Nun erst glaubte Bezug, Eleagabal Kuperus zu verstehen. Nicht irgendeine mystische Einwirkung, sondern ganz natürliche Kräfte würden Arnold retten.

Ungeduldig erwartete der Kranke die Abfahrt des Schiffes. Er sah die benachbarten Segler die Anker lichten, die Segel aufziehen und den Hafen verlassen. Ab und zu kam in größerer Entfernung ein Dampfer vorbei, zuerst noch in langsamer Fahrt, eine dichte Rauchwolke über dem Schornstein, die immer länger wurde, je schneller der Dampfer vorwärts kam, und die endlich als schmales schwarzes Band hinten drein zog.

»Warum fahren wir noch nicht?«, wandte er sich an den Kapitän.

»Wir erwarten noch jemanden.«

Am meisten Freude machten Arnold die bunten Wimpel, die zu Ehren des Herrn aufgezogen worden waren. Er sah die Masten hinan in das verwirrende Durcheinander der Stricke, und als ein Matrose vor seinen Augen die Strickleiter zur ersten Rahe hinaufkletterte, fasste er eines der Taue, wie um seine Festigkeit zu erproben. Aber er ließ es sogleich erschrocken fahren, denn er war sich des Verlangens bewusst geworden, es dem Matrosen nachzutun. Das Schiff lag fast den ganzen Tag noch im Hafen. Endlich kam das Boot, das mittags mit Hainx ausgefahren war, zurück. Neben Hainx saß eine Dame in einem weißen Kleid.

»Nehmen Sie sich zusammen«, sagte Hainx zu Nella, als sie in die Nähe des Schiffes kamen.

»Und was will er von mir?«

»Ich weiß es nicht. Er wird es Ihnen selbst sagen. Bedenken Sie nur, der Kranke ist sein Sohn.«

Mit unfreundlichem Gruß wurde Nella von Bezug empfangen. »Du hast dir Zeit gelassen. Dass man auf euch Weiber doch immer warten muss.«

Demütig entschuldigte sie sich: »Ich musste Vorbereitungen treffen …«

»Wenn du dich beeilt hättest, so hättest du heute Morgen schon da sein können. Mit dem fahrplanmäßigen Zug, fast gleichzeitig mit uns.«

Unweit der Angekommenen stand Arnold. Nella sah ihn zwischen Bezug und dem Kapitän, und sogleich gab sie ihm ihr Mitleid. Was ihr Hainx von seinem Leben erzählt hatte, war so entsetzlich, dass jedes andere Unglück daneben verschwand. Die Art seines Wahnsinns war so abscheulich, sein Aussehen sprach so deutlich von durchlebten Qualen; sie war entschlossen, ihm zu helfen, so weit es ihr möglich war.

Vor dem Abendessen, als Nella in ihrer Kajüte Toilette machte, klopfte es an ihrer Tür. Sie erkannte Bezugs Stimme, nahm rasch ein Tuch über die nackten Schultern und beeilte sich zu öffnen, denn sie kannte die Ungeduld ihres Herrn und fürchtete sie. Bezug trat ein, sah Nella prüfend an, und als sie zögerte, ihre Toilette vor ihm fortzusetzen, sagte er befehlend: »Vorwärts.« Nella ließ das Tuch herabgleiten und trat fröstelnd vor den Spiegel. Zusammenzuckend nahm sie wahr, dass sich ihr Bezug von hinten näherte, und verfiel in die Aufregung, die ihr niemals erspart blieb, wenn sie ihr Herr mit Zärtlichkeiten vergewaltigte. Sie fühlte einen flüchtigen Kuss auf ihrem Nacken und schauderte. Die Arme über den Brüsten gekreuzt, wandte sie sich um und sah ihn furchtsam an. Die glimmenden Salzseeaugen zeigten Flammen auf dem Grunde: »Bestie«, sagte er, »hast es noch immer nicht gelernt? Noch immer nicht ...« Bezug zwang etwas hinab und fuhr dann in anderem Ton, fast schmeichelnd, fort: »Bist doch schön ... Ja, du bist schön ... Das ist gut ... Fürchte dich nicht vor mir, ich habe dich nicht für mich kommen lassen. Nicht für mich. Sondern für ihn. Hainx wird dir alles erzählt haben. Also lache nicht über ihn ...«

»Ich lache nicht. Ich bedaure ihn.«

»Gut. Das ist gut. Und du wirst alles für ihn tun. Alles! Hast du verstanden?«

»Ich will mich um ihn bemühen.«

»Gut ... gut. Und wenn du fertig bist, so komm in den Speisesaal.«

Das Meer war ein wenig bewegt, und als das Schiff den Hafen verließ, stellten sich die Schwankungen ein, jenes rhythmische Wiegen, das ein Gefühl vollkommener Seligkeit gibt, wenn es nicht Seekrankheit nach sich zieht. Der Kapitän, der neben Bezug Platz genommen hatte, scherzte mit Nella, nachdem er die erste Befangenheit in der Gesellschaft seines Herrn überwunden hatte. Von Bezug aufgemuntert, dem daran gelegen war, ein fröhliches Gespräch in Gang zu bringen, schilderte er die Schrecken der Seekrankheit in grellen Farben. Sein Leben brachte ihn wenig mit Frauen zusammen, die Befehle Bezugs stellten ihn häufig wissenschaftlichen Expeditionen zur Verfügung, und wenn er einmal Frauen auf seinem Schiff sah, waren seine tiefsten Kräfte aufgewühlt. Freilich reichte keine Frau an Elisabeth heran, für die er eine ganz wilde und verzehrende Leidenschaft bewahrte, einen schlummernden Blitz von ungeheurer Kraft. Heute war er maßlos glücklich. Eine Frau saß neben ihm, deren Schönheit nicht an Elisabeth heranreichte, aber ihn doch lebendig und munter machte. Und dann hatte ihm Bezug bei der Ausfahrt gesagt, dass er zunächst Antothrake anlaufen solle, wo Bezug seine Tochter besuchen wolle. Es war also Hoffnung vorhanden, Elisabeth zu sehen. Seine Seele zitterte wie eine angespannte Saite, an die ein leiser Finger rührt. Rudolf Hainx, der dabeigestanden hatte, als Bezug dem Kapitän seinen Befehl gab, war das glückliche Leuchten nicht entgangen, das bei der Nennung der Insel über das Gesicht des Kapitäns hinflog. Misstrauisch beobachtete er sein Benehmen und richtete seine Bosheit gegen den Arglosen.

»Das Meer macht entweder ganz glücklich oder ganz unglücklich«, sagte er, als der Kapitän mit seiner Schilderung der Seekrankheit zu Ende war. »Es gibt entweder die volle Ruhe des Behagens bei klarem Wetter und das Gefühl des Fliegens im Sturm, oder es stürzt in die Hölle der Krankheit. Übrigens«, und hier wandte er sich gegen den Kapitän, »rechne ich diese Seekrankheit zu den vielen Gespenstern, die durch die Furcht in die Welt gekommen sind.«

Man munterte ihn durch ein mit unausgesprochenen Fragen untermischtes Erstaunen auf, fortzufahren, und Hainx tat es, indem er seine Gabel am äußersten Ende zwischen zwei Finger nahm und sie leicht hin und her schwanken ließ, als wolle er die Art gewisser aufdringlicher Lehrer verspottend nachahmen: »Sehen Sie, ich glaube nämlich, dass diese Seekrankheit eine böswillige Erfindung der Seeleute ist. Es mag ja sein, dass hier und da jemand besonders dazu neigt. Es gibt empfindliche Leute, die die Bewegung des Schiffes wirklich nicht vertragen. Gut! Aber die Seeleute, die ja infolge einer uneingestandenen Antipathie gegen Landmenschen uns feindlich gesinnt sind, haben in ihrer Freude darüber die Sache weit übertrieben. Dazu kommt noch eines. Wer eine Gefahr überstanden hat, pflegt sie hinterdrein möglichst grässlich darzustellen. So ist es auch mit denen, welche die Seekrankheit überstanden haben. Also ... alles das, ich bitte, muss doch ängstliche und um ihr Heil besorgte Gemüter schrecklich aufregen. Sie kommen, vor Furcht zitternd, auf das Schiff und lauern auf jede Regung ihres Innern, ob nicht das Gespenst schon da ist. Was geschieht? Die Seekrankheit kommt wirklich ... Es ist genau wie mit Seuchen und ansteckenden Krankheiten. Wer sich vor ihnen fürchtet, kriegt sie wirklich. Die Seekrankheit gehört zu den Gespenstern, die auf dem Meer umgehen. Es ist ein wenig Wahres an ihr, genauso wie an der Seeschlange, und eine Menge Erfindung ... Übrigens«, unterbrach er sich mit einem Lächeln, indem er die Gabel sinken ließ, »ich bin gewiss, dass unser Kapitän schon einmal irgendwo die Seeschlange gesehen hat.«

Dem Kapitän, dem die Fechtkünste des zugespitzten Dialogs fremd waren, entging auch die boshafte Richtung der Frage. Hainx war übrigens mit sich nicht besonders zufrieden, er fand sich matt und kraftlos und auf einem Gebiet, das er so gut wie gar nicht kannte, nicht besonders geschickt und glücklich im Angriff. Aber womit sollte er dem Kapitän beikommen? Es war schwer, mit Skepsis und Hohn einen mit unerschütterten Überzeugungen Gepanzerten anzugreifen. Der Kapitän sah seinen Herrn und dann Nella an und sagte: »Die Seeschlange ... Nein, die Seeschlange habe ich noch nicht gesehen. Einen alten Matrosen habe ich gehabt ... der ist im vorigen Jahr gestorben. Und der hat sie selbst gesehen. Er ist zwanzig Jahre zwischen Hongkong und Hawaii gefahren, und da hat er sie einmal gesehen. Aber hier in unserem Meer gibt es keine Seeschlange. Das ist noch von den Venezianerzeiten her. Die haben sie vertrieben. Denn damals war sie auch hier. Und einmal ist sie bei Kreta hinaufgekommen, und da war eine furchtbare Flutwelle an allen ägäischen Inseln und an der afrikanischen Küste ...«

»Großartig«, sagte Hainx, und er wollte noch etwas sagen, aber er sah an Bezugs Miene, dass dieser nicht wünschte, dass der Kapitän unterbrochen werde.

»Das steht in sehr alten Büchern zu lesen. Und dort steht auch, wie sich die Venezianer geholfen haben. Sie haben in der Gegend von Kreta, wo die Seeschlange heraufgekommen ist, ein großes Kreuz ins Meer versenkt. Das Kreuz war so ungeheuer groß, dass es von vier Galeeren hingebracht worden ist. Jedes Ende hat auf einer Galeere gelegen. Und wie die Galeeren am rechten Platz waren, sind sie einfach voneinander fortgerudert, und das Kreuz ist ins Meer gefallen. Drei Monate lang war das Meer blutig, und bis nach Jaffa hin haben sie Fleischfetzen gefunden.«

»Also unser Meer ist durch die Venezianer gesäubert?«

»Doch nicht ganz. Einer hat sich nicht vertreiben lassen. Und den habe ich gesehen.«

»Und wer ist das?«

»Der Meermönch. Er sieht aus wie ein Mönch, in einem grauen Mantel mit einer Kapuze, aber unten ist er wie ein Fisch. Das war einmal nach einem Sturm bei den Liparischen Inseln. Das Sonderbare war, dass drei Stunden nach dem Sturm ein dichter Nebel gefallen ist. Ich war damals mit der *Agathe*«, der Kapitän verneigte sich gegen Bezug, »auf Tiefseeexpedition mit einigen gelehrten Herren. Nach dem Sturm ... Also, sie waren sehr schwach, die Herren, und waren in ihren Kajüten. Und darum haben sie nicht sehen können, was ich gesehen habe. Nämlich ... Also, die Dampfsteuerung war beschädigt, und man musste sehr aufpassen. Es warf uns herum, und kein Mensch wusste eigentlich genau, wo wir waren. Wir hielten eben nur irgendeinen Kurs, weil wir sonst nur noch mehr geschleudert worden wären. Vorne stand ein Mann bei der Glocke und läutete aus Leibeskräften. Aber der Schall war gewiss nicht hundert Schritte weit zu hören.«

Mit vorgebeugtem Oberkörper lehnte der Kapitän an dem Tisch und suchte auf den Gesichtern seiner Zuhörer nach dem Grad der Spannung. Er hatte eine lebhafte, bewegliche Art, zu erzählen, eine auffallende Sicherheit im Aufbau und eine große Gewandtheit im Ausdruck, das Erbteil seines Volkes, das Erzählertalente in Fülle hervorbringt. Dallago verstärkte den geheimnisvollen Zug in seinem Gesicht und fuhr mit einer Art von Beschwörergebärde fort: »Ich gehe nach vorne, um dem Mann zu sagen, dass er die Glocke zerbrechen darf, wenn er kann. Er schlägt und schlägt ... Plötzlich hört er auf zu läuten, die Hand sinkt ihm herunter, und er schaut, blass wie eine Wand, geradeaus auf das Meer hinaus ... Ich schaue hin. Da steht oder schwebt oder schwimmt auf dem Meer gerade vor uns ein Ding, das einem Menschen ähnlich sieht. Es hat einen grauen Mantel und eine Kapuze, so dicht ins Gesicht gezogen, dass man nichts davon sieht. Zur Hälfte steht es aus dem Wasser heraus und hebt sich und sinkt mit den Wellen zugleich. Es kann also kein Mensch sein, denn so kann sich ein Mensch nicht im Wasser halten ... Auf einmal schreit der Mann neben mir auf und fällt der Länge nach hin: ›Der Meermönch ... Der Meermönch!‹, schreit er. Denn die Leute erzählten sich die schrecklichsten Geschichten vom Meermönch ... Wer ihn sieht, muss sterben. In diesem Augenblick aber hebt der Meermönch seine Hand gegen die *Agathe* und winkt mir ganz deutlich: Zurück! Ich schaue noch einmal hin. Er winkt: Zurück! Da ist kein Irrtum möglich. Ich weiß nicht, welche Eingebung mich damals bestimmt hat, dem Befehl zu folgen. Aber so war's. Ich springe auf die Kommandobrücke und rufe in den Maschinenraum: ›Volldampf zurück!‹ Niemals ist mir die Zeit, bis ein Kommando ausgeführt wird, so lang vorgekommen. Die Maschine stoppt endlich, gibt Rückdampf, das Schiff steht einen Augenblick und fängt dann an, zurückzugehen. Ich sehe noch von der Kommandobrücke aus den Meermönch im Nebel, wie er sich mit den Wellen hebt und senkt. Kaum sind wir um zwei Schiffslängen zurückgegangen, so braust es im Nebel, ein riesiger grauer Schiffsrumpf taucht auf, und senkrecht auf unseren Kurs geht vor unserem Bug ein ungeheurer Dampfer vorbei.«

»Der Meermönch hat Sie also gerettet?«, fragte Hainx und brach seine eigene Spannung durch ein spöttisches Lachen.

»Die *Agathe* wäre ganz gewiss überrannt worden«, antwortete der Kapitän vollkommen ernst.

»Wenn Sie die Geschichte so erzählen, möchte man sie beinahe glauben.«

»Sie können diese Geschichte glauben, so wie ich sie erzähle.« Nun hatte Dallago den Gegner endlich erkannt und stellte sich ihm entgegen.

Bezug, der bis jetzt geschwiegen hatte, sagte nach einem Blick auf Arnold: »Das Meer ist voll von sonderbaren Dingen. Wer kann wissen, welche Geheimnisse es hat. Ich bewundere von allen Völkern am meisten die seefahrenden Nationen. Und die alten Venezianer vor allem, das waren Kerle ...«

Dallago, dessen Mutter eine Venezianerin war, erhob sich und rief, indem er sein Glas erfasste: »Die alten Venezianer ... Jawohl! Ihrem Andenken. Und ihrem Nachfolger in der Herrschaft über die See, unserem gnädigen Herrn!«

Über Bezugs Gesicht zuckte es. Die ungekünstelte Begeisterung des Kapitäns, die ihn erfreute, hatte ihn zugleich auf einen Gedanken gebracht. »Sie hatten eine schöne Zeremonie, die alten pompösen Herren ... Nicht wahr, Dallago ... die Vermählung des Dogen mit dem Meere. Sie fuhren mit dem Staatsschiff hinaus, und der Doge warf einen Ring in die See. Man sollte die Zeremonie erneuern.« Und nach einer Weile, während der alle erwartungsvoll nach ihm hinsahen, setzte er hinzu: »Gewiss, warum sollte ich sie nicht erneuern? Ich habe wohl ein Recht dazu ...«

»Gewiss, Sie haben ein Recht dazu ... Wer sonst, wenn nicht Sie?«, schrie Dallago ganz erregt. Und Hainx beeilte sich, als ihn ein Blick Bezugs aufforderte, zu sagen: »Gewiss ... Wer sonst, wenn nicht Sie.«

Bezug erhob sich und nahm die Männer mit hinaus. Als Nella folgen wollte, hielt er sie durch eine Handbewegung zurück. Nun war sie mit Arnold allein. Arnold stand mitten im Salon und ließ seine Augen nicht von ihr. Er hatte die Gespräche der Männer und die Erzählung des Kapitäns nur mit halbem Ohr vernommen, denn seine Aufmerksamkeit war ganz von Nella gebannt. Trotzdem sich Nella vorgenommen hatte, den Unglücklichen gut zu behandeln, ließ ein leises Grauen keine Herzlichkeit zu. Konnte nicht jeden Augenblick die fürchterliche Verwandlung in das Tier vor sich gehen? Endlich fasste sie Mut und begann mit zaghafter Liebenswürdigkeit: »Sie sind zum ersten Mal auf dem Meer ...?«

Wie ungeschickt diese Frage war, und wie die Erkenntnis dieser Ungeschicklichkeit Nella verwirrte!

Arnold nickte nur.

Seine Augen, die jetzt einen Schimmer der Augen seines Vaters zu haben schienen, waren weit geöffnet und starrten sie an.

Ängstlich zog sich Nella zurück. »Wir wollen schlafen gehen, das heißt …«, sie versuchte zu lächeln, »ich vielleicht, ich muss. Ich bin von der Reise sehr müde. Gute Nacht …!« Sie gab Arnold die Hand und hätte fast aufgeschrien, so eisern fühlte sie die Umklammerung seiner Finger.

Am Nachmittag des nächsten Tages landete man auf Antothrake. Nella war tagsüber viel um Arnold gewesen, und wenn sie sich erschöpft zurückziehen wollte, war sie von Bezug sofort wieder an ihren Platz geschickt worden. Ihre Bemühungen, den jungen Mann auf die Schönheit des Meeres aufmerksam zu machen und ihm die glückliche Versunkenheit zu geben, die sie an ihren ersten Seefahrten so entzückt hatte, waren erfolglos. Während Nella sprach, sah sie Arnold unaufhörlich an, und es schien, als wolle er jeden Zug ihres Gesichts seinem Gedächtnis einprägen. Er selbst hatte nicht zehn Worte gesprochen, und als ihn Nella nach stundenlangem Beisammensein endlich etwas ungeduldig fragte, warum er nicht rede, antwortete er in seiner plumpen, schwerfälligen Art: »Weil ich nicht sprechen kann.« Je länger sie in seiner Gesellschaft war, desto unheimlicher erschien er ihr. Sie erwies ihm allerlei kleine Aufmerksamkeiten, die Barrys Misstrauen erweckten. Obzwar sie sich sagte, dass man sie als Krankenpflegerin mitgenommen habe, und obwohl sie selbst den Willen hatte, ihr Mitleid mit dem armen jungen Mann werktätig zu bekunden, widerstand es ihr zuweilen, an ihn gefesselt zu sein. Mit ihrem Mitleid mischte sich Ungeduld und bisweilen ein Grauen; und durch diese widerstreitenden Empfindungen kam in ihr Betragen jene Ungleichmäßigkeit, die von niemandem stärker empfunden wird als von Kranken und von Tieren.

Jetzt saß sie neben Arnold auf der Bank des Bootes, das dem voranfahrenden Boot mit Bezug und Hainx folgte. Elisabeth und Adalbert Semilasso hatten sich zur Begrüßung am Strand eingefunden.

»Ich war erstaunt«, sagte Elisabeth, als ihr Vater ihr die Hand gereicht hatte, »dein Telegramm kam mir sehr unerwartet … Ich bekam es erst vor drei Stunden.«

»Du wirst uns wohl für eine Nacht hier aufnehmen …?« Bezug sagte es so zaghaft, als hinge die Erlaubnis dazu wirklich von seiner Tochter ab.

»Warum nicht? Aber sag mir nur, welchen Zweck du verfolgst?«

Bezug vermied es, Elisabeth anzusehen: »Ich will … Ich muss deinem Bruder doch einmal das Meer … weißt du, das Meer … Ich glaube, es wird ihm wohl tun … Er kommt dort im zweiten Boot …«

»Arnold!? … Und wer ist die Frau …?«

»Eine … eine Gesellschafterin, die ich für ihn mitgenommen habe …«

Als Arnold und Nella aus dem Boot stiegen, ging Elisabeth den Ankommenden einige Schritte entgegen, dann aber blieb sie plötzlich stehen, als sei es ihr unmöglich, noch einen Schritt zu machen. Während die anderen sich zu einer Gruppe vereinigten, stand Elisabeth Arnold gegenüber.

»Du bist mein Bruder?«, fragte sie.

»Du bist meine Schwester…?« Sie schwiegen wieder und sahen sich an.

Ein Zusammentreffen von Bruder und Schwester fand in der Gruppe um Bezug statt. Voll Schadenfreude sah Hainx das Erstaunen der beiden, die quälende Frage, die ihnen niemand beantwortete. Mit kaltem und gleichgültigem Gesicht stellte Bezug Adalbert vor. Er vermied es, den Namen Adalberts zu nennen: »Unser Hausdichter«, sagte er, »ein sehr tüchtiger junger Mann … Er ist auf dem Weg, berühmt zu werden; die Zeitungen bringen lange Artikel über seine Kunst. Und hier Fräulein Bianca Semonski, berühmt auf einem anderen Gebiet. Sie werden sie kennen …«

»Ich hatte Gelegenheit …« Adalbert sah ein, dass er weiter sprechen müsse, und gab sich einen Ruck: »Ich hatte Gelegenheit, Ihre Kunst zu bewundern …«

Mit einiger Verwunderung hatte Elisabeth in der Gesellschafterin ihres Bruders Bianca Semonski erkannt, das Weib, dessen Kunst ihr bei einem Besuch des Zirkus den Wunsch eingegeben hatte, Ähnliches zu erreichen. Von allen Besuchern war ihr

Bianca am meisten willkommen, und in rasch geweckter Vertraulichkeit schloss sie sich an sie an, legte ihren Arm in den Biancas und führte sie, während Arnold an Biancas anderer Seite schritt, dem Schloss zu.

»Haben Sie Ihre Kunst aufgegeben …? Ich meine, weil Sie Zeit zu einer Seefahrt haben?«

»Nein, Fräulein … ich habe einen Urlaub erhalten. Ihr Herr Vater hat ihn mir verschafft … Er kennt unseren Direktor sehr gut und … man erweist ihm gern bei uns Gefälligkeiten, Ihrem Herrn Vater …«

»So …«, sagte Elisabeth gedehnt und mit einem Blick nach rückwärts, »Gefälligkeiten … ja … Aber wissen Sie, dass ich Sie bewundere? Die Grazie und Kühnheit, mit der Sie Ihre Künste zeigen, die Sicherheit Ihrer Bewegungen, die Harmonie Ihrer Erscheinung … alles das, es ist wohl das höchste Gefühl, nicht wahr, so oben über der Manege auf dem Seil zu stehen und alle Blicke auf sich gerichtet … Und tausend Menschen bewundern die Macht und die Geschmeidigkeit Ihres Körpers … Man sieht das Spiel der Muskeln unter dem angespannten Trikot …« Elisabeth unterbrach sich und sah Bianca fast schwärmerisch an. »Dann der rasende Lauf auf dem Zweirad durch die Schlinge … Der Augenblick, in dem man fast gewiss ist, dass Sie stürzen müssen …«

»Man hat nicht Zeit, Fräulein, an die andern zu denken. Sie kennen nicht, die … wie soll ich es Ihnen beschreiben? Man denkt immer nur an die nächste Sekunde … Wie wirst du jetzt den Fuß setzen und was wirst du jetzt tun? Man sieht nur das allernächste Stück seiner Aufgabe. Und wenn man dann herunterkommt, weiß man nicht, ob man eine Stunde oder bloß fünf Minuten oben gewesen ist. Meine Kunst …«

Plötzlich mischte sich Arnold ins Gespräch. Die Laute kamen dumpf und schwerfällig heraus: »Was für eine Kunst ist das – Ihre Kunst?«, fragte er.

Elisabeth übernahm die Antwort: »Das Fräulein ist … wie soll ich es dir sagen, du hast es noch nie gesehen, Akrobatin und Seiltänzerin … Sie geht auf einem turmhoch über den Köpfen der Leute gespannten Seil, sie fliegt aus einem Winkel des Hauses in den andern … Sie fährt auf dem Rad über das Seil und … Wissen sie«, lenkte sie ab, »dass Sie mir alle Lust machten, Ihren Beruf zu ergreifen? Ich habe ja keinen Beruf, und man muss irgendeinen Beruf haben … sagte der Dichter, den mein Vater hält. Er ist übrigens ein Narr«, lachte sie, indem sie einen Blick zurückwarf, »ein Narr … Aber sind nicht alle Dichter Narren? Nicht wahr? Selbstverständlich! Er hat mir vorgehalten, dass ich keinen Beruf habe. Das wäre ein Beruf für mich gewesen.« Sie war bemüht, von Adalbert, der mit Bezug und Hainx ganz nahe herangekommen war, einen Blick zu erhalten.

Inzwischen war man in den großen Saal gelangt, wo schon eine reich gedeckte Tafel zum Abend bereitet war. Von der Terrasse sah man auf die See hinaus. Schon waren die Schatten der Dämmerung der spielenden Lichter Herr geworden. Nur noch ein rosiges Tor war im Westen über der leicht bewegten See offen, und es war, als sehe man dort in ein anderes Land, wo noch Heiterkeit und Licht ist, während sich über die diesseitige Welt Nacht und Dunkel breiten. Eine lange rote Bahn ging von diesem Tor über das Meer, und sie verbreiterte sich im Hafen der Insel zu einem scharf begrenzten blutroten See. Mitten in diesem See lag die *Regina Maris* vor Anker, mit schwarzem Rumpf und spinnwebfeinen Masten und Rahen. Man sah, wie ein Boot vom Schiff abstieß und dem Land zustrebte.

»Ich habe auch den Kapitän eingeladen«, sagte Bezug, »er wollte nur seine Arbeit beenden und dann kommen.«

»Schön ist es hier.« Hainx hatte einen Widerschein des offenen Tores auf seinem Gesicht, als er dies sagte; es war, als vermöge dieser Abend selbst ihn zu verklären. »Schön ist es. Und«, er wandte sich zu Elisabeth, »was haben Sie diese Wochen über getrieben?«

»Was ist hier zu tun? Nichts. Es füllt den Tag aus. Spaziergänge, ein Buch, das mir Adalbert vorliest, eine Bootsfahrt draußen … Man wünscht nichts, das ist Ruhe …«

»Man wünscht nichts?«, fragte Hainx, und seine Stimme zitterte, als er seine Frage noch eindringlicher wiederholte: »Man wünscht nichts?«

»Nein«, entgegnete Elisabeth und kehrte Hainx den Rücken.

Neben Adalbert hatte Bianca einen Platz an der Brüstung gefunden. Sie fühlte sich auf eine unerklärliche Art zu ihm hingezogen, und wenn sie ihm ihr Gesicht zuwandte, sah sie seinen Blick mit scheuer Bewunderung auf sich gerichtet. Ihr Gespräch bezog sich gleichfalls auf das Leben auf der Insel, und da sie zu erfahren wünschte, wie man hier lebte, gab Adalbert mit leiser Stimme Auskunft, so leise, als wolle er von den anderen nicht gehört werden. Plötzlich drängte sich jemand zwischen sie, schob Adalbert mit brutaler Gewalt zur Seite und nahm dessen Platz ein. Arnold stand neben Bianca und schien mit einer Miene des Trotzes und der Wut Besitz von ihr zu ergreifen. Wortlos beugte er sich vor, sah ihr in die Augen und legte seine Hand, die kalt und feucht anzufühlen war, auf ihren Arm, der auf der Brüstung ruhte. Dieser Blick ... Nella kannte ihn ... war brennend wie der Blick seines Vaters, wenn jene Wünsche in ihm entstanden, die Nella mehr als seinen Zorn fürchtete. Schaudernd duldete sie die Berührung seiner Hand eine Sekunde lang, dann zog sie ihren Arm mit Anwendung von Gewalt fort.

Mit tiefer Stimme meldete der Kastellan, dass die Tafel bereit sei. Der Kapitän war angekommen und stand nun unter dem Kronleuchter aus Schmiedeeisen. Er erschöpfte sich in Huldigungen für Elisabeth, etwas stürmisch und unbedacht, als habe er ein Recht darauf, und als sei niemand da, der es ihm verwehren könnte. Nella, die durch einen Wink Bezugs an die Seite Arnolds befohlen war, sah während des Speisens immer den jungen Mann an, den man ihr als Hausdichter vorgestellt hatte. In welchem Verhältnis stand er zu Elisabeth? Wie sonderbar, dass man es zugab, dass sie mit ihm allein auf diesem Inselschloss wohnen durfte! Gewohnt, sich über alle Menschen, die sich ihr näherten, rasch ein Urteil zu bilden, um zu wissen, ob sie sich feindlich oder freundlich zu ihnen stellen sollte, war sie doch hier verwirrt. Hier kreuzten sich so viele ihr unbekannte Beziehungen, alle Menschen, die da um den Tisch saßen, verband ein gemeinsames Netz, in dem die einzelnen Fäden vielfach verknüpft waren. Sie wusste nicht einmal, an welcher Stelle dieses Netzes sie sich befand. Wem unter diesen Menschen sollte sie vertrauen? Elisabeths Freundlichkeit war ihr so überraschend gekommen, dass sie nicht vermochte, sich ihr anzuschließen. Was hatte Bezugs Tochter an ihr gefunden? War dieses Interesse an ihrer Kunst nicht bloß eine Maske, ein Vorgehen, um irgendetwas Unbekanntes zu erreichen? Nella fühlte sich von dunklen Gewalten umgeben, und wie eine Lähmung lag es auf ihr, dass sie in ihrem Nachbarn ein leidenschaftliches Begehren entflammt hatte. Fast körperlich fühlte sie die Wellen der Erregung, die von seinem Körper ausgingen. In diesem Wirrsal schien es am sichersten, sich an den Dichter zu halten, der ihr gegenübersaß und sie mit dunklen traurigen Augen bisweilen fragend anblickte. Zu ihm hatte sie augenblicklich herzhaftes Vertrauen, seine gelassene Art zog sie an, und es war ihr, als müsste sie ihm irgendetwas Liebes tun.

Nach einem seltsamen Fischgericht, das Hainx ›gebackenen Meermönch‹ nannte, erhob sich der Kapitän Dallago, um einen Trinkspruch auszubringen. Während er seine Huldigungen für Elisabeth zugleich mit seiner fanatischen Verehrung für Bezug in Worte brachte, betrachtete ihn Adalbert und dachte daran, dass ihm Elisabeth von diesem Mann erzählt hatte, dass mehr als ein Leben durch ihn abgeschnitten worden war. Dabei sah Dallago so heiter und liebenswürdig aus, strahlend vor Jugend und Eifer. Warum hatte Elisabeth ihre Liebe nicht diesem Manne zugewendet? Wie gut hätte er zu ihr gepasst? Warum quälte sie Adalbert mit einer Leidenschaft, die ihn vernichtete?

Der Kapitän beendete seinen Trinkspruch mit einer Wendung, die von Bezug wieder auf Elisabeth zurückkam. Er nannte sie mit einer theatralischen Geste ›Rose des Meeres‹ und forderte die Anwesenden auf, ihre Gläser auf das Blühen dieser Rose zu erheben.

Man stieß an, und Hainx sagte, indem er sich wieder niederließ, in etwas trockenem Ton: »Ja, das gnädige Fräulein blüht wirklich wie eine Rose. Frisch und gesund … Aber«, fuhr er bedächtig fort, »unserem Freund scheint die Seeluft nicht gut zu tun. Sind Sie nicht ganz wohl, mein Bester? Sie sehen wirklich etwas blass aus. Wollen Sie sich nicht auf der *Regina Maris* einschiffen? Wir setzen Sie dann im nächsten Hafen ab, und Sie fahren nach Hause …«

An dem Blick, den Adalbert auf Hainx warf, erkannte Nella: Hier sitzt ein Gefangener. So sieht jemand aus, der lange im Kerker saß und dem man verspricht, dass sich seine Türen bald öffnen werden.

Man erhob sich vom Tisch. Nella war glücklich, denn sie hatte gefühlt, wie Arnold immer näher an sie heranrückte, und sie hatte es dulden müssen, weil sonst zu fürchten war, dass Arnold irgendetwas tat, dessen Folgen auf sie zurückfielen. Aber sie wurde ihn nicht los, er blieb ihr auf den Fersen, war immer um sie herum und drängte sich zwischen sie und andere, mit denen sie eben sprach. Außer Adalbert und Elisabeth waren alle Anwesenden blind für diese plumpe Art der Annäherung, deren sich Nella nicht zu erwehren wagte. Die entfesselten Instinkte des Unglücklichen brannten um sie und umgaben sie wie mit einem Feuerwall, den sie nicht durchschreiten durfte.

Als man auf der Terrasse den Gutenachtgruß austauschte, sagte Bezug, der den ganzen Abend über geschwiegen hatte: »Noch einen Augenblick, meine Herrschaften! Morgen findet meine Vermählung mit dem Meere statt … Ich lade alle zu diesem Feste ein … Elisabeth und Sie, Adalbert, ihr werdet dann in eurem Boot zurückgebracht.«

Er heißt also Adalbert, dachte Nella – Adalbert, wie mein Bruder Dann trennte man sich.

Adalbert und Hainx standen einander gegenüber.

»Also gehen wir auch schlafen«, sagte Hainx nach einer Pause, während derer er in Adalberts Miene zu lesen versucht hatte.

»Gehen wir …«

»Brauchen Sie die Laterne? …«

»Nein, nehmen Sie sie nur … Ich finde mich auch so zurecht …«

»Gute Nacht …« Hainx trat näher an Adalbert heran: »Was sagen Sie zu seinem … Fest?«

»Zu der Vermählung mit dem Meer?« Adalbert zuckte die Achseln.

Es war, als habe Hainx das Bedürfnis, noch mehr über diese Sache zu sprechen. Indem er sich von der Tür entfernte und Adalbert weiter in den Gang hineinzog, sagte er leise: »Wissen Sie, was Xerxes tat, als ihm der Hellespont nicht gehorchte? Er ließ ihn geißeln und Ketten in das Meer versenken. Man glaubt, dass er damals schon wahnsinnig war. Ich denke, Bezug ist nicht mehr weit davon, zu handeln wie Xerxes ...« Forschend sah er in Adalberts Gesicht. Aber Adalbert war zu misstrauisch geworden, um eine scheinbare Vertraulichkeit zu erwidern. Ganz tief im Dunkel der Ahnungen spürte er, dass Hainx zu keinem guten Zweck um sein Vertrauen warb, und er wehrte sich gegen diese Annäherung.

»Ich kenne die Geschichte des Xerxes nicht«, sagte er gleichmütig.

»Sie finden Sie im Herodot.«

»Ich danke Ihnen ... Gute Nacht ...« Er ließ Hainx stehen und schritt in das Dunkel hinein. Nach einigen Wendungen und einem Tappen, durch das er sich in den ihm nun vertrauten Gängen zurechtfand, kam er nach kurzer Zeit in eine der kleinen Hallen mit dem Blick nach dem Meer. Zwischen wilden Wolken hing der Mond, und sein Licht zeichnete helle Bogen auf den Steinboden. Adalbert trat an die Brüstung und sah auf das Meer hinaus. Inmitten der silbernen See lag die *Regina Maris,* und ein Licht, das an Bord brannte, war wie ein spähendes, wachsames Auge. Morgen ging das Schiff wieder in die See, und wenn seine Fahrt auch noch Tage und Wochen dauerte, so war doch die Aussicht auf ein schließliches Ende da. Aber wo war diese Aussicht für Adalbert ...? Es war ihm, als sei er für sein ganzes Leben in dieses Schloss gebannt, wo er einer fürchterlichen Macht verfallen war.

Ein Geräusch hinter seinem Rücken machte Adalbert aufmerksam und erinnerte ihn daran, dass man in diesem Schloss, wo so viele überraschende und seltsame Dinge nur auf den Augenblick der Erscheinung zu warten schienen, immer auf der Hut sein musste. Es war ein heftiges Atmen, und so nahe schien es an Adalberts Nacken, dass er sich hastig, mit geballter Faust, umwandte. An die Brüstung gelehnt, mit zurückgebogenem Oberkörper überblickte er rasch die kleine Halle. Im Mondlicht war nichts Bedrohliches zu sehen. Unter seltsamen perspektivischen Gesetzen schoben sich die Schatten der Säulen schief nebeneinander, und der plumpe, schwere Schatten mitten unter ihnen war sein eigener … Nun versuchte er das Dunkel zu durchdringen, das jenseits der Monddämmerung zwischen den Pfeilern und Vorsprüngen klebte. Dort war, wie er wusste, eine Tür. Und als er mit zwei Schritten näher trat, bis in die Wölbung eines der scharf gerissenen Mondlichtbogen hinein, erkannte er, dass dort im Dunkel ein Mensch an der Schwelle der Tür kauerte. Es war nur ein Schattenklumpen, noch schwärzer als das Dunkel, das in der Türnische lag. Aus dem Knäuel von Gliedern und Rumpf hob sich der Kopf, und zwei Augen mit dem grünlichen Schimmer, wie ihn Tiere haben, schauten scharf nach Adalbert. Bei einer Bewegung, die Adalbert machte, sah er den Schimmer heller erglühen und sah in dem verschlungenen Knäuel ein Straffen und Spannen. Er wusste, dass der Mensch dort an der Tür Bezugs Sohn war, und von dem Grauen befallen, das nun über seine Seele die Herrschaft gewonnen hatte, setzte er seinen Weg fort, langsam, um den Unglücklichen nicht zu reizen und ihn über seine Absichten zu beruhigen. Dabei klopfte sein Herz in wilden Stößen. Und plötzlich fiel ihm ein, dass diese Tür wohl zu den Zimmern der Bianca Semonski führen mochte.

Desponsamus te mare

Als Elisabeth Bianca nach dem Mahl die Hand zum Abschied gereicht hatte, empfand diese an einem Druck, dass sie das Fräulein noch zurückzuhalten wünschte. Sie zögerte also so lange, bis alle gegangen waren und sich außer Elisabeth nur noch Arnold in der großen Halle befand. Richard stand in der Türe, bereit, Arnold auf sein Zimmer zu führen. Die Arme über die Lehne eines der hohen Stühle gelegt, die Hände vor dem Gesicht gekreuzt, sah Elisabeth ihren Bruder an.

»Was willst du noch, Arnold?«, fragte sie nach einer Weile.

Arnold stammelte einige unverständliche Silben.

»Geh!«, sagte Elisabeth. »Geh jetzt. Ich habe mit dem Fräulein zu sprechen.« Von ihren Worten ging eine zwingende Macht aus, die selbst auf Arnold wirkte. Schwerfällig wandte er sich um und folgte dem Diener, nachdem er noch von der Türe aus einen Blick auf Nella geworfen hatte. Elisabeth hatte ihre Stellung beibehalten. Das Licht der Kerzen auf dem schmiedeeisernen Kronleuchter warf einen warmen Mantel um ihre Schultern, nur die Stirne und die Augen lagen im Schatten.

»Sie sind die Geliebte meines Vaters?«, fragte sie ohne Einleitung.

Nella griff hinter sich. Alle Scham, die ein unwürdiges Verhältnis in ihr niemals zu zerstören vermocht hatte, brach jetzt hervor. So derb und nackt war ihr das von niemandem gesagt worden, seit der Direktor einigen Kollegen, die sie einmal mit Scherzen darüber ärgern wollten, sofortige Entlassung angedroht hatte. Und dies verstörte sie vollends: dass es die Tochter Bezugs war, die ihr das sagte. Im Gefühl, dass sie vor der Reinheit dieses Mädchens als Verworfene dastehe, lag eine Qual, der sie zu erliegen fürchtete. Es blieb nichts anderes übrig, als zu leugnen. Mit einer Verstärkung der Stimme, die so nicht beabsichtigt war, sagte sie: »Ich weiß nicht ... was ich darauf sagen soll. Wenn Sie es nicht wären, Fräulein ... so müsste ich annehmen ...«

Elisabeths Arme sanken von der Lehne des Stuhles herab, und sie hob den Kopf, mit einem spöttischen Blick, wie es Nella scheinen wollte. »Lassen Sie doch ... ich bitte Sie ... warum wollen Sie es mir nicht sagen? ... Sie können es tun ...«

»Was soll ich Ihnen sagen? Es ist nichts ... Sie kränken mich ...«

»Es könnte Sie kränken, wenn ich es aus bloßer Neugierde täte ... so von hoch oben, voll Schadenfreude, dass sie so tief unten sind. Aber Sie sehen doch, das ist es nicht. Bemerken Sie etwas, das Sie verletzt ...?«

Darauf schüttelte Nella den Kopf und sagte von Elisabeth halb abgewandt: »Sie sind seine Tochter ... Elisabeth!«

»Eben darum kenne ich alle seine Schurkereien und schlimmen Streiche. Ich weiß mehr von ihm, als er denkt.« Sie mäßigte den Ton ihrer erregten Stimme und sagte ruhig, als ob sie von einem Dritten spräche: »Ich habe ja selbst etwas von ihm, und das macht mich manchmal rasend.« Und wieder rasch abbrechend, wiederholte sie ihre Frage: »Also sagen Sie, sind Sie seine Geliebte?«

Nella senkte den Kopf und schwieg.

»Sie sind es. Ich habe es sogleich gewusst, als ich Sie sah. Darum hat er sie also mitgenommen.« Und als Nella hier sprechen zu wollen schien, wehrte ihr Elisabeth: »Sagen Sie nichts … Ich erlasse es Ihnen. Sie sollen nicht reden … Ich weiß es ja nun. Und dies will ich Ihnen nur sagen: Ich warne Sie vor ihm. Nehmen Sie sich in Acht … hören Sie … nehmen Sie sich in Acht.« Mit einer hastigen Bewegung legte Elisabeth ihren Arm um Nellas Schulter, zog sie an sich und küsste sie auf die Stirn. Dann, ehe die Verblüffte noch Zeit gefunden hatte zu antworten, ging sie davon, dass die weiten leichten Ärmel sich durch die rasche Bewegung an die Arme pressten.

Draußen befahl sie Karl, der mit dem Licht auf sie wartete, Fräulein Semonski auf ihr Zimmer zu bringen. Sie selbst nahm einen Weg, der sie durch die äußeren Hallen der Burg führte, in denen ihr das Mondlicht Begleiter war. Sie ging sehr langsam, hielt ab und zu den Schritt an, um einem der Geräusche zu lauschen, die bisweilen aus den Tiefen des weitläufigen Baues drangen. Von einem Summen erfüllt, in dem alle Töne der Nacht zusammenflossen, schien das ganze Schloss zu leben. Drüben auf dem Schiff sang jemand ein italienisches Liedchen mit einem ganz wunderbar süßen Klang, der dem Mondlicht verwandt sein mochte. Da verhielt Elisabeth eine ganze Weile, bis das Liedchen zu Ende war.

Lächelnd betrat sie ihr Schlafzimmer und sah sich in dem Raum um. Der Sarkophag der Königin Omphale war heute verschlossen, und auf dem steinernen Deckel lag die ganze Sammlung ihrer Liebesamulette. Da war der Phallus, der bei karthagischen Liebesfesten dem Zug der Weiber vorangetragen wurde, die Schnur aus roten Korallen, mit der Widmung an Ischtar auf der goldenen Schließe, ein kleiner Götze, wie ihn die sumerischen Weiber zu Häupten ihres Bettes befestigten, um alle Liebeswünsche des Mannes erfüllen zu können; zwischen Lederbeutelchen mit getrockneten Stierhoden, die bei den Ägyptern der Bräutigam der Braut vor der Hochzeitsnacht um den Hals befestigte, standen Büchsen und Tiegel, die bei den verruchten Orgien der schwarzen Messe ihre Rolle gespielt hatten. Da war auch eine ganze Anzahl der seltsamen Hautlappen, die von den

Alten *Hippomanes* genannt wurden, jener Auswüchse, die man bisweilen am Kopf des Füllens und der Stute findet und die man in einen neuen glasierten irdenen Topf tun und in einem Backofen trocknen muss, aus dem eben das Brot herausgenommen wurde. Neben einer Schale mit der Pomade aus dem im linken Fuß eines Ochsen befindlichen Mark, das mit grauem Ambra und Zypernpulver vermischt wird, lag ein vergoldeter Hyänenknochen.

Elisabeth streifte den Ring mit dem großen Nephrit, auf dessen Innenseite das Wort *Shiva* eingraviert war, ab und legte ihn zu den übrigen Talismanen. Dann beugte sie sich über die Kugel, deren opalisierender Glanz in den letzten Wochen zu einem tiefen, brennenden Rot erglommen war. Heute war der Glanz etwas blasser geworden, und auf der Oberfläche zeigten sich Sprünge, als ob die Kugel im Begriff sei, zu zerfallen. »Eine Nacht«, murmelte sie, »eine Nacht der Ruhe.«

Als sie aufblickte, sah sie Rudolf Hainx vor sich, der lautlos eingetreten war und den Vorhang, dessen Falten er noch in den Händen hielt, hinter sich zugezogen hatte.

»Du bist zufrieden!«, sagte er. »Ich hoffe, dass du zufrieden bist!«

Auf den Rand des Sarkophags gestützt, sah Elisabeth den Eindringling an: »Ich frage dich nicht, wie du gekommen bist«, sagte sie, »aber ich sage dir, geh!«

»Ich habe dir Grüße zu überbringen.«

»Es ist gut.«

»Er ist verzweifelt, in Raserei. Und er arbeitet wie ein Tier, um sich zu betäuben.«

»Du kommst als Liebesbote für einen anderen? Das ist mir neu …«

»Immer noch besser der … als der andere …«

»Es könnte dir doch einerlei sein. Dir wenigstens. Und übrigens habe ich genug Briefe von ihm bekommen, in denen er jammert und klagt.«

»Er könnte einmal aufhören zu jammern …«

»Du hast ihm wohl die Augen geöffnet, wie man zu sagen pflegt.«

»Ja, ich habe es getan … Ich habe ihm gesagt, dass du diesen Menschen liebst.«

»Nun … und du siehst, was darauf geschehen ist. Er hat mir geschrieben, dass er es weiß und dass er es gestattet … hörst du, gestattet! Wenn ich nur auch einmal ihm angehören will. Aber das wird niemals geschehen. Es gibt unüberwindbare Ströme.«

Hainx hatte den Vorhang losgelassen und war näher gekommen: »Er ist ein Narr«, sagte er bebend. »Ein Narr.«

»Er wird sich mit dem Gedanken abfinden. Und da ist er klüger als du, du selber Narr!«

Den Sarkophag der Königin Omphale vor sich, beobachtete Elisabeth jede Bewegung ihres Gegners. Während sie ihn beschimpfte und durch den verächtlichen Ton ihrer Worte, durch den feindlichen Ausdruck ihres Gesichtes zu reizen versuchte, war sie darauf bedacht, sich vor ihm zu sichern. In der Schublade ihres Spieltisches lag neben dem Dolch ein kleiner Revolver. Sie kannte Hainx zu gut, um nicht zu wissen, dass er sich bei der ersten Bewegung, die ihn ihre Absicht erraten lassen konnte, auf sie stürzen würde. Noch beobachtete er eine tadellose Haltung bei aller Erregung, aber es war zu deutlich, dass er, von irgendeinem Gedanken, von einer noch verschleierten Gewalt unterstützt, entschlossen war, heute ihrem Bann nicht zu gehorchen. In seinem Gesicht fiel Elisabeth eine seltsame Veränderung auf. Muskelpartien, die sonst zu seinem Ausdruck nicht beitrugen, waren heute deutlich und auffallend vorgetreten, und Merkmale, die sonst Hainx' Besonderheit ausmachten, waren verschwunden. Ohne dass sich Elisabeth im Einzelnen über diese Veränderung klar zu werden vermochte, gewann sie aus dem Eindruck aller zusammen die Überzeugung, dass es ihr heute nicht allzu leicht sein werde, Hainx zu bändigen.

Indem er noch einen Schritt näher an den Sarkophag herantrat, sagte er: »Gut, auch ich bin ein Narr. Denn ich bin rasend, ich verzehre mich nach dir. Schenk mir deinen Leib. Ich will ja deine Liebe nicht. Aber ich will nur noch einmal wieder haben, was ich einmal schon gehabt habe.«

»Ich kann dir nicht helfen, mein Lieber. Ich kann nicht. Ich finde, es wäre gemein, mich jetzt noch einmal mit dir einzulassen.«

»So … und das ist nicht gemein, wenn der Mann, dem du dich gibst, dein Geschenk lästig findet?«

Elisabeth lachte. Was Hainx da sagte, hatte sie schon oft gedacht, wenn sie Adalberts Müdigkeit und seine nur mühsam entfachte und dem Grauen verwandte Lust gewahrte. Aber für ihre Leidenschaft waren diese Bedenken nur Spreu, die von einer rasenden Brunst als flimmernde Funken in die Luft geworfen wird. Lachend antwortete sie: »Es gibt keinen Mann, dem mein Geschenk lästig wäre. Ich will dir etwas sagen: Glaubst du nicht, dass selbst mein Vater nach mir verlangt?«

»Es mag sein. Aber Adalbert … Ich habe Gründe anzunehmen, dass er ein anderes Weib liebt und dass er …«

Aus der hastigen Bewegung, die Elisabeth machte, entnahm Hainx, dass sie getroffen war. Aber rasch besonnen, bemerkte sie ihre Unvorsichtigkeit: »Vielleicht! … Aber er vergisst sie bei mir … Das ist, worauf es ankommt … Übrigens«, fügte sie wie gleichgültig hinzu, »kennst du dieses Weib …?«

»Noch nicht … aber ich werde sie bald kennen. Ich will nichts anderes von dir, Elisabeth, als dass du dich erinnerst, was zwischen uns gewesen ist.«

»Sentimentalitäten! Du wirst geschmacklos, Hainx.«

»Meinetwegen. Aber heute musst du einmal mein sein …«

»Nein … du bemühst dich umsonst …«

Hainx wurde noch blasser als vorher, und zu beiden Seiten des Halses schwollen dicke Muskelstränge an: »Jeder kann dich haben, Elisabeth, warum gerade ich nicht … da … Was du dir für Mühe gibst, um ihn festzuhalten! Kein Unsinn im ganzen Bereich der menschlichen Dummheit ist dir zu entlegen. Und ich … Sieh, ich falle dir ganz ohne Zauberei zu …«

»Das erhöht deinen Wert für mich nicht.«

Und da kam der Ausbruch, den Elisabeth schon längst erwartet hatte. Plötzlich schrie Hainx auf und machte einen Sprung auf den Sarkophag zu. »Verfluchter Kram!«, schrie er, schlug mit beiden Fäusten in die Gläser, Schalen und Tiegel und fegte mit dem Arm die Trümmer herab. Klirrend zerbrach die Opalkugel auf dem Boden, und in den Scherben zitterte und erlosch eine kleine rote Flamme. Diese Verzögerung musste Elisabeth benutzen, und als sich Hainx über die Trümmer hinweg auf sie stürzen wollte, stand sie ihm mit dem Revolver gegenüber und erhob ihn, kaltblütig nach seinem Gesicht zielend.

»Hinaus!«, rief sie.

Aber nur einen Augenblick zögerte Hainx, dann stürzte er in einem blutigen Nebel vorwärts. Er hörte einen Schuss und fühlte zugleich einen heftigen Schlag an seiner Wange. Doch blindlings vorwärts gerissen, hatte er Elisabeth umfasst und hielt sie an sich gepresst. Da hörte er ganz dicht an seinem Ohr eine ruhige Stimme, die sogar durch das Rauschen des Blutes zu seinem Bewusstsein drang: »Wenn du nicht sofort loslässt, so schieße ich …« Indem er zur Besinnung kam, bemerkte er, dass es Elisabeth gelungen war, den rechten Arm von seiner würgenden Umklammerung zu befreien und ihm den Revolver an die Schläfe zu setzen. An ihren Augen sah er, dass sie keinen Moment zögern würde, ihre Drohung wahr zu machen. So dicht waren diese brennenden und doch kalten Augen an den seinen, dass er die krampfhafte Erweiterung der Pupillen fast als Schmerz empfand. Er hörte: »Ich werde bis drei zählen … Eins … zwei …«

Elisabeth fühlte, wie die furchtbare Umklammerung sich lockerte. Bei drei ließ Hainx sie los und trat zurück. Die Arme hingen ihm schlaff herab, und sie sah, als sie mit einem Blick über seine Gestalt glitt, dass seine Hände rot und aufgequollen waren und die Adern wie blaue Stricke unter der Haut lagen. Von der Wunde an seiner Wange rann ein dünner Blutstreifen über den aufgerissenen Hemdkragen und die weiße, mit gelben Tupfen übersäte Weste. Nach einer Minute fand Hainx den Weg zu den Worten: »Du hättest mich erschossen?«, fragte er.

»Ja!«

»Gut, ich gehe. Aber ich gehe darauf aus … ich will dir nur etwas sagen. Kennst du den Klub der babylonischen Jungfrauen?«

Vorsichtiger als vorhin, gewann es Elisabeth über sich, unbefangen zu erscheinen: »Ich wünsche keine Unterredung mit dir …«

»Ich gehe schon. Aber damit du es weißt … Hüte dich!« Er zog ein Taschentuch hervor, drückte es an die Wunde und verließ das Zimmer, während Elisabeth auf das Sofa sank und, noch immer den Revolver in der Hand, den sich entfernenden Schritten nachlauschte.

Der helle Morgen, der einen blauen Himmel über das gläserne Dach von Adalberts Schlafzimmer ausspannte, fand ihn schon früh wach. Seine Nacht war unruhig gewesen, und von allen Gedanken, die ihn in der von seltsamen Geräuschen belebten Stille des Schlosses bedrängten, kam einer immer wieder: der Gedanke an die Flucht. Schließlich wob dieser Gedanke bunte und beängstigende Bilder in seine Träume, und als er am Morgen vor den Wünschen und Plänen der Nacht stand, sahen sie ihn fremd und kalt an, wie die Gedanken eines Fremden, zu dem er keine Beziehungen hatte. Es war unmöglich, von hier zu entkommen. Alles, was er an abenteuerlichen Entschließungen und tollen Ereignissen klar und einfach vor sich gesehen hatte, trug nun eine seltsame Schwere. Am vertrautesten blieb ihm noch der Plan, sich, wenn er heute auf Bezugs Schiff käme, zu verstecken und irgendwo im Schiffsraum die Fahrt mitzumachen, bis sich Gelegenheit fand, zu entweichen. Als er sich von seinem Bett erhoben hatte, schob er den Wandteppich zur Seite und besah die Stelle, wo Reginas Bild gehangen hatte. Noch immer war der rote Fleck an der Wand, und wenn Adalbert mit dem Finger über ihn hinstrich, glaubte er, seine Feuchtigkeit zu fühlen.

Nachdem er sich angekleidet hatte, ging er in die große Halle hinab.

Wie lächerlich waren diese Pläne, dachte er auf dem Wege. Elisabeth würde sich doch nicht eher vom Schiff ihres Vaters entfernen, als bis er gefunden war, und wenn er sich auch im finstersten Winkel des Raumes verkroch. Von der Brüstung der Terrasse aus sah er auf das heute so ruhige Meer und auf das Schiff, dessen reges Leben auf die nahe Abfahrt deutete. Mit Freude sah er Bianca Semonski neben sich. Lächelnd begrüßte sie ihn und gab ihm eine kühle Hand mit festem Druck.

»Wir sind wohl als die Ersten im Schloss wach?«, fragte sie.

»Ich bin niemandem begegnet.«

»Sehen Sie, selbst die Diener kommen später als wir«, rief sie, als eben jetzt einige Diener in die Halle traten und die Tafel für das Frühstück herzurichten begannen.

»Und ... wie haben Sie geschlafen?«, fragte Adalbert zögernd.

Auf seinem Gesicht suchte Bianca nach dem Sinn seiner Frage. »Gut«, antwortete sie endlich. »Recht gut. Aber ich musste früh hinaus ... Es hat mir keine Ruhe gegeben. Ich wollte schon die Sonne sehen. Es ist so wunderbar schön hier ... Dieses alte Schloss am Meer. Wie gern bliebe ich hier.«

»Warum können wir nicht tauschen? Ich möchte gern auf Ihrem Schiff dort ... auf der *Regina* ... *Regina Maris* fort.«

»Warum? Ich verstehe Sie nicht ...«, aber plötzlich verzichtete Bianca auf alle Vorsicht: »Aber warum bin ich nicht aufrichtig gegen Sie ... ich fühle, dass Sie es mit mir gut meinen. Warum soll ich Ihnen nicht sagen, dass ich Sie verstehe. Mir ist so bang hier, und ich begreife, dass Sie dieses Schloss verlassen wollen ... Es ist unheimlich. Jetzt, selbst im Sonnenschein, ist es mir, als ob ich von düsteren Ahnungen ...«

Adalbert nickte.

»Und die Nacht ...«, fuhr Bianca fort. »Ich glaube, es muss jede Nacht etwas Grässliches hier geschehen. Das durchdringt die Mauern und setzt sich überall fest ...«

»Vor Ihrer Tür lag ein Mensch ...«

»Also doch ... Ich habe es gehört. Erst spät nach Mitternacht hat man ihn fortgebracht ... Es gab ein langes Gemurmel, bevor Ruhe wurde.«

»Sie wissen, wer es war?«

»Ja!«

Schweigend sahen beide auf das Meer hinaus: »Ich bin hier ein Gefangener«, sagte Adalbert leise, »Sie können sich das nicht ausdenken. Ich bin mit meiner ganzen Seele anderswo ... Aber ich werde hier festgehalten, ohne Möglichkeit zu entkommen ... Sie sind frei ...«

»Glauben Sie?«

»Was denn?«

»Dass ich frei bin?«

»Sind Sie nicht frei?« Biancas Gesicht zeigte Adalbert die Linien eines edlen Profils vor dem Hintergrund einer weiß leuchtenden Marmorwand, die den eben über den Rand der Morgenwolken erstehenden Glanz der Sonne mit ruhigen Atemzügen zu trinken schien. Adalbert sah die Miene einer Gefesselten. Es war ihm, als erblicke er das Antlitz seiner eigenen Seele, wie es sich in den Stunden des Schmerzes vor ihn stellte, nur vollkommener und reiner, als es in seiner Einbildung erschienen war. Ganz nahe fühlte er sich dieser Fremden verwandt, zu ihr gehörig, wie ein Stück ihres Lebens, irgendwo durch geheimnisvolle Beziehungen mit ihr verbunden. Und indem er ihre herabhängende Hand ergriff, sagte er, ohne nach Worten zu suchen, da sie ihm ganz von selbst auf die Lippen traten: »Ich glaube, ich kann Ihnen sagen, was mich quält. Denn es ist mir, als wären Sie mir seit jeher bekannt. Ich habe auch eine Bitte an Sie. Und ich weiß … Sie werden mir nichts abschlagen … Ich kann sagen, dass Sie …«

Schon längst war das Profil von der Marmorwand in eine volle Ansicht gedreht worden, und nun griff Bianca nach Adalberts anderer Hand: »Sprechen Sie nur … Sagen Sie mir alles … Ich will alles tun.«

»Ich bin hier gefangen. Vielleicht durch eigene Schuld? Ich weiß es nicht. Wie ist es manchen Menschen gegeben, über andere zu Herren zu werden? Wie mag das zugehen? Wir hassen sie und wollen uns von ihnen befreien. Lieber Not und Elend als Glanz und Reichtum, die von ihnen kommen. Aber in der entscheidenden Stunde sinkt uns der Mut, und wir bleiben …«

»Kennen Sie das auch …? Sie auch!«, sagte Bianca ganz atemlos und erregt. »Ja … das ist es. Wir empören uns und wollen uns befreien, aber sie wirken … wie soll ich sagen, auch aus der Ferne, auch wenn sie nicht da sind.«

»Ja … Ja!«, auch Adalbert war erregt. »Es gab schon Augenblicke, in denen ich mich nach langem Ringen befreit glaubte. Aber im nächsten Moment war ich wieder zurückgesunken. Und das ganze Ringen umsonst. Wir werden uns vergebens bemühen, dieses Rätsel aufzulösen …« Nach einer kleinen Pause des Nachdenkens fuhr er fort: »Einer könnte es mir vielleicht … er kann es sicher. Und ich werde ihn fragen, ja – ich werde ihn fragen.«

Mit einem Gruß trat Hainx zu den beiden, und der spöttische Blick, den Adalbert an ihm zu bemerken glaubte, brachte ihn sogleich auf, sodass er sich von ihm abwandte. »Oh, ich gefalle Ihnen heute nicht«, lachte Hainx, und griff nach dem entstellenden Verband, der auf seiner angeschwollenen Wange befestigt war. »Ja … ich kann nichts dafür. Dieses niederträchtige Schloss ist so voller Ecken und scharfer Kanten in den Gängen. Und die Beleuchtung ist auch so stilvoll mittelalterlich. Ich wundere mich nur, dass ich mir nicht überhaupt den Schädel eingerannt habe. Es ist immerhin ein Glück, sich bloß die Wange aufzureißen, wenn man Aussicht hat, sich den Hals zu brechen.«

Und zu Bezug gewandt, der kurz nach Hainx in die Halle getreten war, erzählte er, dass ihm gestern beim Stolpern über irgendeine Schwelle oder einen Balken die Laterne aus der Hand gefallen sei. Und gleich darauf sei er selbst mit dem Kopf voran in eine Verwirrung von Kanten und Ecken gefahren. Seine Erzählung glückte ihm vollkommen, und Bezug, der heute eine feierliche und herrische Miene zur Schau trug, hörte ihn gnädig an. Gleich darauf kamen fast gleichzeitig Elisabeth und Arnold, und der Kapitän erschien als Letzter am Frühstückstisch. Er berichtete, dass er schon zeitig am Morgen auf der *Regina Maris* gewesen und dass alles zur Abfahrt bereit sei.

Sogleich nach dem Frühstück, bei dem Hainx sich und seinen Unfall freiwillig zum Thema einer heiteren Unterhaltung angeboten hatte, brach man auf. Am Strand lag neben den beiden Booten der *Regina* der kleine Segler, der zu Bezugs Schloss gehörte. Adalbert bemühte sich vergeblich, in Biancas Boot einen Platz zu erhalten; Arnold, der sich sogleich beim Frühstück der Widerstrebenden bemächtigt hatte, wich nicht von ihrer Seite, und bei der Annäherung Adalberts zeigte er den Ausdruck eines gereizten Tieres. Schaudernd verzichtete Adalbert darauf, mit ihr zu sprechen, und folgte dem Ruf Elisabeths in das Segelboot. Seine Gedanken umwoben Bianca, und er sah, dass ihre Gefangenschaft nicht minder drückend war als seine.

Der Mast des Segelbootes lag, von dem rotbraunen Segel umwunden, auf dem Boden.

Elisabeth machte eben Adalbert auf ihrer Bank Platz, sodass

die Rolle zwischen ihnen lag, als der Kapitän in ihr Boot einsteigen wollte.

»Nein, Kapitän«, rief sie lachend, »wir sind Nachzügler. Wir kommen ganz zuletzt. Sie gehören nach vorne. Ins erste Boot. Zu den Führern … Sie müssen uns den Weg zeigen.«

Dallago stand mit einem Fuß auf dem Bordrand und sah mit zusammengezogenen Augenbrauen auf Adalbert. Dann sank der zuerst wie zu einer beredten Bewegung der Untertänigkeit erhobene Arm mit geballter Faust schwer herab. Es war die Geste eines Hammerschlages. Dann wandte er sich ab und ging zu dem Boot, in dem Bezug mit Hainx saß und das nun als Erstes sich vom Strande löste.

Die Riemen fielen taktmäßig ein.

Das Boot mit Bianca und Arnold folgte, und als Letztes kam das Boot Elisabeths.

Auf dem Deck der *Regina Maris* war unweit der Kommandobrücke ein Zelt errichtet worden. Alle Kostbarkeiten, die in den Kajüten angehäuft waren, hatte man hinaufgeschleppt, und das Schloss hatte seine schweren Stoffe, Brokate und goldgestickte Sammete, persische und indische Teppiche hergegeben. Über Stangen aus einem duftenden Holz waren die Zeltwände hinangegipfelt, bis zu einem goldenen Geier, der zuhöchst auf der Spitze die Falten der Zeltstoffe in den Krallen zu halten schien. Unter dem Mittelpunkt des Zeltes stand auf einer teppichbelegten Estrade ein thronartiger Stuhl mit hoher Rückenlehne.

»Ist es nicht wie auf der Bühne?«, fragte Elisabeth Semilasso, als sie mit ihrem Boot näher gekommen waren und die Anstalten auf dem Schiff bemerkten: »Ich finde das lächerlich. Und es ist auch lächerlich. Was soll das wieder bedeuten? Wen will er wieder damit betrügen? Oder hat das Ganze keinen Zweck? Ist er am Ende schon …?«

Adalbert erinnerte sich dessen, was Hainx nachts gesagt hatte, aber er schwieg und rückte sein Knie von Elisabeth ab, die ihn mit dem ihren, ohne der Matrosen zu achten, bedrängte.

An der Schiffstreppe empfing Bezug seinen Sohn und Bianca, die ihm auf dem Fuße folgte. Als habe er sich erinnert, dass er Arnold gestern und heute etwas vernachlässigt hatte, und als empfinde er nun Gewissensbisse, umgab er ihn mit doppelter Zärtlichkeit. Indem er ihn nach seinem Befinden ausfragte und ihn immer wieder auf die prächtige Küstenszenerie und die farbenbunten Wunder des Meeres hinwies, versuchte er ihn aufzurütteln. Aber Arnold hörte ihn stumpf, mit gesenktem Kopf an und hielt seine Augen fest auf Bianca geheftet, deren Bewegungen er mit Misstrauen verfolgte, als sei er dazu berufen, sie zu bewachen.

Nachdem Bezug mit Arnold einige Schritte getan hatte, kehrte er zur Schiffstreppe zurück, über die eben Elisabeth und Adalbert heraufkamen.

»Glaubst du nicht«, wandte er sich an seine Tochter, indem er ihr die Hand reichte, um ihr behilflich zu sein, »glaubst du nicht, dass es günstig auf ihn … Weißt du, ich denke, er wird davon günstig beeinflusst werden. Immerhin … ein prächtiges Schauspiel, angesichts des Meeres … Darauf kommt es an: Er muss herausgerissen werden. Auf jede mögliche Weise …«

Er brach ab und ging auf das Zelt zu. »Wir wollen beginnen, Dallago«, rief er dem Kapitän zu, der schon auf der Kommandobrücke stand.

Von der schrillen Pfeife des Bootsmanns hervorgezaubert, folgten die Manöver der Abfahrt, diesmal mit ganz besonderer Raschheit und Gewandtheit. Mit dem Sonntagsgewand, in dem die Arbeiten ausgeführt wurden, schienen die Matrosen auch eine ganz feiertägliche Tüchtigkeit angelegt zu haben. Der Kapitän hatte dafür gesorgt, dass Bezugs fantastischer Plan unter die Leute kam. Der Herr wollte sich dem Meere vermählen, so wie es früher, vor Jahrhunderten, Sitte gewesen war. Das brachte alle in Aufregung. Unter diesen Seeleuten, die zum größten Teil Italiener oder Dalmatiner waren, gingen Bruchstücke der glänzenden Geschichte Venedigs im Gewand von Sagen und Legenden um, und der Stumpfste unter der Mannschaft wusste etwas von der ersten feierlichen Fahrt des neuen Dogen. Venedig hatte über dieses Meer und diese Küsten geherrscht, hatte ihre Geschicke bestimmt und sogar ihre Natur geändert, indem es das Land des Holzes beraubte, um es auf dem Meere schwimmen zu lassen. Der feierliche Akt der großen Zeit sollte nun erneuert werden, und dieser Gedanke belebte alle diese Menschen, die noch immer in sich seeräuberische Instinkte, zugleich mit dem Sinn für Pomp und Großartigkeit der Geste, bewahrten. Als die Arbeiten der Abfahrt beendet waren und die *Regina Maris* vor dem angenehmen Morgenwind glatt über die See ging, versammelte der Ruf des Kapitäns die Mannschaft zur feierlichen Handlung und stellte sie zu beiden Seiten des Zeltes in zwei Reihen bis zum Bug.

Bezug saß auf dem hohen Stuhl, etwas blass und – wie es Bianca scheinen wollte – fast aufgeregt. Aus Hainx' Händen nahm er ein kleines Kästchen entgegen, in dem auf blauem verschossenen Samt ein altertümlicher Ring lag. In dem grünen Stein war der Löwe von San Marco eingeschnitten, und das Gold der Fassung zeigte in zierlich durchbrochener Arbeit einen Reigentanz von Delphinen. Es war ein Ring aus der Sammlung von Altertümern im Schloss von Antothrake, und er kam an Alter und Stil den Ringen recht nahe, die von Bord des *Bucintoro* ins Meer geglitten waren. Nun, während sich Bezug den Ring an den Finger steckte, näherte sich Dallago, der dem ersten Offizier seinen Platz eingeräumt hatte, dem Zelt. Er neigte ein Knie vor Bezug und sagte: »Das Meer ist bereit, seinen Herrn zu empfangen.« Auch Dallago vermochte sich der Feierlichkeit des Augenblicks nicht zu entziehen und sprach die Worte stammelnd und erregt. Da glänzte das alte, ewige Meer im Sonnenschein vor der Bahn des Schiffes, und der eine Mann, der in seiner Hand mehr als die ungeheure Macht des großen Venedig vereinigte, stand auf, um sich auch das Meer symbolisch zu unterwerfen. Langsamen Schrittes ging Bezug die Stufen hinab und auf den ausgelegten Teppichen bis zum Bug voran. Er stand eine kleine Weile schweigend im gelben Sonnenschein, während nichts zu hören war als das Rauschen der durchschnittenen Wellen am Kiel, in seinem schwarzen Frack eine seltsam wirkende moderne Verkörperung des uralten Gedankens.

»Ich habe euch hier versammelt«, sagte er, »damit ihr Zeugen seid, wie ich mir das Meer verpflichte. Ich nehme die Erbschaft Venedigs auf mich, und ihr sollt wissen, dass mir das Meer von nun an dienen und unterworfen sein soll, wie es Venedig untertan war. Höre, Meer«, er wandte sich nun dem Meer zu, »du wirst mir gehorchen und meinem Willen dich unterwerfen. Du wirst meinen Befehlen gehorchen, meine Schiffe tragen und meine Wünsche erfüllen. Und zum Zeichen meiner Herrschaft vermähle ich mich dir, wie es meine Vorläufer auf diesen Meeren getan haben …«

Bezug zog den Ring vom Finger und hielt ihn hoch empor. Ein grüner und ein goldener Strahl waren wie ein letzter Gruß seiner Schönheit an das Licht. Und nun sprach Bezug die große und bedeutsame Formel der Vermählung: *»Desponsamus te mare in signum veri perpetuique domini.«*

Der Ring glitt aus Bezugs Hand, noch einen Augenblick stand der Herr des Meeres mit erhobenem Arm, dann wandte er sich und schritt seinen Weg zurück. Er war bleich, und in seinen Augen lag ein fanatischer Glanz. Die Matrosen, die von Bezugs Worten nur wenig verstanden hatten, aber von der Symbolik der Zeremonie hingerissen waren und alles in sich aufgeregt fühlten, rissen die Mützen mit den flatternden Bändern vom Kopf und riefen ein begeistertes: *»Eviva!«* Von Dallago, Hainx und den Offizieren des Schiffes mit Glückwünschen umgeben, spähte Bezug nach Elisabeth und Arnold. Auf Arnolds Gesicht war kein Widerschein einer Wirkung zu sehen, und Elisabeth stand mit einem spöttischen Lächeln abseits bei Adalbert; mit dem Auge des Dichters hatte dieser die Schönheit der Szene aufgenommen und trotz der Disharmonie im Einzelnen den großen Zug des Ganzen erkannt. Auf Elisabeths leise und boshafte Bemerkungen schwieg er lieber, denn irgendein nicht zum Bewusstsein vorgedrungenes Gefühl verband ihn in diesem Augenblick eher mit Bezug als mit ihr.

Dallago näherte sich Elisabeth mit finsterem Gesicht.

»Lassen Sie wenden!«, rief sie ihm entgegen; sie war durch Adalberts Schweigsamkeit missmutig geworden. »Wir wollen zurück.«

In Dallagos Gesicht blitzte es auf, ein Wetterleuchten, das sich Elisabeth als schmerzliches Bedauern auslegte: »Schon? … So bald schon …?«

»Ich denke, wir haben genug gesehen. Wir sind zufrieden.«

»Wollten Sie nicht … warum wollen Sie nicht noch ein Stückchen …?«

»Ich sage Ihnen … ich habe genug. Es sind mir auch zu viele Leute hier. Ich bin jetzt die Einsamkeit gewöhnt. Und wir finden«, durch einen Blick auf Adalbert reizte sie Dallago von neuem, »dass der Einsamkeit nichts anderes vorzuziehen ist. Unsere selige Insel hat uns das gelehrt.«

Dallago ging auf Bezug los und meldete ihm den Wunsch seiner Tochter. Zögernd gab der seine Zustimmung und kam dann zu Elisabeth, um in vorsichtigen Worten sein Bedauern auszusprechen, dass sie schon das Schiff verlassen wolle. Plötzlich sagte Adalbert, der unschlüssig und mit seiner Frage ringend einige Schritte seitwärts gestanden hatte: »Und wie lange wird Ihre Fahrt wohl dauern?«

»Das weiß ich nicht«, antwortete Bezug mit einem erstaunten Blick, »das kann ich nicht wissen. Es ist eine Fahrt, die so lange dauern muss, bis ein …«, er unterbrach seinen Satz und endete kurz: »Das kann noch Wochen dauern.«

Adalbert trat zurück. Noch Wochen? Es war also nichts mit der Flucht auf dem Schiff! Aus dem brodelnden Kessel der Verzweiflung stieg ein Qualm von Gedanken. Einer davon, der tollste und verzweifelste, bemächtigte sich Adalberts, setzte sich in ihm fest und überwand alle Hemmungen.

Als man Abschied nehmend am Fallreep stand, während unten schon das mit drei Dienern aus dem Schloss bemannte Boot lag, wandte sich Adalbert an den Kapitän. Er bemühte sich um ein liebenswürdiges, unbefangenes Lächeln. »Ich wäre gerne zu Ihnen in die Schule gegangen, Kapitän!«, sagte er.

Dallago funkelte ihm aus schwarzen Augen seinen Hass entgegen.

»Wirklich«, wiederholte Adalbert dringlich, fast bittend, »ich hätte gerne einiges gelernt. Sextanten, Kompass, Steuerung … und so … Ich kenne mich in diesen Dingen gar nicht aus. Das Meer ist mir so … Denken Sie, ich weiß zum Beispiel gar nicht, wo hier die nächste Insel liegt … Wie man da fahren müsste …«

Es war nötig, eine Antwort zu geben. »Dort liegt Korfu«, sagte Dallago und hob den Arm. Dann wandte er sich und rief den

Leuten im Boot einen Befehl zu. Elisabeth stieg eben von der letzten Stufe des Fallreeps ins Boot. Adalbert gab Bianca die Hand.

Dann stieß das Boot ab, und Adalbert entfernte sich von dem Schiff, trotzdem es den Namen der Geliebten trug, fast mit einem Gefühl des Hasses. Er hatte eine Hoffnung an die *Regina Maris* geknüpft, und sie hatte ihn betrogen.

Ein Mann geht über Bord und ein Boot wird übersegelt

Das sonnige, heitere Wetter der letzten Tage hielt an. Die *Regina Maris* setzte ihre planlose Fahrt fort, von der blauen, mit Gold und Silber geäderten Unendlichkeit des Meeres umgeben, aus der bisweilen am Horizont eine Insel emportauchte. Noch immer war keine Veränderung in Arnolds Zustand eingetreten. Es erfolgte kein neuer Ausbruch, aber es war auch kein Anzeichen vorhanden, dass er aus seiner Starrheit erwachen werde. Er war immer um Nella, verließ sie keinen Augenblick und beobachtete sie unaufhörlich mit brennenden Augen. »Es hat nichts genützt«, sagte Bezug zu Hainx, »ich dachte, es wird gelingen …« Hainx zweifelte daran, dass Bezug nur aus Rücksicht auf seinen Sohn, um ihn aus seiner Stumpfheit zu reißen, die Zeremonie der Vermählung vorgenommen hatte. »Es fehlt ihm der Sinn der Geschichte«, sagte er einmal zu Bezug, »nur wer diesen Sinn hat, wird erkennen, wie groß Sie in diesem Augenblick waren. Er kennt keine andere Geschichte als die seines Lebens, und die auch nur unvollständig. Eine Reihe von lichten Momenten, durch Strecken der Dunkelheit getrennt.«

»Ach, was … Geschichte!«, antwortete Bezug aufgebracht. »Geschichte! Lächerlich! Habe ich einen Respekt vor der Geschichte? Ich mache selbst Geschichte. Wie soll ich Respekt vor ihr haben?« Hainx schwieg, aber er fand seine Ansicht durch die fast abgöttische Verehrung bewiesen, die Bezug bei den Matrosen seit dem Tag seiner Vermählung genoss. Diese einfachen Leute sahen durch ihren Herrn die große Vergangenheit dieser Meere erneuert, die ihnen allen im Blut lag. Hainx zog einen Vergleich mit den Erfolg Rienzis, der, indem er alte historische Erinnerungen aufrief, seine suggestive Gewalt über die Römer gewonnen hatte.

Nach mehr als einer Woche, als die Hitze des Spätsommers selbst auf dem Meer unangenehm zu werden begann, wandte die *Regina Maris* ihren Kurs aus den ägyptischen Gewässern wieder nach Norden.

Nella hatte in diesen Tagen ein Bild für ihr Schicksal gefunden. Sie vermied es ängstlich, mit Arnold allein zu sein, und rettete sich in die Einsamkeit der Nacht. Wenn sie tagsüber mit dem Kranken unter dem Sonnendach saß, versuchte sie, ihn für irgendein Buch zu interessieren, das sie der kleinen Schiffsbibliothek entnahm. Und da hatte sie einen Band mit Sagen des Altertums gefunden. Sie las die Sage von Andromeda. Ihr Schicksal war das der Andromeda. An einen Felsen geschmiedet und von den gräulichen starren Augen eines Scheusals bewacht. Bei jeder Bewegung sah sie das wachsende Misstrauen seiner Blicke. Sie vermochte es sich länger nicht mehr zu verbergen: Ihr Mitleid hatte sich in Abscheu gekehrt. Nur die Angst vor ihrem Herrn hielt sie an ihrem Platz fest, wo sie sich täglich enger von den Windungen einer scheußlichen Macht umschlungen fühlte. Manchmal schien es ihr, als nehme Perseus, der sie in ihren Träumen befreite, die Züge des jungen Dichters an. Ganz im Leben ihres Bildes von Andromedas Geschick befangen, sah sie ihn herabstürmen, todtraurig, aber tapfer, und einen gräulichen Wasserdrachen erlegen. Dann reichte er ihr die Hand und sagte irgendetwas, das in die Seele schnitt. Einmal am hellen Tage, als eine Möwe hoch oben über das Schiff hinstrich, glaubte sie ganz ferne, hoch in der Luft und dadurch verkleinert, ein Flügelross zu sehen, das sich herabsenkte. Dann erkannte sie, dass es eine Möwe war, und sie erschrak. War sie auf dem Wege, wahnsinnig zu werden? Ihre Nerven waren durch die scharfe Wachsamkeit, die sie dem lauernden Kranken entgegensetzen musste, erschöpft, und eine unaufhörliche Angst peinigte sie. Selbst die Nächte, die sie zuerst als Rettung begrüßt hatte, wurden Höllen von Qualen.

Es gab Minuten, in denen sie in seiner Gegenwart die Besinnung zu verlieren fürchtete, aber sie raffte sich immer wieder auf, denn sie war gewiss, dass er sich, wenn ihn ihre Augen nicht mehr beherrschten, auf sie stürzen würde wie ein Tier. Und einmal kam ein eiserner Trotz über sie. Sie war entschlossen, ihm die Geschichte von Andromeda und Perseus vorzulesen. Wenn er sie auch nicht verstand, so kam es ihr doch wie eine Befreiung vor, die klaren, klugen Worte der alten Sage vor ihm auszusprechen.

An diesem Tag war der Himmel etwas bedeckt, und eine kühlere Luft kam von Norden, sodass man an Bord von einer Bora zu sprechen begann, die irgendwo weiter nördlich geherrscht haben mochte. Den einen Arm gegen die Bordwand gelehnt, saß Nella mit Arnold vorn im Bug, wo sie vor dem immer stärker werdenden Wind geschützt waren. Mit schwierigen Segelmanövern kreuzte die *Regina Maris* gegen den Wind auf. Fast alle Mann waren an der Arbeit, und Bezug und Hainx sahen den Matrosen aufmerksam zu. Ab und zu blickte auch Nella von ihrem Buch auf und zuckte immer zusammen, wenn ihr Blick auf das Gesicht Arnolds fiel, der dicht neben ihr auf einem niedrigen Schemel kauerte, sodass seine Stirne nicht viel höher war als ihr Schoß. Dann aber las sie die Sage von Andromeda weiter, und es war ihr, als gehörten der Gesang des Windes im Takelwerk und die Rufe der Matrosen zu dieser grotesken und gewalttätigen Geschichte. Plötzlich fühlte sie Arnolds Hand auf ihrem Knie. Er hatte die Rundung des gebeugten Knies fest umspannt und presste seine Finger mit aller Kraft zusammen. Entsetzt fuhr sie auf … sein Gesicht war verzerrt, von einem grünen Schimmer überflogen. Keuchend drückte er seinen Mund an ihr Kleid.

Da sprang sie empor, sich durch den plötzlichen Ruck befreiend, dass Arnold hintenüber stürzte und mit dem Kopf gegen einen der großen Haken zur Befestigung der laufenden Taue schlug. Ohne sich weiter um ihn zu kümmern, lief Nella davon, an Bezug und Hainx vorbei, außer sich vor Entsetzen und Scham. Erstaunt sah ihr Bezug nach, und als er sich nach der Richtung umwandte, woher sie gekommen war, kam auch schon Arnold auf ihn zu, wankend, das Gesicht mit Blut überströmt.

»Was ist geschehen?«, rief ihm Bezug entgegen.

Arnold deutete Nella nach und rang nach Worten, bis er wie in einem plötzlichen Erstickungsanfall mit beiden Händen nach dem Hals fuhr und den Hemdkragen entzweiriss.

»Sie muss … Sie muss …«, brachte er endlich hervor.

Bezug verständigte sich durch einen Blick mit Hainx. »Du meinst …«, sagte er. Aber Arnold fehlten die Worte für etwas, das ihm noch nie zur Erfahrung geworden war. Hainx sah, wie es in ihm wühlte, wie er seinem fürchterlichen Drang Ausdruck zu geben suchte, wie sein ganzer Körper von einem wütenden Sturm der Leidenschaft geschüttelt wurde, der ihn zur Verzweiflung treiben musste, wie einen Menschen, der plötzlich in der Dunkelheit auf einen fernen, unbekannten Stern versetzt wird. Er hatte es ungefähr so kommen sehen. Denn die langsame Erziehung, die Gewöhnung an die Geheimnisse der Liebe fehlte diesem jungen Mann, der mehr als drei Viertel seines Lebens in absurder Tierheit verbracht hatte.

Nachdem Arnold in der Kajüte gewaschen worden war, legte ihn Bezug auf das breite Sofa. Arnold ließ alles mit sich geschehen und trank den Kognak aus dem kleinen Spitzgläschen, das der Vater vor ihn hingestellt hatte. Dann sah er zu Bezug auf, fasste seine Hand und murmelte: »Sie ist … Ich will sie … Sie soll mich nicht zurückstoßen … Sie soll mich nicht zurückstoßen … nicht …«

»Sie wird es nicht mehr tun … Verlass dich darauf, armer Kerl …«

»Vater …«, der Griff des Kranken um Bezugs Hand wurde krampfig und wild, »sie soll mich nicht zurückstoßen …«

»Nein … nein!«

Durch den zuversichtlichen Ton der Antwort beruhigt, legte sich Arnold zurück und schwieg. Seine Lippen bildeten aber immer noch lautlose Worte. Bezug nahm Hainx mit hinaus und fragte ihn vor der Tür: »Glauben Sie, dass ich es wagen soll … Er hat damals gesagt … Wie hat er gesagt? … Es wird gut sein, einem Weib Einfluss auf ihn zu geben. Glauben Sie, dass er das gemeint hat? Meinen Sie nicht, dass es ihm schaden kann? … Es ist eine große Erschütterung …«

»Vielleicht nimmt sie seine Starrheit von ihm.«

»Sie könnten Recht haben … Ja, Sie haben wohl Recht.

Glaube dem Wunder! Warum sollte ein Weib nicht auch einmal Wunder tun?«

»Wenn Sie nur Bianca dazu bringen werden. Sie erinnern sich doch, dass sie die Schwester unseres famosen Adalbert ist. Der gleiche Schlag … widerspenstig …«

»Sie wird es tun müssen …«

Aber Bezug fand, als er sich abends in Nellas verriegelte Kajüte Eingang verschafft hatte, dass Hainx Recht behalten sollte. Zuerst hatte sie überhaupt nicht öffnen wollen, und erst als er die schärfsten Drohungen gebrauchte, ging ein Spalt ihrer Türe auf, den sie gleich wieder schließen wollte, als habe sie sich eines anderen besonnen. Aber es war zu spät, schon hatte Bezug seinen Fuß in den Spalt geschoben und riss die Türe mit der ganzen Brutalität des Herrn auf. Er fand Nella zum Widerstand gerüstet, obzwar er die Anwandlungen der Furcht hinter ihrer Panzerung sogleich erkannte. Mit ein Paar Schlägen ins Gesicht und über die Schultern zerbrach er ihren Trotz und ihren Stolz und verwandelte sie in die Sklavin, zu der er sie gemacht hatte. Aber als er ihr befahl, seinem Sohn zu Willen zu sein, und mit höhnischem Lachen Bemerkungen über die Natur des Weibes hinterdrein schickte, da richtete sie sich neuerdings empor. Dazu werde er sie niemals bringen, erklärte sie, und auf ihrem Gesicht sah er deutlich, dass sie in diesem Augenblick den letzten Ausweg, der aus jedem Wirrwarr des Schicksals hinausführt, vor sich sah. Er verstand genug von der Art dieses Weibes, um zu wissen, dass sie fähig war, über Bord zu springen. Nun war es an der Zeit, zurückzugehen und sich auf andere Mittel zu besinnen.

Tief atmend stand er vor ihr, noch die Hand zur Faust geballt, dann sagte er mit leiser Stimme, der er mit aller Anstrengung einen schmerzlichen Ton gab: »Du hältst nicht … du hältst nicht, was du versprochen hast. Hast du nicht gesagt, dass du alles für ihn tun willst? Hast du es gesagt?«

»Ich habe es gesagt. Ich war voll Mitleid für ihn. Aber an das habe ich nicht gedacht. Gott weiß es, an das nicht.«

»Was habt ihr Weiber denn so viel mehr anderes als das …?«

Nella schwieg. Dann sagte sie: »Ich kann es nicht … Ich kann es nicht …«

»Es ist gut. Aber ich will dir das eine sagen. Zwischen uns ist es aus. Wie soll ich es dulden, dass dir mein Wille nichts gilt. Ich sage dir, es ist aus … Hörst du …?«

Nella war außerstande, ihre Glückseligkeit zu verbergen, und Bezug, dem der freudige Strahl nicht entging, schrieb dies zu ihren anderen Vergehen. Sie hatte genug gelernt, um zu wissen, dass sie Bezug nichts von ihren Gefühlen verraten durfte, aber die plötzlich aufjubelnde Hoffnung war so stark, dass die Maske zerbrach. Indem Bezug tat, als bemerke er nichts davon, machte er sie sicherer: »Wenn wir zurückkehren, ziehe ich meine Hand von dir … Du wirst deinen Haushalt auflösen müssen, und ich werde dafür sorgen, dass der Direktor dich bald entlässt. Du kannst dann gehen, wohin du willst. Ich kümmere mich nicht mehr um dich ….«

Jauchzend nahm sie diese Drohung als ein Versprechen hin, das ihr neue Kraft gab.

»Und nun verlange ich nichts weiter von dir …« – Noch immer, trotz allem, was sie erfahren hatte, war Nella zu wenig misstrauisch. Immerhin war sie so vorsichtig, erst die Lage zu prüfen und sich so lange aus ihrer Festung nicht zu entfernen.

Hainx, der am anderen Morgen nicht in Bezugs Auftrag, sondern – wie er versicherte – aus eigenem Antrieb kam, um sich nach ihrem Befinden zu erkundigen, erhielt von Nella den Bescheid, sie sei seekrank. Die Tür blieb dabei geschlossen, sodass Hainx nicht wissen konnte, ob ihm die Wahrheit gesagt worden war oder nicht. Und die Behauptung hatte einige Wahrscheinlichkeit, denn die See blieb bewegt, und die *Regina Maris,* die auf Bezugs Befehl keinen Hafen aufsuchen durfte, ritt vor dem Sturm auf den schäumenden Wogenrücken. Nella ließ sich während dreier Tage nicht sehen, und die Mahlzeiten wurden ihr durch den schmalen Türspalt geschoben. Mit dem Scharfsinn, den die Not zur Tat antreibt, hatte sie eine Sicherung gegen unvermutete Angriffe ersonnen. Sie hatte die Stricke, mit denen ihr Reisekorb umwunden war, dazu verwendet, um starke Bänder oben und unten vor die Türe zu legen, die nur ein mäßiges Öffnen gestatteten. Diese Erfindung, die in den Sicherheitsketten der Großstadtwohnungen ihr Vorbild hatte, machte Nella so viel

Freude, dass sie sich in ihrem Gefängnis behaglich fühlte, wie Kinder, die sich in irgendeinem Winkel ein Haus eingerichtet haben. Ganz auf sich selbst gestellt zu sein, das war ihr nach den Erlebnissen der letzten Zeit fast ein neues Gefühl, und die Angst, die irgendwo dunkel lauerte, verstärkte nur das Behagen an der gesicherten Gegenwart.

Aber am dritten Tage, als diese Gefühle ihren Reiz eingebüßt hatten, breitete sich eine Lähmung aus. Der Aufenthalt in dem engen Raum bedrückte ihren Geist; sie wurde es endlich überdrüssig, durch das runde Kajütenfenster auf das Meer hinauszusehen, das bisweilen so nahe war, dass sie mit der Hand in den Schaum hätte greifen können, wenn sie das Fenster hätte öffnen dürfen. Dann prallte wieder ein wilder Schwall gegen die Scheibe, weiße Schaumkringel und Luftblasen, die wie große opalisierende Perlen herabglitten. Die unendlichen Möglichkeiten dieses Spieles füllten einen halben Tag aus. Dann kam das ruhelose Umherwandern zwischen dem Waschapparat und dem kleinen Wandschrank des angrenzenden Raumes, aber auch diese Bewegung verlor endlich ihre Wirkung. Nella versuchte, die Tage zu verschlafen. Nach einer halben Stunde sprang sie auf, kramte in ihrem Reisekoffer und verschaffte sich Arbeit, indem sie die künstlich hergestellte Unordnung wieder aufhob. Mit Schaudern dachte sie an die ungezählten Myriaden von Menschen, die ein ganzes Leben in noch viel engeren Räumen bei Dunkelheit und bei elender, halb verfaulter Nahrung zugebracht hatten. Es war ihr klar, dass sie nach einigen Monaten in Tobsucht verfallen wäre. Und plötzlich fühlte Nella eine heiße Sehnsucht nach einem Buch, dessen Einfluss sie befreien sollte. Sie war in ihrer Einsamkeit zu viel sich selbst überlassen, und der Wunsch, sich an andere zu verlieren, gewann Herrschaft über sie. Nach einigem Überdenken kam sie zu dem Schluss, dass es nicht gefährlich sei, einen Gang in den Salon hinüber zu unternehmen, wo die kleine Bibliothek des Schiffes untergebracht war. Bezug hatte ja darauf verzichtet, ihren Gehorsam zu erzwingen. Immerhin war es besser, eine Zeit zu wählen, in der sich voraussichtlich niemand im Salon aufhalten würde. Nella wartete eine stille Nachmittagsstunde ab und verließ dann leise und vorsichtig ihre

Festung. Den Gang entlang, der noch mit Küchendunst erfüllt war, an den Kajüten Hainx' und Arnolds vorbei, schlich sie in den Salon. Ganz vorsichtig öffnete sie die Türe, bereit, sie augenblicklich zuzuwerfen und zu fliehen. Als sie niemanden im Salon bemerkte, trat sie zuversichtlicher ein, durchschritt den Raum und kam in das kleine anstoßende Rauchzimmer, wo die Bibliothek in ihrem Mahagonischrank stand. Ohne lange zu wählen, nahm sie zwei Bände und wollte wieder in den Salon zurückkehren, als sie ein Geräusch dort drinnen wie ein heißer Strahl durchstieß. Sie wusste augenblicklich, es war jemand eingetreten, außer ihr war jetzt noch ein Mensch in diesem Raum, der nur jenen einen Ausgang hatte. Mit verwirrender Schnelligkeit überflog sie alle Möglichkeiten der Rettung; es erschien ihr noch am besten, der Gefahr sogleich entgegenzugehen und, wenn nötig, mit Gewalt den Ausgang zu gewinnen. Sie stürzte vorwärts in den Salon, wie man sich der grässlichen Gewissheit entgegenwirft, um den grässlicheren Zweifeln zu entgehen.

Da stand Arnold mitten im Zimmer.

Und jetzt, gerade in diesem Augenblick, dem letzten Augenblick der Rettung, hörte sie hinter seinem Rücken ein scharfes Knacken. Man hatte die Tür von außen abgesperrt, sie war mit Arnold hier eingeschlossen. Das Grässliche war aber in diesem Moment nicht so sehr diese Erkenntnis, nicht einmal Arnolds körperliche Anwesenheit, sondern das Bild, das ein seitwärts hängender Spiegel von ihm gab. Nach dem ersten entsetzten Schrei glitt Nellas Blick von Arnolds Gesicht ab; sie war außerstande, diese glühenden, glimmenden, grün schimmernden Augen zu ertragen. Und da sah sie in dem Spiegel über dem Spieltisch ein nicht mehr menschliches Profil. Hier, wo die Aufmerksamkeit nicht auf den Ausdruck der Augen allein, sondern auf die Gesamtheit der Züge gerichtet war, konnte sie alle Einzelheiten erkennen: den vorgeschobenen Unterkiefer, die fletschenden Zähne, von denen sich die Lippen halb zurückgezogen hatten, sodass die Grimasse eines fürchterlichen Grinsens entstand; es wollte ihr scheinen, dass sich die Tierheit auch in der stumpfen Nase und der zurückfliehenden Stirn aussprach. Noch war etwas Menschliches an der Oberfläche, aber darunter tobten vulkanische Gewalten, wie unter einer dünnen Kruste, in einer äußersten Spannung, die sich jeden Augenblick auslösen konnten.

Plötzlich bemerkte Nella, dass das Bild sich im Spiegel verschob und auf den ihr näher gelegenen Rahmen zurückte. Arnold schlich auf sie zu. Es war gewiss, er würde sich über sie werfen und sie mit brutaler Kraft überwältigen. Wenn sie Furcht zeigte und floh, war sie verloren. Und wohin hätte sie fliehen sollen, da man so sorgfältig gewartet hatte, bis sie in die Falle gegangen war? Es blieb nichts übrig, als einen Versuch zu wagen, den Gegner durch überlegenen Mut einzuschüchtern.

Nella wandte den Kopf und sah Arnold gerade entgegen. Sie versuchte trotz ihrer Angst den bannenden Blick zu finden, mit dem sie ihn schon früher oft zurechtgewiesen hatte. Im Augenblick hörte Arnold auf, vorwärts zu schleichen und sah an Nella vorbei, indem er den Kopf hängen ließ und mit den Armen schlenkerte. Dabei trat eine Art von Lächeln auf sein Gesicht, ein fürchterliches und erstarrendes Lächeln. Nella dachte: *So muss das Lächeln der ersten Menschen gewesen sein, die sich weit hinten im Dunkeln der Zeiten über die dumpfe Welt des Tieres erhoben.* Und jetzt versuchte Arnold zu sprechen. Aber es kamen nur glucksende und gurgelnde Laute aus seiner Kehle. Ein Röcheln, das sich aus einer keuchenden Lunge emporrang.

Arnold schwieg und sah Nella wieder an, während er fortfuhr, die Arme leise pendeln zu lassen. Und nun setzte er sich wieder in Bewegung, ganz langsam vorrückend, als beschleiche er einen wachsamen Feind. Nella wusste, dass sie nicht einen Schritt zurücktun durfte. Sie hielt stand und legte alle Kraft ihres gesunden Willens in ihren Blick. Es war ein fürchterliches Ringen, aber Nella brachte den Feind noch einmal zum Stehen. Nun war sie entschlossen, ihren Vorteil nicht mehr aufzugeben und Arnold festzuhalten. Sie sah ihn den Blick von ihr abwenden, immer wieder zu ihr zurücklenken und wieder abwenden.

So standen sie einander eine endlos lange Zeit gegenüber. Nichts war zu hören als das Scharren der Wogen an den Planken. Einmal war es, als gäbe es ein Geräusch außen an der Türe. Es entfernte sich wieder, und Nella, der eine vage und ganz ferne Hoffnung auf irgendeine Art Veränderung aufgegangen war, stand wieder starr und hilflos. Sie fühlte, wie ihre Kraft schwand … Mit ihrer Angst allein gelassen, trieb sie auf einem Meer des Grauens. Die Zeit war ohne Abschnitte und vereinigte sich auf seltsame Weise mit dem wogenden Rhythmus des Meeres, sodass es schien, als wiederhole das Meer nur den Pulsschlag der Zeit. Plötzlich ward sie sich dessen inne, dass das Gesicht Arnolds vor ihren Blicken verschwamm. Was war geschehen? Trübte sich ihr Blick? Verließ sie ihre Kraft? Es war ein grauer Schleier vor ihr ausgebreitet, und nun bemerkte sie, dass die Dämmerung hereinbrach. Da überfiel sie ein neues Entsetzen. Wenn die Finsternis kam, dann war sie wehrlos, ihr Blick aller Macht beraubt, und Arnold würde über sie herfallen. Wieder hörte sie ein Geräusch an der Türe, das Drängen eines großen Körpers, ein Schnuppern und ein Blasen an der Türspalte, dann das Klingeln eines Halsbandes. Es mochte Barry sein, aber für Nella, der sich die Sinne zu verwirren begannen, verband sich dieser Eindruck mit der Angst vor dem Wesen ihr gegenüber, und es war ihr, als ob alle diese tierischen Laute von ihm herkämen.

Plötzlich sah sie, wie Arnold zu schwanken begann. In der Dämmerung schien es ihr zuerst eine Täuschung. Aber als sie sich mit Aufgebot aller Willenskraft zu scharfem Sehen zwang, bestätigte sich ihre Beobachtung. Arnold schwankte hin und her, in ganz anderen Schwingungen, als sie ihm das Schaukeln des Schiffes mitteilen konnten. Und mit einem Mal brach er zusammen, ganz plötzlich, als ob ihm eine Stütze entzogen worden sei, die ihn bis jetzt gehalten hatte. Er kauerte auf dem Boden, mit merkwürdig verkrümmten Gliedern, und begann schmatzend an den Fingern seiner rechten Hand zu saugen. Große Blasen Geifer quollen in seinen Mundwinkeln auf.

Es wurde dunkel, und Nella hörte nichts als das zufriedene Schmatzen eines Tieres. Ab und zu traf sie ein grünlicher Schein. Im Schutz der Dunkelheit wich Nella lautlos zurück und lehnte sich an die Wand. Die Knie zitterten ihr, und mit ausgebreiteten Armen tastete sie nach einem Halt.

Draußen kamen Tritte die Treppe hinab, flüsternde Stimmen näherten sich, dann – auf einen kurzen Befehl – erhob sich der schwere Körper vor der Türschwelle. Nun wurde ein Schlüssel in das Loch gesteckt … noch eine Pause des Überlegens und Lauschens, dann wurde die Türe vorsichtig geöffnet. Nella, die vom ersten Geräusch an alle ihre Sinne auf das Entkommen gespannt hatte, war die Wand entlang bis zur Tür geschlichen, möglichst lautlos und dabei immer in der Erwartung, dass Arnold aufspringen und sich auf sie stürzen werde. Aber es schien, als beachte Arnold sie gar nicht mehr. Er saß mitten im Zimmer und schmatzte.

Nella wartete im Dunkeln ab, bis die Türe weit genug geöffnet war, dann warf sie sich mit aller Wucht gegen die beiden Männer, die in das Zimmer hineinspähten, brach zwischen ihnen hindurch, stieß gegen Barry, der einen plumpen Sprung zur Seite machte, und lief die Treppe hinauf. Nicht mehr in ihre Kajüte … Es wäre ihr unmöglich gewesen, sich wieder einzukerkern … Sie wollte den Sturm fühlen und das Meer sehen; sie war sicher, zugrunde zu gehen, wenn sie nicht auf Deck kam.

Hinter ihr am Fuß der Treppe gab es ein Getümmel, dann einen Schrei … War es Wut? War es Entsetzen? Und dann kam etwas hinter ihr die Treppe hinauf.

Verfolgte man sie? Ehe sie noch Zeit hatte, einen Entschluss zu fassen, kam es an ihr vorbei. Es war Arnold, der auf allen vieren mit ungemeiner Behändigkeit die Stufen hinauflief. Barry kam mit ungelenken Sätzen hinterdrein. Und unten im Dunkeln schrie jemand. Außer sich vor Entsetzen rannte Nella die wenigen Stufen hinauf, die noch vor ihr lagen. Da sah sie Arnold, von Barry gefolgt, quer über das Deck hinlaufen, eines der straff gespannten Taue ergreifen und daran hinaufklettern. Barry stellte sich auf die Hinterbeine und schlug mit den Vorderpfoten auf das Tau, als wolle er auch da hinauf. Dann lief er verzweifelt hin und her, rannte zur Bordwand, richtete sich an ihr empor und mit in die Dunkelheit hinaufgewandter Schnauze stieß er klägliche Töne aus, ein Mittelding zwischen Bellen und Heulen.

»Wo ist er, wo ist er?«, rief Hainx, der nun mit Bezug die Kajütentreppe hinaufkam.

Nella deutete in die Dunkelheit hinauf.

»Dort oben?« Hainx fasste Bezug an, der an dem Treppenoberbau lehnte, ohne ein Wort sprechen zu können … »Hören Sie

… dort oben!« Aber Bezug machte nur Zeichen mit den Händen, sodass Hainx einsah, er müsse an seiner Stelle handeln.

»Kapitän, sind Sie da?«, rief er in die Richtung der Kommandobrücke.

»Ja … was gibt's?«

»Die Scheinwerfer! Lassen Sie die Masten absuchen … Wo ist er?«, und schon rannte er der Kommandobrücke zu. Nach einigen Minuten glomm ein rötliches Licht auf, wurde rasch heller, die erst zerstreuten Strahlen zogen sich in einen engen Kegel zusammen, der nun, vom Deck anfangend, den Mast entlangrückte. Dann glitt der grelle Schein wieder hinab und begann, den zweiten Mast abzusuchen. Und jetzt – stand der suchende Lichtkegel still. Man sah in seinem festen, wie körperlichen Bezirk auf der Rah des Bramsegels eine Gestalt. Sie hockte auf der Rah und hielt sich mit einer Hand an einem über ihrem Kopfe laufenden Tau. Wie diese Gestalt mit einem Stück des Mastes und Tauwerkes scharf aus der umgebenden Dunkelheit geschnitten war, schien sie vollständig beziehungslos zu aller Wirklichkeit ganz aus einem Raume genommen, wo die Dinge nichts mit unserer Realität gemein haben.

Man schrie durcheinander, Befehle wurden erteilt und widerrufen, man rannte hin und her und stieß in der Dunkelheit zusammen, da aller Blicke nach dem wiegenden und wippenden Mast gerichtet waren. Nella sah, nahe an der Quelle des grellen Lichtkegels, Hainx und Dallago im dämmernden Schein der über der Kommandobrücke befestigten Laterne. Von seitwärts fiel das Licht des Kompasses auf sie. Dallago war in heftigster Aufregung; mit emporgeworfenen Armen deutete er nach dem Mast, wo Arnold, durch den Scheinwerfer beunruhigt, sich anschickte, höher hinaufzuklettern.

Eine feuchte Schnauze stieß gegen Nellas herabhängende Hand. Barry wandte sich an sie, gleichsam Hilfe suchend, indem er ihr dadurch zu verstehen gab, dass er noch zu ihr am meisten Vertrauen habe. In diesem Augenblick sah Nella ein, dass sie den Rückfall Arnolds verschuldet hatte. Aber war es ihre Schuld? Sie sprach sich im selben Moment noch frei. Sie nahm Barrys Kopf zwischen ihre Hände und redete ihm begütigend zu, wie man ein aufgeregtes Kind durch allerlei Worte beschwichtigt, an denen der Sinn weniger wichtig ist als der Ton, in welchem sie vorgebracht werden. Der Hund drängte sich an sie und versuchte, sie in der Richtung nach dem Mast vorwärts zu bringen. Dann, als verlasse ihn neuerdings alle Besonnenheit, rannte er fort, sprang mit den Vorderpfoten auf die Bordwand und heulte in die Höhe.

Nella hörte einen keuchenden Atem hinter sich. Bezug hatte sich aufgerafft und kam an ihr vorbei, blass wie eine Leiche, wankend, mit vorgestreckten Händen. »Dallago!«, rief er zur Kommandobrücke hin. »Leute hinauf ... Sie sollen ihn holen ...!« Der Befehl des Kapitäns jagte sogleich einige Matrosen in die Wanten. Jetzt kam der Mond aus den zerrissenen Wolken hervor, und eine breite freie Fläche des Himmels lag vor ihm. Man übersah mit einem Mal die Szene. Während die Matrosen rasch hinaufkletterten, rückte Arnold immer höher, von Zeit zu Zeit innehaltend, um nach seinen Verfolgern zurückzublicken. Nun war eine tiefe Stille eingetreten, niemand rief mehr, alle Blicke hingen auf der seltsamen Jagd; Nella fühlte sich wie gewaltsam ausgedehnt, wie körperlich gespannt, sodass den beengten Lungen der Atem auszugehen drohte. Nur Barry wanderte ruhelos hin und her, zwischen seinem Platz an der Bordwand und Nella, die er immer wieder anstieß, um sie zur Tat aufzufordern.

Nun tauchten die ersten der Verfolger aus dem Mondlicht in den gelben Schein des Lichtkegels. Arnold hielt sich wenige Fuß über ihren Köpfen an einem Seil und begann, in krächzenden Lauten auf sie niederzuschreien. Unbekümmert um seinen Zorn rückten sie vor, und schon griff der Erste nach Arnolds Beinen. Da ... Nella sah, wie Arnold sich noch ein wenig höher zog und dann, gerade als die Spitze des Mastes sich stark seitwärts neigte, mit einem Schrei seine Umklammerung losließ. Der verfolgende Matrose griff ins Leere.

Jemand schrie hinter Nella auf. Sie sah Bezug neben Dallago auf der Kommandobrücke stehen und die geballten Fäuste erheben. Und nun folgte ein ungeheurer Tumult.

»Zu den Booten ... Zu den Booten ...!«

Es dauerte nicht länger als zwei Minuten, bis die beiden Boote bemannt und herabgelassen waren und vom Schiff abstießen. Nella wusste nicht, wie sie zur Bordwand gekommen war. Mit krampfhaftem Griff hatte sie irgendein Tau umfasst und sah hinaus, wo der grelle Kreis des Scheinwerfers suchend über die Wogen glitt. Irgendwelche Manöver gingen vor sich. Die Eindrücke verwirrten sich und brausten wild durcheinander. Plötzlich hörte sie einen pfeifenden Laut. Ein Körper setzte über die Bordwand und fiel plump ins Wasser. Nella sah Barrys Kopf im Schaume eines Wellenkammes. Er schwamm zwischen den Booten durch, einer Stelle zu, die außerhalb des beleuchteten Kreises lag. Der Scheinwerfer folgte seinem Weg, und nun war Arnold gefunden.

»Dort draußen …! Dort draußen!«, schrie jemand von der Kommandobrücke herunter.

Ein Körper rang mit den Wellen. Ein Arm kam hoch, ein Kopf, und eben als Barry, den Booten voran, seinen Herrn erreicht hatte, verschwand der Körper. Und nun kamen die Boote im schweren Kampf gegen den Wogengang heran.

Barry schwamm in kleinen Kreisen um die Stelle, wo Arnold untergegangen war.

Obzwar die Leute in den Booten wussten, dass der Versunkene nicht mehr zum Vorschein kommen würde, hielten sie sich an derselben Stelle. »Den Hund …«, sagte der Steuermann des ersten Bootes, »… wenigstens den Hund!« Einer der Ruderer stand auf, und im Bug kniend wartete er, bis das Boot an Barry herangekommen war. Aber als der Mann den Arm ausstreckte, wich Barry aus. Wieder folgte das Boot seinen Kreisen, bis es dem Matrosen gelang, Barrys Halsband zu fassen. Mit aller Kraft sich gegen den Retter wehrend, hätte Barry den Mann fast aus dem Boot gezogen. Der Matrose musste den Hund loslassen, aber, nun einmal durch den Widerstand des Tieres erst recht für seine Rettung entflammt, ließ der Steuermann das Boot unablässig den Bewegungen des Hundes folgen. Ein zweites Mal fasste der Mann im Bug Barrys Halsband und versuchte den schweren Körper ins Boot zu ziehen. Aber es blieb ihm nur ein zerrissenes Halsband in Händen, und man musste, da nun eine schrille Pfeife vom Schiff zur Rückkehr rief, den Hund zurücklassen.

Nella sah ihn in immer gleichen Kreisen auf derselben Stelle schwimmen, als das Schiff schon seinen schweren Kampf gegen den Sturm aufgegeben hatte und wieder vor dem Wind ging. Das Licht des Scheinwerfers erlosch, und nun war die Nacht wieder allein dem Mondlicht überlassen. Es war wie ein Verlöschen der Hoffnung, wie ein Aufgeben der letzten Rettungsgedanken. Der Mond beharrte am Himmel, und immer mehr erweiterte sich der freie Raum um ihn. Ein paar Matrosen unterhielten sich flüsternd in der Nähe Nellas. Sie wagte nicht, sich umzuwenden, um nicht zu sehen, was mit Bezug vorging. Endlich trieb es sie an, wie die Angst, die uns in dunklen Zimmern überfällt, nach der Kommandobrücke hinzusehen. Da kam Bezug eben mit Hainx die Treppe herab. Bezug ging voran, ganz aufgerichtet; im Mondschein war sein Gesicht von einer grünlichen Blässe. Am Ende der Treppe stand er einen Augenblick still und legte die Hand auf den Haken, an dem das Tau befestigt war.

Dann kam er gerade auf Nella zu. Sie sah ihn kommen, und etwas in ihr schrie ihr zu, zu fliehen, aber sie war unfähig, auch nur einen Schritt zu machen. Er hatte sie erreicht ... Er trat heran und hob die geballten Fäuste zu ihrem Gesicht. Sie erwartete einen Schlag, ein fürchterliches Wort ... aber sie sah nur eine Verzerrung seines Gesichtes, eine Erstarrung, die noch schrecklicher war als der wildeste Ausbruch. Der Mund stand weit offen, und plötzlich fand sie wieder jene Ähnlichkeit mit Arnold, die sie schon oft beunruhigt und gequält hatte. Bezugs Fäuste sanken herab, er sah ihr noch einmal in die Augen, mit einem so hasserfüllten Blick, dass Nella erbebte. Dann schritt er an ihr vorüber dem Bug zu.

Noch einmal sah sie ihn dort die Arme erheben, mit derselben drohenden und wilden Gebärde, und sie wusste, dass er das Meer verfluchte, das Element, dem er sich vermählt und dem er seine Herrschaft aufgezwungen hatte und das ihm heute Nacht den Gehorsam verweigerte. Hainx aber, der einen Schritt hinter Bezug stand, hörte seine irren Worte: »Ewig ... ewig! Wir wollen sehen ... wir wollen sehen ... wenn die Erde mein ist ... es wird ein Tag kommen ... die lächerliche Unendlichkeit ... wir werden sehen ... meine Macht ist über ... ist über dir ...« – Und Hainx musste wieder an Xerxes denken, der den Hellespont züchtigen und in Ketten schlagen ließ.

Gegen Tagesanbruch, als ein graues Licht über die Wellen floss, bemerkte der Kapitän ein kleines Segelboot in der Ferne. Der Wind hatte abgeflaut, und ein heiterer Himmel, an dem noch einige Sterne und die tief stehende Mondsichel sich gegen den ersten Schimmer des Morgens behaupteten, verkündete den schönsten Tag. Die *Regina Maris* vermochte ohne besondere Schwierigkeiten den Kurs gegen das Land zu nehmen, wie es Bezug befohlen hatte, als er das Deck verließ. Hainx, der neben Dallago die Nacht auf der Kommandobrücke verbracht hatte, folgte der weisenden Hand des Kapitäns mit dem Blick.

»Was für ein Boot ist das?«, fragte er.

Der Kapitän sah eine Weile angestrengt hinaus: »Das kann ich nicht so glatt sagen. Ein Fischerboot? Es sieht nicht wie ein Fischerboot aus …« Und nachdem er das Fernrohr benutzt hatte, fuhr er fort: »Ein Fischerboot ist es nicht … Es ist, wie wenn es von dieser Nacht arg mitgenommen wäre … Ich sehe den Stumpf eines Mastes …«

»Ist jemand drinnen?«

»Das kann ich nicht … Ich glaube nicht … wenn er nicht auf dem Boden liegt. Es treibt steuerlos. Sonderbar … Ich denke beinahe …«

»Was denn?«

»Es könnte ja schließlich sein. Wir sind ja wieder ungefähr in der Nähe von Antothrake … Ich wette … Ja, es ist wohl das Boot vom Schloss unseres Herrn.«

»Das ist Ihnen möglich zu erkennen?«

»Man bekommt den Blick dafür. Wenn man ein Schiff oder ein Boot einmal gesehen hat, so vergisst man nicht, wodurch es sich von anderen unterscheidet. Ich wette, dass es das Boot von Antothrake ist … Es wird sich losgerissen haben … Halt … Warten Sie!« Er hob das Fernrohr rasch auf und sagte: »Ein Mensch … Ich sehe einen Menschen … Er richtet sich auf und sieht nach uns herüber … Es ist … Wissen Sie, wer das ist?«, fragte er, indem er das Fernrohr sinken ließ.

»Wer …? Wer kann es sein?«

»Dieser junge Mensch ist es ... dieser Dichter ...«

»Adalbert?«

»Ja ... Sehen Sie, Sie müssen es jetzt schon mit freiem Auge sehen ... Er winkt ... Er hat uns erblickt und winkt. Er ist in Not...«

Im gleichen Augenblick einander zugewandt, versuchte jeder auf dem Gesicht des anderen zu lesen, und sie sahen denselben Gedanken zugleich auch im anderen entsprungen. Nach einem Zögern gab Dallago dem Steuermann den Befehl, den Kurs auf das treibende Boot zu richten. Im helleren Licht erkannte nun auch Hainx den Mann im Boot, der auf den Knien lag und mit einem Fetzen des Segels oder einem Taschentuch winkte.

»Hören Sie«, sagte Hainx plötzlich, indem er seine Hand auf den Arm des Kapitäns legte, »was denken Sie über diese Nacht? Was wird Bezug tun?«

Misstrauisch sah Dallago den Frager an: »Ich weiß es nicht.«

»So viel ist sicher, dass er sich an allen rächen wird, die seine Hoffnungen zerstört haben. Ich habe gehört, wie er dem Meer geflucht hat ... Dem Meer ...«

Erschaudernd wiederholte der Kapitän: »Dem Meer!«

»Und nicht weniger Hoffnung hat er auf dieses Weib gesetzt ... auf Bianca. Sie hat seine Hoffnung nicht erfüllt. Er wird sie strafen ... an allem, was sie liebt ...«

»Er ist der Herr! Er hat die Macht ...«

Die *Regina Maris* war dem Boot näher gekommen, und Adalbert hatte, jetzt seiner Rettung gewiss, das Winken eingestellt. Mit einer heiseren Stimme sprach Hainx nach einem kleinen Schweigen weiter: »Wissen Sie, Kapitän, dass dieser Mensch, dass Adalbert Biancas Bruder ist?«

»Wirklich ... ihr Bruder? Und sie weiß es nicht ...?«

»Sie weiß es nicht. Aber glauben Sie, dass Bezug untröstlich wäre, wenn die *Regina Maris* heute Adalbert nicht aufgenommen hätte ... oder sagen wir mit Bedacht auf die Grammatik: aufnehmen würde ...«

Der Gedanke stand da, von Hainx in Worte gewandelt, er war lebendig geworden und übte seine Gewalt aus. Noch immer aber war in Dallago der Instinkt des Seemannes mächtig, und noch war er nicht ganz von Hainx gewonnen.

»Sind Sie Ihrer Leute sicher?«, fragte Hainx.

»Ich kann ihnen befehlen, was ich will.«

»Und kein Wort kommt über dieses Schiff hinaus ...?«

»Kein Wort ...«

»Ich will Ihnen etwas sagen: Adalbert ist der Geliebte Elisabeths ...«

Hainx sah eine Flamme auf Dallagos Gesicht. Dann folgte etwas, dessen sich Hainx nicht versehen hatte. Dallago, der zuerst einen Schritt zurückgetreten war, stürzte sich plötzlich auf ihn, fasste ihn am Hals und begann ihn zu würgen. Überrascht wehrte sich Hainx gegen diesen Angriff, und als es ihm gelungen war, ein wenig Luft zu bekommen, rief er den Wütenden an: »Was fällt Ihnen ein? Sind Sie wahnsinnig?«

Keuchend stand ihm der Kapitän gegenüber: »Was sagen Sie ... Was sagen Sie?«

»Ich sage, dass er ihr Geliebter ist ...«

Alles, was Dallago von seiner Leidenschaft zu dulden gehabt hatte, fiel ihn in dieser einen Sekunde in glühenden raschen Erinnerungsbildern an; er versuchte in einem tollen Wirbel vergebens festen Stand zu gewinnen.

An das Geländer der Brücke geklammert, schrie er Hainx an: »Ihr Geliebter?«

»Und er ist in Ihrer Hand«, sagte Hainx leiser.

Da wandte sich Dallago zu dem Mann am Steuerrad, deutete auf das Boot, das nun in weniger als Rufweite vor dem Schiff lag und setzte dann die rechte Hand senkrecht, in rechtem Winkel mit der Handschneide auf den Rücken der Linken. Der Steuermann sah den Kapitän erschrocken an und überwand sein Zögern erst, als er die finstere Wiederholung des Befehles in den Augen Dallagos sah.

Mit einem kleinen Ruck am Rade veränderte er ein wenig die Richtung des Schiffes. Er nahm die gerade Linie auf Adalberts Boot.

Einige Matrosen der Deckwache kamen langsam zur Kommandobrücke. Sie hatten das Boot bemerkt und wollten Dallagos Befehle einholen. Aber er winkte ihnen zornig mit einer Handbewegung, die ausdrücken sollte, dass sie sich um nichts zu kümmern und an ihre Plätze zu gehen hätten. Adalbert hatte sich in seinem Boot erhoben und sah, sich an den Stumpf des Mastes haltend, dem Schiff entgegen.

Die *Regina Maris* hielt unverändert ihren Kurs, der das Boot gerade überschnitt.

Jetzt war sie heran, aber anstatt zu wenden und ein Boot auszusetzen oder sachte an das kleine Wrack heranzugleiten, fuhr sie mit unveränderter Geschwindigkeit darauf los. Es war nur eine Sekunde, die Hainx und Dallago den köstlichen Anblick der fürchterlichen Wandlung von freudiger Hoffnung in Entsetzen auf Adalberts Gesicht darbot. Sie standen beide vorgebeugt und genossen das Schauspiel.

»Soll ich einen Gruß bestellen?«, schrie Hainx hinunter.

Dann knirschte etwas unter dem Kiel der *Regina Maris,* ein kleiner Ruck ging durch ihren ganzen Körper … Ein erstickter Schrei kam herauf, und dann verfolgte das Schiff wieder stetig seinen Kurs. Als sie zurücksahen, schaukelten einige Trümmer auf den Wogen, auf einem von ihnen klebte etwas wie ein menschlicher Körper.

Hainx lächelte.

Auf einmal erstarrte dieses Lächeln. Auf den Stufen zur Kommandobrücke stand Bianca, wie es schien, im Begriff hinaufzusteigen, aber auf halbem Wege von allen Kräften verlassen. Sie hatte die Nacht auf Deck zugebracht, in einem Winkel hinter Tauen zusammengekauert, immer in Angst, von Bezug aufgesucht und gerichtet zu werden. Endlich, gegen Morgen, war sie in Schlaf verfallen, aus dem sie erst durch ein Gespräch zweier Matrosen erweckt wurde, die sich in ihrer Nähe halblaut unterhielten. Ohne dass sie die Worte verstand, sah sie doch aus den Gebärden und den sprechenden Mienen der Italiener, dass sie sich in Aufregung befanden. War wieder etwas vorgefallen? Was hatte es da wieder gegeben? Sie sah, dass die Aufmerksamkeit der Leute auf das Meer gerichtet war; verwirrt und erschreckt und in der Befangenheit des Schlafes alles noch auf den Unfall der Nacht beziehend, lief sie zur Bordwand. Sie kam gerade zurecht, um ein Boot mit einem Menschen unter dem Kiel des Schiffes verschwinden zu sehen und einen erstickten Schrei zu hören.

Was war da geschehen? An das Tau der Treppe geklammert, stand sie da, und Hainx las in ihrem Blick die fürchterliche Frage.

»Ein zweiter Unfall«, sagte er. »Es ist eine schlimme Nacht gewesen. Ahriman war losgelassen.«

»Was ist geschehen?«

»Ein Boot … Es ist uns … Wir haben es übersegelt … Ein Unfall …«

»Ein Unfall?« Es war eine drohende Frage.

Und sie erhielt eine drohende Antwort: »Ich rate Ihnen, an nichts als an einen Unfall zu denken …«

Nella sah plötzlich die Gestalten des Kapitäns und Hainx' sich ins Breite ziehen, verschwimmen und sich miteinander zu einem Klumpen vereinigen. Dann sah sie nichts mehr.

Ein Vermisster kehrt zurück.
Looping the Loop

Während der Abwesenheit Bezugs hatte Frau Agathe einige Male hohen Besuch gehabt. Seine bischöfliche Gnaden, Doktor Franz Salesius Graf von Pöschau, war vorgefahren und hatte sich nach ihrem Befinden erkundigt. Hocherfreut durch diese Aufmerksamkeit, fühlte sich Frau Agathe jedes Mal auch in ihrem körperlichen Befinden etwas gebessert und zweifelte nicht, dass diese günstigen Wirkungen dem Einfluss der Gnadenmittel zuzuschreiben seien, deren Verwaltung dem Bischof zustand. Nach dem dritten Besuch, bei dem sie den Grafen nicht mehr auf dem Diwan liegend, sondern sitzend empfangen konnte, sprach sie, als er sich verabschiedete, von der Besserung des Befindens, die sie ihm verdanke.

Mit weltmännischem Lächeln hörte sie der Bischof an, und noch einmal in den Salon, den er schon verlassen wollte, zurückkehrend, fragte er: »Es war also nichts mit den toten Fröschen?«

Errötend gestand Frau Agathe, dass sie schon seit mehr als zwei Wochen diese Kur, die ihr keinerlei Erleichterung brachte, aufgegeben habe. »Tote Frösche«, sagte sie, »... ich begreife nicht, wie ich an solchen Unsinn glauben konnte.«

»Ich bin der Ansicht, dass man jedermann selbst gestatten soll, seine Überzeugung zu finden. Und nun habe ich das Vergnügen, meine Ansicht in Ihrem Fall wieder bestätigt zu sehen. Was nützt es, den Menschen überreden zu wollen oder ihn zu etwas zu zwingen? Er wird unwillig folgen oder nur halb überzeugt sein. Und die heilsamsten Mächte sind immer die geistigen Mächte. Vor allem der Komplex von Gefühlen, den wir Religion benennen. Aber wenn die Religion heilsam sein soll, dürfen wir niemanden zum Glauben zwingen.«

»Die geistigen Mächte ... gewiss! Sie, bischöfliche Gnaden, strahlen eine solche Macht aus.«

»Ich weiß«, fuhr der Bischof fort, ohne zunächst auf diese Hervorhebung seiner Persönlichkeit einzugehen, »ich weiß, dass dem Glauben auch der Afterglaube oder Aberglaube nahe verwandt ist. Aber man muss das wohl unterscheiden. Sie kennen mich, gnädige Frau, und wissen, dass ich kein Fanatiker bin. Meine Vergangenheit spricht dagegen. Aber denken Sie einmal an das Shakespearewort von den Dingen zwischen Himmel und Erde.

Oft heftet sich der Glaube an ein Gnadenbild. Denken Sie, der Glaube von Tausenden, von Hunderttausenden ... Alles auf ein Bild geheftet, das nur die Darstellung eines erlösenden Gedankens, einer heilsamen geistigen Macht ist. Ist es nicht, als ob diese Wünsche und frommen Gefühle von Hunderttausenden in diesem Bild aufgespeichert würden, etwa wie elektrische Kräfte in einer Leydener Flasche aufgespeichert werden können? Es ist so.

In einem solchen Bild, auf das jahrhundertelang unzählige Menschen ihre Hoffnungen gerichtet haben, dem sie ihr Innerstes erschlossen haben, sind geheime Kräfte, denen wir keinen Namen zu geben vermögen. Wir ahnen sie, und aus ihren Wirkungen erwächst uns die Gewissheit ihrer Gegenwart.«

»Sie sprechen von dem wundertätigen Bild in Schönau?«

»Ich denke an dieses Bild. Ich freue mich, Ihnen sagen zu können, dass es uns gelungen ist, Vergünstigungen zu erhalten, und dass sein Ruf in die Welt hinauszudringen beginnt.

Polydor Schleimkugel, Sie erinnern sich des dicken Gastes

beim Verlobungsfest Ihrer Tochter ... er hat sich Verdienste erworben. Und nun werden alle Leidenden und Beladenen die heilige Stätte aufsuchen.«

»Ich will ... ich darf es auch versuchen, ob ich der Gnade würdig bin?«

»Der Weg zum Heil ist allen Menschen offen. Aber Sie müssen das Bild an seiner Stätte besuchen. In Russland, wissen Sie, kommt es vor, dass man die Gnadenbilder in die Häuser der Reichen bringt, um die vornehmen Leute nicht zu bemühen. Aber das ist nicht das Richtige. Wir dürfen nicht verlangen, dass das Heilige zu uns kommt. Wir müssen es selbst aufsuchen.«

»Sobald ich nur bei besserer Gesundheit bin ...«

»Gewiss; warten Sie so lange, bis Sie sich stark genug fühlen, um nach Schönau zu kommen. Sie sollen mit aller Aufmerksamkeit empfangen werden ...«

»Und inzwischen bringen Sie mir einen Abglanz des himmlischen Lichtes ...«

»Gerne ... sooft Sie es gestatten.« Und nach einem langen Blick in die erhellten Augen Agathes und einem Handkuss ging der Bischof fort.

Aber der Besserung in Agathes Befinden sollte ein jäher Rückfall folgen. Das Telegramm, das ihr den Tod ihres Sohnes meldete, traf sie im Gespräch mit Hecht. Der Bräutigam Elisabeths hatte sich neuerdings mit wildem Eifer in die Arbeit gestürzt. Vom frühen Morgen bis zum späten Abend auf den Baugründen beschäftigt, wo Tausende von Arbeitern mit den Vorbereitungen zu einem allen unbekannten Werk bemüht waren, nahm er sich täglich kaum eine Stunde Zeit, um auszuruhen. Dann aber kam es vor, dass er sich tagelang wieder nicht am Bau sehen ließ und auch in seiner Wohnung nicht aufzufinden war. Die Geschäfte der Milliardengesellschaft kamen ins Stocken, die Arbeit verzögerte sich und ruhte endlich ganz, denn es war niemand da, der ihr Ziel und Wege gewiesen hätte. In dieser Zeit rannte Hecht in den Wäldern umher, kehrte in Dorfwirtshäusern ein, wo er sich mit Bauern und Tagelöhnern betrank. Wenn dieses Toben, in dem Tag und Nacht keine Abwechslung brachten, seine Kräfte erschöpft hatte, schlief er einen Tag lang im Wald hinter einer

Hecke, auf dem Heuboden eines Bauernhofes, in dem schmutzigen Bett eines Dorfwirtshauses. Dann kehrte er wieder zur Arbeit zurück, mit erneutem Eifer und einer Hast, alles nachzuholen, was er versäumt hatte. Ab und zu kam er auch zu Frau Agathe, um sich nach Elisabeth zu erkundigen. Das war die einzige längere Unterbrechung, die er sich in den Tagen seines Eifers vergönnte. Er hatte sich eine Art des Benehmens gegen seine künftige Schwiegermutter zurechtgelegt, die von Respekt sehr weit entfernt war. Mit der Frage nach Nachrichten von Elisabeth betrat er ihr Boudoir, saß gleichgültig und gelangweilt, wenn sie von ihrem Zustand erzählte, und lenkte das Gespräch sogleich auf das einzige Thema, das ihn aufmerken machte, wo sich irgend Gelegenheit zu solcher Ableitung fand.

Als Frau Agathe das Telegramm erhielt, fuhr er auf, und, von seinem Sitz halb erhoben, sah er gespannt zu ihr hinüber. Er sah, wie sie das Telegramm öffnete, entfaltete und dann mit einem Schrei zurückfiel. Das Blatt lag neben dem Diwan auf dem Boden und teilte nun auch Hecht, als er es aufhob, die Unglücksnachricht mit.

»Hm!«, sagte er. »Tot! Ertrunken … Da ist nichts zu machen …«

Frau Agathe lag eine Weile ganz lautlos, sodass Hecht schon mit kalt prüfendem Blick an sie herantrat. Aber jetzt brach erst das Jammern los. Zuerst in ganz unzusammenhängenden Silben, dann in Kaskaden von Worten. Hecht stand neben der jammernden Frau und betrachtete sie, ohne einen Versuch zu machen, sie zu trösten.

»Ich begreife Sie nicht«, sagte er endlich, »warum schreien Sie so? Ob der unglückliche junge Mensch unten im Wasser liegt oder in Ihrem Haus eingesperrt gehalten wird, das kann doch Ihnen ganz gleich bleiben. Sie haben ihn doch seit Jahren kaum gesehen.«

»Mein Sohn, mein armer Sohn«, schluchzte Frau Agathe.

»Was wollen Sie? Ihr Sohn …? Gewiss … Ihr Sohn … gut. Was weiter? Was hat Sie mit ihm verbunden …«

»Mutterliebe … Sie begreifen nicht, was alles in dem Wort Mutterliebe liegt …«

»Reden Sie nicht solchen Unsinn«, sagte Hecht brutal, »als ob ich nicht selbst eine Mutter gehabt hätte. Sie ist gestorben, und gerade ihr Ende habe ich nicht so mit Liebe umgeben können, wie sie es verdient hatte. Weil ich inzwischen ... Mutterliebe? Ich weiß, was das bedeutet. Aber Sie? Waren Sie diesem Unglücklichen eine Mutter?«

»Ich ...«, Agathe fuhr empört auf. »Ich? Ich soll ihm keine Mutter gewesen sein?«

»Nein! Sie haben ihn geboren, das war alles. Aber mehr haben Sie nicht getan. Nicht mehr!«

»Meine Angst, meine Sorgen um ihn ... Mein Entsetzen ...«

»Schweigen Sie doch. Spielen Sie keine Komödie! Was wollten Sie mir vormachen? Gegraut hat es Sie vor ihm. Ihr seid seltsame Leute in diesem Haus. Ich vermute fast, dass irgendein grässliches Geheimnis in diesen Dingen ist.«

Mit einem Schrei sprang Agathe auf, sah Hecht entsetzt an, mit Augen, die wie durch eine plötzlich hervorbrechende Erinnerung belebt waren, durch eine Vorstellung, die lange mühsam und mit allerlei Künsten in Tiefen zurückgehalten wurde. »Was wollen Sie sagen?«, rief sie mit vorgestreckten, abwehrenden Händen.

»Ich weiß nichts und ich will nichts wissen! Ich habe genug an dem, was ich erfahren musste und zu wissen gezwungen bin. Aber Sie ... Sie sind mir ein Rätsel. Was für eine Art von Frau sind Sie? Sie haben einen fürchterlichen Schmerz in Ihrem Leben und geben sich an kleine Schmerzen hin. Die Erschütterung, die Sie einmal hingeworfen haben muss, hat sich in lächerlichste Empfindlichkeiten umgewandelt. Andere Menschen werden durch solche Ereignisse tiefer und ernster, Sie sind ein verzogenes Kind geworden. Sie sind würdig, Elisabeths Mutter zu sein, und ich zweifle nicht einen Augenblick daran, dass Bezug ihr Vater ist.«

»Gehen Sie!«, rief Agathe wankend. »Sie bringen mich um ... Gehen Sie!«

Hecht aber stand auf und sah sie an; es war einen Augenblick, als ob er hintreten und sie stützen wolle, aber schon die erste kleine Bewegung ließ Frau Agathe erbeben, und schreiend schlug sie die Hände vor das Gesicht. »Gehen Sie ... Haben Sie Erbarmen, gehen Sie! Ich kann Sie nicht mehr sehen ...«

Nach einem Augenblick des Zögerns wandte sich Hecht und ging. Wie seltsam verworren war die Welt und waren die Schicksale der Menschen? Und wie anmaßend von ihm, richtend über einem anderen Menschen stehen zu wollen, da sein eigenes Leben nicht minder verwirrt und seltsam war. Kopfschüttelnd und wie in Nebeln ging er wieder an seine Arbeit.

Als Bezug mit Hainx heimkehrte und seine Frau aufsuchte, fand er sie fiebernd im Bett und den Bischof als Tröster bei ihr. Auch Hecht war da und saß mit verdrießlicher Miene auf einem Stuhl. Bei Bezugs Eintritt erhob sich der Bischof und kam ihm entgegen. Der Weltmann war vollkommen hinter dem Priester verschwunden. »Der Ratschluss Gottes«, sagte er ernst. »Wir sollen mit Gott nicht hadern, sondern in seinem Willen ergeben sein.«

Bezug sah ihn an. Es war ein tiefer glimmender Hass in seinem Blick. »Euer Gott«, sagte er, »hat mit dieser Sache nichts zu tun. Da waren andere Kräfte am Werk ... Ein Mensch, der ... Aber ich will ihn zermalmen ...« Er erhob eine drohende, geballte Faust, dass der Bischof erschaudernd zurücktrat. In ihre Kissen vergraben, wollte Agathe keinen Bericht über Arnolds Tod anhören. Als Bezug trotz ihres Sträubens fortfuhr, in abgebrochenen Worten, hastig, gehetzt, von jener fürchterlichen Nacht zu erzählen, schrie sie plötzlich gellend auf und sah ihren Gatten mit ungeheucheltem Entsetzen an.

»Schonen Sie sie doch«, sagte der Bischof mit einem kaum verhaltenen Vorwurf. Da Bezug angenommen hatte, dass bei Agathes Zustand wieder mehr als die Hälfte ihrem überwuchernden Mitleid mit sich selbst entsprungen sei, hatte er geglaubt, keine besondere Rücksicht auf sie nehmen zu müssen. Nun sah er, dass es wirklich ärger um sie stand als sonst.

»Lassen Sie nur«, fuhr der Bischof fort, »ich habe allen Grund anzunehmen, dass ich als geistlicher Berater am wenigsten Schmerz bereiten werde.«

Als Hecht nach Hause kam, schritt er unzählige Male durch die Dämmerung seines Arbeitszimmers, wo die Lampen über dem Schreibtisch heute vergebens warteten, entzündet zu werden. Wie rätselhaft waren die Menschen, die ihn umgaben? Aber war er nicht noch rätselhafter als sie? Er wusste, dass ihn Elisabeth betrog, und duldete es, trotzdem er sich in Qualen wand, nur durch die eine Hoffnung aufrechterhalten, dass auch er sich einmal von seiner Leidenschaft erlöst sehen werde. Noch immer war das furchtbare Wort in seinem Ohr, das ihm Hainx zugeflüstert hatte, als sich der Zug mit Elisabeth und Adalbert in Bewegung setzte. Der erste Trieb war: aufspringen, hinstürzen, sich von den Rädern zermalmen lassen. Aber etwas riss ihn zurück: *Vielleicht ist es auch dir vergönnt.* Auch … Es war ein wahnsinniger Gedanke, aber er rettete ihn. In dem Wirrwarr, der durch Arnolds Tod entstanden war, hatte er nur Hainx nach Elisabeth zu fragen gewagt. Hainx wusste nichts von ihr, aber er hatte Hecht ein Versprechen gegeben, das diesen mit einer unklaren, aber bessernden Hoffnung erfüllte. »Wenn Sie morgen kommen«, hatte er ihm zugeflüstert, »so werde ich Ihnen etwas sagen, das Sie freuen wird.«

Am nächsten Tag kam Hecht nach beendeter Arbeit in Bezugs Palast. Er hatte sich diese Verzögerung selbst auferlegt, wie man den Eintritt eines freudigen Ereignisses hinausschiebt, um den Genuss der Vorfreude zu verlängern.

Er fand Hainx an der Arbeit, mit Hilfe zweier Untersekretäre die während Bezugs Abwesenheit eingelaufenen Schriftstücke zu ordnen und zur Erledigung vorzubereiten. Als Hecht eintrat, stand Hainx auf und nahm ihn hinaus, indem er ihn vertraulich unter den Arm fasste.

»Nun, was ist es?«, fragte Hecht, jetzt nicht mehr imstande, seine Ungeduld zu beherrschen.

»Ich denke, es wird Ihnen eine willkommene Nachricht sein.«

»Was denn? Was denn?«

»Adalbert Semilasso ist tot.«

Ob der Zustand, in den Hecht versank, einige Minuten oder bloß einen Augenblick andauerte, wusste er sich später niemals klar zu machen. Es wirbelte ihn herum, Sonnen gingen mit explosiver Gewalt auf und unter, und grelle Lichtstreifen durchfurchten eine tiefe Finsternis. »Tot?«, fragte er endlich, indem er Hainx an der Schulter fasste.

»Er ist tot.«

»Woher … woher wissen Sie es?«

»Ich habe es selbst gesehen …«

»Was gesehen?«

»Dass er ertrank …«

»Ertrunken … Sie haben es gesehen?« Der Zweifel, der Hecht jetzt plötzlich aufgestiegen war, wich vor dem kalten und zuversichtlichen Lächeln des anderen. »Und sie … Weiß sie es?«

»Ich glaube nicht, dass sie es weiß. Es wird Ihr Triumph sein, ihr die Nachricht mitzuteilen.«

»Soll ich es sagen …?«

»Wagen Sie es nicht?«

Ohne eine Antwort zu geben, ließ Hecht Hainx stehen und lief die Treppen hinab. Durch einige Zimmer und über einige Korridore getrieben, fand er sich plötzlich in der großen Halle und – stand Elisabeth gegenüber, die durch die andere Tür eingetreten war. Sie war im Reisekleid, und in dem blassen Gesicht herrschte die Ähnlichkeit mit dem Vater über alles, was ihrem Wesen besonders eigentümlich war. Ohne ihren Verlobten zu beachten, trat sie auf Bezug zu, der vor den hellen Bogenausschnitten der Gartenterrasse stand. »Guten Abend, Vater«, sagte sie.

Langsam wandte sich Bezug um: »Guten Abend, Elisabeth; bist du schon zurück?« Er sprach schwer und mühsam, und irgendetwas in seinem Tonfall erinnerte an die Sprechweise Arnolds.

»Ich bin zurückgekommen. Ja … denn …«

»Nun … und …«

Fast zärtlich näherte sich Elisabeth dem Vater. Es schien ihr, als sei es eine Bestechung des Schicksals, sich in diesem Augenblick weicheren Regungen zu überlassen. Als müsse sie dafür belohnt werden, indem für sie selbst eine günstige Wendung eintrat. »Ich habe es in den Zeitungen gelesen … Es ist furchtbar. Und du warst dabei und konntest ihm nicht helfen.«

»Vor meinen Augen, Elisabeth, vor meinen Augen. Barry war früher dort als sie … Aber was konnte Barry helfen …?« Er hatte ihre Hand erfasst. Hecht war erstaunt, er sah Elisabeth in einem anderen Licht. Was war mit ihr geschehen? Und er lauerte hier, um ihr seine Nachricht zu überbringen, triumphierend, indem er einen Leichnam als Brücke zu ihr zu benutzen hoffte. Er sah sich in voller Dunkelheit, schwarz, ein unholder Zwerg, und Elisabeth stand in aller Klarheit und dem göttlichen Glanze des Mitleides. Etwas ganz Neues rührte ihn an.

»Vater!«, sagte Elisabeth. »Ich denke, darin ist ein Trost … Er wäre ja nie gesund geworden. Was willst du? Er hätte sein elendes Leben weitergeschleppt; wenn er zum Menschen geworden wäre, immer in der fürchterlichen Angst, wieder in seine Tierheit zu verfallen. Ist es nicht besser so …?«

»Er ist ermordet worden, Elisabeth.«

»Ermordet?«

»Ja … Ein Rat, den ich befolgt habe, hat ihn ermordet. Er wird lachen, der Schurke, dass sein Anschlag so gut gelungen ist. Dieser Biedermann und Menschenfreund … dieser Schwindler und Betrüger …«

In diesem Augenblick entflammten sich sämtliche Lampen des großen Kronleuchters mit einem Schlag, und die Dämmerung war in den Park gewichen. Jeder der drei Menschen stand im vollen Licht, und neben jedem lag ein plumper, schwerer Schatten auf dem Boden. Als ob die plötzliche Helligkeit für Elisabeth ein Anreiz gewesen wäre, eine Loslösung der ursprünglichen Ungeduld, von der sie getrieben wurde, fragte sie jetzt plötzlich unvermittelt: »Und Adalbert … Wo ist Adalbert Semilasso?«

Bezug antwortete nicht. Und Elisabeth wiederholte ihre Frage, nachdrücklich und unwillig, wie einer, der einem anderen gefällig zugehört hat und nun für seine eigenen Interessen Aufmerksamkeit beansprucht: »Ist Adalbert Semilasso nicht hier?«

»Ich glaubte …«, sagte Bezug aufgerüttelt, »ich glaubte, er sei doch bei dir. Weißt du es denn nicht …?«

»Nein … er hat … er hat Antothrake vor mir verlassen. Er hat … Ich habe ihn vorausgeschickt. Ist er denn noch nicht hier?«

»Er ist noch nicht gekommen. Ich habe ihn noch nicht gesehen …«

»Noch nicht gekommen? Wo ist er also …?«

Auch in Hecht wich die Dämmerung der Rührung und Beschämung vor einer plötzlichen Helligkeit. Diese Verwandlung Elisabeths … Wie stumpf und dumm war er geworden, wo war die Schärfe seiner Beobachtung? Wie hatte er sich so täuschen lassen können? Was anderes hatte diese Veränderung bewirkt, diese Milde, Zärtlichkeit und menschliche Anteilnahme, die ihn schon hoffen ließ, als die Angst? Einzig die Angst um den Geliebten. Nun hob er entschlossen seine Waffe zum Schlag.

Elisabeth stand noch eine Weile stumm nachsinnend bei ihrem Vater. Dann verließ sie ihn und ging schnellen Schrittes auf die Tür zu, neben der sie von Hecht erwartet wurde. »Guten Abend«, sagte er und trat ihr in den Weg.

»Sie sind's? Wie geht es Ihnen?«, fragte sie, gleichgültig und ungeduldig zugleich, und begierig, an ihm vorbeizukommen. Es war, als hätte sie niemals seine Briefe erhalten, in denen sich sein Stolz vor ihr demütigte, in denen ein Herz seine ganze zuckende Qual offenbarte.

»Ich glaube, Sie wissen wohl, wie es mit mir steht.« Er gab ihr den Weg frei, ging aber neben ihr. Plötzlich blieb sie stehen. »Was wollen Sie von mir? Lassen Sie mich. Ich will Ruhe haben.«

Es war in dem kleinen Raum, der das Musikzimmer vom Speisesaal trennte. Einige Büsten waren an den Wänden angebracht, sie verrieten sich durch einen verstreuten Schimmer. Hinter den Portieren des geöffneten Fensters rauschte der Park. Rasch erwog Hecht, ob er hier sagen sollte, was er zu sagen hatte. Es war zu dunkel, um den Eindruck seiner Nachricht voll genießen zu können. Aber in einem erleuchteten Raum hätte er vielleicht nicht den Mut gefunden, den er hier zu haben glaubte, wo er Elisabeths drohendes Gesicht nicht sah.

»Ich will Sie nicht belästigen«, sagte er, »ich habe Ihnen nur etwas mitzuteilen.«

»Morgen!«

»Es geht Sie selbst an. Sie haben sich vorhin nach Adalbert erkundigt.«

»Ja! Wissen Sie etwas von ihm?«

»Ja ... ich weiß etwas ...«

Nach einem Schweigen der Sammlung kam die Frage: »Nun?«

»Er ist tot.«

Nur ein keuchendes Atmen in der Dunkelheit.

Dann sagte Elisabeth: »Nehmen Sie sich in Acht. Nehmen Sie sich in Acht!«

»Es ist die Wahrheit. Er ist tot. Ich bin glücklich. Sie wissen es, dass ich glücklich bin. Und ich bin misstrauisch gegen alles geworden, was mir Glück verspricht. Aber ich glaube es: Er ist ertrunken.«

»Haben Sie es gesehen …?«

»Ich habe es von einem, der es selbst gesehen hat.«

»Wer ist das?«

»Rudolf Hainx.«

»Hainx! Hainx!« Und nach einer Weile ein tonloses Murmeln: »Dann ist es wahr … Dann ist es wahr …«

Auf das Äußerste gespannt, lauschte Hecht in die Dunkelheit, versuchte sie mit den Augen zu durchdringen, immer erwartend, von einem plötzlichen Ausbruch vernichtet zu werden. Aber es geschah nichts. Er hörte Schritte, die sich entfernten, das Geräusch einer Tür und war allein, ohne sich seines Sieges freuen zu können und mehr als je in Ungewissheit über seine Zukunft.

Als Hainx noch am selben Abend erfahren hatte, dass Elisabeth zurückgekommen sei, nahm er die Arbeit mit auf sein Zimmer. Nachdem er die Tür doppelt verriegelt und den eisernen Laden vor die Fenster gelegt hatte, untersuchte er auf das Genaueste alle Winkel seiner drei Räume, sah unter die Betten und hinter Kasten und Ofen. Erst dann nahm er die Arbeit wieder vor und saß bis lange nach Mitternacht dabei, etwas zerstreut und den größeren Teil seiner Aufmerksamkeit den langsam ersterbenden Geräuschen des Lebens auf den Gängen zuwendend. Beim Frühstück traf er Elisabeth. Er hatte nicht erwartet, sie zu sehen, denn er wusste gewiss, dass Hecht keine Stunde gezögert hatte, Elisabeth die Nachricht von Adalberts Tod zu überbringen. Und ehe er ins Frühstückszimmer gegangen war, hatte er selbst auch Bezug aufgesucht und ihm berichtet, dass Adalberts Boot in jener Unglücksnacht von der *Regina Maris* überrannt worden war. Fraglos hatte Bezug den Bericht angehört, nur mit einem Aufglimmen der Augen, und dann, wie zustimmend: »Es ist gut … Es ist gut.« Vor der Tür des Frühstückszimmers hatte er Hainx dann noch einmal zurückgehalten: »Sagen Sie … Er ist ihr Bruder …? Haben Sie mir das nicht gesagt? Ihr Bruder?« Und auf Hainx' bejahende Antwort noch einmal: »Es ist gut … Es ist gut.«

Auch Hecht hatte sich zu diesem Frühstück eingefunden, nach

einer schlaflosen Nacht von dem Verlangen angetrieben, Elisabeth zu sehen, die Wirkung seiner Nachricht zu beobachten, sich über das klar zu werden, was er nun zu erwarten hatte. Aber Elisabeth versah nach langer Zeit wieder an diesem Tisch die Pflichten der Hausfrau, als ob sich nichts in ihrem Leben geändert habe. Einmal glaubte Hainx, die Berührung eines glühenden Stahles zu fühlen. Er sah Elisabeths Blick auf sich und wusste, dass sie entschlossen war, das Geschehene zu durchdringen. Trotzig bemühte er sich, in dem leichtfertigen Ton fortzufahren, den er angeschlagen hatte, als wolle er zeigen, dass er keine Drohungen fürchte.

Als sich Elisabeth vom Tisch erhob und mit einem leichten Kopfnicken das Zimmer verlassen wollte, blieb sie plötzlich stehen, und leicht schwankend griff sie wie nach einer Stütze hinter sich. Ihr Blick war durch das Fenster in den Park gefallen, und sie sah einen Mann über den Kiesweg kommen und die Stufen zum großen Saal hinanschreiten. Trotz des gesenkten Kopfes und der veränderten Kleidung erkannte sie Adalbert Semilasso. Sie hielt an sich und wandte sich nur, ohne ein Wort zu sprechen, ins Zimmer zurück, indem sie von einem zum anderen schaute. Verwundert erkannte Hainx eine Veränderung, die er sich nicht zu erklären vermochte. Er sah nur so viel, dass Elisabeth wieder über ihn emporstieg, dass sie ihn mit irgendeiner noch nicht sichtbar gewordenen Waffe niedergerungen hatte.

Im nächsten Augenblick war Adalbert Semilasso eingetreten.

Inmitten der Verwirrung stand Elisabeth strahlend, königlich. »Guten Morgen, Adalbert«, sagte sie, indem sie ihm die Hand reichte. »Sie kommen etwas spät.«

Er sah sie an. Ein müder Blick aus verschleierten Augen. Zögernd antwortete er: »Ich habe einen Umweg gemacht.«

»Ich habe davon gehört.« Es war zugleich ein Sieg der Liebe und des Hasses, ein durch tausend Kräfte verstärktes Spiel aller Gefühle; wie ein Brausen in unterirdischen Höhlen erfüllte es Elisabeth, und es war ihr, als werde ihr Inneres von gewaltigen rhythmischen Stößen erschüttert. Sie hätte jetzt lachen mögen. Lachen und tanzen. Einen wilden, bacchantischen Tanz, nackt … unter einem glühenden Licht.

Ein unwiderstehlicher Drang hob ihre Hände zu einer verdrehten Geste der Verzückung.

Hainx war der Erste, der sich zu fassen vermochte und ein Wort fand. Indem er Adalbert fest ansah und in einem kalten Blick seine Bereitwilligkeit zeigte, bis auf das Äußerste zu kämpfen, frage er mit offener Herausforderung: »Und was hat Sie auf Ihrem Weg aufgehalten?«

Aber Adalbert war, trotzdem er sich gedrückt und müde fühlte, nicht mehr gesonnen, vor Hainx zurückzuweichen. Mit kühler Ruhe entgegnete er: »Ein kleiner Unfall ... ohne weitere Bedeutung ... Es war wirklich nicht mehr als ein Zeitverlust.«

»Sie werden wünschen, das Frühstück auf Ihrem Zimmer einzunehmen«, sagte Elisabeth.

»Wenn Sie so gut sein wollen, den Auftrag zu geben ...«

Als Elisabeth Adalbert folgte, blieb sie bei Hainx stehen und sagte leise: »Danken Sie dem Gott, an den Sie glauben, dass er nicht ertrunken ist!«

Aber Hainx vermochte schon wieder zu lächeln und sah ihr achselzuckend ins Gesicht.

Auf seinem Zimmer angelangt, schloss sich Adalbert sogleich ein und öffnete selbst dem Diener, der ihm das Frühstück brachte, erst nach mehrmaligem Klopfen und nachdem er die Versicherung erhalten hatte, dass niemand außer dem Diener vor der Tür sei. Vor einem Alleinsein mit Elisabeth erzitterte er. Was hatte er von ihr zu erwarten?

Das Frühstück blieb unberührt auf dem Tische stehen, trotzdem ihn ein quälender Hunger zum Speisen rief. Aber eine ungeheure Trägheit machte ihm jede Ortsveränderung fast unmöglich. Mit aufgestützten Armen saß er an seinem Schreibtisch und vermochte nicht, sich zu rühren. Erst als ihm der Diener das Mittagsmahl brachte, in verdeckten silbernen Schüsseln, mit aller Sorgfalt zubereitet wie Krankenkost, nahm er zwei Mahlzeiten auf einmal. Noch immer war Elisabeth nicht gekommen, aber er konnte sie jeden Augenblick erwarten; und als die Dämmerung einbrach, verließ er sein Zimmer, ging leise über die Hintertreppe in den Park und gelangte durch eine kleine Tür in der Parkmauer auf die Straße.

Die Gräfin, die in einem mit allem Überfluss ausgestatteten und mit Wohlgerüchen gebeizten Gemach vor einem winzigen Bibliothekschrank saß, fuhr auf, als die Kammerzofe Adalberts Karte überbrachte.

Das Mädchen wollte das elektrische Licht einschalten.

»Lassen Sie es nur, und führen Sie den Herrn herein …« Sie ging zu ihrem koketten Schreibtisch und nahm irgendeinen Gegenstand auf, legte ihn wieder hin und stand noch so, mit halb erhobenem Arm, als Adalbert eintrat.

Er sagte kein Wort, blieb mitten in dem Zimmer stehen und sah die Gräfin an. Sie ging auf ihn zu, nahm seine Hand und küsste sie.

»Was tust du?«, fragte er.

»Es ist das erste Mal, dass du zu mir kommst. Du … zu mir? Was ist das? Du kommst zu mir … Verzeihe … ich weiß nicht, was ich spreche … Liebst du mich?« Sie schluchzte.

Adalbert strich ihr über das Haar, wie er es früher getan hatte. Aber er ließ die Hand sinken, denn es schien ihm plötzlich, als habe er nicht mehr das Recht zu dieser väterlichen und beruhigenden Gebärde. »Es ist schwer, zu dir zu gelangen. Du verbirgst dich so sonderbar. Ich bin in die Wohnung gegangen, die du mir angegeben hast. Aber man wollte nicht von dir wissen. Und erst als ich das Wort aussprach, das du mir einmal gesagt hast, da schickte man mich an eine andere Stelle. Und erst dort erfuhr ich, nachdem ich noch einmal dein Losungswort gesagt hatte, deine wirkliche Wohnung. Wozu diese seltsamen Umwege?«

Sie bat gequält: »Frage nicht … Ich kann's dir doch nicht sagen.«

»Und dieses Haus … Es sieht armselig genug von außen aus … aber du wohnst prächtig …«

»Frage nicht … Frage nicht! Sag mir lieber, warum du kommst.«

»Du bist meine Freundin. Ich habe es gefühlt und … auch erkannt. Du hast mich vor Elisabeth gewarnt …«

Wortlos zog die Gräfin Adalbert neben sich auf ein mit Kissen überdecktes Sofa.

»Was ist aus meinem Leben geworden? Tue ich noch, was ich

will? Andere bestimmen über mich. Wo wird mein Schicksal bereitet? Ich bin schwach, ich muss mich anklagen. Zu dir komme ich, meine Freundin ... Dir kann ich alles sagen. Ich habe niemanden, zu dem ich sprechen könnte ...«

»Und du kommst zu mir ... Lieber, Guter!«

»Ich muss sie verloren geben ... und ich hatte sie schon gewonnen. Es ist vorbei ... Nun ist es aus ... Kann ich noch so vor sie treten? Sie hat mir vertraut, und wie kam es, dass ich sie betrügen musste?«

»Wen? Von wem sprichst du?«

»Von ihr ... die ich liebe ...«

»Du liebst ... du liebst ... wen? Wer ist es?« Die Gräfin war aufgestanden, sie ertrug die Dunkelheit nicht länger und rief das blasse Licht einer Ampel über dem Sofa zu Hilfe.

Adalbert war ihr gefolgt: »Es ist die Tochter des Türmers Palingenius. Ich liebe sie ... und bin trotzdem Elisabeth verfallen. Durch welche Macht, ich weiß es nicht. Es war eine unheilvolle Nacht, und wie viele wilde Nächte folgten dieser ersten!«

»Ich weiß es, sie hat eine furchtbare Macht.«

»Und nun habe ich Regina verloren. Kann ich so vor die Reine treten?«

Leise sagte die Gräfin: »Tue es ... tue es doch ... Die große Liebe weiß zu verzeihen.«

Kopfschüttelnd saß Adalbert in einem Stuhl am Schreibtisch und nahm verloren einen der Briefe auf, die dort lagen.

»Lass das ... lass das liegen ...«, sagte die Gräfin und nahm ihm den Brief aus der Hand. »Du sollst das nicht berühren.«

»Und dabei ... dabei«, fuhr Adalbert fort, »dabei habe ich niemals aufhören können, an Regina zu denken. Ich bin geflohen.«

»Geflohen ... Und es ist gelungen? Aber Elisabeth ...«

»Höre mich an. Es ist ein seltsames Abenteuer ... seltsam, und ich bin durch ein Wunder gerettet worden...«

»Du warst in Gefahr?« Erschaudernd fasste die Gräfin wieder seine Hand.

»Gefahr? Es war nur eine andere Art von Gefahr als die, in der ich täglich verurteilt war, unterzugehen. Das Meer ... Siehst du, es schlug über mir zusammen, aber es trug mich wieder empor.«

»Wie war das? Wie geschah das? Erzähle doch.«

»Gut … so war es: Eine Nacht brachte mir den Entschluss, zu fliehen. Ich kam von ihr. Seit Tagen hatte ich trotz ihrer Maske an ihr einen Argwohn bemerkt. Sie hatte entweder Briefe Reginas abgefangen oder sonst auf irgendeine Weise von ihr erfahren. Ich dachte nach. Du kannst mir glauben, dass mir das Denken Mühe machte. Denn es war, als ob sich Elisabeth bemühte, mich meiner selbst zu berauben. Sie häufte ein Übermaß von Wollust um mich auf, zog mich hinein, betäubte mich, sodass ich deutlich fühlte, dass mich die Kraft des Widerstandes verließ. Innerlich ausgehöhlt, war ich wie ein morscher Baum, der nur durch die Rinde noch aufrechterhalten wird. Trotzdem ich ihren Plan durchschaute, war ich kaum imstande, ihm zu begegnen. Ich glaubte zu fühlen, dass sich etwas gegen Regina vorbereite, dass sich Netze um sie zusammenziehen, dass sie aus dem Hinterhalt bedroht werde. Jetzt war es höchste Zeit, einen Plan auszuführen, der schon lange in mir war. Jene Nacht kam, und ich war stark genug, mich vor Elisabeth nicht zu verraten. An den Sarkophag der Königin Omphale gelehnt, sah sie mir nach.«

»Ich glaube, auch sie liebt dich. Nach ihrer Art, wie ein Raubtier …«

»Der alte Kastellan des Schlosses hatte mir viel Freundlichkeit gezeigt. Aber er hielt mich wie einen Gefangenen und bewachte meine Schritte. Um fliehen zu können, musste ich die Schlüssel gewinnen, die die unterirdischen Gänge und Räume der Burg erschließen. Unheimliche Räume, sage ich dir, in denen grausame Gespenster zu lauern scheinen. Es traf sich günstig, dass ich in jener Nacht, als ich von Elisabeth kam, den Schließer unter einem Vorwand in ein entferntes Zimmer locken konnte. Wir treten ein, und der Alte lässt den Schlüsselbund außen an der Tür. Ich lenke seine Aufmerksamkeit ab … er wendet mir den Rücken … ich gebe ihm einen Stoß, dass er fällt … Mit einem Sprung war ich draußen, drehte den Schlüssel um und zog den ganzen Bund ab. Der Alte begann zu schreien, aber ich durfte hoffen, dass ihn in diesem entlegenen Zimmer nicht so bald jemand hören werde. Tief unten im Felsen ist eine Höhle, in deren Wand ein Fenster ins Freie führt. Und draußen vor dem

Felsen das Meer … die Freiheit. Eine kleine Bucht schützte hinter einer vorgestreckten natürlichen Mole das kleine Segelboot der Insel. Mit Mühe kletterte ich nach unzähligen misslungenen Versuchen den Felsen hinan und zum Fenster hinaus, ließ mich über die nasse, von der Brandung bespülte Wand außen hinabgleiten. Zweimal sind große Wellen über mich gegangen, denn es war eine bewegte See in jener Nacht.«

»Und du hast es doch gewagt?«

»Ich habe versucht, bei meinen Fahrten mit Elisabeth die Handgriffe der Fischer zu erlernen, und ich wusste, in welcher Richtung das Land liegt. Das war alles. Mich eindringlicher zu erkundigen, durfte ich nicht wagen. Elisabeth hätte wohl gleich Verdacht geschöpft. Trotz dieser mangelhaften Vorbereitungen hielt ich mich für genügend gerüstet, um es mit dem Meer aufzunehmen. Aber als ich mit meinem Boot aus der geschützteren Bucht hinauskam, musste ich erkennen, dass ich dem Meer nicht gewachsen war. Nach einer halben Stunde war ich fertig. Ich hatte die Herrschaft über mein Boot verloren. Der Mast wurde abgebrochen und ging mit dem Segel über Bord. Zum Glück, denn ich glaube, dass ich sonst mit meinem schon halb gefüllten Boot untergegangen wäre. Es war eine fürchterliche Nacht. Gegen Morgen, als ich alle Hoffnung aufgegeben hatte und schon ausgestreckt in dem Boote lag, riss mich etwas auf. Es trieb mich an, mich aufzurichten und hinauszusehen. Da sah ich … Ein Schiff kam auf mich zu. Sie hatten mich schon erblickt und schienen entschlossen, mich zu retten. Als das Schiff näher kam, erkannte ich Bezugs *Regina Maris*. Das Schiff, das ihren Namen trägt. Es ist ein Zeichen, ein Zeichen, dachte ich und lachte und weinte über dieses Wunder. Aber es kam ein Augenblick, wie ich ihn ähnlich nicht zum zweiten Mal in meinem Leben wünsche. Ein jäher Wechsel von Freude in Todesangst. Das Schiff ist da, aber es will mich nicht aufnehmen, sondern vernichten. Ich sehe eine steile Wand über mir, höre einen höhnischen Zuruf … schreie auf … aber in einem Wirbel werde ich hinuntergezogen … Niemals ist mir Regina so klar und leuchtend vor Augen gestanden wie in den Sekunden, die ich unter dem Kiel des Schiffes in der Gefahr des Ertrinkens verbracht habe …«

»Immer sie … immer wieder sie«, murmelte die Gräfin, als Adalbert jetzt ein wenig innehielt. »Und du glaubst, dass sie dich absichtlich überrannt haben?«

»Ich weiß es gewiss. Der Mann, den ich im Augenblick meines Unterganges zuletzt erblickt habe, war Rudolf Hainx. Und niemals vergesse ich den Ausdruck seines Gesichtes, diese boshafte und grausame Freude … Ich glaube, er hasst mich, weil er weiß, dass Elisabeth …«

»Die Schurken! Kommst du endlich darauf. Er hat vor dir Elisabeth besessen …«

»Ich habe gesiegt … Ich habe den Triumph gehabt, sein Erschrecken und dann seine maßlose Wut zu sehen. Vielleicht war auch das mit dabei … dass ich wieder zu Bezug kam. Denn wenn ich einfach verschwunden wäre, man hätte geglaubt, dass ich tot bin. Nicht? Man hätte mir nicht nachgeforscht … Man hatte ja meinen Untergang mit angesehen. Ich war tot … und hätte irgendwo beginnen können zu leben. Von neuem … und die Qual meiner Knechtschaft abschütteln …«

»Und wie bis du gerettet worden?«

»Durch ein Wunder. Oder einen Zufall. Meinst du nicht, dass im Grunde Zufall und Wunder eines sind? Ich trieb bis gegen Mittag herum … an ein paar Planken meines zertrümmerten Bootes geklammert, die Wellen warfen mich hin und her … immer sanfter, denn die See beruhigte sich. Endlich nahmen mich Fischer auf. Sie haben mich in den nächsten Hafen gebracht, und ich fand sie voll Mitleid und tatkräftiger Hilfsbereitschaft gegen mich. Ich verschaffte mir sogleich Kleider und trat die Heimfahrt an …«

Die Gräfin hatte den Arm um Adalberts Schultern geschlungen und näherte ihr bleiches, mit Puder leicht überhauchtes Gesicht dem seinen. Wange an Wange saßen sie da, und Adalbert ließ sich von ihrer Zärtlichkeit einhüllen, mit einem leisen wunderlichen Gefühl glücklicher Geborgenheit, kindlich vertrauend, ohne jede Regung der Sinne, trotz der Nähe dieses bebenden, verlangenden Leibes. Endlich sagte er aus einem tiefen Empfinden von Dankbarkeit: »Du bis so gut.«

Unter dem weißlichen Hauch des Puders erglomm eine sachte

Röte. »Sag das nicht. Ich bin nicht gut. Was weißt du von mir? … Und was weiß ich von dir? Siehst du, ich verstehe dich nicht. Du warst frei. Tot für Bezug und seine niederträchtigen Helfer. Und du bist dennoch zu ihm zurückgekommen. Warum? Warum? Das begreife ich nicht …«

»Das begreife ich selbst nicht ganz. Es war ein dunkler Zwang …«

»Sie hat dich zurückgezogen …«, sagte die Gräfin mit kaum verhaltenem Zorn. »Du bist von ihr vergiftet.«

»Vergiftet? Von Elisabeth? Du hast Recht. Ich bin von ihr vergiftet, krank, unrein und darf mich Regina nicht mehr nähern. Aber das war es nicht. Sie hat mich nicht zurückgezogen … nicht so, wie du es meinst. Ich weiß nicht … Ich weiß nicht …«

Beruhigend nahm die Gräfin die Hände des Aufgeregten zwischen die ihren. Adalbert ließ es geschehen, erhob sich dann und ging im Zimmer auf und ab. »Ich musste hierher zurückkommen … Ich musste … denn sonst wäre meine Flucht ja sinnlos gewesen. Deshalb bin ich doch geflohen, um endlich zu erfahren, wie es Regina geht. Ob ihr nichts zugestoßen ist. Meine Angst musste vor allem zum Schweigen gebracht werden.«

»Nun, und? Was ist es mit Regina? Wie geht es ihr?«

»Es war mein erster Weg, als ich ankam. Zu ihr durfte ich nicht. Der Freundschaft, die mir Eleagabal Kuperus, der Freund ihres Vaters, entgegenbringt, hatte ich mich unwürdig gemacht. Auf Umwegen musste ich mir Nachrichten holen. Das alte Weib, das im Dom für das Seelenheil der Verstorbenen Kerzen anzündet, weiß, was bei Palingenius geschieht. Ich habe sie aufgesucht und befragt. Palingenius ist wieder ein wenig krank gewesen, aber Regina ist gesund … Es ist ihr nichts geschehen.«

»Sie wird mit dem kranken Vater viel zu tun gehabt haben.«

»Es mag sein. Viel zu tun. Aber trotzdem … das Rätsel ihres Schweigens bleibt. Sie hätte mit einer Zeile meinen dringenden Briefen antworten können. Sie hätte antworten müssen.«

»Du konntest aber nun ruhig sein. Abwarten, bis du dich ihr von neuem nähern kannst. Warum bis du aber zu Bezug zurückgekehrt? Du sagst es selbst, dass du dich hättest befreien können.«

Mit dem Rücken gegen das Zimmer gewandt, stand Adalbert am Fenster und sah in die Nacht hinaus. Es war draußen nichts zu sehen, vollkommene Finsternis lag in dem kleinen, an drei Seiten von hohen fensterlosen Mauern umgebenen Hof. »Es ist seltsam«, sagte er zögernd, »ich musste hierher zurück, das war der Sinn meiner Flucht. Aber je näher ich Bezug kam, desto mehr kam der Bann über mich, der mich an ihn fesselt. Ich habe erfahren, dass Regina nichts geschehen ist. Und dann ging ich, als müsse es so sein, zu ihm zurück. Nach einem Kampf. Aber jener war stärker als ich. Noch etwas war da. Ich sagte es schon. Der Wunsch, hinzutreten und Hainx zu zeigen, dass sein Anschlag misslungen ist. Ein Triumph ... ein Sieg nach so vielen Niederlagen. Und doch ... wieder ein Sieg, den ich nicht mir verdanke. Sondern dem Zufall ...«

Schmeichelnd legte die Gräfin ihren Arm auf den seinen und führte Adalbert langsam zum Sofa hin. »Und nun?«, fragte sie, indem sie ihn neben sich niederzog. »Was wirst du tun?«

»Ich weiß es nicht.«

»Geh zu ihr, Adalbert ... Geh zu ihr und sag ihr alles ...«

»Nein, nein ... nein! Das kann ich nicht ...«

»Warum willst du es nicht tun? Die große Liebe verzeiht alles. Alles. Weißt du denn, was die große Liebe einer Frau zu überwinden vermag? Jeder Frau, selbst der armseligsten und verachtetsten. Geh zu ihr.«

Aber Adalbert schüttelte den Kopf. Da waren Hindernisse und keine Möglichkeit, über sie hinwegzugelangen. Mit immer härteren Vorwürfen gegen sich wiederholte er, was er gesagt hatte.

»Höre«, sagte die Gräfin, nachdem sie eine Weile schweigend gesessen hatte, »ich will dir etwas sagen. Ich gehe hin und bereite dir den Weg zu ihr. Ich werde mit ihr sprechen.« Sie zitterte am ganzen Körper.

»Du?« Er sah auf und blickte ihr in die Augen, erstaunt, wie einer, der durch ein nicht im Bereich seiner Gedanken gelegenes Neues überrascht wird. »Du?«

»Ich will es für dich tun.«

»Nein ...«, sagte er nach einem kurzen Besinnen. »Nein ... du nicht. Du sollst nicht zu ihr gehen.«

Abgewandt saß die Gräfin neben ihm, und der unter ihrem Spitzenkleid vorgestreckte Fuß zuckte.

Die Hand, die seine Rechte umfasst hielt, glitt herab. »Ich verstehe …«, sagte sie. »Ich verstehe. Ich bin nicht rein.«

Er sah, wie weh er ihr getan hatte, und mitleidig legte er ihr die Hand auf das Haar, wie früher, ohne sie wieder zurückzuziehen, begütigend, liebreich und voll Schmerz über die seltsame Verwirrung ihrer Schicksale. Ein leises Klopfen an der Tür wiederholte sich jetzt, und die Kammerzofe der Gräfin trat ein. Die Gräfin blickte auf und sah das Mädchen an der Tür stehen. Erschrocken erhob sie sich. »Du musst jetzt gehen«, sagte sie hastig. »Geh! Nur eine Warnung sollst du nicht vergessen. Gib Acht, dass sie nicht dein Geheimnis erfährt. Sie ist zu allem fähig. Sie ist gefährlich und kennt keine Bedenken.« Und dann, als sich Adalbert zum Gehen wandte, fragte sie voll schmerzlicher Sehnsucht: »Wirst du wiederkommen?«

»Verzeih mir!«

Die Gräfin lächelte mit zuckendem Mund: »Komm immer, wenn es dich treibt. Ich will dich anhören, wenn du mir vertraust. Und ich danke dir.«

Von dem Mädchen wurde Adalbert auf einem anderen Weg hinausgeleitet. Wieder durch ein Gewirr von dunklen Räumen und Gängen, über einen Hof und eine zuerst ansteigende, dann wieder abwärts führende Treppe. Er fühlte sich von einer warmen und belebenden Empfindung durchstrahlt, einem leuchtenden Wogen, dem er eine Ahnung von Glück und wiederkehrender Kraft verdankte. Es schmerzte ihn, die Gräfin verletzt zu haben, aber er gab sich zu, dass er ein ähnliches Anerbieten wieder zurückweisen würde, wenn sie es wiederholen sollte. Nach einem langen Irrgang durch abgelegene Straßen kam er auf den Domberg. Dem Haus des Eleagabal Kuperus gegenüber in den Schatten eines Haustores gedrückt, sah er die ungeheure Masse des Domes in die Nacht streben. In der Wohnung des Türmers brannte ein Licht in so unerreichbarer Ferne, so hoch über ihm, dass es ihm wie ein Traum war, es könnte dieses Licht jemals auch für ihn gebrannt haben. Es schien ihm, als sei der menschenleere Platz vor dem Dom von einer unsäglich traurigen Melodie erfüllt, einer eintönigen, klagenden Weise, als hätte sich die verhaltene Trauer des Steines in Töne aufgelöst, die in weiten, wallenden Gewändern gleich Gespenstern über dem Platz schwebten. Aber trotz des Schauders, der ihm aus dem verschlossenen Tor des Domes zu kommen schien, wollte sich jenes beglückende Gefühl der Hoffnung nicht verdrängen lassen, das er der Gräfin verdankte. Ein Wort war in ihm geblieben; ihr Wort von der großen Liebe, die alles überwindet und verzeiht. Dieses Wort stand über seinem Sträuben, und ein Glanz ging von ihm aus, den Adalbert selbst dann zu fühlen glaubte, wenn er die Augen schloss. Wie gerne hätte er Eleagabal Kuperus aufgesucht, um sich ihm anzuvertrauen, und zaghaft stand er schon an der geschnitzten Tür, wo die Dämonen und Tiergestalten im ungewissen Licht der Laterne zu wimmeln schienen. Aber zuletzt wandte er sich doch ab und ging langsam nach Hause, noch immer durch jenes starke Gefühl beglückt, in dem er auch eine Waffe gegen Elisabeth zu haben glaubte.

Der Kampf, auf den er sich gefasst gemacht hatte, fand nicht statt. Keine Vorwürfe, keine Drohungen, keine peinlichen Fragen. Ja, es war sogar, als vermeide es Elisabeth, mit Adalbert irgendwo zusammenzutreffen. Zuerst zitterte Adalbert vor dem Befehl, der ihn zu ihr rufen würde. Dann sehnte er diesen Ruf herbei, denn es war noch unheimlicher, sich mit Elisabeth noch gar nicht ausgesprochen zu haben. Hinter ihrem Schweigen vermutete er eine Gefahr.

Aber Elisabeth dachte nicht daran, ihm irgendwelche Fallen zu stellen oder ihn zu belauern. Sie war in ihrem Besitz unsicher geworden und strebte danach, wiederzugewinnen, was sie schon verloren gegeben hatte. Was für eine Art von Mann war Adalbert? Er hatte sie genossen und vermochte ihr zu entsagen. Um irgendeines anderen Weibes willen, das war sicher, und Hainx hatte damals die Wahrheit gesagt. Wer diese andere war, das blieb eine Frage, die ihr auf der Seele brannte. Aber sie versagte es sich vorläufig, die Antwort zu suchen, ließ alle Hilfsmittel, die ihr zur Verfügung standen, unbenutzt und wandte sich ausschließlich dem einen Ziele zu, Adalbert wiederzugewinnen. Sie unterdrückte ihren Zorn gegen die Unbekannte und ihre Neugierde, sie kennen zu lernen, denn sie befürchtete, dass sie dann, einem leidenschaftlichen Hass unterliegend, verderben würde, was jetzt noch zu retten war. Und es kam ihr darauf an, Adalbert für sich zu retten. Darum umgab sie ihn mit aller Zärtlichkeit, ohne zudringlich zu werden, mit kleinen Aufmerksamkeiten, die Adalbert nur in Bestürzung versetzten, weil er nicht wusste, wie er sie zu deuten und zu Elisabeths Wesen anpassen sollte. Aber Elisabeth verstand sich selbst nicht, sie hatte sich verloren und war verwandelt, sie warb um Adalbert, wie sie sich in Stunden ohnmächtiger Wut selbst eingestand.

So blieb Adalbert in den folgenden Tagen sich selbst überlassen und konnte seine einsamen labyrinthischen Spaziergänge fortsetzen, deren Mittelpunkt und Ziel der Dom war, in dem er sich täglich einfand, um von der alten Swoboda gegen eine milde Spende für das Seelenheil der Verstorbenen Nachrichten über Heinrich Palingenius und seine Tochter einzutauschen.

Bezug widmete sich in diesen Tagen vollkommen der Arbeit, spannte alle Schrauben und Federn seiner ungeheuren Maschine an, überzeugte sich selbst, dass jeder auf seinem Platze war, und betrieb die Geschäfte der Milliardengesellschaft mit doppeltem Eifer. Hainx sah, dass er mehr denn je entschlossen war, seinen Plan durchzuführen.

»Es war zuerst«, sagte Hainx zu Hecht, »als ob er zusammenklappen müsste. Ich habe ihn niemals so gesehen. Das hat ihn furchtbar mitgenommen. Aber jetzt … jetzt hat er sich wieder aufgerafft. Seine Kraft wächst von Tag zu Tag …«

»Sie fürchten ihn alle. Mehr denn je. Es ist, als ob er ein Automat geworden sei. Nichts Menschliches mehr. Nur Eisen, Triebräder, Kugelgelenke; größte Präzision! Und er zwingt sie alle, alle.«

Zwei Wochen später brachte Bezug das Gespräch auf Hainx' Nachricht vom Tod Adalberts.

»Sagen Sie«, fragte er plötzlich am Schluss einer langwierigen und mühsamen Aufstellung einer Statistik über die letzten Bodenerwerbungen der Gesellschaft, »sagen Sie … Bianca war ja damals auf dem Schiff … Hat sie etwas davon gesehen, wie Adalberts Boot überrannt wurde?«

»Sie hat es gesehen.«

»Gut. Und jetzt erzählen Sie mir, was sie von dem Verhältnis dieses Mädchens zu Adalbert wissen. Ihre Kindheit … alles …«

Bis spät nach Mitternacht hatte Hainx zu berichten, was ihm inzwischen durch die Eideshelfer an Einzelheiten zugetragen worden war.

Das war in der Nacht vor Bianca Semonskis Auftreten im *Looping the Loop*. Die junge Seiltänzerin hatte seit ihrem ersten Erscheinen das Publikum der ganzen Stadt zum Freund. Ihrer rührenden Schönheit, der befangenen Grazie, mit der sie sich in dem ungeheuren Amphitheater des Zirkus vorstellte, war es im Augenblick gelungen, sich die Gunst aller zu gewinnen. Und diese Gunst war dauernder, als sie das Publikum sonst Akrobatinnen zu gewähren pflegt. Während sonst das Interesse an ihren Kolleginnen sich rasch verflüchtigte, bewahrte man ihr immer gleiche Freundschaft, begrüßte sie mit lautem Beifall, wenn sie die Manege betrat, und rief sie nach Beendigung ihrer Nummer unzählige Male hervor. Es schien sogar, dass man sie immer lieber gewann, je länger ihr Engagement dauerte. Der stete Wechsel, der sonst das Personal eines großen Zirkus verändert, berührte sie nicht, und Kutschenreuter, dem tüchtigen Leiter des großen Unternehmens, wurde es so leicht, Bezugs Wünsche zu erfüllen. Zuerst hatten die Lebemänner der Stadt, die hier eine frische anziehende Beute sahen, alles versucht, um sich ihr zu nähern. Aber Bianca behandelte sie alle mit gleicher Freundlichkeit, nahm ihre Besuche in der Garderobe entgegen, wies auch kleine Geschenke nicht zurück, stand aber stetes hinter einer gläsernen Wand. Endlich sickerte irgendwie das Gerücht durch, dass Bianca in ›festen Händen‹ sei. Bezug wurde genannt. Der Name allein scheuchte die Zaghafteren zurück. Vor Bezug musste man weichen, er war ein Gegner, gegen den es keinen Kampf gab. »Also … vorläufig … Feuer einstellen«, sagte der Statthaltereirat von Pensinger, »aber die Hoffnung brauchen wir nicht aufzugeben. Vielleicht spricht einmal ihr Herz … und wenn dann die Enttäuschung kommt … Es könnte sein.« Der Statthaltereirat von Pensinger sprach die Meinung der meisten aus. Sie hatten Erfahrung auf diesem Gebiete und zweifelten daran, dass es Bezug sei, für den ihr Herz gesprochen habe.

Seltsam war es immerhin, dass auch, als die größten Optimisten ihre Hoffnungen begraben mussten, die Aufmerksamkeit für Bianca unvermindert anhielt. Es stellte sich heraus, dass man dieses Weib, das unter Bezugs sorgsamen Sicherheitsmaßregeln wie eine Gefangene lebte, mit einer Art von Liebe umgab. Man wusste nichts von ihr, und die Geheimnisse, die man selbst um sie erdichtete, ließen sie noch anziehender erscheinen. Der Selbstmord eines jungen Studenten im ersten Jahr Medizin, der sich erschossen hatte, weil er keine Möglichkeit sah, Bianca zu gewinnen, war die Belastungsprobe der Zuneigung des Publikums. Während sonst der Schatten solcher Ereignisse immer auf die Frau fällt, um die einer aus dem Leben gegangen ist, besonders dicht und schwer dann, wenn die Frau bloß Akrobatin ist, blieb Bianca im hellsten Licht stehen. Was konnte sie dafür? Sie hatte den dummen Menschen keineswegs ermutigt, war es also ihre Schuld, wenn er sich ganz besonders zu Herzen genommen hatte, was doch gemeinsames Schicksal aller war? An den Abenden nach dem Selbstmord des jungen Mannes war der Beifall noch lauter und stürmischer als sonst, als wollte man Bianca zeigen, dass sie unantastbar in der Verehrung des Publikums stand.

Das stete warme Interesse der Stadt für Biancas Kunst stieg zu einer ganz besonderen Höhe, als sich die Nachricht verbreitete, dass sie dem Publikum das halsbrecherische Experiment des *Looping the Loop* vorzuführen beabsichtigte. Man stutzte und verwunderte sich nicht wenig. Bisher hatte Bianca weniger das Element des Gefahrvollen als die Reize der graziösen Bewegung bevorzugt. Die Art, mit der sie ihre Kunststücke auf dem Seil durchführte, war unnachahmlich. Spielend überwältigte sie alle Schwierigkeiten und ließ ihren Zuschauern, die beim Anblick des unter dem Seil gespannten Netzes vollkommen beruhigt waren, nichts als die angenehme Empfindung der leichten und mühelosen Beherrschung eines fremden Gebietes. So fiel es nun allen Verständigen auf, dass sich Bianca plötzlich mit einer neuen Nummer zeigen wollte, die nur durch ihre Gefährlichkeit aufregend wirkte. Mit einem Automobil in rasendster Geschwindigkeit durch eine doppelte Schleife zu fahren, in deren zweitem Teil eine Strecke mit dem Kopf nach unten zurückzulegen, dann mit dem schweren Wagen über eine Unterbrechung der Bahn hinwegzuspringen, das schien etwas gewaltsam und Biancas eigentlichstem Wesen fremd.

»Ich verstehe das nicht«, sagte der Statthaltereirat von Pensinger am Abend der Vorstellung zu seinem steten Begleiter, dem Rennstallbesitzer Tintler, »… ich will sofort selbst auf dem Seil tanzen, wenn ich das verstehe.«

»Ein sonderbarer Einfall. Ich hätte ihn der Semonski nicht zugetraut.«

»Jetzt bin ich schon bald fünfundzwanzig Jahre beim Zirkus«, sagte der Statthaltereirat mit nicht geringem Stolz, »aber so etwas ist mir noch nicht vorgekommen.«

Doktor Störner befand sich auch unter den Freunden Biancas, die sie erwarteten. Trotz einer glücklichen Ehe konnte er es sich nicht versagen, bisweilen Streifzüge in fremdes Gebiet zu unternehmen, nur um das Gefühl der Freiheit nicht einzubüßen, das ihm unentbehrlich war. Seine kluge Frau, die von diesen Ausflügen wusste, schwieg dazu und hörte nicht auf, ihn zu lieben.

Er hatte bisher aufmerksam zugehört, wie die Schulreiterin ihrem immer etwas aufgeregten Pferd freundlich zuredete, und wandte sich jetzt um: »Es ist gerade so, als wenn sich eine muntere Liebhaberin plötzlich entschlossen hätte, als Heldin aufzutreten.«

Obzwar der Statthaltereirat den Kritiker des *Morgenblattes* nicht leiden konnte, hielt er es doch stets für angezeigt, zu seinen Bemerkungen verbindlich zu lächeln. »Gewiss«, beeilte er sich zu sagen, »gewiss!«

»Also einer wird sicher nicht unzufrieden sein, der Direktor Kutschenreuter …«, sagte Tintler.

»Hallo, Direktor«, rief Störner Kutschenreuter zu, der eben aus den Ställen in das Künstlerzimmer trat, »man fragt hier, ob Sie zufrieden sind.«

»Ein großartiges Haus … Schauen Sie nur einmal selbst. Ausverkauft!« Mit der linken Hand den Vorhang ein wenig zurückschlagend, lud der Direktor mit einer Bewegung der Rechten die Auserwählten ein, näher zu treten.

Draußen war das ungeheure Rund des Amphitheaters bis zu

den höchsten Reihen besetzt. In der Mitte der Manege baute sich das Gerüst für Biancas Fahrt bis dicht unter das Dach auf. Mit ungemeiner Befriedigung erklärte der Direktor die sinnreiche Konstruktion des eisernen Baues und betonte mit einem kleinen Seufzer, dass er ein schweres Stück Geld gekostet habe. Hinter ihm drängten sich die Neugierigen, um zu sehen, wo der Teil der Schleife war, in dem das Automobil, durch die fürchterliche Geschwindigkeit hinausgeschleudert, die Schwerkraft der Erde zu überwinden hatte.

»Man sollte es nicht glauben«, sagte der Statthaltereirat, »dass ein solches Gewicht sich auch nur einen Augenblick in dieser Lage halten kann …«

»Es hält sich eben nicht«, antwortete Störner. »Sie finden das in den Lehrbüchern der Physik unter dem Kapitel Zentrifugalkraft.«

»Gewiss, gewiss.«

»Und … macht das die Semonski heut zum ersten Mal?«, fragte der junge Mühlrich, der sich von den Aufregungen und Genüssen des Zirkuslebens nicht lossagen konnte, obzwar man ihn vor einem halben Jahr als Verschwender unter Kuratel gestellt hatte. Er hatte sich nur, seinen verminderten Mitteln entsprechend, für billigere Verhältnisse entscheiden müssen und nahm nun die exotischen Damen auf sich. Zurzeit bemühte er sich um Tamaru, eine der drei japanischen Geishas, in deren Liebe er zu vergessen suchte, dass er in dieser Welt nicht mehr für voll galt.

»Zum ersten Mal?«, sagte der Direktor. »Nein … das geht doch nicht. Sie hat es schon mindestens dreimal gemacht. Am schwersten ist es das erste Mal gegangen.«

Doktor Schwartzkopf, der eben eingetreten war, begrüßte die Herren, reichte Tamaru und der Schulreiterin die Hand, nickte dem Clown und Rolf, dem Pyramidenmann, zu und griff dann in das Gespräch ein: »Die Gefahr liegt nicht so sehr in dem Äußerlichen, in der Fahrt selbst, sondern in ihrer Wirkung auf den Organismus. Sie ahnen nicht, welchen fürchterlichen Druck der Körper bei dieser rasenden Geschwindigkeit auszuhalten hat.«

»Die Semonski war nach der ersten Fahrt wie tot. Es hat eine halbe Stunde gedauert, bis wir sie wieder zu sich gebracht haben.«

Der Arzt hatte seine Brille abgenommen und sah nun den Direktor mit seinen kurzsichtigen Augen an. Der kahle, blanke Schädel glänzte wie eine Kappe aus Metall. »Hören Sie«, sagte er, »wenn es bloß Ihr Wunsch gewesen wäre, Direktor, so hätte ich es niemals zugegeben. Ich habe ihr abgeraten. Aber sie bestand darauf. Warum? Ich weiß es nicht … Aber sie ließ nicht ab. Was soll man da tun? Und ich weiß, dass sie jedes Mal alle Qualen der Todesfurcht durchzumachen hat. Sie hat selbst eine entsetzliche Angst.«

»Lieber Doktor, das zweite Mal und das dritte Mal ist es ja auch schon viel besser gegangen.«

»Ja, es war schon besser … aber dennoch.« Kopfschüttelnd wandte sich der Arzt ab, um eine Frage der Schulreiterin zu beantworten.

Doktor Störner las das monumentale Plakat, auf dem in Kutschenreuters pomphaftem Stil angekündigt war, dass Bianca am Ende ihrer Schwindel erregenden Todesfahrt einen Sprung durchs Leere machen würde. Er war sehr erregt und bemühte sich, nichts merken zu lassen. Er verspürte einen unangenehmen kalten Schauder im Nacken, der sich verbreitete und in die Glieder zu sinken schien, dass sie erstarrten. Angst? Eher ein Gefühl des Unheimlichen, der äußersten Spannung, der Erwartung eines grässlichen Geschehens. Fühlten denn die anderen nicht das Gleiche? Es lag doch fast greifbar in der Luft, ein Nebel, der sich zu verdichten schien, dass die Lampen trüber brannten und alle Bewegungen unwirklich und grotesk, alle Worte schal und bedeutungslos wurden. Warum waren gerade ihm die feineren und empfindlicheren Organe gegeben, dass er alle Waffen seiner Skepsis gebrauchen und seinen ganzen Zynismus aufbieten musste, um nichts von seiner Besorgnis zu verraten? Gleich allen anderen, hatte auch er das seltsam warme Empfinden für Bianca, und es war ihm, als wäre es seine Pflicht gewesen, sie mit warnenden Worten zurückzuhalten.

Die Vorstellung hatte schon längst mit den üblichen Schulreiterparaden begonnen, und man war eben bei dem ersten komischen Intermezzo des amerikanischen Clowns mit seinen drei dressierten Elefanten. Direktor Kutschenreuter kam aus der Manege zurück. »Sie lachen heute nicht. Alles fällt ab. Sie sind zu sehr auf Bianca gespannt.« Die indische Schlangentänzerin näherte sich dem Direktor und legte ihm die Hand mahnend auf die Schulter. Sie hatte die nächste Nummer und war gewohnt, vorher eine halbe Flasche Cognac zu bekommen. Das musste der Direktor selbst besorgen, denn sie hatte den Ehrgeiz, die Flasche von ihm zu erhalten.

Als er eben den Wandschrank öffnete, um der Tänzerin die Flasche zu überreichen, kam Bianca, von Bezug gefolgt, aus der Garderobe. Man wich ein wenig zurück, sodass sie plötzlich im Mittelpunkt eines Kreises stand, in dem neuen Kostüm, das ihr von dem aufmerksamen Direktor für dieses erste Auftreten geschenkt worden war. Eine Art Ballkleid aus blauer Seide, das Arme und Schultern frei ließ, und es wollte Doktor Störner scheinen, als seien die reinen Linien ihres Leibes in den letzten Wochen härter geworden. Doktor Schwartzkopf, dem Störner seine Beobachtung mitteilte, nahm seinen Zigarrenstummel mit gespitzten Fingern aus dem Mund und nickte, indem er mit besorgtem Blick nach Bianca hinsah. Im selben Moment wandte Bianca den Kopf und fing den Blick des Arztes auf. Störner sah, wie ihre Schultern erzitterten.

»Wenn Sie sich nicht ganz wohl fühlen«, sagte Doktor Schwartzkopf, indem er zu ihr hintrat, »so dürfen Sie nicht fahren.«

Bianca lächelte angestrengt: »Was fällt Ihnen ein? Wer sagt Ihnen denn, dass ich nicht ganz wohl bin?«

»Ich sehe es Ihnen doch an, dass Sie sich zusammennehmen müssen.«

»Lächerlich! Ich bin etwas aufgeregt … selbstverständlich! Eine neue Nummer …!«

Von Direktor Kutschenreuter mit unzähligen Verbeugungen begrüßt, war Bezug vorgekommen und stand nun neben Bianca. »Beunruhigen Sie sich nicht, Doktor«, sagte er, »es ist alles in Ordnung. Bianca ist stärker, als Sie glauben.« Zum ersten Mal, seit Bianca an Kutschenreuters Zirkus engagiert war, betrat Bezug den Künstlerraum. Früher war er häufig genug hier zu finden gewesen, und Kutschenreuter hatte das Ausbleiben Bezugs als herbe Kränkung empfunden. Umso freudiger war er jetzt erregt, dass er den Gewaltigen wieder begrüßen durfte. Und wie es beim Eintritt eines Herrschers zu geschehen pflegt, hatten sich die Minderbedeutenden, die Kleinen und Unscheinbaren sogleich bescheiden zurückgezogen und standen nun in ehrfurchtsvoller Entfernung. Der Kreis um Bezug bestand aus dem Direktor, dem Statthaltereirat, Tintler, Störner und dem Doktor. Selbst Mühlrich ertrug die Nähe des Gewaltigen nicht. Seitdem man ihm durch die Verhängung der Kuratel die Verfügung über sein Geld entzogen hatte, empfand er einen gewaltigen Respekt vor allen Leuten, die mit Geld umzugehen verstanden. Schmachtend stand er neben Tamaru in einer Ecke und versuchte, ihre Aufmerksamkeit auf sich zu lenken. Er verstand es, auf eine absonderliche Art zu schmachten, mit geschlossenen Augen, etwa wie ein Hahn, und er erweckte in solchen Momenten den Eindruck, als stehe er auf einem Misthaufen.

Unweit von ihm stand Rolf, der Pyramidenmann, mit einem der rot befrackten Stallmeister und sah unverwandt zu Bianca hinüber.

»Sie hat ja Geld und alles«, sagte er, »aber ich glaube, früher war sie doch ganz anders.«

»Du warst mit ihr beisammen?«

»Ja, beim alten Biancini. Ein verrückter Kerl. Hunger hat's oft genug gegeben. Aber schön war's doch.«

»Ich weiß, Bezug hat sie dort gefunden und zu uns gebracht. Was ist aus dem Biancini geworden?«

Rolf kreuzte statt einer Antwort die Arme, sodass sich die Handgelenke berührten. Dann machte er die Gebärde des Schlüsselumdrehens: »Krr … krr!«

»Sitzt?«

»Ja …!«

»Warum denn?«

»Na … kleine Mäderln … unter vierzehn Jahren.«

»So …? Die alten Herren! Und dann war's aus mit euch, was?«

»Natürlich! Was sollten wir tun? Solang er da war, haben wir ihn ausgelacht. Dann haben wir gesehen, dass wir nichts sind ohne ihn. Da sind wir auseinander gegangen. Was die anderen gemacht haben, weiß ich nicht. Ich hab mich zum Glück an Nella erinnert, so hat sie damals geheißen.«

»Und die hat dich hier untergebracht?«

»Sie hat das beste Herz. Ich glaub, der Kerl dort ist nichts für sie.«

»Sei doch still ... Der Bezug ...!«

»Ach was, ich hab sie gerne. Sie tut mir Leid. Schau nur, wie sie heut wieder aussieht!«

Die elektrische Klingel über der schwarzen Tafel mit der Reihenfolge der Nummern zeigte an, dass Miss Elliot, die Schwimmkünstlerin, zu Ende war. Der Inspizient rief die indische Schlangentänzerin auf. »Sechste Nummer! Siebente Nummer vorbereiten.«

Die siebente Nummer war Biancas *Looping the Loop.* Die letzte Nummer der ersten Abteilung. Sie hatte gebeten, ihr Auftreten hier anzusetzen, denn es sei ihr schwer, bis zum Ende des Programms zu warten. Etwas schwankend erhob sich die Schlangentänzerin von dem Tischchen, an dem sie die Hälfte der Cognacflasche, jedes Gläschen mit einem kleinen raschen Ruck, geleert hatte. Ihre Augen glänzten, und indem sie dem Direktor eine Kusshand zuwarf, folgte sie der schwarzen schweren Kiste, in der ihre Schlangen vorangetragen wurden.

Inzwischen war Biancas Automobil aus dem Nebenraum hereingebracht worden. Über und über mit Blumen geschmückt, waren seine ungefügen Formen anmutig und leicht geworden. Nur die Tafel, die anzeigte, dass die Maschine zweihundert Pferdekräfte hatte, schaute aus den Blumenketten hervor. Überrascht sah Bianca den reichen Schmuck, den ihre Freunde gespendet hatten, und blickte von einem zum anderen. Sie las die Antwort auf ihre Frage in den Augen des Doktors. Gerührt trat sie auf ihn zu und reichte ihm die Hand. »Ihr seid liebe Menschen.«

Der Doktor hob mit der linken Hand den schwarzen Schnurrbart und brummte halb abgewendet: »Lächerlich! Was ist denn weiter? Wenn Ihnen nur nichts passiert.«

Störner saß an dem kleinen Tisch, den die Schlangentänzerin eben verlassen hatte, und war dabei, die andere Hälfte des Cognacs zu vertilgen. Von der peinlichen Beklemmung, der schwebenden Ahnung einer Gefahr gequält, wollte er sich in eine zuversichtliche Stimmung retten. Irgendwie hing sein aufgewühltes Empfinden mit Bezug zusammen, das hatte er in dem Augenblick gewusst, als Bianca mit ihrem Herrn eingetreten war. Die Bewegungen des Maschinisten an dem Automobil, die geschäftigen Vorbereitungen hatten für ihn etwas Beschwörendes, Unheimliches, und auf irgendwelchen geheimen Gedankenbahnen kam er, vielleicht unter dem Einfluss des Cognacs, zu der Erkenntnis, dass es seine Aufgabe gewesen wäre, Bianca zu retten. Aber da hätte er vor allem selbst sein Leben anders gestalten müssen. Mit einiger Verwunderung stellte er bei sich fest, dass er ähnlichen Gedanken schon mehrmals bei sich begegnet war, seit er Biancas Tanz zwischen den sausenden Pendeln, damals bei Bezugs großem Fest, gesehen hatte. Noch immer suchte er, durch alle Irrungen hindurch, das Weib, das ihm bestimmt war, ein schwermütiger Idealist, der sich die Maske des zynischen Pessimismus vorgebunden hatte. War nicht sie es, Bianca, der sein unbewusstes Sehnen nachgehangen hatte … seit jeher schon … und jetzt? Er nahm sich vor, sich ihr, trotz Bezug und seiner Macht, zu nähern, wenn sie zurückkam. Wenn sie zurückkam … Es wurde ihm dabei wieder so schwer und ängstlich zumute … und er suchte vergebens nach einem Rest seiner Kraft.

Der Inspizient steckte den Kopf durch den Vorhang. »Nummer sechs geht zu Ende.«

»Einsteigen, Bianca, es wird Zeit.«

Mit einem Blick auf Bezug stieg Bianca in das Automobil, setzte sich und ordnete die Schleppe ihres Kleides. Dann lehnte sie den Kopf zurück. »Nun?«, fragte sie Bezug mit matten Lippen.

»Gleich … ehe du losfährst«, antwortete er, und sie sah ein wildes Glimmen auf dem Grund seiner Salzseeaugen.

Als der Chauffeur sich daranmachte, Bianca mit dem breiten Ledergurt festzuschnallen, sprang Störner plötzlich auf und lief auf den Mann zu. »Nicht anschnallen, nicht anschnallen!«, rief er, indem er die Hand des Chauffeurs packte. »Nicht anschnallen!«

Erstaunt fragte Kutschenreuter: »Ja, warum denn nicht?«

Störner machte den Eindruck eines Trunkenen: »Warum nicht? Warum nicht? Es ist furchtbar!«

»Reden Sie doch nicht; es ist eine Sicherung.«

Mit festem Griff fasste Doktor Schwartzkopf Störners Schulter: »Schweigen Sie …«, flüsterte er. »Sie machen sie nur ängstlich.«

Bianca sah von einem zum anderen, und die bisher mühsam beherrschte Angst verzerrte nun ihr Gesicht. Während sich Störner abwandte, trat der Doktor auf Bianca zu: »Glück wünschen soll man euch Künstlern ja nicht«, sagte er und reichte ihr die Hand. »Na … servus!«

Die elektrische Klingel schrillte. Von schwachem Beifall gefolgt, kam die indische Schlangentänzerin aus der Manege, und als die Vorhänge auseinander gezogen wurden, hörte man ein aufgeregtes Murmeln, mit dem sich das Publikum auf die nun folgende Hauptnummer vorbereitete. Mit einem zornigen Blick auf Bianca ging die Tänzerin an dem geschmückten Automobil vorbei, auf den Tisch zu, auf dem sie die Cognacflasche stehen gelassen hatte. Und als sie die Flasche leer fand, warf sie sie wütend zu Boden, dass das spitze Geklirr zerbrechenden Glases Bianca aus einer Art von Betäubung aufschreckte.

»Wo ist Bezug?«, fragte sie und griff wie eine Erwachende um sich.

Sie bekam die Hand Rolfs, des Pyramidenmannes, zu fassen, der hinzugetreten war und nun, eng an sie gepresst, ihr etwas zuflüsterte. Sie fühlte nur einen Schmerz in der von seinen eisernen Fingern umfassten Hand, aber die verstand nichts von dem, was er sagte. Mit gewaltsamer Anspannung des Willens musste sie sich auf ihn einstellen. »Ob du es nicht vergessen hast«, sagte er zum dritten oder vierten Mal, »das Beste gegen Schwindel; den Daumen in die Herzgrube und dreimal ›Jehuboa‹. Hörst du? Es gibt nichts Besseres.«

Bianca nickte, aber ihre Augen suchten Bezug, der mit dem Doktor sprach und sich absichtlich zurückgezogen zu haben schien, um nicht früher als im letzten Augenblick jene Nachricht zu geben, an der ihr Leben hing.

»Fertig?«, fragte der Inspizient, und der Chauffeur trat an das Ventil heran. »So legen Sie doch die Hände auf und machen Sie sich fertig«, sagte er. Bianca gehorchte, aber sie sah sich angstvoll nach Bezug um.

Langsam kam das Automobil heran. »Ist alles fertig?«

»Ja, es kann im Augenblick losgehen.«

Über Bezugs Gesicht zuckte das Lachen eines fürchterlichen Triumphes, als er sich jetzt zu Bianca hinüberneigte. Sie sah ihm entgegen, erstarrt, unfähig, noch ein Wort zu sprechen. »Nun ... dein Bruder? Nicht wahr, das möchtest du gerne wissen«, sagte er, so leise, dass nur sie es hören konnte.

Ein Nicken und ein flehender Blick ...

»Ich habe es dir versprochen ... jetzt, in diesem Augenblick ... aber es tut mir Leid, dass meine Nachricht nicht besser ist ...«

Wieder eine kleine Pause, während der Biancas Hände langsam von der Steuerung herabsanken.

»Er ist nämlich tot.«

Alles um Bianca war in gleitender, drohender Bewegung, und sie spürte plötzlich, wie etwas in ihr spitz und unerträglich gegen die Rippen schlug.

»Ja, tot!«, wiederholte Bezug. »Dein Bruder ist der junge Mann im Schloss von Antothrake, der Dichter, Adalbert Semilasso. Und er ist derselbe, der damals von der *Regina Maris* in seinem Boot überrannt wurde. Er ist ertrunken.« Noch einen Moment lang sah Bezug in Biancas versteinertes Gesicht, dann sprang er zurück und schrie: »Los!«

»Los!«, wiederholte der Direktor und hob die Hand.

»Was ist denn? Hände auf!«, brüllte der Chauffeur und riss den Hebel herum. Und als lebe Bianca nur mehr durch den Willen der Menschen, die da auf sie einschrien und sie zur rasenden Fahrt hinaushetzten, legte sie die Hände auf, fasste die Steuerung und den Regulator, und nun schoss das Automobil an den beiden Dienern vorbei, die den Vorhang zurückgerissen hatten, in die Manege.

In diesem Augenblick erhob sich rings auf allen Rängen des ungeheuren Amphitheaters ein tobender Beifall. Händeklatschen, Füßestampfen, und hundertfach wiederholt, in einem Brausen von Begeisterung, Biancas Name. Das ganze Gebäude schien zu beben, als jetzt das Automobil rasch im Kreise längs der Wehr der Manege herumfuhr.

»Schau«, sagte der Bildhauer Hauser, der mit Adamowicz und

Dibian gekommen war, um Biancas neue Nummer zu sehen, »sie ist gar nicht eitel. Sie dankt nicht einmal … gar nicht eitel. Sie macht, als wenn sie nichts hören möcht.«

Dibian, der die Arme auf die Lehne der vorderen Sitzreihe verschränkt und den Kopf darauf gelegt hatte, sah zurück: »Sie hat halt mit dem Automopperl Arbeit genug. Schaut's nur, wie sie daran herumreißt.«

»Es ist, als ob sie nicht ganz sicher wär. Als ob sie nicht wüsste, was sie tun soll.«

»Lächerlich … die Semonski? Die weiß, was sie tut. Die wird euch die Nummer mit Glanz hinlegen.«

»Na, ich weiß nicht«, sagte Adamowicz. »Ich möcht jetzt nicht dort unten drinsitzen.«

Biancas Automobil war indessen unten in immer wildere Fahrt geraten, und je rascher es die Manege umkreiste, desto schwerer wurde die Stille im ganzen steinernen Rund des Theaters. Nur das Schnaufen und Klappern des Motors … Die Menge schien ein einziger großer Körper ohne Atem und Bewegung. Zum zwanzigsten Mal schoss Bianca an der unteren Mündung des Gerüstes vorbei, als sei die Schnelligkeit ihrer Fahrt noch immer nicht genügend gesteigert, aber nun … nun änderte sich fast unmerklich die Richtung des Automobils, und mit fürchterlicher Wucht fuhr es in die unterste Windung des Gerüstes hinein, dass dieses bis zum obersten Teil erzitterte. Von dem Schwung emporgetrieben, durchsauste es die erste Schleife, raste in die zweite hinein, und es schien, als ob es sich durch die Geschwindigkeit in die Länge ziehe. In gleicher Höhe mit den oberen Rängen kam nun der erste Augenblick der Fahrt, der alle Zuschauer erstarren ließ. Es war kaum eine Sekunde, während der das Automobil mit Bianca umgekehrt durch die Schleife fegte. Aber in dieser Sekunde schienen alle Gesetze des Lebens vollkommen aufgehoben, das Entsetzen, wie es etwa während eines Erdbebens alles befällt, warf den Gleichmütigsten hin, und ein stummer Schrei schien durch die Menge zu gehen.

Jetzt war das Automobil hindurch, erreichte in etwas verlangsamter Fahrt die Höhe des Gerüsts, durchlief die oberste Windung und begann sogleich die Niederfahrt, durch die nun breiteren Spiralen seinen Schwung beschleunigend. Wieder in die Länge gezogen, näherte es sich der Unterbrechung seiner Bahn, sausend und keuchend, ein rasendes, toll gewordenes Ungetüm, das eigenes Leben hat.

Und jetzt hatte es den breiten Spalt erreicht … schoss darüber hinaus … der Sprung durchs Leere war gelungen … es war geglückt …

Da brach der Zwang entzwei, der die Menge gebannt hatte, der Einzelne löste sein eigenes Empfinden vom Gemeingefühl der Angst und des Entsetzens, und brüllend brandete der Beifall unter der Kuppel des Amphitheaters. Man stieg auf die Sitze und schrie und winkte in die Manege hinab, wo Bianca wieder in unverminderter Schnelligkeit im Kreise fuhr. Einige Frauen begannen zu weinen, auf den obersten Sitzreihen brüllte jemand immer wieder irgendein Wort, das man nicht verstand.

Schlaff nach hinten gelehnt, als sei sie von der Aufregung und Anstrengung vollkommen erschöpft, durchfuhr Bianca die Manege. Ihre Hände waren herabgesunken …

»Ich glaube, sie ist ohnmächtig geworden«, sagte Hauser und ließ die Hand seines Nachbarn zur Linken, eines Unbekannten, los, eine Hand, die er wie im Krampf gefasst hatte.

Dasselbe sagte Doktor Schwartzkopf zu Kutschenreuter, der darauf dem Chauffeur den Befehl gab, das Automobil zum Stehen zu bringen. In die Gruppe, die am Eingang zur Manege stand, war eine Unruhe gekommen. Wenn Bianca vorbeikam, rief man ihr zu, aber sie rührte sich nicht.

»So halten Sie den Teufelswagen schon auf«, schrie der Doktor dem Chauffeur zu.

»Gleich, Herr Doktor … Er geht schon langsamer.« Der Chauffeur war auf die Wehr der Manege geklettert, um in den Wagen zu springen, sobald es ohne Gefahr möglich war.

Über den Beifall des Publikums senkte sich wie ein Schleier eine Verlegenheit, die den Jubel der Zurufe, das Händeklatschen zu dämpfen schien. Irgendwo entstand ein Gemurmel, das erst zaghaft, dann immer lauter den Lärm der noch immer Ahnungslosen durchfurchte. Störner, der sich an einer der Falten des roten Vorhangs anhielt, sah nach den oberen Sitzreihen des

Amphitheaters, als erwarte er von dort eine Antwort auf eine Frage, die er an keinen der Umstehenden zu richten wagte. Er hütete sich, auf den immer wieder vorbeisausenden Wagen hinzusehen, in dem Bianca mit hintenübergesenktem Kopf und schlaff herabgesunkenen Armen saß. Einen Moment war es ihm gewesen, als habe er in ein offen stehendes, starres Auge geblickt. Und man erwartete gerade von ihm eine Äußerung, ein Wort der Zuversicht, vielleicht des Spottes über eine lächerliche und übertreibende Besorgnis.

»So reden Sie doch«, sagte Tintler aufgeregt und fuchtelte mit seiner Reitpeitsche. »Reden Sie doch. Warum reden Sie denn nicht?«

Endlich, als der Schwung des Automobils sich verminderte und die Anfangsgeschwindigkeit wieder erreicht war, machte der Chauffeur ein Zeichen nach rückwärts.

»Springt er schon?«

»Er wartet nur noch«, erklärte Kutschenreuter, »der Benzinvorrat ist genau abgemessen. Es wird gleich noch langsamer gehen.«

Im ganzen Amphitheater war es wieder still geworden. Selbst die Stumpfen und Unbekümmerten merkten, dass dort unten etwas vor sich ging, dass ein im Programm nicht vorgesehenes Ereignis eingetreten war.

Jetzt kam das Automobil langsamer um das Rund der Manege ... Jetzt näherte es sich dem Eingang, und als es sich gerade unter dem Chauffeur befand, sprang dieser mit einer so schönen Gewandtheit auf den Platz neben Bianca, als habe er ein wohlvorbereitetes Kunststück auszuführen. Eine Sekunde später war der Wagen zum Stehen gebracht, als Erster war der Doktor Schwartzkopf heran, zwei Diener in roten Röcken mit silbernen Schnüren hoben Bianca aus den Blumen. Störner sah die Regungslose an sich vorübergetragen, und wie in einem plötzlich einfallenden roten Licht sah er aus den Menschen, die hinten nachdrängten, einen herausgehoben: Bezug, dessen Gesicht von wilder Freude belebt war. Langsam folgte er den anderen.

Im Künstlerraum lag Bianca auf dem Sofa, den Kopf auf dem Kissen, das ihr Tamaru untergeschoben hatte, die Beine mit einer goldgestickten Decke der Schlangentänzerin verhüllt, die über den Unfall der Kollegin ihren Zorn und ihre Eifersucht vergessen hatte. Mit bebenden Händen hatte Doktor Schwartzkopf die Spangen des Ballkleides zurückgeschoben und untersuchte den Körper der Verunglückten. Störner sah, wie er sich aufrichtete und umherschaute. Er hörte das schwere Wort ...

»Tot«, sagte der Doktor.

»Was denn? Um Gottes willen!« Der Direktor war außer sich, er sah jenseits des Verlustes eine endlose Kette von Scherereien mit der Polizei.

»Ein Herzschlag.«

Draußen tobte ein fürchterlicher Tumult. »Brechen Sie die Pause ab!«, schrie der Direktor dem Inspizienten zu. »Nächste Nummer!«

»Sie wollen nicht sehen. Sie wollen wissen, was geschehen ist. Kommen Sie heraus, Herr Direktor.«

»Ich soll hinaus? Zum Teufel ...!«

»Ja, so hören Sie doch!«

Ein Stampfen und Schreien, ein Durcheinander von Lärm rief nach dem Direktor. »Also gut, ich komme!« Direktor Kutschenreuter fuhr mit beiden Händen über die glatt an den Schädel geklebten Haare und trat in die Arena. Mit raschen Schritten ging er bis in die Mitte vor, wo sich das Gerüst für Biancas Todesfahrt über ihm türmte. Man rief sich zu, zu schweigen, man zischte sich gegenseitig zur Ruhe. »Meine Herrschaften!«, begann er, und, als es ruhiger geworden war, noch einmal: »Meine Herrschaften! Es ist ein kleiner Unfall passiert. Fräulein Bianca Semonski hat einen Ohnmachtsanfall erlitten. Sie ist in besten Händen, und der Arzt sagt, dass es weiter nichts von Bedeutung ist. Sie dürfen hoffen, dass Bianca Semonski recht bald wieder auftreten wird.« Mit einer Verbeugung beendete Kutschenreuter seine Ansprache.

Ein Teil des Publikums, die seltenen Besucher, denen die Gebräuche dieser Welt nicht bekannt waren, schien beruhigt, aber der andere Teil kam nicht von dem unangenehmen Gefühl los, dass etwas Ernstliches geschehen sei. Und ohne die zweite Abteilung des Programms abzuwarten, verließen einige Hundert

Menschen den Zirkus, während alle, die irgendwelche Beziehungen zu den Künstlern hatten, auf den hinteren Gängen und Treppen zu der Quelle drängten, wo sie Erkundigungen einzuziehen hofften. Aber sie fanden eine strenge Absperrung. Zwei Wachleute standen vor der Tür zu den Garderobenräumen und ließen niemanden vor.

Aus der Hintertür des Gebäudes, die gegen eine einsame Straße unweit des Beginnes der Felder lag, kam Bezug, den Kragen seines Überrocks hoch aufgezogen, den Zylinder tief in die Stirn gedrückt, als wünsche er, nicht erkannt zu werden. Die einzige Laterne, die diesen Ausgang der Eingeweihten beleuchtete, flackerte im Hauch einer kalten herbstlichen Nacht. Als Bezug in den Schatten der kleinen schon schlafenden Häuschen tauchen wollte, trat ihm ein Mann in den Weg. Er sah auf: breiter, wallender Vollbart und zwei starke, gebietende Augen unter dem verborgenen Rand eines alten schwarzen Hutes.

»Ach, Sie sind es!«, sagte Bezug.

»Ja, ich bin es«, antwortete Eleagabal Kuperus.

»Und Sie wagen es, mir in den Weg zu treten?«

Ohne auf Bezugs Drohung zu achten, sagte Kuperus mit schwerer Betonung: »Sie haben heute Nella getötet.«

Bezug trat zurück und ließ den Stock mit dem schweren Bleiknopf so weit in der Hand nach abwärts gleiten, dass er genügend Schwungkraft und Wucht zum Schlag bekam. »Wenn Sie das wissen«, sagte er nach einer Weile harten Widerstandes, »so wissen Sie auch alles, was auf der *Regina Maris* geschehen ist.«

»Ich weiß es.«

»Sie hat meinen Sohn getötet. Und jetzt habe ich sie getötet.«

»Durften Sie das von ihr verlangen? Haben Sie nie gewusst, dass sie Ihnen das nicht geben konnte? Sie sind ihr Mörder.«

»Und wer hat mir denn geraten, den Einfluss der Frauen zu versuchen? Von wem kam denn dieser tolle Rat, mit ihm auf das Meer zu gehen? Die Unendlichkeit der Horizonte! Wer hat denn das gesagt? Sie!«

»Ich habe gesagt, dass er auf dem Meer gesund werden wird. So habe ich es gesagt.«

»Ach, Sie sind schlau. Schämen Sie sich. Das sind Pfaffenkniffe.«

»Wie sollte ich es Ihnen anders sagen? Habe ich selbst etwas anderes gewusst? So habe ich es gelesen. Mehr konnte ich nicht wissen. Es war wohl die einzige Art, wie er gesund werden konnte.«

»Sie selbst, Sie sind ein Mörder. Und ich werde Sie vernichten. Sie können es mir glauben, dass ich Sie vernichten werde. Alle Künste werden Ihnen nichts nützen. Gar nichts.«

»Endlich, Thomas Bezug, sind wir so weit. Dorthin musste es kommen.« Eleagabal Kuperus stand dunkel und aufrecht neben dem Laternenpfahl, und Bezug fühlte zornig, dass er sich der Wirkung nicht entziehen konnte, die von seines Feindes ruhiger und sicherer Haltung ausging. »Deshalb bin ich gekommen«, fuhr der Widersacher fort, »um das von dir zu hören. Es ist die Kriegserklärung.«

»Ja, die Kriegserklärung!«, sagte Bezug. Er knirschte mit den Zähnen.

»Und ich werde alles tun, um dich unschädlich zu machen. Ich werde dich nicht töten, ich werde dir nur die Macht entreißen.«

Bezug wollte lachen, recht höhnisch, klirrend, wie ein Unverwundbarer. Aber Kuperus stand so furchtbar und drohend vor ihm, dass er es nur zu einem Achselzucken brachte. Dann sagte er bloß: »Gut! Es ist gut … Wir werden ja sehen …«

»Wir werden es sehen. Nur dies noch vorher, Bezug! Am Tode deines Sohnes bin ich unschuldig. Was geschehen ist, war bestimmt, und du hast nur alles getan, um den Ausgang zu beschleunigen.« Damit wandte sich Kuperus und ging der mächtigen Außenmauer des Zirkus entlang nach rechts, während Bezug, nachdem er dem Feinde einige Herzschläge lang nachgesehen hatte, in die stille Gasse der niedrigen Häuser einbog.

Ein Todesflug

Regina hatte einen Fremden führen müssen, der sie mit Fragen belästigte. Es war ihr schwer geworden, ihn von dem Allerheiligsten ihres Vaters abzuwehren. Irgendetwas hatte ihr an diesem Mann nicht gefallen, obzwar er sich offenbar bemühte, ihr

Vertrauen zu erringen. Seine geschwätzige Treuherzigkeit schien ihr im Widerspruch zu dem Ausdruck seines Gesichts zu stehen, eines englisch geschnittenen Gesichts mit harten Zügen und lauernden Augen. In übersprudelndem Eifer erzählte er ihr von seinem Leben. Er war ein flotter Student gewesen und lebte jetzt als Verwalter auf einem der großen Güter in der Nähe der Stadt. Verstohlen hatte Regina dabei seine Hände betrachtet und gefunden, dass er die Unwahrheit sprach. Es waren gepflegte Städterhände, keineswegs die rauen Pfoten eines Landwirts. Warum belog er sie? Ihr Misstrauen machte Regina gegen seine Fragen verschlossen, und sie beschränkte sich darauf, ihm zu zeigen, was sie zu zeigen verpflichtet war, und die nötigen Erklärungen beizufügen. Über ihre persönlichen Verhältnisse Aufschluss zu geben, wie es der Fremde offenbar wünschte, unterlag nicht der Taxe. Nach einer Stunde zog der Fremde wieder ab.

Nun stand Regina an einer der Schießscharten in dem alten Gemäuer und sah durch den schmalen Ausschnitt hinaus, der einige Dächer und die Wipfel einiger herbstgebräunter Bäume zeigte. Ein leichter, feiner Nebel mischte sich mit der Dämmerung und verwischte die Umrisse da unten. Jetzt, da der Fremde gegangen war, empfand Regina erst, wie wohltätig es auf sie gewirkt hatte, durch ihn ihren Gedanken für eine Weile entrissen worden zu sein. Immer um den einen Punkt gedreht, war sie manchmal vom Schwindel erfasst worden. Eine schlimme Zeit lag hinter ihr. Der Vater war krank gewesen und der Geliebte fern. Zuerst hatte sie kaum zu einigen flüchtigen Zeilen an ihn Zeit gefunden, wenig mehr als einem kurzen Bericht über ihr Befinden und einer Frage nach seiner Liebe. Dann war das seltsame Verbot gekommen, dem sie gehorchte, weil es von Kuperus kam, ohne aber einzusehen, welchem Zweck es dienen sollte. Wenn ihr Vertrauen zu dem Alten nicht so unbedingt gewesen wäre, so hätte sie dieses Verbot jedes Mal gebrochen, sooft sie einen der flehenden Briefe Adalberts bekam.

Sie machte sich manchmal Vorwürfe, dass neben dieser eigenen Angelegenheit die Sorge um den kranken Vater in den Hintergrund trat. Mit aller Liebe und guter Mühe umgeben, überwand er auch diesmal seinen Anfall. »Nein«, hatte er lächelnd gesagt, »ich kann noch nicht gehen, bevor nicht mein Werk vollendet ist.« Und damit hatte er sich von seinem Lager erhoben. Aber er hatte gewünscht, dass der Spiegel verhängt werden möge, denn im grünlichen Glas zeigte sich ihm das Gesicht eines Todgeweihten, sodass er taumelnd zurücktrat. Dieser Anblick war nicht geeignet, seinen aus dem letzten Vorrat von Energie aufgerichteten Willen zu unterstützen.

Alle diese Vorgänge der letzten Wochen waren in ihrer Gleichförmigkeit schwer in Reginas Seele gesunken, hatten sie dumpf und mutlos gemacht, ihre Kraft gebrochen und sie seltsamen Vorstellungen unterworfen. Nur Kuperus vermochte ihr einige Zuversicht zurückzugeben, wenn er sie auf eine lichtere Zeit jenseits des schweren Dunkels verwies.

In der Stadt unten strahlte aus unsichtbaren Quellen ein rötlicher Schimmer in die nebelerfüllte Finsternis des frühen Herbstabends. Regina, die mit aufgestütztem Arm, das Kinn in die Hand gelegt, hinausgesehen hatte, fröstelte. War es die Kälte des Abends oder war es ein Schauder aus Abgründen der Seele, der sie ergriffen hatte? Mit einem Mal fühlte sie sich ganz sonderbar gespannt, als gebiete ihr jemand, auf die Geräusche zu horchen, die den alten Turm hinter ihr zu beleben schienen. In dem Gemäuer unter ihr rieselte es, als habe sich ein Spalt aufgetan ... Und plötzlich kam ganz deutlich das Wimmern und Weinen eines kleinen Kindes aus dem Stein. Tief von unter her, ganz fein, aber doch deutlich erkennbar. Es war ein furchtbar kläglicher Ton, das Entsetzen eines nur den einfachsten Regungen zugänglichen Wesens, ein kindliches Schluchzen und Winseln.

Regina stand, vom Grauen gebannt, und vermochte sich nicht zu rühren. Da kam noch ein anderes Geräusch hinzu, das aus dem Uhrkasten hinter ihr zu dringen schien. Im gleichmäßigen lauten Gang unterbrochen, begann das Räderwerk zu ächzen, als sei ein fremder Körper zwischen die metallenen Zähne geraten. Die Pendelschläge setzten aus, verdoppelten sich, indem sie nach Pausen mit jagender Geschwindigkeit einfielen, und dazwischen war ein Knirschen, so durchdringend, dass es Regina als Schmerz in ihrem eigenen Körper fühlte. Es war wie das Krachen zermalmter Knochen, und ein Stöhnen war darüber ergossen, als sei ein lebendiger Mensch dort drinnen zu schrecklichen Martern verdammt. Alle diese Geräusche vereinigten sich zu einem Brei, der Regina umgab und immer höher an ihr hinanzusteigen schien, sodass sie zu ersticken glaubte. An die Mauer gelehnt, fühlte sie sich schutzlos dem Entsetzen preisgegeben. Irgendwoher aus dem Dunkel sahen sie zwei große glimmende Augen immerfort an. Diese Augen saßen in einem formlosen Körper, von dem sie nicht wusste, ob er nahe oder weit entfernt war.

Oben ging eine Tür, und ein breites scharfes Lichtschwert zerschnitt den Leib des Ungetüms. »Regina, bist du da?«, rief die alte Johanna.

»Ja, ich komme«, antwortete Regina mühsam, und dann stieg sie im Schutz des Lichtschwerts die Treppe hinauf.

»Wo warst du denn so lange?«

»Der Fremde hat mich …«, in einer Anwandlung von Schwäche sank Regina in den großen Lehnstuhl des Vaters am Tisch. Sie schloss die Augen, denn noch immer fühlte sie den grauenvollen Blick auf sich, und noch immer bebte ihr Leib unter den Schaudern des Entsetzens. Aber sie wollte nichts verraten und nahm unter dem forschenden Blick der Alten alle Kraft zusammen, »… er hat mich furchtbar viel gefragt. Es hat ein wenig lang gedauert?«

»Hast du nicht wieder geträumt? An diesen Kerl gedacht, der nicht mehr kommt, der dich verlassen hat?«

»Ich bitte dich, sprich nicht so von ihm! Du weißt nicht …!«

»Was weiß ich nicht? Alles weiß ich! Er ist ein Sohn der Hölle. Ein Teufelsbraten. Ein Knecht des Bezug. Oh …! Wenn du mir früher gestanden hättest, wer er ist … Niemals hätte es so weit zwischen euch kommen dürfen.«

Regina gab keine Antwort. Seit sie der alten Johanna in einer trostbedürftigen einsamen Stunde bald nach Adalberts Abreise alles erzählt hatte, was sie von ihm wusste, hasste die Alte den Eindringling. Und wenn sich nur entfernt eine Gelegenheit dazu bot, fiel sie mit harten Worten über ihn her und verwünschte ihn, denn er war vergiftet wie alles, was jemals mit Bezug zu tun gehabt hatte. Aber immer nahmen diese Auftritte ein Ende wie jetzt. Behutsam näherte sich die Alte dem im Lehnstuhl zurückgesunkenen Mädchen, indem sie das hölzerne Bein so vorsichtig wie möglich aufsetzte. Und dann legte sie ihre harte, knochige Hand auf Reginas Scheitel. »Lass nur, Kind«, sagte sie, »ich sage ja schon nichts mehr. Es ist ja wahr, was weiß denn ich davon … Ich weiß ja nichts. Vielleicht, wie Kuperus sagt … Er ist ein Irrender. Wir alle irren … und haben unsere Ziele. Er das seine und ich … ich habe das meine …« Hier war wieder jene dunkle Andeutung eines Entschlusses jener geheimnisvollen Macht, die der alten Johanna geholfen zu haben schien, den Anfall von Wahnsinn zu überwinden, dem sie eine Zeit lang erlegen war.

Dankbar ergriff Regina die welke Hand der Alten und drückte sie. Dabei erinnerte sie sich, dass sie in der anderen Hand noch immer krampfhaft das Geldstück bewahrte, das der Fremde für die Besichtigung des Turmes gegeben hatte. Sie erhob sich und warf es in die neben der Tür hängende Blechbüchse. Als sie zurückkehrte, fiel ihr Blick auf die im hellen Schein der Lampe aufgeschlagene Chronik. Und sie sah, dass mit frischer Tinte eine letzte Eintragung gemacht war. In den Lehnstuhl zurückgesunken, las sie in den klaren, von Alter und Krankheit noch nicht verzerrten Schriftzügen des Vaters:

»Ich, Heinrich Palingenius, habe meine Maschine endlich fertig gemacht. Und ich glaube mit aller Kraft meiner unsterblichen Seele, dass das Fliegen den Menschen nicht zum Unheil, sondern zum Heil und Segen sein wird. Höhen gewinnen und von dort aus alle Erbärmlichkeiten mit Lächeln betrachten, das werden sie dadurch lernen. Und das ist Glück. Ich, Heinrich Palingenius, der Türmer, habe mir dieses Glück gewonnen. Und morgen will ich fliegen, als Erster von allen. Vielleicht wird es sie zuerst verwirren, aber dann werden sie größer werden und besser. Morgen will ich fliegen. Meine Maschine hat eine Seele. Was vermöchte der Mensch nicht zu beseelen? Wenn er sich nur mit ganzem Herzen und allen Gedanken hingibt. Ist es wahr, was Kuperus sagt? Die leblose Materie sträube sich dagegen, belebt zu werden. Und sie trage dem Geist Hass, der sie aus der Erstarrung gerissen hat. Darum sei der Leib dem Geiste Feind, weil

kannst ja nicht das Vertrauen haben, das ich zu meinem Werk habe. Wer von euch kennt es denn? Keiner! Der Eleagabal redet ja auch solchen Unsinn. So gescheit er sonst ist.«

»Folg ihm doch, Vater, er weiß …«

»Er weiß mehr als ich, willst du sagen? Das ist möglich. Aber davon versteht er nichts. Und dann! Das ist die Aufgabe meines Lebens gewesen. Soll ich nun durch mein ganzes Leben einen Strich machen? Das wäre, als hätte ich niemals gelebt. Jetzt, wo ich am Ziel bin?«

Regina schwieg. Ihre Schultern zitterten. Dann hob sie ein blasses Gesicht, in dem furchtsame Augen flehten. »Vater!«, sagte sie stockend. »Tu es nicht! Ich habe … Ich habe das … das eingemauerte Kind weinen gehört … Und … und … im Uhrkasten brachen die Knochen. Ein Stöhnen … Es war schrecklich.«

»Wann hast du das gehört?«

»Heute. Vorhin. Im Dunkeln auf der Stiege …«

»So.« Palingenius stand auf und ging im Zimmer, dessen Enge zum baldigen Wenden zwang, auf und ab. »Heute. Und was? Was meinst du? Das soll etwas bedeuten? Für mich?«

»Eine Warnung … Vater!«

Triumphierend stand Palingenius vor seiner Tochter: »Nein, mein Kind! Keine Warnung! Es kann nur eine Ermunterung sein! Weißt du, was da in dem alten Turm stöhnt und jammert? Das ist die Vergangenheit! Die Vergangenheit! Weil sie endlich und endgültig überwunden ist. Denn meiner Maschine und dem Fliegen gehört die Zukunft.« Als Sieger stand der Vater vor Regina.

»Vater! Du bist ganz …«

»Verblendet? Nein, Regina! Nicht verblendet. Nur voll Zuversicht. Morgen besteht mein Werk die Probe. Schau, Kind … selbst wenn sie noch am Leben wäre … deine Mutter! … und mich bäte, ich müsste nein sagen.« Zärtlich legte der Alte seinen Arm um die Tochter und führte sie zur Tür. »Und jetzt geh schlafen, Kind.«

Sie zog ihn mit sich. »Du auch, Vater … Du brauchst die Ruhe.«

»Du wünschst es?«

»Es macht mich ruhiger.«

»Gut. Ich will schlafen gehen.«

Nach einem schweigend eingenommenen Nachtmahl ging Regina, einen warmen Kuss des Vaters auf der Stirn, zu Bett. Aber sie brachte es nicht über sich, zu schlafen, es war ihr, als käme es ihr zu, über den Vater zu wachen, und aus kleinen Geräuschen, die aus dem Nebenraum zu ihr kamen, schloss sie, dass auch der Vater wach im Bett lag. Erst gegen Morgen verfiel sie in einen schweren Schlaf, aus dem sie dann später mit dem unangenehmen Gefühl erwachte, eine Pflicht versäumt zu haben. Im Schlafraum des Vaters war es ganz still. Aber über sich und außen, auf dem Umgang des Turmes, hörte sie ein Ziehen und Schieben, schwere Gegenstände gegeneinander stoßen und ein Gehämmer auf Stahl und Holz. Rasch kleidete sie sich an. Dabei erwachte die alte Johanna, sah ihr verwundert zu, wurde dann auch auf die Geräusche aufmerksam und erhob sich, ohne zu fragen. Noch war es früh am Morgen, und ein mattes Licht über dem Waschtisch leuchtete zu der hastigen Geschäftigkeit der Frauen. Als Regina, von der Alten gefolgt, hinaustrat, sah sie den Vater beim hellsten Schein seiner stärksten Lampen mit dem Zusammenfügen der Maschine beschäftigt.

Sie sprach kein Wort, denn sie wusste, dass nichts den Vater zurückzuhalten vermöge, und sah seiner Arbeit zu. An zwei am Geländer der Galerie befestigten Stahlstangen hing schon der innere Teil der Maschine. Mit halbem Leib über die Brüstung gelehnt, fügte Palingenius mit vollkommener Sicherheit immer neue Bestandteile an. Im Eifer seiner Arbeit hatte er zuerst die beiden Frauen gar nicht bemerkt. Nun trat er auf Regina zu und reichte ihr die Hand. »In einer halben Stunde«, sagte er, »kann man sie vollkommen zerlegen. Und in einer Stunde kann man sie zusammensetzen.«

»Unsinn«, brummte die alte Johanna. »Vollkommener Unsinn.«

Ohne den Einwurf zu beachten, ging Palingenius wieder an die Arbeit. Nun brachte er den sonderbaren Flügel an, dessen Gestänge sich zusammenfalten und ausspannen ließ, wobei sich eine glänzende dünne Haut zwischen den schmalen Rippen dehnte. Das fächerförmige Gestänge schloss sich an ein

Kugelgelenk an, das eng mit dem innersten Gehäuse verbunden war. Feine Drähte gingen von dem Mechanismus das Gestänge entlang bis zu den Flügelspitzen. Mit besonderer Sorgfalt gab Palingenius diesen Drähten Halt und Spannung.

Von dem Flügelwesen hinweg, das da unter ihren Augen entstand, lenkte Regina den Blick hinaus. Sie erinnerte sich eines anderen Tages, da sie auf der Galerie des Turmes gestanden hatte, eines untergehenden Tages ... damals mit Adalbert. Und in dieser Stunde war ihr noch weher zumute als damals, bevor sie Adalberts Liebe erkannt hatte. In aller Wehmut war damals doch eine Hoffnung gewesen, ganz tief, eine noch ungeborene Hoffnung, die sich aber schon regte und wuchs. Heute aber waren die Angst und der Schmerz ohne Trost, und sie hatte keinen Halt, keinen Widerstand in sich. Wo war Adalbert? Was war mit ihm geschehen? Seit Wochen hatte sie keine Nachricht von ihm. War er ihr verloren gegangen? Und nun sollte ihr auch der Vater verloren gehen. Angstvoll sah sie wieder auf das Flügelwesen, das da über dem Abgrund hing, und von dem der Vater gesprochen hatte, als habe es eine Seele, als sei es belebt.

Der Morgen war kühl und versprach einen schönen Herbsttag. Im Osten brach ein rötlicher Schein durch Wolkenbänke, und es war, als greife eine zarte Hand in die Schleier der Nacht, um sie hinwegzuziehen. Regina entsann sich eines Wortes, womit die alten Griechen die Morgenröte bezeichnet hatten: rosenfingrige Morgenröte. Sie hatte das Wort von Adalbert gehört. Und obzwar sie ihre Gedanken von Adalbert abzulenken versucht hatte, waren sie so wieder zu ihm zurückgekehrt.

»Guten Morgen«, sagte Eleagabal Kuperus, der hinter ihr die Turmgalerie betrat. Heinrich Palingenius wandte sich um und begrüßte den Freund mit einem verwunderten Blick: »Du bist es?«

»Ja ... ich will doch zusehen, wie du fliegst.« Kuperus war sehr ernst, und der Ton von Ruhe und Heiterkeit, den er seinen Worten zu geben versuchte, widersprach dem Ausdruck seines Gesichtes: »Du hast mich zwar nicht eingeladen ...«

»Weil du immer Bedenken hast ... immer etwas einzuwenden ...«

»Du bist doch stark genug, um Bedenken und Einwände zu

ertragen. Nicht? Übrigens: Heute habe ich keine Bedenken mehr.«

Freudig fragte Palingenius: »Du stimmst mir also zu?«

»Ja!« Und während der Türmer sich bemühte, seine Freude über Eleagabals Zustimmung hinter einer angenommenen Gleichgültigkeit zu verbergen, wandte sich der Freund den Lampen zu und löschte die Lichter. »Übrigens ... wenn du mich über deine Pläne im Dunkeln lassen willst, darfst du keine solche Illumination anbrennen.«

»Du hast es bemerkt?«

»Gewiss! Und andere auch. Unten steht schon eine Menge Menschen.«

»Gut! Gut! Sie werden sehen, wie man fliegt.«

Es war schon genügend hell geworden, die Sonne hatte sich durchgerungen und stand rot glühend über einem dunstigen Meer. Heinrich Palingenius machte sich daran, seiner Maschine den anderen Flügel einzusetzen. Plötzlich fühlte Eleagabal, der aufmerksam zuschaute, seine Hand erfasst. Er sah in Reginas blasses Gesicht. »Ich habe alles versucht«, flüsterte sie, »... er will nicht zurück.« Mit einer Gebärde deutete Eleagabal an, dass alles Bemühen umsonst sei.

»Unsinn ... ein vollkommener Unsinn«, brummte die alte Johanna.

Die Hammerschläge des Türmers wurden heftiger und schneller, als beeile er sich, mit seiner Arbeit zum Ende zu kommen. Unter Kreischen und Knirschen fügte er eine Schraube in ihr Gewinde.

Nun war der Tag gekommen. Die Stadt unten machte die tiefen Atemzüge eines Erwachenden und schien sich den Hügeln entgegenzudehnen. Aus den unzähligen Schornsteinen über den verschiedenfarbigen und -gestalteten Dächern drehten sich bläuliche Rauchwirbel in die klare Herbstluft; dort, wo sie der Mündung des Schlotes entquollen, noch massig und schwer, fest geballt, als wollten sie wieder zurücksinken, weiter oben aber immer lockerer und heiterer und, wo sie sich in leichte Wölkchen aufzulösen begannen, schon von der Sonne angestrahlt. Braunrot und goldig flossen die letzten Flocken über den zartblauen Himmel. Unten auf dem Domplatz aber war ein dichter Klumpen von Menschen, die unverwandt nach der Turmgalerie blickten. Frühaufsteher aus Beruf und Neigung, die sich hier zusammengefunden hatten und nun ihren neugierigen Fragen keine Antwort wussten.

»Wos g'schiegt denn durten?«, fragte ein Fleischhauer, der mit seinem mit einem Kälberviertel und einigen großen Stücken Rindfleisch beladenen Hundewagen eben über den Domplatz kam. Er steckte beide Hände vorn in die blutfleckige Schürze und stellte sich hinter der letzten Reihe an, während der Hund, ebenso neugierig wie sein Herr, an den Röcken des vor ihm stehenden Milchweibes schnupperte. Im Mittelpunkt des Klumpens befand sich, als die Aufgeregteste von allen, Frau Swoboda und ihr morgendlicher Freund, der Sakristan. Die beiden waren am ehesten imstande, eine Auskunft zu geben. Aber Genaues wussten auch sie nicht. Sie konnten nur sagen, dass der Türmer dort oben war, seine Tochter, die Johanna und – hier dämpften sie jedes Mal die Stimmen – »der Zauberer von drüben«. Aber was geschah? Was geschah dort oben?

»Er wird an Drachen steig'n lossen«, sagte der Dreifaltigkeitsschuster zu dem Fleischhauer, der seine Frage einige Mal, immer nachdrücklicher, wiederholt hatte. Aber der Rahmenmacher, der auch Tiere ausstopfte und die Passionsblumen hinter dem Fenster hielt, schüttelte den Kopf. Dazu sei der Alte dort oben zu gescheit, das müsse wohl etwas anderes sein. Und nun gruben die alten Leute, die schon seit Jahrzehnten hier oben wohnten, alte Erinnerungen aus. Alle Sonderbarkeiten des Türmers wurden ins Licht gesetzt, und wer einen neuen Zug zu dem seltsamen Bilde wusste, beeilte sich, ihn mit einigem Stolz hinzuzufügen. Die Aufregung der Menge stieg, als nun an dem zweiten Flügel unzweideutig zu erkennen war, dass es sich um ein Abenteuer in der Luft handeln musste.

In diesem Augenblick kam Adalbert Semilasso über die Domstiege, betrat zwischen den beiden mürrischen verrenkten Heiligen den Platz und folgte mit dem Blick den vielen weisenden Armen. War es so weit? Machte sich Palingenius zum Flug fertig? War es die Vorahnung dieses Ereignisses gewesen, die ihn heute Nacht so unruhig gemacht und so früh am Morgen hierher getrieben hatte? Und nun fiel es ihm schwer auf die Seele, dass er nicht bei Regina sein durfte in dieser Stunde, vor der sie sich schon immer heimlich gebangt hatte. Schon war er im Begriff, in den Turm einzutreten. Aber da kamen die alten Bedenken und Ängste mit doppelter Gewalt und zerrten ihn von der Tür weg. Es war ihm verwehrt, sie zu trösten, er durfte sich ihrer Reinheit nicht nähern. Und dann, sie war ja doch nicht ganz allein. Er sah Eleagabal Kuperus oben bei ihr, den Freund, der ihr Mut geben würde. Langsam entfernte er sich von der Turmtür, und da er fand, dass er schon die Aufmerksamkeit der Leute erregt hatte, wollte er sich unter die Menge mischen.

Aber Frau Swoboda hatte ihn erkannt und kam hastig auf ihn zu.

»Was sagen S', gnä' Herr, was will er tun?«, fragte sie, indem sie ihn aufgeregt am Rockärmel fasste.

Adalbert wusste nicht, ob er die Wahrheit sagen sollte. Aber wozu verschweigen, was sie doch in den nächsten Minuten selbst sehen mussten. »Er wird fliegen«, sagte er. »Das dort oben ist seine Flugmaschine.«

»Jesus Maria! Fliegen? In der Luft? Über die Dächer?«

»Ja.«

»Er wird runterfallen! Gott's will'n!«

Die Nachricht ging durch die Menge, ließ sie aufbrausen und drängte sie näher zusammen, in dem Gefühl des Entsetzens über die Gefahr eines Menschen.

Heinrich Palingenius war mit seinen Vorbereitungen fertig. Zuletzt hatte er unterhalb des Bewegungsmechanismus einen gepolsterten Hängeapparat angebracht, aus dem der Körper in bequemster Lage die Hebelstellungen regeln konnte. Mit strahlendem Gesicht wandte er sich um. »Eine Stunde … nicht viel länger! Was habe ich gesagt? Aber macht doch nicht solche Mienen! Regina!« Er hob den Kopf seiner Tochter mit einem zärtlichen Griff unter dem Kinn. Da sah er die Tränen in ihren Augen. »Kind! Kind!«, sagte er und küsste sie auf die Stirne.

Eleagabal Kuperus legte dem Freund die Hand auf die Schulter: »Ein Glas Wein!«

»Wozu?«

»Trink nur ein Glas Wein! Das wird dir nicht schaden! Vom alten, von dem griechischen.«

»Es ist die letzte Flasche.«

»Warum soll man bei einer solchen Gelegenheit nicht eine letzte Flasche trinken?«

Auf Eleagabals Wink ging die alte Johanna, den Wein zu holen. »Dein Publikum wird immer größer«, sagte Kuperus, indem er auf den Domplatz hinabdeutete. »Und die löbliche Polizei ist auch schon da!« Ein Wachmann mit blitzendem Helm ging quer über den Platz auf die Turmtür zu. Hinten im Turmzimmer tobte die elektrische Klingel. »Du hast wohl keine Erlaubnis zum Fliegen. Er wird es dir verbieten wollen.«

Palingenius lächelte. »Die Obrigkeit! Mit dem Fliegen hat man alle Obrigkeit verloren.« Gerade als die Glocke über ihnen mit vier schnellen Schlägen das Ende einer Stunde verkündete, kam die alte Johanna mit der verstaubten Flasche und einem altertümlichen Glas, auf dem zwischen Rosen und Lilien in verschnörkelten Buchstaben stand: ›Zur Erinnerung‹. Siebenmal rollte wuchtig und schwer der Hall der Stundenglocke über die Turmgalerie hin und übertönte das Geschrill der elektrischen Klingel im Zimmer.

»Aus diesem Glas hat sie bei unserer Hochzeit getrunken«, sagte Palingenius halb zu Regina und halb für sich. Mit verklärtem Gesicht hob er das Glas mit dem schweren, fast braunen Wein und leerte es auf einen Zug. Anstatt des Weines erfüllte es jetzt das funkelnde Gold der Sonne, brach sich an den Kanten und dem Rand und machte die Rosen und Lilien durchscheinend und leuchtend. Langsam und vorsichtig gab es Palingenius der alten Johanna zurück. »So«, sagte er, und es war, als ob auch in seinem Blick etwas vom Gold der Sonne sei.

Zitternd lag die Flugmaschine mit ausgespannten Flügeln auf den vorgeschobenen Stangen. Selbst vor Aufregung bebend, schien sie ein lebendiges Wesen, das sich in höchster Spannung befindet. Regina starrte sie an; der Glaube ihres Vaters hatte sie ergriffen, und es war ihr, als müsse sie dieses Flügelwesen mit flehenden Worten beschwören. Als sie Palingenius umarmte und küsste, gewann sie es über sich, nicht aufzuschreien, denn

Eleagabal hatte ihr rasch vorher zugeflüstert: »Sei stark! Mach ihn nicht schwach.«

Dann reichte Palingenius noch Eleagabal und der alten Johanna die Hand mit einem so strahlenden Stolz, sodass Johanna ein halb mürrisches, halb ängstliches Wort des Tadels unterdrückte. Und dann schwang er sich mit jugendlicher Kraft über die Brüstung der Galerie und rückte sich in dem Hängeapparat zurecht. Mit beiden Händen auf das Geländer gestützt, sah Regina dem Vater zu. Er drehte an einer Kurbel, und fauchend schoss eine kleine blaue Flamme aus einer durchlöcherten Messingscheibe, verschwand, schoss wieder hervor und so in immer schnellerer rhythmischer Wiederkehr. Sogleich riss Palingenius einen Hebel herum, und die Maschine glitt an ihren Tragbändern über die vorgeschobenen Eisenstangen, verließ den Halt und schwebte draußen frei in der Luft.

Das Gemurmel der Menge, die den Platz vor dem Dom erfüllte, war verstummt, und das tobende Schrillen der elektrischen Klingel brach ab. Der Wachmann war von der Turmtür zurückgetreten und stand unter den Übrigen, die mit verdrehten Hälsen zusahen, wie die Flugmaschine des Türmers über den Dächern Kreise zog.

Mit schönen langsamen Bewegungen stieg und sank sie, zuckte in plötzlichem Flug hin und kehrte willig wieder zurück. Jetzt schoss Palingenius mit einem Mal so hoch hinauf, dass die Maschine bloß als schwarzer Punkt in der klaren Herbstfrühe stand, und dann war er wieder da, mit schweren, lässigen Flügelschlägen den Domplatz überschattend. Die drei Menschen auf der Turmgalerie sprachen kein Wort. Regina hatte Eleagabals Arm gepackt, und als sie den sicheren Flug des Vaters sah, kehrte mit der Hoffnung auch ein herzhafter Stolz auf seine Kühnheit ein.

Noch immer ließ Palingenius seine Maschine alle Arten von Bewegungen vollführen, wie ein lebendes Tier, das jedem Wort seines Herrn gehorcht. Er schwebte in breitem Wanderflug über dem Haus des Kuperus und strich nun in gleicher Höhe mit der Turmgalerie hin.

Plötzlich fühlte Regina ein hastiges Zusammenfahren

Eleagabals, als ob die Sehnen seines hageren Armes von einem elektrischen Schlag getroffen wären. Er hatte bemerkt, dass der ruhige Flug der Maschine sich veränderte, es kam etwas Irres, Flackerndes in ihre Bewegungen, und er sah, dass Palingenius heftig und zornig an den Hebeln riss.

»Was ist denn?«, fragte Regina ängstlich.

»Sie hat … sie hat ihren eigenen Willen«, murmelte er. »Es ist da!«

»Was denn? Was?«

Eleagabal vermochte keine Antwort zu geben. Drüben in der Luft fand ein wütender Kampf zwischen dem Meister und seinem Werk statt. Einen Augenblick war es Eleagabal, als wende ihm Palingenius ein totenbleiches Gesicht mit einem zum Schreien geöffneten Mund zu. Aber es war nichts zu hören als das Schwirren der großen Flügel und die rhythmischen Pulsschläge der Maschine. Es war klar, dass Palingenius die Herrschaft über seinen Apparat verloren hatte. Regellos stieg die Maschine auf und ab, kam in unbesonnenen Kreisen bald den Dächern der Häuser, bald den Wänden des Turmes nahe. Flog einmal so dicht über den Köpfen der Menge unten weg, dass sich einige duckten, und nun … war sie plötzlich hinter dem Turm verschwunden.

Unten entstand ein Geschrei: »Wo ist sie, wo ist sie?«

Regina lehnte an der Wand. Zwei Schläge der Viertelstundenglocke wogten über sie hinaus. Eleagabal hatte ihre Hand gefasst und streichelte sie unaufhörlich, ohne ihr einen Trost geben zu können. Mit gefalteten Händen kniete die alte Johanna in der Tür des Turmzimmers und bewegte die Lippen. Sie betete, sie, die niemand noch beten gesehen hatte.

Plötzlich schoss die Maschine wieder hinter dem Turm hervor. Sie stieg in schrägem Flug, und Eleagabal sah, wie Palingenius im blinden Zorn, außer sich vor Wut, mit geballten Fäusten auf den Apparat losschlug, als wollte er ein ungebändigtes, störrisches Tier züchtigen.

Als die Maschine um einige Meter über der Turmspitze war, hielt sie plötzlich an. Und nun geschah das Fürchterliche. Zuerst ging ein Zittern durch ihr Gestänge, die Flügel streckten sich wie in plötzlichem Krampf aus und zogen sich zusammen. Diese

Bewegungen wurden so heftig, dass Palingenius in seinem Hängeapparat hin und her flog. In jäh erwachender Angst griff er nach beiden Seiten aus und fasste zwei Eisenbügel des Flügelrahmens, um sich an ihnen zu halten. Aber die Maschine schüttelte sich und befreite sich von ihm. Und nun schoss sie plötzlich hinauf, mit wilden, ruckweisen Stößen. Hoch oben ... überschlug sie sich plötzlich in rascher Drehung. Ein dunkler Körper trennte sich von ihrem verwirrten, durcheinander geworfenen Gestänge.

Ein einziger Schrei der Menge auf dem Domplatz ... dann ein dumpf klatschender Schlag auf dem Pflaster ...

Wie erleichtert stieg die Maschine noch ein Stückchen höher, dann sank sie schräg hinab und blieb auf dem flachen Glasdach eines fotografischen Ateliers liegen, mit zuckenden Flügeln, wie erschöpft vor Aufregung und Anstrengung.

Regina war zusammengesunken, so, wie sie an der Wand gelehnt hatte, einfach in sich zusammengesunken.

»Bleib bei ihr!«, rief Eleagabal die alte Johanna an und rannte auf die Treppe zu. Aber als er die Hälfte der Stufen zurückgelegt hatte, hörte er das harte, hastige Klappern des Holzfußes über sich.

»Was gibt's?«, schrie er zurück. Aber die alte Johanna gab ihm keine Antwort, überholte ihn und rannte ihm voran, halb stolpernd und das Stiegengeländer entlanggleitend, wie in wilder Verstörtheit, nur zuerst unten anzukommen.

Inmitten der zurückgewichenen Menge lag Heinrich Palingenius auf dem Domplatz. Die alte Swoboda kniete bei ihm, weinend, ohne der herabströmenden Tränen zu achten. Vorsichtig hob der Fleischhauer den Kopf des Toten und legte ihn auf den Schoß der Alten. Heinrich Palingenius war ganz unversehrt, nur aus dem Hinterkopf kam ein dünner Strahl hellen Blutes hervor, der in den Vertiefungen des holprigen Pflasters kleine Lachen gebildet hatte. Außer dem Wachmann, der bereits sein Notizbuch gezogen hatte und eifrig den Tatbestand notierte, war noch jemand da – Adalbert Semilasso. Er hatte sich durch die Menge hindurchgedrängt und hatte dem Toten die Weste geöffnet, um die mit grauen Haaren bedeckte Brust zu befühlen.

Mit vor Aufregung überstürzten Worten berieten einige zunächst stehende Gruppen, was zu tun sei.

Als Eleagabal bei dem Toten ankam, gab der Wachmann dem Hund des Fleischhauers einen Fußtritt. Das Tier war, den Wagen hinter sich herziehend, seinem Herrn gefolgt und hatte begonnen, die Blutlachen auf dem Pflaster aufzulecken.

Adalbert Semilasso erhob sich und trat Eleagabal entgegen. Nach einem ersten furchtsamen Blick senkte er den Kopf. Da fühlte er sich vor die Brust gestoßen. Die alte Johanna stand vor ihm und schrie ihm wütend ins Gesicht: »Gehen Sie! Was wollen Sie bei diesem Toten?«

»Bleiben Sie!«, sagte Eleagabal und hielt Adalbert an der Hand zurück. »Sie gehören hierher.«

Irgendjemand hatte einen nahe wohnenden Arzt gerufen. Es blieb diesem nichts zu tun übrig, als festzustellen, dass Palingenius tot war. Nun besann sich auch der Wachmann auf seine Würde. »Weg da! Zurück!«, schrie er mit gebietender Armbewegung. »Er kommt ins Spital.«

»Nein«, sagte Eleagabal. »Was wollen Sie? Er ist tot. Wir nehmen ihn hinauf.«

»Auf den Turm? Sie werden ihn dort hinaufschleppen?«

»Das ist doch unsere Sache. Ich weiß, es ist sein Wunsch gewesen, oben auf das Grab zu warten.«

»Und wer wird die Turmwache halten?«

»Die Tochter und diese alte Frau hier. Wie immer, wenn er krank war.«

»Es ist gut. Ich werde die Meldung machen.«

»Kommen Sie!«, rief Eleagabal Adalbert auf, der schüchtern abseits stand. »Kommen Sie, fassen Sie an.«

»Ich soll mit hinauf? Ich kann es nicht. Ich kann nicht vor sie treten. Sie wissen nicht …«

»Ich weiß alles. Kommen Sie nur! Die große Liebe verzeiht alles!«

Adalbert trat einen Schritt zurück. Das waren dieselben Worte, die er von der Gräfin gehört hatte, diese Worte, die ihn nächtelang verfolgten, als wollten sie ihm neuen Mut machen. Wie sonderbar, dass sich der Weise und die Dirne in derselben

Erkenntnis begegneten. Sein Zögern dauerte nur noch Sekunden, dann bückte er sich und fasste mit Eleagabal die Schultern des Toten. Weinend erhob sich die alte Frau, die den Kopf des toten Jugendgeliebten auf ihrem Schoß gebettet hatte.

»Weinen Sie nicht«, sagte Eleagabal Kuperus leise, »es war doch Ihr Wunsch. Sie wollten ihn doch noch einmal sehen.«

Die Alte vergaß ganz, dass er der gefürchtete Zauberer war, der mit ihr sprach. »Aber nicht so ... aber nicht so ...«, schluchzte sie.

»Es war sein Wille. Wir können nichts tun. Kommen Sie nur. Regina wird Sie brauchen.«

Der Dreifaltigkeitsschuster und der Rahmenmacher hatten die Beine des Toten gefasst, und in langsamem Zug erreichten die Träger mit dem mageren Körper des Greises die Turmtür. Die Menge drängte in teilnehmender Neugierde nach und gab die Unglücksstätte frei, wo der Hund des Fleischhauers nach einem scheuen Rundblick wieder an den blutigen Steinen zu lecken begann.

Regina stand mitten im Turmzimmer und erwartete die keuchenden Männer, die den Leichnam des Vaters brachten. Ohne zu weinen, öffnete sie die Tür der Werkstatt, wo sie, inmitten der Apparate und Werkzeuge, inzwischen aus einer Matratze und frischen Leinen ein Lager bereitet hatte. »Ich glaube ... so wäre es ihm recht gewesen ... hier«, sagte sie Eleagabal, vor innerlichem Schluchzen stockend, ohne aufzusehen, den Blick fest auf das Gesicht des Toten geheftet. Der Freund nickte. Beim Eintreten war Eleagabal sogleich etwas aufgefallen, aber er hatte sich nicht sagen können, was es war. Irgendetwas war in diesem Raum anders als sonst, es fehlte etwas, eine Starrheit hatte sich über alles ausgebreitet wie eine Panzerdecke, die nicht zu durchbrechen ist. Mit einem Blick streifte Kuperus das Gesicht Adalberts, der sich, nachdem der Tote auf sein Lager gebettet worden war, scheu zurückgezogen hatte. Er sah, dass auch Adalbert das Gleiche aufgefallen sein mochte. Und jetzt wusste Kuperus plötzlich auch, was es war. Alle die mechanischen Kunstwerke, die hier untergebracht waren, standen still, die Pendelschläge, das Schnurren der Räder, die mannigfachen kleinen und großen Geräusche, die das Leben dieses Raumes ausmachten, waren verstummt. Alle diese Maschinen, die eine unaufhörlich tätige Geschicklichkeit im Laufe vieler Jahrzehnte erbaut hatte, an denen die Stationen eines Schicksals abgesehen werden konnten, waren mit dem Tod des Meisters zugleich still geworden. Das Planetensystem unter der Decke hatte seine Bewegung eingestellt. Die Negerin, in deren Augen die Zahlen aufsprangen, die die Stunden anzeigten, schien mitten in einer Verbeugung erstarrt zu sein. In ihren Augen war zu sehen, dass das Werk gerade um halb acht Uhr stehen geblieben war.

Langsam wandte sich Eleagabal wieder Regina zu. Neben dem Toten kniend, hatte sie seine Hände ergriffen und nach einem scheuen Kuss auf die runzeligen Finger in ihren Händen behalten, als wolle sie den Toten erwärmen. Während die alte Johanna in rastloser Geschäftigkeit auf und ab ging, standen die Männer, die Palingenius heraufgebracht hatten, abseits. Nur Frau Swoboda hatte sich ein wenig vorgewagt, und es schien, als folge sie einem unwiderstehlichen Zug zum Lager des Toten, an die Seite Reginas. Hatte sie nicht ein Anrecht darauf, neben der Tochter zu knien?

Der Rahmenmacher schien in ein stilles Gebet versunken, der Dreifaltigkeitsschuster aber sah mit neugierigen Augen herum, in diesem mit so vielen sonderbaren Geräten angefüllten Raum, von dem man sich die merkwürdigsten Dinge erzählte, und den zu sehen einer seiner brennendsten Wünsche gewesen war.

Nun erhob sich Regina und trat auf die Männer zu, um ihnen zu danken. Zwischen den vorgeschobenen Köpfen und den verlegen wankenden Schultern erblickte sie ein Gesicht … Sie stieß nur einen leisen Schrei aus und fuhr einmal mit der Hand über die Augen. Dann sah sie noch einmal hin, es war Adalbert, und es schien ihr, als sei er bestrebt, sich vor ihr zu verbergen. Nach einem sekundenkurzen Beben des ganzen Körpers vollführte sie ihre Absicht und gab dem Rahmenmacher zuerst und dann dem Dreifaltigkeitsschuster die Hand. Sie wollte vor den Fremden nichts von ihrer Überraschung zeigen. Als sie auch Adalbert die Hand gab, fühlte sie, dass seine Finger nicht wärmer waren als die des Toten.

Verlegen grüßend, stolperten die fremden Männer zur Tür

hinaus. Einen Augenblick war es, als ob ihnen Adalbert folgen wolle; aber ein Wink Eleagabals hielt ihn zurück. Er stand und sah in Reginas Augen, bittend, mit einem scheuen und heißen Ausdruck, mit einer Leidenschaft des Gefühls, die ihn über sich erhöhte, sodass er in diesem Moment das Bewusstsein seines Unwertes verlor.

»Bist du endlich gekommen?«, fragte Regina, als die Tritte der Männer auf der Turmtreppe verhallten. »Bist du da?«

»Und wenn du mich nicht von dir schickst ... Ich will jetzt immer bei dir bleiben.«

Verwundert sah Frau Swoboda auf und entdeckte die Beziehungen, die zwischen Regina und dem jungen Mann bestanden, der sich immer nach dem Befinden des Türmers erkundigt hatte. Sie sah, dass sich die beiden an der Leiche des Vaters küssten, und sic wurde nur noch gerührter dadurch, da sie der eigenen Jugend gedenken musste.

»Und weißt du alles?«, frage Adalbert.

»Ich will es nicht wissen. Nun bist du wieder da.«

»Gerettet!«

»Warst du in Gefahr? Ich werde Acht geben auf dich ...«

Noch einmal keuchte jemand die Turmtreppe hinauf. Es war der Bezirksarzt, der den Toten zu besichtigen und den Totenschein auszustellen hatte. Als er gegangen war, begannen die Frauen, den Leichnam zu entkleiden und zu waschen.

Eleagabal Kuperus winkte Adalbert, ihm in das Wohnzimmer zu folgen. Sie setzten sich an den Tisch des Türmers einander gegenüber.

»Nebenan liegt ein Toter«, sagte Adalbert nach einer Weile. »Ihr Vater! Aber ich ... ich bin so maßlos glücklich. Ist das nicht ein Frevel? Und ich bin ganz verwirrt.«

»Sehen Sie: Es ist, wie ich gesagt habe. Die große Liebe verzeiht alles.«

»Ja ... ja! Aber ob sie alles weiß ...«

»Ich glaube, sie ahnt es wenigstens.«

»Ich werde ihr alles sagen. Ich will ganz rein sein vor ihr.«

Eleagabal Kuperus nickte zustimmend mit dem Kopf. »Später ... Später einmal.«

»Aber ich verstehe noch nicht alles. Einiges ist mir noch dunkel. Warum hat sie auf meine dringenden Briefe nicht geantwortet? Der Vater war krank. Da wurde sie karg. Aber als er wieder gesund war, warum hat sie da nicht geschrieben?«

Lächelnd sagte Kuperus, und die beiden Eberhauer krochen wie gekrümmte Messer aus ihren Scheiden: »Es ist auf meinen Rat geschehen; ich habe ihr geraten, nicht zu antworten. Und Regina hat gehorcht. Sie wissen nicht, was es sie für Kämpfe gekostet hat. Aber sie hielt sich brav, weil sie mir geglaubt hat, dass es zu ihrem Glück sei.«

»Zu ihrem Glück? Aber es hätte sein können, dass ich ... Sehen Sie, ich hätte verzweifeln können und ganz ... ganz ... der anderen verfallen.«

»Ich habe gewusst ... wenn Sie so ganz um und um gewühlt werden, so wird Ihnen die Besinnung kommen ... Sie werden wieder unser sein.«

Adalbert sann eine Weile nach: »Es ist wahr!«, sagte er schließlich »Es ist wahr.« Aber nun fuhr er mit plötzlichem Kraftbewusstsein fort: »Und jetzt ist es auch zu Ende mit meiner Sklaverei. Ich mache mich frei. Von ihr – und von ihm.«

Mit ruhig glänzenden Augen sah ihn Kuperus an. Es brannte ein tiefes Feuer in diesem Blick. »Werden Sie stark genug dazu sein?«

»Ich werde an alles denken, was ich schon erduldet habe. Vor allem aber daran, dass ich Regina beinahe verloren hätte.«

»Brav! Brav! Und jetzt, mein Lieber, will ich Ihnen ein Buch zu lesen geben. Ich glaube, dass es Sie in Ihrem Entschluss stärken wird. Denn leicht wird der Kampf gegen Bezug nicht sein. Erwarten Sie mich hier, ich will es holen gehen.«

Und damit verließ Eleagabal den jungen Freund, der in einer sonderbaren Mischung von Glück und Besorgnis, von Hingabe und Empörung verharrte. Nebenan war es ruhig geworden. Das Hin-und-her-Laufen, mit dem alles Nötige herbeigeholt wurde, war zu Ende, und die alte Johanna kam nur noch ein letztes Mal durch das Wohnzimmer, gerade als Eleagabal Kuperus ging.

Adalbert hörte nichts als ein dumpfes, eintöniges Murmeln, das gleichmäßige Beten der alten Swoboda, die nun ihre als

Kerzelweib erworbene Fertigkeit für den Jugendgeliebten verwenden durfte. Aus ihrem Vorrat hatte sie zwei dicke, große und ein Dutzend kleinere Wachskerzen gespendet. Sie brannten in zwei Reihen zu beiden Seiten des Toten mit blassen, fast unsichtbaren Flammen, denn das Sonnenlicht des hellen Herbsttages war in breiten Flächen eingefallen und ließ die künstlichen Lichter nicht aufkommen. Regina stand am Fenster, mit dem Rücken gegen einen der kleinen Schränke gelehnt, in dem das sinnreiche Schachtelsystem des Vaters Hunderte von Werkzeugen und kleinen Maschinen unterzubringen gewusst hatte. Es war ihr, wie sie so dastand und den Blick auf dem mit weißen Binden umwickelten Kopf des Vaters ruhen ließ, zwar traurig, aber auch unendlich friedlich zumute. War nicht gerade dieser Tod das notwendige Ende seines Lebens? War nicht erst dadurch sein Geschick erfüllt?

Mürrisch berichtete die alte Johanna, dass Adalbert draußen allein sei, und Regina löste sich darauf langsam von ihrem Platz und ging zu ihm. Sie legte ihm die rechte Hand auf den Kopf, und Adalbert fasste ihre Linke und küsste sie inbrünstig. So fand sie Eleagabal Kuperus, als er nach geraumer Zeit wieder das Turmzimmer betrat.

»Hört ihr nichts?«, fragte Regina. »Hört ihr nichts?«

»Was denn?«

»Ein Gesang … eine Melodie! Nichts? Ich weiß nicht … als ob sie aus dem Boden hervorkäme …«

Eleagabal Kuperus trat zu Regina hin: »Sie quillt dir überall entgegen. Sie scheint den ganzen Turm zu erfüllen. Endlos, eintönig, eine unsagbar traurige Litanei. Sie quält dich wie ein schweres Gefühl, das dich nicht verlässt. Nicht wahr?«

»Ja! Ja!«

»Die Mauern sind voll von diesen Tönen, die von Tränen feucht zu sein scheinen. Es ist ein Gewisper von tausend klagenden Stimmen. Es kommt aus großen Tiefen.«

»Ja!«, flüsterte Regina. Und Adalbert nickte. Auch er hatte die klagende Melodie schon gehört, diese trostlose Litanei, die endlos dahinwallte, ein Zug von müden Tönen, die ihre Seele verloren haben.

»Es ist die Stimme des Domes!«, fuhr Kuperus fort. »Die Stimme des Domes. All die durch Jahrhunderte angehäufte Qual, die unerfüllten Wünsche, die ringende Sehnsucht, die sich hier vor den Altären aus den Herzen der Beter erhob. Wohl jeder hört so einmal die Stimme des Domes. Einmal wenigstens. Und die tröstenden Worte der Priester sind darin die vergeblichen Beruhigungen und Versprechungen. Es ist die Stimme des Domes.«

»Die Stimme des Domes«, murmelte Regina.

Dann wandte sich Eleagabal Adalbert zu. »Hier ist das Buch«, sagte er. Es war ein Buch in der gewöhnlichen Größe eines Albums, auf dessen braunem Saffianledereinband nur der Buchstabe N in Gold gepresst war. Adalbert nahm das Buch auf, sah es an, ohne es aufzuschlagen, und legte es dann auf den Tisch vor sich hin.

»Lass uns jetzt allein«, sagte Kuperus zu Regina. »Geh hinein. Adalbert hat dieses Buch zu lesen.«

Leise verschwand Regina, und Adalbert begann zu lesen. Den ganzen Nachmittag und die ganze Nacht blieb er über das Buch gebeugt.

Nebenan verstummten die Gebete der alten Frau Swoboda bisweilen und setzten dann wieder stärker ein. Die alte Johanna begann wieder, auf und ab zu gehen, bereitete die Mahlzeiten und setzte sie Adalbert mit mürrischem Gesicht vor. Dann nahm sie ihren alten Platz in der Ecke ein, lautlos, wie ein stummer Wächter, und warf über ihren Strickstrumpf hin und wieder einen Blick des Hasses auf Adalbert.

Eleagabal, der sich nachmittags entfernt hatte, kam abends wieder und saß Adalbert gegenüber an dem Tisch des Türmers. Die ganze Nacht hindurch, mit hellen, wachen Augen, die in die Ferne zu schauen schienen.

Adalbert sprach nichts, blickte nicht auf und berührte die Speisen nicht, die ihm Johanna gebracht hatte. Bewegungslos saß er da und las die Aufzeichnungen seiner Schwester.

Nellas Tagebuch

Wenn ich jetzt zurückdenke … Was war es, das mich in die Hand dieses Menschen gegeben hat? Ehrgeiz? Ich hatte ihn nicht, bevor er mir nicht eingeredet hat, dass ich ihn habe. Der Wunsch, meinen Bruder zu finden? Wie soll ich ihn suchen, wenn ich an einen Ort gebunden bin? Und dann, ob ich ihn überhaupt erkennen würde? Wie viele Jahre ist das her, seit ich den Wald verlassen habe! Ob er sich nicht so sehr verändert hat wie ich? Ich weiß, er würde mich nicht wiedererkennen. Die schwere Krankheit damals. Alle Entbehrungen unseres Wanderlebens! Dann das Furchtbare, dem ich durch meine Flucht entgehen wollte und das mir doch nicht erspart blieb. Aber es war doch wenigstens nicht der eigene Vater. Wie soll man einem solchen Menschen entgehen, sobald er es sich erst nur ernstlich vorgenommen hat, seinen Willen durchzusetzen? Wie es war? Es ist keine Schuld von meiner Seite dabei. Es ist ein Unglück. Ich war ahnungslos und folgte seinem Befehl, denn er hatte mir zu befehlen als mein Direktor. Und wie gut alles vorbereitet war. Die ganze Bande fort und nur seine zwei Leibbanditen im Wagen versteckt. Und ich … Kaum, dass ich den Wagen betreten hatte, überfallen, auf den Rücken geworfen, gebunden … Ich will nicht sagen, auf welche scheußliche, bestialische, ihm so bequeme Art gebunden. Und wehrlos … wehrlos ihm ausgeliefert.

Ich glaube, es muss schön sein, lieben zu dürfen. Zu können. Ich meine nicht den Seeleneinklang, der scheint mir ganz unirdisch, ganz außerhalb allen Erreichbarens. Wenigstens für unsereinen. Aber selbst die irdische Liebe, das Körperliche. Es muss wunderbar sein, sich einem Mann hinzugeben, freiwillig, wie im Rausche oder auch in freudiger Besonnenheit. Der Gedanke: Jetzt will ich erleben, was wohl doch von allen Dingen auf der Welt für uns das Höchste ist.

Aber dazu gezwungen zu werden! Bei klarem Bewusstsein: Mein Körper wehrt sich gegen dich. Du bist mir widerwärtig.

Und wehrlos liegen zu müssen, während er … Ich bin geschändet! Wir Frauen werden früher reif.

Als mein Bruder noch nichts von diesen Dingen ahnte, war ich schon durch meinen Instinkt und durch die Beobachtung der Bauern in den Dörfern belehrt. Ich habe ganz ruhig daran gedacht, auch einmal selbst an einem Sommerabend … Ach, warum soll ich hier nicht aufrichtig gegen mich sein? Ich habe es gewünscht. Es war Neugierde und Verlangen. Es war ganz selbstverständlich. Eine Frau, die nicht so empfindet, ist wohl nicht ganz wahrhaft. Aber man hat mich um meine Ruhe und meine freudige Erwartung gebracht. Zuerst der Vater! Der Greis! Wie seine Hände gezittert haben, wenn er über meine Schultern und Arme strich. Er war widerlich … abscheulich!

Und dann das andere. Dieses Grässliche. Er stand vor mir und lachte. »Jetzt hab ich dich doch, Nellachen. Bist noch ein halbes Kind, aber so ist's mir gerade recht.« Ich hab ihn angespien. »Macht nichts«, hat er gesagt, ein rot kariertes, von Schmutz zusammengeklebtes Taschentuch hat es abgewischt. Und dann … Wie er sich mit allem Behagen vor mir ausgezogen hat. Und die zwei Banditen an der Tür … grinsend vor Vergnügen. Und wie die Kerle draußen waren, ist es geschehen.

Jetzt sitzt der Ekel in mir. Sie haben mich um die Liebe gebracht. Ich weiß nicht, ob ich noch jemals zu jenem Glück gelangen werde, das zuerst in meinen Vorstellungen war. Oder vielmehr, ich weiß, dass es damit vorbei ist. Wie man für alle Zukunft eines Gedankens satt werden kann, der uns aufgezwungen wurde, so ist es mir ergangen. Mein Körper kommt mir wie vergiftet vor. Jede Berührung macht mir Übelkeiten. Die schöne Gesundheit alles Geschlechtlichen ist mir fremd geworden.

*

Ich weiß, dass Bezug mit mir unzufrieden ist.

Niemals war ich im Zweifel darüber, was er von mir will. Von Anfang an nicht. Oder … oder … Ich will doch lieber vorsichtig sein. Vielleicht bilde ich mir das auch nur ein, dass ich niemals in Zweifel gewesen sei. Habe ich mich nicht doch täuschen lassen?

Wir Frauen sind ja gern dazu bereit.

Manchmal ist es mir, als sei ich mir über alles klar.

Und dann wieder: Es ist keine Spur von Klarheit in mir.

Wie es mit Bezug war? Sie haben mich überredet, und ich habe mich überreden lassen. Heute scheint es mir so, als ob Bezug den Biancini bestochen hätte. Und mein Ehrgeiz? Es war doch auch Ehrgeiz dabei; es ist wahr, er musste erst zur Flamme in mir werden. Aber der Funke war da.

Mein Ehrgeiz hat seine Befriedigung gefunden ... Ich glaube, sie haben mich alle gern, die Kollegen und das Publikum. Und der Direktor auch. Zuerst war er nicht sehr entzückt von mir. Jetzt will er es freilich wegleugnen. Aber ich habe es deutlich gesehen. Ich erinnere mich genau. Zuerst sind wir in Bezugs Automobil in die Stadt gefahren. Es war sehr schön. Ich muss mich sehr kindisch benommen haben, denn Bezug hat immer gelächelt, und der Chauffeur hat sich einige Male umgedreht, bis es ihm Bezug verboten hat. Mein Gott, es war das erste Mal, dass ich in einem Automobil saß. Und ich habe dann gesagt: »Ich glaube, dass das Automobil eine besondere Bedeutung für mein Leben haben wird.« Und der Bezug hat gelacht: »Sie können Recht haben.« Drei Tage später habe ich ein Automobil gehabt.

Ja ... also ... zuerst, das Erste war, dass wir in ein feines Restaurant gefahren sind. In ein ganz feines. In einem Extrazimmer war schon gedeckt. So wie damals hab ich noch niemals vorher gegessen, und auch nachher hat's mir nie mehr so geschmeckt. Und Bezug war sehr anständig. Er hat sich zwar einen kleinen Rausch angetrunken, aber er hat mich mit keinem Finger angerührt.

Wie das alles noch lebendig ist vor mir.

Ich war doch noch ein dummes Mädel. In diesen paar Monaten erst bin ich reif geworden.

Aber so ganz harmlos und unbefangen war ich nicht. Alle Leute haben mich für ungeheuer naiv gehalten. Biancini war ein bisschen in mich verliebt, und ich glaube deshalb, weil ich so heiter war. Es ist ja meine eigenste Natur, aber ich muss mich doch wundern, dass sich meine Natur wieder so durchgesetzt hat. Damals ... wie ich meinem ersten Direktor davongelaufen bin, hätte ich nicht gedacht, dass ich mich jemals wieder erholen könnte.

Es war mitten in der Nacht, und der Mondschein war so hell. Die Schatten der Pappeln wie dicke schwarze Kleckse auf der Wiese. Wir waren vierzehn Menschen in dem kleinen Schlafwagen. Meine Nachbarin, Rosita, die Feuerfresserin, die hat niemals anders geschlafen als mit dem Arm auf meiner Brust. Es war schwer aufzustehen, ohne sie zu wecken. Und wenn ich heute daran denke, so begreife ich noch immer nicht, wie ich es gemacht habe, aus dem Wagen zu entkommen. Trotz meiner Angst ... ganz lautlos. Und noch weniger begreife ich, dass ich es zustande gebracht habe, an ihm vorüberzukommen, ohne ihm einen Stoß mit dem Fuß zu versetzen. Mit offenem Mund ist er dagelegen, schnarchend ... Der Hund! Es war mir, als verstelle er sich, als schlafe er gar nicht ... als passe er auf mich auf. Die Augenlider waren nicht ganz geschlossen, so ein Spalt war offen ... und wie jetzt ein Mondstrahl auf sein Gesicht fiel, hab ich einen feuchten Glanz in diesem Spalt gesehen. Ich hab zuerst geglaubt, dass er mich anblinzelt ... es war ein Glück, dass ich den Schrei zurückgehalten hab ... aber dann, wie ich gesehen hab, dass er fest schläft, hab ich schon den Fuß gehoben, um ihn ins Gesicht zu treten ... den Hund!

Ich glaube, das war schon der Anfang vom Fieber!

Wie ich endlich draußen war, bin ich über die Wiese gelaufen, von einem Pappelschatten zum anderen, und dann war ich im Wald. Da war aber kein Aufhalten mehr. Ich bin die Straße bergab gelaufen. Ohne zu wissen, wohin es geht. Und dann bin ich immer verwirrter geworden, und die Bäume haben sich mir vorne entgegengestellt und sind erst auseinander gewichen, wie ich schon ganz heran war. Dann, erinnere ich mich ... der Wald war zu Ende und ein Hügelland vor mir ... Kornfelder weit und breit. Ich muss auf schmalen Feldwegen gegangen sein, denn ich weiß, es war, als ob ich durch Wasser ginge. Ringsum hat es gerauscht. Und auf einmal war ich in einem Tal ... Auf einer eisernen Brücke bin ich über einen Fluss gekommen. Drüben, im Mondschein, auf einem Hügel, war ein Schloss. Franz kennt das Schloss. Er sagt, es ist ein Barockbau. Dann war ich auf dem

Marktplatz in einer kleinen Stadt. Das Schloss im Mondschein drüber wie im Märchen. Mitten auf dem Marktplatz war ein alter Brunnen. Aus einer Röhre rauschte das Wasser. Da bin ich Gott weiß wie lange gesessen. Ich habe überlegt, wo ich hingehen soll. Aber die ganze Stadt war im tiefsten Schlaf. Wen sollte ich wecken? Da bin ich aufgestanden und um den Platz gegangen. An einer Ecke war ein Pfahl mit einem Arm, auf dem ein Name stand. Der Arm zeigte in eine Straße hinein, und in meinem Fieber war es mir, als weise er mich aus der Stadt hinaus. Ich gehorchte und ging. Eine endlose Straße … immer weiter, bis mir das Bewusstsein entschwunden war. Vielleicht war die Gleichgültigkeit, die mich zuletzt beherrschte, das Schönste, was ich jemals erlebt habe.

Sie haben mich auf der Straße aufgelesen und in das Spital gebracht. Mein Fieber war hartnäckig. Neun Wochen lag ich krank. Meine schönen Haare sind damals dünn und krank geworden und mussten abgeschnitten werden. Ich muss mich wundern, dass sie mir wieder gewachsen sind.

Von Biancini war es im Anfang wirklich nur Mitleid, dass er mich in seiner Truppe aufgenommen hat. Ich war recht armselig und eher eine Last als ein Mitglied, bei dem man aufs Verdienen rechnet. Aber in ein paar Wochen war ich wieder heraus. Und dann kam auch meine Heiterkeit wieder. Es ist mir gelungen, mein Erlebnis ganz tief in mich zu versenken, wie man die Toten ins Meer versenkt. Franz hat mir erzählt, dass man ihnen einen Stein um die Füße bindet und sie von einem Brett ins Wasser schiebt. Franz war auch Matrose. Was war er nicht alles!

Ich habe mich auch äußerlich verändert damals. Wie ich vor den Spiegel getreten bin … zum ersten Mal. Da war ich ein ganz anderer Mensch. Meine Züge waren ganz anders. Ich glaube wirklich, Adalbert würde mich nicht mehr erkennen. Selbst wenn es mir gelingen sollte, ihn zu finden. Aber wo soll ich ihn finden? Ich habe mich genau nach ihm erkundigt. Die Bauern haben mir gesagt, dass mein Vater jetzt mit einem jungen Weib allein in der Höhle lebt. Mit einem Bauernmädel aus dem Dorf. Und Adalbert ist fort. Niemand weiß, wohin. Wo soll ich ihn da suchen? Ich weiß doch erst jetzt, wie weit die Welt ist. Ich war in

Ungarn, in Böhmen, in Tirol, in Polen, in Sachsen, was weiß ich wo überall.

*

Ich weiß, was Bezug will. Was alle Männer von uns Frauen wollen. Sie mögen sich anstellen wie immer. Ihre Wünsche sind stärker als alle Verstellungskünste. Und obzwar wir Frauen uns so gerne täuschen lassen, gelingt es ihnen niemals, uns zu täuschen. Ausgenommen, wenn wir uns selbst täuschen lassen wollen. Bezug hat es auch mit Gedichten versucht. Als ob er der Mann wäre, Gedichte zu machen. Aber sie haben mich so freundlich angesprochen, so verwandtschaftlich berührt. Sie waren wie Liebkosungen. Weich und schmeichelnd. Franz hat auch Gedichte gemacht. Aber sie waren nicht so schön wie die, die mir Bezug gebracht hat. Ob der Dichter noch lebt, von dem er sie hat?

Endlich hat eines doch den Ausschlag gegeben: Ich hatte es satt, zu wandern. Ein Wunsch, der damals im Fieber zuerst in mir wach geworden ist, als ich das Schloss im Mondschein sah. Könntest du doch so über einer kleinen Stadt wohnen, in einem Schloss. Nachts an das Fenster im Schlafzimmer treten und hinunterschauen auf den verschlafenen Marktplatz, auf dem der alte Brunnen rauscht.

Sie haben mir so viel von Bezugs Macht und Herrlichkeit erzählt. Und dass ich durch ihn berühmt werden muss.

Ich bin ja auf dem Wege dazu. Kutschenreuter hat zwar am Anfang sehr misstrauisch dreingeschaut. Wenn ich allein gekommen wäre, hätte er mich wohl sofort wieder weggeschickt. Aber Bezug hat mich zu ihm gebracht, und da hab ich gleich gesehen, was sein Wort zu bedeuten hat. Kutschenreuter hat mich engagiert.

Das war unser zweiter Weg in der Stadt. Gleich nach dem Frühstück im Restaurant. Und dann sind wir in meine Wohnung gefahren. In … meine Wohnung. Fünf Zimmer, eines schöner als das andere. Mit einer Menge von Dingen, mit denen ich nichts anzufangen wusste. Jetzt habe ich das alles gelernt. Ich habe eine Kammerzofe. Und die alte Frau hat mir auch vieles gezeigt. Sie ist sehr freundlich zu mir, die Alte. Aber ich kann sie doch nicht leiden. Sie hat einen tückischen Blick. Tückisch, jawohl! Es kommt mir vor, als ob sie mich immer belauere. Auch wenn sie nicht da ist, belauert sie mich. Plötzlich tritt sie in mein Zimmer, als ob sie mich überraschen wollte. Ich schreibe darum nur bei Nacht.

*

Warum schreibe ich? Warum habe ich mir dieses Buch angeschafft, um meine Erlebnisse aufzuzeichnen?

Ich habe eigentlich nichts zu tun. Meine Nummern brauche ich doch wirklich nicht mehr zu proben. Ich fahre am Abend zur Vorstellung und komme sofort, wenn ich fertig bin, wieder nach Hause zurück. Bezug erwartet mich, ich schlüpfe in meinen Seidenschlafrock.

Seidenschlafrock! Ich! Nella! In einem Seidenschlafrock. Ich kann nicht sagen, dass es mir kein Vergnügen macht. Er sitzt mir gegenüber und schaut mich so an … so … Immer fragen seine Augen, ob ich heute Abend einwilligen werde. Aber ich kann nicht! Ich kann nicht. Ich weiß, er erwartet es von mir. Nach den ungeschriebenen Gesetzen, die in meinen Kreisen gelten, darf er es erwarten. Er bezahlt meine Wohnung, meine Seidenschlafröcke, die rote Stehlampe ist von ihm. Nun, ich nehme alles das an. Und sollte dafür … aber ich kann nicht.

Aber was wollte ich denn eigentlich? Ach … Warum ich schreibe? Warum? Tagsüber kommt Bezug niemals. Ich bin frei. Frei? Nein, ich bin eine Gefangene. Eine Gefangene. Jawohl. Ich habe wenigstens das peinliche Gefühl, dass ich gefangen gehalten werde. Dieses alte Weib ist meine Kerkermeisterin. Bezug scheint ihr die Macht über mich gegeben zu haben. Trotz aller Freundlichkeit kann sie mich nicht darüber täuschen, dass sie mich belauert. Ich habe lange darüber nachgedacht, an wen sie mich erinnert. Die vorgequollenen Augen, die immer bereit zu sein scheinen, sich krampfhaft zu verdrehen. Und dann diese widrigen dicken, blutroten Lippen in dem aufgedunsenen Gesicht. Ich habe lange nachgedacht, wem sie so furchtbar ähnlich sieht. Heute endlich bin ich darauf gekommen. ›Signor Francisco‹ hat mir einmal ein Buch gegeben über die Giftmorde in Paris zur Zeit eines französischen Königs. Es war damals ganz modern, seine nächsten Verwandten zu vergiften. Es war wie eine ansteckende Krankheit. Und die Frau, die damit den Anfang gemacht hat mit dieser scheußlichen Mode, hat, ich glaube, Frau von Brinvilliers geheißen. Vorne in dem Buch war eine Abbildung: die Frau von Brinvilliers auf dem Wege zur Hinrichtung. Da hat sie solche Augen und einen solchen Mund in dem aufgedunsenen Gesicht wie die Frau Anastasia … wie heißt sie … Thumas! Wirklich, das ist die Ähnlichkeit, die sie mir so widerlich macht. Der Giftmischerin sieht sie ähnlich. Morgens geht sie immer mit einem Tuch auf dem Kopf und einer Nachtjacke herum. Und genau so war auch die Frau von Brinvilliers auf dem Wege zur Hinrichtung gekleidet.

Ich kann mit ihr nicht sprechen. Ich bring es nicht über mich. Und so bin ich den ganzen Tag allein. Wenn ich ausgehen will … Die Frau Thumas geht mit. Wenn ich im Auto fahren will – Frau Thumas sitzt neben mir. Da bleibe ich lieber zu Hause. Allein!

Ich lese jetzt sehr viel. Aber ich muss doch mit jemandem sprechen können. Mit der Alten will ich nicht sprechen. Und mit Bezug wird es mir auch schwer. Er wird mir immer unheimlicher. Jetzt sitze ich, wenn alles schläft, und schreibe. Und bilde mir ein, ich spreche mit meinem Bruder.

Gute Nacht, Adalbert! Wo du auch seist, tausend Grüße in deinen Traum.

*

Franz! ›Signor Francisco‹, Pistolenkunstschütze und Hundedresseur! Warum habe ich mich damals nicht dir hingegeben? Es zog mich ja ein wenig zu dir, und ich weiß, du hast mich sehr geliebt. Aber ich wartete noch, denn es schien mir, als wäre der Richtige, von dem ich das Geheimnis erfahren dürfte, noch immer nicht da. Ich wartete, bis der Direktor sich mit Gewalt nahm, was ich ihm nicht freiwillig geben wollte. Ich hätte nicht warten sollen. Vielleicht wäre alles anders geworden. Ich käme mir nicht vergiftet vor, und ich hätte keinen Ekel vor der Liebe der Körper. Und dann hätte ich ihm auch ein Recht gegeben, mich zu verteidigen. Es ist eine sonderbare Welt, die Welt der Zirkusleute. Die Geschlechter vermischen sich nach Gefallen. Aber niemals würde einer wagen, gegen ein Weib Gewalt zu gebrauchen, das schon einem anderen gehört. Wenn sie freiwillig zusagt, ist es etwas anderes. Nur das Weib, das keinem anderen gehört, ist geschlechtlich rechtlos.

Er hat mich geliebt. Ich hätte mich ihm anvertrauen sollen. Er hat mich geliebt. Ich weiß, wenn ich ihm gesagt hätte, was mir geschehen ist, er hätte den Direktor erschossen. Er hätte ihn gerade zwischen die Augen getroffen, wie er seine Kartenblätter und seine Glaskugeln getroffen hat. Aber ich habe ihm nichts gesagt.

Er hat schon einen Menschen erschossen. Im Duell. Sein ganzes Leben hat er mir erzählt: nur mir und sonst vielleicht niemandem vorher. Nur ich weiß es. Und er wird es auch niemandem nachher erzählen.

Er war Student. Und ich glaube, er hat Vermögen gehabt. Seine Leute haben sich von ihm losgesagt. Und dann hat es ihn in der Welt umgetrieben. Von einem Beruf zum anderen. Er war in Amerika; was weiß ich, was alles. Matrose war er und Zeitungsausträger, Prediger bei irgendeiner neuen Sekte, Jäger in irgendeinem wilden amerikanischen Gebirge. Dann ist er auf den Gedanken gekommen, zu den Artisten zu gehen. In Japan hat er ganz neue Sachen gelernt. Und er war der Beste unter uns. Er hätte ganz gut in einem großen Zirkus oder Varieté auftreten und viel Geld verdienen können. Aber er war lieber bei kleinen Truppen und zog von Dorf zu Dorf. Darin war er ganz anders als ich. Er hatte sich nicht nach Behagen und Reichtum gesehnt. Es war vielleicht zu viel Unruhe in ihm.

Ich habe immer den Eindruck gehabt, dass er sich niemals so wohl befunden hat, als wenn er mir von seinem Leben erzählen konnte oder mir zuhörte.

Ich verdanke ihm viel. Mein Vater hat uns, mir und meinem Bruder, schreiben und lesen gelehrt; das war alles. Aber Franz war ein ungemein gescheiter Mensch. Er war ja Student und hatte furchtbar viel gelesen. Einen kleinen schwarzen Koffer hatte er, ganz voll Bücher. Und die hat er mich nach und nach alle lesen lassen. Dann haben wir darüber zu sprechen begonnen, und manchmal gefiel mir das, was er zu sagen hatte. Wenn ich mich jetzt einigermaßen ausdrücken kann, wenn ich imstande bin, ein Buch mit Verständnis zu lesen, so verdanke ich das ihm. Sein Andenken will ich mir bei den besten Erinnerungen bewahren.

Bei den schönsten Erinnerungen.

*

Wie lange ist es her, dass ich nichts in dieses Buch eingetragen habe? Es müssen wohl sieben oder acht Wochen sein. Was hätte ich schreiben sollen?

Ich war ja krank, rasend, wahnsinnig vor Ekel. Ekel vor ihm, vor mir, vor der Welt.

Es ist geschehen! Es ist ihm gelungen. Ich habe mich lange genug gesträubt, aber endlich hat er doch seinen Willen durchgesetzt. Aber wie ist es geschehen. Es war nicht anders, nicht besser als damals im Schlafwagen. Der Direktor hat sich den Pferdeknecht und den Clown zu Hilfe genommen. Bezugs Helfershelfer waren die Frau Thumas und der Wein. Ein Höllenwein. Ich trinke diese süßen, schweren Weine gerne. Er weiß seine Bundesgenossen gut zu finden.

Ich war schon in der denkbar besten Stimmung. Im Zirkus ein Jubel, Blumenkränze, Körbe, festliche Aufregung, ein ungeheures Getöse. Ich stehe unter einem ganzen Regen von Sträußen. Und ich frage verwundert, was die Leute wollen. Der Kutschenreuter kommt, gratuliert mir und lacht, wie er mein dummes Gesicht sieht. »Sie wissen nicht …« – ich bin die Einzige von allen Mitgliedern, zu der er Sie sagt. Sonst sagt er zu allen du, sogar zu der Schulreiterin und der Miss Wanda, der Seejungfrau – »… Sie wissen nicht, warum die Leute so schreien? Heute haben Sie doch Namenstag: Bianca!« Ich heiße hier auf Bezugs Wunsch Bianca Semonski. Es ist ja wohl gleichgültig, wie man heißt, wenn man ganz allein auf sich steht. Meinen wirklichen Namen habe ich ihm nicht gesagt. Also darum haben die Leute so geschrien, und darum die Rosen und Veilchen. Ich habe mich von Herzen darüber gefreut, und wie ich ein paar Kusshände hinauswerfe, da geht es noch toller los. Sie haben mich alle lieb. Ich fühle es, und ich bin ihnen dankbar.

Und wie ich nach Hause komme, natürlich mit der Thumas neben mir im Automobil, ist auch zu Hause alles festlich beleuchtet. Der Kronleuchter brennt und alle Lampen in allen Zimmern, und in meinem Schlafzimmer steht eine nackte Frau aus Bronze, die vor einem rot strahlenden Feuer tanzt. Es ist eine wunderbare Figur, und das Feuer legt seinen Schein so warm von unten auf die braunen harten Glieder. Das ist Bezugs Namenstagsgeschenk. Und Blumen überall, dass es ganz schwül in allen Räumen ist. Ich bin noch so im Feuer, im Rausch, noch von der Vorstellung her, dass ich Bezug um den Hals falle und ihm einen Kuss gebe. Hinterdrein hat's mich geschaudert, aber es war zu spät, ich konnte mir nicht einmal die Lippen abwischen. Er schaut mich an und fragt: »Und heute?« Aber ich habe den Kopf geschüttelt. Ich war schon wieder bei Besinnung und mir klar darüber, dass ich nicht kann. Nicht kann. Da hat er das gekränkte Gesicht angenommen wie immer, und ich hab mir gedacht, es ist damit abgetan, wie immer.

Aber es war nicht damit abgetan. Es sollte diesmal anders kommen, ganz anders. Wir setzten uns also zu Tisch, und die Mahlzeit war fein, denn Bezug ist ein Kenner, und er hat diesmal das Menü selbst zusammengestellt. »Es sollte unser Hochzeitsmahl sein«, sagte er und lächelte wehmütig. Und ich lasse mich durch die Wehmut täuschen und bekomme beinahe Mitleid mit ihm. Und um ihm einen Trost zu geben, um ihm zu erklären, warum es mir nicht möglich ist, warum ich meinen Körper hasse, erzähle ich ihm die Geschichte von meinem ersten Direktor. Und da funkelt es so grün in seinen Augen, dass ich erschrecke. Aber er fängt gleich darauf von etwas anderem zu sprechen an, von meinem Triumph und von der Begeisterung der Leute heute im Zirkus.

»Ich habe gewusst, dass du Erfolge haben wirst. Du hast einfach alle so bezaubert wie mich.« Es muss wohl schon so von der Natur eingerichtet sein, dass wir Frauen den Verstand verlieren, wenn man von unseren Erfolgen spricht. Die Thumas sitzt mir gegenüber und fängt auch an, wie ein Wasserfall zu sprechen, wie beliebt ich bei den Leuten sei und wie ich heute gefeiert worden bin. Bezug hat ihr eine Loge gekauft, und ich glaube, sie bewacht mich auch von dort. Sie macht also ihr süßestes Gesicht und spricht unaufhörlich von meinem Triumph und was weiß ich was alles. Und Bezug trinkt auf mein Wohl und meinen Erfolg und meine Zukunft. Und ich stoße immer an und lache, denn so lustig habe ich den Bezug noch niemals gesehen. Es war wieder so ein süßer, schwerer Wein.

Und auf einmal kommt mir der Einfall: Du könntest doch dem Bezug von deinem Bruder sagen, er wird dir behilflich sein, ihn zu suchen. Und schon will ich anfangen, davon zu sprechen, aber irgendetwas hindert mich daran. Irgendetwas warnt mich. Ich werde also nachdenklich und schweige und denke drüber nach, was mich wohl zurückhält. Und ohne darauf zu achten, trinke ich immer mehr.

Zum Schluss kommt ein grüner Likör in ganz kleinen, spitzen Gläsern. Wir trinken einige davon, und ich werde wieder lustig und vergesse Adalbert und alles. Und dann fängt der Kronleuchter an zu tanzen und senkt sich vor meinen Augen fast bis auf den Tisch herab. Und dann wirbelt alles um mich, ich höre jemanden laut lachen, ohne Ende … Das werde ich wohl selbst gewesen sein, und dann verliere ich die Besinnung …

Damals musste ich bei vollem Bewusstsein die Schmach erdulden, ohne mich wehren zu können. Diesmal ist mir wenigstens das erspart geblieben. Aber umso schrecklicher war das Erwachen.

Ich liege nackt auf meinem zerwühlten Bett und neben mir, eng an mich gepresst, schläft Bezug. Wenn eine Waffe da gewesen wäre, ich hätte an ihm vielleicht getan, wie Judith an Holofernes …

*

Es hat sich etwas ereignet. In meinem eintönigen Leben ist wieder etwas geschehen. Mein Stubenmädel ist mir schon einige

Gott den Leib aus Erde gemacht habe. Ich glaube nicht daran. Und es ist mir, als ob Kuperus auch nicht daran glaube. Als ob er von einer höheren Einheit des Leibes mit dem Geist, des Leblosen mit dem Lebendigen wüsste. Er sagt es nur, um mich von meinem Flug abzuhalten. Aber dennoch: Morgen will ich fliegen. Ich bin ganz ruhig, denn ich vertraue vollkommen.«

Hier waren die Aufzeichnungen, die Regina mit steigender Angst gelesen hatte, zu Ende. Sie sah auf; drüben in der Ecke saß die alte Johanna, den Strickstrumpf im Schoß, und schaute vor sich hin. Aus der Werkstatt kamen Geräusche, die Regina sagten, dass der Vater an der Arbeit war.

Der Alte hatte eben den innersten Mechanismus seiner Maschine auseinander genommen und war dabei, jedes der unzähligen Teile mit aller Sorgfalt zu putzen und dann zu ölen, als Regina eintrat. Er grüßte sie mit einem Kopfnicken und nahm dann mit vergnügtem Ernst eine winzige Schraube vor, deren Windungen er mit weichem Pinsel reinigte. »Du glaubst nicht«, sagte er, »was an diesen kleinen Dingen hängt, diese Schraube zum Beispiel …«

»Also morgen!«, unterbrach ihn Regina.

Palingenius sah nach der Tür und verstand sogleich: »Du hast es gelesen?«

»Es ist also wahr?«

»Ich bin fertig. Sie lebt. Morgen werde ich fliegen.«

»Du willst es tun?« Und dann drang Regina in das Gewirr von Stangen, Schraubenflügeln, Drähten und Rädern ein, in dem der Vater stand, und warf die Arme um seinen Hals. »Vater … Vater!«

Sanft befreite sich der Alte, besah die Schraube, die er in der Hand behalten hatte, und legte sie auf eine Glasplatte. Dann geleitete er Regina aus dem Bereich seiner Maschine und setzte sich mit ihr auf eine große schwarze Kiste, in der eine der elektrischen Batterien untergebracht war. »Siehst du … Kind«, sagte er, »du hast Angst?«

Regina nickte und legte den Kopf an seine Brust.

Gerührt sah Palingenius auf den blonden Scheitel und die zart abfallenden Schultern. »Ich glaub es dir«, fuhr er fort, »denn du

Tage so sonderbar vorgekommen. Sie hat mich immer angesehen, als ob sie mir etwas sagen wollte, irgendein Geheimnis, mit dem sie sich nicht heraustraut. Und gestern nach dem Kämmen habe ich endlich erfahren, was sie mir zu sagen hat. Ich war sehr freundlich gegen sie und habe mich nach ihrer Familie erkundigt, nach ihren Geschwistern und nach ihrem Liebsten. Das muss ihr Mut gemacht haben. Denn wie ich sie entlassen habe, hat sie mir einen Brief zugesteckt: »Verraten Sie mich nicht!« Und war fort.

Verraten Sie mich nicht? Ich war erstaunt und habe gezögert, den Brief zu öffnen. Auf dem Umschlag war keine Adresse.

Adalbert, Geliebter, von wem glaubst du, ist dieser Brief gekommen? Von ihm, von Franz, ›Signor Francisco‹, dem Freund. Er hat mich gesucht, im Zirkus gesehen – Bianca Semonski! Wie konnte er wissen, dass es Nella ist? – und hat mich in meiner Wohnung zu finden gewusst. Er will mich sehen. Und auch ich will ihn sehen. Aber bin ich nicht eine Gefangene? Lauert nicht die Thumas an allen Schlüssellöchern, sodass ich erst immer nachsehen muss, ob die Klappen heruntergelassen sind? Keine meiner Türen hat einen Schlüssel, ich kann mich nicht einsperren. Wie soll ich das anfangen, mit Franz zusammenzukommen?

»Jeden Tag um vier Uhr nachmittags bin ich vor deinen Fenstern. Wenn ich kommen darf, so winke mir.«

Ich war aufgeregt und dachte nach, bis mir der Kopf schmerzte.

Nachmittags um halb vier Uhr war ich am Fenster. Wir wohnen in einer Gasse, die noch nicht ganz ausgebaut ist. Gegenüber ist ein großer Holzplatz, eine lange öde Mauer zieht sich die Straße entlang. Gegen vier Uhr kam er langsam um die Ecke. Er war so unauffällig wie möglich gekleidet. Früher hatte er immer einen großen Kalabreser-Filzhut und eine flatternde Krawatte getragen. »Aus Geschäftsrücksichten …«, hat er gesagt. »Der Kunstschütze muss einen Kalabreser haben, damit man sieht, dass er geradewegs aus Mexiko kommt.« Er war aus Jägerndorf in Schlesien, der Franz. »Genauso wie der Jockeyreiter eine englische Reisekappe und einen Schal um den Halskragen tragen und in Hemdsärmeln herumgehen muss, damit man es ihm glaubt.«

Aber diesmal war er ganz anders angezogen. Er hat eher ausgesehen wie ein Lehrer vom Land. Damit man nur ja keinen Verdacht hat, dass er irgendetwas mit der Kunst zu schaffen habe. Er geht die Mauer entlang, ohne aufzuschauen, nur gerade meinem Fenster gegenüber macht er einen raschen Blick zu mir herauf. Er hat mich gesehen, aber mit keinem Zucken hat er sich irgendwie verraten. Was soll ich tun? Ich möchte ihn sehen und sprechen! Aber wie kann ich die Thumas loswerden?

*

Bezug wird immer unheimlicher und abscheulicher. Wie widerwärtig ist mir seine Gier nach meinem Körper. Wie hasse ich diesen Körper und diese rohe Liebe, die mir bisher nichts als Ekel verursacht hat. Und ich sah ihr mit so wundersamen Erwartungen entgegen. Aber wenn er mich herumzerrt und abdrückt und mich zu seinem Willen zwingen will, da leiste ich Widerstand, selbst auf die Gefahr hin, wieder diese hässliche, furchtbare Fratze bei ihm zu sehen, wie unlängst, als er mir mit der Faust ins Gesicht schlug.

Jawohl: Er hat mich geschlagen. Geschlagen! Mit der Faust. Am nächsten Tag hat er mir einen Anhänger gebracht, ein wunderbares Stück, kostbar ebenso sehr durch seine überaus feine Arbeit als durch die Steine, von denen jeder ein Vermögen bedeutet. »Reize mich nicht«, hat er gesagt, »ich bin jähzornig! Warum wehrst du dich noch? Bin ich dir so zuwider?« Was sollte ich darauf sagen? Hab ich wirklich noch ein Recht auf diesen geschändeten, verunglimpften Körper? Ist es nicht gleichgültig, was mit ihm geschieht?

Aber doch: Im Innersten empört sich etwas gegen Bezug. Noch immer, trotzdem ich fühle, wie er alles versucht, mich ganz zu unterwerfen. Er ist ein Tyrann, der seine Macht schamlos ausnützt. Und meine Gefangenschaft wird immer unerträglicher. Mehr denn je belauert mich die Thumas. Es ist, als habe sie den Auftrag, strenger zu sein. Vielleicht sagt Bezug irgendetwas, dass ich gerne aus meinem Gefängnis ausbrechen möchte. Er ist ein Raubtier und hat Raubtierinstinkte. Feine Witterung. Ich vermute, er ahnt etwas, dass Franz da ist und dass ich auf ihn meine Hoffnungen setzte.

Unlängst hatte ich einen Auftritt mit der Thumas. Mira, das Stubenmädchen, vermittelt meine Korrespondenz mit Franz und trägt die mündlichen Grüße hin und her. Ich habe die Mira sehr lieb. Und ich habe begonnen, ihr einiges von dem zu verraten, was in uns vorgeht. Wir müssen aber sehr vorsichtig sein und können uns nur flüsternd unterhalten zwischen lauten Bruchstücken eines unverfänglichen Gespräches, denn die Thumas steht immer hinter der Tür. Und da sehe ich vor ein paar Tagen, während mich die Mira kämmt und mir leise von Franz erzählt, plötzlich im Spiegel, vor dem ich sitze, wie sich die Tür des Schlafzimmers leise, ganz leise öffnet. Nur ein ganz schmaler Spalt. Aber ich habe es doch bemerkt, denn ich bin auch sehr vorsichtig geworden.

»Kommen Sie nur herein, Frau Thumas!«, rufe ich. Sie erscheint in der Tür und weiß nicht recht, was sie sagen soll. Aber da ist der Zorn über mich gekommen. »Ich rate Ihnen aber, klopfen Sie das nächste Mal an, wenn Sie hereinwollen. Verstehen Sie! Ich habe diese Schleicherei und Lauerei satt.«

Da verändert sich aber auf einmal ihr ganzes Gesicht, und sie zischt mich an wie eine Schlange, die man getreten hat: »Nicht so hochmütig, mein Pupperl! Was sind Sie hier? Sie haben es nicht nötig, mit mir so zu sprechen.«

Ich aber auch nicht faul, springe auf und schreie: »Hinaus, Sie altes Scheusal, Sie Spionin, Sie Giftmischerin!«

Ich habe dabei nur an die Frau von Brinvilliers gedacht, mit der sie eine Ähnlichkeit hat. Aber, weiß Gott, es hat ihr einen tüchtigen Ruck gegeben. Sie wird ganz fahl, ballt die Fäuste, knirscht mit den Zähnen, und einen Augenblick hat es so ausgesehen, als ob sie sich auf mich stürzen wolle. Dann knickt sie ein, macht die gewissen frommen hervorgewälzten Augen ... faustgroß ... schlägt sie vorwurfsvoll zum Himmel auf und geht hinaus. Die Mira aber, die mit einer Schlummerrolle in der Hand hinter mir steht, zur Verteidigung gerüstet, fängt zu tanzen an, küsst mir die Hände, und ihre Augen funkeln nur so vor Freude und Vergnügen. »Der haben Sie's gegeben, Gott sei Dank, Gott sei Dank!«

Es hat mir augenblicklich wohl getan. Aber ich weiß, dass ich an der Alten jetzt eine erbitterte Feindin habe. Das Erste war, dass sie sich bei Bezug beklagt hat. Und Bezug hat mir sein Missfallen ausgedrückt. »Ich wünsche nicht, dass du mit der Thumas so umspringst. Ich schätze sie sehr hoch, und sie hat mein volles Vertrauen.«

»Aber sie horcht an den Türen!«

»Unsinn, das bildest du dir ein. Weil du ein schlechtes Gewissen hast. Nicht wahr?«

Das ist alles, mehr habe ich nicht erreicht. Und die Thumas geht herum, mit einem gekränkten Gesicht, hinter dem sie ihren Hass versteckt, spricht kein Wort und lauert nach wie vor, nur geschickter.

*

Und es ist uns doch gelungen, unsere Wächter zu überlisten. Ich habe Franz gesprochen. Ich habe ihn gesprochen und ich … werde fliehen.

Der Zufall ist uns zu Hilfe gekommen. Wir sind dahintergekommen, dass die Thumas manchmal nachts aus der Wohnung verschwindet. Die Mira behauptet, dass die Alte noch einen Liebhaber hat und ihn besucht. So viel ist gewiss, dass sie nachts aufsteht und davongeht. Dabei aber sperrt sie die Wohnung von außen ab, dass wir nicht hinauskönnen. Unlängst wird mir nachts ein wenig übel, und ich rufe die Mira und schicke sie um die Hoffmann'schen Tropfen, die in der Hausapotheke in der Speisekammer sind. Die Thumas hat aber die Schlüssel der Speisekammer, und so muss also die Mira in das Schlafzimmer der Alten gehen. Da war sie nicht wenig erstaunt, dass die Alte nicht im Bett liegt. Sie sucht in der ganzen Wohnung, aber die Alte ist nirgends zu finden.

Da war auch unser Plan schon fertig. Die Mira hat einen Wachsabdruck vom Schloss machen müssen – wie die richtigen

Verbrecher –, und wir haben danach einen Schlüssel anfertigen lassen und gleich auch einen zweiten Schlüssel vom Schlafzimmer der Thumas.

Und gestern, wie die Thumas wieder nachts ausgeflogen ist, war Franz bei mir. Er ist vom Garten aus in das Haus gestiegen, und dann hat ihm die Mira mit unserem Diebesschlüssel die Wohnung geöffnet.

Er sieht nicht gut aus, der arme Kerl. Ich glaube, er hat sich sehr um mich gesorgt. Meine Hände hat er gefasst und gehalten, als ob er sie nicht mehr loslassen wollte. Die gute Mira war gerührt, ich glaube, sie hat geweint. Dann ging sie hinaus.

»Diesem Menschen«, sagte Franz, »gerade diesem Menschen hast du dich ausgeliefert! Gerade ihm!« Und er hat mir die schrecklichsten Sagen von der Macht Bezugs erzählt und von der Gewissenlosigkeit, mit der er diese Macht gebraucht. Die ganze Welt habe sich vor Bezug in Acht zu nehmen. Es könnte sein, sagt er, dass sie eines Tages erwacht und sich von ihm gefesselt sieht.

Wir haben beschlossen, zu fliehen. Mir ist sehr bang ums Herz, denn wenn Bezug wirklich so mächtig ist, so wird er uns zu finden wissen. Aber wir wollen es doch wagen. Wenn ich nur nicht so ängstlich wäre. Aber ich weiß nicht, ich kann nicht so freudig sein und hoffen. Franz hätte mir nicht solche Schaudergeschichten von Bezug erzählen sollen.

Unser Plan ist sehr einfach. Morgen – morgen! – soll es geschehen. Franz wird mich holen, auf demselben Weg wie gestern wird er kommen. Mira wird ihm die Tür öffnen, nachdem sie vorher die Alte in ihrem Schlafzimmer eingesperrt hat, damit sie nicht hinauskann, wenn sie erwacht. Und wir werden gehen, Mira mit, in einem Wagen fahren wir zur zweitnächsten Bahnstation und dann davon.

Ich habe ihn geküsst, den lieben, tapferen Burschen, und sein Händedruck war ein schweigendes Gelöbnis.

*

Es ist vorbei. Es ist misslungen …

Vollständig misslungen. Ich kann mir nicht erklären, wie Bezug dahintergekommen ist, aber so viel ist gewiss, dass er rechtzeitig die Tür meines Gefängnisses, die schon offen war, wieder zugeschlagen hat.

Vor drei Tagen war es. Oder vor drei Nächten. Zwei davon habe ich durchweint. Erst heute finde ich wieder Kraft, um alles niederzuschreiben. Für dich Adalbert, obzwar ich weiß, dass du diese Aufzeichnungen niemals lesen wirst!

Alles war genau erwogen und wohlvorbereitet. Ich sollte mich, wie sonst immer, in mein Schlafzimmer begeben und mich zu Bett legen, um die Alte sicher zu machen. Mira aber hatte aufzupassen, ob die Thumas wieder ausflog, und wenn sie daheim blieb, die Tür zu versperren. Dann sollte sie mich holen. Es durfte nicht später werden als zwölf Uhr. Wir hatten mit dem Wagen länger als drei Stunden bis zu unserer Bahnstation zu fahren. Und von dort ging der Zug um vier Uhr.

Ich war wohl aufgeregt, aber nicht so, dass das Gelingen unserer Flucht durch mich hätte in Frage gestellt werden können. Im Gegenteil: Ich war trotz einigen Herzklopfens und beschleunigten Atems meiner so ziemlich sicher und wusste bestimmt, dass ich im Augenblick der Gefahr imstande sein würde, rasch und kaltblütig zu handeln. In dieser aus Zuversicht und Erregung gemischten Stimmung erhielt ich mich bis gegen zwölf Uhr.

Es war in der Wohnung längst still geworden, und ich verstand nicht, warum Mira noch immer nicht gekommen war. Die Thumas musste doch längst zu Bett gegangen sein. Warum zögerte Mira so lange? Sie wusste doch, dass uns die Zeit nicht allzu reichlich bemessen war. Einmal war es mir, als hörte ich im Nebenzimmer die Tür gehen, als ob sie ganz leise geöffnet würde. Ich horchte gespannt auf, aber ich musste mich wohl getäuscht haben, denn niemand kam, um mich zu holen. Und nun, als so Minute um Minute verstrich, begann ich unruhig zu werden, meine Zuversicht sank, und immer ängstlicher sah ich nach der Uhr. Ich sah, wie sich die Zeiger immer mehr näherten, und dieses langsame Näherkriechen regte mich so auf, dass ich mich bemühte, nach der anderen Seite zu sehen. Aber unwiderstehlich war die Macht, die mir den Kopf zurückdrehte und meine Blicke auf das altertümliche Zifferblatt meiner in Gold und Elfenbein ausgeführten Empire-Uhr heftete. Schon war der Winkel zwischen den beiden Zeigern ganz spitz geworden. Mein Körper war von kaltem Schweiß bedeckt. Und Mira kam noch immer nicht. Endlich hielt ich es nicht länger aus, hier zu liegen und mein Schicksal zu erwarten. Ich wollte selbst handeln, selbst eingreifen, nachsehen, was geschehen sei. Rasch war ich angezogen und nahm die kleine Reisetasche, die ich schon vorher gepackt und hinter dem Sofa versteckt hatte. Im roten Licht meiner Ampel sah ich, dass die beiden Zeiger nun ganz übereinander standen. Und nun gab es zwölf helle, dünne, silberne Schläge. Bei Tage spielte die Uhr noch ein kleines Stückchen, ein französisches Menuett oder so etwas. Bei Nacht aber war sie so freundlich, zu schweigen.

Ich wartete, bis der zwölfte Schlag verklungen war. Dann öffnete ich leise die Tür zum Salon. Hier war es ganz dunkel … kein Laut. Wo mochte Mira sein? Leise rief ich ihren Namen. Ich tappte in die Mitte des Zimmers und schaltete das elektrische Licht ein. Es wurde hell.

Da schrie ich auf … und die Reisetasche fiel mir aus der Hand.

In einem der Fauteuils, die Arme auf den Lehnen, die Beine weit von sich gestreckt, mit einem grünen Schimmer in den Augen, sitzt … Bezug. Er sitzt und schaut mich schweigend an. Ich starre ihn an und kann kein Wort sagen. Ich glaube, das Schweigen muss eine Ewigkeit gedauert haben.

Endlich sagt er: »Die Mira ist nicht da! Sie wird nicht kommen.« Und wie ich noch immer keine Antwort geben kann, fährt er höhnisch fort: »Ich habe es nicht gern, dass du nachts herumfährst. Du könntest dich erkälten. Es ist kein gutes Wetter draußen. Und wenn du schon Lust hast, Ausflüge zu machen, so hättest du doch vorher von mir Abschied nehmen können. Das hab ich mir doch um dich verdient. Meinst du nicht auch?«

Ich lasse mich in einen Sessel fallen und fange an zu weinen. Aus Zorn, Überraschung, Scham, Verzweiflung. »Hör auf zu heulen!«, schreit er, und dann hebt er meine Reisetasche auf, die neben ihm auf dem Boden liegt, und sagt wieder in seinem höhnischsten Ton: »Und nur so wenig Gepäck? Man muss sagen, du bist bescheiden. Ist das alles, was du mitnehmen wolltest?« Dann läutet er, und die Thumas erscheint, mit einem zuckersüßen Arsenikgesicht, strahlend vor Vergnügen und voll ironischer Höflichkeit. Er lässt Tee bringen und sitzt mir gegenüber, schlürft ein, zwei Tassen aus und spricht dabei immer mit seinem gemeinen Lächeln von meinem ›Ausflug‹ und von der Unvorsichtigkeit, bei so schlechtem Wetter reisen zu wollen. Die Thumas geht auf und ab und frohlockt. Es war eine fürchterliche Stunde. »Trink!«, schreit er mich plötzlich wieder an, und mit zitternden Händen hebe ich meine Tasse und gehorche ihm.

Seine Augen brennen auf mir, und ich fühle, wie seine unlauteren Triebe wach werden. Er schiebt endlich seine Tasse von sich und steht auf. »Komm!«, sagt er heiser. Ich lehne mich zurück und tue, als ob ich ihn nicht verstehe. »Schau mich nicht so an! Geh voran ins Schlafzimmer.« Ins Schlafzimmer! Ich fange an zu zittern und kann mich nicht rühren. Da fasst er mich an den Armen und zieht mich empor. Brutal, mit festem Griff, gegen den es kein Wehren gibt. Ich habe noch jetzt Flecken an den Armen. »Geh voran!« Und mit Stößen treibt er mich vor sich her … ins Schlafzimmer … keuchend wie ein gieriges Tier … und wirft mich auf das Bett, von dem ich mich eine Stunde vorher erhoben habe, um zu fliehen.

*

Ich bin seine Gefangene und werde es bleiben, solange es ihm gefällt. Und ich habe die Ahnung, dass er mich eher töten als freigeben wird. Ich bin seinem Willen und seinen wilden Gelüsten preisgegeben, diesen Gelüsten, die etwas Tierisches an sich haben. Er hat gesehen, dass ich ihn verabscheue, und hat entdeckt, dass ich fliehen will. Und ich glaube, das ist noch ein Reiz mehr für ihn. So genießt er seine Macht noch mehr, wenn er eine Widerstrebende täglich seinem Willen unterwirft.

So kommt noch der Genuss der Grausamkeit hinzu.

Seine Macht ist ohne Grenzen. Mira ist verschwunden. An ihre Stelle ist ein anderes Mädchen getreten. Eine mürrische, hässliche, rothaarige Person, die vortrefflich zu der Thumas passt und sich aufs Beste mit ihr versteht. Jetzt habe ich also zwei Wächter, und der Gedanke an Flucht ist Wahnsinn. Und Franz ist auch verschwunden. Ohne Nachricht. Ich weiß nicht, was aus ihm geworden ist. Wenn ihm nur nichts zugestoßen ist. Ich stehe den ganzen Nachmittag am Fenster, aber Franz kommt nicht.

Es ist alles vorbei. Und ich bin so müde, dass ich auch gar keinen Versuch mehr machen würde zu fliehen.

Die Leute lieben mich und geben mir immer neue Beweise der Zuneigung. Und es gibt eine Menge von Menschen, die sich um meine Freundschaft bewerben. Aber sie tun es scheu und immer wie in Angst vor Bezug. Seine Nähe scheucht sie fort. Und ich selbst nehme ihnen wohl allen Mut. Denn wenn ich im Hintergrund ihrer Gefühle das Verlangen nach meinem Körper entdecke, nach diesem geschändeten und vergifteten Körper, so erfasst mich der Ekel. Der Ekel!

Da ist der Statthaltereirat Pensinger. Der Rennstallbesitzer Tintler. Und dann der Doktor Störner, ein Journalist. Der ist mir von allen der Liebste. Ein spöttischer Mensch mit einer Zeitung hinter sich ist eine Macht, vor der sich alle fürchten. Aber was ist er gegen Bezug? Was kann er gegen Bezug?

*

Immer deutlicher wird es mir, dass Bezugs Grausamkeit zu seinen Genüssen gehört. Er fängt an, seltsame Dinge von mir zu verlangen. Zu irgendeinem geheimen Zweck, den er mir nicht nennen will, muss ich einen neuen Tanz studieren. Einen gefährlichen Tanz. Ein aufregendes und nervenzerrüttendes Spiel. Eines meiner Zimmer ist seltsam verändert worden. Von der Decke hängen zwei Pendel herab, die durch ein Uhrwerk in Schwingung versetzt werden. Und dann ist eine Reihe von Statuen aufgestellt worden, und zwischen diesen Statuen und den Pendeln muss ich tanzen. Bei der Aufführung werden die Pendel scharf geschliffen sein, sagt Bezug. Scharf geschliffen! Ist das nicht eine ausschweifende und wahnsinnige Phantasie, die auf solche Dinge verfällt?

Täglich muss ich einige Stunden üben. Und Bezug überwacht

meine Arbeit und meine Fortschritte. Und ungeduldig drängt er, ich solle mich beeilen.

*

Nun weiß ich, wozu mein Pendeltanz dienen sollte. Oder vielmehr, ich weiß es nicht. Aber die Aufführung ist vorbei. Gott sei Dank!

Ich war in Bezugs Palast. Es ist wirklich ein Palast. Fürstlich! Bezugs Vermögen muss unermesslich sein. Ich habe ja nicht viel von seinem Haus gesehen, denn es ging auf Hintertreppen in ein Zimmer, wo griechische Gewänder für mich bereitlagen, in denen ich den griechischen Statuen ähnlich sah. In diesen Gewändern habe ich tanzen müssen, in rotem Licht auf einer kleinen Bühne, zwischen den steinernen Gestalten, von den scharfen Pendeln umsaust. Sie waren wirklich scharf geschliffen, wie es Bezug gesagt hatte. Scharfe Halbmonde aus Stahl, die zischend hin- und herschwangen. Vor einer Menge von Menschen habe ich getanzt, die ich in dem dunklen Zimmer vor mir undeutlich wahrnehmen konnte und deren keuchendes Atmen ich hörte. Ich hatte nicht viel Zeit zum Beobachten, denn meine ganze Aufmerksamkeit war auf meinen Tanz gerichtet. Ein falscher Schritt, und die Pendel hätten meinen Leib zerrissen. Es war furchtbar, und als ich zu Ende war, lag ich halb ohnmächtig. Mein Herz schmerzte mich, und es war, als kehre es sich in meinem Leib um und um.

Gott sei gelobt, dass es vorbei ist.

*

Nun habe ich wieder lange nichts geschrieben. Und heute … trotzdem ich von meinen Erlebnissen ganz erfüllt bin … will es mir mit dem Schreiben durchaus nicht …

Nein … Ich bin einfach unfähig. Ich kann es nicht. Ich habe diesem Buch schon alles anvertraut, was mir zugestoßen ist, Beschämendes und Empörendes, Dinge, die mich krank und verzweifelt gemacht haben; ich habe mich nicht gescheut, alles

Ekelhafte und Niedrige zu erwähnen – hier aber will ich schweigen, und ich darf es tun. Wie sollte ich auch Worte finden? Mit einem Tier … Es ist ja furchtbar traurig, aber wie konnte er das von mir verlangen! Und ich war zuerst voll Mitleid, wollte ihn pflegen. Wie kommt es, dass gerade ich zu solchen Abscheulichkeiten verurteilt sein soll? Wüsstest du, Adalbert, wie es deinem Schwesterlein ergeht, deiner Nella!

Der Gedanke an ihn ist mir noch näher als sonst. Der junge Mann, den ich auf der Insel kennen gelernt habe, der hat mich so sehr an den Bruder erinnert. Nicht irgendeine äußerliche Ähnlichkeit, mein Bruder muss ganz anders aussehen … aber eine große Ähnlichkeit des Wesens. Es war gleich ein Vertrauen da. Und dann die Gleichheit unserer Schicksale; das hat sofort eine innige Verwandtschaft fühlen lassen. Ich muss sagen, nie hätte ich geglaubt, mich einem Fremden so vollkommen erschließen zu können. Und … Es ist lächerlich, aber einmal war ich nahe daran, ihn zu fragen, ob er nicht mein Bruder sei. Mein Bruder! Zur rechten Zeit habe ich mich noch zurückgerissen. Wie hätte er gelächelt. Merkwürdig, und ich weiß nicht einmal seinen Namen. Er soll ein großer Dichter sein. Wenn ich doch einmal in einer Zeitung etwas über ihn lesen könnte. Aber es ist mir streng verboten, Zeitungen zu lesen. Ich soll nicht erfahren, was in der Welt vorgeht. Warum nicht? Einmal hat mir der Doktor Störner eine Nummer seiner Zeitung zugesteckt, in der er etwas über mich geschrieben hat. Es war sehr lieb und so eingehend, als sei ich eine große Künstlerin. Wirklich, wie über eine große Künstlerin. Ich habe mich sehr gefreut und habe die Zeitung nachts unter meinem Kopfpolster gehabt, dann früh habe ich sie in meinem Toilettentisch versteckt, aber als ich sie abends wieder herausholen wollte, war sie fort.

Ich bin schlimmer gefangen denn je. Und die alte Thumas, das Scheusal, wird immer bösartiger und quält mich immer mehr. Wie es scheint, mit Zustimmung Bezugs, von dem es immer deutlicher wird, dass er mich hasst. Nicht einen Schritt mache ich unbewacht. Ich muss äußerste Vorsicht anwenden, um nicht einmal nachts beim Schreiben erwischt zu werden. Das neue Mädel ist die Helfershelferin der Alten.

Nicht einmal die Fahrt nach Triest habe ich allein machen dürfen. Die Thumas hat mich hingebracht, und gleich am Bahnhof hat mich wieder Hainx übernommen.

Ich bin doch ein recht oberflächliches Geschöpf. Bei ein wenig Sonnenschein und Freude und Freiheit bin ich gleich verwandelt und so heiter, als ob nichts Schweres und Düsteres in mir wäre. Ich fühle es, ich könnte vielleicht ein guter Mensch sein, wenn sich mein Leben anders gestaltet hätte. Wie war ich so froh und voll Zuversicht, als ich auf das Schiff kam. Und mit welcher Freude bin ich an meine Arbeit gegangen, den Kranken zu pflegen. Aber wie hat sich dann alles gewendet.

Und noch ganz zuletzt dieses Schreckliche. Der Kranke – mein Gott, ich glaube, sein Wahnsinn war unheilbar, und so war es vielleicht noch nicht das Furchtbarste, was ihm geschehen konnte. Aber dann – der Mord! Ich glaube, ich möchte fast sicher behaupten, dass es ein Mord war. Und ihre Drohung hat mich darin noch bestärkt. Wer wohl der Arme gewesen ist? Ich wage niemanden darum zu fragen.

Unter solchen Menschen lebe ich. Solche Menschen wie Dallago und dieser Hainx sind Bezugs blinde Werkzeuge. Ich bin seit meiner Rückkehr in beständiger Angst. Ich muss es mir selbst gestehen, in Angst.

*

Meine Angst ist wohl nicht grundlos. Ich glaube, dass Bezug mich hasst. Er schreibt mir die Schuld am Tod seines Sohnes zu. Mir? Nein, ich kann nicht anders, und wenn die fürchterlichen Stunden noch einmal kämen, so könnte ich wieder nicht anders handeln. Wie kann man von einer Frau so Widriges und Niedriges verlangen? Ich liebe das Leben, aber gewiss: Ich würde eher sterben als das über mich ergehen lassen.

Aber wie soll Bezug das einsehen, der keinen anderen Willen kennt als den seinen und keine anderen Ziele gelten lassen will als seine?

Er hasst mich, und ich habe mich vor ihm zu hüten. Aber wie kann sich ein Gefangener vor seinem Kerkermeister hüten? Jetzt kommt er selten zu mir, und ich sehe an dem veränderten Wesen der Thumas, an ihrer steigenden Frechheit, dass ich auf keinen Schutz zu rechnen habe, wenn ich mich bei Bezug über sie beklagen wollte. Sie schränkt mich überall noch mehr ein, lacht mir offen ins Gesicht, wenn ich ihr einen Befehl gebe, und macht mit Vorliebe alles das, von dem sie weiß, dass es mich ärgert. Die Bücher, die ich liebe und die ich früher lesen durfte, verschwinden allmählich, und es bleiben nur jene abscheulichen und obszönen Schmöker zurück, die mir Bezug früher zugetragen hat, um durch ihre Lektüre meine – wie er glaubte – trägen Sinne anzustacheln. Die unzüchtigen Bilder, die mir ein Gräuel sind, finde ich alltäglich überall herumliegen. Ich mag diese Bilder nicht sehen und diese Bücher nicht lesen, und so bin ich zur schrecklichsten Langeweile verurteilt.

Und Bezug ist mir rätselhafter denn je. Wenn er kommt, sitzt er mir gegenüber und starrt mich lange an, ohne zu sprechen. Seine Blicke sind unheimlich, bohrend, Furcht erregend. Ich versuche, irgendetwas vorzubringen, nur um dieses Schweigen zu brechen. Aber seine Antworten sind kurz und ablehnend, und dann starrt er mich wieder an. Ich habe ihn gefragt, warum er nicht spricht. »Was hätten wir uns noch weiter zu sagen?«, hat er geantwortet. Wie ein Opfertier unter den Blicken des Opferers – so komme ich mir vor.

Ich habe Angst. Ich habe Angst.

Manchmal erwache ich nachts über einen Schrei, den ich selbst ausgestoßen habe. Alles das quält mich so, dass ich selbst im Schlaf keine Ruhe finde. Ich bin von Finsternissen und Gefahren umgeben.

*

Heute habe ich Bezug gefragt, warum er mich nicht freigeben will. Seit ich zurückgekehrt bin, haben mich seine Begierden nicht mehr belästigt, und ich habe ganz leise zu hoffen begonnen, dass er meiner überdrüssig ist. Wäre es doch nur so! Wäre es so!

Aber er will mich nicht freigeben. Er sieht mich an, als ob mir seine Blicke auf dem Gesicht zurückbleiben sollten wie Feuermale. Und auf meine Frage hat er geantwortet: »Warum ich dich nicht freigeben will? Weil ich etwas Besonderes, etwas ganz Kostbares haben will, für mich allein, um das mich alle Welt beneidet.«

»Und das bin ich?«

»Das bist du! Du bist der Liebling des Publikums. Alle verehren dich. Aber ich möchte gern, dass du sie noch mehr entzückst, rasend machst, durch irgendetwas Neues, das du bringst.«

Ich muss gestehen, diese Art von Wahnsinn ist mir unverständlich. Wenn ich etwas hatte, machte es mir immer Vergnügen, es mit anderen zu teilen. Aber vielleicht muss man so sein wie Bezug, um es in der Welt weiterzubringen.

*

Bezug ist damit herausgekommen, was er von mir verlangt: Ich wage nur mit Schaudern daran zu denken. Er hat von mir verlangt, dass ich den *Looping the Loop* im Automobil versuchen soll. Wie kann man da ›versuchen‹? Entweder es gelingt sogleich, oder man ist tot. Und ich liebe mein Leben. Trotz allem. Irgendwoher fühle ich noch immer einen Schimmer kommen: die Hoffnung, dass ich einmal frei werden kann. Aber mein Kampf gegen Bezugs Wunsch wird schwer sein. Er scheint es sich fest in den Kopf gesetzt zu haben, und dann ist er unerbittlich und hart wie Granit.

Allerlei verrückte Ideen rasen mir durch den Kopf. Heute habe ich daran gedacht, wenn er mich weiter quält, vor das Publikum zu treten, mitten in der Manege die Hände zu falten und ihnen zuzurufen, sie mögen mich beschützen … vor Bezug! Das gäbe wohl keinen schlechten Tumult: »Rettet mich vor Bezug! Er will mich umbringen!«

Manchmal ist mir doch, als wäre das wirklich seine geheime Absicht. Er ist nun wieder freundlicher und gesprächiger geworden. Will er mich täuschen?

Er hat mir gestern gesagt: »Ich habe dir alles vergeben.«

Ich war stolz genug, darauf zu antworten: »Ich bedaure selbst den Tod deines Sohnes. Er tut mir Leid, der arme Mensch. Aber hier ist nichts zu vergeben. Über diese Dinge kann nur die Frau selbst entscheiden, die es angeht.«

»Als ob du noch ...!«, sagte er wütend, aber er unterbrach sich sogleich. In diesem einzigen Augenblick schien es mir, verschiebe sich eine Maske und es kommt darunter das wahre Gesicht in einer schrecklichen Verzerrung zum Vorschein. Ich weiß, was er sagen wollte. Ich weiß es.

*

Oh, der Schurke weiß seinen Willen durchzusetzen. Er weiß zu erreichen, was er will. Ich werde nun doch tun müssen, was er von mir verlangt. Kann ich anders? Der Preis, den ich dafür erhalten soll, ist zu hoch. Ich soll erfahren, was aus meinem Bruder geworden ist. Aus dir, Adalbert, an den ich bei jeder Zeile dieser Aufzeichnungen gedacht habe.

Heute Abend, nach der Vorstellung, war er bei mir. Er sitzt in seiner Sofaecke, raucht und schaut den blauen Wolken nach. Solange die alte Thumas da war, hat er über allerlei belanglose Dinge gesprochen. Dann aber, wie sie draußen ist, lehnt er sich noch mehr zurück und fragt plötzlich, ohne mich anzusehen: »Warum hast du mir nie etwas von deinem Bruder gesagt?«

Mir war es, als habe sich die Wand gespalten und irgendeine Erscheinung sei hervorgetreten. Wenn ich über irgendetwas in meinem langen Kampf gegen Bezug stolz war, so war es, dass ich damals die Versuchung überstanden habe, ihm von Adalbert zu erzählen. Das hat mich immer froh gemacht, sooft ich daran dachte. Mein Heimlichstes und Heiligstes hat er doch nicht gewusst. Und nun auf einmal fragt er mich nach meinem Bruder. Wie mag er es erfahren haben?

Nach einer Weile sagt er: »Wenn du mir es früher gesagt hättest, so wüsstest du schon längst, was aus ihm geworden ist. Ich hätte euch selbst zusammengeführt.«

Da hab ich mich nicht länger halten können: »Wo ist er? Wo ist er?«

Aber Bezug lacht: »Du hättest mir früher dein Vertrauen zeigen sollen. Da hätte ich mich gefreut und hätte dir beim

Suchen geholfen. Und du weißt, wenn Bezug jemanden finden will, so dauert es nicht lang.«

Ich hab aber immer heftiger gefragt, wo mein Bruder ist. Da sieht er mich wieder so durchdringend an, dass ich glaube, seine Blicke müssen Wunden hinterlassen: »Du willst es also wissen? Du liebst ihn wohl sehr? Nicht wahr! Gut, du sollst es erfahren. Aber jetzt stelle ich eine Bedingung.«

»Welche Bedingung?«

»Kannst du das nicht erraten? Ich will, dass du meinen Wunsch erfüllst. Meinen Wunsch, du kennst ihn ja ... Du sollst sie rasend machen. Du sollst noch wertvoller werden. Im *Looping the Loop* ...«

»Das ist niederträchtig ...«

»Gut«, sagt er und steht auf, »dann reden wir nicht mehr davon.«

*

Ich werde es doch tun. Ist der Preis nicht zu schön? Er selbst zeigt mir den Weg zur Freiheit. Ich weiß, Adalbert wird's gelingen, was Franz nicht gelungen ist. Warum sollte ich nicht also ein bisschen Gefahr und Todesangst auf mich nehmen? Um diesen Preis! Ich fürchte die Gefahr nicht so sehr wie die Todesangst. Ich habe ihm erklärt, dass ich tun werde, was er will. Und seine Augen haben geleuchtet. Ich bin entschlossen. Ich rede mir ein, dass ich viel ruhiger bin, seit ich alle Ungewissheit abgeworfen habe. Aber in der Nacht kommt es wieder über mich wie ein graues Gespenst. Alle diese Ängste, diese schlimmen Ahnungen, die mich seit meiner Rückkehr nicht verlassen wollen, sind gesteigert, zusammengeflossen in ein einziges Beben, das mich mit der Dämmerung überfällt. Ich habe eine Vision gehabt, so wirklich wie ein Bild, was sage ich, wie ein Bild ... wie das Leben selbst! Ich habe mich mitten in der Manege gesehen, blutig, mit zerschmetterten Gliedern, und das Automobil in Trümmern neben mir. Und ringsherum das Publikum mit entsetzten, erstarrten Gesichtern. Und aus der Luft kam eine leuchtende Hand und wies auf Bezug, der neben mir stand. »Dieser ist es!«, sagte eine Stimme, und dann fegte ein Sturm über die Arena hin und riss das Dach fort. Ich sah einen leuchtenden Sternenhimmel über dem Amphitheater und sah, wie der blutige Körper da unten aus dem Staub der Arena höher und höher schwebte, und obzwar ich den Leib wie ein Fremdes vor mir sah, hatte ich doch zugleich die Empfindung des Höhersteigens …

Ich werde noch wahnsinnig vor Angst.

*

Ich habe die erste Probe hinter mir.

Ich habe schon einmal mit dem Leben abgeschlossen gehabt. Niemand ahnt, wie fürchterlich das ist. Ich muss sagen, es war ein angenehmes Gefühl, als ich bewusstlos wurde. In dem Augenblick, in dem ich durch die Schleife sauste und unten und oben verkehrt war, sah ich unten den Direktor und den Chauffeur und die Kollegen. Es war mir, als werde mir die Erde und der Himmel zugleich weggerissen und als schwebe ich im Bodenlosen. Diese Empfindung war so überwältigend, dass ich glaubte, mein Körper müsse bersten, zerspringen wie ein überfüllter Ballon. Ein fürchterlicher Druck, der von innen wirkte … Dann verlor ich die Besinnung.

Ich sei lange bewusstlos gelegen, sagte der Doktor Schwartzkopf. Und er will mir verbieten, die Fahrt noch einmal zu wagen. Aber ich lasse es mir nicht verbieten. Ich bestehe darauf. Werde ich nicht dich, mein Adalbert, dadurch erringen? Der Doktor ist besorgt, dass mein Organismus nicht widerstandsfähig genug sei. Er hat mich untersucht und hat den Kopf geschüttelt. Mein Herz … sagt er. Ach was! Das Schwerste ist hinter mir: die erste Fahrt.

Wenn nur diese Angst nicht wäre, die mich so schwach macht. Diese fürchterliche Angst. Aber Bezug! Ist es im Bereich des Möglichen gelegen, dass ein Mensch den anderen so quält? Ich glaube, das ist seine Rache an mir. Aber er könnte sich mit dem begnügen, was ich schon ausgestanden habe, und könnte mir sagen, wo ich Adalbert finde. Er schweigt. Ich habe ihn angefleht. Er hat mir geantwortet: »Am Abend der Vorstellung sollst du es hören. Ehe du hinausfährst.« Ich will mich nicht mehr zu einer Bitte erniedrigen.

*

Morgen werde ich wissen, was mit dir geschehen ist, mein Bruder.

Es ist Mitternacht, wie damals, als ich mit Franz fliehen wollte. Die Zeiger auf meiner Empire-Uhr decken sich. Ehe der Stundenzeiger zweimal den Weg um das Zifferblatt zurückgelegt hat, werde ich es wissen. Und meine Fahrt wird geschehen sein. Nur dieses einzige Mal. Das habe ich mir eingefordert. Ein einziges Mal soll es geschehen. Denn es ist mir doch, als sei das ein Frevel. Gegen wen? Vielleicht gegen mich selbst. Aber wie kann das ein Frevel sein, was zuletzt dazu führen soll, dass ich meinen Bruder wieder finde?

Wenn nur die furchtbare Angst nicht wäre. Es kauert etwas hinter mir im Zimmer, eine schattenhafte Hand reckt sich nach der Uhr, und es ist, als ob die Pulsschläge des Pendels stiller würden, wie ein Herz, dessen Arbeit ermattet.

Wenn ich nur nicht so allein wäre. So ganz allein. In dieser Nacht soll ich Kräfte sammeln, ich sollte einen ruhigen Schlaf tun. Wie gerne möchte ich schlafen. Und ich wage es doch nicht. Ich fürchte mich vor dem Nichts, vor der Bewusstlosigkeit des Schlafes. Der Schlaf ist dem Tod zu sehr ähnlich. Und ich will vom Tod nichts wissen. Doktor Schwartzkopf hat es vorausgesehen, dass ich nicht werde schlafen können, und hat mir Tropfen verschrieben. Die soll ich nehmen, und ich werde schlafen. Dort stehen sie. Aber ich nehme sie nicht … Nein, ich nehme sie nicht. Ich will nicht schlafen.

Ich will lieber wachend den Tag erwarten … Es ist besser, Angst zu haben, als nichts zu wissen. Wenn ich Angst habe, so fühle ich doch, dass ich lebe …

Der Gefangene befreit sich. Hainx macht einen letzten Versuch

Adalbert Semilasso schlug das Buch zu, sah auf, blickte um sich, als ob er sich in seiner Umgebung erst zurechtfinden müsse. Er war bleich wie das Dämmerlicht, das gedämpft durch die Fenstervorhänge kam. Nun erhob sich Johanna und zog den Vorhang auf. Ein rötlicher Schimmer fiel auf Adalberts Gesicht, und es war, als kehre das Blut in einen schon erstarrten Körper zurück. Noch einmal schlug er das Buch auf und glitt mit zitternden Fingern eine Seite hinab. Eleagabal Kuperus, der ihm gegenübersaß und in seiner Seele las, wusste, dass sich Adalbert davon überzeugen wollte, ob alles Wirklichkeit war.

Und nun schloss er das Buch zum zweiten Mal, sanfter als zuerst, da er es fast unwillig zugeschlagen hatte, stemmte die Faust darauf und erhob sich. Roter war der Schimmer auf seinem Gesicht geworden. Er stand und sah gerade nach Osten, der aufgehenden Sonne entgegen. Dann senkte er den Blick und suchte das Gesicht Eleagabals. »Er hat sie … zu Tode gequält …«, sagte er endlich langsam.

Eleagabal nickte.

»Zu Tode gequält. Es ist sicher. Und ich war mit ihr beisammen und erkannte sie nicht …«

»Von den Göttern mit Blindheit geschlagen!«

»Von den Göttern mit Blindheit geschlagen! Warum sprechen wir nicht, wenn eine Ahnung in uns laut wird? Als ich noch unwissend war, da … ja, da habe ich mich jedem sofort anvertraut. Den Unwürdigen. Ich habe gelernt zu schweigen und nicht alles zu verraten, auch wo ich fühlte: Du sollst sprechen. Das ist das Misstrauen. Ich habe es von ihnen gelernt, und ich war stolz darauf. Ich erinnere mich, dass ich zum ersten Mal, als ich mit Regina beisammen war … von Nella gesprochen habe, von meiner Schwester, an die ich denken muss, wenn ich die Seiltänzerin sehe … Zusammenhänge! Zusammenhänge! Und dann habe ich es versäumt zu sprechen. Ein Wort vielleicht nur, und alles wäre enthüllt gewesen. Und wir haben dieses Wort nicht gefunden. Bezug hat selbst den Zufall zum Bundesgenossen. Oder er hat unseren Willen so in seiner Macht, dass wir nur tun, was ihm gefällt. Und dann ... Wie ich von ihrem Tod erfahren habe ... Es gab mir einen Schlag ... Es durchzuckte mich ... Furchtbare Wege des Schicksals ...«

Die Sonne war aufgegangen, und ein siegreicher Schein brach in das Zimmer. Adalbert stand noch bis zur Brust in der Dämmerung des Raumes, Schultern und Kopf aber schon im hellen Licht. Sein Gesicht war hart und entschlossen. Er reichte Eleagabal die Hand.

»Wohin wollen Sie gehen?«

»Sie fragen noch? Ich gehe zu Bezug. Das ist der Weg, den ich jetzt zu machen habe.«

Da legte Eleagabal die Hände auf Adalberts Schultern und sah in sein Gesicht: »Geh!«, sagte er. »Geh ... Du wirst siegreich sein.«

Staunend erfasste Adalbert die Hände des Alten und drückte sie: »Sie sagen ... Wie soll ich das ...? Ich höre ... Sie sagen du zu mir.«

»Und ich bitte dich, es auch zu mir zu sagen. In dieser Stunde erwirbst du dir ein Recht darauf.«

Bezug hatte eben von Hainx die Berichte über den Fortgang seiner großen Unternehmung entgegengenommen. In der letzten Zeit waren bedeutende Erfolge zu verzeichnen, den Agenten der Gesellschaft waren ungeheure Landkäufe gelungen, und einige der großen Expeditionen Bezugs hatten unter allerlei Vorwänden günstige Verträge abgeschlossen. Während die ganze Welt die großen Taten Bezugs auf wissenschaftlichem Gebiet in immer begeisterteren Hymnen besang, seine Opferfreudigkeit pries und ihn als Förderer idealer Bestrebungen hinstellte, verfolgte er unermüdlich seine Ziele. Einige Zeitungen, die sich nicht dem allgemeinen Chor anschließen wollten, wurden rasch zum Verstummen gebracht, indem sie von der Gesellschaft angekauft oder mit Vernichtung bedroht wurden. Im englischen Unterhaus hatte ein Ire mit einiger Besorgnis auf die großartigen und, wie es scheine, planmäßigen Landankäufe der Gesellschaft hingewiesen und eine Anfrage an das Ministerium gerichtet, wie es diesen gefährlichen Machenschaften entgegenzutreten gedenke. Aber schon in der nächsten Sitzung erklärte der Frager nach einigen allgemein gehaltenen Phrasen des Ministers, dass er sich mit dieser Beantwortung vollkommen zufrieden stelle.

Seit dem Tod Nellas schien Bezugs Arbeitskraft verdoppelt, seine Verfügungen waren klar und bestimmt, und Hainx neigte sich in Bewunderung vor der Genialität seines Herrn. Es verging kein Tag, an dem nicht ein großer Schritt getan und eine neue Etappe genommen wurde. Heute hatte Bezug den Bericht des Professors Hartl geprüft, der aus Abessinien zurückgekehrt war und neben einer Fülle wissenschaftlicher Ergebnisse auch eine Anzahl vorteilhafter Abmachungen mit dem Negus vorweisen konnte.

»Sagen Sie ihm«, beauftragte Bezug seinen Sekretär, »dass ich mit ihm zufrieden bin.«

»Aber die Gattin … Ich habe sie gestern gesprochen! Sie hat mich gefragt, ob ihr Mann nicht bald wieder auf eine Forschungsreise gehen muss. Sie ist unersättlich, diese Frau!«

Bezug hatte schon die Hand auf die Türklinke gelegt und sah sich mit einem Lachen nach Hainx um: »Ich habe nichts dagegen, den Herrn Professor wieder in seine Rechte treten zu lassen. Sagen Sie ihr das.«

»Ich werde mich hüten«, antwortete Hainx, und mit einem krächzenden Lachen ging Bezug die Stiegen von seinem Turmzimmer herab. Als er die große Halle betrat, stand er plötzlich Adalbert gegenüber, und ein Blick auf das Gesicht des jungen Mannes zeigte ihm, dass er einen Empörer vor sich hatte. Noch nie hatte er einen seiner Sklaven so gesehen, frei von aller Furcht und in sich fest, ehern und mit ruhiger Stirn. Und verwundert fragte er: »Was wollen Sie?«

Adalbert schwieg noch immer, den Blick auf Bezugs Gesicht geheftet. Dann sagte er, wie es Bezug schien, mit einer veränderten, tieferen Stimme: »Ich will nicht, dass es aussieht, als ob ich fliehe. Ich hätte auch einfach nicht mehr zurückzukommen brauchen. Denn meine Kette ist zerrissen. Aber ich will nicht, dass Sie glauben sollen, ich fürchte mich noch vor Ihnen.«

»Was soll das heißen?«

»Was das heißen soll? Fragen Sie noch? Denken Sie an meine Schwester, die Sie umgebracht haben ... Das hat mich frei gemacht.«

»Der Alte hat Sie also aufgehetzt. Mit seinem wahnsinnigen Gerede. Er gehört ins Irrenhaus. Er ist gefährlich.«

»Meinen Sie Eleagabal? Das wäre Ihnen recht, wenn Sie den unschädlich machen könnten! Ihren gefährlichsten Feind! So irgendwo einsperren, wenn Sie ihn schon nicht ganz zum Schweigen bringen können. Aber ich habe es nicht von ihm ... Nein«, und Adalbert trat näher an Bezug heran. »Ich habe es von Nella selbst.«

»Von Ihrer Schwester? Die ist ja tot.« Aber Bezugs Gesicht verfärbte sich. Was war da wieder geschehen, was seine Berechnungen übersehen hatten? Oder war sie gar nicht tot? Ein abergläubischer Schrecken machte ihn unsicher.

»Sie ist tot. Aber sie spricht noch aus dem Grab zu mir. Sie hat mir als Andenken ein Buch hinterlassen, in dem sie genau aufgezeichnet hat, wie sie von Ihnen umgebracht worden ist. Schritt für Schritt, durch tausend Ängste ... durch eine grausame, raffinierte Folter ... Oh, sehr schlau ...«

»Teufel!« Bezug hatte die Zähne zusammengebissen und die Nase trat scharf über dem schmalen Spalt der Lippen hervor.

»Das wollte ich Ihnen sagen. Und jetzt gehe ich. Ich sollte Sie niederschlagen wie einen Hund, aber ich hoffe, dass Sie einen erbärmlichen Tod finden werden.«

Adalbert wandte sich zum Gehen, aber als er einige Schritte getan hatte, rief ihm Bezug nach: »Halt!« Er hatte seine Geistesgegenwart zurückgewonnen und grinste Adalbert tückisch entgegen. »Und du glaubst, du Narr, dass ich dich gehen lasse. Jetzt, weil du dich sträubst, wirst du erst recht gehorchen müssen. Jetzt wirst du bleiben. Jetzt erst recht. Du willst dich gegen mich empören, du Wurm? Hast du eine Ahnung von meiner Macht? Was denkst du von mir? Glaubst du, ich lasse mir entkommen, wen ich einmal habe?«

Furchtlos trat Adalbert näher. Er empfand Bezugs Worte wie eine widerliche Berührung, und zugleich fühlte er, wie dieser gewaltige Wille, dem er bis jetzt immer unterlegen war, an den Grundfesten seiner Seele rüttelte. Jetzt war der Augenblick des härtesten Ringens gekommen. Jetzt musste es sich erweisen, ob er dem Feind gewachsen war. Er sah eine große Helle vor sich, zugleich aber richtete sich drohend und gigantisch ein Schatten empor. In Bezugs Salzseeaugen glomm das unterirdische Feuer, und es schien sich eine Explosion vorzubereiten. »Damit ist es vorbei«, sagte Adalbert langsam. »Ich bin frei von dir. Hörst du, gib dir keine Mühe!«

Bezug lachte auf: »Glaubst du? Ahnst du denn, was ich kann? Wer mir alles hilft? Ich habe das Recht auf meiner Seite. Hast du nicht einen Vertrag unterschrieben?«

Es kam also so, wie es Eleagabal vorhergesagt hatte. Und in der Angst, dass Bezug aus diesem Umstand neue Stricke flechten könnte, verlor Adalbert die Herrschaft über sich. Mit einem Sprung war er bei Bezug und hob die Faust: »Schweig«, schrie er, »oder ich schlage dich nieder!« Da geschah etwas Sonderbares. Bezug, der sich in allen Gefahren sein kaltes Blut bewahrte, wich vor Adalberts Drohung zurück. Vor dieser Faust, einer unbewehrten Faust, duckte er sich, hob den Arm zur Abwehr über den Kopf und schien kleiner zu werden, indem er mit geknickten Knien einen Schritt zurücktrat. Und nun wusste Adalbert, dass der Augenblick da war, den er nutzen musste. Langsam wandte er sich und ging, ohne noch einen Blick zurückzuwerfen. So verließ er Bezugs Haus.

Wie im Traum durchschritt er die Stadt. Menschen und Dinge wichen an ihm vorbei, und es schien ihm, als gehe er durch einen ungeheuren Tumult, durch ein wildes Gewirr mit einer seltsamen unirdischen Leichtigkeit, ganz ohne Beschwerden und ohne die Mühe, seine Aufmerksamkeit der Überwindung von Widerständen zukehren zu müssen. Dann kam ein Gefühl des Steigens, die beiden Heiligen am oberen Ende der Domstiege schienen ihm zu winken. Er wusste nicht, wie rasch er die Turmtreppe emporgestiegen war. Erst als er das Turmzimmer betrat, wich dieser seltsame Zustand, und eine wunderbare Klarheit breitete sich um ihn. In einer Aufwallung fast unerträglichen Glücksempfindens fiel er Eleagabal Kuperus um den Hals. »Frei!«, rief er jubelnd und dann, als er sich erinnerte, dass nebenan ein Toter lag, leiser und inniger: »Frei!« Eine seiner Hände wurde ergriffen und gedrückt. Johanna stand neben ihm. Sie sprach kein Wort, sah ihn nur an und hielt seine Hand fest. »Eleagabal hat mir gesagt …«, murmelte sie nach einer Weile.

Und dann kam Regina aus der Werkstatt des Türmers. Sie hatte die Stimmen nebenan gehört und sie wusste, dass Adalbert von einem gefährlichen Weg zurückgekehrt war.

Am nächsten Tag wurde Heinrich Palingenius begraben. Die Sargträger schleppten ihn an dem schwarzen Kreuz vorbei, mit dem er auf der Wand des Turmes die Grenzen seines Reiches bezeichnet hatte. Sie kannten die Bedeutung des Zeichens nicht, aber doch durchschauderte es sie, als ihre Blicke darauf fielen, und es war, als werde die Last in ihren Händen schwerer. Dem Toten folgten die beiden Frauen, Eleagabal und Adalbert und als Letzte, schluchzend und vor Tränen fast blind, die alte Swoboda, die während der ganzen Zeit nicht von der Leiche ihres Jugendfreundes gewichen war. Unten auf dem Domplatz aber wartete eine große Anzahl von Menschen, und als der Sarg nun auf den schwarzen Wagen gehoben wurde, nahmen alle die Hüte ab. Alle Bewohner des alten Viertels um den Dom waren erschienen und schlossen sich dem Zug an. Hatte Heinrich Palingenius doch mitten unter ihnen gelebt, wenn auch hoch über ihnen und nur von den älteren Leuten gekannt. Aber durch seinen Tod hatte sich der Wächter über die Ruhe der Nächte wieder in aller Gedächtnis gerufen, und jedem war es wie eine heilige Pflicht, ein lang Versäumtes endlich nachzuholen. So geleitete ein langer Zug den Toten hinaus, und dem Mann, der sich zu Lebzeiten allem fremden Anteil entzogen hatte, folgte ein lebendiges Gedächtnis.

Nach dem Begräbnis aber kehrten die Angehörigen des Toten nicht mehr in den Turm zurück. Gleich am frühen Morgen hatte der neue Türmer seinen Dienst angetreten, und obgleich er sich ganz still und ehrfürchtig verhielt, hatte die ganze kleine Welt dort oben ein neues und fremdes Gesicht angenommen. An der Straßenecke, wo Frau Swobodas Weg abzweigte, blieb sie stehen und reichte allen die Hand, zuletzt, obzwar erst nach einem kurzen Zögern, auch Eleagabal Kuperus. Er sah ihr fest in die rot geränderten, vom Weinen verquollenen Augen, hielt die welken Finger eine Zeit lang in seiner Hand und gab sie erst frei, als Frau Swoboda scheu zu ihm aufblickte. Dann ging sie kopfschüttelnd und mit kurzen, schwankenden Altweiberschritten um die Ecke.

Elisabeth erfuhr noch in derselben Stunde, in der Adalbert Bezugs Haus verlassen hatte, von seiner Befreiung. Bezug selbst sagte es ihr unten in der Halle, mit einem wütenden Grinsen und mit emporgereckten Händen, die etwas in der Luft zu schütteln schienen. Dann, als sein Anfall vorüber war, sah er seiner Tochter gespannt in das Gesicht. Aber Elisabeth veränderte keine Miene. Sie wandte sich und ging langsam in ihre Zimmer zurück.

Im Musikzimmer blieb sie an ihrem Flügel stehen, eine Hand auf die glatte, glänzende Holzfläche gelegt.

Es wirbelte in ihrem Kopf, und die Musikgeräte an den Wänden zogen sich zu langen Streifen auseinander, zwischen denen rote Punkte in entgegengesetzter Richtung hinschossen. Sie sank auf den Stuhl am Klavier und schlug, ohne zu wissen, was sie tat, den Deckel auf. Müde fiel die rechte Hand auf die Tasten, und es gab einen hässlichen Missklang, einen Haufen von Tönen ohne inneren Zusammenhalt. Mit einem bitteren Geschmack im Munde sah sie auf die regelmäßige Reihe der weißen und schwarzen Tasten.

Ihr Körper zuckte, und sie gedachte der fürchterlichen Abenteuer, die sie erlebt hatten, der geheimnisvollen Orgien, voll von fieberhaften Ausschweifungen, wie sie unter den wildesten Zeiten des Genusses kaum erhört waren. Straff und heiß richtete sie sich auf. Was hinderte sie, sich diesem Leben von neuem hinzugeben? Es war ein wollüstiger Gedanke für sie, sich wieder hinzuwerfen, zu verschenken, wie damals, bevor Adalbert in das Haus ihres Vaters gekommen war. Entschlossen durchschritt sie die Reihe ihrer Zimmer, schob einen Stuhl an den Schreibtisch und warf einige Zeilen auf ein cremefarbenes Briefpapier, dessen Umschlag sie mit einem aus der geheimen Lade des Tischchens geholten Petschaft siegelte. Die Adresse des Briefes lautete an die

Gräfin, und das Siegel zeigte eine fliegende Taube inmitten eines Drudenfußes.

Während einiger Tage bekamen die Hausgenossen Elisabeth kaum zu Gesicht. Ab und zu sah man sie zwischen den Gebüschen des Parks, der jetzt von einem schweren Herbststurm ganz kahl gefegt worden war. An den gemeinsamen Mahlzeiten nahm sie nicht teil und hielt sich in ihren Gemächern verschlossen. Es war Hainx, der auf allen Wegen auf sie lauerte, nicht möglich, sich ihr zu nähern, obwohl er alle Schlauheit eines in allen Dingen Erfahrenen aufwandte. Wenn er ihr Kleid irgendwo im Park sah, war er sogleich dahinterher, aber Elisabeth verschwand ihm stets auf unbegreifliche Weise. Da gab er es auf, sie in Bezugs Haus zu sprechen, und wartete geduldig auf jene Nachricht, die ihm Samek versprochen hatte. Samek war der Tüchtigste und Findigste unter Bezugs Eideshelfern, ein waghalsiger und schlauer Mensch, dem keine Aufgabe zu schwer war. Und dann war er bei allen Unternehmungen, von denen ihm Hainx sagte, dass sie gegen Adalbert Semilasso gerichtet seien, mit einem unauslöschlichen Hass beteiligt. »Dän, dän ölendigen Hund … Die Gurgel möcht i imm zudrucken, dass a net mehr schnaufen kann.« Und dann gab er immer in hastigen rohen Worten eine Schilderung des Auftrittes im Gasthausgarten ›Zum General Laudon‹, bei dem ihn Adalbert vor versammeltem Publikum zum Rückzug gezwungen hatte.

Am Abend eines der ersten Dezembertage kam die Nachricht. Samek erwartete Hainx vor der Tür des Café Lederschneider, das von Doktor Störner vor Jahren den Namen ›Zum unterbundenen Tiger‹ erhalten hatte. Als die beleuchtete Uhr auf der kleinen Insel inmitten des belebten Platzes halb acht zeigte, kam Hainx aus der Türe, ließ die rasch geöffnete Flügeltür hinter sich zufallen und stand einen Augenblick auf der Schwelle, indem er in das Schneetreiben hinaussah und den Kragen seines Winterrockes aufstellte. Sogleich trat Samek auf ihn zu, in der demütigen Haltung eines Bittenden. »Heute …«, flüsterte er, »um zehn Uhr!«

»Heute?«

»Ja … ganz sicher.«

»Es ist gut.« Und Hainx führte das Manöver zu Ende, indem er auch den Bettler mit einer kleinen Gabe abfertigte. Dann ging er langsam nach Hause und begann sich umzukleiden. Aus einem geheimen Schrank nahm er eine kunstvoll gearbeitete dunkelhaarige Perücke, die keinen Verdacht erregte, dass darunter ein fast kahler, nur von dünnem blonden Haar bedeckter Scheitel war. Mit Mastix befestigte er einen kurzen Backenbart zu beiden Seiten des Gesichtes, und dann setzte er eine massige Hornbrille auf. Er sah jetzt ganz einem biederen Oberlehrer ähnlich, der in der Erfüllung seiner Berufspflichten äußerst streng und seinen Schülern ein Schrecken ist. Kurz nach neun Uhr verließ er das Haus.

Eine halbe Stunde später knarrte eine der Türen in der Parkmauer, und Elisabeth trat nach einem vorsichtigen Blick auf das schwach erhellte Gässchen hinaus. Noch immer trieb der Nordostwind den harten, körnigen Schnee vor sich her, und trotz des dichten Schleiers fühlte sie die eisigen Nadeln auf ihrem heißen Gesicht. Schwer und stumm lag der öffentliche Park vor Elisabeth, und wie mit beklommenen Seufzern neigten sich die Wipfel der Bäume einander zu, als wollten sie einander schreckliche Träume und ängstliche Ahnungen erzählen. Mit wachsamen, hellen Fensterreihen sahen die korrekten Häuser, die um die Insel des Parks standen, in das Dunkel. Elisabeth kreuzte den Park auf dem kürzesten Weg. Einige Paare begegneten ihr, deren zärtliche Glut selbst dem Nordost standhielt, und ein einzelner Mann, der auf der Suche nach einem Abenteuer sein mochte, blieb stehen und sah Elisabeth nach.

Jenseits des Parks hielt eine Reihe von Wagen, deren Kutscher sich vor dem Sturm in das Innere geflüchtet hatten, während die Pferde mit hängenden Köpfen unter dem Schutz der Decken das Schneetreiben über sich ergehen ließen. Elisabeth ging auf den nächsten der Wagen zu und öffnete selbst den Schlag. Erschreckt sprang der schlaftrunkene Kutscher heraus. »Wohin, bitt schön?«, gurgelte er, während er die Decke vom Rücken des Pferdes nahm.

»Nach dem Bahnhof! Zum Zehnuhrzug!«

Es war noch etwa zehn Minuten bis zum Abgang des Zuges

Zeit, als Elisabeth auf dem Bahnhof ankam. Ohne sich an der Kasse aufzuhalten, ging sie sogleich in den Wartesaal und nahm dort auf einem der Sofas Platz, ganz nahe am Fenster, durch das sie eifrigst das Treiben auf dem Bahnsteig betrachtete. Eben wurde die Türe des Warteraumes geöffnet, und die wenigen Reisenden begaben sich zu dem Zug, der bereits draußen auf dem zweiten Gleis stand. Außer Elisabeth blieb nur ein einziger Mann zurück. In der dem Platz Elisabeths schräg gegenüberliegenden Ecke saß er da und schaute wie in Gedanken versunken vor sich hin. Ein schneller Blick, den Elisabeth unter dem Schutz ihres Schleiers auf ihn warf, überzeugte sie, dass es kein Bekannter war. Irgendein Professor aus der Provinz, der wohl nach einem Besuch in der Großstadt in sein Nest zurückkehrte und schon jetzt auf den nächsten Zug wartete.

Zwei Minuten vor Abgang des Zuges kam ein etwa vierzehnjähriges Mädchen herein, ging geradewegs auf Elisabeth zu und überreichte ihr eine Fahrkarte. Langsam erhob sich Elisabeth und kam an den Zug heran, als die Schaffner schon die Türen zuzuschlagen begannen. Der Zugführer, an den sie sich wandte, hob die Fahrkarte prüfend in das Licht der Laterne, legte die Hand mit ehrfürchtigem Gruß an den Mützenrand und riss dann eine der Türen zu einem Wagen erster Klasse wieder auf. Gerade als Elisabeth einstieg, kam auch der Professor über den Bahnsteig, rannte mit den Gebärden eines Verzweifelten auf den Zug zu, als ob er in der Zerstreutheit fast vergessen hätte, mitzufahren, und wurde von zwei Schaffnern, von denen der eine schimpfte, der andere lachte, noch im letzten Augenblick in einen Wagen befördert.

Dann setzte sich der Zug in Bewegung.

Elisabeth hatte es sich in ihrem Wagenabteil bequem gemacht, nachdem sie die Tür von innen verschlossen hatte. Sie hatte die pelzbesetzte Jacke ausgezogen und die Beine auf die andere Bank gelegt. Nur den Schleier hatte sie nicht abgenommen. Die Nacht war ganz dunkel, nur ab und zu flogen weiße Flecke vorüber, die Stellen, wo der Wind den Schnee an den Böschungen zusammengeweht hatte.

Nach einer Weile kam jemand den Gang entlang und blieb vor

ihrer Tür stehen. Elisabeth zog die Fahrkarte aus dem Handschuh hervor, um sie dem Schaffner zu übergeben. Ein Schlüssel wurde angesteckt, dann verschob sich die Tür kreischend in ihren Schienen.

Ohne hinzusehen reichte Elisabeth dem Eintretenden ihre Karte. Sie hörte, wie die Tür wieder zugeschoben wurde, aber niemand nahm ihr die Karte ab. Verwundert wandte sich Elisabeth endlich um und sah nicht einen Schaffner, sondern einen unbekannten Mann, den Professor, der vorhin mit ihr im Wartezimmer zurückgeblieben war. Er stand da und sah sie an.

»Entschuldigen Sie«, sagte Elisabeth, »Sie müssen sich irren.«

»Ich bin schon recht«, sagte der Mann mit einer hohen Kathederstimme.

»Nein, Sie irren sich. Ich habe ein reserviertes Kupee bestellt.« Langsam hatte Elisabeth die Füße herabgezogen und rückte sich in die Nähe der Notleine. »Und überhaupt, wie kommen Sie herein? Ich habe doch von innen abgesperrt.«

»Durch solche Kleinigkeiten habe ich mich nie abhalten lassen … Das solltest du doch wissen«, sagte der Mann mit einer gänzlich veränderten Stimme und nahm die Brille und mit dem Hut zugleich die schwarze Perücke ab.

Elisabeth war aufgesprungen. Sie sah, dass sie Rudolf Hainx gegenüberstand. »Niederträchtig!«, zischte sie. Es war wirklich wie das Zischen einer gereizten Schlange.

»Niederträchtig? Du weißt doch, dass mir Niederträchtigkeiten noch immer gelungen sind«, lachte Hainx.

»Was willst du von mir?«

»Ich will mit dir sprechen. Du hast es mir auf andere Weise unmöglich gemacht. Ich habe es also auf diese Weise versuchen müssen.«

»Ich will nichts hören.«

»Du wirst hören müssen. Nun, ich weiß, dass es dich interessiert, was du hören wirst. Also tu nur nicht so.«

»Ich verlange von dir nur, dass du augenblicklich gehst.«

»Sei vorsichtig, meine Liebe, sei vorsichtig! Ich komme heute zum letzten Mal. Diese Stunde wird darüber entscheiden, ob wir uns künftig als Freunde oder als Feinde begegnen werden.«

»Du solltest wissen, dass mich deine Drohungen nicht einschüchtern.« Hoch aufgerichtet stand Elisabeth Hainx gegenüber. Lächelnd ließ sich Hainx auf eine der Bänke fallen und sah ihr ins Gesicht. Da sprang Elisabeth mit einem Satz zur Notleine und nahm den Griff in die Hand. »Wenn du nicht sofort gehst«, keuchte sie, »so bringe ich den Zug zum Stehen.«

Hainx aber blieb ruhig sitzen. »Du kannst es ja versuchen. Aber ich glaube nicht, dass der Zug stehen bleiben wird.«

»Du hast …«

»Aber selbstverständlich. Du glaubst doch nicht, dass ich das versäumen würde. Übrigens kannst du dich ganz ruhig wieder setzen. Ich werde keine Gewalt gebrauchen. Es wäre zwar wunderbar, deinen sich sträubenden, krümmenden Körper zu genießen … dir alles vom Leib zu reißen und dich dann nackt aus dem Zug zu werfen …« Hainx streckte seine Fäuste vor und öffnete und schloss die Finger wie im Krampf.

Verächtlich sah ihm Elisabeth ins Gesicht: »Großartig! Das heißt, du wagst es nicht, weil du weißt, dass ich dir an Kraft überlegen bin. Schwächling! Der du dich mit dem begnügst, was mein Vater übrig lässt.«

Hainx lächelte: »Nun … es sind immer noch schöne Reste. Aber ein kümmerlicher Ersatz dafür, was ich mit dir verloren habe. Was ich sagen wollte, war dies: Ich werde keine Gewalt gebrauchen, weil du dich mir freiwillig geben sollst. Ich weiß, was du an Lust geben kannst, wenn du mit allen Sinnen dabei bist. Und schließlich: Man hat doch auch seinen Stolz! Nicht? Der Rudolf Hainx ist doch nicht der erste Beste … Ich biete dir dafür auch – wie bereits gesagt – Nachrichten, die dich interessieren.«

»Und ich sage dir, dass ich von dir nichts wissen will.« Elisabeth nahm in ihrer Ecke am Fenster Platz und sah wieder in die Nacht hinaus.

»Du wirst mir dankbar sein, wenn du mich angehört haben wirst. Also: Ich weiß, wo sich Adalbert Semilasso aufhält.«

»Glaubst du denn, dass ich das nicht hätte selbst erfahren können? Wenn ich nur gewollt hätte. Aber ich will es nicht wissen.«

»Rede dir das doch nicht ein. Willst du den Schimpf ertragen, dass dich ein Mann verschmäht? Dich! Dass er einfach davongeht? Hörst du? Ich verstehe dich nicht. Du bist ganz anders geworden. Deine Seele ist schwach und krank. Du willst es ja wissen und wagst nur nicht zu fragen.«

»Schweig!«

»Also, er wohnt beim Müller Enzberger, in der Mühle beim Gasthaus ›Zum General Laudon‹. Du weißt ja, wo das ist.«

Elisabeth antwortete nicht und sah in die Nacht hinaus. Mit Nachdruck fuhr Hainx fort: »Aber nicht allein! Nicht allein! Mit einem jungen Mädchen. Hörst du? Das ist jenes Mädchen, das er dir vorgezogen hat.«

An dem raschen Heben und Senken der Schultern Elisabeths merkte Hainx, dass seine Nachricht ihren Eindruck nicht verfehlte. »Dieses Mädchen heißt Regina. Sie ist die Tochter des Türmers Palingenius, der mit seiner Flugmaschine abgestürzt ist, der Narr! Jetzt wohnt Adalbert mit ihr in der Mühle. Ist diese Nachricht nicht etwas wert?«

Noch immer kam keine Antwort von Elisabeth. Da rückte Hainx näher und fasste ihre herabhängende Hand. Aber mit einem heftigen Ruck wurde sie ihm entzogen. »Ich habe dich nicht danach gefragt«, sagte Elisabeth. »Ich habe nichts gehört.«

»Elisabeth, ich habe dir gesagt, diese Stunde entscheidet darüber, ob wir Freunde oder Feinde sein werden. Du wirst dich an Adalbert und an ihr rächen. Ich will dir dabei behilflich sein.«

»Wenn ich mich rächen will, so kann ich es selbst. Ich brauche dich nicht.«

»Er hat dieses Weib dir vorgezogen. Ein armseliges Ding, sag ich dir. Ich war bei ihr auf dem Turm. Sie ist ein Kind, ein dummes Kind. Ich habe mir von ihr die Merkwürdigkeiten des Turmes erklären lassen. Es war unterhaltend, zu sehen, wie misstrauisch sie gegen mich war. Ein einfältiges Gemüt.«

»Ist sie schön?«, fragte Elisabeth, ohne Hainx anzusehen.

Durch die Frage ermutigt fuhr Hainx fort, Reginas Charakteristik zu entwerfen.

»Eine Gänseblume! Sinnig, sinnig, die deutsche Jungfrau.« Und er verglich sie mit Elisabeth, deren Schönheit Regina überstrahlte und die er mit heißen Worten feierte. Plötzlich lag er vor Elisabeth auf den Knien. »Du ... Du!«, keuchte er und presste sein Gesicht in ihren Schoß, gierig den Duft ihres Kleides einsaugend.

Elisabeth straffte die Knie und schnellte sich empor. »Geh!«, sagte sie zu Hainx, der von der Wucht des Stoßes zurückgesunken war. Er lag mit dem Oberkörper auf dem roten Samt der Sitze, mit weit ausgebreiteten Armen, während die Finger sich in den weichen Stoff einkrallten. Sein ganzer Körper war verrenkt und die Glieder durcheinander geworfen, als wäre er von einer großen Höhe herabgefallen. Er lag auch so da, halb betäubt, unfähig, sich zu rühren, nur die Finger spielten halb unbewusst im Samt der Polsterung. Elisabeth war zum anderen Fenster getreten und zog den Vorhang ein wenig zurück, um auf den mangelhaft beleuchteten Gang hinauszusehen. Sie hörte, wie sich Hainx hinter ihr langsam erhob und an sie herantrat.

»Gut«, sagte er, »gut, du willst nicht! Ich habe dir eine Nachricht gebracht, die ihren Lohn wert ist.«

»Ich habe keine Nachricht von dir gefordert.«

»Gut. Aber ich habe nicht bloß diese Angelegenheit im Auge gehabt, sondern auch noch andere Dinge. Vielleicht wird dir mein Schweigen wertvoll genug sein, um es dir zu sichern.«

Elisabeth ließ den Vorhang fahren und wandte sich rasch um. Die Hände auf dem Rücken gekreuzt, lehnte sie an der Tür: »Nun … also … was soll das heißen?«

»Was das heißen soll? Ich sehe es dir an, dass du es weißt, was das heißen soll. Es heißt, dass ich alles weiß. Glaubst du denn, dass ich durch den Zufall darauf gekommen bin, mit welchem Zug du fährst? Du bist sehr vorsichtig, und eure Organisation ist gut. Aber ich bin euch doch dahintergekommen …«

Elisabeth erwiderte nichts mehr. Sie sah, dass hier kein Leugnen half. Und Hainx fuhr im bedächtigen Genuss seines Triumphes langsam fort: »… eurem Klub … dem ›Klub der babylonischen Jungfrauen‹.«

»Gut. Du weißt es also. Und was weiter?«

»Was weiter? Köstlich! Denkst du nicht, dass es Leute geben wird, die sich dafür interessieren? Es wird sehr hübsch werden, wenn die ganze Gesellschaft einmal auffliegt. Wenn die Polizei euer Nest einmal ausnimmt. Ein äußerst pikanter Skandal.

Meinst du nicht auch? Stoff für alle Zeitungen und Witzblätter. Ich freue mich schon darauf, Karikaturen von dir zu sehen. Fräulein Ischtar! Heißt du nicht so? Du siehst, ich weiß alles.«

Ohne zu antworten, war Elisabeth wieder auf einen der Sitze gesunken. Die Spannung in ihren Zügen löste sich, und etwas Weiches, Müdes verschleierte ihre Energie. Die Hände, die ihr im Schoß lagen, falteten sich unwillkürlich. Hainx, der Elisabeth kannte, war von neuem ebenso verwirrt wie hingerissen, und das Rätsel dieser Frau machte ihn auf einmal so ängstlich und bedrängte ihn, als stünde er dem Unendlichen gegenüber. Nicht, als ob er auf die Orgien der Wollust hingewiesen hätte, saß sie vor ihm, sondern als hätte man ihr gesagt, man wisse von ihren heimlichen Kirchgängen und frommen Gebeten und Werken, von denen die Welt nichts erfahren sollte. Und bestürzt stammelte er noch einmal: »Ich weiß … alles.«

»Meinetwegen«, sagte Elisabeth und sah vor sich hin.

»Das kann dir doch nicht gleichgültig sein?«

Eine Gebärde sagte, dass es Elisabeth doch gleichgültig war. Und nun, da es Hainx schien, als sei sein Spiel nicht so gesichert, wie er gedacht hatte, kam der Zorn wieder über ihn. »Und wenn es die Welt erfährt … Hörst du?«, er fasste Elisabeth an den Schultern und schüttelte sie.

»Ich soll dein Schweigen erkaufen? Nein, mein Lieber. Es fällt mir nicht ein.«

»Du denkst, dass ich schweigen werde? Nicht wahr? Aber du irrst dich. Ich werde sie alle auf dich hetzen.«

»Tu, was du willst.«

»Elisabeth: zum dritten Mal! Sollen wir Freunde sein oder Feinde – von nun an …?«

»Ach, lass mich doch mit dieser dummen Phrase. Wo gibt es denn zwei Menschen, die Freunde sind? Wir sind alle nur Feinde, einer des anderen und sein eigener dazu.«

Zitternd stand Hainx vor Elisabeth, aber sie sah gar nicht nach ihm hin, sondern streckte sich lang auf die Bank aus und zog die Füße hoch.

»Ich gehe, Elisabeth, ich gehe.«

»Geh nur. Ich möchte noch ein wenig schlafen.«

Es sah einen kurzen Moment so aus, als wolle sich Hainx auf das Weib stürzen, das ihn so verachtete, dass sie sich aller Verteidigung begeben konnte. Aber es war ihm wie im Traum, wenn uns alle Kräfte verlassen haben und wir keines Gliedes Herr sind. Es lachte jemand. Hainx bemerkte, dass er es selbst gewesen war. Dann ging er aus dem Abteil und zog die kreischende Tür zu.

Der ›Klub der babylonischen Jungfrauen‹

Im Schatten der Millionenstadt blühte der ›Klub der babylonischen Jungfrauen‹.

Mit einer Vereinigung unbefriedigter Frauen hatte das Ganze seinen Anfang genommen. Und eigentlich war der Anreger ein Mann gewesen, ein Weiser, ein Philosoph, der von einem Athleten durch einen Sturz zum lahmen Krüppel geworden war. Als er starb, fand sich in seinem Nachlass unter vielen anderen Manuskripten auch eine Aufzeichnung, die den Eingeweihten den Schlüssel gab.

»Die physiologischen Bedingungen«, hieß es hier, »müssen im Dunkeln bleiben. An der Oberfläche glänzt im vollen Sonnenschein die Moral. Aber ich frage, warum schämen wir uns der Triebe, die uns von der Natur eingepflanzt sind. Warum? Der *geistige Mensch!* Ein Vorurteil, dass der *geistige Mensch* den triebhaften überwinden müsse. Im Gegenteil: Der *geistige Mensch* wächst aus dem triebhaften auf und bezieht sich immer wieder auf ihn zurück. Wie sagt der Lateiner: *naturalia non sunt turpia.* Um dieses einen Spruches willen bedauere ich es, nicht Latein gelernt zu haben. Nun also: Und zu den psychologischen Grundbedingungen des gesunden Menschen gehört die Erotik. Der gesunde Mensch verlangt nach der Liebe, genau wie er nach dem Schlafen und dem Essen verlangt. Das ist ja alles so einfach und selbstverständlich. Aber vielleicht will man gerade deshalb nichts davon wissen. Der Mann kann sich in diesem Belang helfen. Aber die Frau ist zu bedauern. Dem jungen Mädchen ist die Liebe ein geheimnisvoller Garten. Man kann durch Ritzen der

Planken sehen oder sich auf die Fußspitzen stellen, aber man darf nicht hinein. Vielleicht tragen die Mädchen bei uns weniger schwer daran, weil eine jahrhundertelange Gewöhnung keine Empörung der Sinne aufkommen lässt. Aber die Frauen. Sobald die Fackel einmal entzündet ist, darf man sie nicht löschen. Das ist die Ehe, und man nimmt an, dass die Frau darin ihre Befriedigung findet. Grausamkeit der Weltgeschichte. Wie viele unglückliche Frauen haben darunter gelitten. Und noch immer zwingt man unseren Frauen den Keuschheitsgürtel auf. Der wahrhaft freie Mann, der alles Natürliche und Menschliche mit hellen Augen betrachtet, wird sich von diesem Gespenst erlösen. Wie kann ein Krüppel von seiner Frau Keuschheit verlangen? Wenn er durch ein Unglück dazu gezwungen ist, zu entsagen, soll es die Frau freiwillig tun? Wo sind da Sinn und Gerechtigkeit? Und trotz aller Bitternisse und Schmerzen, trotz aller nagenden Qual wird der wahrhaft freie Mensch den Keuschheitsgürtel vom Schoß der Frau herabgleiten lassen.«

Der Mann, der diese Zeilen geschrieben, hatte den Mut gehabt, seine Theorie ins Leben umzusetzen. Aber er hatte seine Frau gebeten: »Hänge dich nicht an einen, denn das wäre mir schwer zu ertragen. Aus der heimlichen Beziehung der Leiber wächst die Intimität der Seelen, und die möchte ich mir zu dir bewahren. Gib dich vielen, wie sie kommen, und mit Vorsicht, damit man nicht über dich lache, denn man versteht heute noch nicht, wie ich das meine.« Und die Frau – eine Frau, die ihren Gatten liebte – tat nach langem Sträuben seinen Willen. Die Freunde wunderten sich über die glückliche Ehe der beiden.

So war der ›Klub der babylonischen Jungfrauen‹ entstanden. In einem weitläufigen alten Palais, das von einer eleganten und reichen Dame gemietet war, hatte der Klub sein Heim. Nicht einmal die nächsten Nachbarn wussten viel von dem Leben der Frau, die man, ohne ihren eigentlichen Namen zu kennen, kurz die ›Gräfin‹ nannte. Man konnte nicht recht aus den sonderbaren Gewohnheiten der Gräfin klug werden. Sie war eigentlich nur immer auf kurze Zeit in ihrem Heim, kam oder entfernte sich meist zur Nachtzeit, nachdem sie ein paar Stunden in dem Palais zugebracht hatte. Nur selten sah man sie bei Tag in ihren

Wagen steigen, immer tief verschleiert und nur von einer Kammerjungfer begleitet. Nachdem sich die Nachbarschaft einige Monate lang die Köpfe zerbrochen hatte, gab sie die Nachforschungen, die zudem dadurch erschwert waren, dass das Palais inmitten eines großen Parks lag, gänzlich auf. Man begnügte sich damit, die Gräfin für überspannt zu erklären, und wandte sich lohnenderen Dingen zu.

Die ganze Organisation des Klubs war so genial, dass die Polizei niemals auch nur den leisesten Verdacht schöpfte. Die Frauen, die hier verkehrten, kannten einander nicht, denn sie trugen bei den großen Festen der Wollust Masken vor dem Gesicht, und nur die Gräfin wusste, wer die Gäste waren. Eine Anzahl von Agentinnen war darauf aus, dem Klub Männer zuzuführen. Es wurden ausschließlich Fremde genommen, und die Hotels ersten Ranges waren von den Emissärinnen des Klubs ständig überwacht. Unter allerlei geheimnisvollen Zeremonien wurden die Auserwählten den babylonischen Jungfrauen zugeführt und wieder unter allerlei Vorsichten weggebracht, sodass niemand der Beglückten wusste, wo er die Nacht verlebt hatte.

Vor dem hell erleuchteten Eingang des Hotels ›Stadt Karlsbad‹, durch den man in ein mit Palmen und Statuen geschmücktes Vestibül sah, hielt zur Zeit der Ankunft des Abendzuges ein Auto. Ein junger Mann stieg aus, bezahlte den Chauffeur, und der Zimmerkellner, der schon wartend auf den Stufen des Einganges stand, sah an dem erstaunten Gesicht des Autolenkers, aus dem beschleunigten Schwung der Kappe, dass das Trinkgeld ganz ungewöhnlich reichlich gewesen sein musste.

»Küss d' Hand, Herr Baron«, sagte der Chauffeur und ließ den Motor anlaufen. Wenn die Chauffeure noch höflich sind, auch nachdem sie ihr Trinkgeld schon erhalten haben, so ist das ein gutes Zeichen – auch für die Zimmerkellner. Das wusste Franz aus seiner Praxis, und so vertiefte er rasch die Höflichkeitsfalten um die Mundwinkel und schwänzelte nach einem devoten Gruß diensteifrig hinter dem Gast drein.

»Hat noch niemand nach mir gefragt?«, wandte sich der junge Mann sogleich an den Portier, »Ingenieur Hecht!«

»Herr Ingenieur Hecht? Nein … bitte!«, antwortete der Portier, nachdem er eine Weile nachgedacht hatte.

»Geben Sie mir also ein Zimmer. Und wenn jemand nach mir fragt, so schicken Sie ihn sofort zu mir.«

»Sehr wohl. Bitte … wünschen der Herr ein Zimmer mit Balkon oder …?«

»Ist mir egal.«

Hecht ging an einem Bären aus Bronze vorbei, der in seinen Pfoten ein mit allerlei Reklameanzeigen gefülltes Tablett den Gästen entgegenhielt, die teppichbelegte Treppe hinauf. Der Zimmerkellner, immer zwei Stufen hinter dem Gast, wies ihm mit leiser und höflicher Stimme den Weg.

»Links bitte … Geradeaus.«

Dann öffnete er eine Tür, schaltete die Beleuchtung ein und ließ den Gast allein, nachdem er ihn mit untertäniger Gebärde auf die auf dem Tisch liegenden Meldezettel aufmerksam gemacht hatte. Als Hecht allein war, trat er an das Fenster und sah hinaus. Alles war mit einer weichen Schicht Schnee bedeckt. Die Straße, die Dächer der Häuser. In der schmalen Parkanlage drüben, die im Sommer verzweifelt um Luft und Wasser zu kämpfen hatte, hing der Schnee in feuchten, schweren Klumpen an den zerdrückten, zerzausten Sträuchern. Hinter dem Parkstreifen klingelten in fast ununterbrochener Reihe die beleuchteten Wagen der Straßenbahn vorbei. Unten vor dem Hotel hielten die Autos, und auf ihren Dächern hatte sich der Schnee angehäuft. Das Leben der Millionenstadt, das Hecht sonst mit sich fortriss, das ihm immer wieder neue Impulse gab, berührte ihn nicht. Nach einer Viertelstunde wandte sich Hecht wieder ins Zimmer und schickte sich eben an, sich zu waschen, als es klopfte. Er fuhr herum und rief überlaut: »Herein!« Er fürchtete, nicht Herr über seine Stimme zu sein. Von dem lauten Herein erschreckt und besorgt, lästig zu fallen, kam das Stubenmädchen. »Ich bitte … Der Zimmerkellner … Es soll eingeheizt werden.«

»Ja! Ja!« Hecht erinnerte sich, dass der Zimmerkellner etwas dergleichen gefragt hatte, aber er konnte sich seiner Antwort nicht mehr entsinnen. Während das Mädchen möglichst geräuschlos Feuer machte, goss Hecht Wasser in das Waschbecken, steckte den Kopf hinein und wusch dann auch die Hände. Dann setzte er sich in eines der großen Fauteuils, die Arme auf der Lehne, den Kopf zurückgelehnt, und sah zur Decke hinauf. Mit weit offenen Augen sah er die Malerei da oben an und verfolgte immer wieder wie mit einem Stift die Arabesken und Girlanden, zeichnete die Zacken des großen Sternes nach, aus dessen Mitte der mit einer Menge von Glasprismen betroddelte Lüster herabhing. Er wünschte nichts anderes zu denken, hypnotisierte sich gleichsam selbst durch den Zwang, diesen Linien da oben zu folgen. Trotzdem er vor Ungeduld zitterte, war ihm jede Minute wie ein Geschenk, und nachdem er seinen halb wachen Zustand gefestigt hatte, fühlte er sich jenseits der Zeit entrückt.

Es klopfte.

Hecht zuckte zusammen, der Kopf sank ihm auf die Brust herab, und an dem widrigen trockenen Gefühl im Hals erkannte er, dass er die ganze Zeit mit offenem Mund dagesessen hatte. Alle Sehnen des Halses schmerzten ihn. Es war furchtbar heiß im Zimmer, der Ofen hinter Hechts Fauteuil fauchte eine glühende Hitze aus, und Hecht fühlte kalten Schweiß auf seinen Händen.

Es klopfte abermals, und dann wurde die Tür geöffnet.

Langsam, auf beide Arme gestützt, richtete sich Hecht auf und wandte sich dem Eintretenden zu. Es war eine Frau, die Hecht mit verquollenen, kalten Augen betrachtete. In dem aufgedunsenen weißgrauen Gesicht fielen nebst diesen Augen am meisten die dicken roten Lippen auf.

»Sie sind die Frau Thumas?«, fragte Hecht mühsam.

»Ja!« Ein wenig vorgebeugt stand sie da, dienstbeflissen und eines Befehles gewärtig, und dabei glaubte Hecht doch, in ihrem Wesen eine versteckte Schadenfreude zu sehen.

»Wollen wir gehen?« Dabei schob Hecht das schwere Fauteuil zur Seite, denn er musste irgendetwas tun, um seine Aufregung ein wenig zu verbergen.

»Es wird Zeit sein«, antwortete Frau Thumas. Hecht zog seine Uhr hervor. Es war elf vorbei. Und abends um sechs war er angekommen. Die Zeit zwischen dem Moment, in dem er das Zimmer betreten hatte, und jetzt gähnte wie ein schwarzes, tiefes Loch. »Also gehen wir!«, sagte er und zog seinen Wintermantel an, der ihm die kraftlosen Arme herabdrückte. Am liebsten hätte er den schweren Mantel fallen gelassen und sich wieder in das Fauteuil geworfen.

Verwundert sah der Portier, dass der neu angekommene Gast in Begleitung einer älteren Frau noch so spät das Hotel verließ. Nachdem er die vorgeschriebene Ehrenbezeugung geleistet hatte, kehrte er in seine Loge zurück, um mit Eduard, der aus dem jetzt schon verödeten Restaurant herübergekommen war, seine ›Strohmandl‹-Partie fortzusetzen. »Was glaubst d'?«, fragte er, indem er mit einem kurzen Ruck des Kopfes andeutete, dass er von den eben Fortgegangenen sprach. »Schiech is die g'nug!«

»Na was! Alles möglich, sag ich! Es gibt ja so viel verschiedene Gusto auf der Welt. Meine Gäst schicken's Wild zurück, wann's no net recht stinkt.«

Sie überschritten die Straße und warteten jenseits des schmalen Parkstreifens auf einen Wagen der Straßenbahn. »Sie müssen sich allem fügen, alle vorgeschriebenen Sachen mitmachen«, sagte Frau Thumas. »Wir dürfen keinen Verdacht erwecken.«

»Gut, gut«, murmelte Hecht und gab sich Mühe, zu verbergen, dass ihm die Zähne gegeneinander schlugen. Sie stiegen in einen der Wagen ein und fuhren eine ganze Weile kreuz und quer. Nachdem sie einige Male umgestiegen waren, hatte Hecht, trotzdem er die Stadt recht gut zu kennen glaubte, vollkommen die Orientierung verloren. Er kam durch Gegenden, die ihm fremd waren, und es schien ihm, als gehe die Fahrt ganz außen durch die Peripherie der Stadt. Als er wieder auf die Uhr sah, war es halb eins. Wenn sie wieder den Zehnuhrzug benutzt hatte, musste sie schon eingetroffen sein. Bei diesem Gedanken schien es ihm, als setze sein Herzschlag sekundenlang aus. Endlich verließ Frau Thumas den Wagen, und Hecht folgte ihr durch einige dunkle und winklige Gassen, bis sie vor einem Haus stehen blieb, über dessen Eingang eine rote Laterne brannte. Es kam Hecht wie der Eingang zu einem Verbrecherkeller vor. »Hier hinein?«, fragte er.

»Kommen Sie nur«, sie nahm den Zögernden bei der Hand

und zog ihn hinter sich her. Über einen langen feuchten Gang führte sie ihn, einige Stufen hinab, auf einen kleinen Hof, der rings von schmutzigen Mauern eingeschlossen war, aus denen blinde Fenster starrten, dann wieder durch einen dunklen Gang. Stimmen und ein zitternder Lichtschein kamen Hecht entgegen. Frau Thumas öffnete eine Tür und sie traten in eine Wolke von Rauch und Lärm. An den ungedeckten Tischen einer Kneipe saß eine Anzahl von Männern, die mit aufgestützten Armen vor sich hinstierten oder mit lauten, grölenden Stimmen aufeinander losbrüllten. Aus einer Ecke kam das Kreischen von Weiberstimmen. Am Schanktisch, der durch feste Eisenstangen zu einer Art von Käfig und zugleich zu einer Festung gemacht war, lehnte ein Frauenzimmer in einer roten Bluse und sprach mit dem Wirt. Hinten, oberhalb des Gürtels, war die Bluse etwas aufgerissen, sodass ein nicht mehr reines Hemd zum Vorschein kam. Als Frau Thumas mit Hecht eintrat, wandte sich einen Augenblick die Aufmerksamkeit aller Anwesenden ihnen zu. Aber man schien hier an solch späte und absonderliche Gäste gewöhnt, oder man war so gut erzogen, dass man sie nicht weiter belästigte, und tat, als seien sie nicht vorhanden. Nur der Wirt kam hinter seiner Festung hervor, nahm die schwarze Taftkappe vom Kopf und sagte, während sich die Gäste an einem leeren Tisch beim Ofen niederließen, mit einer vollständig heiseren Stimme: »Ich wünsch gunn Ab'nd.«

Ohne einen Auftrag erhalten zu haben, setzte der Wirt nach der Begrüßung in zwei hohen, schmalen Gläsern ein grünes Getränk vor sie hin. Frau Thumas hob ihr Glas und sagte: »Zur Gesundheit«, dann schüttete sie den Inhalt mit einem schnellen Ruck des Handgelenkes hinunter. »Trinken Sie«, flüsterte sie. Hecht gehorchte und trank. Es war ein abscheuliches, bitteres und brennendes Zeug. Dann sah er sich in dem Raum um und wünschte, er könnte bis zum Morgen so dasitzen.

Plötzlich erhob sich von einem der Tische ein Mann in einem gelben Überzieher, dessen Kragen aufgestellt war, und kam zu Hechts Tisch.

»Bitt schön«, sagte er, »Also, wenn ma fahr' wolln.«

»Gut«, sagte Frau Thumas. Verwundert sah Hecht sie an.

»Zahlen Sie«, flüsterte sie ihm zu. Und Hecht folgte den beiden, nachdem er gezahlt hatte. Er ging wieder durch eine kaum durchdringliche Finsternis, über einen zweiten Hof, und dann kamen sie in eine kleine Gasse, in der ein Wagen stand.

»Vorwärts, vorwärts«, drängte Frau Thumas, »es ist Zeit.«

»Es ist Zeit!« Hecht ließ alles mit sich geschehen. Er war nicht mehr imstande, Zusammenhänge wahrzunehmen. Und doch war etwas in ihm, vielleicht unter der Wirkung des Getränkes in der Kneipe, seltsam gespannt, sodass er eine unaufhörliche Vibration in sich fühlte, wie von einer dünnen und äußerst empfindlichen Membran. Nach einer Fahrt von einer Viertelstunde zog Frau Thumas eine schwarze Binde hervor. »Lassen Sie sich jetzt die Augen verbinden«, sagte sie. »Ja! Es muss sein. Sonst werden wir nicht eingelassen.« Und sie legte Hecht die Binde um und fasste seine Hand.

Gleich darauf hielt der Wagen. An der Hand seiner Führerin tappte Hecht aus dem Wagen und wurde fortgezogen. Eine Tür fiel ins Schloss. Noch war man im Freien. Hecht fühlte die kalte Nachtluft und unter den Füßen den weichen Schnee, bisweilen streifte seine Hand dünnes Gesträuch. Jetzt ging es einige Stufen hinauf, und nun kam man in einen anderen Bereich. Warme duftende Luft war um ihn und Teppiche unter seinen Füßen. Es schien ihm, als führe man ihn durch eine Reihe von Zimmern. Manchmal hörte er Stimmen und das Geräusch von sich öffnenden Türen.

Frau Thumas blieb stehen und nahm Hecht die Binde ab. »Warten Sie hier«, sagte sie und ließ ihn allein in einem kleinen Gemach, dessen Wände mit dicken roten Teppichen verkleidet waren. Außer einem kleinen Tischchen war kein Möbel in dem Raum, und so dicht schien diese Zeile abgeschlossen, dass kein Laut von außen hereindrang. In dieser vollkommenen Stille überfiel Hecht plötzlich die Angst wie ein schwarzes wütendes Tier. Er sah sich nach einem Ausgang um, aber er konnte nicht entdecken, wie Frau Thumas hinausgekommen war. Mitten in dem Zimmer stand er, mit unruhigen Augen um sich spähend wie ein Gehetzter, dem alle Wege zur Flucht versperrt sind. Ich werde sie sehen, sagte er sich, ich werde sie sehen, ich werde sie sehen … Und er wiederholte das immer wieder, hundertmal, endlich mit halb lautem Flüstern.

Plötzlich, ohne dass Hecht gesehen hätte, wie sie gekommen war, stand eine Frau vor ihm. Sie trug ein schwarzes Seidenkleid, dessen Ausschnitt mit Spitzen besetzt war, auf deren Ranken Diamanten blühten. Das schwere blonde Haar umgab den Kopf in breiter Welle. Von dem Gesicht der Frau aber waren nur ein schmaler Streifen der Stirn und Mund und Kinn sichtbar, denn sie hatte eine schwarze Halbmaske vorgebunden. Zwischen dem Schwarz des Kleides und dem der Maske erwachten auf dem kostbaren Elfenbeinweiß der Haut ihrer Brust und ihres Halses zarte rosige Töne.

Hecht fühlte sich von einem durchdringenden Blick gemustert. Dann sagte die Frau, indem sie wieder einen Schritt zurücktrat: »Sie sind in ein Haus eingeführt worden, wo Sie Unerhörtes erleben können.«

Hecht dachte, es sei jetzt notwendig, irgendein Zeichen zu geben, dass er für alles bereit sei und sich allem fügen wolle. Unbeholfen breitete er die Arme aus, erhob sich etwas und neigte dazu den Kopf zur Seite. *»Ein Sonderling!«,* dachte die Gräfin, die aufmerksam jede seiner Bewegungen beobachtete.

Nach einem Schweigen fuhr sie fort: »Die Frauen, die Sie hier finden, sind die Priesterinnen einer wunderbaren, berauschenden Liebe. Ihre Geheimnisse stammen aus dem Altertum.« Wieder beobachtete die Gräfin, welchen Eindruck ihre Worte auf den Mann machten. Er schien sich in der furchtbarsten Aufregung zu befinden und seiner Sinne kaum Herr zu sein. »Aber«, sagte sie, »nehmen Sie sich wohl in Acht. Wenn Sie zu jemandem ein Wort von dem verraten, was Sie hier gesehen oder erlebt haben, so sind Sie ein toter Mann. Unser Bund ist mächtig und weiß die Verräter zu finden. Geloben Sie zu schweigen?«

»Ich gelobe es.«

»Dann segne ich Ihren Eintritt im Namen Astaroths.« Mit einem schnellen Griff fasste die Frau vorne in den Ausschnitt ihres Kleides und zog es auseinander, sodass die schmalen Achselspangen herabsanken und ihre Brüste sichtbar wurden. »Leiste den Kuss des Gelöbnisses zwischen meine Brüste.« Sie kam auf Hecht zu und stand vor ihm. Der Geruch ihres Körpers betäubte ihn, und schwindelnd beugte er sich herab und küsste sie zwischen die Brüste.

»Es ist gut«, sagte die Frau kalt und verhüllte sich wieder. Dann ging sie auf die Wand zu und zog einen der Teppiche zur Seite. Aus einem Wandschrank, dessen mit Emailarbeit verziertes Türchen auf einen Druck aufsprang, nahm sie ein Buch, das sie nun vor Hecht auf das Tischchen mitten im Zimmer legte. »Du hast die Wahl unter diesen Frauen.«

Hecht schlug den schweren Deckel zurück. Das Buch enthielt eine Menge von Fotografien in künstlerischer Ausführung. Nackte Frauenkörper in Stellungen, die das Charakteristische, die Eigenart jedes dieser Leiber hervorhoben. Hecht empfand sofort, hier hatte ein Künstler gewaltet; mit feinstem artistischen Verständnis, mit ungemein sicherem Takt war alles Banale und Grobe vermieden, und kein Gedanke streifte die Sphäre einer bloßen, niedrigen Wollust. Allen diesen Frauen waren auch die eigentlichen Pikanterien, die Reizungen der Neugierde genommen, denn jede von ihnen trug eine Halbmaske vom gleichen Schnitt wie die der Frau im schwarzen Kleid. Es waren namenlose Priesterinnen der Liebe, deren bürgerliche und seelische Individualität verhüllt war, um die Individualität des Geschichtlichen stärker zu heben. Nichts sollte entscheidend sein als der Zug der Leiber, veredelt durch die Freude am reinen Spiel der Formen, an einem erneuerten Griechentum von höchster Glut und Kraft.

Als Hecht mit bebenden Händen immer weiter blätterte, glaubte die Gräfin eine Erklärung geben zu müssen. »Der Zufall soll ausgeschaltet werden«, sagte sie, »der Zufall, der einem hübschen Gesicht einen Vorteil über andere Frauen gibt. In unserem Klub soll das ausgeschlossen sein. Denn die Frauen sind alle gleich zur Liebe geschaffen. Und der Körper entscheidet. Nur Verkrüppelte und Missgestaltete müssen verzichten.«

Hecht nickte immer mit dem Kopf, ohne zu hören, was die Frau sagte. Plötzlich hielt er inne, hörte auf zu blättern und starrte eines der Bilder auf der aufgeschlagenen Seite an. Gespannt sah ihm die Gräfin über die Schulter.

Das Bild zeigte einen schlanken, ebenmäßigen Körper mit

breiter Brust und nur ein weniges schmäleren unverschnürten Hüften.

»Sie! Wieder sie … Immer und immer wieder sie …«, murmelte die Gräfin unwillkürlich.

Die Frau auf dem Bilde stand vor einem dunklen Vorhang, dessen Farbe die Umrisse ihres Körpers hob. Und als habe sich die Natur entschlossen, diesem Leib neben der edlen Plastik der Antike auch den koketten Reiz des Rokoko zu geben, waren auf der weißen Haut unterhalb der rechten Brust noch zwei kleine bräunliche Flecken. Mit zitterndem Finger deutete Hecht auf das Bild, aber er zog den Finger sogleich zurück, als habe er das Fleisch des Körpers selbst berührt.

»Diese da!«, sagte er. »Wer ist es? Sagen Sie mir, wer es ist?«

»Du sollst nicht fragen«, sagte die Gräfin, »niemanden fragen! Hörst du! Du hast gewählt. Komm mit mir!«

Sie ging voran und hob einen der Teppiche auf, hinter dem eine kleine Tür in der Wand war. Ein kurzer Gang leitete in einen Baderaum, wo eine in ein dunkles schwerfälliges Gewand gekleidete Dienerin wartete. Die Führerin verschwand, und Hecht ließ es willenlos geschehen, dass ihm die Dienerin die Kleider nahm. Ein lauwarmes Bad in einem Marmorbecken roch nach seltsamen Gewürzen. Hecht stieg in das Wasser und duldete, dass ihn die Dienerin nachher mit einer Salbe einrieb und auf das Haar ein duftendes Öl goss. Dann bekam er einen weiten weichen Mantel aus weißem Stoff, dessen Rand mit einem roten Streifen verziert war. Während des ganzen Vorgangs stand Hecht außerhalb seiner selbst, gleichgültig, willenlos, und sah allem zu, was mit ihm geschah. Als er nun fertig war und die Dienerin sich anschickte, ihn zu führen, kam es wieder über ihn; er wollte wissen, ob er sich auch nicht irrte, und trotz des Verbotes wagte er noch einmal die Frage, wer die Erwählte sei. Er hatte gesehen, dass seine Begleiterin dem Mädchen etwas zugeflüstert hatte, ehe sie den Baderaum verließ.

»Wer ist es? Wer ist es?«, drängte er in sie.

Die Dienerin, die gleich der Frau im schwarzen Kleid eine Maske trug, sah ihn an. »Das Fragen ist verboten!«, sagte sie.

»Du sollst belohnt werden …«

»Ich darf keine Antwort geben. Und ich weiß es auch nicht. Hier heißt sie Ischtar.«

»Ischtar! Ischtar!«, murmelte Hecht und folgte der Voranschreitenden. Sie kamen durch ein Halle. Aus irgendeinem Nebenraum klang tolles, lautes Gelächter, Geschrei, Gesang und das Klimpern eines Saiteninstrumentes seltsam gemischt. Plötzlich flackerte der brünstige Lärm einen Augenblick lauter auf, eine Tür schlug zu, und eine nackte Frau lief vor Hecht quer über die Halle, verfolgt von einem jungen Mann, der den hindernden Mantel zusammengerafft über dem Arm trug.

»Und sie ... und sie ist in der Schar dieser Bacchantinnen ... auch sie ...«, dachte Hecht, und eine furchtbare Wut und Bitterkeit kam über ihn. Die Dienerin öffnete eine Tür, und Hecht trat in einen halbdunklen Raum.

»Du musst sie dreimal rufen«, flüsterte sie ihm zu: »Ischtar!« Und dann ging sie.

»Ich werde sie sehen ... Ich werde sie sehen ...«, murmelte Hecht vor sich hin, aber dieser eine Gedanke war so ganz außerhalb aller Beziehungen zu seinem Ich und diesem Ort, an dem er sich befand, er schwebte in ihm wie eine feurige Wolke im leeren Raum ... ringsum lauter Unendlichkeiten. Das Einheitsgefühl war Hecht abhanden gekommen. Er fühlte nur, wie sich diese feurige Wolke tiefer senkte, schwerer und röter erglühend, als wolle sie platzend neue Wolken gebären. Und plötzlich brach die furchtbare Erkenntnis über ihn herein, dass dies ja alles in ihm war.

»Ischtar!«, schrie er wild und entsetzt auf, als wolle er mit dem Namen den ärgsten der Schrecken bannen. Und noch einmal, klagend und leiser: »Ischtar!« Bevor er aber den Namen zum dritten Mal aussprach, hielt er inne. Es war wie eine Beschwörung, ein dreimaliger Anruf, der die Geister entfesselte. Was erwartete ihn in dem Augenblick, wenn er sie zum dritten Mal angerufen haben würde? Und jetzt, in dieser letzten Minute vor der Entscheidung, zitterte er und wich zurück. Er wünschte sich fort von hier. Aber da war es ihm, als höre er von draußen wieder das Gelächter und Geschrei ... und alles fiel ihm ein, was er nun von den Mysterien dieses Hauses wusste ... alles, was er erfahren hatte. Und nun … erinnerte er sich, dass er als Rächer gekommen war. Eine rasende Kugel drehte sich in seinem Gehirn.

»Ischtar!«, rief er zum dritten Mal, laut und befehlend.

Da war es wie bei dem Wechsel von Nebelbildern. In dem dämmernden Licht des Raumes schob sich ein neues Bild vor. Hecht gegenüber stand vor einem dunklen Vorhang das Weib, das er gerufen hatte. Ischtar! In derselben Stellung, in der sie jene Fotografie zeigte. Der dunkle schwere Vorhang hob die Umrisse ihrer Gestalt, und unter der rechten Brust sah Hecht die beiden braunen Flecken. Durch die Augen der Maske strahlte ein seltsames Licht, grünlich, als wären dort innen glimmende Kugeln.

»Elisabeth!«, schrie Hecht und streckte die Arme aus.

Das nackte Weib stieß einen Schrei aus und machte einen Schritt vor, so hastig, dass Hecht zurückwich. Dadurch kam er in einen helleren Bereich der Lampe, und die Frau erkannt ihn. »Du bist es«, keuchte sie, »… wie kommst du hierher?«

Hecht antwortete nichts. Dann sagte er langsam und traurig: »Wie kommst du hierher?«

Nun schwiegen beide, und nur das heftige Atmen der beiden Menschen durchzitterte den Raum.

Plötzlich riss Elisabeth die Maske vom Gesicht: »Wozu das noch … wenn du es ja doch weißt.« Hecht war es, als sei Elisabeth erst jetzt nackt, als habe sie jetzt erst den Gipfel der Schamlosigkeit erreicht. Sie stand vor ihm und machte keinen Versuch, sich zu verhüllen. Und nun lachte sie laut auf: »Ich frage noch, wie du es weißt …? Ich frage noch … Er hat es dir gesagt … Hainx!«

Hecht gab keine Antwort … Er bemühte sich, einen Zipfel des Mantels, der ihm herabrutschen wollte, wieder über die Schulter zu schlagen.

»Wäre er vielleicht feige genug, es dir zu verbieten, seinen Namen zu nennen? Nun … sage ihm, dass du ihn nicht genannt hast, dass ich es gewusst habe … dass er es war.«

»Ja«, sagte Hecht.

»Das ist also seine Rache …«, und dann streckte sich Elisabeth auf das Eisbärfell des Diwans, der quer im Zimmer stand, unbekümmert um ihre Nacktheit, als sei sie vollkommen angekleidet. Die schlanken Beine waren leicht gekreuzt; die Arme unter den Kopf gelegt, sah sie zur Decke hinauf. Ohne Hecht anzusehen, lachte sie: »Und du bist der Rächer? … Du? … Es ist so unglaublich lächerlich …«

Hecht stand noch immer mitten im Zimmer und versuchte sich aufzureizen. Er hatte sich vorgenommen, brutal zu sein, auf seine Braut loszustürzen, sie zu würgen und zu schlagen; und nun fand er nicht die Kraft in sich. Er war eine dunkle träge Masse, der die Möglichkeit zur Explosion fehlte. Er sah die brennende Gier nach ihrem Leib, gezähmt und beschränkt durch das Bewusstsein seiner Knechtschaft, die sie ihm allzu tief aufgezwungen hatte. Und Elisabeth fuhr wie im Selbstgespräch fort: »Hainx hat … Er muss hier irgendwo eine seiner Kreaturen haben. Er hat das Ganze geleitet … Oh, er ist ein vortrefflicher Regisseur … Es hat dich jemand hergeführt, der von ihm bestochen ist …«

»Ja!«

Nach einer Weile wandte Elisabeth ihrem Bräutigam wieder den Kopf zu: »Und was willst du noch hier … Geh doch.«

Ganz anders hatte sich Hecht den Verlauf der Szene vorher ausgemalt, wenn er überhaupt jemals so weit zu denken gewagt hatte. Er hatte eine Zerknirschte, Erschütterte vor sich und sich selbst als Richter gesehen. Nun wies ihn Elisabeth hinaus, als schicke sie einen lästigen Besucher aus ihrem Boudoir. Hatte sie ganz vergessen, wo sie sich befanden, dass sie nackt vor ihm lag und bereit gewesen war, sich an den ersten Besten hinzugeben?

»Nun?«, fragte Elisabeth, als Hecht sich noch immer nicht anschickte zu gehen. Da brach der Rest seines Mutes und seines Stolzes zusammen. Er fiel vornüber, vor dem Diwan in die Knie, und seine Stirn berührte Elisabeths nacktes Bein. Aber sie zog das Bein zurück, und sein Kopf sank auf das Eisbärfell. »Elisabeth«, murmelte er, »Elisabeth … Du hast dich diesem Adalbert gegeben … Du hast früher Hainx gehört …«

»Das hat er dir auch gesagt … Ach so, er hat dir auch das Kennzeichen gegeben.«

»Ja! Und du hast Unzählige hier glücklich gemacht … Gib dich auch mir … Gib dich mir …«

»Nein!«

»Und warum nicht? Warum nicht?«

»Weil ich dich hasse ... Weil sich mein Leib gegen dich empört.«

»Und ich könnte sterben, um dich einmal zu besitzen«, murmelte Hecht, das Gesicht in die Zotten des weißen Felles vergraben. Er bekam keine Antwort, aber er fühlte einen kalten Strahl auf sich gerichtet. Als er aufblickte, sah er Elisabeth, auf die Ellenbogen gestützt, ihn anstarren. Etwas Neues lag in ihren Augen, eine funkelnde, scharf geschliffene Grausamkeit. »Du redest Phrasen«, sagte sie langsam. »Spiele nicht mit solchen Dingen. Es könnte ein schlimmer Ernst für dich daraus werden.«

»Versuch es nur ... stelle ... mich auf die Probe ...«, er stammelte vor Aufregung, denn es schien ihm, als zeige sich eine Hoffnung auf Erfüllung.

»Du wolltest ... was du gesagt hast ... tun ...? Sterben?«

»Ja ...«

»Wenn ich ... du wolltest dich töten?«

»Ja!« Er sagte es fest und bestimmt und sah sie dabei an. »Ich muss dich aus meinem Leben streichen. Du musst hinaus. Um diesen Preis ... bin ich bereit ... bin ich bereit ... Und ich bin bereit zu sterben ...«, jauchzte Hecht und schlang den Arm um Elisabeths Knie.

»Du schwörst es mir ...?«

»Ich schwöre es ...«

»Ich gebe dir von morgen früh an vierundzwanzig Stunden. In diesen vierundzwanzig Stunden muss es geschehen sein ...«

»Ja ... Ja ...« Was war der Tod? Was war der Tod, wenn dies das letzte große Geschenk des Lebens war. »In vierundzwanzig Stunden ...«, murmelte Hecht.

Da ließ es Elisabeth geschehen, dass sich Hecht über sie warf und sie küsste ...

In einer dringenden Angelegenheit hatte Bezug Hecht schon einige Male im Laufe des Tages zu sprechen gewünscht. Sooft er ihn aber telefonisch anrief, erhielt er die Antwort, dass Hecht noch nicht zugegen sei. Bezug schickte einen Boten auf den Bau und erkundigte sich in der Kanzlei nach Hecht. Man hatte ihn nirgends gesehen, und auf dem Bau herrschte die größte Verwirrung. Die Arbeiten waren gerade an einem Punkt angelangt, wo man Schritt für Schritt der Weisungen Hechts bedurfte. Niemand kannte die Pläne, die sorgfältig geheim gehalten und nur stückweise, um den Zusammenhang nicht vorzeitig aufzudecken, an die Ingenieure und Architekten hinausgegeben wurden. Jetzt war man eben dabei, die ungeheuren Maschinen dem Bau einzufügen, und hier hatte Hecht selbst die leiseste Andeutung vermieden. Niemand wusste, was zu tun war, und nachdem man noch den Vormittag über zögernd wenigstens den Schein einer Geschäftigkeit gerettet hatte, musste man nachmittags die Arbeit vollends einstellen. Müßig standen die Arbeiter herum, die Leiter gingen nervös auf und ab und telefonierten alle Viertelstunden in Hechts Wohnung, ob er von der Reise, die er gestern Nachmittag angetreten hatte, noch immer nicht zurückgekehrt sei.

Bezug war wütend. Er drängte gerade jetzt unerbittlich vorwärts, war über jede Verzögerung ungehalten und anerkannte kein Hindernis. Er warf sich geradezu allem entgegen und setzte eine so gewaltige Kraft ein, dass sein Werk wie in Rucken vorwärts kam. Und nun verursachte Hecht einen solchen Aufenthalt. Bezug nahm sich vor, ihm, sobald er ihn nur erst wiederhatte, seine Meinung unumwunden zu sagen. Inzwischen fuhr er selbst nach dem Bau hinaus, raste zwischen den Gerüsten herum und überzeugte sich, dass wirklich nichts zu machen war. Zornig schrie er mit den Architekten herum, als ob sie an diesem Stillstand schuld seien, und donnerte jede Widerrede nieder. Auf der Heimfahrt wandte er sich nach einem mürrischen Schweigen an Hainx: »Sie hätten sich schon längst Abschriften und Kopien der Pläne verschaffen sollen!«

Hainx fragte verwundert: »Ich?«

»Ja … Sie! Wer denn sonst? Mit wem rede ich denn? Vielleicht mit dem Mann, der da drüben die Zettel anklebt?«

»Aber ich verstehe doch rein gar nichts von diesen Sachen. Ich bin ja kein Ingenieur.«

»Das ist egal, ganz egal. So werden Sie eben lernen. Verstehen Sie! Was wäre denn … wenn dem Hecht einmal etwas zustieße?

Man kann ja nicht wissen. Also … Ich werde das gleich morgen …« Und er unterbrach sich und starrte den Rücken des Chauffeurs an, der durch die Glasscheibe sichtbar war. Als lese er dort die Fortsetzung seines Planes ab.

Gerade als Bezug sein Turmzimmer wieder betrat, klingelte das Telefon. Es war schon dunkel, nur ein rötlicher Schein lag noch draußen auf den schneebedeckten Dächern der Stadt.

»Wer dort?«, frage Hainx … Dann wandte er sich nach Bezug um.

»Hecht ist am Telefon«, sagte er. »Er möchte mit Ihnen sprechen.«

»Endlich … Endlich!«, und Bezug sprang mit einem Satz zum Telefon, von dem er Hainx hastig zurückstieß. »Sind Sie endlich da …?«, brüllte er in die Muschel des Apparates. »Endlich … Sie sind ein fleißiger Herr, das muss man sagen. Man kann sich ja prächtig auf Sie verlassen. Was denken Sie denn eigentlich? Wo waren Sie? Was?«

Hainx, der eben das elektrische Licht einschaltete, wusste, wo Hecht gewesen war, und sein Gesicht zuckte in einem nervösen Krampf. Er sah nach der Wanduhr, über der der Geier hockte. Es war halb fünf.

»Verreist?«, brüllte Bezug wieder. »Verreist? Sie können ja verreisen, so viel Sie wollen, aber wenn man Sie braucht, müssen Sie da sein. Ich glaube, sie sind doch selbst daran interessiert, dass unser Werk möglichst bald zu Ende kommt.«

»Nicht mehr!«, sagte Hecht, und Bezug fiel es auf, wie matt und schleppend er sprach. Als sei er sehr schläfrig … oder, Bezug wurde ganz blass vor Wut, hatte er vielleicht getrunken?

»Nicht mehr? Was ist das wieder für ein Unsinn! Zum Teufel, Sie reden wie ein kleines Kind. Sie wissen doch, was wir vereinbart haben. Und davon gehe ich nicht ab … Ehe Sie nicht unseren Vertrag erfüllt haben …«

»Ich habe kein Interesse mehr daran, den Vertrag zu erfüllen …«

»Herr … Sie sind wahnsinnig! Ich stecke Sie in eine Zwangsjacke … Ich lasse Sie einsperren.«

»Sie … haben … keine Macht mehr über mich, Verehrtester … Ich sterbe …«

»Ja … einmal … wie alle … Bis dahin aber werde ich Sie zu zwingen wissen, dass Sie Ihre Pflichten erfüllen. Die ganze Arbeit hat heute eingestellt werden müssen … weil es Ihnen nicht gefällig war, zu kommen.«

»Sie wird auch nicht mehr aufgenommen werden können. Ich habe alle meine Pläne, Aufzeichnungen … und Entwürfe … verbrannt.« Mit einem Male überfiel Bezug ein furchtbarer Schrecken. Es war unzweifelhaft, dass Hecht plötzlich wahnsinnig geworden war. Die Wandlung von Zorn zu Entsetzen war so jäh und durchzuckte ihn so, als werde er aus der Glut eines Schmelzofens plötzlich in eisiges Wasser gestoßen. Er sprang zurück, so rasch, dass ihm die mit einem Mal gespannte Schnur der Leitung die Hörmuschel aus der Hand riss. »Hainx«, schrie er, »ich bitte Sie … Kommen Sie doch … Nehmen sie die andere Muschel … Ich glaube – Hecht ist verrückt!«

Dann, nach einigen Sekunden der Sammlung, begann er gleichsam suggestiv, begütigend, zuredend: »Machen Sie keine Witze, Hecht … Was sind das für kuriose Einfälle? Warum sollten Sie denn die Pläne verbrennen? Und Ihre Aufzeichnungen … Lächerlich!«

»Es ist … so … Ich habe alles verbrannt …« Hechts Stimme war gepresst, verschleiert, als ob er nur mit größter Mühe spreche.

Bezug machte eine verzweifelte Gebärde zu Hainx, der die andere Muschel ans Ohr hielt, eine Gebärde: Also hören Sie nur, was ist da zu tun? Und dann schrie er wieder in den Apparat: »Dann werden Sie eben neue Pläne machen.«

»Dazu werde ich keine Zeit mehr haben.«

»Warum nicht?«

»Ich sagte Ihnen doch, dass … ich … sterbe. Ich habe vor einer Viertelstunde … Veronal genommen. Ich glaube … die Dosis genügt.«

Bezugs Arm mit der Hörmuschel sank herab. Er schaute in Hainx' bleiches Gesicht und sah, dass diesem kein Zweifel kam. Aber noch einmal riss er die Muschel empor: »Was haben Sie genommen?«, brüllte er in den Apparat, als ob er noch immer nicht glauben könne.

»Veronal«, antwortete Hecht.

»Vorwärts … Hainx … Vorwärts!«, schrie Bezug. »Laufen Sie … Sie dürfen nicht zu spät kommen. Er muss gerettet werden. Nehmen Sie einen Arzt mit … Nur rasch …« Und obzwar Hainx keine Hoffnung hatte, sprang er auf, riss seinen Rock und seinen Hut vom Kleiderständer und rannte, ohne ein Wort zu sagen, hinaus.

»Hören Sie, Hecht … Hecht … sind Sie am Telefon?«

»Ja!«, kam es mühsam zurück.

»Sie dürfen nicht sterben. Der Arzt wird kommen … Sie werden gerettet werden. Tun Sie doch etwas … So reden Sie doch … Warum sprechen Sie nicht? Haben Sie kein Gegengift zur Hand … Sie sind doch Chemiker … Sie werden gerettet werden …«

»Ich habe gewartet … bis es zu spät ist …«

»Und warum denn nur? Ich bestehe ja nicht darauf … Ich gebe Ihnen Elisabeth schon früher. Gleich, wenn Sie wollen …« Und als darauf keine Antwort kam, schrie er: »Hören Sie nicht? So sprechen Sie doch.«

»Ich kann nicht … mehr stehen … der Schlaf kommt …«, und es gab ein dumpfes Dröhnen im Apparat. Da wusste Bezug, dass Hecht die Hörmuschel aus der Hand gefallen war. Aber er blieb am Telefon und schrie unaufhörlich hinein, bat ihn, doch wenigstens noch ein Wort zu sagen, drohte und rief endlich die wütendsten Beschimpfungen in den Apparat. Dann hielt er inne … sah mit verstörten Augen nach der Uhr, über deren Zifferblatt der Zeitgeier unbarmherzig im Takt des Pendels mit den Flügeln schlug. Zweimal rannte er im Zimmer auf und ab und nahm die Muschel wieder ans Ohr. Hainx musste, wenn er alles aufgeboten hatte, jetzt bald bei Hecht sein. Es war nichts zu hören. Was war das? Wo blieb Hainx?

Und wieder begann Bezug in den Apparat zu rufen, fast unfähig, sich auf den Beinen zu halten, den einen Arm gegen die Wand gestemmt. Er hielt inne … Die Flügelschläge des Zeitgeiers schienen ein Rad zu treiben, das unaufhaltsam auf einen Abhang zurollte.

Plötzlich begann die Membran der Hörmuschel leise zu summen … Ein leichtes Geräusch war aufgenommen und weitergeleitet.

Verworrene Stimmen … Sie waren da … Sie waren in Hechts Zimmer getreten. Dann wieder Stille …

»Was ist denn? Was ist denn?«, schrie Bezug ins Telefon. Aber niemand gab ihm Antwort. Und Bezug wiederholte seine Frage, immer lauter, brüllend, bis sich die Stimme überschlug.

»Hallo … Sind Sie da?«, hörte er Hainx am Telefon.

»Ja … Ja … Ja!«

»Er ist tot!«

»Tot?«

»Nichts mehr zu machen, sagt der Arzt. Mausetot.«

Da fasste Bezug die Hörmuschel mit festem Griff und schlug auf den Apparat los, dass das Holz splitterte und krachte und die Membranen mit wehem Laut zerplatzten. Und als er nicht mehr weiterkonnte, warf er die Muschel mit einem Fluch in die Ecke des Zimmers.

Hainx brachte Bezug ein beschriebenes Blatt, das er auf dem Schreibtisch des Toten gefunden hatte. Auf diesem Blatt stand: »Teurer Meister! Meine große ›Idee‹ ist selbstverständlich ein Unsinn. Nie wird es dem Menschen gelingen, die unendliche Fülle der Natur zu überwältigen. Das musste jeder einsehen, nur gerade Sie konnten es nicht. Wenn ich einen anderen hätte gewinnen wollen, so hätte ich innerhalb des Möglichen bleiben müssen. Ihnen musste ich das Unmögliche anbieten. Sie haben danach gegriffen. Leben Sie wohl. Wenn ich jetzt auf alles zurückblicke, so muss ich mir gestehen, es war ein guter Spaß. Ganz Ihr ergebener Hecht.«

In Enzbergers Mühle. Die Sonnenfinsternis

Der 5. März war der Tag der großen Sonnenfinsternis. Eleagabal Kuperus hatte versprochen, in die Mühle zu kommen und die Erscheinung mit den anderen zusammen zu beobachten. Kurz nach Tagesanbruch erhob sich Adalbert Semilasso, denn sein neues Leben brachte es mit sich, dass er bald zu Bett ging und früh aus den Federn war. Dieses neue Leben, das ihn wieder angestrengt arbeiten ließ und seinen Körper, der in Bezugs Haus schwach und weichlich geworden war, kräftigte, diese stete Bewegung in freier Luft, in immerwährender Berührung mit der Erde, erfüllten ihn mit Übermut und Heiterkeit.

Adalbert Semilasso ging zwischen Waschtisch und Nachtkasten hin und her, und als er schon halb angezogen war und die Krawatte umband, trat er an das Fenster. Die Landstraße unten lag schon in hellerem Licht, aber unter den Bäumen des Wirtshausgartens ›Zum General Laudon‹ hockten noch die Schatten der Nacht. Und eben, als Adalbert ans Fenster trat, zog sich drüben ein Mensch in den Schutz der Dämmerung zurück. Wieder einer von Bezugs Spionen, von denen Enzbergers Mühle immer umstrichen wurde. Adalbert lächelte, ihm machte das keinerlei Sorge, denn er fühlte sich hier sicher. Seine Leibwache war immer auf ihrem Posten. Die fünf Rumänen hatten das Messer erhalten und waren auf seinen Ruf sogleich gekommen und umgaben ihn mit einer so treuen Anhänglichkeit und wachsamen Sorgfalt, dass Bezug wohl nicht an ihn herankonnte. Da saß wieder einer auf dem hohen Holzstoß an der Umfassungsmauer der Mühle, sodass man ihn von draußen nicht sehen konnte. Von Zeit zu Zeit hob er vorsichtig hinter einem trockenen Strauch, der oben auf der Mauer stand, den Kopf und schaute hinüber. Adalbert wusste, dass der Wächter den Mann draußen gesehen hatte und scharf beobachtete.

Und schließlich, sagte sich Adalbert, war man selber doch auch jemand. Prüfend beugte er den Arm im Ellenbogen und umspannte die harten Muskeln des Oberarms. Dann streckte er die Faust vor und ließ die Sehnenbänder des Unterarms spielen. Die Kraft, die er in harter Arbeit bei den Italienern gewonnen und bei dem untätigen Leben im Bann Bezugs verloren hatte, war wieder da. Er fürchtete sich nicht, und die Ringkämpfe, in denen er sich gelegentlich gegen die Rumänen oder selbst gegen Enzberger erprobte, bewiesen ihm, dass er sich auf seinen Nacken und seine Arme verlassen konnte.

Nun war er fertig und ging die Treppe hinab. Die Tür zu dem Zimmer, in dem die Rumänen wohnten, stand schon offen, und er sah, wie drei von ihnen beschäftigt waren, aufzuräumen, während der vierte das Frühstück bereitete. Sie ließen es sich nicht nehmen, selbst alles zu besorgen, was sie nötig hatten. Nur den Lebensunterhalt ließen sie sich von der Müllerin verabreichen, und mit Mühe hatte man sie bewegen können, für Tabak und sonstige kleine Auslagen eine wöchentliche Auszahlung anzunehmen, die von Eleagabal Kuperus herkam. Als die Rumänen Adalberts Schritt draußen hörten, trat einer von ihnen unter die Tür und begrüßte ihn.

Adalbert, dem es eine freundliche Pflicht geschienen hatte, ihre Sprache zu erlernen, dankte dem Mann mit einem rumänischen Morgengruß. »Und wie habt ihr geschlafen, Freunde?«

»Gut, Herr, mit einem offenen Auge und einem offenen Ohr.«

»Macht euch nicht so viel Mühe. Wie soll ich euch für das alles danken?«

»Redet nicht von danken, Herr! Uns ist es noch niemals so gut gegangen. Wir haben ein festes Dach über dem Kopf. Wir haben ein Essen, so gut, wie wir es noch nie gehabt haben. Und Ihr zwingt uns, noch Geld anzunehmen.«

»Und sehnt ihr euch nicht nach der Heimat?«

»Wir sind es gewohnt, Herr, in der Welt herumzuziehen. Und dann haben wir ein gutes Mittel gegen das Heimweh. Wollt Ihr es sehen?«

Auf einem der Fenster stand eine Art von Filtrierapparat, ein Metallsieb, in dem sich eine Lage von weißem, reinem Sand befand; unter dem Sieb war ein Glasgefäß. »Wir haben uns vor einer Woche Wein aus der Heimat gekauft. Wer diesen Wein trinkt, dem schwillt das Heimweh im Herzen und macht ihn krank und schwach. Aber ein einfaches Mittel macht gerade diesen Wein zu einer Medizin gegen die Krankheit. Lass den Wein durch den Sand eines Flusses jenes Landes laufen, in dem du weilst. Der Sand nimmt dem Wein alles Schmerzliche und gibt ihm die Kraft, die Heimat vergessen zu lassen. Wenn es über einen von uns kommen sollte, so werden wir dieses Mittel gebrauchen. Aber noch hat keiner von uns das Mittel benutzen müssen.«

Der Mann sah sich nach den Gefährten um. »Keiner«, nickten die anderen. Da kam eine plötzliche Rührung über Adalbert, und er erfasste die Hand des Führers. »Bloß euretwegen wollte ich noch etwas von dem Reichtum haben, über den ich gebieten konnte. Um euch zu belohnen. Und ich weiß nicht einmal, wann euch Kuperus entlassen wird. Er hat sich vorbehalten, euch zu sagen, wann wir euch freigeben dürfen. Wer weiß, wie lange noch …«

»Wir bleiben, solange Ihr uns braucht.«

Adalbert stand und sah sie alle der Reihe nach an, und dann ging er hinaus, denn er wusste, diese Männer hielten etwas darauf, tiefe Gefühle nicht zu zeigen. Draußen, im Hof, hatte schon die Arbeit des Tages begonnen. Enzberger kam aus der Mahlkammer, aus der das Klappern und Stampfen des Räderwerkes drang, und ging quer über den Hof, den Stallungen zu, in denen die helle Stimme der Müllerin über die Mägde gebot. »Morg'n«, rief er Adalbert an. »Heut ham mer ja Sonnenfünsternis … Da müss mer ja schaun, dass was verricht't is, bis fünster wird«, lachte er. »Und der Herr Kuperus kommt heut auch.«

»Ja, er kommt. Und welche Arbeit haben Sie heute für mich?«

»Heut? Im Garten. Fragen S' die Regin', die weiß's schon.« Und er trat in den Stall, indem er sich bückte und seiner Frau ein Scherzwort zurief. Einer der Knechte zog eben den schweren Balkenriegel vom Tor zurück und öffnete die Flügel. Ein mit Getreidesäcken beladener Wagen fuhr in den Hof ein, und Adalbert sah, wie der Wache haltende Rumäne von seinem Holzstoß herunterkletterte und durch einen der anderen abgelöst wurde, der sich nahe dem Eingangstor aufstellte. Langsam wandte sich Adalbert dem Garten zu, nach dem Reginas Fenster gingen. Ob sie schon wach war? Er überlegte eine Weile, dann lächelte er und fasste mit beiden Händen die Fensterbrüstung, um sich an ihr hochzuziehen. Aber da legten sich zwei Hände um seine Augen und Regina rief mit verstellter Stimme hinter ihm: »Halt!«

Adalbert wandte sich um, machte sich los und küsste Regina auf den Mund. »Schon auf?«

»Freilich, schon auf! Und wenn ich nicht auf gewesen wäre? Darf man so ohne weiteres in mein Zimmer schauen? Was ist denn das für ein Benehmen?«

»Aber, geh … Wie lange soll ich …?«

»Ruhig«, und sie legte ihm die Hand auf den Mund, »Kuperus wünscht es doch so …«

»Kuperus …!«

»Ja, und wir verdanken ihm so viel, dass wir gehorsam sein müssen. Ist nicht noch alles, was er geraten hat, zu unserem Besten gewesen?«

»Gewiss.«

»Also murre nicht. Hier hast du eine Schaufel, und komm …« Und als wollte sie ihn zur Arbeit ermuntern, gab sie ihm noch einen frischen raschen Kuss. »Ich hab dich doch so lieb.«

Es gab genug Frühlingsarbeit im Garten. In einer Ecke war schon die alte Johanna mit irgendeiner Hantierung beschäftigt, und Regina wies nun Adalbert an, was Enzberger für heute aufgetragen hatte. Der Müller hatte sich lange genug gesträubt, seine Gäste an der Arbeit in Haus und Hof teilnehmen zu lassen. Es schickte sich nicht, hatte er eingewendet, sich auf diese Weise für Unterkunft und das bisschen Leben bezahlen zu lassen. Aber Eleagabal Kuperus unterstützte den Wunsch Adalberts und Reginas. Er wies darauf hin, dass die beiden so seltsame Dinge erlebt und so schwere Verluste erlitten hatten, dass ihnen die körperliche Arbeit Gesundung bringen konnte. Und nachdem Kuperus gesprochen hatte, unterwarf sich Enzberger wie stets, wenn der Alte einen Wunsch äußerte. Und dann hatte der Müller seine Freude daran, zu sehen, wie Adalbert und Regina sich in der Arbeit ihrer Verdüsterung entwanden, wie sie ihre Toten zwar nicht vergaßen, aber wie sie doch ruhiger und heiterer wurden.

Nun führte Regina Adalbert zu einem Beet, das umzustechen und mit allerlei Küchengewächsen zu besetzen war. Eine Weile arbeitete Adalbert wortlos, nur in dem seligen Gefühl, Regina neben sich zu wissen, ihre flinken, kräftigen Bewegungen zu sehen und ihren gesunden Atem zu hören. Das brachte ihn in Eifer und ließ ihn nicht bemerken, dass sie ihre Arbeit unterbrochen hatte. Erst nach einer Weile empfand er, dass ihm etwas fehlte, schaute auf und sah, dass sie, auf ihren Spaten gestützt, vor sich hinblickte.

Langsam richtete er sich auf: »Was hast du? Worüber denkst du nach?«

»Es ist mir etwas durch den Kopf gegangen. Du hast doch morgen wieder Verhandlung gegen Bezug!«

»Dem Himmel sei Dank: Schlussverhandlung! Und es macht mir Kopfzerbrechen.«

»Ja … Wie wird es ausgehen?«

»Zweifelst du noch? Es steht ja alles gut! Sehr gut! Dass er mit seinem Anspruch auf mich abgewiesen wird, ist so gut wie sicher. Dem lebenden Adalbert Semilasso kann er nichts anhaben. Und was mit mir nach dem Tod geschieht …«

»Sprich nicht so!« Regina ließ den Spaten fallen und klammerte sich mit beiden Händen an seinen Arm. »Wie kannst du nur so was sagen …«

»Kuperus hat dich furchtsam gemacht. Und er wollte nichts weiter, als dass wir vorsichtig sind. Übrigens haben wir ja unsere Wachen«, fügte Adalbert lächelnd hinzu und wies nach dem Gartenzaun, wo einer der Rumänen stand und, ohne die beiden mit seinen Blicken zu belästigen, den Garten überwachte.

»Ja … Es sind brave Kerle. Treu wie die Hunde.«

»Aber eigentlich überflüssig.«

Adalbert sagte nichts davon, dass sie eines Abends, als er in Begleitung zweier Leibwächter vom Feld heimgekehrt war, im Gebüsch am Rand eines Hohlwegs einen Mann aufgespürt hatten, der, als man ihn erblickte, sofort davonlief. Dass einer der Rumänen am Rande einer Waldblöße einen Baum gefunden hatte, der durchgesägt und so mit einem anderen Baum verbunden war, dass jener, wenn der zweite zu Fall gebracht wurde, unfehlbar hätte mitstürzen müssen. Und dies fand sich gerade am Morgen des Tages, an dem Adalbert am Rande dieser Waldblöße hätte Bäume fällen sollen. Und der Baum, der den zweiten hätte mitreißen sollen, war von Enzberger zum Zeichen seiner Bestimmung mit einem weißen Kreuz versehen.

Endlich, dass die Wache an der Hofmauer eines Nachts einem Kerl, der sich von außen an der Mauer hinaufziehen wollte, mit einem schweren Scheit Holz die Finger zerschmettert hatte. Und dass man oft genug, wie eben heute Morgen, verdächtiges Gesindel um die Mühle streichen sah.

Von allen diesen Dingen wusste Regina nichts, aber dennoch

sagte sie jetzt in ihrer liebenden Besorgnis: »Nein, nein … Sag das nicht … Sie sind nicht überflüssig …«

»Aber sie können es bald werden. Sehr überflüssig sogar. Und störend. Wenn Kuperus endlich einmal sein Verbot …«

»Arbeite … Arbeite … Rede nicht solchen Unsinn«, sagte Regina und nahm ihren Spaten wieder auf, indem sie sich bückte, um ihr Erröten zu verbergen. Und nun ergaben sie sich wieder wortlos der Arbeit, bis ihnen Enzberger über den Zaun her zurief, dass Kuperus gekommen sei. Sie fanden ihn im Hof mit der Müllerin, die mit einem Ausdruck von Glück und Dankbarkeit zu ihm aufsah, wie immer, wenn sie mit ihm sprach, und dabei unaufhörlich ihre Schürze glatt strich. Es war immer ein Festtag in der Mühle, wenn Kuperus kam, und Enzberger und seine Frau bemühten sich in jeder Weise um das Wohlbefinden ihres Gastes. In der großen Stube zur ebenen Erde, in der die Kälte des Winters noch nicht ganz aus den dicken Mauern gezogen war, brannte ein behagliches Feuer. Die Scheite knisterten in dem grünen Kachelofen, und der schwarze Kater hatte es sich auf der Ofenbank behaglich gemacht. Auf dem großen Tisch in der Mitte der Stube stand auf frischem weißen Leinen ein kleines Frühstück bereit. Butter, Käse und im Kamin geräuchertes Selchfleisch, dessen schwarze Kruste sich um ein dunkles Fleischrot schloss.

»Kinder, gemütlich habt ihr es hier!«, sagte Kuperus, indem er sich in der Stube umsah.

»Wir können dir nicht genug danken, dass du uns hierher gebracht hast«, sagte Adalbert und legte die Hand auf Eleagabals Schulter.

»Ach was, bedank dich bei Enzberger und seiner Frau, dass sie euch aufgenommen haben.« Eleagabal stellte ein sorgfältig gewickeltes längliches Paket in einen Winkel.

»Wir hamm keine Kinder. Die jungen Leut hamm Leben ins Haus gebracht«, sagte die Müllerin, indem sie den Schüsseln und Tellern auf dem Tisch noch rasch eine andere Ordnung gab.

»Wir hamm sie gern. Man muss sie gern hamm«, und Enzberger sah Regina und dann Adalbert in die Augen. »Nur Sie sollt'n öfter kommen, Herr Kuperus«, fügte er hinzu.

»Ich habe in den letzten Tagen viel zu tun gehabt.«

»Wo denn? Wenn man fragen darf.«

Eleagabal Kuperus deutete mit dem Finger nach oben und ließ die Augen folgen. Jetzt, bei dem Versuch eines Lächelns, bemerkte Adalbert, dass der Ernst seines Freundes etwas Düsteres an sich hatte. Es schien, als sei ein Teil der Zuversicht von ihm genommen, und Adalbert fragte sich mit einigem Bangen, worauf das wohl zurückzuführen sei. War es nicht vielleicht doch wegen des Prozesses, der morgen entschieden werden sollte? War der Ausgang also doch ungewiss? Adalbert beschloss, Kuperus später danach zu fragen.

Enzberger sah zur Decke hinauf und fragte verwundert: »Oben? Im Himmel?«

»Am Himmel.«

»Aha … die Astronomie! Wegen der Sonnenfinsternis heut? Wann geht's denn an?« Mit dem Blick nach der Wanduhr antwortete Kuperus: »In einer Viertelstunde. Fünf Minuten nach elf.«

Sie saßen um den Tisch herum, mit dem Frühstück beschäftigt. Der Prozess wurde zum Thema des Gesprächs, an dem sich alle, mit Ausnahme der schweigsamen Johanna, beteiligten.

»Ich gönn's dem Bezug, dass er verspüllt«, sagte Enzberger, als Kuperus mit Nachdruck versichert hatte, dass von einem anderen Ausgang keine Rede sein könne. »Ich gönnet ihm's, wenn ich den Adalbert auch net so gern hätt.«

»So ein g'fährlicher Kerl.« Die Müllerin schob Kuperus einen Teller mit ganz frischer Butter zu.

Und man sprach davon, wie sonderbar es doch sei, dass Bezug, der erst solche Anstrengungen gemacht hatte, Land zu kaufen, nun auf weitere Erwerbungen verzichtete, ja, dass er sogar versuchte, Felder und Wälder wieder zu verkaufen. Aber die früheren Besitzer waren, ganz wie es Enzberger vorausgesehen hatte, in die Stadt gezogen, und von den härteren Bauern, die länger Widerstand geleistet hatten, waren wenige kapitalkräftig genug, um die nun wieder frei gewordenen Äcker zu erwerben. Enzberger ließ es sich nicht nehmen, dass Bezug wohl einen ganz besonderen, nun aber aufgegebenen Plan verfolgt haben müsse, und die alte Johanna nickte ihm Beifall zu.

Kurz vor elf Uhr stand Eleagabal Kuperus auf, nahm sein Paket aus der Ecke und ging, von den anderen gefolgt, in den Garten. Dort wickelte er ein Fernrohr aus der Umhüllung und schraubte es an das Stativ, das er gleichfalls mitgebracht hatte und das draußen im Hof geblieben war. Den Wissbegierigen gab er eine kurze Erklärung der Korona und der Protuberanzen und forderte sie auf, das Fernrohr zu benutzen. Dann bat er die Müllerin um ein weißes Tuch. Ehe die Frau mit dem Leinentuch, das sie Eleagabals Zwecken widmete, zurückgekehrt war, hatte die Verfinsterung schon begonnen. In die Sonnenscheibe, die bisher noch klar und glänzend am Himmel gestanden hatte, von dem dunklen Ereignis unberührt, das sich schon irgendwo innerhalb der Gesetzmäßigkeit der Welten bereitete, fraß sich ein schwarzer Schatten ein; ein unwesentlicher Verlust der überreichen Fülle, ein kaum merklicher Abschnitt des Profils, eine Art von Fäulnis, deren Anflug dem mächtigen Körper kaum etwas anhaben kann. Alle Anwesenden umstanden Kuperus, der mit ruhiger Stimme alle Fragen über die Erscheinung am Himmel beantwortete. Nie erschien der Alte Adalbert größer, als wenn er gelassen und begeistert zugleich von den Dingen sprach, die der Unendlichkeit nahe stehen, von den unermesslichen Weiten des Himmels oder den höchst verwickelten Angelegenheiten der Menschen. Dann kamen seine Worte aus Abgründen, rot angestrahlt von einer inneren Glut, noch feurig flüssig und gleichsam plastisch, durch sich selbst und zugleich durch ihre Zusammenhänge bedeutsam. Sie waren klar und geheimnisvoll zugleich, selbstverständlich inmitten höchst seltsamer Beziehungen. Der Macht, die von Kuperus in solchen Augenblicken ausging, konnten sich selbst einfache Menschen nicht entziehen, und Enzberger und die Müllerin sahen ihn an, ganz verloren, als wären seine Worte und nicht die Vorgänge am Himmel das Wichtigste.

Endlich wies Kuperus sie wieder auf diese Vorgänge hin, und sie beobachteten das Fortschreiten der Finsternis mit den dunklen Gläsern, mit denen sie der Alte ausgerüstet hatte. Abwechselnd sahen sie auch durch das Fernrohr und machten einander mit flüsternden Stimmen auf Einzelheiten aufmerksam.

Schon war die Fäulnis tief in den glänzenden Ball eingedrungen, und der Eindruck dieses allmählichen Verschlingens der Sonne legte sich wie ein Bann über die Erde. Adalbert verstand, wie das geschehen konnte, was Eleagabal ihnen erzählt hatte: dass Naturvölker, bei dieser Erscheinung von plötzlichem Schrecken befallen, alle Besinnung verloren.

Inzwischen hatte Kuperus, abseits von den Übrigen, seine Vorbereitungen getroffen. Das Leintuch, das ihm die Müllerin gebracht hatte, war fast ebenso groß wie der unregelmäßig gestaltete Sandplatz inmitten des Gartens. Mit ein paar Pflöcken, die er in die Erde rammte, und einigen Stricken hatte Kuperus das Tuch fest aufgespannt, sodass es eine vollkommen glatte Fläche bildete. Von der Sonne war nur mehr eine schmale Sichel übrig, ein Rest ihrer von der Dunkelheit überwältigten Macht, und die sonderbare Unruhe trat ein, die die Verfinsterung zu begleiten pflegt. Draußen auf dem Hof ruhte die Arbeit, die Knechte und Mägde hatten sich versammelt und starrten hinauf. Abgesondert von ihnen standen die Rumänen in einer Gruppe, bis auf einen, der seinen Posten am Zaun nicht verlassen hatte und wachsam über den Garten hinsah. Es war seltsam still geworden, selbst das Geflüster hatte aufgehört, und fast peinigend war in diesem Schweigen das Rauschen des Mühlbaches und das Klappern und Stampfen der Räder. Ein Geräusch, das sonst niemand in diesem Hause hörte, drang allen mit Deutlichkeit ins Bewusstsein, erfüllte sie ganz und verwirrte sie. Die Tauben auf dem Dach, die zuerst ängstlich herumgeflattert waren, waren aneinander gerückt und saßen in einer langen Reihe. Aus der Hundehütte kam manchmal ein kurzes, wie erschreckt innehaltendes Rasseln.

In dem Augenblick, der der totalen Verfinsterung unmittelbar vorherging, sah Adalbert plötzlich einen Schatten wie ein graues Gespenst langsam durch den Garten ziehen und über Eleagabals aufgespanntes Tuch weggleiten. Und Kuperus, der vor dem Tuch auf dem Boden kniete, verfolgte den Weg des Schattens mit raschen Strichen einer großen Zeichenkohle. Ein zweiter Schatten folgte dem ersten, zog über das Tuch und wurde von Kuperus festgehalten.

»Was macht du da?«, fragte Adalbert den Alten. Aber Kuperus war so in seine Arbeit vertieft, dass er keine Antwort gab. Ohne aufzublicken, fixierte er die Wege der Schatten, die jetzt einander in immer schnellerem Zuge folgten. Dunkle Flecken traten auf, saßen eine Weile zwischen den Schattenlinien fest und wanderten dann langsam über das Tuch. Und jetzt war mit einem Schlage alles vorbei. Kuperus richtete sich auf und sah nach der Sonne. Die totale Verfinsterung war eingetreten, es war fast vollständig Nacht geworden. Adalbert fühlte, wie Reginas Hand die seine suchte und ihre Finger die seinen fest umfassten. Er legte den Arm um sie und zog sie an sich. Dann sah er nach Kuperus hinüber, der in einem von dem weißen Tuch zurückgestrahlten verstreuten Licht wie in der Haltung eines Betenden auf dem Boden kniete.

Und nun wich das Dunkel wieder einer matten Dämmerung. Langsam bekamen die Gegenstände Deutlichkeit. Und wieder begann das seltsame Spiel der Schatten. Die Streifen kamen aus dem Düster hervor, wanderten über das Tuch, kreuzten sich mit den Linien, die Kuperus vorhin gezogen hatte. Flecken traten auf, standen fest und wichen langsam weiter, und Kuperus verfolgte ihre Bahn. Mit dem ersten Strahl des Lichts, der den Dingen ihre Farben und den fahlen Gesichtern der Menschen Leben gab, war die Erscheinung verschwunden. Man wagte, sich wieder zu bewegen und zu flüstern, das Geräusch des Mühlbachs und des Mahlwerks war nicht mehr peinigend und verlor seine Bestimmtheit, die Tauben auf dem Dach lösten ihre enge Reihe, und langsam trat die Sonne aus dem Reich des Todes hervor, siegreich und, wie es schien, noch strahlender, als habe sie einen schweren Kampf bestanden.

Als ob die Erde von neuem geschaffen oder aus einer schweren Gefahr errettet wäre, ging es durch die Menschen. Ein Aufatmen und Aufrecken, und es war, als dehne und bewege sich auch der Boden unter ihnen. Kuperus kniete noch immer vor seinem Tuch und betrachtete die Linien, die er gezogen hatte.

»Was machst du da?«, wiederholte Adalbert seine Frage. Eine seltsame Zeichnung überzog das Tuch; bei aller Verwirrung, allem rätselhaften Durcheinander schien doch ein geheimer

Sinn in ihr zu liegen. Eine Art von Hieroglyphenschrift des Universums schien vor einem Magier ausgebreitet, der über sie gebeugt mit Anspannung aller Kräfte bemüht war, ihr das Geheimnis ihrer Bedeutung zu entreißen. Welche Botschaft mochte dem Alten durch diese Zeichen zugegangen sein? Was hatte er durch sie über die Vorgänge im Weltraum erfahren? Und welche Zusammenhänge bestanden zwischen ihnen und den Ereignissen hier unten? Es war Adalbert, als müssten solche Zusammenhänge vorhanden sein, denn er sah mit Verwunderung, dass sich Kuperus in einer ungewöhnlichen Ergriffenheit und Erregung befand.

»Was machst du da?«, fragte er zum dritten Mal noch dringlicher.

Kuperus sah auf. Er war bleich, und seine Augen lagen tief in den Höhlen, der graue Patriarchenbart zitterte. »Ich habe eine Probe gemacht.«

»Eine Probe? Worauf?«

»Ein astronomisches Problem, nichts weiter.« Kuperus erhob sich und begann das Tuch aus seiner Spannung zu lösen.

Enzberger trat triumphierend zu ihm: »Ich hab die Vrotuberantschen g'sehen«, sagte er. Bei Eleagabals Versuch zu lächeln kamen die Eckzähne nur zaghaft hervor. Enzberger, der unaufhörlich auf dem Gesicht des Alten forschte, ob er auch zufrieden sei, bemerkte, dass diesen irgendetwas bedrückte.

»Was is denn? Was haben S' denn?«, fragte er besorgt. Aber Eleagabal gab ihm einen Wink, der jedes weitere Fragen verbot. Dann wandte er sich seinem Instrument zu, schob das Rohr zusammen, packte es fürsorglich ein und legte auch das Stativ des Apparates zusammen. Die Müllerin, die nach einem letzten Blick zur Sonne noch vor Ende der Verfinsterung davongelaufen war, rief jetzt vom Hof herüber, man möge zum Essen kommen. Obzwar Kuperus beteuerte, durchaus keinen Appetit zu haben, musste er sich endlich den Bitten seiner Wirte fügen, um sie nicht zu betrüben. Enzberger war entschlossen, den Grund der Verstimmung Eleagabals in Erfahrung zu bringen. Mit seiner Biederkeit und Geradheit verband sich bei ihm auch genug von bäuerlicher Hartnäckigkeit und Schlauheit, um seine Pläne zu fördern. Es gelang ihm nach dem Essen, bei dem alle Künste der Müllerin vorgeführt wurden, die anderen unter allerlei Vorwänden zu entfernen, sodass er mit Eleagabal Kuperus allein zurückblieb.

Noch war die Kathi damit beschäftigt, den Tisch abzuräumen, und sie tat es mit einigem Geräusch und Geklirr, sodass Enzberger schweigen musste. Er saß auf der Ofenbank, rauchte seine kurze Pfeife, und während er anscheinend der Arbeit Kathis zusah, ließ er Kuperus nicht aus den Augen. Kuperus aber schien ganz vergessen zu haben, dass er nicht allein war: Auf seinem Stuhl in der Nähe des Fensters saß er, in sich zusammengesunken, sodass er viel kleiner schien als sonst, und sah in den Garten hinaus, wo Regina und Adalbert mit der Müllerin im eifrigen Gespräch miteinander standen.

Endlich war Kathi fertig, schwang das zusammengelegte Tischtuch über die Schulter, fasste den letzten aufgetürmten Stoß der Teller und ging hinaus, indem sie die Zimmertür mit dem Fuß hinter sich zuschlug. Der Schlag schien Kuperus zu erwecken, er wandte sich um und sah Enzberger an. Ein Lächeln trat in seine Augen, als nun Enzberger zu sprechen begann, und zwar als vorsichtiger Mann zuerst von etwas anderem als von dem, was ihm am Herzen lag. Eingehend verbreitete sich der Müller über die Sonnenfinsternis, und die neu erworbenen Kenntnisse hatten bei ihm eine drollige Verwandlung erfahren. Kuperus hörte ihm aufmerksam zu, und als der Müller den Alten genügend vorbereitet zu haben glaubte, ging er zu der wichtigen Frage über. Er habe ganz wohl bemerkt, dass irgendetwas nicht in Ordnung sei, dass Kuperus wegen irgendeiner Sache Besorgnisse habe. Und er bitte, ihn doch einzuweihen, denn vielleicht könne er von Nutzen sein.

Da stand Kuperus auf und kam auf Enzberger zu. Unwillkürlich erhob sich auch der Müller, und als er den tiefen Ernst in den Augen des Alten sah, erschrak er fast darüber, dass er die Frage gewagt hatte. Mit einem Male wurde es ihm gewiss, dass er besser geschwiegen hätte, als sich in das Geheimnis Eleagabals einzudrängen.

Es sah aus, als ob nun etwas Schweres und Bedrückendes auf

Enzberger überwälzt werden sollte. Aber schon im Begriff, das erste Wort zu sprechen, hielt Eleagabal Kuperus inne. »Nein«, sagte er kopfschüttelnd, »auch Ihnen nicht. Sie sind ein Mann, Sie sind mutig … Bewahren Sie sich Ihre Kraft. Fragen Sie nicht.«

Der Terror

Im Tagebuch des Professors Zugmeyer, das mit anderem Aktenmaterial zur Geschichte der letzten großen Gleichgewichtserschütterung der Menschheit veröffentlicht wurde, finden sich nachstehende Aufzeichnungen. Zugmeyer war von Bezug als Leiter seiner großen Sternwarte angestellt worden, jenes kostspieligen Baus auf den kahlen Höhen des Schlangenberges, dessen riesenhafter Refraktor den der Lick-Sternwarte noch um ein Beträchtliches an Lichtstärke übertraf. Er stand einem ganzen Stab von Gelehrten und Hilfsarbeitern vor und bezog das Einkommen eines Ministerpräsidenten. Aber er hatte sich verpflichten müssen, seine wissenschaftliche Arbeit ausschließlich dem Dienst Bezugs zu widmen und die Ergebnisse seiner Forschungen zunächst diesem vorzulegen und erst dann zu veröffentlichen, wenn er von ihm die Erlaubnis dazu erhalten hatte. Neben dem Buch, in das Zugmeyer die astronomischen und mathematischen Daten eintrug, führte er noch ein zweites, dem er, nachdem er sich in dem ersten seines Selbst vollkommen entäußert hatte, anvertraute, was in ihm an Wünschen, Gedanken, Gefühlen übrig war. In diesem Buch also finden sich folgende Aufzeichnungen:

5. März
Die Schattenspiele der Sonnenfinsternis haben mir meine Rechnungen bestätigt. Es ist so. Oder es scheint doch so zu sein. Denn wie kann ich mit voller Sicherheit behaupten, dass dies oder jenes geschehen wird, wenn ich die Bahnelemente noch nicht habe. Es sind vorläufige Vermutungen … freilich … Ich bin so aufgeregt, dass ich mich nicht einmal auf mich selbst verlassen

kann. Und ich kann keinen beiziehen und mich kontrollieren lassen. Nicht, bevor ich mit Bezug gesprochen habe. Ein paar Tage will ich noch warten, ehe ich mich wieder daranmache.

8. März
Eine zweite Entdeckung. Ich weiß nicht, welche von beiden größer und wichtiger ist. Jene Entdeckung, um derentwillen ich an die Beobachtungsreihe gegangen bin, die mir das schreckliche, vorläufige Ergebnis geliefert hat. Sie telegrafieren uns durch den Weltraum, sie geben uns Zeichen, die Marsleute …

10. März
Das war der Weg, auf dem ich zu dieser Entdeckung gekommen bin. Ich habe ihn angetreten, bevor ich noch zu Bezugs Hofastronomen befördert worden bin. Die Pariser Akademie hat einen Preis von 100.000 Franc ausgeschrieben. Ein hübsches kleines Vermögen, das mir damals recht willkommen gewesen wäre. Der Preis sollte dem zugesprochen werden, der zuerst eine Verbindung zwischen den Menschen und den Bewohnern eines anderen Planeten herstellen würde. Aber die Herren waren so vorsichtig, den Mars dabei auszunehmen. Das beweist, dass sie der Ansicht sind, dass eine solche Verbindung mit dem Mars keine besonderen Schwierigkeiten mehr bietet und dass sie über kurz oder lang Ereignis werden muss. Es ist wahr, die Marsgeografie hat in den letzten sechsundzwanzig Jahren außerordentliche Fortschritte gemacht. Wir kennen seine Oberfläche fast schon so genau wie die unserer eigenen Erde. Und wenn man auch von dem Irrtum abgekommen ist, seine periodischen Kanalveränderungen seien eine Art von Telegrafie für uns, so konnte man doch schon von der nächsten Zukunft alles erwarten. Ich habe mir den Mars zum Spezialfach genommen. Denn unser Weg in den Weltraum geht über den Mars. Es ist anzunehmen, dass wir, sobald wir uns erst einmal mit den Marsleuten verständigen können, von ihnen auch über andere Planeten Näheres erfahren. Wer weiß, ob sie nicht schon längst im Raum Botschaften herumschicken und empfangen und nur unsere harthörige Erde bisher noch nicht in den Kreis ihrer

Korespondenten getreten ist. Wenn ich also den Preis gewinnen wollte, so müsste ich mich zuerst daranmachen, mit dem Mars eine Verständigung zu suchen. Marconi hat mir den Weg dazu gezeigt. Seine Station für drahtlose Telegrafie auf der Insel Cape Cleau empfängt seit einigen Monaten Signale, für die man keine Erklärung hat. Diese Signale kehren regelmäßig wieder, in denselben Intervallen, in derselben Stärke und in derselben Form. Aber die Zeichen gehören keiner bekannten Sprache an. Sie sind von geheimnisvoller Herkunft, und man hat sich vergebens bemüht, sie zu enträtseln. Ich habe mir eine funktelegrafische Station neben dem Observatorium eigens zu dem Zweck errichten lassen, um diese Signale zu studieren. Und ich bin überzeugt, dass die Zeichen vom Mars kommen. Wer kann sagen, seit wie vielen Jahrhunderten die Marsleute eine Erfindung bereits kennen und verwerten, die bei uns ein Ereignis der jüngsten Zeit ist. Wer kann sagen, ob sie nicht schon seit Jahrhunderten mit unermüdlicher Ausdauer diese Versuche fortsetzen, um mit uns in Verbindung zu treten. Für wie dumm und rückständig müssen sie uns halten, da wir ihnen noch keine Erwiderung gesandt haben?

12. März
Es wird mir immer gewisser, dass die Signale meiner Station vom Mars stammen. Wir stehen unmittelbar vor einer Lösung alter Fragen, die Fantastik ungezählter Vermutungen will sich in klare Realität verwandeln. Und gerade jetzt, da der Bestand unserer Erde in Frage kommt. Gerade jetzt, da ein toller Körper mit feindseliger Gewalt auf uns zuzustürmen scheint.

13. März
Ich habe mich zur Ruhe gezwungen. Und es scheint mir leider bestätigt zu werden, was ich befürchte. Sollen wir untergehen, ohne unsere Bestimmung erfüllt zu haben?

16. März
Zwischen zwölf und ein Uhr nachts arbeitet mein Signalempfänger regelmäßig. Immer dasselbe … immer dasselbe. Am

Schluss der Zeichenreihe kommt immer mehrere Male dasselbe Signal. Es ist wie eine Anzahl von Ausrufungszeichen hintereinander. Als wollten sie uns dringlich auf etwas aufmerksam machen.

18. März
Geben sie vielleicht eine Warnung an uns? Haben sie, die uns in allen Dingen voraus zu sein scheinen, vielleicht auch schon längst bemerkt, welche Gefahr uns droht? Es ist zum Verzweifeln, diese Rufe aus einer fremden Welt zu empfangen und nicht zu verstehen, was sie bedeuten …

Am 20. März erhielt Thomas Bezug mit dem Dienstschreiben von seiner Sternwarte einen Privatbrief des Professors Zugmeyer, in dem er gebeten wurde, sich gegen Mitternacht auf dem Observatorium einzufinden. Der Brief kam in ein zitterndes Haus. Seit ein paar Tagen brütete Bezug unheilvoll über Abgründen. Der Prozess war gegen ihn entschieden worden. Eine selbstverständliche Entscheidung, die gefällt werden musste, wenn man nicht dem Gesetz und allem Rechtsgefühl ins Gesicht schlagen wollte. Aber dass dies geschehen konnte, dass man es nicht wagte, Bezug zu Gefallen Recht und Gesetz zu verletzen, das bewies ihm, dass er noch immer nicht der Herr der Erde war. Jetzt war er es weniger als jemals.

Am Tage nach der Verhandlung erhielt er ein Entschuldigungsschreiben des Landesgerichtsrates, der den Vorsitz gehabt hatte. Es war in den flehentlichsten Ausdrücken abgefasst, verwies auf die starren Paragrafen der Gesetzbücher und versuchte die Schuld für den Ausgang auf die Ungeschicklichkeit des Advokaten abzuwälzen. Es sprach von der peinlichen Pflicht, der man sich nicht habe entziehen können, und rief die Gnade Bezugs an. Nachdem Bezug das Schreiben überlesen hatte, schrieb er den Namen des Absenders auf einen grünen Zettel und sandte ihn in das Geheimbüro seiner Auskunftei. Nach einer halben Stunde hatte er Nachricht, wie dem Landesgerichtsrat beizukommen sei. Er hatte Schulden, der Gute, ziemlich hohe Schulden, und dann sollte er, aber das war nicht erwiesen, perversen Leidenschaften ergeben sein. Bezug addierte die Schuldposten und schrieb daneben: »Übernehmen«, und neben die Andeutung, dass sich die Neigungen des Mannes auf gefährlichen Bahnen bewegten, setzte er den Auftrag: »Beobachten und binnen acht Tagen berichten.«

Kaum aber hatte er seinen Befehl abgehen lassen, so verdross es ihn, dass er einem solchen Nichts, einem Landesgerichtsrätlein, das auf seinem Würdestuhl wie auf einem glühenden Rost gesessen hatte, so viel Aufmerksamkeit hatte schenken mögen. Und wenn er es sich nicht zum Grundsatz gemacht hätte, niemals einen Auftrag zu widerrufen, so hätte er es diesmal getan. Was konnte er sich damit beweisen? Das waren armselige Spielereien seiner Macht, und er schämte sich ihrer fast, wenn er bedachte, welchen Zielen er zustrebte. Aber damit war es vorbei, Hecht war tot, und Bezug zermarterte sein Gehirn nach einem Gedanken, nach der genialen Eingebung, die an Stelle des alten Planes hätte treten können. Alle seine Einfälle waren lahm und gichtbrüchig. Sie hatten keine Schwungkraft und keine Größe. Neben Hechts rasendem und furchtbarem Plan sahen sie aus wie gerupfte Gänse neben einem Adler. Er hätte die Menschheit peitschen mögen, grausam züchtigen, er hätte sie in Qualen und Entsetzen sich winden sehen mögen, diese widerstrebende riesenhafte Masse kneten und würgen, bis ihr vor Angst der Atem ausging. Da lagen sie im Vordergrund zu seinen Füßen und schmeichelten, ließen seine Gnade als Sonne über sich scheinen und empfanden seine Umdüsterungen als Unglück. Aber was war das alles im Vergleich zu den Mengen, die abseits standen, die Bezugs Namen noch nicht kannten, die nichts von seinem Dasein wussten? Und sie sollten alle seine Macht verspüren; er wollte ihnen seinen Namen aufprägen wie ein Brandmal.

Da hatten sie drüben in Amerika ihre Trusts, mit denen sie den Geldmarkt und die wirtschaftliche Lage beherrschten. Der brave Smith aus Philadelphia war einer der mächtigsten Männer. Aber welche jämmerliche Macht war das doch, die keinem anderen Erfolg zugewendet war als dem Verdienst der Anhäufung der Milliarden. Sie war den Besitzenden gefährlich, sie war imstande, die Konkurrenz zu vernichten, alle Beamten zu bestechen, den

Präsidenten zu bedrohen. Eine jämmerliche Macht. Denn wer nichts besaß, war frei von ihr, der Hungerleider erhob sich triumphierend über sie und konnte sie verhöhnen.

Mit der brutalen Wucht der Milliarden war es nicht getan, wenn der geniale Gedanke fehlte, der alle niederzwang … Alle!

Bezugs Hausgenossen ließen sich nicht vor ihm sehen, wenn sie nicht gerufen wurden. Hainx hatte schlimme Tage. Elisabeth war nicht in der Stadt, sie hielt sich in der Villa auf, von wo sie zwischen Bäumen das Dach von Enzbergers Mühle sah.

Bezug hatte den Brief des Professors vormittags erhalten, gelesen und auf den Schreibtisch geworfen. Dann vergaß er ihn und erinnerte sich erst abends wieder der Bitte Zugmeyers, als sich ihm das Schreiben von ungefähr wieder in die Hand drängte. Er wog es einen Augenblick ab, legte es auf den Tisch und klingelte nach Hainx.

»Professor Zugmeyer hat mir geschrieben, ich soll ihn heute Nacht besuchen. Fahren Sie hinaus und fragen Sie, was der Mann von mir will!« Aber als ob es ihm keine Ruhe ließe, zog es seine Hand wieder nach dem Brief. Da stand: »… in einer dringenden und außerordentlich wichtigen Angelegenheit …«

»Warten Sie«, fuhr Bezug fort, »ich werde doch mit Ihnen fahren. Ein Automobil soll um halb zwölf Uhr bereit sein. Lassen Sie die Straße bewachen.«

Hainx verneigte sich und ging. Seinem Hass gegen den Tyrannen gab eine Entdeckung der letzten Zeit eine nicht geringe Befriedigung. Es schien so, als ob sich Bezug in den letzten Wochen zu fürchten begonnen hätte. Er hatte einen strengen Wachdienst eingerichtet, war von einer auserlesenen Schar seiner Eideshelfer umgeben, als habe er irgendeinen Angriff abzuwehren, als ahne er etwas Bedrohliches über sich. Seine Sicherheit und Zuversicht schienen erschüttert, und oft war es Hainx, als seien alle Wutausbrüche Bezugs nur Minenexplosionen, die eine geheime Schwäche zu maskieren bestimmt seien.

Eine halbe Stunde vor Mitternacht hob einer der beiden Hammerschläger auf Bezugs Schreibtisch den Hammer und ließ ihn zweimal gegen die Glocke klingen. Das Zeichen, dass unten der

Wagen bereitstehe, rollte klar durch die Stille des Zimmers und weckte einen Ton in der Wanduhr, ein verwandtes Summen und leises Rütteln im Räderwerk. Der Zeitgeier über der Uhr zuckte mit den Flügeln, als wolle er sich aufschwingen. Bezug, der ermüdet in dem großen Armstuhl mit den Schlangenköpfen zusammengesunken war, fuhr auf, sah sich im Zimmer um, als suche er jemanden, und erhob sich dann schwerfällig. Als er aber in das Vorzimmer kam, ging er schon wieder straff und kraftvoll und ließ sich von dem Diener Mantel und Hut reichen.

Straff und elastisch bestieg er das Automobil, in dem ihn Hainx erwartete. Aber kaum hatte er sich zurechtgerückt, als schon wieder das Missvergnügen über ihn kam. Er fragte sich, was er draußen auf dem Observatorium suche. Was konnte ihm Zugmeyer Großes und Wichtiges mitzuteilen haben? Irgendeine astronomische Entdeckung, die den Gelehrten in Aufregung versetzte und vielleicht auch die übrigen Astronomen … aber die sonst herzlich gleichgültig war. Bezug war auf dem Weg, sich eine halbe Stunde lang langweilen oder ärgern zu lassen. Was konnte er von Zugmeyer erwarten? Was erwartete er überhaupt? Er gab es zu, dass er irgendeiner Nachricht entgegenharrte … und er fand, dass diese Ahnung unsinnig sei, diese Erwartung ein leeres Gefühl – alles zusammen nur Symptome seiner Schwäche, die er sich einzugestehen gezwungen war.

Es war eine schöne, laue Vorfrühlingsnacht, und obzwar der Mond nicht sichtbar war, ließ eine seltsame Helle die dunklen Massen der Gehöfte und Baumgruppen in ihrem wuchtigen Schwarz erkennen. Das Licht rieselte in dünnen Fäden aus der Menge von Sternbildern herab, die heute dem armen Himmel des Nordens einen fast südlichen Glanz gaben. Mit dem breiten grellen Schein der Lampen schien der Wagen seinen Weg abzusuchen, und die Schotterhaufen und die Baumstämme wurden rasch hindurchgezogen. Die Wagenspuren der Straße wurden zu breiten laufenden Streifen, zu endlosen Riemen, die durch ein wirbelndes Schwungrad irgendwo weit hinten in der Finsternis in Bewegung gesetzt waren.

Als sie an dem großen Steinbruch vorbeikamen, traten zwei Männer in den Lichtschein und nahmen die Hüte ab. Das war wie eine flüchtige Vision. Aber Bezug nickte zufrieden, er gewann daraus wieder ein wenig Sicherheit. Dann tobte das Automobil an der lang gestreckten Schanze hin, die von den Schweden im Dreißigjährigen Krieg aufgeworfen worden war, und bog an ihrem Ende auf die Seitenstraße ein, die den Hügel hinan und zu Bezugs Sternwarte führte.

Zugmeyer erwartete seinen Herrn an dem Einfahrtstor in den von einer Mauer festungsartig umschlossenen Hof. Während der Chauffeur den Wagen sorgsam in die offene Remise lenkte, führte der Professor seine Gäste die Treppe hinan und ließ sie auf die Galerie unter der ungeheuren Kuppel des Observatoriums treten. Der Raum war nur zum Teil erhellt; in der Nähe des Sitzes vor dem Objektiv des großen Refraktors, der sich unförmig gegen den Himmel richtete, glänzten die Metallteile des feinen und komplizierten Apparates, der zur Einstellung des Rohres diente. Das Durcheinander der Schrauben, Zahnräder, Rädchen, Stäbe und Pendel vor dem Sitz war dem Uneingeweihten nichts als ein verwirrendes Chaos, ein krauses Hieroglyphenzeug, dessen Bedeutung nicht zu enträtseln war. Das Uhrwerk, das den ganzen Apparat der Drehung des Himmels anpasste, tickte laut in der Stille.

»Jetzt sagen Sie mir«, begann Bezug ungeduldig, »warum Sie mich eigentlich mitten in der Nacht hierher hinauszitiert haben?«

Der Professor stand vor ihm, an der Brüstung der Galerie, dunkel vor dem Licht inmitten des Raumes, und schwieg noch immer. Er wusste nicht, wie er beginnen sollte.

»Na … also!«, drängte Bezug.

»Es ist … es ist … eine Sache von solcher Wichtigkeit … dass ich wünschte, sie bliebe zwischen uns beiden allein …«

»Hainx ist meine rechte Hand … Sprechen Sie ruhig vor ihm.«

»Gut, dann bitte ich Sie, mir zu folgen.« Zugmeyer schritt von der Galerie auf eine Art von Kommandobrücke hinaus, die in den Raum vorgebaut war. Sie endete auf einer kleinen Plattform, die an drei Seiten von weißen straff über Rahmen gespannten Tüchern umschlossen war. Unten lag der dunkle Raum des Observatoriums wie ein toter Krater. Als der Professor mit einer

Umdrehung des kleinen Hebels an der Barriere der Plattform auch die letzten Lichter verlöscht hatte, gewann das Sternenlicht seine Macht … Bezugs Blicke richteten sich hinauf zur Kuppel. Eine schlanke, dünne Stange, von der Drähte hinabliefen, reckte sich außen, neben der Sternwarte, hoch hinauf.

»Das ist wohl der Funktelegraf?«, fragte Bezug.

»Ja, ich habe Sie gebeten, hierher zu kommen, um zu sehen, wie er arbeitet. Ich habe die Einrichtung getroffen, dass die empfangenen Depeschen sogleich in Lichtzeichen umgesetzt werden. Das ermöglicht eine noch schärfere und genauere Beobachtung. Sie werden die Zeichen auf diesen Schirmen vor sich erscheinen sehen.«

»Wann?«

»Sogleich, wenn es zwölf Uhr geschlagen hat.«

Und wie auf ein Stichwort folgten rasch aufeinander zwölf helle, klingende Schläge, dann ein kleines Schnaufen im Uhrwerk, und nun wieder das gleichmäßige Schwingen des Pendels.

In diesem Augenblick erschien auf dem Schirm vor Bezug ein breiter ungleichmäßig erhellter Lichtstrahl. Er zuckte einige Male auf und verschwand. Dann kam er wieder, verringerte seinen Umfang bei gleichzeitiger Erhöhung der Intensität des Lichtes, bis er in einem gleichmäßigen grünlichen Schimmer erstrahlte.

»Das ist das Alarmsignal!«, sagte der Professor. »Geben Sie Acht, jetzt kommt die eigentliche Depesche.«

Nach einigen Sekunden verschwand der Fleck wieder, und nun folgte in einer durch Abschnitte unterbrochenen Reihenfolge eine Anzahl von Zeichen. Sie bestanden aus längeren und kürzeren Blitzen, aus kleinen runden Lichtstreifen, Dreiecken und Vierecken von quadratischer und gestreckter Gestalt, die in Gruppen zusammentraten, dann wieder durch längere Intervalle getrennt waren und in den mannigfachsten Verbindungen sich aus den Pausen zu entwickeln schienen. In langsamem Zeitmaß ging das vor sich, als solle die Depesche nur ja recht verständlich sein, als bemühe sich ihr Absender um nichts so sehr als um Deutlichkeit, wie ein Lehrer, der vor seinen Schülern Buchstabe um Buchstabe zu Worten zusammensetzt.

»Sehr interessant!«, sagte Bezug nach einer Weile. »Und was wird Ihnen da telegrafiert?«

»Ich weiß es nicht.«

»Was …? Sie wissen es nicht? Was soll das heißen? Haben Sie nicht versucht, die Depesche zu lesen?«

»Ich verstehe die Sprache nicht, in der sie abgefasst ist.«

»Und da können Sie sich nicht helfen? Sie wissen doch, dass Ihnen eine ganze Akademie von Sprachgelehrten zur Verfügung steht, wenn Sie mich nur davon verständigen.«

»Ich glaube, dass sich auch in einer ganzen Akademie niemand finden wird, der diese Depesche lesen kann.«

»Ja … hören Sie … Warum denn nicht?«

»Weil diese Depesche in einer Sprache verfasst ist, die kein Gelehrter versteht. Weil es sich hier um keine der auf Erden gebräuchlichen Sprachen handelt.«

Bezug wurde ungeduldig. »Zugmeyer, Sie können ein tüchtiger Astronom sein. Aber von diesen Dingen scheinen Sie nicht viel zu verstehen.«

»Ich bin überzeugt, Herr Baron, dass diese Depeschen aus einer Gegend kommen, wo es noch niemandem vergönnt war, Sprachstudien zu machen. Sie kommen vom Mars.«

»Ist das Ihr Ernst? Vom Mars?«

Zugmeyers Stimme war schwer und dunkel: »Es ist mein voller Ernst …«

»Aber zum Teufel … Es ist doch sonderbar. Was mögen die uns mitzuteilen haben? Können die es nicht erwarten, mit Thomas Bezug in Verbindung zu treten?«

Und Bezug wandte sich Hainx zu, den er im Widerschein des grünlichen Lichts neben sich sah. »Der Mars kommt erst später dran. Wenn die Erde mein ist.«

Langsam fuhr Zugmeyer fort: »Ich weiß nicht, was diese Depesche enthält. Ich weiß es nicht mit voller Sicherheit. Aber ich kann ihren Sinn vermuten, mit einiger Wahrscheinlichkeit.«

»Nun … und?«

Zugmeyer drehte den Hebel zurück. Und der schmale Kranz von Lichtern um den Schwerpunkt des Raumes entzündete sich wieder, dass die Messingteile der Apparate aus der Dunkelheit erlöst und wieder lebendig wurden, während die Lichtzeichen auf dem Schirm verloschen.

»Die Marsdepeschen treffen auf die seltsamste Weise mit einer anderen Entdeckung zusammen, die ich in der letzten Zeit gemacht habe. Und aus diesem Zusammentreffen glaube ich, den Sinn der Mitteilungen erraten zu können.«

»Und der ist …?«

»Eine Warnung … Ich bitte Sie jetzt, mit mir in mein Arbeitszimmer zu kommen.« Er ging seinen Gästen voran, über die schmale Brücke, dann ein Stück die Galerie entlang, und öffnete eine eisenbeschlagene Tür in der Wand des Observatoriums. Hier führte eine gewundene Treppe hinab zum Arbeitszimmer des Astronomen. Es war ein einfacher Raum, bis zur halben Höhe der Wand mit Holz getäfelt, und innerhalb dieser strengen Zweckmäßigkeit doch von einer Art von poetischem Zauber durchwirkt, dem sich selbst Bezug nicht zu entwinden vermochte. So wenig er die Bemühungen der Gelehrten, die in seinem Dienst standen, sonst schätzte, vor der Arbeit des Astronomen hatte er mehr Ehrfurcht, als er sich selbst einzugestehen willens war. Er, dessen ganze Ziele auf diesem Ball lagen, sah mit Erstaunen und einer Art von Neid, wie es den Astronomen gelang, sich auch anderer Welten zu bemächtigen, sie in die Stille ihrer Studierzimmer herunterzuziehen, sie in mathematische Formeln zu bannen und ihren Lauf zu bestimmen. Da lagen die Geheimnisse des Himmels, der Bewegungen fernster Gestirne, aufgeschlossen in langen Zahlenreihen, in Tabellen, da war eine ihm unbegreifliche und fast unheimliche Weisheit in unscheinbaren Büchern und Regalen aufgehäuft.

Während sich Bezug in dem Raum umsah, nahm Zugmeyer vor seinem Schreibtisch Platz und öffnete eine der kleinen Laden an der linken Seite. Er nahm ein Pack fotografischer Negative hervor und legte es vor sich hin.

»Nun, Professor, und Ihre andere Entdeckung?«, fragte Bezug endlich, als sich Zugmeyer noch immer nicht entschloss zu sprechen.

Da nahm der Astronom die oberste der Platten auf und hielt sie gegen das Licht, das über seinem Schreibtisch hing.

»Sehen Sie sich einmal dieses Negativ an!«

Bezug blickte hindurch. Er sah nichts als einen kleinen schwarzen Strich mitten auf der sonst unbelichteten Platte.

»Nun, und …?«, fragte er.

»Was Sie hier sehen, ist die Fotografie eines neuen Planeten, den ich entdeckt habe.« Bezug reichte die Platte an Hainx weiter: »Das ist wohl für die Astronomen sehr überraschend …«

»Ja, es ist aber eine wenig angenehme Überraschung. Sie werden mich sogleich begreifen, wenn Sie mich eine Viertelstunde lang anhören wollen. Außer den aller Welt bekannten großen Planeten gibt es noch eine Menge kleiner Planeten. Man hat sie eigentlich seit jener Zeit immer schon vermutet, seitdem man das Gesetz der Planetenabstände von der Sonne aufgefunden hat. Dieses Gesetz verlangte in der Lücke zwischen Mars und Jupiter mit aller Entschiedenheit einen Weltkörper. Nun hat man in dieser Lücke allerdings keinen ganzen Weltkörper gefunden, aber doch die Trümmer eines solchen – eben jene kleinen Planeten, deren erster in der Neujahrsnacht des neunzehnten Jahrhunderts entdeckt worden ist. Eine Anzahl von Trümmern … kleinere und größere, und es wurden immer mehr, je eifriger man seine Beobachtungen auf ihre Auffindung richtete. So weit war das Gesetz glänzend erwiesen. Aber dann kam die Entdeckung des Astronomen Witt. Er fand nämlich abermals einen neuen kleinen Planeten, den er Eros nannte. Aber dieser Planet bewegte sich nicht in jener Planetenzone, die ihm das Gesetz anwies, in der Lücke zwischen Mars und Jupiter, sondern – gegen alle Ordnung und Harmonie – zwischen der Erde und dem Mars.«

»Wie ist das möglich?«, fragte Bezug gespannt.

»Man hat es sich mit außergewöhnlichen Einflüssen zu erklären versucht, die den neuen Planeten aus seiner Sphäre gerissen haben. Seine ungemein exzentrische Bahn scheint darauf hinzudeuten. In seiner Sonnenstärke rückt er bis auf drei Millionen Meilen an uns heran, während die Venus immer noch fünf Millionen Meilen entfernt bleibt. In der Sonnenferne aber reicht seine Bahn noch über die des Mars hinaus. Nachdem Witt einmal die Bahn des Eros rechnungsmäßig festgelegt hatte, gab es einiges Kopfschütteln. Denn ein so seltsamer Himmelskörper ist eine Warnung für uns, er deutet eine Gefahr an.«

»Eine Gefahr?«

»Wenn solche Unregelmäßigkeiten stattfinden können, wenn uns unbekannte Einflüsse Planeten aus ihrer Sphäre herauszureißen vermögen ... ist es dann ausgeschossen, dass einmal einer von ihnen uns so nahe kommt, dass die Anziehung der Erde über seine Masse siegt und dass er auf uns herunterstürzt?« Der Professor hatte sich erhoben und stand vor Bezug, bleich und entschlossen, jetzt alles zu sagen. »Wir dürfen diese Möglichkeit schon rein logisch nicht ausschließen, verstehen Sie? Wir haben Anzeichen dafür, dass Ähnliches schon stattgefunden hat. Sehen Sie einmal unseren Mond an. Die ungeheuren Ringgebirge, die Wallebenen ... Wenn Sie in einen zähen Brei einen Stein werfen, so entsteht ein ganz ähnliches Gebilde. Diese Ringgebirge können keine vulkanischen Erscheinungen sein. Sie fordern eine Erklärung heraus, dass hier in den zähflüssigen feurigen Brei des Mondes einmal solche irrende Himmelskörper hineingestürzt sind. Und dann das, was man Polhöhschwankungen der Erde nennt. Schwankungen um etwa zwanzig Meter. Aber sie genügen, um die sonderbaren Klimaschwankungen der Erde zu erklären. Auf Spitzbergen hat es einst Kirschbäume und Lorbeersträucher gegeben, der Südpolkontinent war nicht immer unter Eis begraben ... Vielleicht hat auch unsere Erde einmal ein solcher Stoß getroffen ...«

Zugmeyer hielt inne. Seine Stirne war nass, er sah Bezug starr an, mit funkelnden Brillengläsern. Dann nahm er die Glasplatte aus der Hand Hainx' und hielt sie empor. »Ich habe meinen neuen Planeten ›Terror‹ genannt ... ›Terror‹ ... Jetzt bin ich der Überzeugung, dass er früher auf seiner Bahn nicht entdeckt werden konnte, einfach weil er früher nicht da war. Er ist erst in der jüngsten Zeit aus seiner Zone gerissen worden, und er kommt auf unsere Erde zu, meine Herren, wenn meine Berechnungen nicht falsch sind ... oder wenn ihn nicht irgendein anderer Einfluss zurückreißt ... und er muss mit uns zusammenstoßen. Das ist es auch, was uns die Marsleute telegrafieren, sie haben ihn entdeckt, und sie warnen uns ...«

»Und was geschieht ...?«, fragte Bezug atemlos.

»Der Untergang ... Er ist nur den zehnten Teil so groß wie unser Mond. Aber es genügt.«

»Was ist zu tun? Was ist zu tun?« Bezug sah Hainx an. Aber der war bis an den ungeheuren Bücherwall zurückgewichen, der die eine Wand verdeckte, und hatte sich schwer atmend mit dem Rücken dagegen gelehnt.

»Es ist nichts zu tun. Wir müssen schweigen.«

»Schweigen?«

»Denken Sie an das Entsetzen, das über die Welt kommen müsste.«

»Es ist wahr! Es ist wahr! Ein fürchterliches Entsetzen müsste über sie kommen. Müsste über sie kommen ... Sie werden nicht wissen, was sie in ihrer Angst tun sollen ... Und wann müsste dieser Zusammenstoß erfolgen, Professor?« Bezugs Augen brannten.

»Nach meinen Berechnungen im Juli.«

»Im Juli! Sehr gut. Da können sie noch mehr als drei Monate zucken und sich winden ... in Todesangst ...«

Zugmeyer griff hinter sich und fasste die Armlehnen seines Stuhles. »Ich habe Ihnen davon gesagt, Herr Baron, weil ich es für meine Pflicht hielt, eine Entdeckung, die ich auf Ihrer Sternwarte gemacht habe, Ihnen nicht zu verschweigen. Sie wollen doch nicht ...?«

»Ich wünsche nicht, dass Sie mir Ratschläge erteilen«, fuhr Bezug auf, so bedrohlich, dass Zugmeyer sich aus seiner Nähe wünschte. Da war die ganze Brutalität wieder vorgebrochen, die Bezugs Siege zuletzt entschied. »Es war Ihre Pflicht, gewiss. Ich danke Ihnen. Was ich mit Ihrer Entdeckung zu tun gedenke, das ist meine Sache, verstehen Sie mich? Ich werde sie benutzen oder nicht benutzen, wie es mir gefällt und wie es meinen Plänen entspricht ... Kommen Sie, Hainx!« Und mit einem Kopfnicken verließ er das Arbeitszimmer, gefolgt von Hainx, der seine Beine mit Mühe zum Dienst zwang.

Auf dem Hof blieb Bezug stehen und sah zu dem hellen Nachthimmel empor. Da waren diese fernen Welten, aus deren Hintergrund irgendwo die Zerstörung hervorbrach; schon war das zertrümmernde Geschoss in Bewegung, erst nur den Berechnungen des Gelehrten erfindlich, aber bald würden sich die Augen der gesamten Menschheit in Todesangst zum Himmel wenden, bis in die fernsten Winkel der Erde würde die schreckliche Botschaft dringen …

»Ich werde das Schicksal erleben, die ganze Menschheit wie eine Meute winselnder Hunde feige kriechend zu sehen«, murmelte Bezug.

Knatternd fuhr das Automobil vor. Die beiden Nachtwächter rissen das Hoftor weit auf und standen stramm aufgerichtet, während Bezug an ihnen vorüberfuhr. Als sie von dem Weg zur Sternwarte auf die Straße einbogen, wandte er sich um. Das weiße Gebäude mit seiner dunklen Kuppel glich auf seinem Hügel einem riesenhaften Märchenpilz, der durch ein Zauberwort der Nacht aus dem Boden gezogen worden war. Dann sah Bezug zu den Sternbildern auf, und als sein Blick wieder auf die Kuppel herabsank, da schien sie ihm klein und gedrückt, zusammengekauert und zusammenschaudernd unter der gewölbten Wucht des Firmamentes. Dünn und spitz stach daneben der Mast der telegrafischen Station in die Nacht.

Bezug fühlte, wie Hainx, der neben ihm saß, zitterte.

»Ist es Ihnen kalt, Hainx?«, fragte Bezug.

»Ja!«

Aber Bezug lächelte. Da hatte das Fieber schon ein Opfer erfasst. Er schwang eine Geißel. Er spann sich wieder in seine Phantasien: »So ist es gut … so muss es kommen. Ich habe sie meiner Macht nicht unterwerfen können, hören Sie, Hainx! Nicht unterwerfen können. Dazu sollte es nicht kommen … Aber ich werde dafür entschädigt: Ich werde ein Schauspiel erleben, wie es noch nie gesehen worden ist. Die Wissenschaft … hören Sie, Hainx … wenn es die Wissenschaft sagt! Wenn es nur ein Glaube wäre, ein Aberglaube: aber die Wissenschaft! Da ist kein Entrinnen in den Unglauben oder in die Vernünftigkeit. Da wird die Vernunft selbst sie mit Peitschenhieben antreiben … in den Wahnsinn. Die Vernunft wird ihnen sagen: Es ist aus, es ist aus, es ist aus … Kein Entrinnen. Denn wir haben keinen Punkt außerhalb der Erde, auf den wir flüchten können. Keine Arche Noah, die im Weltraum schwimmt, bis wir wieder irgendwo landen können. Sie müssen alle zugrunde gehen, das ganze Gewimmel … die ganze Brut. Sie werden durcheinander laufen und beten und fliehen und sich im Wahnsinn selbst umbringen. Und die Ordnung wird in Trümmer gehen … hören Sie, Hainx! … und das ›Gesetz‹ und die Sitte und alles, alles, alles« – und Bezug schlug mit der geballten Rechten bei jedem Wort auf den Rand des Wagenschlages – »sie werden toll und tobsüchtig werden, hören Sie, Hainx! Toll und tobsüchtig, ein ungeheurer Käfig, aus dem niemand ausbrechen kann … in dem sie alle miteinander umkommen müssen. Ich werde ganz zuletzt doch noch dieses wunderbare Schauspiel genießen … den Triumph, sie alle erniedrigt und vernichtet zu sehen … wenn auch nicht durch meine Macht – aber ich werde doch noch zuletzt über sie herrschen … in ihrer Todesangst …«

Ein keuchender Husten zwang ihn, abzubrechen. Die Worte wollten sich nicht zurückdrängen lassen, quollen herauf, aber die Luft kam nur pfeifend aus seinen Lungen, er bäumte sich auf und sank zurück. Dann saß er zusammengekrümmt da, mit rundem Rücken und hängenden Schultern, den Kopf weit vorgestreckt, als trage er eine Last auf dem Nacken. Seine Augen waren stier und blutunterlaufen.

Hainx sah seinen Herrn entsetzt an.

Die Derwische, die er in Ägypten besucht hatte, waren im letzten Stadium ihres fanatischen Taumels ähnlich anzusehen gewesen wie jetzt Bezug.

Nur langsam löste sich die Spannung und kehrte Bezug die Besinnung zurück. Aber er sprach nichts mehr. Er lächelte nur und sah Hainx bisweilen von der Seite an, mit einem spöttischen und prüfenden Blick. Das war wieder dieser alte Blick des Inquisitors, des Henkers, der seine Kraft aus der Verzweiflung seines Opfers zog. Und mit aller Macht seines Willens nahm sich Hainx zusammen, um nicht zu zittern.

Als sie in den Hof des Palais einfuhren, schlug Bezug die Decken zurück. Und indem er aus dem Wagen stieg, sagte er leichthin: »Wird das nicht ein köstlicher Spaß werden, Hainx?«

Und Hainx antwortete fest: »Ich freue mich darauf, Baron.«

Thomas Bezug blieb den ganzen folgenden Vormittag in seinen Schlafzimmern. Der Kammerdiener hatte strengen Befehl, ihn unter keiner Bedingung stören zu lassen. So konnte auch ein Brief, den ein Diener von Bezugs Sternwarte brachte und den Zugmeyer als besonders dringend und sogleich zu übergeben bezeichnet hatte, nicht seinen Adressaten erreichen. Es war ein letzter Versuch des Gelehrten, seinem Herrn die schrecklichen Folgen einer Preisgebung des Geheimnisses vorzuhalten und ihn zu warnen. Trotz der Gefahr, Bezugs Zorn auf sich zu laden, hielt es Zugmeyer für seine Pflicht, noch einmal an ihn heranzutreten.

Dann kam der Ausschuss des vereinigten Künstler- und Schriftstellerbundes ›Minerva‹, der für heute Vormittag zur Audienz befohlen war, um sein Memorandum zu überreichen. Auch ihm blieb der Eintritt verwehrt, und Richard konnte nichts anderes tun, als die Abgesandten auf nachmittags zu vertrösten.

Es handelte sich bei dieser Audienz um nichts Geringeres als um die geplante Gründung der Künstlerstadt, die Bezug in Aussicht gestellt hatte. Der Verein hatte sich eigens zu dem Zwecke gebildet, um die Vorarbeiten durchzuführen und Bezug mit festen Vorschlägen zu kommen. Darüber war man einander in die Haare geraten und hatte eine ganze Reihe erbitterter Fehden auszufechten gehabt. Es bereitete Bezug ein ganz besonderes Vergnügen, die Bulletins dieses Kampfes zu erhalten. Oft focht man in ganzen Schlachtreihen gegeneinander: hie Schriftsteller und hie Maler, oder hie Maler und hie Architekten, oft löste sich das Gefecht in eine Anzahl von Einzelkämpfen auf. Störner behauptete, es sei ein ähnlich erhebender Anblick wie der Furor der homerischen Helden. Wenn hüben und drüben je einer vor die Phalangen trat und wenn beide nun zum Ergötzen der Übrigen übereinander herfielen. Es war wie bei Hahnenkämpfen. Selten genug kam einer ungerupft davon. Und oft genug fand sich, dass die Federn, die einer bei einem solchen Streit verloren hatten, fremde Federn waren.

Wenn Bezug aber seine Laune besonders festlich steigern wollte, dann wohnte er den Versammlungen der ›Minerva‹ bei. In Anwesenheit des hohen Protektors war man noch weniger als sonst geneigt, sich etwas gefallen zu lassen, und griff einander noch grimmiger an. Mit den Fäusten zerrte einer den anderen von dem Kothurn, auf dem er in der Öffentlichkeit stand. Und Bezug hatte seinen Spaß daran.

Jetzt war man endlich so weit gekommen, nach endlosen Beratungen, Erwägungen und eifersüchtigen Listen, dass man die Grundzüge der Organisation festgestellt hatte.

Nachmittags fanden sich die Herren des Ausschusses wieder in Bezugs Palais ein. Sie wurden in die Halle mit den Alabastersäulen geführt, die jetzt noch durch eine Wand aus einer einzigen ungeheuren Spiegelscheibe gegen den Park abgeschlossen war.

Man stand ein wenig in Gruppen herum und erwartete mit einiger Ungeduld das Erscheinen des Hausherrn.

Dibian, Harthausen und Schönbrecher wanderten gemessenen Schrittes längs der Spiegelscheibe auf und ab.

»Glauben Sie, dass er alles so annehmen wird, wie wir es vorschlagen?«, fragte Harthausen nach einer Pause, die einem Vortrag über seinen letzten Roman gefolgt war.

»Warum sollte er denn nicht?«, fragte Schönbrecher dawider. »Er hat uns doch alle Vollmacht gegeben.«

Dibian lachte: »Na also: Er gibt's Geld her. Das bedeut't immer und allzeit: Ich behalt's letzte Wort.«

Schönbrecher zupfte an seiner Krawatte und versuchte sein Bild in der Glaswand zu erhaschen: »Aber die Kunst hat ihre eigenen Gesetze. Und auch die Künstler haben ihre eigenen Gesetze. So soll es wenigstens überall sein. Und hier gibt sich zum ersten Mal Gelegenheit, zu zeigen, wie unsere Leistungsfähigkeit gesteigert wird, wenn wir frei sind vom Zwang der Bestie Publikum – vollkommen frei, verstehen Sie mich …?«

Er unterbrach sich mit einem feindseligen Blick auf Doktor Störner, der eben zu ihnen getreten war.

Doktor Störner gehörte nicht eigentlich zum Ausschuss der ›Minerva‹. Aber er bummelte gelegentlich so mit, aus Neugierde, um zu sehen, welche Entwicklung die ganze Angelegenheit nehmen würde. Und da man ihn fürchtete und sein Blatt für jene Berichte brauchte, die dem Publikum die ungemeine

Bedeutung der Künstlerrepublik vor Augen rücken sollten, wagte man nicht, ihn zurückzuweisen.

»Sagen Sie einmal, verehrter Sophokles«, begann er, »haben Sie denn auch schon über die Liebe nachgedacht? Wie haben Sie denn die Liebe in Ihren sozialen Organismus hineinreglementiert?«

»Die freie Liebe …«, wollte Harthausen dozierend anfangen.

Aber Schönbrecher fiel ihm verärgert ins Wort: »Sehen Sie denn nicht, dass uns der Herr Doktor Störner nur aufziehen will? Wie kann man denn so was reglementieren! Die freie Liebe, das ist ein Unsinn. Ein Unsinn, wie jedes Schlagwort. Schlagworte sind etwas für die großen Massen. Aber nichts für freie Geister. Es ist selbstverständlich, dass im Belang der Liebe alle Vorurteile abgeschafft werden …«

»Hören S', Schönbrecher, da wird meine Frau schon dagegen sein«, sagte Dibian.

Schönbrecher zuckte geringschätzig die Achseln und wandte sich ab. Dieser Ochsenmaler war auch von einer Schwerfälligkeit, die ihresgleichen suchte. Die Frauen?

»Die Frauen werden sich immer jeder Genialisierung des Mannes widersetzen. Je höher wir uns erheben, desto erbärmlicher fühlen sie sich. Die Überwindung des Weibes! Ein Ziel, aufs Innigste zu wünschen! Aber es ist in der Praxis schwer durchführbar …«

Störner war ein arger Heide, der nicht einmal vor Schönbrechers antikem Schönheitsideal Ehrfurcht hatte. Er lächelte ihn immer an, sooft er mit ihm sprach. Und lächelnd sagte er, indem er den Kopf auf die Schulter neigte: »Mein lieber Sophokles …!«

»Sagen Sie zu mir doch nicht immer Sophokles!«, fuhr Schönbrecher auf.

»Also, mein lieber Aischylos oder Euripides, wie Sie wünschen. Ich hatte eigentlich vor, das Problem von einer anderen Seite anzuschneiden. Nämlich, wie steht es mit dem Geld, das zur Liebe so im Allgemeinen gehört?«

Dibian lachte und nickte Störner zu. Aber der fuhr ernsthaft fort: »Muss da jeder in die eigene Tasche greifen …? Oder kommt da der berühmte gemeinsame Fonds daran …? Oder wird Ihnen die Liebe sozusagen … in Naturalien geliefert werden?«

Schönbrecher pflanzte sich vor Störner auf, sah ihn mit überirdischer Hoheit von oben herab an und sagte: »Wir sind eine ›neue Gemeinschaft‹, verstehen Sie mich? Unsere Ethik muss sich erst bilden. Nach eigenen Gesetzen, wie ich bereits gesagt habe.«

»Aber Sie haben eine radikale Gruppe unter sich. Die sozialistischen Dichter und Künstler werden verlangen, dass es nach ihren Grundsätzen geht. Sie werden die Honorare, die Sie verdienen, für die Allgemeinheit in Anspruch nehmen.«

Da fiel aber Harthausen ein. Eine solche Aussicht konnte ihn außer sich bringen. »Das ist selbstverständlich ausgeschlossen«, eiferte er.

Störner schüttelte den Kopf: »Ich fürchte, meine Herren, der Leim für Ihre ›neue Gemeinschaft‹ ist ein wässeriger Klebstoff.«

»Wenn's ausanander geht«, sagte Dibian. »Ich mach mir nix draus. Meine Ochsen kann ich immer anbringen. Ich mach ja keine antiken Dramen.«

Bezug trat in diesem Augenblick in die Halle, und sogleich verstummte das Summen. Man begrüßte den edlen Spender mit schweigenden Verbeugungen. Mit ein paar raschen Schritten kam Bezug bis in die Mitte des Raumes und dankte mit Kopfnicken nach allen Seiten.

»Was hat er denn?«, flüsterte Dibian Harthausen zu. »Schaun S', was er für a G'sicht macht.«

Bezugs Ernst war auffallend. Seine Stirn schien von schweren Sorgen gefurcht, und um den Mund lag ein unbestimmter Zug, etwas wie Teilnahme oder wie Angst. »Entschuldigen Sie, meine Herren, dass ich Sie heute Vormittag nicht empfangen konnte. Sie werden mich entschuldigen, wenn Sie hören … Ich habe Sie also gebeten, mit Ihren Vorschlägen zu kommen …«

Die Pause, die Bezug eintreten ließ, hielt Harthausen, der sich zum Sprecher aufgeworfen hatte, für eine Aufforderung zu beginnen. Er verbeugte sich also und zog mit einiger Anstrengung ein Kuvert aus der Tasche.

»Wir haben uns erlaubt, Herr Baron, hier alles aufzuzeichnen, was wir sozusagen als Basis unserer – Ihrer Gründung ansehen ... angesehen wünschen ... bitten! Einem Unternehmen, dem Ihr Name auf die Stirne geschrieben werden soll, konnten wir nichts Kleinliches, nichts Bedeutungsloses zumuten. Deshalb haben wir uns immer vor Augen gehalten, dass es wohl Ihrer Großmut entsprechen dürfte, wenn wir den gewaltigsten Maßstab an alles legen, wenn wir es im größten Stil entwerfen. In diesem Sinne haben wir ...«

Da streckte Bezug die Hand gegen den Sprecher aus, dass dieser erschreckt verstummte. Und nun bedeckte Bezug die Augen mit der anderen Hand und stand lange so, bis er an dem Flüstern der Gäste merkte, dass man den Eindruck seiner Gebärde voll erfasst habe. »Ja, meine Herren«, sagte er endlich, »ich danke Ihnen für Ihre Mühe. Ich danke Ihnen recht sehr, dass Sie meinen Intentionen so vollkommen gefolgt sind. Ich hätte wirklich gewünscht, meinen Plan im größten Stile durchgeführt zu sehen. Kein sehnlicherer Wunsch, als der Kunstgeschichte aller Zukunft meinen Namen zu lehren. Aber ... ich muss Ihnen sagen ... ich muss Ihnen sagen, aus diesem schönen Plan kann nichts werden.«

Er schwieg wieder, wie vom Schmerz überwältigt. Die Abgesandten schauten einander an, bestürzt, fassungslos, sie sahen ein scheinbar fest begründetes Gebäude wanken und stürzen. »Was sind Hoffnungen, was sind Entwürfe«, murmelte Störner, »wenn Zeus auf seinem Throne wackelt ...?«

»Aber ... Herr Baron ...«, begann Harthausen noch einmal mit unsicherem Einsatz, »... es liegt uns selbstverständlich fern, in Ihre ... Motive eindringen zu wollen. Das können wir nicht. Und wollen wir nicht. Wir hoffen nur, dass nicht irgendein Unglücksfall in Ihrer Familie, Sie so ... Ja, wir hatten ein stattliches Haus gebaut. Tausende der Besten haben ihre Blicke auf diese neue Gemeinschaft gerichtet. Welcher Segen für die Zukunft ...«

»Ja ... die Zukunft«, fiel ihm Bezug ins Wort, »sehen Sie, eben die Zukunft! Gerade das ist es. Wir haben keine Zukunft mehr.«

»Keine Zukunft? Wir hätten ...«

»Es ist schwer zu begreifen, nicht wahr? Aber Sie können es mir glauben. Wir nicht, ich nicht. Die ganze Menschheit treibt dem Abgrund des Nichts zu. Sie haben den Entwicklungsgedanken hochgehalten, meine Herren, Sie haben von Übermenschen der fernen Zeiten geträumt. Unsere Entwicklung ist zu Ende. Ein paar Wochen noch, dann … Sie sind Männer, meine Herren, Sie werden wie Männer zu tragen wissen, was ich Ihnen sagen muss. Es sind keine kleinlichen Bedenken … Aber wozu an die Gründung einer Künstlerstadt gehen, wenn dieser ganze Ball, auf dem wir stehen, in kurzer Zeit verödet sein wird, alles Leben ausgelöscht, alle Herrlichkeit und Größe der Menschheit dahin …«

Da trat ein Lächeln auf Harthausens Gesicht. Und er versuchte, Bezug verständnisvoll anzusehen: »Herr Baron, Sie sprechen wie ein Prophet. Sie wollen uns den Weltuntergang verkünden. Und die Propheten, das wissen wir ja … sie haben immer die Läuterung ihres Geschlechtes gewollt. Sie wollen uns … Es ist ein Scherz!«

Aber Bezugs Gesicht veränderte sich nicht, der drückende Ernst wich nicht von ihm: »Ich wollte jetzt lachen können und Ihnen sagen: Ja, meine Herren, ich habe Sie auf die Probe gestellt, ich wollte sehen, wie Sie eine Nachricht aufnehmen, die geeignet ist, den Tapfersten zu erschüttern, den Ruhigsten aus seinem Gleichgewicht zu bringen … Ich bin stolz darauf, sagen zu können, dass ich unter den Künstlern, die ich um mich versammelt habe, lauter Helden finde. Sie müssen sich aber nun auch mit dem Gedanken vertraut machen: Es ist so, wie ich es Ihnen sage. Es ist uns und unserer alten Erde eine kurze Frist gegeben. Bis zum Juli etwa – dann kommt die Vernichtung.«

Etwas minder zuversichtlich als vorhin fuhr sich Harthausen über die Stirn. Und Schönbrecher nahm an seiner Stelle das Wort, indem er den Kopf senkte, dass die tadellose Scheitellinie bis zum Wirbel sichtbar wurde. Dabei spielte seine rechte Hand mit der aus der Westentasche herabhängenden kurzen Uhrkette, an der einige Kameen bammelten. »Nun«, sagte er, »Herr Baron, wir werden unser Haus bestellen und unsere Arbeit beenden. Aber man soll nicht sagen, dass wir Künstler aus Angst vor dem Untergang irgendetwas beschleunigt hätten, das sich nicht beschleunigen lässt.«

»Also«, setzte Störner, gegen Schönbrecher gewandt, hinzu: »… Motto: In Schönheit sterben.«

Bezug sah von einem zum anderen: »Sie scheinen es mir noch immer nicht zu glauben, meine Herren! Ich wiederhole Ihnen, es ist so, wie es ich Ihnen sage. Auf meiner Sternwarte hat Professor Zugmeyer einen aus seiner Bahn geratenen kleinen Planeten entdeckt. Und der kommt geradewegs auf unsere alte Erde zu. Das wird einen schönen Krach geben … Ich muss mich vor Ihnen rechtfertigen, wie es scheint …«

Bezugs Ernst war jetzt so zwingend und wuchtig, dass sich niemand mehr zu lächeln getraute. Es kam eine seltsame Bewegung in die Versammlung, ein Schwanken und Zittern, und als jetzt mit einem Mal das Aufspringen des elektrischen Lichts die Dämmerung beendete, wagten sie es kaum, einander anzusehen. Indessen hatte Bezug einen Brief hervorgezogen und hielt ihn Dibian hin, der von seinen Hintermännern ganz in die Nähe Bezugs geschoben worden war.

»Bitte«, sagte Bezug, »lesen Sie. Sie werden sehen, dass ich nicht scherze. Lesen Sie nur …«

Die anderen drängten heran, von einem unwiderstehlichen Zwang überwältigt. Dibian entnahm den Briefbogen dem Kuvert und entfaltete ihn mit seinen dicken, klobigen Fingern. Seine Lippen bewegten sich.

»Teixel, Teixel«, sagte er nach einer Weile. »Sapperment. Die G'schicht ist schief g'wickelt!«

»Also, was steht denn drin?«

»So geben Sie doch her!«

»Lesen Sie vor!«

»Regen Sie uns nicht auf!«

Sie riefen und schrien durcheinander, fielen über Dibian her und rissen ihm den Brief aus der Hand. Aber es konnte keiner dazu kommen, ihn zu lesen, denn er wanderte von einem zum anderen, bis er an Störner gelangte. Der befreite sich mit einem Satz aus dem Getümmel und wich, den Brief in der hochgehaltenen Hand, bis zur Glaswand zurück. Dort hielt er mit ausgestrecktem Arm die Nachdrängenden zurück. »Einen Augenblick«, rief er, »sogleich … Sie werden es sogleich alle hören. Der

Brief ist von Professor Zugmeyer ...: ›Ich beschwöre Sie nochmals, die Nachricht von der Vernichtung unserer Erde nicht laut werden zu lassen. Das furchtbarste Entsetzen müsste die Folge sein ... Schweigen Sie darüber, bewahren Sie die schreckliche Entdeckung bei sich ... Wenn andere Astronomen den ›Terror‹ entdecken, werden sie gewiss ebenso schweigen, wie ich wünschte, geschwiegen zu haben – auch Ihnen gegenüber‹ ... und Sie haben doch nicht geschwiegen«, unterbrach sich Störner. »Sie haben nicht geschwiegen, Herr Bezug.«

Bezugs Gesicht lag fahl, seine Salzseeaugen glommen: »Zugmeyer ist ein Gelehrter. Ein Büchermensch. Er kennt die Unendlichkeit der Himmelsräume und die Entfernungen der Gestirne voneinander. Die Größe des Himmels hat ihn gehindert, seine Aufmerksamkeit einer noch erhabeneren Größe zuzuwenden, der Größe der menschlichen Seele. Und der Mensch, meine Herren, der Mensch war seit jeher der Gegenstand meines Studiums. Ich kenne seine Schwächen und seine Kräfte und habe eine unbegrenzte Ehrfurcht vor der Schönheit und der Stärke seiner Seele. Ich vertraue auf sie. Und sehen Sie, meine Herren, kann es ein erhabeneres Schauspiel geben, als wenn diese ganze Menschheit in ihrer vollen Kraft, auf der Höhe des Könnens, wissend und doch gefasst und heldenkühn dem Tod entgegengeht? Die ganze Menschheit, so gefasst und kühn, wie ich Sie vor mir sehe. Es wird niemand übrig bleiben, um dieses Schauspiel zu besingen oder im Bild festzuhalten und es der Nachwelt zu überliefern. Aber das wird nichts von seiner Schönheit nehmen. Es wird ein würdiges Gegenstück sein zu unserem Emportauchen aus der Nacht der Tierheit. – Gehen Sie jetzt, meine Herren, Sie werden das Bedürfnis haben, sich auf sich selbst zurückzuziehen. Und auch ich ... Ich möchte allein sein!«

Mit scharfem Blick beobachtete Bezug, wie sich die Männer, die er als Helden gepriesen hatte, ansahen, wie sie sich mit ängstlichen und scheuen Augen abtasteten, wie sie sich ratlos durcheinander schoben. Langsam zogen sie sich zurück.

Dibian, der neben Störner ging, murmelte: »Schad is, 's Ochsenmalen war mir noch lang nicht z'wider.«

Und Störner legte die Hand auf seinen Arm: »Dieser Bezug ... Er ist wahnsinnig. Man sollte ihn über den Haufen schießen ...«

Als alle gegangen waren, zögernd, als erwarteten sie doch noch ein Wort der Erklärung, ein Lachen, das sie zurückrief, ging Bezug mit raschen Schritten einige Male die ganze Länge der Halle ab. Dann wandte er sich zu Hainx, der aus einem Nebenraum getreten war: »Na ... also ... Hainx, was sagen sie dazu?«

»Es ist ... es ist ...«

»Ich konnte nichts Besseres tun, um den Schrecken recht rasch und grimmig unter die Menschheit zu jagen, als indem ich es diesen sagte ... Da werden sie reden und schreiben und reden und schreiben ... bis sie einander vor Angst zerfleischen.«

Am Gnadenort

Die Wallfahrtskirche von Schönau lag auf einem Basaltkegel, der unvermittelt aus der Ebene aufstieg. Um den Fuß des Berges war das freundliche Dorf im Halbkreis gelagert. Man sah den Häusern bäuerlichen Wohlstand und Behagen an, und der große Maierhof, der den rechten Flügel des Dorfes abschloss, gab das Muster eines gut geleiteten landwirtschaftlichen Besitzes. Er gehörte mit vielen Äckern und Waldparzellen dem reichen Stift oben auf der Höhe, das durch sein wundertätiges Gnadenbild Ströme von Betern und Gnadenwerbern anzog.

Seitdem Polydor Schleimkugel sich um den Ruf des Ortes bemühte, stieg die Zahl der Besucher von Monat zu Monat. Man hatte einige neue Termine festsetzen müssen, an denen die Gnade besonders wirksam war. Schleimkugel hatte die Christenheit mit Bildern, Broschüren und Andenken aus Schönau überschwemmt, sodass alle gläubigen Gemüter in Aufregung gerieten und vor Ungeduld außer sich waren, der hohen Wunder teilhaftig zu werden, die da verheißen wurden.

Seit zwei Wochen war der Zudrang ganz außergewöhnlich groß.

Zum Teil mochte das damit zusammenhängen, dass man sich den Osterfeiertagen näherte, auf die Schleimkugels Broschüren und fliegende Blätter mit sonderlicher Bedeutung hinwiesen. Aber dann war auch noch etwas anderes, was die Menschen in den geheiligten Bezirk trieb. Es war eine große Unruhe unter die Leute gekommen.

Ein Gerücht war aufgetaucht.

Zuerst nur fernhin, schattenhaften Fluges, langsam über den Horizont ziehend. Dann wieder jäher hervorbrechend, näher schon und schärfer und lange verharrend. Es schwoll heran, drohte eine Weile über den Häuptern und zog grollend ab.

Man sprach davon, dass der Untergang der Welt bevorstehe.

Die Zeitungen hatten sich der Sache bemächtigt und versuchten, die öffentliche Meinung zu bestimmen. Dem allgemeinen Chore war zunächst nicht wenig Spott beigemischt. Zugmeyers Name wurde mit einem Schlage populär. Es gehörte zu den Erfordernissen der Bildung, über seine Weltuntergangsphantasien zu lächeln. Man nannte ihn in einem Atem zusammen mit einigen anderen Entdeckern, die ihren Ruf demselben spöttischen Lächeln verdankten. Die Redaktionsastronomen bewiesen dem Forum der Abonnenten auf das Bestimmteste, dass man es hier nur mit einem Irrtum, einer Art von gelehrtem Aberglauben zu tun habe. Nur selten nahm man die Entdeckung Zugmeyers ernster und erwog die Folgen, um am Schluss doch immer wieder zu dem Ergebnis zu kommen, dass man keine Ursache habe, sich irgendwie beängstigt zu fühlen.

Dadurch war in den Oberflächenschichten wirklich wieder Beruhigung eingetreten, und man behandelte den Weltuntergang als eines der Themen unter den vielen, wie sie der Tag bringt und nimmt. Selbst die Helden, denen Bezug damals die Eröffnung gemacht hatte, schöpften aus dem allgemeinen Zweifel wieder Mut und Kräfte und dachten daran, aus der Stimmung der Zeitgenossen Gewinn für ihre Kunst zu ziehen. Die Witzblattzeichner brachten Reihen von Karikaturen, in denen die Schrecken der Vernichtung ins Groteske gewendet waren. Ein junger talentvoller Maler, der sich auf Aktualitäten verstand, brachte in vierzehn Tagen ein Kolossalgemälde zustande, das ›Der letzte Tag‹ benannt war. Es nahm die breiteste Auslage eines

Warenhauses ein und zeigte eine weite Moorlandschaft, die im Vordergrund zu Hügeln anstieg. Über die Ebene flüchteten Menschen in endlosen Zügen oder in sinnloser Hast, wirr durcheinander, einer den anderen überrennend, ohne Rücksicht, nur auf seine eigene Rettung bedacht. Sie sahen mit verzerrten Gesichtern nach rückwärts, wo ein ungeheures glühendes Gestirn schrecklich drohend über den Horizont stieg. Flammen spielten wütend über den ganzen Ball, ein Getümmel von rasenden Gewittern, und vor der Glut des zerstörenden Sternes standen deutlich und schwarz die Türme einer fernen Stadt, so armselig und winzig wie Menschwerk vor dem Zorn des Himmels. Die Staubwirbel, die über die Ebene jagten und die Fliehenden einhüllten und hemmten, die Windsbraut, die Äste und Steine mitriss, schienen schon die unmittelbaren Boten des Untergangs zu sein. Im Vordergrund aber, auf den mählich ansteigenden Hügeln, war eine Anzahl von Gruppen dargestellt, in denen die sieben Todsünden zu einer grässlichen Symphonie der Verzweiflung vereinigt waren. Geizige saßen mit verzerrten Gesichtern inmitten ihrer Schätze, mit Waffen in Bereitschaft, mit denen sie die Habgierigen abzuwehren versuchten, die selbst in diesen letzten Stunden den Neid nicht zu unterdrücken vermochten. Fraß und Völlerei beherrschten in wahnsinnigem Taumel die anderen, während Männer und Weiber übereinander herfielen, sich die Kleider vom Leib rissen und in schamloser Nacktheit die letzten Orgien der Wollust feierten.

Vor diesem Bilde war immer ein großer Andrang, und während die einen rein artistisch die Farbenwerte abwogen und das Talent des Malers selbst in dieser raschen und auf den Effekt berechneten Arbeit anerkannten, versuchten die anderen, durch Scherze über den Eindruck, dem sie sich nicht zu entziehen vermochten, hinwegzukommen.

Am dritten Tage nach der Ausstellung des Bildes wurde dessen Maler eingeladen, sich bei Bezug einzufinden. Er wusste, wie jedermann, dass der verderbliche Planet auf der Sternwarte des Barons entdeckt worden war, und dass dieser selbst die Entdeckung in die Öffentlichkeit gebracht hatte, und war gänzlich darüber im Ungewissen, wie Bezug sich zu dem Bilde stellen würde. Dem Maler selbst schien sein Bild eher geeignet, die Gemüter zu ängstigen und zu verwirren. Es gehörte zu seinem Plan, es derzeit als unverkäuflich auszugeben und erst nach dem Weltuntergang, an den er nicht zu glauben vermochte, zu gesteigertem Preis an jemanden zu verkaufen, der eine Erinnerung an diese Zeit des Lebens zu bewahren wünschte. Von Bezug aber wusste er, dass er die Künstler, denen er zuerst seine Mitteilung gemacht hatte, zur Ruhe und Besonnenheit ermahnt und alle guten Kräfte in ihnen aufgerufen hatte. Zu seinem Erstaunen wurde der Maler von Bezug ungemein freundlich empfangen. Kein Wort der Missbilligung über ein Bild, das, den Absichten Bezugs entgegen, doch eher Schrecken zu verbreiten geeignet war. Nachdem sich der Baron eingehend über die Vorzüge des Bildes ausgelassen hatte, lud er den Maler ein, noch ein zweites Bild zu beginnen, das denselben Gegenstand, aber in einer schrecklichen Steigerung, behandelte. Und als der Künstler noch zögerte, bestellte er das Bild bei ihm, fest und bindend, und setzte selbst einen so ungeheuerlichen Preis aus, dass dem Maler zu schwindeln anfing.

Von alledem, was in den oberen Schichten ein halb verzagtes, halb ironisches Kräuseln hervorrief, drang nur ein dumpfes Gerücht in die Tiefen des Volkes. Ab und zu ein Wort, das sie aufwühlte und für das sich irgendein Deuter eine sonderbare Erklärung ausklügelte.

Die Welt sollte also untergehen! Es war am Himmel eine blutige Faust aufgetaucht, die drohte nach der Erde hinüber! Und die Reichen hatten sich vorgesetzt, den Armen noch das Letzte wegzunehmen, um ihre letzten Tage noch in toller Hast durchjubeln zu können.

Hier unten fehlte die Ehrfurcht vor den Zeitungen. Man war nicht gewohnt, seine Meinung ausschließlich von ihnen bestimmen zu lassen. Und man wusste die ironischen Mienen, die spöttischen Winke, die Scherze nicht so zu nehmen, wie sie gemeint waren. Aus allen Artikeln, die dem Weltuntergangsaberglauben zu Leibe gingen, nahm man nur die Überzeugung, dass man jene Entdeckung wirklich gemacht hatte, dass man davon sprach und sich damit beschäftigte. Die Karikaturen der

Witzblätter, die Bilder, die rein artistisch genommen sein wollten, wurden hier auf dem Grunde mit düsterem Ernst betrachtet.

»Sö reden nur so ...«, sagte der Dreifaltigkeitsschuster, »... damit wir ihnen net dahinterkommen, was sö eigentlich woll'n. Sö woll'n uns bis zum letzten Augenblick nix merken lassen. Sö wollen uns um unsern letzten Tag betrügen.«

Die Gerüchte, die in den dunklen Höfen, auf den Stiegen und in den Waschküchen verbreitet wurden, gewannen täglich an Macht und schwollen bedrohlich an. Noch wagten sie sich nicht hervor, noch beherrschten sie nur die namenlosen Massen, aber es speicherte sich in ihnen schon die Kraft schlagender Wetter auf. Die alten Weiber trugen eine immerwährende Angst in sich und steigerten ihre Besorgnisse in stundenlangen Gesprächen, indem sie die Schrecken des Untergangs in wilden Phantasien voraus durchlebten. Noch widerstand die leichtsinnige Jugend und ergab sich nicht dem Strom. Aber es kam vor, dass die schon geweckte Angst der Weiber sie bestimmte, zu gewähren, was sie sonst noch versagt hätten. Worauf noch warten? Wozu sich noch weigern, wenn doch ohnehin vielleicht alles schon bald vorbei war? Und nun war es den Leuten sicher, dass der Antichrist in die Welt gekommen war. Er zeigte sich als Vorbote des Untergangs. Unzucht und Hurerei kamen in seinem Gefolge.

Man drängte in die Kirchen und an die besonders geweihten Orte, um Trost zu erlangen.

In Schönau war ein neuer Prediger aufgetreten, der den Leuten mit allen Künsten der Beredsamkeit das jüngste Gericht schilderte. Erst nach längerem Zögern hatte der Prior dem jungen Priester die Erlaubnis erteilt, auf die Kanzel zu treten. Er war eigens zum Bischof gefahren, um die Angelegenheit mit ihm zu besprechen, und unterwarf sich, wenn auch ungern, dessen Entscheidung, dass Pater Methuds Predigten zugelassen seien.

»Die Kirche hat die Verpflichtung«, hatte der Bischof gesagt, »sich um alles zu kümmern, was in der Gemeinde vorgeht. Wir müssen mit unserem Rat, unserer Hilfe, unserem Trost immer bei der Hand sein. Wir dürfen nicht tun, als wüssten wir nicht, was die Leute quält und ängstigt. Sie verlangen ein erlösendes Wort von uns. Wir müssen herausheben und klar vor sie hinstellen, was sie nur dumpf in sich fühlen. Wir müssen sie davon befreien, indem wir das in Worte kleiden. Und wir werden sie zugleich auf Gottes Gnade und Erbarmung verweisen, als auf das Einzige, was unser aller Hoffnung ist. Lassen Sie Ihren Prediger nur in diesem Sinn sprechen. Er soll es vermeiden, auffällig auf die Gerüchte von dem Untergang der Erde hinzudeuten. Es bleibe den Leuten überlassen, sich selbst alle Verbindungen und Beziehungen zu suchen.«

Nachdem der Prior gegangen war, teilte der Bischof Bezug mit, dass der Prior von Schönau ihn wegen der Predigten Pater Methuds befragt habe und dass er nach den Wünschen des Barons beschieden worden sei.

Der Erfolg dieser Predigten war ungeheuer. Aus den Dörfern der Umgebung kam die Bevölkerung fast vollzählig, und aus den entferntesten Orten trafen täglich ganze Pilgerzüge ein. Nicht einmal die Kranken blieben zu Hause. Die Kirche, ein weiter, für Tausende von Gläubigen berechneter Bau fürsorglicher Väter Jesu, war zu klein, um alle Beter zu fassen.

Vor dem wundertätigen Muttergottesbild mussten Priester die Ordnung erhalten. Sie regelten den Zugang und Abgang und duldeten nicht, dass jemand länger als zehn Minuten vor dem Gnadenbild verweilte.

Als der Frühzug, mit dem Frau Agathe sonntags nach Schönau fuhr, hinter den lang gestreckten Ausläufern des Waldgebirges kam, die den Ausblick in die Ebene verdeckten, trat sie ans Fenster ihres Wagenabteils. Von hier sah man schon den Basaltkegel von Schönau ganz scharf und blau in der Ferne. Sonst hatte Agathe mit freudiger Ungeduld hinübergesehen, heute war ein schweres Bangen in ihr. Welchen Trost würde der Bischof für sie haben? Grünende Felder links und rechts von der Bahn, endlose kraftstrotzende Äcker bis an den Horizont gebreitet. Nie hatte Agathe dem Keimen der Erde mit solcher Rührung zugesehen, das große Drama des Jahres war ihrem Leben kein Ereignis gewesen. Und nun trat es in seiner ganzen Schönheit und Macht vor sie, da es vielleicht zum letzten Mal war, da sie nicht mehr Gelegenheit haben würde, sich aller seiner Wunder ungetrübten Gemütes zu bemächtigen. Mit einem jähen Erschrecken trat sie vom Fenster zurück: Das war unmöglich, das konnte nicht sein … Das war alles nur ein Märchen, eine Erfindung allzu ängstlicher Gelehrter, so würde er es auslegen, gewiss … und die Zeitungsschreiber, die darüber spotteten, hatten neunmal Recht.

Auf dem Bahnhof von Schönau wurde Agathe vom Wagen des Bischofs erwartet. Es war ein großes Gedränge von Pilgern auf dem Bahnsteig, ein Schieben und Stoßen, Rufen und Winken, Weinen kleiner Kinder und Gemurmel von Betern, die es nicht erwarten konnten, mit ihren Werbungen um die Gunst des Himmels zu beginnen. Die bunten Farben der Bauerntrachten brannten in der Sonne, die dunklere Kleidung der Städter trennte die lebhaften Gruppen und umschloss sie wie Inseln, bunt überblühte Inseln, zwischen denen ein trübes Wasser fließt.

Die beiden Diener des Bischofs bahnten Agathe den Weg durch das Gedränge, an dem artig salutierenden Stationschef vorbei zu dem eleganten Landauer, der vor dem Ausgang hielt. Dann ging es die staubige Straße entlang, die von singenden, in weißliche Wolken gehüllten Prozessionen belebt war, dem Ort zu. Vor dem Gemeindewirtshaus war der Veteranenverein von Schönau aufgestellt. Es war ein gemeinsamer Besuch der Wallfahrtskirche beschlossen worden, denn im Schoß des Ausschusses dieser tapferen gedienten Krieger war eine gewisse Bedenklichkeit wegen des bevorstehenden Weltuntergangs nicht unbemerkt geblieben. Nun versammelte man sich auf dem kleinen Dorfplatz, stärkte sich noch rasch im Gemeindewirtshaus zu dem Aufstieg und trat dann in Doppelreihen zusammen. Eben als man so weit war, dass der Kommandant mit seinem Adjutanten beriet, ob man schon ausrücken solle, bemerkte der Fahnenträger den Wagen des Bischofs.

»Franzel«, rief er dem Hauptmann zu, »pass auf, der Bischof kommt!« Und nachdem sich der Kommandant überzeugt hatte, dass der Wagen, der da die Dorfstraße herankam, wirklich das Gefährt des Bischofs war, riss er sich mit der Geistesgegenwart, die seine Truppen stets an ihm bewundert hatten, herum und schrie weit hallend über die Reihen hin: »Also … Acht geben! Ich wer' glei' habt Acht kommandieren!« Und dann zur Musik gewendet: »Banda! Radetzkymarsch!«

Durch die Glieder ging ein Rucken und Zucken, sie strafften und spannten sich, nahmen Fühlung und richteten sich aus, so gut es möglich war.

Und jetzt war der Wagen herangekommen.

Der Hauptmann sah die Reihen entlang. Er war ganz rot im Gesicht. Und jetzt hob er die weiß behandschuhte Rechte: »Bataillon! Haaabt – Acht!«

Die Musik setzte mit einem gellenden Getöse ein. Sie hatte neben dem Trauermarsch, der bei Begräbnissen der Mitglieder zur Anwendung kam, nur noch den Radetzkymarsch für festliche Anlässe in Vorbereitung. Mit umso größerer Hingebung spielten sie ihn und mit einem Lärm, der ihre Zahl verdreifachte.

Die Sonne schien auf die grünen Federbüsche und die verschossenen Blusen.

Und die Frau Baronin fuhr mit einem kühlen Dank an dem Bataillon vorbei.

Frau Agathe fuhr das lang gedehnte Dorf entlang, dem mächtigen Maierhof zu, der wie ein Bollwerk seine rechte Flanke verteidigte. Der Bischof pflegte bei seinem Aufenthalt in Schönau hier unten zu verweilen. Er liebte es nicht, wenn er seine Residenz verließ, sich in Abhängigkeit von dem Zeremoniell des Klosters zu begeben. Das ganze erste Stockwerk des Gebäudes war für ihn eingerichtet worden, eine Flucht von Zimmern, die im Sommer angenehme Kühlung bot. Helle Möbel und leichte Stoffe waren eine freundliche Abwechslung gegen die schwere Pracht der Gemächer in seinem städtischen Palais. Ein paar auserlesene Bilder schmückten die Wände, eine kleine sorgsam gewählte Bibliothek gab den ruhigen Stunden des behaglichen Genießers Gehalt und Farbe.

Als Frau Agathe das Zimmer betrat, in dem er eben ein Werk des Astronomen Flammarion vorgenommen hatte, erhob er sich und ging ihr entgegen, mit dem freundlichen und freundschaftlichen Lächeln, das er wichtigen Besuchern gegenüber stets bereithatte.

Aber Agathe war heute nicht imstande, die Steigerung einzuhalten, die ihrem Beisammensein einen stets erneuten Reiz gab, jenes Fortschreiten von Zuständen von liebenswürdiger

Vertraulichkeit bis zu den Verzückungen der Liebe, das so weise eingerichtet war, dass es schien, als müsse man die Hindernisse jedes Mal immer erst wieder überwinden. Sie nahm heute alle Barrikaden auf einmal, stürzte auf den Bischof los und schlang die Arme um seinen Hals: »Liebster!«, keuchte sie. »Ich bin außer mir. Ich weiß nicht, was ich tun soll ... Ich fliehe zu dir ...«

Am Ohr des Bischofs war das feine Rauschen ihres seidenen Kleides. Und jenes gleichsam kochende Parfüm umhüllte ihn, das ihn so seltsam erregte. Frau Agathe war noch immer schön, und wenn sie die Schlaffheit und Müdigkeit ihres Zustandes überwand, dann belebten sich ihre Augen mit schwärmerischer Glut. Der Bischof hielt sie fest umschlungen und fühlte ihr wildes Atmen. »Sei doch ruhig«, sagte er. »Lass dich doch nicht so verschüchtern. Sei tapfer ...« Und er löste sich von ihr und ging zur Tür des Vorzimmers, die er öffnete, um nachzusehen, ob niemand draußen war.

Dann kehrte er zu ihr zurück, die regungslos mit hängenden Armen mitten im Zimmer stehen geblieben war, nahm sie sacht um die Schultern und führte sie zum Fenster, das auf den weiten Garten hinaussah. Er stieß das Fenster auf, und mit der frischen, sonnengewärmten Luft kam der Hall der Glocken herein, die oben die Beter zusammenriefen. Unten in den lustig übergrünten Büschen tobten die Spatzen, und der Sonnenschein lag golden und gut auf all den Beeten. Jenseits der Gartenmauer waren Felder, dann eine Doppelreihe von Pappeln, die eine ferne Landstraße begleiteten, und dann ganz fern das blaue Grenzgebirge.

Agathe hatte sich in den weichen Lederfauteuil drücken lassen, in dem sie tief einsank. Der Bischof war vor ihr stehen geblieben, so nahe, dass seine Knie die ihren berührten. Beunruhigt, aber schon nicht mehr verzweifelt, sah sie zu ihm auf und hielt seine Hände gefasst. »Also, was hältst du davon?«, fragte sie. »Ich bitte dich. So sprich doch. Du schaust mich immer nur an und sagst mir nichts. Glaubst du an dieses Gerücht ...?«

Er wies auf das Buch, das auf dem kleinen Fenstertisch lag. »Du siehst, ich suche mich über diese Frage zu unterrichten. Ich bin leider kein Fachastronom, und ich kann also Zugmeyers

Berechnungen und Hypothesen nicht nachprüfen. Ich kann mir nur nach meinem gesunden Menschenverstand mein Urteil bilden. Aber der gesunde Menschenverstand ist in solchen schlimmen Zeiten Anfechtungen ausgesetzt. Kurz, ich weiß nicht, was ich denken soll …«

»Du willst es mir nur nicht sagen. Du bist sonst so ruhig und sicher … und solltest gerade diesmal kein Urteil haben …? Aber du fürchtest selbst, es könnte zu Ende sein.«

»Nein! Nein! Es ist davon keine Rede … Ich glaube nicht daran. Die Vorsehung …«

Da fuhr Agathe von ihrem Sitz auf und warf sich wieder dem Bischof ungestüm an die Brust. »Nein … Nein, es darf nicht zu Ende sein … Es darf nicht. Jetzt, wo ich dich endlich kennen gelernt habe! Wo du mich liebst! Ich will leben … mit dir. Nach langen Jahren der Einsamkeit und der Qual endlich – du! Und nun soll mein Glück zerschlagen werden? Ja … ist denn das auch nur möglich? Ich weiß nicht … Ich glaube, ich bin wahnsinnig, ich bilde mir das Ganze wohl nur ein … Das ist wohl gar nicht … So sprich doch, Franz! Sprich doch!«

Der Bischof erschrak vor diesem Sturm. Seine Neigung liebte die glatten Fahrten vor gutem Wind, unter einem heiteren Himmel. Er selbst, der seine Weltanschauung an den Lehren der Stoa gebildet hatte, sah der Möglichkeit eines Unterganges gefasst entgegen. Aber diese Frau, die ihn hier in ihrer Angst umklammerte, war unfähig, in den kühlen Bereich seiner Philosophie zu treten. Vorsichtig begann er ihr zuzureden, dass man noch gar nichts Bestimmtes wisse, dass sich das ganze Gerücht vorläufig nur auf die sagenhafte Entdeckung Zugmeyers aufbaue. Zugmeyer selbst habe ja noch gar nichts über seinen ›Terror‹ veröffentlicht. Und auch andere Astronomen hätten sich noch nicht geäußert. Die Wissenschaft habe sich also noch keineswegs in irgendeiner Weise endgültig entschieden. Er selbst glaube nicht daran, denn er könne sich durchaus nicht denken, dass Gottes Hand die Uhr dieser Erde schon jetzt zum Stillstand bringen wolle. Es seien Dinge da, die allzu kräftig in die Zukunft hinauswiesen. Und bei der großen allgemeinen Vernünftigkeit in Gottes Plänen sei nicht einzusehen, warum er solche Keime hätte zulassen sollen, wenn ihre Entwicklung nicht in seiner Absicht gelegen wäre.

Der Bischof besaß große Macht über Agathe. Er hatte sie wieder zum Sitzen gebracht und sich selbst neben sie gesetzt, indem er ihre Hände in den seinen behielt.

»Du glaubst also nicht daran?«, fragte sie, indem sie ihn dankbar feuchten Auges ansah.

»Nein, ich kann nicht daran glauben!«

Erschöpft und glücklich lehnte sie sich zurück. Nun war die Welt wieder strahlend und heiter. Dann schwand der Glanz aus ihren Augen, und während sie mit zitternden Fingern seine Hände betastete, fragte sie, von einer neuen Besorgnis ergriffen: »Und du ... wirst du mich nicht verlassen? ... Wirst du dich nicht von mir wenden? Wenn das geschieht, dann wäre es mir lieber, wenn die Erde in Trümmer ginge. Hörst du? Das könnte ich nicht ertragen ... Das wäre mir bitterer als der Tod.«

Der Basaltkegel von Schönau war bis zur Hälfte seiner Höhe mit dichtem Wald bestanden. Die Fahrstraße, die man vor kurzer Zeit angelegt hatte, durchschnitt ihn in gleichmäßigen Spiralen, die um den ganzen Berg herumgingen. Wenn man aus seinem Schatten auf die steinige, überbuschte Halde kam, dann öffnete sich im Weiterfahren das wunderweite Panorama, das dem Berg seinen Ruhm in den Reisebüchern verschafft hatte, auch in den Büchern der Protestanten, denen das Gnadenwunder des Muttergottesbildes nichts galt. Man sah auf die endlose Ebene hinaus, auf den blauen Mäander des breiten Flusses, und das Grenzgebirge war an hellen Tagen so nahe gerückt, dass man die Waldblößen zwischen den Urwäldern unterscheiden konnte und die Warte, die auf dem höchsten Gipfel der Kette errichtet war.

Außer der Fahrstraße führte noch ein Fußweg hinan, ein steiniger, beschwerlicher Pfad, an dem eine Menge von kleinen Kapellen Bilder aus der Leidensgeschichte Christi bewahrte. Ein Kreuzweg, den die Frommen unter eifrigem Gebet zurücklegten, vor jeder der Kapellen verweilend und unter Seufzern der Reue bemüht, würdig oben anzukommen und vor das Gnadenbild zu treten. Es war für die Augustiner des Stiftes Schönau ein

Anzeichen der allgemeinen Stimmung, ob der Kreuzweg oder die Fahrstraße mehr benützt wurde. Wem eine dringliche und wichtige Sache am Herzen lag, der nahm den beschwerlichen Weg, wer sich nicht ganz in die Hände der himmlischen Gnade gab und noch ein wenig Vertrauen zu sich selbst behalten hatte, der wählte die Fahrstraße. In der letzten Zeit aber wurde fast ausschließlich der Kreuzweg benutzt, und das deutete darauf hin, dass die Angst der Menge groß und ihr Anliegen dringlich sei.

Langsam fuhr der Wagen des Bischofs die Spiralen empor. Wo der Kreuzweg die Straße schnitt, musste der Kutscher oft für einige Minuten Halt machen, so dicht war die Masse der Andächtigen; und so sehr waren sie ganz von ihrer Andacht erfüllt, dass sie den Rufen des Kutschers keine Beachtung schenkten.

Oben auf dem abgeflachten Gipfel des Berges war die Menge dicht zusammengedrängt. Es bedurfte der ganzen Vorsicht eines geschickten Wagenlenkers, um ein Unglück zu verhüten, und erst als die Laienbrüder, die den Bischof schon erwarteten, dem Kutscher zu Hilfe kamen, konnte der Wagen in den Hof des Stiftes einfahren. Hier empfing der Prior den hohen Gast, erhielt den Bruderkuss und geleitete ihn, von den Brüdern gefolgt, durch das Kloster in die Kirche.

In der Sakristei fand der Bischof einen alten Bekannten: Polydor Schleimkugel stand vor einem Haufen von Messgewändern und unterhielt sich mit einigen Fraters über den Wert dieser Stücke und die Gediegenheit der Arbeit. Er gab sachverständige Urteile ab, die er durch Beispiele aus allen Kirchenschätzen der Christenheit unterstützte.

Als der Bischof eintrat, wandte ihm Schleimkugel den ungeheuren Körper zu und schnaufte auf ihn los: »Ich habe die Ehre, Euer bischöfliche Gnaden ergebenst meine Ehrfurcht auszusprechen.«

»Ich freue mich, mein lieber Freund, Sie wieder einmal zu sehen. Wie geht es Ihnen?«

»Wenn Euer bischöfliche Gnaden mit meinen geringen Diensten zufrieden sind, dann ist mein Befinden über alles gut.«

»Ich bin mit Ihnen zufrieden, Schleimkugel! Sie haben sich in allen Stücken als ein braver Christ und treuer Sohn der Kirche erwiesen. Wenn ich nicht irre, so kommen Sie eben erst von einer Reise aus dem Orient zurück. Sie waren dort für uns tätig?«

»Ich habe etwas mitgebracht, bischöfliche Gnaden ...«, und Schleimkugel trat auf den Bischof zu, dass sein warmer Atem, der ein wenig nach Wein roch, dessen Gesicht traf. Geheimnisvoll flüsternd wiederholte er: »Ich habe etwas mitgebracht ... Ein Heiligtum, so etwas war noch nicht da! Es ist das Großartigste, was man sich denken kann. In Rom haben sie nichts dergleichen.«

»Wirklich?«

»Wirklich und wahrhaftig. Bei weitem nichts dergleichen. Sie würden es mit Gold bedecken, wenn sie es haben könnten. Aber ich gebe es Ihnen, bischöfliche Gnaden ...«

Schleimkugel wurde durch den Prior unterbrochen, der, nachdem er einige Zeit mit einem jungen Priester abseits gestanden hatte, nun diesen an den Bischof heranführte.

»Euer Gnaden gestatten, dass ich Sie um Ihren Segen für diesen jungen Bruder bitte.«

»Ist es Pater Methud?«

Der Prior bejahte, und der Bruder neigte sein Haupt, dass ihm der Bischof auf die kahle, fettig glänzende Tonsur sah.

»Wie kommt es, dass ich Sie noch nie hier im Stift gesehen habe?«

»Ich bin erst vor kurzem aus der böhmischen Provinz hierher versetzt worden.« Die Stimme des Priesters war trocken und knatterte wie brechendes Holz. Der Bischof sah den Mann genau an. Eine lederfarbene Haut spannte sich über vorstehende Wangenknochen. Die Kinnladen waren hart und eckig und schienen durch den dünnlippigen, schmal geschlitzten Mund wie durch ein Schnappschloss zusammengehalten zu werden. Die Stirn war hügelig und voller Beulen, als habe er mit den Fäusten gegen seinen Kopf gehämmert. In den weit auseinander stehenden Augen, deren Achsen etwas schief gestellt waren, lag jetzt, als er den Blick des Bischofs erwiderte, eine kalte, graue Ruhe, ein Erwarten ohne Ungeduld, der Ausdruck eines Mannes, der sich seiner Kraft bewusst ist und der sich immer vorsagt, er habe Zeit, sie anzuwenden.

Als nun der Bischof die Hand gegen ihn hob, senkte er wieder den Kopf wie vorhin.

»Ich segne Sie, mein Sohn«, sagte der Gast, »Gott gebe Ihnen Weihe und wahrhafte Demut, dass Sie nicht hoffärtig werden, wenn Sie sehen, wie das Volk Ihnen lauscht. Und der Allmächtige lasse Sie alles das beachten, was ich durch Ihren hochwürdigen Herrn Prior als die Grenzen Ihrer Rede vorgezeichnet habe.«

Die dienenden Laienbrüder hielten schon den Ornat bereit, in dem der Bischof dem Amt beizuwohnen hatte. Während sich auch die anderen ankleideten, wobei sie bestrebt waren, langsam und würdevoll in Haltung und Bewegung zu erscheinen, sodass man ihnen ansah, dass sie sich der Feierlichkeit der Vorbereitungen wohl bewusst seien, fuhr der Bischof mit raschen, kräftigen Rucken in das Chorhemd, nahm die Stola um und legte den goldstarrenden Mantel an. Er zog sich noch immer an wie ein Offizier, der frühmorgens in die Kaserne muss, und nachdem er als Erster fertig war, wartete er mit einiger Ungeduld, bis die anderen nachkamen.

Dann ging die breite Tür der Sakristei auf, und unter Vorantritt von vier Ordensbrüdern schritt der Bischof in die Kirche hinaus, in einen breiten Sonnenstreifen, der wie ein Teppich vor ihm auf den Steinen lag. Das staubige dunkelrote Tuch, mit dem die Altarstufen belegt waren, gewann im Licht eine starke Farbe, wie Blut kurz vor dem Erstarren, wenn es noch nicht alle Kraft des Lebens verloren hat. Die Orgel, ein Wunderbau musikalischer Architektur, erzitterte unter der Melodie eines alten Psalmes, mit dem der *Regens chori* den Bischof begrüßte. Mit einem flüchtigen Blick überschaute Franz Salesius die Kirche. Kopf an Kopf starrte die Menge. Auf seinem Hochsitz angelangt, der seitwärts vom Altar an einer sonst kahlen Wand angebracht war, wandte er sein Gesicht dem Allerheiligsten zu und gestattete seinen Augen keine Abweichung mehr.

Links und rechts von ihm saßen auf niedrigen Stühlen die Würdenträger des Stiftes. Der Prior selbst zelebrierte das Amt.

Obzwar der Bischof nicht ins Schiff der Kirche hineinblickte, fühlte er die ungeheure Spannung, mit der jede der feierlichen Bewegungen und jedes Wort des Priors verfolgt wurde. Sie wurden ihm von den Gliedern und vom Mund gelöst und glitten in die Seele der Menge hinüber, die dort betend und in uneingestandener Angst vor dem Altar stand. Der Sonnenschein rückte langsam näher über den Boden vor, indem er die Spuren der unzähligen Fußtritte auf den alten, abgenützten Steinplatten enthüllte. Da glomm der Glanz des Goldes auf dem Mantel des Bischofs auf, und endlich traf das Licht sein Gesicht. Er drückte nur die Augen zusammen und rührte sich nicht. Es tat ihm wohl, die durch die farbigen Gläser der Kirchenfenster bunte und gemilderte Wärme der Sonne zu fühlen. Ein lange nicht gespürtes Behagen wurde ihm zuteil, das von keinem Denken gestört war.

Das Hochamt war zu Ende. Aber der Prior und sein Gefolge verließen den Chorraum nicht, sondern gesellten sich zu ihrem Oberhirten. Der Prior nahm den Stuhl rechts vom Bischof ein, den ihm der Subprior mit einer tiefen Verbeugung einräumte.

Oben auf der Kanzel war Pater Methud erschienen. Er war rasch aus den Falten des dunklen Vorhangs getreten, der das Ende der gewundenen Treppe abschloss. Dann war er an die Brüstung gekommen und niedergesunken, indem er den Kopf hart gegen den Rand schlagen ließ. Über ihm schwebte an dem Baldachin die Taube des Heiligen Geistes inmitten eines sternförmig geordneten Strahlenbündels. Um die Brüstung der Kanzel liefen Reliefs mit Szenen aus dem Leben Johannes des Täufers, unterbrochen durch die Körper vergnügter Putten, die aus dem Gefüge ihrer Rahmen hervorzuspringen schienen.

Ein großes Schweigen lag über der ganzen Kirche.

Jetzt hob der Prediger sein bleiches drohendes Gesicht und begann ein murmelndes Gebet, dem er die Vorlesung einer Bibelstelle anschloss. Und im selben Ton fuhr er fort zu sprechen, ohne die Stimme zu erheben, ohne sich zu bemühen, seinen Zuhörern zu bedeuten, dass nun er mit eigenen Worten und Gedanken vor sie getreten sei.

Es war kaum verständlich, und der Bischof staunte, dass von diesem schlechten Redner so gewaltige Wirkungen ausgehen sollten.

Aber da zwang ihn etwas, den Blick, der von der Kanzel schon auf die lauschende Menge geglitten war, wieder zum Gesicht des Predigers zu erheben. Dessen Stimme klang jetzt wie vorhin in der Sakristei, wie das Knattern trockenen Holzes.

»Denn seit Anbeginn ist die Vernichtung in die Welt gesetzt. Sie steht neben allem Leben als sein Schatten. Und der Schatten wächst und wächst und breitet sich aus als ein wütender Nebel, der allen Glanz und alles Licht verhüllt. Da wird nichts sein, was stärker wäre als er. Er steigt als Wolke zum Himmel hinauf und überzieht ihn ganz von Osten nach Westen, von Mittag nach Mitternacht. Und im Schoß der Wolke ist das Grauen daheim. Es schläft noch wie ein Funken, der erst entfacht werden muss. Aber der Atem des Vernichters bläst ihn zum Brand an, zu einem Sturm von Feuer, der aus der berstenden Wolke bricht und auf die Erde regnet wie Pech und Schwefel über die verfluchten Stätten von Sodom und Gomorrha. Denn wahrlich: Ein Sodom und Gomorrha ist diese Erde. Eine scheußliche Unfläterei und ein Abgrund aller Sünden. Und wie Sodom und Gomorrha muss sie vertilgt werden von dem brausenden Atem des Vernichters, der aus der Wolke bricht.«

Der Prediger machte eine Pause und sah seine Zuhörer an, mit starren, bannenden Blicken, die nichts von ihrer kalten Ruhe verloren hatten. Nur seine Stimme war gesteigert und machtvoll geworden wie dröhnendes Erz. So stand er auf der Kanzel und schien die Angst der Menge, die zu ihm emporschlug, wie ein heißes Getränk zu schlürfen. Er berauschte sich an dieser Angst, er wühlte sie immer mehr auf, indem er in immer grässlicheren Bildern die Schrecken eines Unterganges vor die Menge stellte. Wie ein weiser Genießer wusste er sich selbst dabei ruhig zu halten, in einer Zwiespältigkeit seines Ichs, in einer zweifachen Wesenheit, deren eine dazu diente, in immer wilderem Andrängen die Seelen der Menschen zu bedrohen, während die andere gelassen die Wirkungen beobachtete.

»Und da kommen auch schon die Reiter von den vier Enden der Welt heran, die fürchterlichen Boten des Rächers. Sie kommen aus dem Lager der Dämonen, aus den Schlünden der Nacht, aus den Höhlen der Schrecken. Unter dem Getrappel der Hufe entzündet sich der ganze Himmel, und die Gestirne beginnen aus ihren glühenden Lagern zu fallen. Der große Wagen zersplittert an dem Felsen des Nichtseins. Und dann tönt mit einem Mal die Posaune, deren Schall die Toten erweckt. Die Gräber öffnen sich krachend, und heulend fliehen die Leichname der Verbrecher vor den Peitschen der Engel, denen das Werk der Vernichtung übertragen ist. Das ist ein Zug, in dem Mütter ihre Söhne und Kinder ihre Eltern und die Braut den Bräutigam sehen werden, gehetzt und mit den Brandmalen der Geißelhiebe überdeckt.«

Die Menge, die in der Kirche gepresst war, hatte eine Stimme bekommen, ein winselndes Keuchen, ein unterdrücktes Wehklagen und ein weinendes Wimmern. Aber der Prediger fuhr unerbittlich fort, mit wilden und triumphierenden kalten Augen, hasserfüllt und von einer unersättlichen Gier getrieben, die armen Seelen vor sich zu quälen und verzweifeln zu sehen. Er stand lang und hager vor dem roten Vorhang, der die Kanzel abschloss, und seine lederfarbene Haut hatte auf den Stellen, wo sie die Wangenknochen überspannte, zwei rote kreisrunde und scharf begrenzte Flecken gekommen.

Besorgt sah der Prior den Bischof an. Aber der erwiderte den Blick nicht, sondern schaute in die Kirche hinaus, wo das Volk in eine wirbelnde Bewegung geraten war. Ein Geschrei unterbrach den Prediger. Irgendjemand schrie inmitten der Menge, laut und gellend, und die Vordersten, die eng an das Gitter des Chorraumes gepresst waren, versuchten sich umzuwenden.

Pater Methud hatte sich vorgebeugt und sah hinunter. Die Arme hatte er auf die Brüstung gestützt und wandte keinen Blick von dem Getümmel. Der Taumel des einen Menschen schien die anderen anzustecken und mit sich fortzureißen. Man sah emporgeworfene Arme, hörte ein Schluchzen, Schreien und lautes Beten. Die Männer vor dem kunstreichen schmiedeeisernen Gitter des Chorraumes fassten in seine Stäbe und Ranken und rüttelten an ihm, als wollten sie nicht dulden, dass man ihnen verwehre, zum Allerheiligsten hinzustürzen und es zu umklammern. Der Bischof sah, dass jeden Augenblick eine Panik losbrechen konnte.

Er wandte sich zum Prior, der ihn ganz blass und fassungslos anstarrte. »Lassen Sie die Glocken läuten ... rasch ... und schicken Sie jemanden auf die Kanzel ... Er soll das Schlussgebet sprechen ... Augenblicklich!«

Die Aufregung der Menge hatte sich gesteigert. Die Masse war in ein Kochen und Schäumen geraten. Mütter hoben ihre Kinder über die Köpfe der Leute auf. Männer schlugen mit den Fäusten drein, um sich den Weg zu der Kapelle zu bahnen, wo das Gnadenbild hing. Dort entstand ein grimmiger Kampf. Die wachhabenden Priester wurden beiseite geschleudert und fortgerissen. Die Menschen versuchten einander wegzuzerren, schlugen mit den Fäusten drein, brüllten und kreischten. Mitten im Gedränge waren Einzelne auf die Knie gesunken und hatten zu beten begonnen. Sie wurden mit Füßen getreten und vermochten sich nicht mehr zu erheben. Die wenigen Besonnenen konnten gegen die Rasenden nicht ankämpfen.

Plötzlich setzte die große Glocke mit breiten, hochgewölbten Tönen ein. Sie sanken wie von der Decke der Kirche nieder und umhüllten den Lärm der Menge. Sie fassten ihn wie in einen Rahmen ein und hinderten ihn dadurch, sich auszubreiten. Und je mächtiger der Schall wurde, desto zaghafter wurde das Geschrei der Menschen. Sie kamen zur Besinnung, sahen einander an, und ihre Seelen, die von der Angst fortgerissen worden waren, fanden sich zurück. Nach einer brutalen Empörung aller Triebe des Ich begann man wieder, Rücksicht auf die anderen zu nehmen, erstaunt und beschämt, dass man sich so vergessen konnte.

Der Bruder, den der Prior abgesandt hatte, trat auf der Kanzel aus den Falten des Vorhanges hervor und berührte Pater Methud an der Schulter. Aber dieser rührte sich erst, als ihn der Bote abermals und stärker rüttelte. Er hatte bis jetzt, mit dem halben Oberkörper vorgeneigt, den Szenen des Aufruhrs zugesehen, den er hervorgerufen hatte. Jetzt fuhr er auf, sah den Bruder verstört an und ließ sich seine Botschaft noch ein drittes Mal wiederholen. Dann nickte er demütig, sank sofort in die Knie und begann mit lauter Stimme das Schlussgebet zu sprechen.

Die Menge sah zur Kanzel hinauf und folgte willig ihrem Führer. Ein Murmeln begann, überwölbt von dem Schall der großen

Glocke, ein Summen, wie das Verwehen eines Sturmes. Und als Pater Methud mit dem Gebet zu Ende war, da setzte der Organist, der sich inzwischen gefasst hatte, mit einer Fuge ein, die alle Lagen und Register des mächtigen Instrumentes in Anspruch nahm.

Langsam schlugen die breiten Flügel des großen Tores zurück, und ein Strom von Sonnenlicht kam in die Kirche. Und in voller Ordnung, nur ein wenig ermattet und bemüht, die Spuren des Kampfes zu verbergen, verließ die Menge das Haus.

Der Bischof wartete, bis er gewiss war, dass keine Verwirrung mehr zu befürchten sei. Dann schritt er den Brüdern voran, durch die Sakristei und die gewölbten Gänge des Stiftes in das Refektorium, wo eine festliche Tafel bereitet war. Der Prior, der an seiner linken Seite ging, wagte nicht, das Schweigen zu unterbrechen. Der Bischof dachte nach. Welche Gründe mochte wohl Bezug gehabt haben, darauf zu dringen, dass Pater Methud die Menschen in solche Aufregung und Angst versetzen dürfe? Dieser Bezug, dessen Pläne immer unergründlich waren, aber niemals ohne geheimen Sinn. Endlich hielt es der Prior nicht länger aus: »Es war sehr peinlich, bischöfliche Gnaden ... sehr schrecklich. Es war aber das erste Mal so ... Freilich, ohne Eindruck sind diese Predigten niemals geblieben.«

»Ich gebe Ihnen keine Schuld, mein Lieber«, sagte der Bischof, indem er die Brüder, deren Blicke voll ungeduldiger Erwartung an seinem Gesicht hingen, ansah. Da stand ganz hinten, bescheiden neben der Tür, der Pater Methud. Er war der Einzige, der zu Boden blickte.

»Lassen sie die Brüder ihre Plätze einnehmen«, sagte der Bischof. Und während sich alle hinter ihren Stühlen aufstellten, ging der Bischof auf Methud zu, der mit hängenden Achseln und gesenktem Kopf vor ihm stand. »Sie dürfen Ihre Predigten vorläufig nicht fortsetzen«, sagte er. »In einigen Tagen wird Ihnen meine Entscheidung zugehen.«

Der Prediger senkte den Kopf noch tiefer, dass die mit Hügeln und Beulen überdeckte Stirn hervortrat.

Man sprach das Tischgebet und setzte sich zur Mahlzeit. Neben dem Ehrenplatz des Bischofs hatte Schleimkugel seinen Sitz erhalten. Zur Linken des hohen Gastes saß der Prior. Er war überglücklich, dass die Sache so glimpflich abgelaufen war, und bemühte sich, sie durch andere Themen des Gespräches vollkommen vergessen zu machen. Dabei wirkte ihm aber Schleimkugel entgegen, der nicht genug Takt besaß, um die Wünsche des Priors zu erraten, und immer wieder Einzelheiten berichtete, deren Zeuge er gewesen war. Am anderen Ende der langen Tafel saßen die Brüder, denen heute die Wache vor dem Gnadenbild übertragen gewesen war. Sie saßen ganz still und stumm, als könnten sie sich von dem überstandenen Schrecken noch immer nicht erholen. Sie wurden von Schleimkugel aufgefordert, ihre Erlebnisse zu erzählen, und sie taten es mit stockenden Worten und einem Widerschein der Angst auf dem Gesicht.

Der Bischof aber, der mit sich noch nicht ins Reine gekommen war, wie die Angelegenheit zu behandeln und abzuschließen sei, neigte eher zur Taktik des Priors. Er unterbrach Schleimkugels Erörterungen mit der Frage, was er mit jenem so ganz besonderen Heiligtum gemeint habe, das ihm aufzufinden gelungen sei.

Das ließ Schleimkugel sogleich das Gespräch in die neue Richtung bringen, als ob er auf die Frage schon längst gewartet habe. Er sah den Bischof und dann den Prior mit seinen kleinen, zwischen Fettwülsten vergrabenen Augen an und sagte: »Es ist vorläufig noch ein Geheimnis, und ich möchte bitten, die ehrwürdigen Brüder noch vorher ganz besonders an das Gelübde der Schweigsamkeit zu erinnern, wenn ich davon sprechen soll.«

»Das ist nicht nötig«, antwortete der Prior, der dem Gast seine Taktlosigkeit noch nachtrug, »was in diesen Mauern gesprochen wird, das bleibt auch hier – außer, wenn es das Interesse der heiligen Kirche und unseres Stiftes gebietet, es in die Welt zu bringen.«

»Gut also ... Ich bin nämlich noch damit beschäftigt, durch einen der größten Kirchengelehrten die historischen Nachweise für die Echtheit meines Fundes sammeln zu lassen. Und ich werde mein Heiligtum erst zeigen, wenn ich zugleich auch alle Urkunden beisammenhabe. Man soll nicht wieder über uns herfallen und ein Geschrei über den neuen Schwindel erheben ...«

»Sie machen uns sehr neugierig, lieber Schleimkugel ...«

»Ich sage Ihnen, bischöfliche Gnaden, so etwas war noch nicht da ... Es ist ein Wunder, die Auffindung selbst ist ein Wunder ...« Und als Schleimkugel die Spannung auf den Gesichtern aller Zuhörer zur Genüge genossen hatte, fuhr er fort: »Es ist nichts Geringeres als das Leichentuch Christi.«

»Das Leichentuch Christi?«

»Ja, jenes Tuch, in das man den hochheiligen Leichnam hüllte, als er vom Kreuz herabgenommen worden war.«

»Warten Sie«, sagte der Bischof nachdenklich, »ich glaube, dass man dieses Tuch schon einmal besaß. Aber es ist später wieder verschwunden.«

»Ganz richtig, bischöfliche Gnaden, und ich habe es wiedergefunden.«

»Und wo haben Sie es entdeckt?«

»In der großen Moschee in Damaskus. Ich weiß noch nicht, wie es dorthin gekommen ist. Aber sicher ist seine Echtheit. Es war in einer kostbaren Truhe verschlossen, von byzantinischer Arbeit ... ein Wunderwerk schon diese Truhe allein. Und ich habe drei Tage gebraucht, um die äußerst sinnreichen Schlösser zu öffnen, ohne die Truhe zu beschädigen.«

»Sie verstehen also auch etwas vom Handwerk ... der Schlosser?«, lächelte der Bischof.

»Selbstverständlich, bischöfliche Gnaden, das muss ich wohl verstehen. Im Hof der Moschee steht ein zierliches, kleines Bauwerk auf schlanken Füßen. Es sieht aus wie ein großer Ofen von der Art, wie sie unser sechzehntes Jahrhundert gehabt hat. Nur arabisch in seinen Formen natürlich. In diesem kleinen Kuppelbau ist das Archiv der Moschee untergebracht. Die seltensten und merkwürdigsten Handschriften. Von ungeheurem Wert, wie ich mir habe sagen lassen. Aber davon verstehe ich nichts. Ich habe mir jedoch die Erlaubnis verschafft, diese Schätze zu Studienzwecken durchzusehen. Man kommt unter solchen Handschriften und Büchern auf vergessene Dinge. Von einer Ordnung in diesem sonderbaren Archiv ist keine Rede. Alles liegt bunt und wirr durcheinander. Und nach mehrtägiger Arbeit stieß ich in diesem Wirrwarr auf meine Truhe. Sie ist mir augenblicklich aufgefallen. Als ich sie endlich aufgebracht hatte, fand ich eine Art von Betttuch darin und ein paar Urkunden in lateinischer Sprache, die ich ja verstehe. Ich habe sofort geahnt, was ich da vor mir habe, denn ich habe ja auch von jenem Heiligtum gewusst, das der Christenheit verloren gegangen war. Und die Urkunden haben mir meine Vermutung bestätigt.«

Eine lautlose Bewegung lief durch die Reihen der Brüder am Tisch. Alle hatten zu essen aufgehört und sahen Schleimkugel an.

»Es ist nicht unmöglich«, sagte der Bischof gedämpft.

Schleimkugel schnaufte tief und gurgelnd. Dann trank er sein Glas weißen Bordeaux aus. »Sie können sich vorstellen, welche Mühe es gekostet hat, dieses kostbare Heiligtum zu erwerben.«

»Ich wundere mich nur, dass die Ulemas ihre Erlaubnis gegeben haben …«

»Die Ulemas wissen nichts davon, dass ich die Kiste weggebracht habe. Sie haben ja auch kaum gewusst, welchen Schatz sie da hatten. Wozu sie also erst darauf aufmerksam machen? Wenn ich es ihnen gesagt hätte … Wer weiß, ob sie es uns gestattet hätten, dieses Heiligtum der Christenheit wieder zurückzugeben. Ich habe es also vorgezogen, es auf anderem Wege zu erlangen. Wir haben es uns bei Nacht geholt. Ein gefährliches Stück … und es hat ein kleines Vermögen gekostet, denn um ein paar Franken setzt niemand seinen Hals aufs Spiel.« Und nach einer Pause setzte er hinzu: »Ich hoffe, für diese Sünde Absolution zu bekommen, denn ich habe sie ja …«

»Sagen Sie mir, lieber Freund«, unterbrach ihn der Bischof, indem er ihn fest ansah, »warum eigentlich haben Sie dieses Heiligtum nicht nach Rom gebracht? Dort hat man Geld genug, um Ihnen alle Gefahr und Mühe zu vergüten. Warum bieten Sie es mir an? Ich bin ein armer Mann …«

»Ich will mich lieber mit wenigem begnügen, als es nach Rom zu bringen. Sie wissen doch, dass mir die Kurie seit einiger Zeit nicht besonders gewogen ist. Gewisse Umtriebe … wie es eben in Rom vorzukommen pflegt. Seine Heiligkeit weiß sicher nichts davon. Seine Heiligkeit ist zu gerecht, um mich ungehört zu verdammen. Aber da ist dieser Kardinal Braganza. Er liegt auf dem

Weg zum Heiligen Vater. Wie eine große Dogge und fletscht die Zähne, wenn einer über ihn hinwegsteigen will ...«

Das fand den Beifall der Brüder. Weiß Gott, dafür war seine Eminenz Braganza bekannt, dass er immer auf dem Weg lag. »Das ist die Wahrheit«, seufzte der Prior, »man kann an ihm nicht vorbei.«

»Und seit der päpstliche Stuhl die Gnade hatte, mich in Anerkennung meiner geringen Dienste auszuzeichnen ... Seither knurrt er noch einmal so grimmig, wenn er mich sieht. Er hat allerlei angezettelt ... Kurz, man scheint mir nicht mehr so entgegenzukommen wie früher. Aber ich bin nicht der Mann, dem man so etwas bieten darf. Und ich werde zeigen, was ich zu leisten imstande bin. Jetzt erst recht. Sie können das Leichentuch Christi von mir haben, bischöfliche Gnaden. Über den Preis werden wir schon einig werden.«

Der Bischof lächelte. Er wusste jetzt recht gut, was der eigentliche Grund des Zwistes zwischen Braganza und Schleimkugel war. Sie war blond und hatte üppige Hüften und hieß die schöne Fiumanerin. Und Braganza, der schlanke, elegante, finstere Weltmann, hatte sie dem dicken und behäbigen Schleimkugel abgenommen. Jetzt eben war es ihm eingefallen. Und lächelnd sah er, dass auch ihm in dem Schauspiel von Schleimkugels Rache eine Rolle zugedacht war. Er war gerne bereit, sie zu übernehmen, denn er gewann dadurch einen kostbaren Schatz; und es stand dafür, ihn zu erwerben, wenn es auch nur für jene kurze Spanne gewesen wäre, die Zugmeyers Prophezeiung noch der Erde gab. Schon deshalb, weil Braganza darüber außer sich geraten würde.

Der Bischof erinnerte sich einer Szene, in der er selbst dem Italiener gegenübergestanden hatte. Der hatte aus seiner Geringschätzung der Deutschen kein Geheimnis gemacht. Und es hatte der ganzen Gewandtheit und Fechterkunst des Bischofs bedurft, um in diesem Kampf nicht zu unterliegen.

Er reichte Schleimkugel die beringte Rechte: »Sie sind einer der besten und verlässlichsten Freunde meines bischöflichen Stuhles, lieber Schleimkugel! Ich nehme Ihr Anerbieten an. Und ich danke Ihnen dafür. Von Herzen danke ich Ihnen. Und ich hoffe, dass wir recht bald auch über den Preis einig werden. Denn Ihre Mühe soll nicht umsonst gewesen sein.«

Schleimkugel legte die rechte Hand auf die Brust und blies die Wangen auf, laut schnaufend, als tauche er nach langem Anhalten des Atems aus Wassertiefen auf. »Gewiss, gewiss!«, sagte er.

»Trachten Sie nur, auch mir bald alles Material an Dokumenten und Nachweisen verarbeitet zu übergeben. Sie haben Recht, wir dürfen uns nicht der Gefahr aussetzen, dass man gegen dieses Leintuch Christi eine journalistische Hetze beginnt wie gegen den Heiligen Rock von Trier.«

Mit hochgehobenen Ellbogen grub Schleimkugel seinen Arm in eine seiner inneren Brusttaschen. Eifrig wühlend, schnaufte er immer heftiger, und sein Gesicht bekam jenes tiefe, echtfarbige Violett. Endlich brachte er ein Papier zum Vorschein, das er dem Bischof übergab: »Ich kann Ihnen schon jetzt eine kurze Skizze mitgeben, eine sehr gedrängte Darstellung der Vorgeschichte nur ... Das wird später alles bis ins Detail ausgearbeitet werden.«

Der Bischof nickte Schleimkugel zu und erhob sich, indem er die Hände zum Gebet faltete. Langsam und mit Ausdruck sprach er den Dank an den Herrn, und die Brüder sprachen ihn mit gesenkten Stimmen nach. Dann folgte eine halbe Stunde vertraulichen Plauderns mit dem Prior und den anderen Würdenträgern des Stiftes, und als gemeldet wurde, dass der Wagen angespannt sei, geleitete man den Bischof in den Hof hinab. Von Pater Methud und der Panik in der Kirche war auch jetzt nicht die Sprache gewesen.

Das Plateau vor der Kirche war nicht weniger belebt als in den Vormittagsstunden. Neue Pilgerzüge waren gekommen und schoben sich ungeduldig durch die Menge. Als der Kutscher den Wagen aus dem Getümmel herausgebracht hatte und auf die Straße lenkte, lehnte sich der Bischof in den blauen Polstern zurück, nahm das Papier Schleimkugels hervor und begann zu lesen.

»Das Heilige Grabtuch Christi ist bereits im elften Jahrhundert in Konstantinopel verehrt worden. Aus jener Zeit stammt auch allem Anschein nach die kostbare Truhe, in der es noch gegenwärtig aufbewahrt wird. Wo es vor dem elften Jahrhundert gewesen ist, konnte bisher nicht ermittelt werden. Doch weisen gewisse Spuren nach Afrika, wo es sich in einer der arianischen Hauptkirchen befunden haben mag. Im Jahre 1205 verschwand das Grabtuch aus Konstantinopel, und für einen Zeitraum von fast 150 Jahren fehlen alle Anhaltspunkte für den Aufbewahrungsort der Reliquie. Erst im Jahre 1353 kommt es wieder zum Vorschein. In diesem Jahre übergibt es der Graf von Charny der Abtei von Lirey. Es wandert nun in den Klöstern Frankreichs. Beim Brand des Klosters von Tour im Jahre 1523 gerät es in Gefahr, vernichtet zu werden. Ein unbekannter Mann rettet es aus den Flammen und verschwindet. Die Brüder wollen in diesem Mann den Erzengel Michael von einem ihrer Altargemälde erkannt haben. Später kommt das Grabtuch nach Turin. Von dort verschwindet es abermals im Jahre 1661. Wie es in die große Moschee nach Damaskus kam, ist bis jetzt noch unaufgeklärt. Das Heiligtum ist eine Art Betttuch, 4,10 Meter lang und 1,40 Meter breit. Das schon etwas brüchige Gewebe ist von gelblicher Farbe und weist eine Menge von Flecken auf. Punkte und Striche, in denen das Bild eines menschlichen Körpers zu erkennen ist. Verwischt, verzerrt, unvollständig und verunstaltet, wie bei einem solchen Abdruck nicht anders möglich. Das Bild besteht aus zwei Teilen: einer Vorder- und einer Rückansicht. Zwei Pariser Gelehrte sind dabei, die wissenschaftliche Erklärung für dieses Phänomen zu finden, ein hervorragender Kirchenhistoriker sammelt das historische Material über die Reliquie.«

Der Bischof überlas Schleimkugels Manuskript nochmals, ehe er es einsteckte. Es war streng sachlich abgefasst, man konnte dem Entdecker keine Schwärmerei und Blindheit vorwerfen. Dann beugte sich der Bischof vor, um zu sehen, warum der Wagen schon wieder hielt. Es war an einer der Schnittstellen des Kreuzweges mit der Spiralstraße, und das Gedränge war hier fast noch ärger als in den Vormittagsstunden. Der Kutscher schrie auf die Leute ein, aber da kroch etwa ein Dutzend Menschen auf den Knien gerade vor dem Wagen über die Straße. Sie erhoben sich nicht und setzten ihren Weg fort, unbekümmert um das Geschrei des Kutschers, indem sie ihre Köpfe tief zur Erde beugten, als wollten sie den Staub des Bodens einatmen. »Herr, erbarme dich unser«, wiederholten sie immer wieder und bewegten sich mit langsamen Rucken vorwärts.

Plötzlich sprang eine Welle aus dem Strom gegen den Wagen des Bischofs an. Ein alter Mann mit wirrem weißen Haar, barhaupt und mit offenem Hemd. Die langen mageren Arme waren emporgeworfen und fochten in der Luft.

»Nikolaus Zenzinger!«, schrie er. »Nikolaus Zenzinger! Ich habe die Offenbarung des Johannes geschrieben! Ich! Ich!« Und er schleuderte ein kleines Paket in den Wagen.

Der Kutscher, der sich entsetzt umgewandt hatte und seinen Herrn bedroht glaubte, schlug jetzt auf die Pferde ein, dass sie den Wagen mit einem Satz vorwärts rissen, mitten in die Menge der Andächtigen.

Es war zu verwundern, dass nichts geschah. Die Knienden warfen sich noch im letzten Augenblick zur Seite, die anderen prallten zurück. Ein Geschrei erhob sich.

Aus der Menge, in deren Zug sich die Lücke sogleich wieder schloss, brach eine Frau hervor und humpelte auf den Mann zu, der noch immer auf seinem Platz stand, mit langsam herabsinkenden Armen, während er dem Wagen nachsah. Seine Lippen bewegten sich, als habe er nicht alles sagen können, was er sich vorgenommen hatte, und als ströme es noch aus ihnen hervor, wie der gurgelnde Rest des Wassers aus einer Röhre, die man abgesperrt hat.

»Nikolaus! Nikolaus!«, rief sie und fasste seinen rechten Arm.

Er sah sie wild an, stieß sie zurück und setzte sich in einen seltsamen schaukelnden Trab. So lief er neben dem Kreuzweg durch den Wald hinauf, ohne sich nach der Frau umzusehen, die ihm humpelnd und mit ängstlichen Rufen folgte. Dann bog er ab in dichtes Gebüsch und entschwand ihren Augen. Sie blieb keuchend stehen und griff sich an den schmerzenden Kopf. Der Stumpf ihres Beines war wund von der hastigen Bewegung, und sie legte das ganze Gewicht ihres Körpers auf das gesunde Bein.

Da fasste jemand ihre Hand.

Sie schrak zusammen: »Eleagabal Kuperus«, flüsterte sie. »Sie sind es?« Und da begann es auch schon vor ihren Augen zu wirbeln, das Gesicht des Alten zog sich breit auseinander, und Eleagabal fing die Taumelnde auf und legte sie sanft in das feuchte Moos.

Als sie erwachte, standen die Föhren ringsum in brennendem Rot mit blauschwarzen Wipfeln, und ihre Hand lag noch in der des Alten.

»Ich habe Sie lange nicht gesehen, Frau Emma Rößler!«, sagte er.

Sie nickte, und ein lang entbehrtes Behagen machte sie matt und glücklich: »Ich bin nicht gekommen! Ich konnte nicht kommen … Ich habe es nicht über mich gebracht … denn …«

»Wenn Sie auch nicht zu mir gekommen sind, ich habe Sie nicht aus den Augen verloren. Ich weiß, wie es Ihnen ergangen ist. Und sehen Sie – ich darf nur kommen, wenn ich gerufen werde.«

»So wissen Sie alles?«, fragte Emma zögernd.

»Alles? Ich weiß, warum Sie mich gemieden haben.«

Sie schauderte zusammen und verbarg den Kopf auf den emporgezogenen Knien. So saß sie eine Weile zusammengekauert mit krummem Rücken; die mageren Schulterblätter waren unter der abgetragenen Bluse angedeutet, und die Sehnenstränge des Halses ließen eine tiefe Furche zwischen sich. So saß sie, bis Eleagabal ihre Schultern berührte.

»Kommen Sie«, sagte er, »gehen wir. Es ist kühl hier oben. Ich führe Sie hinunter.«

Sie erhob sich mit seiner Unterstützung und hielt sich fest an seinem Arm, denn der wunde Stumpf schmerzte sie noch immer. Sie sprach ein Wort zu ihrer Entschuldigung: »Seine Macht ist groß …«

»Ja, seine Macht ist groß!«, sagte Eleagabal.

Plötzlich blieb sie stehen. »Ich kann nicht ohne Nikolaus heimkehren. Ich muss immer fürchten, dass er etwas anrichtet.«

Eleagabal Kuperus wusste, dass sie nun von dem Manne sprach, der vor ihr geflohen war. »Es ist Nikolaus Zenzinger?«, fragte er.

»Er ist es. Er ist jetzt immer so aufgeregt … Ich weiß nicht, was in ihn gefahren ist. Seitdem die Leute alle vom Untergang der Welt reden, ist es ganz besonders arg geworden.«

Der Alte zog Emma sachte am Arm: »Kommen Sie nur«, sagte

er. »Sie brauchen sich keine Sorgen zu machen. Es wird bald finster werden, und da wird er von selbst zum Bahnhof kommen. Erwarten Sie ihn dort, und bringen Sie ihn nach Hause. Sagen Sie mir, was war das, was er in den Wagen des Bischofs geworfen hat?«

»Ich weiß nicht, warum er das getan hat. Er ist seit einiger Zeit so verwirrt. Was es war? Ja, es waren diese Korrespondenzkasten, etwa fünf ... mehr nicht, auf die er die ganze Offenbarung Johannes geschrieben hat ... die ganze Apokalypse. Das sind jetzt seine Arbeiten. Es ist ungemein mühsam und quält seine alten schwachen Augen ... Sie können sich denken, wie er da mit der Lupe sitzt und schreibt ... Es tut mir das Herz weh. Und zu anderen Dingen ist er nicht zu bewegen. Zuerst war mir das eine willkommene Ablenkung von seinen Grübeleien ... Ich habe es gerne zugelassen. Aber jetzt will er nichts anderes tun. Und in dieser Beschäftigung liegt eine Gefahr für ihn. Nicht nur für seine Augen, sondern auch für seinen Geist.«

Der Alte streichelte im Weitergehen ihren Arm, der auf dem seinen lag. Er hatte sie aus dem dichten Wald, wo es schon anfing dunkel zu werden, glücklich herausgebracht und führte sie jetzt auf einem Wiesenweg gerade auf den Bahnhof zu, der mit seinen farbigen Lichtern in einiger Entfernung lag. Auf diesem Weg brauchten sie das Dorf nicht zu berühren; der starke Atem der frühlingsfeuchten Erde umhüllte sie. So sorglich er die Frau führte, die Schmerzen in ihrem Beinstumpf nahmen doch immer zu, und immer langsamer humpelte sie an seiner Seite.

Da lag der Bahnhof schon nahe vor ihnen. Sie hatten nur noch über einen kurzen Damm zu gehen, der einen jetzt entwässerten Teich abgeschlossen hatte. Hinter dem Bahnhof war das Spätrot der längst untergegangenen Sonne in einem Halbkreis über den Himmel ausgeflossen. Um das Stationsgebäude wimmelte es schwarz von Menschen.

»Sie haben also auch bei ihm kein Asyl gefunden«, sagte Kuperus. »Sie sollen nicht zur Ruhe kommen.«

Sie lächelte. »Eben darum fürchte ich die Vernichtung nicht. Übrigens, manchmal hat er Zeiten, in denen er ganz sanft und lenksam ist. Da schließt er sich wieder an mich an und ist voll

Zärtlichkeit und Sorgfalt. Aber dann packt es ihn wieder, und er rafft alles Geld, das im Haus ist, zusammen und geht fort. Oft auf mehrere Tage und Nächte. Ich weiß nicht, wo er sich herumtreibt. Er trinkt während dieser ganzen Zeit. Er muss ganz furchtbar trinken. Und dabei gerät er immer tiefer in seinen Wahn, ein Prophet zu sein, einer der großen Propheten.«

»Sie leiden durch ihn.«

»Aber ich werde ihn nicht verlassen«, sagte Emma entschlossen. »Ich denke nicht daran. Ich bleibe bei ihm. Denn ich sehe, dass er ohne mich ganz verloren wäre. Und er hat mir eine Stütze geboten zu einer Zeit, in der ich ganz verlassen und elend war. Wenn er nach seiner Flucht wiederkommt, ist er immer ganz zerschlagen und krank. Dann braucht er mich. Ich werde ihn nicht verlassen.«

Sie tauchten zwischen die ersten Gruppen der Wartenden, die hier außerhalb des Stationsgebäudes herumstanden. Bruchstücke von Gesprächen flatterten ihnen von links und rechts zu. Sie zeigten, dass die Menschen wenig Trost gefunden hatten und aufgeregter gingen, als sie gekommen waren.

Und als sich Frau Emma nach Eleagabal umwandte, der hinter ihr zurückgeblieben war, sah sie sich inmitten des Gedränges allein.

Aber drinnen im Wartesaal fand sie Nikolaus Zenzinger, der mit an die Wand zurückgelehntem Kopf dasaß, in einer Menge von Passagieren eingekeilt, und die Augen geschlossen hielt, als ob er schliefe. Er fühlte Emma kommen und öffnete die welken Lider. Mit einem demütigen und scheuen Blick erhob er sich langsam und räumte ihr seinen Platz ein.

Der Taumel beginnt

Die Astronomiezunft hatte zu Zugmeyers Entdeckung lange geschwiegen. Die Berichte der Zeitungen waren zu unklar und zu sehr von kleinen persönlichen Eitelkeiten ihrer Verfasser durchsetzt, die mit ihren Meinungen und Scherzen zu glänzen wünschten. Und Zugmeyer selbst hatte noch immer keine authentische Darstellung gegeben.

Endlich äußerte sich der amerikanische Astronom Mister Wall aus Philadelphia. Die erste Stimme, die ein sachliches Urteil abgab, fand allgemeine Aufmerksamkeit. Er stellte zunächst fest, dass ein Untergang der Erde oder doch des organischen Lebens auf ihr durch einen aus seiner Bahn gerissenen kleinen Planeten keineswegs zu den Unmöglichkeiten gehöre. Dann untersuchte er das Material, das in Bruchstücken durch die Zeitungsberichte geliefert worden war, mit Scharfsinn und analytischem Talent und gab seine Resultate in einer spannenden Weise wieder, die an die Detektivromane seiner Landsleute erinnerte. Er glaubte, nachweisen zu können, dass Zugmeyer bei seinen Berechnungen Fehler unterlaufen waren, und forderte den Entdecker des ›Terror‹ auf, endlich einen wissenschaftlichen und ausführlichen Bericht zu geben. Zum Schluss teilte er mit, dass er selbst genaue Beobachtungen anzustellen begonnen habe. Er werde nicht zögern, seine Forschungen zu veröffentlichen, sobald er zu einem wenigstens vorläufigen Abschluss gelangt sei.

Dieser Bericht wurde von den Zeitungen mannigfach glossiert. Manche Blätter hielten auch jetzt noch am spöttischen Ton fest. Andere aber beschäftigten sich eingehend mit den Ausführungen Mister Walls, und es war kein Zweifel, dass in der Physiognomie der öffentlichen Meinung Züge des Ernstes aufzutauchen begannen. Zudem war es unmöglich, von der Aufregung der unteren Schichten länger keine Notiz mehr zu nehmen. Die Panik in der Schönauer Wallfahrtskirche war nur der erste einer Reihe von Ausbrüchen der Angst, die jetzt bald da, bald dort aufflammten. Mit grimmigen Mienen bekämpften die Freisinnigen in geschlossener Phalanx den ›Unfug‹, der nach dem Beispiel von Schönau auch an anderen Gnadenorten immer üppiger zu wuchern begann. Man rief nach der staatlichen Gewalt, die nicht dulden dürfe, dass man dem Volk mit solchen Mitteln zusetze. Und dabei war in diesen Artikeln schon mit voller Deutlichkeit zu lesen, dass man auch in den Kreisen der Vernünftigen und Besonnenen allerlei zu fürchten begann.

Konnte sich die Verzweiflung des Volkes nicht bis zur Wut

steigern? War es so ganz unmöglich, dass die Massen in ihrer blinden Angst den Führern aus der Hand gerieten und ein Werk der Vernichtung begannen? Das in Zürich erscheinende Anarchistenblatt *Die Lunte* wies hohnlachend auf diese Besorgnisse der Bourgeoisie hin. Endlich waren die Satten und Zufriedenen so weit, dass man das Vergnügen hatte, sie vor den dunkeln Kräften der Menge zittern zu sehen. Und mit harten Worten forderte das Blatt alle anarchistischen Elemente auf, endlich aus ihren Verhüllungen hervorzubrechen.

Der günstige Augenblick war gekommen, man konnte zur Tat schreiten.

Diesen wilden Drohungen begegneten die Regierungen aller Länder mit Verhaftungen und Massenausweisungen. Aber sie konnten nicht verhindern, dass sich die Terroristen, die in dem neuen Planeten ihr himmlisches Symbol sahen, in entlegenen Winkeln sammelten und dass sich, fern von der Kontrolle der Staatsgewalt, schreckliche Energien anhäuften.

Doktor Störner schrieb in seiner Zeitung ein Feuilleton über ›Gewitterstimmung‹. Er warnte vor einer allgemeinen Kopflosigkeit und stellte, falls die Überlegenen nicht mit allen Kräften entgegenwirken würden, eine geistige Epidemie in Aussicht.

In dieser Schwüle brach am 15. Mai die Nachricht von der Auffindung des ›Terror‹ durch den italienischen Kometenentdecker Alfons Chiari. Er hatte seine Beobachtungen in einem Bericht zusammengefasst und der Mailänder Akademie vorgelegt, nachdem er diese vorher hatte Stillschweigen geloben lassen. Aber das Schweigen wurde gebrochen, das Geheimnis war durchgesickert und fand seinen Weg in die Öffentlichkeit.

Ein paar Tage später bestätigte auch Mister Wall die Richtigkeit der Bestimmungen Chiaris. Und nun kamen alle Astronomen von Rang und Namen, um sich auch zu dieser Frage zu äußern. Der größte Teil stellte sich auf die Seite der Forscher, die dem neuen Planeten seinen Namen mit Recht zuschrieben. Nur wenige versuchten, darauf hinzuweisen, dass die Bestimmung der Bahnelemente eines so merkwürdigen Himmelskörpers keine völlige Sicherheit gewähre. Der Planet stand außerhalb aller astronomischen Gesetze, seine Beobachtung war außerordentlich schwierig. Die Macht, die ihn seiner Sphäre entführt hatte, konnte ihn auch wieder zurückreißen.

Aber ihre Stimmen drangen nicht durch den Sturm, der sich nach dem Bekanntwerden von Chiaris Bericht erhoben hatte.

Der Staat stand der Bewegung vorläufig noch fassungslos gegenüber. Man hatte zuerst hastig hin und her experimentiert, mit halben Maßregeln und wenig überlegten Verordnungen. Und so hatte man im Publikum nur die Überzeugung befestigt, dass niemand wisse, was zu tun sei. Selbst bei den sanftesten Bürgern schwand die Überzeugung von der Vertrauenswürdigkeit der staatlichen Vorsehung. Man war auf sich selbst angewiesen. Und wer seinen Trost und seine Beruhigung nicht aus den Händen der Kirche empfangen wollte, der nahm seine Zuflucht zu jener Weisheitslehre, die schon einmal in einer Zeit des Niederganges den Schwankenden Haltung gegeben hatte. Daneben ging eine Renaissance Kants vor sich, dessen strenge Ethik aber der weitaus größeren Menge zu klar und durchsichtig war. Die meisten zogen es vor, sich in die manchmal etwas fantastischen Vorstellungen der stoischen Naturphilosophie zu verkriechen. Der ›Urstoff‹ und die ›Urkraft‹ wurden zu Schlagworten, die ›leitende Materie‹ und die ›wirkende Weltseele‹ gaben in den verworrenen Gesprächen der Adepten die Leitmotive ab.

Am 28. Mai fand in den Amorsälen, die sonst nur von den tollen Wirbeln des Faschings ganz erfüllt wurden, wieder eine der großen Versammlungen statt, in denen die Wogen der Aufregung durch das Öl der Philosophie besänftigt werden sollten. Störner, der in der letzten Zeit rastlos tätig gewesen war, um einem Überhandnehmen der allgemeinen Mutlosigkeit durch kluge Artikel vorzubeugen, wollte dieser Versammlung beiwohnen. Er hatte sein eigentliches Fach ganz aufgegeben. Jetzt war nicht die Zeit dazu, belanglose literarische Ereignisse zu besprechen oder über die mühsam weitergeführten Theater kritisch zu berichten. Jetzt standen wichtigere Dinge auf dem Spiel, Lebensfragen der Menschheit.

»Ich weiß nicht«, sagte er zu Professor Schreier, den er oben auf der Galerie des Mittelsaales getroffen hatte, »was die Leute wollen. Wir müssen so leben, als wüssten wir nichts von dem, was diesem ollen Lehmkloß bevorstehen soll. Das ist doch selbstverständlich. Wir müssen so leben, als ob hinter dem angeblich letzten Tag noch eine unendliche Reihe von anderen Tagen kommen werde. Dazu braucht's doch keiner Philosophie und keiner künstlichen Mittel, um unseren Mut zu beleben. Stellen wir uns einmal vor …«

Aber da begann der kleine Mann unten auf der Rednertribüne zu sprechen, und die Nachbarn wiesen Störner sogleich mit einem Zischen zur Ruhe, als sei jedes Wort Adam Gästners ein kostbares Gut. Gästner war ein Naturphilosoph, dessen System auf höchst seltsame Weise in Theosophie hinüberspielte. Die Basis des Ganzen waren gewisse Lehrmeinungen der Stoiker. Mit seinem wirren Haargelock, den eingefallenen Wangen, den Sandalen an den Füßen und dem sackartigen Rock, der aus einem groben Stoff gefertigt war, machte Gästner den Eindruck einer neuen Ausgabe Johannes des Täufers.

Er war ungemein beweglich und sprang auf seiner Tribüne herum, als brenne der Boden. Seine Rede begann mit der Weltschöpfung. Wie das All durch Verdickung und Verdünnung des Urstoffes entstanden sei und nach seiner Durchdringung mit der Weltseele die Gottheit völlig in sich aufgenommen habe. So könne von einer Vernichtung der ganzen Welt keineswegs gesprochen werden. Allerdings müsse man einen Weltbrand annehmen, durch den alles Geschaffene in das Urfeuer zurückkehre. Dann aber fange die Weltbildung von vorne an. Die Seele des Menschen sei allerdings nicht vollkommen unsterblich. Sie dauere wohl über das körperliche Leben hinaus und steige in immer ätherischere Regionen an, aber mit jenem Weltbrand sei auch ihrem Fortleben ein Ziel gesetzt. Als Adam Gästner an dieser Stelle seiner Ausführungen angekommen war, machte er einen Satz auf die entgegengesetzte Seite der Tribüne und verkündete, dass er persönlich davon überzeugt sei, dass die Seelen aber nicht verloren gehen, sondern zweifellos das Material für die künftigen Seelen einer nächsten Weltbildung abgeben würden. Die Vernichtung der Erde sei mit dem Weltbrand nicht als identisch anzusehen. Man müsse auch dieses Verhängnis als

Äußerung desselben göttlichen Gesetzes ansehen lernen, dem die Naturnotwendigkeiten entspringen. Naturnotwendigkeit und Verhängnis seien zwei verschiedene Ausflüsse derselben Kraft. Um das aber einzusehen, müsse man die Natur verstehen lernen. Und um die Natur zu verstehen, müsse man der Natur gemäß leben und sich als vernünftiges Wesen betätigen. Und dazu wieder sei vor allem nötig, dem verderblichen Genuss des Alkohols zu entsagen.

Den Schluss dieser langen Rede bildete die Aufforderung, sich zu vereinigen und die letzten Tage noch auszunutzen, um Körper und Geist zu läutern und gereinigt in den Schoß des Alls zurückkehren zu können.

Adam Gästner fand viel Beifall. Und es gab viele unter seinen Zuhörern, die sich bereit fanden, ihre Namen in die am Saaleingang ausliegenden Listen der Enthaltsamen einzutragen.

Als Störner mit Professor Schreier über die ihm aus fröhlichen Maskenballnächten wohlbekannte Seitentreppe in die Hintergasse hinabgelangt war, wo sonst die geschlossenen Wagen zu warten pflegten, sah er Dibian und Schönbrecher. Die beiden bogen eben um die Ecke und wandten sich auf Störners Anruf um.

Dibian befand sich auf dem Weg zum ›Mehrfach bezichtigten Aasgeier‹, seinem Stammlokal, wo man ein vorzügliches Pilsener Bier bekam, und ließ sich von Schönbrecher begleiten.

»Der Kerl hat mir Durst g'macht mit seiner Rederei über den Alkohol«, sagte er. »Solchen Lumpen sollt man das Maul stopfen«, fügte er dann ingrimmig hinzu, »die nehmen der Menschheit allen Saft und alle Kraft zum Umkommen. Das wird a schöne Zucht wer'n, die der Jüngste Tag find't.«

»Wissen Sie schon«, fragte Professor Schreier, »dass wir jetzt sogar eine neue Zeitschrift für den Untergang der Erde bekommen? Ich war unlängst mit dem Tintler und dem Statthaltereirat Pensinger in einer Gesellschaft beisammen. Und der Pensinger … er ist im Pressebüro … hat erzählt, dass eine neue Zeitung gegründet werden soll. Sie heißt *Der Jüngste Tag,* und ihre letzte Nummer soll an dem Tag erscheinen, an dem die Erde zertrümmert wird.«

Doktor Störners Verdruss über die heutige Versammlung zerschmolz: »Die Menschheit bewahrt sich doch immer ihren Humor ... selbst in ernsten Lagen. Wann wird denn dieses köstliche Blatt uns zuerst erheitern?«

»Sie wissen sich im Pressebüro nicht zu helfen. Sie beraten hin und her, was sie machen sollen, wenn das Blatt am Ende etwa in der Art der Anarchisten ...«

»Es kann nichts Ärgeres tun, als was unter den Augen der staatlichen Autorität täglich vor sich geht und geduldet wird. Dieser Pater Methud, der das Volk verrückt macht, predigt seit einiger Zeit wieder.«

»Er hat einen mächtigen Protektor«, sagte Schreier behutsam.

»Bezug?«

»Ja ... woher wissen Sie es?«

»Ich konnte es mir denken.«

»Das habe ich auch von Pensinger. Der Statthaltereirat ... Na, ich kann es Ihnen ja sagen. Er ist mit meiner Tochter so gut wie verlobt. Endlich bringt man das Mädel an – krach: geht die Welt unter.«

»So was is a Malör«, sagte Dibian tiefsinnig. »Na, auf jeden Fall gratulieren wir. Besonders für den Fall, dass die Welt net untergeht.«

Schönbrecher sah mit umflorten Augen drein. Es war ihm eingefallen, dass er einmal Frieda Schreier ganz hübsch gefunden hatte. Da war ein netter kleiner Schmerz für ein paar Sonette gefunden.

Aber Störner war ein niederträchtiger Gedankenleser. Er sah Schönbrecher nur an und erriet ihn: »Machen Sie es wie Dante Gabriel Rosetti.«

»Was denn?«, fragte der Dichter misstrauisch.

»Ich schenke Ihnen eine leere Sardinenbüchse dazu. Oder wenn die zu klein sein sollte ... ich habe auch eine Büchse von Seeforellen zu Hause.«

Unruhig nahm Schönbrecher eine Verteidigungsstellung ein: »Wollen Sie mir nicht sagen ...?«

»Ich rate Ihnen, verschließen Sie Ihre besten Gedichte in eine Sardinenbüchse und versenken Sie diesen Sarg in ein Grab.

Vielleicht überdauert er die allgemeine Zerstörung, und Sie erwachen in ein paar hunderttausend Jahren inmitten eines neuen Menschengeschlechtes zu einer Unsterblichkeit.«

»Herr!« Schönbrecher zerrte an dem dicken Knoten seiner Krawatte und blieb stehen. Schönbrecher wollte etwas sagen. Aber er besann sich, nahm den Hut gegen Dibian und Schreier mit stummem Gruß ab und bog in eine Seitengasse ein.

»Sapperment«, sagte Dibian, »der war jetzt wild.«

»Ach was. Ich kann ihn nicht leiden. Wenn der den Jüngsten Tag überlebt, der wäre imstande und machte ein Drama daraus. In fünf Akten und fünffüßigen Jamben und mit Weinlaub im Haar. Stilisiert wie der Apollo von Tenea. Aber jetzt, meine Herren, jetzt wird das Bier schmecken.«

Der ›Mehrfach bezichtigte Aasgeier‹ – diesen Namen hatte Dibian anstatt des harmlosen ›Schwarzen Adler‹ aufgebracht – lag in dem Häusergewirr um den Fuß des Domberges, in einer Zone, die von Bezugs Schematisierungsgelüsten noch nicht erreicht worden war. Man musste sich durch viele kleine Gässchen schlagen und stand dann am Eingang eines Kellers. Dort unten traf man sonst häufig eine kleine Stammgesellschaft von Künstlern und Professoren. Aber die Ereignisse der letzten Zeit hatten auch in diesen Kreis Unruhe und Verwirrung getragen und ihn zersprengt. Nur die Unerschrockensten unter ihnen harrten aus.

Heute saßen nur Hauser und Adamowicz an dem Tisch in der Ecke gleich neben der hölzernen Stiege. Die Gespräche dieser Nacht wuchsen aus einem bedrückenden Bangen in die Freiheit. Hier waren Männer, die den Tod nicht fürchteten und sich über die Angst erhoben. Und ihr Lachen ließ die Angst der Massen weit zurück.

Man hielt sich dabei durchaus nicht an die Mahnungen des Apostels, der die Enthaltsamkeit so warm empfohlen hatte. Als man aufbrach und etwas schwer unter Benutzung des Treppengeländers die Oberwelt erreichte, lag die Asche der Morgendämmerung über dem kleinen Platz vor dem Keller. Der Himmel über den Häusern war gelblich und mit lang gestreckten Wolken überzogen. Aus der Wand des Hauses gegenüber spie ein altertümliches Löwenmaul einen Wasserstrahl in ein breites Steinbecken. Die Ränder des Beckens waren von den vielen Kannen und Krügen, die im Laufe der Jahrhunderte hier geruht hatten, um das Wasser aufzufangen, glatt und abgeschliffen. Hauser, der hier hinaufgesprungen war, musste sich an einem eisernen Haken in der Wand anhalten, um nicht herabzufallen.

»Reden!«, schrien die anderen. »Rede halten!«

»Brüder!«, begann er. »Brüder im Zeichen des Terror! Drohend hängt über uns das Schwert der Vernichtung. Schon hören wir das Donnergegroll ...«

Da erhob sich irgendwo in der schlafenden Stadt ein Gemurmel. Es war, als bekämen die Häusermassen eine Stimme, rau und verdrossen wie die von jemandem, der aus dem Schlafe gestört wird.

»Bravo! Chorus!«, johlten die Unverzagten. »Weiterreden ... mit Chorus!«

Aber Hauser war von dem fernen Lärm eingeschüchtert. Er sprang herab. Und sie waren alle gezwungen, dem Gemurmel zu lauschen, das anschwoll und mit dem Grau der Dämmerung vermischt zwischen den Häusern zu brodeln schien.

»Was ist das? Sie kommen näher!«, sagte Störner.

Die Männer sahen einander an.

Der Lärm schien wirklich näher zu kommen. Er hatte einen bedrohlichen Klang erhalten und war heiser wie das verhaltene Brüllen eines Raubtieres. Im lichter werdenden Grau schienen sich die niederen Häuser zu strecken, um zu sehen, was da herangrollte.

Ein Fenster klirrte. Jemand sah hinaus, die Straße hinauf und hinab und starrte dann die kleine Gruppe beim Löwenmaul gegenüber an. Der verschlafene Kellner, der eben dabei gewesen war, die Tür des Kellers zu verschließen, lief zurück und holte den Wirt heraus. Der sah nicht sehr klug aus und gesellte sich zu den Gästen, um sich von ihnen Rat zu holen. Aber die wussten selbst keine Erklärung.

Inzwischen war es entschieden, dass die Menge hierher kam. In einer Seitengasse schrillte die Alarmpfeife eines Polizisten. Zwei, drei Pfeifen antworteten. Ein ausgesperrter Hund kam längs der

Hausmauern heran, scheu, mit eingekniffener Rute. Er wendete den Kopf bisweilen rückwärts. Als er den kleinen Platz vor dem Keller erreichte, zögerte er. Dann schlug der Lärm hinter ihm laut empor. Er machte einen Satz und lief gehetzt vorbei.

Jetzt war zu vernehmen, dass der Grundstrom des Lärmes eine Art von Geheul war, über dem ein lautes »Hu – hu – hu!« sich aufbäumte.

Aus der Gegend des Domes näherte sich ein wohlbeleibter Wachmann.

»Herr Patry«, rief der Wirt, der von den Überschreitungen der Sperrstunde her alle Wachleute seines Reviers kannte, »was ist denn los?«

Der Wachmann zeigte nicht übel Lust, sich neben dem Wirt aufzupflanzen und sich mit ihm in ein gemütliches Gespräch über die Ursache des Lärmes einzulassen. Aber da riss er sich zusammen, denn mit eifrigem Gesicht kam ein Wacheführer mit zwei Mann aus der Antonsgasse und rief ihn zu sich. Eilig schritten sie dem Lärm entgegen.

Und nun geschah eine Weile gar nichts, was die Aufmerksamkeit von dem Anwachsen des Lärmes abgelenkt hätte.

Plötzlich sah Störner unten am Ende der absteigenden Gasse eine dunkle Masse um die Ecke biegen.

»Hu – hu – hu!«

Professor Schreier fing an, besorgt zu werden. »Gehen wir aus dem Weg«, sagte er und zog die anderen nach sich in den gewölbten Kellerschlund.

Es war eine seltsame Prozession, die da heulend vorbeikam. Voran sprang ein alter Mann mit dürren Armen und Beinen. Er machte unter widrigen Verrenkungen des Beckens immer ein paar Sätze nach vorne und sprang dann wieder zurück.

»Eine Andernacher Springprozession in neuer Auflage«, flüsterte Störner Dibian zu. Auf dem Kopf trug der Anführer eine eng anschließende Lederhaube, von der hinten ein Fuchsschwanz herabbaumelte. Auf dem Kragen des Rockes war ein Streifen roten Tuches angenäht, und zwei breite Streifen liefen längs den Hosennähten bis zu den ausgefransten Rändern.

»Hu – hu – hu!«, brüllte sein Gefolge.

Es bestand aus Männern und Weibern, armseligen, zerarbeiteten Geschöpfen, von denen einige ihre Kinder mitschleppten, die ihnen als matte Bündel schlafend am Rücken hingen. Die Männer waren finster und bleich; man sah ihnen an, dass sie eine Nacht hinter sich hatten, in der ihre Seelen ratlos umhergeirrt waren. Jetzt waren sie entschlossen, jetzt hatten sie sich aufgerafft, gleichgültig, zu was. Sie hatten einen Führer und folgten ihm ohne Bedenken. Eine Art militärischer Organisation hielt sie zusammen. Einige von ihnen hatten kreisrunde Tuchflecken, rot wie die Abzeichen des Führers, vorne auf der Brust. Sie gingen zu beiden Seiten des Zuges und gaben mit den Händen den Takt zu dem immer wiederholten »Hu – hu – hu!«

Bisweilen blieb der Führer stehen, warf die Arme empor und begann ein Gezeter, das durch eine Bewegung des Unterkiefers hervorgebracht wurde. Ein andauerndes »We – we – we – we – we!«, wie ein stilisiertes Zähneklappern. Dann blieben die anderen ebenfalls stehen, hoben die Arme auf und stimmten in das Gezeter ein.

Der Vorbeizug dauerte lange. Es mochten ein paar hundert Menschen sein. Niemand bemerkte die Gruppe im Kellerhals. Denn keiner warf einen Blick links oder rechts, aller Aufmerksamkeit war nach vorne gerichtet, ein Strom, den kein noch so starker Einfluss aus seiner Bahn abzuleiten vermochte.

Die Wachleute, die vorhin dem Lärm so mutig entgegengezogen waren, blieben unsichtbar.

Erst nachdem die letzten Nachzügler um die Ecke gebogen waren, kam der kleine Trupp, der inzwischen durch drei Mann verstärkt worden war.

Ein frischer Wind schien die Asche der Dämmerung weggefegt zu haben. Ein kaltes, ruhiges Licht rieselte aus dem Himmel. Der Tag blitzte auf. Und die Helme der Polizisten blitzten. Herr Patry, der schnaufend als Letzter vorbeikam, wurde von dem Wirt angerufen.

»Herr Patry, was is denn?«

Er legte wichtig den Finger auf den Mund, einen Finger, der wie ein Würstchen aussah. Störner fand die Gebärde so komisch, dass er fast gelacht hätte. »Es muss irgendeine neue Sekte sein«, flüsterte der Wachmann geheimnisvoll. »Wir haben den Auftrag, religiöse Aufzüge … vastehngen S' …«, unterbrach er sich im Volkston, »… also religiöse Aufzüge! Da müss ma weitestgehende Dultung … Na ja … Selbstverständlich!« Und dann sah er, dass die anderen bereits weit voraus waren, und setzte sich in Trab, um sie einzuholen.

»Kinder«, sagte Störner, »ich habe Lust, zu sehen, wohin diese Gesellschaft zieht. Was machen wir mit dem angebrochenen Abend? Also vorwärts … ihnen nach! Die Kerle sahen ja ganz unheimlich aus. Wer weiß, was die noch alles anstellen wollen.«

Die anderen waren bereit, Störner zu begleiten. Nur Professor Schreier schloss sich aus und empfahl sich: »Es hat mich aufgeregt … So eine fanatisierte Menge ist immer etwas Aufregendes. Ich bin nicht mehr jung genug für solche Sachen … Ich bin müde!«

Es war nicht schwer, dem Zuge zu folgen. Das Geschrei klomm den Domberg hinan, und als die kleine Gesellschaft hinaufgelangt war, sahen sie den Platz vor dem Dom von der Menge dicht besetzt. Es schien, als habe sie inzwischen Zuzug bekommen durch allerlei Frühaufsteher und Neugierige, die es sich nicht versagen konnten, zu beobachten, was da vor sich ging. Die Unterführer hatten die ganze Masse in Haufen aufgeteilt, zwischen denen sie umhergingen, mit leisen Worten bald zu dem, bald zu jenem gewendet. Das Gezeter und Geheul hatte aufgehört.

Störner bemerkte, dass die Gesichter der Leute starr und maskenhaft waren. Als warteten sie auf einen Ruf, um sich zu beleben. Ein paar Kinder weinten. Aber ihre Mütter bemühten sich nicht einmal, sie zu beruhigen.

Der Anführer war nicht zu sehen.

Plötzlich erhob er sich auf den Schultern von einigen seiner Offiziere über die Köpfe der Menge, nahe dem Portal des Domes. Grau und kalt strebte die riesenhafte steinerne Kulisse hinter ihm empor, mit unzähligem Schnörkel- und Spitzenwerk, das weiter oben immer feiner zu werden schien. Auf dem Knauf des höheren Turmes lag ein blutroter Schein.

Der Anführer schwankte ein wenig auf seinem lebendigen

Thron. Dann stand er still. Ein Murmeln floss über die Menge hin. Alle Gesichter waren ihm zugewandt.

»Ich«, rief der Mann mit einer heiseren Stimme über den Domplatz hin, »ich sage euch, ich, Nikolaus Zenzinger, ich habe die Offenbarung niedergeschrieben. Gott ist mir im Traum erschienen und hat mir Gesichter gezeigt. Die vier Gesichter des Abgrundes. Gehenna, Mischkotin, Aphradot und Erebar.« Dann warf er die Arme empor und begann wieder jenes Zetergeschrei, bei dem sein Unterkiefer bebte.

»We – we – we – we – we!«, heulte die Menge. Es war wie das Lallen einer Blödsinnigen. »›Geh, rotte aus!‹, rief er mir zu. Seine Stimme war stark wie Donner. Wie der Donner, der die Häupter der Berge beugt. Aber ich war stark und beugte das Haupt nicht. Ich sah ihm ins Gesicht. Er donnerte, und da sah ich das Zeichen des roten Todes in seinem Gesicht. Das Zeichen des roten Todes. ›Geh, rotte aus!‹, donnerte er und sagte es zum andern Mal und zum dritten Mal. ›Rotte aus meine Widersacher! Denn ich will sie nicht vor mir sehen am Jüngsten Tage. Sie sollen von der Erde getilgt sein, wenn ich in meiner Herrlichkeit erscheine, strahlend wie ein roter Mantel und auf meinem Thron von Schrecken und Macht. Sie müssen vertilgt sein, denn sie sollen nicht schauen den Glanz meines Gesichtes. Ich mache dich zu meinem Arm, meiner Faust, zu den Fingern meiner Faust. Du wirst die Kraft des Löwen haben und des Tigers, der brüllend durch die Täler geht. Dein Finger wird zeigen, und auf wen du zeigst, der soll vernichtet werden. Mein Blitz liegt in deiner Faust, und du wirst ihn auf meine Widersacher schleudern, denn du bist der Letzte der Propheten, größer als Elias und herrlicher als Moses. Meine Widersacher sind dir übergeben. Denn ich habe zu vielen gesprochen und ihnen gesagt von diesen letzten Tagen. Aber sie haben ihre Ohren verstopft und getan, als sei ich die Stimme der Wolken oder die Stimme des Grases, wenn es wächst. Sie haben ihre Ohren mit dem Wachs des Ungehorsams verklebt und haben getan, als hörten sie nicht, was ich sprach. Diese sind meine Widersacher.‹«

»Hu – hu – hu – hu!« Wie Peitschenhiebe fielen die Rufe, aufstachelnde, anspornende Peitschenhiebe.

»Welches Verbrechen ist größer vor Gott als der Ungehorsam? Sie sind unter uns, an die sein Ruf ergangen ist. Sie haben getan, als hörten sie nichts. Und sie haben geschwiegen und uns nicht gewarnt. Sie haben uns die Majestät des Herrn vorenthalten wollen. Sie haben gewusst, was Gott der Herr über die Erde beschlossen hatte. Und sie haben geschwiegen, obwohl sie es wussten. Es lebt ein Mann nach dem Herzen Gottes. Der hat meinem Finger einen Widersacher des Herrn gewiesen. Thomas Bezug hat mir gewiesen, wer die Stimme aus den Lüften vernommen und sein Ohr mit dem Wachs des Ungehorsams verstopft hat.«

Störner sah Dibian an. »Thomas Bezug!«, murmelte er. »Wieder und immer wieder er.«

»Das ist a böse G'schichte«, antwortete Dibian leise. »Schaun S' nur die Leut an. Die sind ganz außer sich.«

»Dieser Widersacher Gottes hat uns zugrunde gehen lassen wollen, ohne dass wir uns hätten auf Gottes Herrlichkeit bereiten können. Ungewarnt hätten wir dahingehen müssen – unbereitet. Aber jetzt haben wir ihn erkannt, und ich strecke meine Finger aus und weise auf ihn. Ich habe euch vor sein Haus geführt, vor seine Burg, vor seine Türe, und ich zeige auf ihn.«

Zenzinger erhob einen steifen Arm und hielt ihn gerade ausgestreckt. Sein Finger wies auf ein Haus, das dem Dom schief gegenüberstand. Auf ein Haus mit einem steilen Giebel über dem verwitterten Gesicht. Eine Hand sprang dort über der Türe aus der Wand und hielt einen großen Schlüssel.

Neben Störner schrie ein altes, verschrumpftes Weiblein auf, gellend, sodass es über den ganzen Platz zu hören war: »Eleagabal Kuperus!« Es war Frau Swoboda, in der Zenzingers Worte einen alten Wahn bestätigt hatten. Der Hass und das Misstrauen gegen den Zauberer waren damals unter dem Eindruck von Palingenius' Tod gewichen, und willig hatte sie sich dem freundlichen Einfluss des Alten hingegeben. Aber dann war sie allein geblieben. Und in den langen freudlosen Stunden, die jetzt leer von ihrer verjährten Hoffnung waren, kam es wieder hervorgekrochen. Hatte nicht zuletzt doch nur Kuperus den Tod des Jugendfreundes auf dem Gewissen? Wer anders hatte ihm den Gedanken ans Fliegen eingegeben als er mit seinen verfluchten Künsten? Und sie hatte ihn von neuem zu hassen begonnen, heftiger als je zuvor. Sein Name glitt ihr von den Lippen, in Gift und Galle getaucht. »Eleagabal Kuperus!«, schrie sie. »Eleagabal Kuperus!«

Und die Menge wiederholte dumpf und grollend: »Eleagabal Kuperus!«

Nikolaus Zenzinger wuchs auf seinem Thron: »Ja … Eleagabal Kuperus. Er ist es. Er ist der große Widersacher Gottes, der zuerst vertilgt werden muss. Er muss vom Angesicht des Herrn verschwinden. Ich überliefere ihn dem roten Tode!«

Das alte Weiblein neben Störner focht mit den Armen und kreischte: »Er ist ein Zauberer! Er ist Gottes Widersacher! Er ist dem roten Tode verfallen!« Sie drängte durch die Menge, sie schlug um sich, und man sah den Weg, den sie nahm, an dem Strudel, der hinter ihr dreinzog. Er führte auf das Haus des Kuperus zu.

»Frau Swoboda, Frau Swoboda!«, rief ihr jemand nach. Aber sie hörte nicht.

Alle hatten sich dem alten Haus zugewandt. Aus den Gesichtern war die Starrheit gewichen. Sie waren von wilder Entschlossenheit belebt, von einem fürchterlichen Hass; die zu einem einzigen Leib verschmolzene Masse krümmte und wand sich unter den Peitschenhieben des Geschreies: »Hu – hu – hu!«

Und Zenzinger näherte sich auf seinem Thron dem Haus des Verurteilten. Sein Arm war noch immer ausgestreckt, wie im Krampf, steif wie ein Stück Holz, und er wiederholte gellend: »Dem roten Tod! Dem roten Tod!«

Ein Klirren. Ein Stein hatte ein kleines Fenster in dem verwitterten Gesicht des Hauses getroffen und eine der schmutzigen Scheiben zerschlagen. Ein zweiter und dritter Stein folgten und zertrümmerten die übrigen Scheiben. Die leere Höhle war wie ein ausgeschlagenes Auge in einem alten Gesicht.

Und da begann ein ganzer Regen von Steinen gegen die Front des Hauses zu prasseln. Der Mörtel löste sich an vielen Stellen los und bröckelte herab auf die Köpfe der Ersten unter den Angreifern.

In ein paar Minuten war das Haus mit Wunden überdeckt. Unter dem Bewurf waren die Ziegel hervorgekommen, und ihr trübes Rot sah aus wie geschundenes Fleisch.

Und auf einmal schleppten ein paar Burschen einen langen Balken herbei.

»Aufpassen«, schrien sie, »der Schlüssel zu dem Haus kommt!« Sie mochten das ungeheure, schwere Holz von einem Bau geholt haben, der in der Nähe des Domes begonnen worden war, und an dem nun schon seit Wochen nicht mehr gearbeitet wurde. Und nun schleppten sie den Balken gegen Eleagabals Haus, und einer von ihnen zerrte eine lange rostige Eisenkette hinterdrein, ohne zu wissen, wozu. »Der Schlüssel kommt!«, riefen sie immer wieder.

Und die Menge, die ihnen Platz machte, wiederholte triumphierend: »Der Schlüssel, der Schlüssel.«

»Hu – hu – hu!«

Und nach dem grässlichen Takte des Geschreies schwangen die Burschen den Balken nach rückwärts und ließen ihn dann kurz nach vorne sausen. Es gab einen Krach und dann ein Prasseln. Ein großes Stück des Bewurfes war dem Vordersten auf den Kopf gefallen und hatte ihm den Hut heruntergeschlagen.

Da hielt es die Wachmannschaft doch endlich für angezeigt, einzugreifen und das Eigentum des Bedrohten zu schützen. Sie war unterdessen auf fünfzehn Mann angewachsen und brach nun zugleich aus zwei der schmalen Gässchen hervor. Ein fürchterlicher Tumult entstand.

»Polizei! Polizei!«

»Hu – hu – hu!«

»Schlagt sie nieder! Die wollen den Widersacher beschützen.«

Ein junger Mann hatte die steinernen Zierraten des Domportales erfasst und war an ihnen hinangeklettert, bis er sich in eine der Nischen schwingen konnte, in denen die steinernen Heiligen wohnten. Da stand er nun auf dem kaum fußbreiten Absatz und holte einen Stein nach dem anderen aus seinen Taschen. In weitem Bogen flogen Ziegelstücke und harte Zementbrocken nach den Stellen, wo die Helme der Wachleute sichtbar waren. Sie fielen mitten in die Menge, und die Leute, die sich im Getümmel von Stößen oder Schlägen der Polizisten getroffen glaubten, gerieten in Raserei.

Der Harmonikaspieler Samek hatte den Wacheführer mit beiden Fäusten an der Brust gefasst und schüttelte ihn, dass ihm der Helm vom Kopfe fiel. »Was willst? Was willst noch? Hund, da san mir die Herrn, vastanden!«

Ein paar mutige Wachleute versuchten, ihren Führer herauszuhauen. Aber ihre Fäuste wurden gepackt, die Säbel wurden ihnen entrissen, man umklammerte ihre Beine, sodass sie sich nicht mehr rühren konnten.

Irgendwo fiel ein Schuss.

»Sie schießen! Sie schießen auf uns.«

Samek, dem sein Opfer endlich doch entrissen worden war, pfiff auf zwei Fingern. Die Eideshelfer antworteten von allen Seiten. Mitten in dem Knäuel der Kämpfenden schrie die alte Swoboda unaufhörlich ... gellend: »Der Zauberer ... Der Zauberer muss hin werden!« Ihr Freund, der Kirchendiener, der sich zu ihr durchgeschlagen hatte, umklammerte ihre Arme und versuchte sie herabzuziehen.

Und auf einmal zog sich der Leib der Menge elastisch zusammen und stieß die Wachleute von sich ab. Sie taumelten zurück, erschöpft, blutend, mit zerrissenen Uniformen. Der Führer, dessen eines Auge von einem Faustschlag geschwollen war, sammelte sie auf dem kleinen Platz vor dem ›Schwarzen Adler‹-Keller und führte sie im Laufschritt zum Rathaus zurück.

Inzwischen hatten die Stürmer wieder den Balken ergriffen und donnerten ihn gegen die Tür. Krachend stieß er gegen das Schnitzwerk, das den Besuch Sauls bei der Hexe von Endor darstellte, gegen die Lindwürmer und Feuer speienden Drachen, gegen den Leviathan, der auf seinem Meere von spitzen Wellen schwamm. Die eisernen Beschläge knirschten und sprangen aus den Nieten, sie bogen sich und brachen und klirrten zu Boden.

»Hu – hu – hu!«, heulte Samek und schlug mit den Händen den Takt zu den Stößen. Aber da geschah etwas Seltsames. Aus der erstarrten Hand über dem Tor, dieser täuschenden Nachbildung einer Menschenhand, löste sich der Schlüssel, den sie durch Jahrhunderte festgehalten hatte, und fiel hart vor Samek nieder.

Und die Finger, die vordem ganz um das Metall geschlossen gewesen waren, diese Finger hatten sich geöffnet und waren in leichter Krümmung verblieben. Ihre Haltung schien ganz anders als vorher.

»Jesus, Maria!«, schrie die alte Swoboda.

Samek hob den Schlüssel auf und sah höhnisch nach der Hand. »Wir hamm schon an Schlüssel«, schrie er. »Wir brauchen kan mehr!« Und er schlug in die Hände, und von ihm fortgerissen, griffen die Männer wieder zu …

Da ging ein trockenes Knacken durch das alte Holz, und ein großer Sprung schnitt das verstümmelte Schnitzwerk in zwei Hälften. Aber ehe der Balken die Tür ganz hatte zertrümmern können, öffnete sie sich von selbst lautlos nach innen. Es war wie die Gebärde eines Opfers, das seinen vergeblichen Widerstand aufgibt und sich dem Henker darbietet. Und etwas von diesem beredten Ausdruck wirkte selbst auf die aufgeregte Menge, dass sie ein wenig zögernd und unschlüssig vor der offenen Tür zurückwich.

Aber Samek ließ sie nicht ganz zur Besinnung kommen.

»Hu – hu – hu!« Er heulte wie ein Wolf und stürzte in den Gang. Die anderen hinter ihm drein, von den Eideshelfern, die unter die Menge verteilt waren und nach den Angaben ihres Führers arbeiteten, angestachelt. Der Rahmenmacher, der auf dem Domplatz wohnte, war unter den Ersten.

Sie liefen den Gang entlang, an dessen Wänden die leuchtenden Buchstaben Worte ohne Sinn bildeten, sie stießen gegen die Statuen in den Nischen und warfen sie von ihren Postamenten, sie drangen durch das rote Zimmer vor und in den schmalen Stollen zwischen Bücherwänden.

Immer war es, als weiche ein Schatten vor ihnen zurück. Es war hier Dämmerung, und Samek stieß jeden Augenblick gegen ein Hindernis, das ihn in der Verfolgung aufhielt. Erst beim Eingang in den Kuppelsaal glaubte er zu sehen, dass es Eleagabals Diener war, der Mann mit den spitzen Ohren und dem Wolfsgesicht. Er hatte ihn auf Armlänge vor sich und streckte die Hand aus, aber da erhielt er einen so heftigen Schlag darauf, dass sie ihm sogleich herabsank. Der Schmerz lief krabbelnd bis in die

Schulter hinauf und schien sich dort im Gelenk festzusetzen. In diesem Augenblick überfiel ihn eine maßlose Furcht, aber die Nachfolgenden drängten und stießen und schleuderten ihn mitten in den Kuppelsaal, fast bis an den Marmortisch, der dort stand.

Er sah sich um. Da stand er in einem Kreis von Säulen, die aber nicht den Dienst von Säulen versahen, denn keine von ihnen hatte die Aufgabe, das Gebälk zu tragen. Hoch oben wölbte sich die Kuppel über dem Raum, ein fest aufgeschraubter Deckel, damit nichts von dem, was hier geschah, nach außen dringen könnte, eine Art von Hornhaut über einem großen zum Himmel gerichteten Auge. Das Glas war matt und blass durchscheinend. Ein weißliches Licht rann über die Pracht des Marmors, dessen Platten in den seltsamsten Farben leuchteten.

Die Stürmer sahen erstaunt die ruhige Schönheit des Raumes. Sie waren enttäuscht. Denn sie hatten erwartet, eine Art Hexenküche zu finden, alle herkömmlichen Zauberapparate, Skelette und Totenschädel, Schlangen und Kinderleichen in Spiritus und Destillierkolben und große geheimnisvolle Bücher.

Plötzlich bemerkte Samek Eleagabal gerade sich gegenüber. Er sah ihn hinter einer Art von dünnem Vorhang, der aus lauter langen, verzweigten und verfilzten roten Fransen bestand. Einen Teil der Fransen hatte Eleagabal mit der Hand zusamengefasst und beiseite geschoben, und er blickte ruhig auf die Menge.

»Durten is er!«, schrie der Führer, der wieder durch die Strömungen der hinter ihm gestauten Menge Mut und Zuversicht bekommen hatte. Und er versuchte die Rechte zu heben, um auf Eleagabal zu zeigen. Aber er vermochte es nicht, und als er hinabsah, da bemerkte er, dass diese Hand blauschwarz und geschwollen war.

Der Rahmenmacher hatte den Alten schon erblickt und stürzte auf ihn los, mit einem schweren Winkeleisen, das er irgendjemandem aus der Hand gerissen hatte.

»Er muss vertilgt werden!«, heulte die alte Swoboda.

Fünf, sechs, sieben Männer folgten dem Rahmenmacher. Aber da sahen sie, wie Eleagabal die Fransen des Vorhanges fallen ließ. Seine Gestalt war nur noch in ganz leichten Umrissen sichtbar.

Ein letzter Eindruck blieb: ein Lächeln, bei dem die großen gelben Eckzähne wie krumme Messer aus dem welken Mund krochen. Mit einem Schrei der Wut griff der Rahmenmacher in den Vorhang.

Seine Finger zerstießen sich an dem Stein.

Eleagabal Kuperus war verschwunden.

Sie sahen, dass sie vor einer Marmorplatte standen, von der die Wand glatt und ohne Fugen bedeckt war. Was sie für Fransen gehalten hatten, war das rote Geäder des Steines.

Da wandten sie sich wütend und stürzten auf die wenigen Geräte des Saales, um sie zu zertrümmern. Sie verteilten sich in den Gängen und kleinen Nebenräumen, rissen die Bücher herunter und zerstampften sie mit den Füßen, hieben mit den Stücken der zerschlagenen Stühle und der Bücherbretter blindlings gegen die Wände …

Ein Warnruf kam von draußen: Militär!

Sie stutzten, besannen sich … Was war geschehen? Was hatte sie angetrieben, so zu wüten? Nun sahen sie die Folgen vor sich. Noch war die Gewohnheit dieses Gehorsams gegen die Staatsgewalt nicht ganz durch die Raserei der Todesangst ausgelöscht. Sie beeilten sich, das Haus zu verlassen.

Als das Militär unter Trommelwirbel auf dem Domplatz eintraf, fand es diesen geräumt. Den Hauptmann, der mit zehn Mann durch die Verwüstung bis in den Kuppelsaal vordrang, empfing Eleagabal Kuperus mit einem Lächeln und einem etwas ironischen Dank.

Die Aufzeichnungen des Astronomen

Aus dem Tagebuch Professor Zugmeyers:
30. Mai
Gestern sollen sich furchtbare Szenen in der Stadt abgespielt haben. Die Menge hat das Haus des Eleagabal Kuperus, eines harmlosen alten Mannes, gestürmt und zerstört. Er ist eine Art Wundermann, dieser Kuperus, und man weiß nicht, dass er

jemals irgendjemandem etwas Böses getan hätte. Warum hat sich die Wut der Leute gerade gegen ihn gerichtet? Das ist das erste Symptom einer Raserei, die bald noch mehr anwachsen wird. Sie werden bald über alle herfallen, die in irgendeiner Weise ihnen entgegenzuwirken versuchen.

1. Juni
Ich bekomme Briefe über Briefe. Wie lange es wohl noch dauern wird, dass die Post arbeitet? Ich sehe diese Briefe gar nicht mehr an. Ich soll antworten, ob es wahr ist, dass die Erde zugrunde gehen wird. Was soll ich da sagen? Warum habe ich nicht geschwiegen? Ich hätte allein alle Angst auf mich nehmen sollen. Das wäre eine Heldentat gewesen, eine wahrhafte Heldentat, gegen die alle anderen gepriesenen Taten nichts sind. Aber wenn ein anderer es entdeckt hätte …? Wenigstens ich wäre es dann doch nicht gewesen, der die Menschheit in diesen Abgrund gestürzt hat.

3. Juni
Eleagabal Kuperus, der Wundermann, soll es auch gewusst haben. Wenigstens erzählt man sich, dass das der Grund für die Wut der Menge gewesen ist. Ein gewisser Nikolaus Zenzinger soll sie angeführt haben. Die Polizei sucht nach ihm. Aber wie wollen sie ihn finden? Nicht die Leute der Besonnenheit und Ordnung haben die Macht, sondern die Wahnsinnigen. Ich sitze die ganzen Nächte hindurch vor meinen Apparaten. Der ›Terror‹ kommt immer näher auf der Bahn, die ich berechnet habe. Bei Tage finde ich keine Ruhe zum Schlafen. Es ist unmöglich. Ich zermartere mich. Meine Gehilfen haben mich verlassen. Sie haben erklärt, dass sie es für unnötig finden, weiterzuarbeiten. Aber ich kann mich noch nicht ergeben. Ich starre den Himmel an, Nacht für Nacht, und hoffe auf die kleine Änderung in der Bahn des ›Terror‹, die mir anzeigen würde, dass die Erde gerettet ist. Wenn das noch lange dauert, so sinke ich um, kraftlos, unfähig, mich zu erheben. Aber die Hoffnung hält mich aufrecht. Vielleicht reißt irgendein unberechenbarer Einfluss den ›Terror‹ von uns weg. Oder: Ich habe mich doch geirrt! Ich

wünsche, dass ich mich geirrt habe. Es liegt mir nichts daran, wenn mein Gelehrtenruf hin ist. Ich will mich geirrt haben. Man soll sagen, dass ich Dilettant bin, ein unfähiger Mensch. Es liegt mir nichts daran. Aber diese Qual soll von mir genommen sein, dass ich es war ... Ich mache mir nichts daraus, wenn es der allergewöhnlichste Rechenfehler war, der dümmste Schnitzer in der allereinfachsten Formel. Aber Alfonso Chiari und Wall und zwanzig andere sind ja zu demselben Resultat gekommen.

10. Juni
Heute habe ich hohen Besuch erhalten. Bezugs Tochter war bei mir. Sie sieht seltsam aus, ich weiß nicht, wie ich es sagen soll. Das Parfüm der Sinnlichkeit, das ihr anhaftet, ist ungemein sublimiert, und sie sieht aus, als ob ... Nein, es scheint nicht die Angst zu sein, die sie so verändert hat, sondern eher die Sehnsucht ... Was kann sie noch in dieser kurzen Spanne Zeit ersehnen? Sie ist ganz verstört, aber nur wie jemand, der etwas erreichen möchte und fürchtet, dass es ihm unmöglich sein wird. Ich habe mich niemals mit Psychologie beschäftigt, ich habe den Menschen um mich zu wenig Beachtung geschenkt ... Das rächt sich nun, und ich bin gezwungen, in den Seelen aller Menschen, die mir begegnen, angstvoll zu forschen. Es ist ein Glück, dass ich keine Frau und keine Kinder habe. Niemanden, an dem ich unmittelbaren Anteil nehme.

Sie hat mich natürlich gefragt, ob es wirklich wahr sei. Ich habe versucht, mit Möglichkeiten auszuweichen. Aber sie hat mir nicht glauben wollen. Da habe ich ihr alles gesagt. Und ich muss es gestehen, mit einer Aufwallung von Hass und Genugtuung. Das hat mich später entsetzt. Aber es ist begreiflich. Ist sie nicht die Tochter des Mannes, der eigentlich den Schrecken in die Welt gesetzt hat? Warum hat Bezug nicht geschwiegen?

11. Juni
Und warum führe ich eigentlich dieses Tagebuch weiter? Warum drängt es mich immer in den Morgenstunden, die Feder zu ergreifen und mein Buch aufzuschlagen?
Was soll das?

Vielleicht darum, weil auf dem Grund meiner Seele doch noch immer die Hoffnung liegt. Gegen alle Einwände der Vernunft …

12. Juni.
Heute oder vielleicht gestern … Doktor Störner hat mich aufgesucht! Ich bin in einer Aufregung, die sich nicht … Ein Verdacht hat sich bestätigt. Er ist beinahe fürchterliche Gewissheit geworden. Was ist das? Ich glaube, einen teuflischen Plan zu durchschauen. Doktor Störner ist ganz feindlich zu mir gekommen. Er hat mich zuerst wie einen Feind behandelt. Er hat mich für einen Mitschuldigen gehalten. Und seine Anklage ist furchtbar. Bezug! Thomas Bezug! Er glaubt, dass Bezug mit voller Berechnung die allgemeine Bestürzung zu vergrößern sucht. Überall sieht er die Hand Bezugs. Bezug hat durch diesen Zenzinger die Menge gegen Kuperus gehetzt. Und er meint, dass Bezug an dem qualvollen Ende der Menschheit sein grässliches Vergnügen finde. »Er hat die Instinkte eines Inquisitors«, sagte er, »der unaufhörlich neuen Foltern nachsinnt.« An meinem Zustand hat er gesehen, dass er mir Unrecht getan hat. Nun verlangt er einen frommen Betrug von mir. Von mir sei die Nachricht vom Untergang der Erde ausgegangen, ich müsse trachten, die Menschen daran glauben zu machen, dass die Erde gerettet sein wird. Ich wollte es ja tun. Aber ich habe nicht die Kraft dazu, wenn ich mich nicht auf die Wahrheit stützen kann. Woher soll ich in meinem Zustand den Ton der Überzeugung nehmen …? Man wird die Lüge auf tausend Schritte erkennen. Ja, wenn ich einen Funken von Wahrscheinlichkeit dafür hätte … nur einen fernen Schimmer einer Möglichkeit der Rettung …

15. Juni
Die Angst treibt wunderliche Blüten. Ich verlasse die Sternwarte nicht. Aber Gerüchte dringen noch zu mir. Man erfährt das meiste nur durch Gerüchte. Die Zeitungen erscheinen schon sehr unregelmäßig, die Arbeiter haben die Arbeit niedergelegt. Da sollen sie das Grabtuch Christi aufgefunden haben. Sie haben es im Dom ausgestellt und schlagen sich vor ihm die Köpfe blutig, zertreten sich … Und dann etwas, an dem ein Gelächter

haftet. Es ist von einer schrecklichen Komik. Ein Triumph der technischen Wissenschaft im Dienste des Glaubens. Am ›Ende der Welt‹. Die Fonografenindustrie hat noch rasch einen schönen Aufschwung genommen, bevor alles vorbei ist. Sie verkaufen Fonografenzylinder mit dem Segen des Papstes: *urbi et orbi* … und mit einem *Ave Maria,* das er in den Apparat gesprochen hat. Ein fonografierter Segen! Und die Stimme des Papstes soll sehr gut getroffen sein. Es ist ein gutes Stück und eigentlich schade, dass eine Menschheit, der solche Scherze gefallen, schon untergehen muss. Aber was liegt darauf, wenn es arme Teufel gibt, die ihre Angst damit beschwichtigen. Fünfzig Prozent des Ergebnisses bekommt der Heilige Vater und fünfzig verbleiben der Fabrik. Was die Agenten bekommen, weiß ich nicht. Aber wenn die Erde ihre Zerstörung überleben sollte, werden sie alle ein gutes Geschäft gemacht haben.

18. Juni
Der Schrecken wächst. Man hört unheimliche Dinge von neuen Sekten, die sich bilden. Die alte Erde wirft giftige Blasen auf. Der Todesschweiß bricht ihr aus allen Poren. Sie stöhnt und röchelt. Die ›Marianiten‹ sollen sich wieder zeigen. Aber das sind harmlose Menschen im Vergleich zu jener anderen Sekte, die alles in Bestürzung versetzt. Die ›Brüder des roten Todes‹ nennen sie sich. Man spricht nur flüsternd von ihnen. Sie scheinen überall ihre Späher zu haben und erwählen ihre Opfer wie ein Raubvogel seine Beute. Denn sie sollen Menschen opfern – es ist, als kehrten die Menschen noch einmal zu allen Grausamkeiten und Tollheiten des Beginnes ihrer Geschichte zurück … in einem gleichen Zustand der Rat- und Wehrlosigkeit gegenüber den Mächten, die sie nicht zu erkennen vermögen. Diese ›Brüder des roten Todes‹ sollen ihre Angst in Blut ersticken. Sie hausen irgendwo in verfallenen Fabrikgebäuden und sind für die letzten Hüter des Gesetzes unauffindbar. Es sind wirklich tapfere Leute, diese letzten Hüter der Ordnung. Die Mehrzahl ist auf- und davongelaufen und hat es aufgegeben, sich Gefahren auszusetzen – für nichts, denn man hört jeden Tag davon, dass Polizisten ermordet worden sind … da und dort.

20. Juni
Es ist kein Wunder, dass alles drunter und drüber geht. Wer soll noch arbeiten wollen, wenn alles so bald zu Ende ist. Die Leute haben ihre Geräte von sich geworfen, sie haben ihre Werkstätten und Maschinen verlassen. Die Bauern kommen in die Stadt hinein und vermehren das Getümmel der Verzweifelten. Sie wollen sich trösten und aufrichten lassen und geraten nur in den Wirbel, der sie aller Besinnung beraubt. Und zu allem Grässlichen erhebt sich noch ein Gespenst mitten unter ihnen: die Not. Die Teuerung der Lebensmittel ist ungeheuer. Jeder will noch schnell verdienen und genießen. Und dabei ziehen Hunderttausende durch die Straßen, die nichts zu essen haben. Ich habe einen neuen Diener, einen rothaarigen Menschen. Er ist ein tapferer Kerl, der nicht von der allgemeinen Verwirrung angesteckt ist. Er besorgt mir, was ich brauche, und berichtet mir getreu, was vorgeht. Raub und Plünderung sind gewöhnliche Vorkommnisse des Tages.

21. Juni
Der Khedive von Ägypten ist ermordet worden. Er soll von seinen eigenen Weibern erdrosselt worden sein.

22. Juni
Der Präsident der Vereinigten Staaten ist auf der Straße durch Revolverschüsse schwer verletzt worden. Der Taumel hat die ganze Erde erfasst.

23. Juni
Gestern sollen zwei Regimenter beurlaubt worden sein. Zwei ganze Regimenter. Aufgelöst, könnte man vielleicht eher sagen. Die Soldaten waren nicht mehr zu halten. Sie wollten in ihre Heimat zurück, und sie sollen gedroht haben, wenn sie nicht entlassen würden, zuerst ihre Offiziere und dann sich selbst umzubringen.
Wenn das Militär nicht mehr gehorcht, wer soll dann den Horden der Rasenden entgegentreten?

24. Juni
Der König von Schweden ist tot. Man hat ihn mit dem halben Palais in die Luft gesprengt. In Rumänien wüten die Bauern wie die Tiere. Überall Kämpfe zwischen alten Feinden: Polen und Deutsche, Tschechen und Deutsche, Ungarn und Deutsche – der alte Hass der ganzen Welt gegen die Deutschen ist losgebrochen … Man tut seinen Gefühlen keinen Zwang mehr an.

25. Juni
Mir zittern die Hände … Ich glaube fast … Ich wage es nicht, niederzuschreiben … Heute Nacht! Wäre es Wahrheit … Wäre es Wahrheit …

26. Juni
Ich habe mich nicht getäuscht. Es ist Wahrheit. Sie sind gerettet. Die Abweichung des ›Terror‹ ist deutlich. Meine Berechnung ist nicht falsch. Aber das Wunder ist geschehen. Eine geheime Kraft wirkt auf den Verderber, dass er langsam zur Seite weicht. Sie sollen nicht einen Tag länger in ihrer Angst leben. Es ist vier Uhr morgens. Ich werde versuchen zu schlafen. Wenn ich es vor Freude kann, nachdem ich es so lange aus Sorgen nicht vermochte. Und längstens um neun Uhr morgens bin ich bei Thomas Bezug, um ihm die Nachricht zu überbringen … Ich bin müde …

26. Juni. Abends 10 Uhr
Ich muss mich sammeln. Welch ein Tag. Wie sehr hatte Doktor Störner Recht. Ich muss überlegen, was zu tun ist. Vor allem, ich darf nicht eine Stunde länger im Dienst dieses Menschen bleiben. Dann kann ich tun, was ich will. Morgen schon bin ich frei und kann ihnen sagen, dass die Erde gerettet ist. Doktor Störner wird mir dabei behilflich sein – gewiss! Er kennt die Wege, auf denen meine frohe Botschaft, mein Evangelium, am raschesten zu ihren Ohren kommt. Und jetzt will ich ruhig aufzeichnen, was mir dieser Tag gebracht hat, denn jetzt weiß ich ja, dass als Schlussvignette meines Tagebuches nicht die Vernichtung stehen wird. – Ich hatte doch geschlafen, und gut geschlafen. Viel länger,

als ich mir vorgenommen hatte. Weithofer, mein Diener, weckte mich gegen zehn Uhr. Ich stand auf und kleidete mich an. Die wenigen Stunden Schlaf hatten mich ganz ruhig und zuversichtlich gemacht. Alle Aufregung lag weit hinter mir. Als ich fertig war, frühstückte ich reichlich – schon seit langer Zeit hatte ich nicht mit solchem Appetit gegessen – und machte mich auf den Weg in die Stadt. Zum ersten Mal seit langen Wochen. Meinem Diener habe ich als dem Ersten von allen gesagt, dass wir den ›Terror‹ nicht mehr zu fürchten haben. Er blieb ganz ruhig, veränderte sein Gesicht nicht im Mindesten, als ob ich ihm bloß mitgeteilt hätte, dass ich morgen anstatt Kaffee Schokolade zu frühstücken wünsche. Aber als ich ging, hielt er mir zaghaft die Hand hin – so, als ob er mich zu einem Erfolg in seiner rauen, naiven Art beglückwünschen wolle. Als ob ich die Gefahr abgewendet hätte. Ich habe mich nicht gescheut, diese Hand zu ergreifen und zu schütteln. Alles Distanzgefühl war von mir genommen, ich fühlte mich durch die Ereignisse der letzten Monate geläutert und wie in einen warmen Strom von Brüderlichkeit getaucht. Ich glaube, dass ich wirklich ein anderer und besserer Mensch geworden bin. Dann sagte ich ihm, dass ich jetzt zu Bezug gehe, um ihm meine Entdeckung mitzuteilen. Da wurde sein Gesicht ganz hart und steinern, wieder ganz anders als vorher, wo bei aller Beherrschung doch ein anderer Ausdruck in seinen Zügen gewesen war. Ich habe erst später begriffen, was das zu bedeuten hatte, als ich aus der Stadt zurückkam und er mir sagte, dass er längere Zeit in Bezugs Diensten gestanden habe. Er kannte ihn besser als ich.

Während ich der Stadt zuging, im frischen Genuss meiner Kraft, und eine große Freude daran fand, im Sonnenschein auf der Straße zu wandern, legte ich mir zurecht, was ich Bezug zu sagen hatte. Ob nun Störner mit seinem Verdacht Recht hatte oder nicht, jedenfalls zwang mich mein Verhältnis zu Bezug, ihm vor allem Bericht zu erstatten. Auf der Straße sah ich ganze Züge von Bauern, die mit Weib und Kind neben den mit ihren Habseligkeiten bepackten Wagen der Stadt zustrebten. Vor den ersten Häusern kam mir ein ganzer Trupp betrunkener Soldaten entgegen. Sie hatten ihre Uniformen aufgerissen und hieben mit den Bajonetten die Äste von den Bäumen am Straßenrand. Als ich an dem großen Irrenhaus vorbeikam, sah ich das Tor weit offen. Die Fensterläden waren ausgerissen, die Fenster eingeschlagen und der Garten, in den ich hineinsehen konnte, vollkommen verwüstet. Auf den Steinen der Einfahrt lag ein Mann in einer Uniform, mit dem Gesicht mitten in einer Blutlache. Ich erkundigte mich bei einem alten Mann, der teilnahmslos auf dem Brückengeländer saß, was da geschehen war. Es dauerte lange, bis ich eine Antwort aus ihm herausbekam. Die Irren hatten die wenigen Wärter, die sich ihrer Pflicht nicht entzogen hatten, überfallen und niedergemacht und waren ausgebrochen. Jetzt schweiften sie in der Stadt herum. Vor einer Branntweinschenke der Vorstadt sah ich einen Auflauf. Der Pöbel hatte den Laden aufgebrochen und unter Geschrei, nachdem sich alle bis zur Besinnungslosigkeit betrunken hatten, die Fässer zerschlagen.

Ich sah, dass ich mich beeilen musste, meine Nachricht unter die Leute zu bringen. Auf Schritt und Tritt begegnete ich den Anzeichen einer vollkommenen Verwilderung. Vor einem großen Schaufenster der Möbelhandlung Bäck war die Straße so voller Menschen, dass ich nicht durchzudringen vermochte. Als ich mich nach einigen vergeblichen Versuchen zurückziehen wollte, um einen anderen Weg einzuschlagen, war ich so eingekeilt, dass ich mich in Geduld fassen musste und nicht anders konnte, als dem Zug der Masse zu folgen. Sie drängte gegen das Schaufenster hin, und ich sah, dass ihre Aufmerksamkeit dem großen Bild galt, das dort ausgestellt war. Ein ungeheures Bild, von dem das ganze Fenster ausgefüllt war. Ein Stöhnen und Röcheln war um mich herum, ein Keuchen und schreckenvolles Zittern, als ginge von dem Bild dort vorne eine mächtige erschütternde Wirkung aus.

Nach einer halben Stunde war ich so weit vorgeschoben, dass ich das Bild betrachten konnte. Es musste ein Werk desselben Malers sein, der schon ein anderes Gemälde des Weltuntergangs geschaffen hatte. Jenes Gemälde, das mir durch die in Massen verbreiteten Reproduktionen auch bekannt geworden war. Auch dieses neue Werk galt dem Weltuntergang.

Eine Tafel unten nannte seinen Titel: ›Die letzte Stunde‹.

Es war wieder eine weite öde Heide. Aber anstatt des Himmels hing ein Meer von Feuer über ihr. Feuer umloderte den ganzen Horizont, und lange Flammenzungen liefen vor dem Rachen der Glut über die Erde hin. Sie erfassten den dürren Grad des Bodens und eilten weiter. Gegen den Mittelpunkt des Bildes zu standen einige alte Weidenbäume, die mit den verzweifelt emporgeworfenen Ästen aussahen wie brennende Menschen. Nahe bei diesen Bäumen war ein Wagen fahrender Komödianten, dessen Hinterräder bereits von dem Feuer ergriffen waren. Ganz vorne aber war eine Gruppe von Menschen oder vielmehr bloß ein Knäuel von Leibern, deren Haut braun und spröde anzusehen war, wie die knusprige Rinde eines Bratens. Sie hatten einander im Todeskampf umkrallt, die Glieder verschlungen, und waren so alle zusammen versengt und von dem fürchterlichen Anhauch der Flammen gebraten worden. Aber unter dem Haufen verzerrter, ineinander geschraubter Leichen war noch ein wenig Leben. Zwei Menschen, ein junger Mann und ein Weib, die wie durch ein Wunder bisher vom Tod verschont geblieben waren. Oder vielmehr nur ein einziger Mensch, denn der junge Mann hatte sich über den noch weichen blutroten Körper der Frau geworfen und trank aus einer Wunde gerade zwischen den Brüsten ihr Blut. Die Gestalten waren so groß und diese Gruppe so weit in den Vordergrund gerückt, dass sich der Beschauer dem Gesicht des Mannes gerade gegenüber befand. Die Augen, die aus dem Bild starrten, waren weit aufgerissen und vorgequollen, stier vor Entsetzen, und in ihnen wiederholte sich noch einmal alles Grauen des ganzen Bildes und steigerte sich zu seinem Gipfel. Und wenn man sich von diesen fürchterlichen Augen wegwandte und Horizont und Himmel des Bildes überblickte, dann sah man von allen Seiten Augen auf sich gerichtet. Es war ein Heer von Flammendämonen, das da heranstürmte, mit menschenähnlichen und tierischen Bildungen, grinsende, grässliche Häupter mit breiten Mäulern, Polypen aus feurigem Schleim, die mit geschwollenen Fühlern vorwärts schnellten, geflügelte Schlangen … und alle mit abscheulichen, gierigen Augen …

An der Erstarrung der Menschen sah ich, dass dieses Bild mit fürchterlicher Gewalt auf sie wirkte. Und es war bei Gott Zeit, dass sie hörten, dass ihre Angst zu Ende sein dürfte. Einen Augenblick war es mir, als müsse ich mich umwenden und unter sie schreien: »Es ist nicht wahr! Es ist nicht wahr! Ihr seid gerettet!« Es war eine große Versuchung, das kann ich sagen. Aber dann siegte die Überzeugung, dass sie es mir nicht glauben würden, und dass sie unter dem Einfluss dieses Bildes imstande wären, über mich herzufallen und mich zu zerreißen. Und ich durfte mich nicht in diese Gefahr begeben, denn ich war ja der Überbringer der rettenden Botschaft.

Mehr als eine halbe Stunde wurde ich vor dem Bild hin und her geschoben, bis mich endlich eine Welle weitertrug. Ich konnte mich schließlich befreien und lief so schnell als möglich dem Palais Bezugs zu. Es war fast schon Mittag, als ich ankam. Ich fand keinen der Diener in den Vorräumen und rannte die Treppe hinauf zu Bezugs Arbeitszimmer. Die Tür war verschlossen. Ich also wieder Treppen hinunter und in Bezugs Wohnung. Endlich kommt mir ein Diener entgegen. Der Herr ist nicht hier, sondern draußen vor der Stadt in seiner Villa. Wieder eine Verzögerung. Ich bin außer mir. Jede Stunde steigert die Raserei der Menge. Ich gebe dem Diener den Auftrag, sofort einen Wagen anspannen zu lassen. Er lacht mich frech an und sagt, dass er von mir keinen Befehl entgegenzunehmen habe. Das sei überhaupt aus, das Befehlen und Gehorchen. Ich packe ihn bei der Kehle und halte ihm meinen Revolver vor die Stirn. In diesem Augenblick sehe ich ein, wie gut ich daran getan habe, Weithofers Rat zu folgen und eine Waffe mitzunehmen.

Da geht er endlich, scheu und mit tückischem Blick. Ich lasse ihn nicht aus den Augen und gehe immer mit ihm, den Revolver in der Hand; ich begleite ihn in den Stall und warte, bis die Pferde angespannt sind. Dann setze ich mich in den Wagen und lasse drauflosfahren, so schnell es gehen will.

Es war halb zwei Uhr, als ich endlich vor Bezugs Villa ankam. Die Zugbrücke war aufgezogen und jemand fragte hinter den Schießscharten hervor, was ich wolle. Ich antwortete, dass ich dringend mit dem Herrn zu sprechen hätte. Dann musste ich meinen Namen nennen, und man sagte mir, ich müsse warten. Es dauerte eine Stunde, bevor die Zugbrücke herabgelassen wurde. Ich wurde durch einen dunklen Gang geführt, in dem ich Flüstern und das Klirren von Waffen hörte. Der Hof, über den ich kam, war von ein paar Männern bewacht, die mit Gewehren und Revolvern bewaffnet waren. Bezug hatte sich offenbar wohl verwahrt. Man brachte mich in ein Zimmer mit einer Glasdecke und eisernen Wänden und ließ mich dort allein.

Ich musste wieder eine Stunde warten.

Als ich ungeduldig wurde und den Raum verlassen wollte, fand ich, dass man mich eingeschlossen hatte. Es blieb nichts übrig, als mich der Willkür Bezugs zu überlassen. Aber ich kann sagen, dass ich nie eine ähnliche Nervenqual mitgemacht habe wie während dieser Stunde. Endlich, als ich schon halb wahnsinnig war, holte man mich aus meinem Käfig und führte mich durch einige Gänge in den dicken Mauern dieses festungsartigen Gebäudes. Ich trat in das große Gewächshaus ein und fand Bezug unter einer Gruppe von Palmen. Zwei Männer waren bei ihm. Der eine war unzweifelhaft ein Seemann. Der andere aber steckte in einer höchst sonderbaren Kleidung: eine mittelalterliche Sammethaube, weite türkische Hosen aus blauem Stoff und spitze Schnabelpantoffeln aus rotem Leder.

Ohne jede Begrüßung fragte Bezug nach meinem Begehren. Was ich denn so Dringendes mit ihm zu sprechen habe? Und als ich noch ein wenig zögerte, weil ich von einer begreiflichen Aufregung fast um alle Worte gebracht war, mochte er glauben, dass ich wegen seiner Begleiter nicht sprechen wolle, und sagte: »Lassen Sie nur alle Geheimnistuerei, Professor, die da dürfen alles hören. Es ist der Kapitän Dallago von meiner *Regina Maris* und der brave Kastellan meines Schlosses auf Antothrake.«

»Es liegt mir nichts daran, Herr Baron«, sagte ich, »wenn diese Herren dabei sind. Das, was ich Ihnen zu sagen habe, soll die ganze Welt hören.«

»Also heraus damit!«

»Ich komme, um Ihnen zu sagen, dass die Menschheit von ihrem Entsetzen erlöst ist. Die Erde wird nicht untergehen … Wir sind gerettet.«

Da fuhr Bezug auf mich zu: »Sie sind verrückt, Herr, wie können Sie das behaupten? Sie haben doch selbst zuerst ...«

»Ja ... aber ich habe mich jetzt überzeugt ... Ich habe unzweideutige Beweise ... Der ›Terror‹ hat seine Bahn verlassen, er entfernt sich von der Erde ...«

Und jetzt musste ich sehen, dass Störner Bezugs Absichten klar durchdrungen hatte. In seinem Gesicht zischte eine rasende Wut auf. Seine Stimme war kreischend und schrill: »Das ist nicht wahr! Das ist nicht wahr! Was wollen Sie damit? Was haben Sie vor?« Es sah aus, als wolle er mit den Händen nach meinem Halse fahren, und der Kapitän und der Kastellan, die sich immer an seiner Seite hielten, schienen bereit, sich sogleich auf mich zu werfen.

Es war nötig, meine ganze Besonnenheit zusammenzuraffen. Und ich begann, um ihn etwas abzulenken, möglichst ruhig und deutlich und weit sachlicher, als es nötig war, eine Darstellung meiner neuen Beobachtung zu geben. Mein Mittel war gut gewählt. Bezugs Zorn ebbte zurück, und als ich fertig war, sagte er: »Es ist gut! Es mag meinetwegen so sein! Aber sehen Sie einmal das Volk an! Denken Sie, dass man Ihnen glauben wird? Diese Krankheit muss ihren natürlichen Verlauf nehmen.«

»Nein«, sagte ich, »diese Krankheit ist tödlich, und ehe sie ihr natürliches Ende findet, ehe der Tag des Unterganges vorbei ist, könnte sich die Menschheit so schwer verletzt haben, dass sie sich nicht mehr erholen kann.«

»Also, sagen Sie mir, was wollen Sie tun?«

»Ich komme deshalb zu Ihnen, um Sie aufzufordern, die Menschheit zu beruhigen.« Und in einem Anfall von schmerzlicher Wut, dass dieser Peiniger nicht gesonnen schien, der Qual ein Ende zu machen, setzte ich hinzu: »Sie haben diese schreckliche Verwirrung hervorgerufen, es ist ihre Pflicht, Mittel zu finden, um sie zu lösen.«

»Das werde ich nicht tun. Ich sage Ihnen, diese Krankheit muss ihren natürlichen Verlauf nehmen. Es ist mir selbstverständlich lieb, dass Sie mir die Nachricht überbracht haben. Ich kann jetzt mit noch größerem Behagen zusehen, wie sie sich zerfleischen.«

Da konnte ich mich nicht enthalten zu sagen: »Sie sind ein Schurke, Bezug, der größte Verbrecher, der je gelebt hat.«

Er nahm es ruhig hin und sah mich kalt an, mit seinen scheußlichen Augen, die jetzt einen unbestimmbaren Ausdruck hatten: »Das wissen Sie erst jetzt? Aber Sie werden jetzt auch einsehen, dass ich nicht gelaunt bin, mich um mein Vergnügen bringen zu lassen. Sehen Sie, ich habe mich wohl verwahrt, um bis zum Ende alles auszukosten. Ich werde hier sorgsam bewacht ... von meinen verlässlichsten Leuten. Ich will nicht vorzeitig abgehen, denn die Sensationen dieser letzten Tage sind zu köstlich. Es soll mir nichts geschehen, wie dem Khedive oder dem König von Schweden, die nicht vorsichtig genug waren. Oder wie meinen Freunden, dem Bankier Rosengarten aus Berlin und Mister Smith aus Philadelphia, deren Häuser man gestürmt und die man erschlagen hat. Wie gesagt, ich danke Ihnen sehr, dass Sie meinem Genuss mit Ihrer Nachricht eine solide Basis gegeben haben.«

Mein maßloser Zorn und meine Verachtung machten mich unvorsichtig. »Gut«, sagte ich bebend, »dann werde ich selbst versuchen, die Wahnsinnigen zur Vernunft zu bringen.«

Bezug sah mir immer in die Augen: »Das werden Sie nicht tun. Sie werden sich nicht selbst zum Tode verurteilen wollen. Es wird Ihnen so ergehen, wie es diesem Eleagabal Kuperus beinahe ergangen wäre, wenn er nicht durch seine Taschenspielerstückchen die Menge getäuscht hätte. Bedenken Sie, damals besaß die Wut der Masse noch nicht diese Wucht und Stoßkraft wie jetzt ...«

Es lag eine deutliche Drohung in diesen Worten, und ich musste an Störner denken und an das, was er mir von Bezugs Anteil an diesem Sturm auf das Haus des Kuperus gesagt hatte. Aber ich konnte mich doch nicht enthalten, zu wiederholen: »Ich werde es selbst versuchen. Ich werde Mittel und Wege finden ... Ich werde mich nach Bundesgenossen umsehen ...«

Bezug schloss die Augen. »Ich verbiete es Ihnen, diese Nachricht unter die Leute zu bringen.«

»Ich lasse es mir nicht verbieten. Ich halte es für meine Pflicht ...«

Da öffnete Bezug die Lider wieder zu einem schmalen Spalt. Seine Finger streckten sich und schlossen sich wie in einem

Krampf, und er hielt mir die geballte Faust vor das Gesicht. »Ich zerdrücke Sie!«, zischte er. »Es bleibt kein Atom von Ihnen übrig.« Und die beiden Begleiter, die mit ihren Blicken an seinem Gesicht hingen, rückten wieder näher an mich heran.

Bezug bot einen schrecklichen Anblick, und ich weiß nicht, woher ich den Mut nahm, mich seinem Willen zu widersetzen. »Sie werden mich nicht hindern, zu tun, was ich der Menschheit schuldig bin.«

»Gut«, antwortete er. »Gehen Sie mir aus den Augen!« Und er wandte sich ab.

Ich verließ die Villa durch den Garten. Hinter einem Gebüsch stand Elisabeth. Ich grüßte sie. Aber sie schaute vor sich hin und sah mich nicht. Der Wagen war nicht mehr da. Aber das war mir gleichgültig, denn nun hätte ich Bezugs Wagen doch nicht mehr benutzt. Zu Fuß kehrte ich in die Stadt zurück.

Ich habe mir auf dem Weg einen Plan zurechtzulegen versucht, aber ich konnte nichts finden, das mir zu rascher Hilfe geeignet erschienen wäre. Dann ging ich zu Doktor Störner und teilte ihm mit, was ich entdeckt hatte und was zwischen mir und Bezug geschehen war. Er wusste sich zuerst nicht zu fassen. Dann bat er mich, ihn allein zu lassen, damit er die Sache recht überlegen könne. Er will mir in allem zur Seite stehen und morgen schon in seiner Zeitung die Nachricht veröffentlichen.

Dann wollen wir sehen, was weiter zu tun ist …

Die ›Brüder vom roten Tode‹

Elisabeth hatte den Professor Zugmeyer erst erblickt, als er schon an ihr vorbei war. Da erst war der Bildeindruck bis zu ihrem Bewusstsein vorgedrungen und hatte sie veranlasst, sich rasch umzuwenden. Es war ihr, als ob sie ihn etwas hätte fragen wollen. Was denn nur? Sie wusste es nicht mehr … Es war nur einen Augenblick wie eine Frage an die Oberfläche gekommen und sogleich wieder versunken. Indem sie eine planlose Wanderung durch den Garten fortsetzte, beschäftigte sie sich damit, alle

Symptome zusammenzustellen, die ihr eine zunehmende Lähmung ihrer geistigen Fähigkeiten anzeigten. Da war diese merkwürdige Verzögerung der Fortpflanzung der Sinneseindrücke auf den Leitungsbahnen. Dann dieses Auftauchen von Einfällen, die sogleich wieder vergingen, bevor sie noch recht erfasst werden konnten. Wie vorhin, diese Unentschlossenheit, die nirgends zurechtkam, schmerzliches Vergnügen, sich darüber klar zu werden. Liebkosend fast nahm sie den Gedanken auf, dass sie daran war, sich durch die schrecklichen Ausschweifungen der letzten Wochen vollkommen zu vernichten.

Ihr Körper war bis zum Äußersten erschöpft. Die maßlosen und schamlosen unzähligen Abenteuer, deren Stätte der ›Klub der babylonischen Jungfrauen‹ gewesen war, diese durch die Todesangst gewürzten Orgien hatten selbst ihre stolze und geschmeidige Kraft brechen müssen.

Sie blieb schaudernd stehen. Es überlief sie kalt, trotzdem es ein warmer, fast schwüler Sommerabend war. Und trotz aller Bemühungen war es ihr nicht gelungen, ihre große Sehnsucht zu vergessen. Sie biss die Zähne zusammen und ballte die Fäuste, aber da war es wieder … dieses Bild, das sie verfolgte, dieses Gespenst, das ihr nachging, leibhaftiger und beherrschender als alle die Wirklichkeiten, von denen man sonst abhängig ist. Wenn sie an Adalbert dachte, an seine Küsse und Zärtlichkeiten, die sie genossen hatte, dann brandete es vor ihren Ohren, und ihre Augen waren von einer übergroßen Helle geblendet. Und so schmerzlich dieses Gefühl war, so ungern sie es herankommen ließ – wenn es einmal da war, dann überlieferte sie sich ihm ganz, in einer Wollust, vor der alles andere nichtig war.

Langsam ging sie in ihre Zimmer hinauf und trat auf den Balkon hinaus. Von hier sah sie die weißen Mauern und das Dach von Enzbergers Mühle zwischen den alten Bäumen drüben. Dort wohnte er mit seiner Geliebten, mit dieser Regina, dort widmete er seine Zeit und sein ganzes Wesen einer anderen Frau …

Aber bald war nun ja alles aus. Für ihn und für sie und für jene Dritte. Alles aus. Aber seine letzten Stunden würden diesem Weib gehören, seine Küsse und die letzten Gluten seines Leibes. Und ingrimmig wiederholte sie den Schwur, dass diese Erde nicht zugrunde gehen dürfe, ohne dass sie vorher ihrer Rache genuggetan hätte.

Die Hände sanken ihr herab. Nach der Aufregung der letzten Augenblicke fühlte sie wieder, wie schwach sie war und wie sie ihr Körper schmerzte … wie eine große offene Wunde. Alle ihre Glieder waren von den Verrenkungen der Leidenschaft, von den unzähligen Opfern für Astaroth verzerrt.

»Es ist gut so … Es ist gut so!«, murmelte sie, aber sie wusste nicht, was sie damit meinte. Dann ging sie fröstelnd in ihr Zimmer zurück, nach einem letzten Blick in die Abenddämmerung, in der ein Licht aufgeflammt war. Ein Licht in einem der Fenster der Mühle drüben. Als Elisabeth an ihren Schreibtisch trat, fand sie einen der blassblauen Briefe da liegen. Ein blassblaues längliches Kuvert mit roten Rändern und Schnittlinien. Auf der Rückseite war das Zeichen: die fliegende Taube inmitten des Drudenfußes. Sie wusste: eine Bestellung zu einer Nacht im ›Klub der babylonischen Jungfrauen‹. Es war ihr immer ein Geheimnis geblieben, wie man ihr diese Briefe zugestellt hatte. Sie fand sie, mit goldenen feinen Nadeln angespießt, an ihrem Bett, wenn sie morgens erwachte, auf ihrem Schreibtisch, in ihren Schmuckkassetten oder Schränken – immer so, dass sie niemand anderem in die Hände fallen konnten als ihr. Das gefiel ihr stets so gut, dass sie sich in den fantastischen Traum einspann, die Göttin, die große und fürchterliche Astarot bediene sich besonderer Zaubermittel, um ihr diese Botschaften zuzustellen. Und war es nicht wirklich ein Wunder, dass dieser Brief an sie gelangen konnte, in diese wohl verwahrte Festung ihres Vaters, die von Bewaffneten umstellt war und in die ein Fremder nur nach endlosen Vorsichtsmaßregeln eingelassen wurde?

Sie brach den Brief auf und las ihn im letzten Schein der Dämmerung. Man rief nach ihr, die Göttin verlangte nach ihrer Priesterin. Mit langsamen Bewegungen entzündete sie eine Kerze und verbrannte den Brief in der Flamme. Er verging in einer Wolke süßlichen blau schimmernden Dampfes …

Elisabeth stand noch lange da und sah in die Flamme, die in dem von dem offenen Balkon herüberstreichenden Luftzug züngelte. Dann sammelte sie die Asche des Briefes in die hohle Hand und trat auf den Balkon. Nachdem sie die Asche vollkommen gerieben hatte, öffnete sie die Hand und streute das schwarze Gekrümel in die Nacht hinaus.

Ihr Kleid streifte den großen Strandkorb, der hier draußen stand. Sie wandte sich um und befühlte ihn, als müsse sie sich erst durch die Berührung darauf bringen, was das für ein Ding war. Elisabeth setzte sich und stützte den Kopf auf die rechte Hand, dass sich die Reste der Asche auf ihrer Wange verrieben. Und so saß sie viele Stunden, den Blick auf das ferne beleuchtete Fenster in der Mühle gerichtet, bis es dort dunkel wurde. Und neben ihr rann der trübe Schein der flackernden Kerze über den Balkon und rieselte über den Rand in die Finsternis. Dann ging der Mond auf …

Unter allen Sekten, die in diesen Tagen des Entsetzens entstanden waren, behauptete sich der ›Bund des roten Todes‹ als die mächtigste und schrecklichste. Seine Zusammenkünfte wurden in einem zerfallenen weitläufigen Fabrikgebäude abgehalten, das draußen vor der Stadt gelegen war. Von allen Mordtaten und Gräueln kam der größte Teil auf seine Rechnung. Die Brüder schleppten ihre Opfer in die ›Burg‹ und brachten sie unter allerlei grässlichen Zeremonien um, aber sie überfielen sie auch auf der Straße oder suchten sie in ihren Häusern auf. Niemand war vor ihnen sicher. Und niemand konnte voraussagen, was sie demnächst beginnen würden, denn ihr Treiben war vollkommen sinnlos, nichts als eine Ausgeburt der Angst. Zwei Morde ereigneten sich beinahe gleichzeitig, die beide auf Rechnung der ›Brüder vom roten Tod‹ gesetzt wurden. Der eine geschah in aller Stille, der andere aber am helllichten Tage, in der Raserei wütender, wahnsinniger Massen.

Professor Zugmeyer war in seinem Arbeitszimmer erdrosselt worden. Er wurde vor seinem Schreibtisch aufgefunden, und man sah, dass er eben einen Artikel zu schreiben begonnen hatte, in dem er nachwies, dass die Erde gerettet sei und dass man ihren Untergang nicht mehr zu befürchten brauche.

Am selben Morgen wurde Störner in der Redaktion seines Blattes überfallen. Er hatte die ganze Nacht hindurch gearbeitet, um morgens die Stadt mit einer Menge von Plakaten und Flugblättern zu überschwemmen, in denen die Rettung verkündigt wurde. Die Leute hatten ihn aber mitten in der Arbeit verlassen, wütend über den Betrug, den man durch diese Nachricht an der Menschheit verüben wollte. Und so hatte Störner mit den wenigen Getreuen selbst an den Maschinen gestanden und hatte am Morgen selbst seine Plakate und Flugblätter verbreiten geholfen. Eine Stunde nach seiner Rückkehr in die Redaktion war das Haus von einer geifernden, hasserfüllten Bestie von tausend Köpfen gestürmt worden. Störner, der nicht von seinem Platz gewichen war, wurde zerrissen und zerstampft, dass nur ein blutiger Fleischklumpen übrig blieb.

Das Haupt der ›Brüder vom roten Tod‹ war noch immer Nikolaus Zenzinger, der immer mehr das Gebaren eines Propheten angenommen hatte. Nachdem er sich eine Zeit lang versteckt gehalten hatte, wagte er sich, als die Ordnung immer mehr verfiel, wieder hervor und zeigte sich bisweilen in einem langen roten Mantel inmitten seiner Schar. Zumeist aber blieb er doch in der ›Burg‹, in einem kleinen Raum, der zu einer Art von Allerheiligstem hergerichtet worden war. Hier durften ihn nur seine Offiziere aufsuchen, und hier heckte er in seinem verwirrten Hirn die Pläne für neue Taten seiner Banden aus. Oft stieg er nachts auf das flache Dach des Mitteltraktes hinauf und verbrachte Stunden mit eintönigem Geheul. Er sprach mit Gott, und seine Anhänger lagen in den Höfen ringsum auf den Knien und lauschten in andachtsvollem Schaudern.

Dann aber kam es vor, dass er aus der Mitte seiner Getreuen verschwand. Auf ganze Tage oft; und man flüsterte, dass er entrückt sei. Das waren die Tage einer teilweisen Rückkehr seines Bewusstseins, wenn er wie aus einem bösen Traum erwachte; dann kehrte er in seine frühere Wohnung zurück, in der ihn Emma Rößler noch immer erwartete. Sie wusste, dass man ihn für das Haupt des ›Bundes des roten Todes‹ hielt, und war davon überzeugt, dass dieses Gerücht der Wahrheit entsprach. Wenn er aber zu ihr kam, dann wuchs das Mitleid so groß und strahlend über den Abscheu empor, dass sie ihn nicht zurückzustoßen vermochte. Sie hätte ihn selbst zur Zeit, als man ihn noch suchte, nicht verraten können. Und immer wenn er kam, hoffte sie auf seine Genesung, sie hoffte, ihn endlich zurückhalten zu können, und sie ging mit unendlicher Vorsicht seinen wilden und irren Vorstellungen nach, um ihre Wurzeln zu erkennen und ihre Wiederkehr zu verhindern. Aber nachdem Zenzinger einige Tage lang krank und gebrochen zu Hause gesessen hatte, kam es wieder über ihn. Er begann unruhig im Zimmer auf und ab zu gehen, murmelte vor sich hin und warf drohende Blicke um sich.

Emma Rößler fand in ihrer Angst Zuflucht bei dem Andenken ihres Gatten. Sein Kopf war ihr wie ein Amulett, das sie vor allen Übeln schützte. Und sie nahm ihn hervor und sprach mit ihm, als wenn ihr Mann leibhaftig gegenwärtig wäre. Laut und immer lauter, je aufgeregter sich Zenzinger gebärdete. An den Blicken des Alten sah sie, dass er diesen Kopf hasste. Und eines Tages war er auf sie zugesprungen und hatte versucht, ihn ihr zu entreißen. Aber sie hatte den Kopf verteidigt und Zenzinger vor die Brust gestoßen, und da war er zur Vernunft gekommen und scheu und demütig in einen Winkel geschlichen.

Alle Kämpfe Emmas aber waren umsonst. Nach drei oder vier Tagen brach Zenzinger aus und lief davon, zu seinen Horden, die ihn begrüßten, als komme er aus einem Zwischenreich zwischen Himmel und Erde.

Nächst dem ›Bund des roten Todes‹ war die Sekte der ›Marianiten‹ die bedeutsamste. Während jene in einem unklaren Gemisch der verschiedenartigsten Vorstellungen ihr Genügen fanden, hingen die ›Marianiten‹ an einem festen Dogma. Seine Verkünderin war die alte Swoboda. Sie hatte sich ursprünglich den ›Brüdern des roten Todes‹ angeschlossen, aber bald hatte sie sich von ihnen losgesagt und war ihre eigenen Wege gegangen. Nachdem sie einmal zwei Tage und zwei Nächte in einem Kreis geweihter Kerzen betend zugebracht hatte, war ihr die Mutter Gottes erschienen und hatte ihr verkündet, dass ihr von ihrem Sohn die Herrschaft über diese letzten Tage der Erde übertragen worden sei. Gottvater und Christus hätten sich aus dem Himmel, der der Erde zunächst sei, in den siebenten der übereinander getürmten Himmel zurückgezogen. Sie wollten von dieser sündhaften Welt nichts mehr sehen und hören, aber auf Maria habe sich die göttliche Barmherzigkeit doch ausgewirkt, dass sie der Erde in ihrer Sterbestunde beistehen dürfe, und sie habe sich der Mitwirkung des heiligen Geistes versichert. In der Anrufung Marias läge also jetzt der einzige Trost, und die Göttliche hatte ihrer erwählten Dienerin versprochen, dass sie allen, die im Gebet zu ihr Zuflucht suchen würden, eine gnädige Fürsprecherin und hilfreiche Freundin sein werde.

Um die Verkünderin dieser Heilsnachricht scharte sich auch rasch eine bedeutende Anzahl von Gläubigen. Die Menschen griffen begierig nach allem, was ihnen eine Rettung zu verheißen schien. Der erste und begeistertste Jünger der alten Swoboda war der Kirchendiener, der ihre Überlegenheit seit jeher gefühlt und anerkannt hatte, und nun behauptete, er habe schon immer gewusst, dass sie zu besonderen und hohen Dingen berufen sei. Und jedem, der es hören wollte, erzählte er, er habe bisweilen, wenn er und die erwählte Dienerin Marias in der morgendunklen Kirche beschäftigt gewesen seien, einen lichten Schimmer um ihren Kopf bemerkt.

Das ehemalige Kerzenweib nannte sich in seiner neuen Würde Schwester Annunziata, und sie trug ein nonnenartiges Gewand, ein weißes, lang wallendes, faltenreiches Hemd und darüber einen schwarzen Überwurf, der auf der Brust und auf dem Rücken ausgeschnitten war. Ihr Wesen hatte sich unter der Einwirkung der himmlischen Gnade vollkommen verändert. Ihre frühere Geschwätzigkeit war fort, sie bewegte sich mit ernster Würde und sprach nur selten. Und wenn sie sprach, geschah es mit gemessener Feierlichkeit und mit bedeutsamem Ausdruck.

Zur Sekte der ›Marianiten‹ gehörte eine große Anzahl von Priestern. Zuerst hatte sich der Bischof ihnen entgegengestellt und der Geistlichkeit den Eintritt in die Sekte verwehren wollen. Aber die Macht der alten Frau und ihres Heilsgedankens war so groß, dass ihre Anziehung größer war als die in allen Fugen gelockerte kirchliche Disziplin. Die Priester erwiesen sich überall auch in diesem Stück allem Menschlichen nicht fremd. Sie waren gleich den anderen der furchtbaren Angst vor der Vernichtung unterworfen. Und anderswo fielen sie offen von der Kirche ab, schlugen sich zu den Rotten der Verzweifelten und rasten in einer unbändigen Gier nach Genuss, als wollten sie in diesen letzten Tagen mit schamloser Offenheit alles nachholen, was sie sich früher hatten versagen oder nur im Geheimen gestatten dürfen. Es war der eisernen Energie des Bischofs und seiner Klugheit zu verdanken, dass in seiner Diozöse die Geistlichkeit wenigstens im Ganzen zusammenhielt. Es kamen wohl auch hier Abfälle vor, aber die Mehrzahl harrte auf ihrem Posten aus, wenn auch der Bischof sich nicht verhehlen konnte, dass die Ordnung nur rein äußerlich bestand. Er sah durch die Finger und ließ alles hingehen, wenn nur der Schein gewahrt blieb. Den Anschluss der Priester an die ›Marianiten‹ konnte er umso eher gestatten, als zu ihren Gelübden das der Keuschheit und Nüchternheit gehörte. Und die seltsame Anziehung des ehemaligen Kerzenweibes auf die Geistlichen erklärte sich aus einem Gedanken, der aus der Marienlegende selbst wieder herübergenommen schien: die Erhebung der Unscheinbaren durch die himmlische Gnade, die Erwählung der letzten Magd …

Die ›Marianiten‹ hatten ihren Sitz in dem Dom, und man hatte ihnen stillschweigend die Bewachung des Heiligen Grabtuches Christi anvertraut, das dort zur Andacht ausgestellt war. Und es war keine kleine Aufgabe, die Volksmassen, die täglich das Heiligtum sehen wollten, in Ordnung zu halten. Da gab es Ausbrüche, rasende Szenen, in denen Verzückung und Verzweiflung zusammenflossen.

Dieses Heiligtum war aber der letzte Grund des unerbittlichen Kampfes zwischen den ›Marianiten‹ und den ›Brüdern des roten Todes‹. Eines Tages war Nikolaus Zenzinger nach einem Gespräch mit Gott unter seine Getreuen getreten und hatte verkündet, dass er eben erfahren habe, Gott wünsche diese unschätzbare Reliquie in den Händen seiner treuesten Diener zu sehen. Sie seien zu ihrer Bewahrung und Bewachung berufen. Aber die ›Marianiten‹ hatten unter keiner Bedingung von ihrem Platz weichen wollen und waren den ›Brüdern des roten Todes‹ so wohlbewaffnet und drohend entgegengetreten, dass Zenzinger den Befehl erteilen musste, sich zurückzuziehen.

Der Gegensatz zwischen den ›Marianiten‹ und den Anhängern Zenzingers war in allen Stücken so groß, dass schon daraus eine natürliche Feindschaft entspringen musste. Nun steigerte die Eifersucht auf den Besitz des Heiligtums diese Feindschaft zum brennenden Hass. Ein schrecklicher Krieg entspann sich zwischen zwei Sekten. Die ›Brüder des roten Todes‹ lauerten den ›Marianiten‹ überall auf, verfolgten sie, und wenn einer von diesen in ihre Hände fiel, war er verloren. Der rote Tod war seiner gewiss. Es kam endlich so weit, dass sich die ›Marianiten‹ außerhalb des Domes nicht mehr sicher fühlten und dass fast alle ihre Wohnung in der Kirche aufschlugen. Sie hatten ein paar Decken bei sich und einige Geräte und kochten ihre Mahlzeiten auf dem Ofen der Sakristei oder auf dem großen Hof zwischen dem Dom und dem Palast des Bischofs.

Tagsüber wechselten sie in der Wache vor dem Heiligen Grabtuch ab. Es war in einem gläsernen Schrein aufbewahrt, der auf dem Hochaltar stand. Ein kostbarer Brokatmantel war während der Nacht über den Schrein gebreitet, und es war das Amt der Schwester Annunziata, diesen Mantel morgens abzunehmen. Keine andere Hand durfte ihn berühren. Wenn der Mantel entfernt war, dann sanken die versammelten ›Marianiten‹ und die anderen Andächtigen, die schon von den frühesten Morgenstunden an die Kirche erfüllten, auf die Knie und begannen den großen Lobgesang zu singen.

Auf dem gelblichen Tuch war eine höchst sonderbare Zeichnung zu sehen. Ein Durcheinander von Flecken und Strichen, die wenig Ähnlichkeit mit einem menschlichen Körper hatten. Und doch war der Nachweis gelungen, dass man es hier mit dem Bild eines solchen zu tun hatte.

Das Leinentuch war im Auftrag des Bischofs fotografiert worden. Es sollten Hunderttausende von Nachbildungen an die Gläubigen verkauft werden. Der Fotograf hatte nun beim Entwickeln der Platte eine seltsame Entdeckung gemacht. Die rotbraunen Flecken und Striche hatten sich im Negativ zusammengeschlossen und das Bild eines nackten Mannes ergeben, der ausgestreckt dalag, mit gekreuzten Händen. Es war für diese Erscheinung nur eine einzige Erklärung möglich. Um schon im Negativ auf der fotografischen Platte als Positiv herauszukommen, musste das Bild auf dem Tuch selbst eine Art fotografisches Negativ sein.

Man hatte hier also wirklich den Nachweis, dass dieser nackte Leichnam, den man einst in das Tuch gehüllt hatte, der Körper Christi gewesen sei. Indessen zeigte das Bild manche Seltsamkeiten. Es fehlten der Hals und die Ohren, die Schultern waren nur schwach angedeutet. Der Kopf war derb und das Gesicht breit mit vorstehenden Wangenknochen, ganz anders, als man sich den Kopf Christi vorzustellen gewöhnt war. Die Nase war zerquetscht und die Wange, wie es schien, geschwollen. Die zwei Ansichten, aus denen das Bild bestand, wiesen merkwürdige und wesentliche Verschiedenheiten auf. Auf der Vorderseite waren keine Nagelspuren sichtbar. Auf der Rückansicht aber waren sie vollkommen deutlich. Sie befanden sich aber nicht in den Handflächen und in den Füßen, sondern im Handgelenk und in der Fußbeuge. Der Gelehrte, der den Bericht über die Reliquie verfasst hatte, war für diesen Umstand, der etwas von der Tradition Abweichendes zeigte, zu der Erklärung gekommen, dass die Nägel im Handgelenk hätten angebracht werden müssen, weil sie in der Handfläche den Körper nicht hätten tragen können. Andere Anzeichen aber bestätigten die Angaben der Evangelien. Man sah ganz deutlich die Spuren der Dornenkrone auf der blutüberströmten Stirn.

Zur Zeit, als die Reliquie aufgetaucht war, hatte die Gelehrtenwelt noch genug Interesse an wissenschaftlichen Fragen gehabt, um in ein leidenschaftliches Für und Wider zu geraten. Aber die Sturmflut der Angst, in der jeder nur an sich selbst dachte, hatte bald die ganze Debatte verschlungen. Nur einer hatte mit hartnäckiger Verbissenheit das Problem nicht fallen gelassen. Der Professor der Archäologe Hartl hatte, von Bezug dazu ermuntert, seine Forschungen fortgesetzt, und eben erst in diesen Tagen hatte er eine Broschüre gegen den Wahnglauben veröffentlicht, dass man es hier mit dem Grabtuch Christi zu tun habe. Sie war in der Druckerei des *Morgenblattes* unter Störners Aufsicht hergestellt worden. Störner hatte Hartl richtig beurteilt. Es war nicht Mut oder flammende Wahrheitsliebe, die den Professor zwang, seine Aufgabe zu lösen, sondern eben jene Angst vor der Vernichtung, die ihn antrieb, etwas zu tun, sich irgendwie selbst davon zu überzeugen, dass man den Kampf nicht aufgeben dürfe. Aber was auch Hartls Motive gewesen sein mochten, seine Broschüre war Störner willkommen, denn sie schien ihm ein gutes Mittel zur Unterstützung seiner Arbeit, die der Beruhigung der Massen gegolten hatte.

Die große Fabrik, in der die ›Brüder des roten Todes‹ ihre Burg hatten, lag dunkel unter einem regnerischen Nachthimmel. Bisweilen fegte der Sturm in heftigeren Stößen über sie hin und brachte einen Regenschauer mit, den er prasselnd gegen die Mauern und zerbrochenen Fenster warf. Der Mann, der die Torwache hatte, wickelte sich dann fester in seine grobe Decke und drückte sich in die Nische, wo er ein wenig gegen den Regen geschützt war.

Manchmal schlurfte jemand über den Hof und wechselte im Vorbeigehen ein paar Worte mit dem Wächter.

Mühsam gegen den Wind ankämpfend, kamen elf Schläge von dem größeren Turm des Domes. Dort war die einzige Turmuhr, die noch die Zeit richtig anzeigte. Es war, als habe sie noch etwas vom Geiste und Pflichtgefühl ihres früheren Pflegers, des Türmers Palingenius, bewahrt.

Ein paar Minuten später klopfte es im anapästischen Rhythmus gegen das Tor. Der Wächter wickelte sich aus seiner Decke und öffnete den Schieber in der Tür. Es war aber so finster, dass er nichts sehen konnte. »Wer ist da?«, fragte er.

»Der Herr und der Prophet«, gab man ihm das Losungswort.

Da schob er den großen Querbalken zurück, der wie ein Sturmbock an zwei Ketten befestigt war, und ließ die Wartenden ein. Es waren vier Männer mit schwarzen Masken vor dem Gesicht. Der Regen schien nur auf den Augenblick gewartet zu haben, bis das Tor geöffnet würde, und warf sich jetzt mit aller Wucht hinein, dass alle fünf Männer für einen Moment von den stürzenden, schäumenden Wasserschleiern eingehüllt waren. Dann fegte der Sturm weiter, über die Dächer und um die Kanten, mit einem schrillen Gelächter und boshaften Pfeifen. Und als der Sturm schon draußen auf den dunklen Feldern tanzte, schwoll ein Laut empor, der aus dem wilden Getöse zurückgeblieben zu sein schien und nun zu selbständiger Bedeutung gedieh: ein anhaltendes Heulen, von einem klagenden unheimlichen Klang.

»Der Prophet ist auf dem Dach?«, frage einer der Angekommenen.

»Ja … er spricht mit Gott!«

»Bei diesem abscheulichen Wetter?«

»Wenn Gott ruft, dann darf uns das Wetter nicht kümmern.«

Hainx sah dem Mann ins Gesicht. Es war der Rahmenmacher vom Domplatz; Hainx kannte ihn als einen der treuesten Anhänger Zenzingers und wusste, dass seine Frömmigkeit ungeheuchelt war.

»Sind die anderen schon versammelt?«

»Sie sind in der großen Halle. Gehen Sie nur. Den Weg kennen Sie ja.«

Das große Tor fiel zu und die Ketten des Querbalkens klirrten ein wenig. Hainx führte seine Begleiter über den Hof, indem er sich, soweit es in der Dunkelheit möglich war, bemühte, den Wasserlachen auszuweichen. Dann, nachdem sie in einem argen Winkelwerk herumgetappt waren, kamen sie an eine Tür, über der eine Kerze in einer Laterne brannte. Das Licht zuckte plötzlich auf, als sie eintraten, als wolle es nachsehen, wer da komme. Es ging eine Treppe hinan, an deren Wänden hie und da wieder eine Kerze befestigt war. Dann durch ein paar öde Zimmer, die einmal als Schreibstuben gedient haben mochten. In einem der folgenden Räume schien das Arsenal des Bundes untergebracht zu sein. Alle Arten von Waffen hingen und standen herum. Zuweilen begegneten die vier Männer einem der Bewohner der Burg.

Dann hoben sie die rechte Hand mit der Schnittfläche nach vorne bis zur Höhe der Stirne zu stummem Gruß.

Als sie über einen zugigen kahlen Korridor kamen, schritten sie in ein Gemurmel hinein, das über dem dunklen Ende des Ganges zu lagern schien. Hainx öffnete eine Tür, und sie betraten die Versammlungshalle der ›Brüder des roten Todes‹. Sie mochte einst der Maschinensaal der Fabrik gewesen sein, denn große Löcher in den Wänden schienen den Platz anzuzeigen, wo früher die Maschinen eingemauert gewesen waren. Oben, nahe der Decke, wiesen kleinere Löcher die Stellen, wo die Übersetzungsriemen durchgelaufen waren. Als hätte eine Art von

Fäulnis von diesen Löchern aus um sich gefressen, waren ihre Ränder abgebröckelt, und Mörtel und Ziegel lagen wie abgeschälter Schorf auf dem Boden. Dieser Raum hatte keine Fenster in den Wänden, sondern nur in der Mitte der Decke ein rotes Auge aus Glas. Das Heulen des Propheten war hier deutlich vernehmbar. Er saß gerade über den Köpfen der Versammelten auf der gläsernen Decke und sprach mit Gott. Die Jünger und Jüngerinnen, eine Schar von Auserwählten aus der großen Masse, saßen in zwei Reihen längs der Wände auf dem Boden, mit gekreuzten Beinen wie die Orientalen, und murmelten vor sich hin. Drei Fassreifen, die, mit Kerzen besteckt, von der Decke herabhingen, und eine Anzahl armselig brennender Petroleumlampen an den Wänden gaben ein aschfahles, manchmal ins Gelbliche schwankendes Licht. In diesem Licht gewann ein seltsames Mäanderband, das drei Wände der Halle umzog, zuckendes Leben. Es war ein Mäanderband aus menschlichen Händen; lauter rechten Händen, die mit großen Nägeln an der Mauer befestigt waren. Dort, wo das Band begann, in der Ecke neben der Eingangstür, waren die Hände eingedorrt, mumienartig vertrocknet und schienen sich mit gekrümmten dürren Fingern in die Wand einzukrallen. Am Ende des Bandes aber waren die Hände noch frisch, mit blutigen Schnittflächen und bläulich angelaufen. Wenn die Lichter unter einem Windstoß, der durch die Löcher in den Mauern Eingang fand, zusammenfuhren, so sah es aus, als ob eine Schar großer hässlicher Spinnen im Begriff sei, die Wände hinanzuklettern.

Als die vier maskierten Männer eintraten, wandte sich ihnen ein Teil der Versammelten zu.

»Das sind sie wieder, die vier«, flüsterte einer.

»Die kommen immer zur Stunde des Opfers.«

»Niemand weiß, wer sie sind.«

»Der Prophet weiß es. Er hat sie unter uns gebracht. Er kennt sie.«

»Stille! Er schweigt. Er hat aufgehört, mit Gott zu sprechen. Er wird gleich bei uns sein.«

Über den Versammelten knirschten Schritte auf dem Glasdach. Das Gemurmel der Betenden wurde leiser in der Erwartung des

Propheten. Aber es dauerte noch eine Viertelstunde, ehe er eintrat, in seinem roten Mantel, der mit einem derben Strick umgürtet war. Da warfen sich alle zu Boden, auch die vier Fremden, die schweigend hinter den anderen Platz genommen hatten, und blieben wenige Minuten in dieser Lage der Demut und Zerknirschung.

Dann begann eine Stimme, die heiser war vom Heulen: »Der Engel der Vernichtung hat schon sein Schwert gezückt und die Fackel angezündet. Er steht auf einem rollenden Rad, das über den Abhang der Himmel gleitet, auf einem Rad, das keinen Aufenthalt kennt. In zehn Tagen wird er mitten unter uns sein, und der Herr wird seine Auserwählten zu sich rufen.«

»Hu – hu – hu!«, fielen die Jünger ein, indem sie sich erhoben.

Zenzinger stand unter ihnen, inmitten der Halle, und hatte die Arme hoch aufgereckt. Von seinem Gesicht ging ein kaltes Grauen aus; seine Augäpfel waren starr und so verdreht, dass man nur das Weiße sah, aus seiner Nase flossen zwei dünne Fäden Blut in den grauen Bart.

»Das Zeichen!«, flüsterten einige. »Er hat das Zeichen der Gnade.«

Lange stand der Prophet so mit aufgereckten Armen, länger, als es in der Kraft eines Menschen ist, in dieser Stellung zu verharren. Endlich sanken die Arme herab, die Augen bewegten sich und die Blutfäden versickerten.

»Wir sind zum Opfer versammelt, das Gott wohlgefällig ist.« Er klatschte in die Hände. In der Wand dem Propheten gegenüber öffnete sich eine Tür, und ein paar Männer in roten Hemdenblusen traten ein, die ein nacktes Mädchen zwischen sich führten. Es war ein schlankes junges Ding mit kleinen spitzen Brüsten und wenig gewölbten Hüften. Die Arme und Beine waren lang und schmal, das Haar hing ihr aufgelöst herab. Sie zitterte so, dass sie nicht zu gehen vermochte und von den Männern geführt werden musste. Ihre Hände waren fest auf den Rücken geschnürt und im Mund stak ein Knebel, der die Zähne weit auseinander presste.

Die Männer führten sie vor Zenzinger und hielten etwa fünf Schritte vor ihm an. Die Augen des Mädchens waren weit aufgerissen, in einem Entsetzen, das so groß war, dass es ihr selbst die Milderung der Bewusstlosigkeit raubte.

»Das Opfer ist bereit«, sagte der Prophet. »Ich frage: Ist sie reif für das Opfer des roten Todes?«

Da erhob sich der Rahmenmacher, der inzwischen von seinem Posten am Tor abgelöst worden war: »Sie ist reif für den roten Tod«, sagte er, indem er die Arme über der Brust kreuzte.

»Warum ist sie reif für den roten Tod?«

»Sie gehört zu den ›Marianiten‹, die von Gott verflucht sind.«

»Was sind ihre Verbrechen?«

»Sie haben sich das Heiligtum der letzten Tage angeeignet und wollen es nicht herausgeben, uns, denen es von dem Herrn anvertraut worden ist.«

»Was sind ihre anderen Verbrechen?«

Da sprachen sie von verschiedenen Seiten zugleich: »Sie sagen, dass Gott die Welt verlassen habe.« – »Sie lügen, dass Gott nur das Gebet wohlgefällig sei, und verabscheuen die Tat.« – »Sie lügen, dass die Vereinigung von Mann und Weib Gott nicht wohlgefällig sei.« – »Sie lügen, dass die Menschheit nur durch sie erlöst werden kann.« – »Sie lügen, dass sie allein zum Kampf gegen den Antichrist berufen sind.«

Der Prophet winkte mit dem Arm: »Es ist genug! Dann ist sie reif für den roten Tod. Wir geben ihr Gelegenheit zu sprechen, damit sie zum letzen Mal ihre Stimme hört und sie drüben im Tal der Verdammten wiedererkennt.«

Einer der Wächter zerrte der Verurteilten den Knebel aus dem Mund. Aber es kam nur ein Wimmern zwischen ihren Zähnen hervor, ein grässliches, gequältes Wimmern, ein ungeformter Ton, weich und schlammig wie eine verwesende Qualle.

Inzwischen war der Prophet auf die kleine Tür zugegangen, durch die man das Opfer gebracht hatte. An der Tür wandte er sich um: »Ich rufe meine zwölf Apostel zu mir!«

Zwölf Offiziere des Propheten erhoben sich und folgten ihm. Auch die vier maskierten Männer waren aufgestanden und schlossen sich an. Es ging wieder durch einige kleinere Räume bis in ein Zimmer, an dessen Tür die Wächter zurückblieben, nachdem sie das Mädchen hineingestoßen hatten. Sie brach sogleich zusammen, krümmte sich wie ein Wurm und blieb wimmernd liegen.

Das Allerheiligste war ganz mit rotem Stoff überzogen, und als die Tür mit dem Dröhnen von Eisen zugefallen war, schien es, als sei man in einer großen gefütterten Kiste eingeschlossen. In der Mitte des Raumes lagen zwei rote Kissen auf dem Boden, neben denen eiserne Klammern, eine Art von Fangeisen, angebracht waren. Die Apostel und die Fremden hockten wieder längs der Wände nieder, nur zwei der Offiziere blieben neben dem Mädchen stehen.

Wie vorhin hatte der Prophet die Arme erhoben und betete mit weit zurückgeworfenem Kopf. Es war ein schweres Keuchen in dem Raum. Das Mädchen hatte zu wimmern aufgehört und gab keinen Laut von sich. Nur ihre Haut hatte eine seltsame Beweglichkeit gewonnen, wie die Haut von Tieren, von Hunden oder Pferden, und war von Zeit zu Zeit von einem Beben überflogen.

Dann gab der Prophet den beiden Offizieren einen Wink. Sie packten den Körper und trugen ihn in die Mitte des Raumes. Den Kopf betteten sie auf eines der roten Kissen, dann streckten sie die Beine lang aus und ließen die im Boden befestigten Fangeisen um die Knöchel zuschnappen. Sie lösten die Fesseln der Arme und zwangen die Handgelenke in das andere Paar der Fangeisen. Es gab einen knirschenden Laut, wie das Reiben der Eisenzähne eines Riesen.

Der Prophet hatte das zweite rotsamtene Kissen aufgenommen und näherte sich der Gefesselten. Er bückte sich über sie und sah ihr in die Augen. Da brach ihre Todesangst in einem einzigen langen Schrei los. Schnell warf der Prophet das Kissen über ihr Gesicht und setzte sich darauf. Der Schrei brach ab, und ein Gurgeln und Röcheln folgte ihm. Der lange rote Mantel des Propheten bauschte sich in reiche Falten über dem Körper des Mädchens und verhüllte ihn zur Hälfte. Und dieser Körper bäumte sich in den eisernen Klammern, unter den Füßen des Propheten, die er auf den weißen Leib gestellt hatte.

Hainx sah immer auf diese Füße hin. Sie staken in roten Samtpantoffeln und wurden von den schrecklichen Zuckungen der

Erstickenden emporgeworfen. Aber Zenzinger bewahrte seinen Sitz, und sein Gesicht verlor nichts von seiner Starrheit, bis die Bewegungen immer schwächer wurden und endlich ganz aufhörten.

Diese Füße in den roten Samtpantoffeln ... diese Füße standen noch immer auf dem weißen Leib, der jetzt glatt und still unter den roten Falten des Mantels hervorfloss ...

Nur um den Ring der Fangeisen an den Knöcheln und Handgelenken hatten sich rote blutige Spuren des entsetzlichen Todeskampfes gebildet, aus denen einzelne Tropfen langsam hervorsickerten.

In der Halle erwartete die Versammlung der Jünger die Rückkehr des Propheten im Gebet.

Ein triumphierendes Geschrei scholl ihm entgegen, als er eintrat, von seinen Aposteln begleitet, die mit brennenden Pechfackeln zu beiden Seiten gingen. Auf einem roten Kissen trug er eine frisch vom Körper geschnittene Menschenhand, die auf dem dunklen Stoff aussah wie eine seltsame Frucht von blassem, bläulich überlaufenem Fleisch.

Sein Schritt war steif und gespreizt, als er jetzt die Hand unter die Genossen trug; die Beine schienen in den Kniekehlen aller Biegsamkeit beraubt.

»Hu – hu – hu!«, heulten die Brüder und Schwestern der Gemeinde und umarmten sich in verzücktem Jubel. Sie drückten sich eng aneinander, begannen einander zu befühlen, küssten und bissen sich.

Mit grotesken Froschsprüngen kam der Dreifaltigkeitsschuster heran, der so hieß, weil auf seinem Haus ein Bild der göttlichen Dreifaltigkeit zu sehen gewesen war. Er hatte dieses Haus in einer Nacht niedergebrannt, weil er allem irdischen Gut entsagen wollte, und durch die von diesem Brand ausgehende Feuersbrunst war ein bedeutender Teil des Armeleuteviertels unterhalb des Domberges eingeäschert worden. Bei den ›Brüdern des roten Todes‹ hatte er dann bald einen hohen Rang erreicht. Er sprang jetzt hockend vorwärts, indem er mit den Armen heftig um sich schlug. Vor dem Propheten richtete er sich auf und nahm das Kissen mit der Hand in Empfang.

Zwei Gehilfen trugen Hammer und Nägel hinter ihm bis zum Ende des Mäanderornaments, als dessen Fortsetzung die Hand befestigt wurde.

Die große Zeremonie war zu Ende.

Mit der üblichen Frage wandte sich der Prophet an die Versammlung: »Ich frage: Wer hat zu klagen gegen irgendwen ... sei es Mann oder Weib, sei es hoch oder niedrig, sei es Bruder oder Schwester oder ein Fremder?«

Ein leises Murmeln ging durch die Reihen: »Der Prophet ... Der Prophet ... Er ist mächtig und groß.«

»Wie seine Augen leuchten ...«

»Nie noch war er so von Gott erfüllt ... Je weiter zum Ende, desto sichtbarer ist die Hand des Herrn über ihm.«

Ein Mann erhob sich in einer Ecke der Halle und streckte den Arm empor.

»Der Bruder, der zu klagen hat, er rede ...«, sagte Zenzinger, und es war seltsam, dass er nach einer ganz anderen Richtung sah und doch wusste, dass jemand zu reden wünschte. »Ich klage«, begann der Mann, »gegen einen Lästerer des Heiligtums der letzten Tage. Er hat ein Buch geschrieben gegen das Heilige Grabtuch Christi ...«

Die vier maskierten Männer steckten die Köpfe zusammen und flüsterten miteinander: »Wer ist denn das? Ist das nicht ...«

»Ja, es ist dieser Adam Gästner ... Der Chemiker! Der Verkünder der Enthaltsamkeit ...«

»Auch ein Prophet. Aber er ist vor dem größeren Propheten gewichen ...«

»Sehen Sie den Mann an. Er hat sich bekehrt. Er ist schwer betrunken.«

Der Kläger schwankte wirklich auf seinem Platz hin und her. Sein Gesicht war aufgedunsen, und seine Worte kamen ihm nur verquollen und von Speichel triefend aus dem Mund. Aber er hatte jene hartnäckige Beredsamkeit der Trunkenen, die sie ihr Thema festzuhalten zwingt und die ihnen eine besondere Art von Eindringlichkeit gibt: »Er hat gelästert. Er hat ein Buch geschrieben ... ein Buch. In dem ist zu lesen ... Der Mann ist ein Professor, ein gelehrter Mann, und er heißt Hartl ... und er hat geschrieben, dass ein Maler das Bild auf … auf dem Tuch gemalt haben muss. Ein Maler, der einen Abdruck nachgeahmt hat …«

»We – we – we – we!«, zeterte die Versammlung.

»Und das ist sündhaft und lästerlich. Denn es ist wirklich der Abdruck … der Abdruck eines Körpers … das ließe sich beweisen. Beweisen! Beweisen! Ich bin Chemiker gewesen! Es ist gleichgültig, was ich war … denn vor dem Atem der Vernichtung sind wir alle gleich … alle … Ich könnte auch ein König gewesen sein … ich wäre nicht mehr, als ich jetzt bin. Aber ich war kein König, ich habe alle Stoffe untersucht … alle Stoffe, die es gibt. Und ich weiß: Wenn ein Mensch gekreuzigt wird, jawohl, so kommt ein fürchterliches Fieber über ihn … und Ammoniak … hup … Ammoniakdämpfe strömen von ihm aus. Ammoniakdämpfe … hup! Und diese Ammoniakdämpfe … Da ist ein Tuch … mit Aloe überstrichen, mit Aloe, verstanden, und wenn diese Dämpfe auf ein solches Tuch … verstanden … auf ein solches Tuch … kommen, so entstehen solche Flecken … wie gesagt … also solche Flecken … der Körper, der in ein solches Tuch gewickelt wird, muss einen Abdruck …« Der Redner taumelte gegen die Wand, fuhr mit der Hand über sein schweißüberdecktes Gesicht und stammelte weiter: »Der Körper eines Gekreuzigten … selbstverständlich … also muss das Tuch … denn es war … wie berichtet wird … mit Aloe …«

Da brach er zusammen, aber noch einmal hob er sich auf die Hände und lallte: »Das lässt sich beweisen … es lässt sich beweisen … wie gesagt …«

Der Prophet hatte während der Rede nicht ein einziges Mal nach dem Kläger hingesehen. Jetzt sagte er: »Es ist gut … Es ist gut …« Und wie unter einem Gedanken, der ihm von einem starken Willen eingeprägt worden war, wiederholte er: »Es lässt sich beweisen … Es lässt sich beweisen … wenn man den Körper eines Gekreuzigten hätte …«

Da sprangen zehn, zwanzig der Brüder und Schwestern zugleich auf. »Ich … Ich … Ich will mich … Nimm mich, Prophet … Nimm mich … Ich will es sein!«

Aber der Prophet hob die Hand und schüttelte den Kopf. »Gott hat gewählt … Es ist jemand, der schon lange gezeichnet ist, gezeichnet ... Und jetzt hat Gott mit dem Finger auf ihn gewiesen ... Es ist gewählt.«

Und die Zurückgewiesenen warfen sich zur Erde und schrien und weinten, dass nicht sie ihren Leib der Kreuzigung darbieten durften, in einer ungeheuchelten Verzweiflung, die sie in Krämpfen schüttelte.

Ein paar dumpfe Trommeln schlugen einen Rhythmus an, und dazwischen hüpfte hoch und schrill eine Flöte. Es war, als tanze jemand auf einem Bein, ganz verrückt, während die Zuschauer im Kreise saßen, regungslos und stumm glotzend.

Und dann begann der Wirbel der Orgie, in der sie übereinander herfielen, sich zu einem wilden Knäuel von Leibern verschlangen, einem stöhnenden, keuchenden, kochenden Klumpen von Menschen, während Zenzinger mitten unter ihnen stand, unbeweglich, wie eine Säule in dem Getümmel der Rasenden, das sich zu seinen Füßen wälzte.

Gegen Morgen verließen die vier Fremden, die der Orgie aus einer Ecke zugesehen hatten, die Fabrik. Die Höfe lagen still und öde, selbst der Wächter am Tor war fort. In einem Winkel, unter allerlei Kram, Gerätschaften aus der Zeit, wo die Fabrik noch in Betrieb gewesen war, und Abfällen aus den Küchen der jetzigen Bewohner, fanden sie Adam Gästner liegen, halb nackt, im Zustand vollkommener Trunkenheit ...

»Es scheint, dass dieser Herr seinen Grundsätzen recht von Herzen untreu geworden ist«, sagte einer von den vieren. »Es ist ein guter Prüfstein, dieser Untergang.«

Hainx schob den Torbalken zurück und öffnete, und indem sie hinaustraten, wandte er sich zu dem Sprecher: »Ja«, sagte er, »Sie dürfen wahrhaftig zufrieden sein. Dieses Stück ist Ihnen überaus gut gelungen.«

Der andere lachte: »Ich bin auch zufrieden, mein lieber Hainx, recht zufrieden.« Und er nahm endlich die Maske ab, um sein rotes verquollenes Gesicht der Morgenkühle darzubieten. – Es war Thomas Bezug ...

Emma Rößler stand stets frühzeitig auf. Es hielt sie morgens nicht lang im Bett, und da sie gleich allen anderen an ein baldiges Ende der Erde glaubte, wollte sie das bisschen Sonnenschein und Morgenglück, das ihr noch beschieden war, recht ausnützen. Sie war durch eine Wandlung, die ohne ihr Bewusstsein in ihr vorgegangen war, überrascht worden. Langsam war es geschehen, so langsam, dass sie es erst spät bemerkt hatte. Die Unruhe über Zenzingers Verhalten war endlich durch ein tiefes Gefühl, das sie zuerst noch nicht Glück zu nennen wagte und dann doch so empfand, verdrängt worden. Was ging sie im Grunde dieser Mensch an? Sie hatte lange mit ihm gelebt und einen Teil seiner Sorgen auf sich genommen. Aber inzwischen war er ein ganz anderer Mensch geworden. Jedes Atom seines Körpers und jedes Teilchen seiner Seele war durch ein anderes ersetzt. Es war schrecklich, dass so etwas geschehen konnte, aber ihre tiefsten Tiefen durfte das nicht berühren. Sie wuchs ja auf einem ganz anderen Boden.

Während sie in ihrem kleinen hellen Zimmer auf und ab ging und abstaubte, rief sie die Erinnerung an Zenzingers letzte Rückkehr zu ihr ins Gedächtnis. Sie hatte gesehen, dass die dunklen Dämonen ihn nur auf kurze Zeit freigelassen hatten, dass er sich nur auf Stunden losgerungen hatte, vielleicht zum letzten Mal. Und sie wünschte, dass es das letzte Mal gewesen sein mochte. Noch immer war sie von tiefem Mitleid bewegt, aber sie sah sich doch so weit von ihm getrennt, dass sie ihm nicht zu helfen vermochte. Und nun war ihr Sinn ganz dem Ende zugewandt, mit dem doch jeder allein fertig zu werden hatte.

Sie goss aus ihrer kleinen grünen Gießkanne einen Staubregen über die Blumen im Fenster. Wie lange noch? Wie viele Tage noch? Das war die erste Frage, mit der ihr Glück ihr bewusst geworden war. Nur ein paar Stunden, und dann war sie bei ihrem Gatten. Wie es auch drüben aussah, sie wusste, dass er sie erwartete. Sie hatte nichts für ihn tun können, für seinen Ruhm und seine Unsterblichkeit. Aber nun sah sie, noch diesseits des großen Vorhangs, schon einen Schimmer der Weisheit der Vorsehung. Die Unsterblichkeit durch eine Welt, der schon das Zeichen der Vernichtung aufgedrückt war?

Wenn sie während des Arbeitens durch das Zimmer ging, dann unterließ sie es nie, einen Blick auf den Kopf zu werfen, der nun unter seiner Glasglocke immer auf der alten Kommode stand. Sie kannte nun seine Züge weit besser als zu seinen Lebzeiten. Und sie würde ihn wiedererkennen unter den Legionen von Seelen, kraft jener untrüglichen Anziehung, deren Vorahnung sie schon jetzt wirksam fühlte.

Sie ging zu dem kleinen Kachelofen neben der Tür, um den Milchtopf auf das Feuer zu setzen. Da fiel ihr wieder Nikolaus Zenzinger ein, der seine Banden in einer verfallenen Fabrik um sich versammelte und von dem man die grässlichsten Dinge erzählte.

Und als habe sie ihn gerufen, stand er plötzlich in der Tür, mit bloßem Kopf, in einem alten, zerschlissenen Havelock-Mantel, durch dessen Risse etwas Rotes vorschien. Er trug ein Paket unter dem Arm und kam auf roten Pantoffeln heran. Sie sah ihm erschreckt ins Gesicht. Es war ihr, als sei es mit einer Art von starrer Schicht überzogen, die seine Miene zur Unbeweglichkeit zwang.

»Kommst du wieder einmal zu mir?«, fragte sie.

»Ja«, sagte er, indem er mitten im Zimmer seinen Havelock von sich warf, »ich komme heute im Ornat.« Er stand in einem roten Talar vor ihr, der in der Mitte durch einen derben Strick zusammengehalten war. »So hast du mich noch nicht gesehen.«

»Und ich wünsche dich auch nicht so zu sehen, Nikolaus! Du solltest mich nicht an die schrecklichen Dinge mahnen, von denen ich nichts wissen will. Was da in deiner Burg unter euch vorgeht, das will ich nicht wissen, hörst du. Ich habe dich lieb gewonnen und ich bedaure dich. Du bist krank … Aber wenn du zu mir kommst, dann musst du das alles ablegen …«

Sein Gesicht blieb unbeweglich: »Ich weiß es, Weib … Ich weiß es schon lange … Aus dir redet der Antichrist. Er macht in diesen letzten Tagen noch alle Anstrengungen, um sein Reich zu behaupten. Aber Christus ist auf dem Wege mit einer Legion Engel.«

Mit schlurfenden Schritten ging er auf den Tisch zu und legte sein Paket ab.

»Was bringst du da?«

»Ich bringe, was ich brauche.« Und er riss die Papierhülle ab. Da war ein großes weißes Tuch darinnen, und, in dieses eingewickelt, eine Anzahl langer Nägel mit breiten Köpfen und ein Hammer. Während er mit diesen Dingen beschäftigt war, betrachtete ihn Emma von hinten und sah, dass sein großer Kopf mit den verwirrten Haaren einem Zug zu unterliegen schien, der ihn auf die rechte Schulter beugte. Trotz seiner steten Bemühungen, ihn aufzurichten und gerade zu halten, sank er ihm immer wieder zur Seite.

Zenzinger war fertig, glättete das Papier und legte es sorgfältig zusammen.

»Sag mir doch endlich, was du mit alledem willst …?« Emma sah, dass Nikolaus für sie unerreichbar war, und in ihrem Beinstumpf begann ein schmerzhaftes Zucken, das sie als eine körperliche Begleiterscheinung großer Aufregungen an sich schon kannte.

Ohne ihr zu antworten, ging Zenzinger durch das Zimmer und besah sich die Wände, als ob er sie messen wolle. Dann blieb er vor der Wand stehen, an die das Bett gerückt war, und nickte. Mit den großen hageren Händen fasste er an und zog es mit einem Ruck zur Seite. Eine fürchterliche Kraft war in diesem alten Mann; Emma erschrak, denn sie wusste, wie schwach und hinfällig Nikolaus in seinen lichten Stunden war. Und mit einem Mal kam ihr der Gedanke, sie müsse entfliehen, den schrecklichen Dingen, die er vorzubereiten schien, entfliehen. Leise näherte sie sich der Tür, und schon wollte sie die Klinke erfassen, als die Milch, die auf dem Feuer stand, plötzlich aufkochte und zischend überfloss.

Zenzinger wandte sich um … Er sah Emma an der Tür und war mit einem Sprung bei ihr, indem er sie am Arm fasste und zu Boden riss. Dann drehte er den Schlüssel um und steckte ihn in eine der Taschen seines roten Talars.

»Was willst du? Du bist wahnsinnig!«, keuchte Emma und erhob sich mühsam vom Boden. Ihr Stelzfuß hatte im Sturz hart gegen den Knöchel des anderen Beines geschlagen, und sie konnte jetzt kaum gehen.

»Du bist erwählt! Du bist erwählt! Du wirst dein sündhaftes Leben büßen … durch einen Tod, der Gott wohlgefällig ist …«

»Nikolaus, vergisst du denn alles … Denke dran, wie ich dich …«

»Wir sollen die erhobene Hand Gottes nicht zurückhalten. Gott hat die Hand gegen dich erhoben. Ich, dem er seine letzte große Offenbarung getan hat, ich bin sein Werkzeug … Ich habe Gott gesprochen. Er streckt die Hand nach dir.«

Noch einmal ließ Emma alle Möglichkeiten der Rettung an sich vorbeigleiten. Sollte sie hier durch einen Wahnsinnigen ermordet werden, anstatt die Wiederkunft des Gatten in der Wolke der Zerstörung zu erwarten? Das Ende der Erde stand ja nahe bevor. Aber sie wollte nicht sterben, so nicht … Die letzten Tage des Glücks der Erwartung sollte sie verlieren? Sie war entschlossen, sich zu verteidigen. In dem ganzen durch den Brand von neulich halb zerstörten Haus wohnte niemand mehr außer ihr. Es nützte ihr nichts, wenn sie um Hilfe schrie, hier konnte sie niemand hören. Wie, wenn sie aber … hier war ein letzter Weg … wenn sie in die Nebenkammer lief und die Tür rasch von innen versperrte und aus dem Fenster hinausrief? Irgendjemand würde da vorbeigehen und sie hören und vielleicht so viel Erbarmen besitzen, ihr zu helfen … Das, ja das …

Indessen hatte Zenzinger den Tisch an die Wand gerückt und einen der Nägel hoch oben, nahe der Decke, in die Wand eingetrieben. Als er sah, dass Emma sich der Nebenkammer nähern wollte, sprang er, den Hammer in der Hand, herab und trieb sie mit erhobenem Arm zurück. Sie taumelte mit hartem Aufstoßen des Holzfußes in die Mitte des Zimmers, verwickelte sich in den Havelock, der dort auf dem Boden lag, und fiel hin. Da beugte sich Nikolaus zu ihr, holte mit dem Hammer weit aus und traf ihre Schläfe.

Emma stöhnte ein Mal, dann schloss sie die Augen und rührte sich nicht mehr. Zenzinger stand vor ihr und beobachtete sie lange: »Der Antichrist«, murmelte er, »… er hat zehntausend Listen und heimliche Wege …« Als er aber sah, dass das Weib wirklich bewusstlos war, legte er den Hammer auf die Kommode. Leise klirrte der Glassturz über dem Haupt des Dichters.

Zenzinger grub in seinen Taschen und holte einen langen starken Strick hervor, den er in eine Schlinge legte. Dann hob er den Oberkörper Emmas auf und befestigte die Schlinge unter ihren Armen. Er zog den Körper hinter sich her, hob ihn auf den

Tisch und stieg selbst hinauf. Seine Bewegungen waren leicht, und die Last der Bewusstlosen machte ihm keine Mühe. Mit Hilfe des Strickes, den er über den Nagel in der Wand legte, holte er jetzt den Körper auf und befestigte ihn, indem er das Ende des Seiles an die Schlinge knüpfte.

Nun war er so weit, dass er mit der Kreuzigung beginnen konnte.

Emmas Bewusstlosigkeit war so tief gewesen, dass sie erst erwachte, als Zenzinger den zweiten Nagel einschlug. Sie öffnete langsam die Augen und sah den Wahnsinnigen vor sich, mit dem Hammer in der Hand ... Die erste irre Bewegung, zu der sie ihr Instinkt trieb, war, den Mann mit den grässlichen Augen zurückzustoßen. Aber ihre Hände waren irgendwie festgehalten, und der Ruck, den sie ihnen gab, ließ einen wütenden Schmerz zurück. Und zugleich mit diesem Schmerz kam das Gefühl eines unangenehmen Schwebens ... Was war das nur? –

Was war das nur?

Der Schmerz in ihren Händen war von einer Wärme begleitet oder eingerahmt, und Emma hätte gerne hingesehen, aber sie wagte es nicht, den Blick von den blutunterlaufenen Augen des Mannes zu wenden, die den ihren so dicht gegenüber waren; es war ihr, als müsse einer solchen Unvorsichtigkeit sogleich ein heftiger Ausbruch des Wahnsinns folgen. Aber langsam machte sich Nikolaus von ihrem Blick los und stieg vom Tisch herab ... Da sah Emma, dass sie ihre Herrschaft über den Mann verloren hatte ...

Nur sein seltsames Beginnen ...

Und jetzt zog er plötzlich den Tisch fort. Ein heftiger Ruck fuhr durch ihren Körper, als er jetzt mit einem Mal herabsank, nur durch das Seil und die Nägel in den Handgelenken gehalten. Der Schmerz wurde so heftig, dass sie einen lauten Schrei ausstieß. Sie wandte den Kopf und sah, dass ihre Arme an die Wand genagelt waren.

Da fühlte sie eine Berührung an ihrem Bein, ein Ziehen ... sie wollte es befreien, in einer verzweifelten Abwehr ... aber Zenzinger hatte ihren Fuß schon in einer Schlinge gefangen und zog ihn straff nach abwärts, indem er in eine andere Schlinge am

Ende des Strickes seinen Fuß setzte. Dann trieb er durch Strumpf und Gelenk wieder einen seiner großen Nägel ….

Emma schrie wieder auf … Die Qual war unerträglich. Und die Todesangst wurde zu einem blindwütenden Hass gegen ihren Peiniger. Sie hob das andere Bein, das, an dessen Stumpf der hölzerne Fuß befestigt war, und stieß Zenzinger vor die Brust. Er taumelte zurück, griff nach seinem Hals, würgte etwas hinunter und warf sich dann auf sie … Er hielt ihren Fuß fest und begann die Riemen zu lösen, mit denen das Holzbein an dem Stumpf befestigt war. Dabei zerrte er so an ihrem Körper, dass sich das Fleisch um die Nägel zu lockern anfing und das Blut reichlicher herabrieselte.

Mit zufriedenem Gesicht trat er zurück und ließ das hölzerne Bein zu Boden fallen. Es tat einen dumpfen Schlag, der in dem ganzen öden Haus umherzulaufen schien, um wieder zu seinem Ausgangspunkt zurückzukehren.

Emmas Körper hing zuckend an der Wand. Sie schrie nicht mehr … Ihr Kopf war vornüber gesunken … Noch einmal trat Zenzinger an sie heran und tat das Letzte, was noch zu tun war. Er löste die Schlinge um die Brust der gekreuzigten Frau und entfernte den Strick. Der Körper sank noch ein wenig tiefer, dass sich das Knie des festgenagelten Beines bog, die ganze Last hing nun an den beiden Nägeln in den blutigen, angeschwollenen Handgelenken.

Die Frau stöhnte nur leise und versuchte den Kopf zu heben … Ihr Blick suchte die Richtung nach der Kommode zu finden, wo das Haupt ihres Mannes stand. Aber schon sah sie nichts mehr … Ihr Gesicht war grünlich, und nur auf den Wangen brannten zwei rote Flecken. Langsam klappte der Mund auf, und von den Lippen floss in zwei langen Fäden klebriger Geifer.

»Das Fieber, das Fieber ist da«, murmelte Zenzinger, der sie aufmerksam betrachtet hatte. Und er machte sich daran, das mitgebrachte Leintuch auf den Boden auszubreiten.

Da hörte er eine Stimme hinter sich, eine deutlich vernehmbare Männerstimme. Und diese Stimme sagte: »Mörder!«

Zenzinger fuhr auf: Außer ihm und der Gekreuzigten war niemand im Zimmer.

Und die Frau an der Wand, die sprach wohl kaum mehr …

Er wandte sich um.

Aber der Kopf war da, der Kopf auf der Kommode. Hatte der eine Stimme bekommen? Der alte Hass gegen diesen Kopf riss Zenzinger vom Boden auf. Er packte seinen Hammer und stürzte zur Kommode, um den Glassturz und diesen Fetisch in Trümmer zu schlagen. Aber da sah er, wie der Kopf die Augen bewegte und emporrichtete, damit er in die seinen sehen konnte … und er sah, wie der Kopf den Mund öffnete, und hörte, wie er zum anderen Mal sagte, deutlich und langsam: »Mörder!«

Aus Zenzingers Hand glitt der Hammer … Es gab wieder einen Schlag, der durch das ganze öde Haus zu laufen schien. Dann sprang der Mann mit einem Satz zurück. Er stürzte über seinen Havelock zu Boden, so wie vorhin Emma gestürzt war, raffte sich auf und warf sich gegen die Tür … Sie war verschlossen, und Zenzinger hatte vergessen, dass er selbst den Schlüssel in seinem Sack trug. Mit aller Kraft versuchte er sie aufzureißen … Er heulte wie ein Tier, von seinen Fingern brachen die Nägel …

Da hörte er zum dritten Male hinter sich, deutlich und langsam: »Mörder!«

Und das Grauen, dessen Herr er gewesen war, empörte sich gegen ihn und fiel über ihn her … Er warf die Arme empor und rannte in die Nebenkammer – riss das Fenster auf … Und stürzte sich hinaus …

Am Abend dieses Tages betrat Eleagabal Kuperus die Wohnung Emma Rößlers. Die verschlossene Tür öffnete sich lautlos, und von der Schwelle aus überblickte er das Zimmer. Auf dem Boden lag das Leintuch ausgebreitet, und die Spuren von Zenzingers Schuhen gingen drüber hin. Und an der Wand hing der Leichnam der Gekreuzigten.

Ein Sonnenstrahl fiel breit in das Zimmer, traf den Glassturz über dem Kopf des Dichters, und ein schwacher lichtgoldener Reflex glitt von dort nach dem auf die Brust gesunkenen Haupt der Frau hinüber. Die wirren Strähnen des grauen Haares hatten einen Schimmer ihrer einstigen Schönheit wiedererhalten … und wie eine Verklärung ging es von diesem Sonnenkuss aus, dass die Verzerrung des Körpers, die aufgequollenen, blutüberströmten Hände, der vorgetriebene Leib nicht den Eindruck des Friedens zu stören vermochten.

Eleagabal Kuperus sah den Leichnam an. Dann sprach er vor sich hin: »Es ist vollbracht.« Und er schritt auf die Gekreuzigte zu und zog den Nagel mit leichter Mühe aus dem Fußgelenk. Dann schob er den Tisch heran und nahm auch die Nägel aus den Händen, als zöge er sie aus weichem Teig. Die ausgebreiteten Arme fielen herab und blieben auf seinen Schultern liegen. Es war wie eine Umarmung, mit der ihm die Tote dankte. Dann glitt der Leichnam zur Erde, und Eleagabal Kuperus legte ihn auf das rasch bereitete Bett.

Und er sah sich in dem Zimmer um.

»Noch eins«, sagte er lächelnd, »noch eins …« Er hob den Glassturz auf und berührte mit sanfter Hand das Haupt des Dichters. Da verwandelten sich die Züge, löschten aus, als ob ein Nebel über sie ziehe, und langsam, langsam schrumpfte dieser der Verwesung entrissene Kopf ein und wurde zu einem Häufchen Staub …

Adalbert und Regina. Der Kampf um die Ordnung

An dem Lärm, den die Spatzen in dem großen Birnbaum vor dem Fenster vollführten, erkannte Adalbert, dass der Morgen da war. Mit einem Lichtzeichen vermochte der Tag sich in Reginas Zimmer nicht anzukündigen, denn die Laden waren ganz fest verschlossen und außerdem noch die Vorhänge vorgezogen. Aber das wichtige Getue der Spatzen war zu Adalberts Wecker geworden.

Er erhob sich und kleidete sich an. Dann stand er eine Weile ganz still und horchte auf Reginas Atemzüge. Sie waren fest und regelmäßig, tönende Wellen, die im Dunkeln sachte an ein weiches Ufer kamen. Das tat Adalbert immer so gern: So im Finstern stehen und auf Reginas Atem horchen. Da kam aus diesem gleichmäßigen Heben und Senken ein festes Vertrauen über ihn, eine Lichtgläubigkeit und Zukunftsfreude, aus der er immer neue Kräfte schöpfte. Und nun öffnete er vorsichtig die Läden, zog die Vorhänge zurück und machte das Fenster auf. Die Sonne war schon richtig herauf, und es war das gute Recht der Spatzen, in dem alten Birnbaum ihr Morgenspektakel zu vollführen.

Mit einem tiefen Aufatmen legte sich Adalbert ins Fenster. Da waren unten im Garten zwei Wächter, die gegen die Mauer gelehnt dastanden und leise miteinander sprachen, indem sie dabei an Grashalmen sogen. Aus den Ställen kam das Brüllen der Kühe, und die Müllerin ging eben mit dem Milcheimer über den Hof. Hier lebten sie wie auf einer Insel, mitten im Tumult und dem Entsetzen der Todesangst, auf einem Felsen, den das Meer des Grauens nicht zu erreichen vermochte. Die Knechte und Mägde waren nicht zu halten gewesen, sie waren geflohen, trotz aller Warnungen des Müllers. Aber Enzberger und seine Frau besorgten selbst die Wirtschaft, sie nahmen die dreifache Arbeit auf sich, und Adalbert und Regina und die Rumänen halfen ihnen redlich dabei. Freilich auch mit allerbestem Bemühen konnte nur das Wichtigste vollbracht werden, nur das Unumgängliche – aber immerhin: Man hatte sich nicht ergeben und aus der fortgesetzten Tätigkeit ein großes Vertrauen auf Rettung gewonnen …

Diesen Dingen dachte Adalbert nach und der glücklichen Botschaft, die vor einigen Tagen auch zu ihnen gedrungen war. Und das alles schien ihm so in den sonnigen Morgen hineinzupassen, dass er leise vor sich hinzusummen begann.

»Guten Morgen«, sagte Regina hinter ihm und legte die Arme auf seine Schultern. Adalbert wandte sich um, und da stand sie vor ihm, im Hemd, mit bloßen Füßen, wie sie eben aus dem Bett gesprungen war. Er fasste sie um die Hüften, zog sie an sich und küsste sie innig und lang. Ihr schlanker Körper war kühl und hart wie Bronze.

Aber da sah sie die zwei Rumänen unten an der Mauer stehen. Sie entwand sich dem Geliebten: »Warte doch, wenn die hinaufschauen …«

»Zieh dir schnell etwas an und komm zu mir … Der Morgen ist ganz wunderbar.«

»Ja, gleich … Aber nicht umdrehen! Hörst du … wenn du dich umdrehst, dauert's noch einmal so lang.«

Lächelnd legte sich Adalbert wieder ins Fenster, recht behaglich, mit breiten Armen, und hörte, wie hinter ihm Röcke raschelten und Schnüre gebunden wurden. Dann klappte ein Gummiband. »Au!«, sagte Regina und ließ ein paar helle, kichernde Laute folgen. Und schon war sie bei ihm, ganz ehrbar in Röcken und Bluse und Strümpfen. Nur die Schuhe waren nicht zu finden gewesen. Die hatte ihr Adalbert gestern Abend abgezogen und Gott weiß wohin verschleppt.

»Guten Morgen«, sagte sie noch einmal, als sie sich neben ihn lehnte. Und dabei sah sie ihn mit einem glücklichen Lächeln von der Seite an.

»War's schön heute Nacht?«, fragte er kühn und drängte seinen Arm ganz nahe an den ihren, indem er gleichzeitig ihre Hand ergriff.

»Aber geh … Frag doch nicht so!« Sie wurde ganz rot und tat, als ob sie erzürnt wäre. Aber gleich machte sie es wieder gut. »Wie kannst du so fragen?«, sagte sie ganz leise und zärtlich.

Enzberger rief etwas unten über den Hof seiner Frau zu, die eben in die Tür getreten war. Zwei der Rumänen kamen mit großen Strohbündeln beladen aus der Scheune und gingen in den Pferdestall.

»Weißt du«, sagte Regina nach einer Weile nachdenklich, »manchmal fällt es mir doch so ein bisschen schwer aufs Herz.«

»Was denn?«

»Na … dass … dieses … dass es nun doch zwischen uns geschehen ist. Dass wir uns …«

»Aber geh … Das darf dir keine bösen Gedanken machen.«

»Ja, es ist mir, als ob Eleagabal Kuperus … Er hat es doch von uns verlangt, dass wir uns nicht … und wir waren ihm ungehorsam. Wir haben ihm so viel zu verdanken und waren ihm doch ungehorsam. Und seitdem ist er auch nicht mehr in die Mühle gekommen. Ist dir das nicht aufgefallen? Als ob er es wüsste …«

»Er hat mir das Versprechen zu einer Zeit abgenommen, wo noch kein Mensch etwas von den schrecklichen Dingen geahnt hat, die nachher eingetreten sind. Aber … dann ist das gekommen … Die Erde wird untergehen! Haben wir das nicht alle fest geglaubt?«

»Wir haben es doch glauben müssen! Aber ich habe mich gar nicht gefürchtet, Adalbert, mit dir … Ich habe vielleicht gar nicht das richtige Gefühl dafür gehabt, weil ich dich so sehr liebe …«

»Gefürchtet? Nein, ich habe mich auch gar nicht gefürchtet. Das kann ich nicht sagen. Aber eine Unruhe war doch in mir. Das hast du doch empfunden, nicht wahr? Wäre das nicht gekommen, so hätte ich mich bemüht, mein Versprechen zu halten. Aber nun – sollten wir auch da noch einander fern bleiben, wenn der Untergang bevorstand? Das war etwas Unvorhergesehenes. Wie die ersten Nachrichten von draußen gekommen sind – Enzberger hat sich ja sehr bemüht, uns alles zu verheimlichen, aber schließlich war es doch nicht zu verbergen … ja, wie das Gerücht auch uns erreicht hat, da war ich sehr niedergeschlagen. Und dann, dann ist jener Abend gekommen, an dem wir alle Bedenken abgeschüttelt haben. Weißt du noch? Es war doch so selbstverständlich, nicht wahr … Das war über alle menschlichen Kräfte. Den Untergang vor Augen … Bedauerst du es?«

Regina schüttelte den Kopf, ohne Adalbert anzusehen. Ihre Finger spielten auf dem Fenstersims mit den Überresten des Futters, das sie den Vögeln hinzustreuen pflegte.

»Und von da an«, fuhr Adalbert fort, »von dieser Nacht an wusste ich, dass die Erde nicht untergehen könne. Es stand in mir geschrieben, eingegraben, eingeprägt: Es kann nicht sein. Ich war davon überzeugt, dass diese Erde nicht zertrümmert werde. Es ist vielleicht ein Wunder …«

»Es ist ein Wunder«, wiederholte Regina. »Ein Wunder! Und dein Vertrauen … Sie alle haben begonnen, dir zu glauben … Sie alle haben zu dir aufgesehen. Und wenn sie nicht der Verwirrung und Raserei verfallen sind, wie alle anderen, so hast du das bewirkt, du allein …«

»Du hast mich lieb, Regina, und darum siehst du darin etwas Besonderes. Enzberger ist ein Mann, und ich glaube, dass er bis zum letzten Augenblick ausgehalten hätte, auch wenn er vom Untergang überzeugt gewesen wäre.

Aber wenn ich diesen großen Glauben gewonnen habe …

wem ist im letzten Grund dafür zu danken? … Dir … und dem Wunder …«

»Schau«, lenkte Regina ab, »da unten kommt Johanna.«

Die Alte kam eben auf den Hof, durch das kleine Tor, das ihr einer der Wächter auf ihr Klopfen geöffnet hatte. Sie schleppte sich ein paar Schritte und sank dann müde auf den Hackstock, der neben dem großen Holzstoß stand. Enzberger trat zu ihr und begann ein Gespräch.

»Er war wieder die ganze Nacht draußen«, sagte Adalbert, »und ist um Bezugs Haus geschlichen. Er belauert ihn … Ich möchte Johann nicht zu meinem Feind haben. Er ist unheimlich in seinem Hass. Vielleicht deshalb, weil er nicht an Bezug herankann …«

Regina sann eine Weile vor sich hin: »Nein … Es ist eigentlich zu komisch, nicht? Nun ist unsere alte Johanna gar kein Weib, sondern ein Mann. Und die ganzen Jahre habe ich immer daran geglaubt, dass er ein Weib ist. Aber der Vater hat es doch gewusst … nicht wahr?«

»Ja, dein Vater hat es gewusst. Es muss etwas Fürchterliches in dem Leben dieses Mannes liegen, ein schreckliches Erlebnis.«

»Ich kann mich noch gar nicht daran gewöhnen, zu ihm Johann zu sagen und von ihm zu sprechen, als von einem *Er*. Und als er damals davon begann … Es war mir, als ob er ein Testament machen wolle vor dem Untergang. Ich konnte es zuerst gar nicht fassen! Jetzt freilich, wo ich eigentlich erst recht weiß, worin …« Sie brach ab und wurde wieder sehr rot. Dann schlug sie eine andere Richtung ein: »Ich glaube immer, wenn dieses Gerücht nicht gekommen wäre … er hätte uns bis ans Ende seiner Tage dabei gelassen … dass er die alte Johanna ist.«

Adalbert richtete sich auf. »In drei Tagen …«, sagte er.

»In drei Tagen? Was ist in drei Tagen?«

»Hast du es vergessen? Weiß Gott, sie denkt nicht einmal dran. Oder eigentlich schon übermorgen … Wahrhaftig, übermorgen … Also: Ich weiß es ja selbst nicht ganz genau … Für übermorgen ist doch der Weltuntergang angesagt …«

»Ach so … Ja, daran habe ich nicht gedacht.«

»Der Tag wird kommen«, sagte Adalbert und streckte die Hand

mit übertriebener Heimlichkeit aus, »der Tag wird kommen. Und dann wird noch ein Tag kommen. Und noch ein Tag ... und noch viele Tage ... unzählige Tage ... und Nächte!«, fügte er leise hinzu und zog Regina vom Fenster zurück, um sie zu küssen.

Sie sagte nichts, schmiegte sich an ihn und zitterte ein wenig.

»Aber man sollte nicht darüber scherzen«, fuhr er ernsthaft fort, »man sollte nicht scherzen. Denn draußen sind Millionen von Unglücklichen, die noch nicht an ihre Rettung glauben können ... Sie toben in ihrer Verzweiflung gegen sich und die Welt ... Das ist eine traurige Geschichte.«

»Du glaubst, dass sie sich noch immer nicht beruhigt haben?«

»Ich habe einen Sturm auf dem Meer mitgemacht. Wenn das Wasser einmal recht in Bewegung ist, dann beruhigen sich die Wellen auch nicht sofort in dem Augenblick, in dem der Wind aufhört. Sie müssen ihre Kraft erst ausschwingen ... Die armen Teufel, die so um ihr Leben fürchten, können nicht begreifen, dass sie nichts mehr zu befürchten haben.«

Eine halbe Stunde später gingen sie nebeneinander durch den Garten. Und da begann Adalbert von Kuperus zu sprechen. Er konnte es doch nicht glauben, dass der Alte in eine andere Stadt gezogen sein könnte, also geflohen sozusagen. Das sah dem Wesen Eleagabals so gar nicht ähnlich. Aber immerhin blieb es doch höchst seltsam, dass der Alte dem Taumel der Menge nirgends und niemals entgegengetreten war.

Der eine der Rumänen, der sich die deutsche Sprache einigermaßen angeeignet hatte, vermittelte den Verkehr zwischen der Mühle und der Stadt. Er war auch heute Nacht fort gewesen und brachte nun Nachricht heim. Da waren vor allem einige Flugblätter, die neue Beobachtungen der Astronomen aller Weltteile meldeten, Bestätigungen der guten Botschaften. Der ›Terror‹ wandte sich ganz deutlich von der Erde ab, und es war unzweifelhaft, dass diese gerettet sei. Man hätte die Beobachtung schon weit früher machen müssen, wenn nicht der bewölkte Himmel eine Zeit lang alle astronomische Arbeit unmöglich gemacht hätte. Und es war ganz heiter anzusehen, wie – kaum dass man die Angst vor der Vernichtung abwerfen durfte – schon unter den Gelehrten ein Streit um die Priorität der Entdeckung ausgebrochen war. Aus den bestimmten Versicherungen der Astronomen hatten die staatlichen Organe neuen Mut gewonnen und machten Versuche, die Ordnung wiederherzustellen. Sie hatten sich an alle besonnenen Elemente um Beistand gewandt und einen Aufruf zur Bildung von Bürgergarden erlassen. Aber noch immer wagte das Volk nicht, an die Rettung zu glauben, und setzte seine blinden Rasereien fort. Noch immer zogen die bewaffneten Horden durch die Straßen, plündernd und mordend, von den aus Abgründen hervorgebrochenen Gelüsten beherrscht, während ihnen die neuen Kämpfer für den Beistand der Gesellschaft nur zaghaft und nicht mit genügender Macht entgegentraten. Der Taumel hatte sich sogar noch ausgebreitet, auch auf dem Land begann man mit Raub und Brandstiftung. Die Bauern, die in der Stadt keinen Trost gefunden hatten und unter der allgemeinen Not am meisten litten, kehrten jetzt in ihre Dörfer zurück, vom Wahnsinn des städtischen Pöbels angesteckt, halb verhungert und aller Zuversicht beraubt.

Der Bericht Marconianus und gewisse seltsame Äußerungen Johanns gaben Adalbert den ganzen Tag keine Ruhe. Er tat die Arbeit, die ihm Enzberger in Hof und Garten zuteilte, aber dabei ließen seine Gedanken nicht ab, alledem nachzuhängen, was er gehört hatte. Da rafften sie sich endlich in der Stadt auf, sammelten sich und versuchten, die Massen zur Vernunft zu bringen. Alle Besonnenen waren zum Beistand aufgerufen, und er sollte auch jetzt nicht daran teilnehmen? Es war ihm unmöglich, untätig zu bleiben. Er fühlte den Ruf auch an sich gerichtet. Und noch ein anderes kam dazu. Wenn Johann damit Recht hatte, dass Bezug irgendwie an der Erregung dieser schrecklichen Krankheit der ganzen Menschheit seinen Anteil hatte? Dass er ihr das Gift auf teuflische Weise eingeimpft oder die Keime zur Entfaltung gebracht hatte? War es dann nicht umso mehr seine Pflicht, sich an der Wiederherstellung der Ordnung zu beteiligen? Gerade weil er selbst zu denen gehört hatte, denen Bezug einmal ein unerbittlicher Herr gewesen war, und weil er diese Schmach noch immer auf sich fühlte?

In der Dämmerung suchte er Johann in seiner Kammer auf. Der Alte lag angekleidet auf dem Bett und fuhr aus seinem leichten Schlaf auf, als Adalbert eintrat. Zwischen zwei Nächten, die er dazu verwendete, um Bezugs Villa zu umlauern, genügten ihm ein paar Stunden eines stets des Erweckens gewärtigen Schlummers. Während Johann auf dem Bettrand blieb, zog Adalbert einen Stuhl heran und setzte sich dem Alten gegenüber. Dann begann er, indem er seine Hand vertraulich auf das Knie Johanns legte: »Du hast vorhin ein Wort gesagt, das mir im Kopf herumgeht. Ich möchte dich fragen … warum glaubst du eigentlich, dass Bezug in dem allen seine Hand hat …?«

Und als der Alte schwieg, fuhr Adalbert fort: »Ich glaube, du kennst mich jetzt schon lange genug … Du kannst jetzt schon wissen, dass man mir vertrauen darf.«

Da räusperte sich der Alte gewaltig und klopfte die Pfeife, die er vor dem Einschlafen ausgeraucht hatte, an seinem Holzbein aus: »Ich weiß es eigentlich nicht … ich kann es dir nicht sagen. Aber sieht es ihm nicht ähnlich? Ist es nicht ganz aus seinem Wesen: alles in Angst und Schrecken zu versetzen … alles durcheinander zu hetzen, bis die Menschen zu Bestien werden …? Wer kann es sonst gewesen sein, der ihre Furcht so schrecklich aufgewühlt hat? Wenn ich in der Nacht um seine Villa gehe, da wird es mir so gewiss wie die Hoffnung, dass ich mich rächen werde. Ich brauche keine Beweise. Übrigens, ich habe gesehen, dass er bisweilen nachts seine Villa verlässt und in die Stadt fährt. Was macht er dort, wenn er nicht deshalb hinfährt …? Es macht ihm Vergnügen zu sehen, wie sie in dem Abgrund, in den er sie gestürzt hat, miteinander ringen.«

»Und warum lauerst du immer nachts vor seinem Haus?«

»Warum? Weil ich mich an ihm rächen will. Ich weiß, dass es mir gelingen wird. So gut er auch bewacht ist … Er hat eine Menge Leute rings um das Haus gestellt … und er geht keinen Schritt ohne zwei Begleiter, die wie große, bissige Hunde sind. Aber ich werde ihn mir fangen … trotz seiner Begleiter und Wachen … Er wird mir nicht entgehen … nicht entgehen …«

Johann war aufgestanden und zum Fenster getreten, indem er Adalbert den Rücken zuwandte. Und der wusste jetzt, dass es vergebens sein würde, ihn noch weiter zum Sprechen bringen zu wollen.

Die ganze Nacht wälzte Adalbert Pläne in seinem Hirn, während Regina ruhig neben ihm atmete. Dieses regelmäßig leichte Geräusch, das an ein dunkles Ufer herankam und dem er sich sonst mit Rührung und Entzücken hingab, hatte in dieser Nacht gar keine Macht über ihn. Er hörte es nicht einmal. Immer drängender empfand er es als seine Pflicht, sich zum Kampf gegen die Feinde der Ordnung einzufinden und sich vor sich selbst zu rechtfertigen. Und als die Spatzen zu lärmen begannen, war er zu einem Entschluss gekommen. Jetzt war die Entscheidung da, heute und morgen mussten alle Kräfte eingesetzt werden. Es war ihm unmöglich, sich länger hier verborgen zu halten. Wenn er an Regina dachte und an die Angst, die sie um seinetwillen ausstehen würde, dann wollte ein Zagen über ihn kommen. Aber es musste eben ertragen werden, und er war gewiss, dass alles gut ausgehen würde.

Vorsichtig stand er auf, öffnete den Fensterladen nur ein wenig und schrieb ein paar herzliche und scherzhafte Abschiedsworte auf ein Blatt Papier. Dann kleidete er sich an und schlich auf den Hof hinunter. Er hatte ganz seine Wächter vergessen und erschrak fast, als er Marconianu an das Tor gelehnt fand.

»Ich will auf ein paar Stunden in die Stadt«, sagte er, »mir selbst ansehen, wie es zugeht.«

Marconianu stieß zwischen den Zähnen ein eigentümliches Zischen hervor, auf das sogleich zwei der Rumänen aus ihren Winkeln kamen. »Wir begleiten Sie, Herr«, sagte Marconianu.

Adalbert versuchte abzuwehren: »Es ist nicht nötig. Gebt euch keine Mühe! Ich bin in ein paar Stunden wieder zurück.«

»Nein, Herr, es ist unser Schwur, über Sie zu wachen, Herr! Wie können wir Sie denn allein lassen? Das darf nicht sein.«

»Es ist mir lieber, wenn ihr bleibt. Ich lasse euch als Wache für Regina zurück. Versprecht mir, gut über sie zu wachen.«

Aber die Rumänen ließen sich von ihrem Amt nicht abbringen, und Marconianu bestand darauf, mit Adalbert in die Stadt zu gehen. Inzwischen waren auch die beiden anderen Wächter aus der Schlafkammer gekommen, und um die Leute in der Mühle nicht aufzuwecken, musste es Adalbert geschehen lassen, dass ihm alle fünf folgten.

Er ging mit Marconianu voran und ließ sich noch eingehender über alles unterrichten, was dieser in der Stadt gesehen hatte.

In der Nacht hatte es geregnet, und ein leichter Nebel schwamm über der großen Wiesenfläche der Mulde. Die Weiden längs des Flusses standen mit dicken nassen Köpfen da, und wo der Nebel von einer Strömung ergriffen und umhergewirbelt wurde, kam in dem Trichterloch ein Stück der dunkelgrünen Grasfläche zum Vorschein. Die Sträucher am Weg hingen voll grauer Tropfen, die wie erloschene, stumpf gewordene Perlen waren. Und der Himmel ließ wenig Hoffnung auf Besserung des Wetters zu. Es war von einer öden, fast gleichförmigen trüben Verschwommenheit, in der einzelne dunkler gefärbte Stellen trieben. Die Dinge, an denen Adalbert vorbeikam, schienen zu atmen, und jedes von ihnen hatte seine eigene Dunsthülle um sich.

Die Straße war vollkommen menschenleer, und auch das Dorf, durch das sie jetzt kamen, schien ganz verödet. Ein paar Häuser waren niedergebrannt, und der Rauch der Trümmer mischte sich mit dem Nebel und gab ihm einen scharfen, ätzenden Geruch und Geschmack. Zwischen den verkohlten Balken und den zusammengebrochenen Mauern lagen zwei Tote. Auf einen der spitzen Zaunpfähle des Gartens hatte man eine Gans gespießt. Sie ließ den Kopf hängen, und die Flügel waren weit ausgebreitet, als habe sie zu fliegen versucht, um sich zu befreien. Die dem Feuer zugekehrt gewesene Hinterseite war versengt und halb gebraten.

Das waren böse Vorzeichen dessen, was Adalbert in der Stadt erwartete. Aber wenn es so zuging, dann war es umso notwendiger, sich gegen die Zerstörer zu wenden.

Als sie an das Ende des Dorfes kamen, hörten sie vor sich im Nebel das Rollen eines Wagens. Und in diesem Augenblick kam eine furchtbare Aufregung über Adalbert, die Ahnung einer Begegnung. Und ehe er sich zur Besonnenheit zurückzuführen vermocht hatte, war der Wagen schon heran. Es war ein elegantes, leichtes, mit einem Pferd bespanntes Gefährt … und seine Lenkerin war Elisabeth. Sie trug ein schwarzes Seidenkleid und eine kurze Jacke, und die Zügel lagen straff in ihren mit gelben Handschuhen bekleideten Händen.

Zwei Schritte vor Adalbert stand der Wagen still, und Elisabeth beugte sich vor, um ihm ins Gesicht zu sehen. Er fühlte sich wie in einem Wirbel von hochgespannten elektrischen Strömen. Es waren Bezugs Augen, die er auf sich gerichtet sah, und er wusste, dass er sich zur Wehr zu setzen habe wie gegen Bezug selbst.

»Wir haben uns lange nicht gesehen, Adalbert«, sagte Elisabeth.

Jetzt sah er auch ihr blasses, müdes, verfallenes Gesicht ... und um zwischen sich und ihr eine Schranke aufzurichten, trat er einen Schritt zurück und zog förmlich den Hut ab.

Sie lachte: »Es ist nicht nötig ... Ich weiß schon. Man hat ein kleines Weibchen zu Hause. Ich wünsche einen fröhlichen Ehestand!« Dann sah sie die Rumänen an, die neben Adalbert getreten waren. »Und eine ganze Leibgarde hast du auch. Die kleine Frau ist wohl besorgt? Ja ... so kostbare Güter müssen wohl behütet werden ... Adieu, Liebster! Und grüß mir die kleine Frau.« Und lachend riss sie an den Zügeln. In gutem Trab rollte der Wagen an Adalbert vorbei in den Nebel hinein.

Er setzte den Weg fort, und es war ihm, als habe er eine Vision gehabt. Seine Vergangenheit war wieder lebendig geworden, und so sehr er auch durch Reginas Liebe gefestigt war, diese Erscheinung hatte wieder Unruhe über ihn gebracht. Aber es war nicht die Unruhe eines Wunsches, sondern die Unruhe der Reue, als ob er jene verderbliche Leidenschaft noch nicht gesühnt hätte und als ob sein neues Glück unverdient und darum von Gefahren umstellt sei. Erst als sie in die Vorstadt kamen, wichen diese lähmenden Gefühle vor den Schrecken der Verwüstung, die er zu sehen bekam. Er wollte vor allem Eleagabal Kuperus aufsuchen und schlug den Weg zum Domberg ein. Sie mussten einige Male aufgeregten Horden von Plünderern ausweichen und, da Adalbert unnötige Kämpfe vermeiden wollte, durch Seitengassen vordringen. Von den Bemühungen der Staatsgewalt zur Wiederherstellung der Ordnung war bis jetzt noch wenig zu sehen. Nur auf dem Domberg fanden sie etwa zwanzig Mann einer in der Eile aufgestellten Polizeitruppe, die das Palais des Bischofs hinter dem Chor des Domes zu beschützen hatten.

Eleagabals Haus zeigte noch alle Spuren des Sturmes. Die großen Wunden in dem faltigen Gesicht, die zerschlagenen Fenster, die zerspaltene und geschändete Tür. Von dem Nachtregen waren die Fresken der Wand hervorgerufen worden. Und als Adalbert vor dem Haus stand, fand er die Ähnlichkeit der beiden Frauen in dem Urteil Salomos mit Elisabeth und Regina noch deutlicher als jemals. Er wusste nicht, ob er inzwischen seinen damaligen Eindruck so sehr verarbeitet hatte oder ob mit den Bildern eine Veränderung vorgegangen war, ein leiser Verfall, eine Zermürbung der Linien und Farben, sodass sie noch mehr in jene Ähnlichkeit hineingewachsen waren. Es war ihm fast schmerzlich, dass die gute Mutter auf dem Bild, die Reginas Züge hatte, von einem Stein getroffen worden war, mitten auf die Brust, sodass die Ziegel unter dem Bewurf wie blutiges Fleisch hervorsahen.

Zaghaft wie vor einer großen Entscheidung berührte Adalbert die Klingel an Eleagabals Tür. Nun sollte er erfahren, ob der Alte die Stadt verlassen hatte oder, wenn er geblieben war, ob er von dem Bruch des Versprechens wusste, kraft jenes eigentümlichen Scharfblickes, der Kuperus auch das Verhüllte zu offenbaren schien.

Die Tür öffnete sich …

Eleagabal war also da …

Adalbert bedeutete den Begleitern, auf ihn zu warten, und trat ein. Als er von dem wolfsgesichtigen Diener erkannt worden war, ging er durch die bekannten Korridore und Räume. Es fiel Adalbert auf, dass sie ganz kahl und schmucklos waren, aber als er sich mit einer Frage an den Diener wandte, schüttelte dieser nur stumm den Kopf.

Eleagabal Kuperus kam Adalbert entgegen, fasste seine beiden Hände und drückte sie. Seine Augen waren so gut und freundlich, und sein groteskes Lächeln zeigte an, dass er entweder von der Übertretung seines Gebotes nichts wusste oder doch nicht böse war.

»Endlich, endlich findet einer den Weg zu mir!«, sagte er.

»Wir haben von Tag zu Tag gewartet, Vater, wir konnten nicht denken, dass du uns ganz vergessen haben solltest. Warum bis du nicht gekommen? Eine Zeit lang waren wir sehr in Sorgen um dich …«

»Ihr hättet ruhig sein dürfen. Das hätte mir nur Spaß gemacht, wenn mir die Menschen nicht Leid getan hätten.«

»Wir kennen dich und deine Macht, und es gelang uns schließlich auch allen, wieder ruhig zu werden.«

»Und hat euch der Untergang der Erde keine schlaflosen Nächte gemacht?«

»Ich muss sagen, das hat uns ein wenig an den Nerven gekitzelt. Und manchmal war wohl so ein bisschen Fieber dabei. Aber … wir haben uns schließlich alle zu der Zuversicht erhoben, dass es unmöglich sei, dass dies geschehen könne … und: Wir haben Recht behalten.«

Eleagabal strich den Patriarchenbart und kratzte sich dann ganz würdelos hinterm Ohr: »Ja, ihr seid also unzufrieden mit mir, ihr draußen in Enzbergers Mühle. Das ist ein Vorwurf für mich …«

Da wurde Adalbert ganz verlegen und versuchte, sich wieder zurechtzurücken: »Nein, was denn? Das fällt uns ja nicht ein! Gar nicht … Wie werden wir Eleagabal einen Vorwurf machen wollen …?«

»Lass nur. Es wäre ja eigentlich die Sache des alten Kuperus gewesen, etwas dagegen zu tun … wenn ich auch sonst nur eingreifen darf, sobald ich darum angegangen werde. Ich hätte es eben drangesetzt – was ich noch dranzusetzen habe. Aber …«, und nun wurde die Miene des Alten tiefernst, die Runzeln des Gesichtes schienen sich nach einem geheimen Gesetz zu ordnen, sodass er mit einmal doppelt so alt aussah als sonst, »… ich bin inzwischen zu einer Erkenntnis gekommen. Und soweit ich sie in Worte fassen kann, will ich sie dir mitteilen. Ja, es ist eine böse Krankheit über die Welt gekommen. Aber es ist eine Krankheit, die auf lange hinaus alle üblen Säfte aufzehrt, die alle Abfallstoffe im Körper der Menschheit in Fiebergluten verbrennt und den Organismus reinigt und befreit. Und bei einer solchen Krankheit ist es die Sache des verständigen Arztes, ruhig abzuwarten, ob der Patient kräftig genug ist, die Krisis zu überstehen. Hat er sie einmal überstanden, so wird er besser und stärker dastehen als je zuvor. Man muss solchen Prozessen den Weg freimachen. Sie wirken, wie alles Böse in dieser Welt, schließlich zum Guten. Und so ist es vielleicht die höchste Weisheit des Weisen, dem Schlimmen nicht entgegenzutreten und es in seinen Retorten unter Schäumen und Zischen endlich zur Klärung gelangen zu sehen. Wer kann wissen, ob die aufgespeicherten Giftstoffe nicht in einer anderen Weise in dem Blutumlauf der Menschheit einmal wirklich zersetzend und zerstörend gewirkt hätten.«

Adalberts Kriegslust war gedämpft: »So rätst du mir also, umzukehren? Soll ich untätig bleiben? Ich bin gekommen, um mich unter die Kämpfer für die Ordnung zu stellen. Ich habe es für meine Pflicht gehalten, in die Bürgergarden, oder wie sie sonst heißen mögen, einzutreten ...«

»Nein, so meine ich es nicht«, sagte Eleagabal, und sein Lächeln war wieder da, »du sollst an dem großen chemischen Prozess teilnehmen. Als Ferment, als chemische Kraft in den Retorten. Du hast das rechte Gefühl gehabt. Und ein feines Ohr für deine Pflicht. Es gibt Augenblicke, in denen wir aus uns heraustreten müssen, in denen wir nicht hinten bleiben dürfen. Selbst wenn wir uns eigentlich sagen könnten, dass es auf uns nicht ankommt. Geh nur – aber komm uns gesund zurück!«

Adalbert fragte bei dem Führer der Wachmannschaft vor dem bischöflichen Palais an, wo er sich mit seinen Begleitern als Freiwilliger zu melden habe, und wurde in das Rathaus gewiesen. Dort ging es etwas kopflos und bunt durcheinander. Es war eine Menge von Leuten da, die Befehle erteilten, und nur wenige, die es über sich brachten, sie auszuführen. Jeder war von ehrgeizigen Plänen besessen, von dem Wunsch, sich auszuzeichnen, Beachtung zu finden und später vielleicht für besondere Verdienste belohnt zu werden. Man hatte alle Uniformstücke hervorgeholt, die in den Magazinen als Reserve aufbewahrt wurden, sie in großen Stößen auf dem Hof aufgestapelt und stritt nun darüber, wie eine Art von gleichmäßiger Bekleidung für die Bürgergarden herzustellen sei und welche Abzeichen man ihnen am besten geben könne. Die Militärbehörden hielten seit dem frühen Morgen mit den Häuptern der Stadt Beratungen über die Abgrenzung der Wirkungskreise der Zivil- und Militärverwaltung ab. Bisweilen kam eine Abteilung Soldaten, winzige Reste der Garnison, in das Rathaus marschiert, um sich Verhaltensmaßregeln zu holen, denn die telefonische Verbindung zwischen den Amtsgebäuden der Stadt und den Kasernen war vom Pöbel zerstört worden. Einzelne Führer von besonderer Tatkraft hatten kleine Truppen von Freiwilligen um sich zu versammeln gewusst und zogen, wenn sie mühsam ein wenig Ordnung in die Reihen gebracht und die Bewaffnung durchgeführt hatten, nach den bedrohtesten Punkten ab.

Adalbert und seine fünf Rumänen schlossen sich einem solchen Häuflein an und halfen, das Postgebäude zu besetzen und gegen den Pöbel zu verteidigen. Das Haus war am Tag vorher gestürmt und zum Teil zerstört worden, und eine Anzahl von Mechanikern war dabei, so rasch als möglich die Apparate wieder instand zu setzen. Man war seit vierundzwanzig Stunden von der Außenwelt abgeschnitten, empfing keine Telegramme mehr und konnte keine abgehen lassen, da auch das Bahnpostamt zerstört worden war. Mit Bewunderung erfüllte Adalbert der Mut der braven Telefonistinnen und Telegrafistinnen, die sich zum größten Teil wieder zum Dienst eingefunden hatten, sobald sie hörten, dass das Direktionsgebäude wieder in den Händen der Ordnungspartei sei. Sie konnten freilich vorläufig noch keinen Dienst machen und mussten sich darauf beschränken, zuzusehen, wie die Angriffe des Pöbels abgewiesen wurden. Adalbert hatte ein Jagdgewehr und einen Revolver als Waffen erhalten und verteidigte mit seinen Rumänen eines der Fenster des großen zu ebener Erde gelegenen Packraumes.

Bis Mittag hatte man die Stürmenden dreimal zurückgeschlagen. Sie kamen mit wildem Geschrei angelaufen, ohne sich nach Deckung umzusehen, fanatisiert durch die Todesangst und den Hass gegen die Männer, die sich ihnen entgegenzustellen wagten. Und sie fielen haufenweise in den engen Straßen in die Pfützen, die sich nach einem neuerlichen heftigen Regenguss gebildet hatten.

Im Laufe des Nachmittags waren die Verteidiger auf etwa tausend Mann angewachsen, und der Kommandant, ein pensionierter Major mit einer etwas brüchig gewordenen

Löwenstimme, konnte etwa die Hälfte seiner Mannschaft abgeben, die gemeinsam mit verschiedenen anderen Abteilungen zur Eroberung des Bahnhofes vorgehen sollte. Der Bahnhof befand sich noch immer in den Händen der ›Brüder des roten Todes‹ und war von ihnen zu einer starken Festung umgewandelt worden. Nach dem Tod des Nikolaus Zenzinger hatte der Dreifaltigkeitsschuster die Führung des Bundes übernommen und hatte eine noch blutigere und grausigere Herrschaft auszuüben begonnen.

Der Kampf um das Bahnhofsgebäude war heftig und lange unentschieden. Erst gegen Abend gelang es, in den Frachtbahnhof einzudringen und eines der wenigen Geschütze, die von den Artilleristen bei ihrer Desertion nicht unbrauchbar gemacht worden waren, günstig aufzustellen. Mit Einbruch der Dämmerung war die Stellung in den Händen der Ordnungspartei. Über achthundert Tote und Verwundete aus den Reihen der ›Brüder‹ lagen auf den Schienen, in den Wartesälen und den Restaurationen des weitläufigen Baues. Es war bis zum Schluss mit furchtbarer Erbitterung gekämpft worden, in den rücksichtsvollsten Seelen war ein geiler Blutdurst erwacht. Und die sanftmütigsten Vertreter bewährter Humanitätsideale, Professoren, Lehrer, Beamte, zeigten im Siegesjubel nicht übel Lust, den verwundeten Feinden einfach die Hälse abzuschneiden.

An Adalberts Seite waren zwei seiner Begleiter gefallen. Die anderen drei hatten leichte Wunden, nur er selbst war unverletzt geblieben und verbrachte die Nacht auf einer Bank im Wartesaal dritter Klasse, den Kopf auf dem zusammengerollten Mantel eines gefallenen Lokomotivführers.

Nach der Begegnung mit Adalbert war Elisabeth weitergefahren, zuerst in schnellem Trab, dann, als sie genügend weit entfernt zu sein glaubte, in langsamem Tempo.

Sie versuchte sich zu sammeln; nach diesem wirbelnden und sprühenden Ausbruch einer Leidenschaft, der sie sich noch immer nicht entwunden hatte.

Müde hatte sie die Heimkehr nach der Villa angetreten. Eine Nacht voll entsetzlicher Wollüste lag hinter ihr. Der ›Klub der babylonischen Jungfrauen‹ hatte ein Fest gefeiert. Er war in diesen Tagen des Schreckens so angewachsen, dass sich die Gruppe in der Stadt selbständig gemacht und von der Hauptstadt losgetrennt hatte. Und die Intensität der Lüste war so grauenhaft geworden, dass sie mit der Grausamkeit zu einer lodernden Flamme verschmolzen war. Die Gräfin, der die Leitung der Orgien zustand, hatte eine Steigerung zu ersinnen gewusst, die alle bisherigen Künste hinter sich ließ. Man hatte das große Heiligtum aus dem Dom gestohlen, das Grabtuch Christi, und es hatte dazu dienen müssen, die Ruchlosigkeit der Opfer für Astaroth durch die besondere Wollust der Gotteslästerung zu erhöhen. Man hatte das Tuch auf den Boden gebreitet und sich darauf gewälzt, in den Verzückungen des Dienstes der babylonischen Göttin, nackt, in den schamlosesten Verschlingungen, unter wüstem Gekreisch und atemlosen Krämpfen. Man hatte sich darin gehüllt, um widrige Enthüllungen vorzubereiten. Man hatte es sich zugeworfen und zu Tänzen verwendet, die sich im Bannkreis der widrigsten Symbole bewegten.

Die Gräfin war allen anderen darin voran gewesen. Sie war unerschöpflich in Einfällen, die auf die Schändung des Heiligtums und auf den Triumph des Fleisches abzielten. Und sie hatte eigenmächtig etwas getan, was bisher noch niemals geschehen war: Sie hatte die Dirnen der Stadt zu dem Feste zugezogen. Und als ihr deshalb jemand Vorhaltungen gemacht hatte, hatte sie mit einem Lachen geantwortet, dass im Dienste der Astaroth alle Frauen gleich seien. Und wenn es ihr Zweck gewesen war, in dieser Erniedrigung und Gleichstellung mit den verachtetsten Frauen die Gier und die Schamlosigkeit aller bis zum Äußersten zu treiben, so war es ihr gelungen.

Die Männer, die diesem Fest zugezogen worden waren, hatten gegen Morgen die Marter der Lust nicht länger ertragen. Sie waren zusammengesunken, entkräftet, unfähig, dem Schlafe länger zu widerstehen. Einen hatte man tot hinausgetragen. Es war ein hübscher junger Bursche gewesen, ein herzkranker Mensch, der den Aufregungen dieser Nacht nicht gewachsen war.

Elisabeth hatte in der Morgendämmerung das Fest verlassen, nach einem ernstlichen Kampf mit der Gräfin, die sich das Recht angemaßt hatte, sie zurückhalten zu wollen. Mit wahnsinnigem Geschrei hatte sie sich in die Arme Elisabeths festgekrallt und behauptet, es sei niemandem gestattet, gegen ihren Willen zu gehen. Ihre Augen hatten gefunkelt, und ihr Atem war heiß und erstickend gewesen. Der Zwang der Masken war in dieser Nacht gefallen, man hatte sie einander abgerissen, um die Verzerrungen der Wollust auch in den Gesichtern der Dienerinnen Astaroths zu lesen. Und so hatte Elisabeth erkennen müssen, wie sie von der Gräfin gehasst war.

Und nach dieser Nacht der Abscheulichkeiten hatte Elisabeth Adalbert begegnen müssen. Gerade jetzt war alles das noch einmal überwältigend vor sie getreten, was sie an Neuem und Entzückendem durch ihn kennen gelernt hatte. Wer trug die Schuld an ihrem seelischen Zusammenbruch, dem der körperliche Verfall nicht mehr fern sein konnte, als er? Oder vielmehr: nicht er, sondern dieses Weib, dieses armselige Geschöpf, das ihn an sich gezogen hatte. Es war eine Art von Liebeszauber dabei wirksam, es konnte nicht anders sein. Denn keiner der Männer, die je nach ihrem Besitz gestrebt hatten, war wieder aus ihrem Bann gekommen. Hecht? Er hatte sein Wort gehalten und sich getötet. Und wer sie einmal besessen hatte wie Hainx, der war für alle Zeit an sie verloren. Sie wirkte wie ein Naturgesetz, unerbittlich, ohne dass es eine Gegenwehr gab. Es war nicht anders möglich, als dass hier eine Art von Zauber gegen sie angerufen worden war, ein mächtigerer Zauber als alle Geheimmittel, über welche die alte Thumas verfügte.

Und wie, wenn Regina aus der Welt geschafft würde, wenn sie nicht mehr war – würde dann nicht Adalbert ihr wieder zufallen, wie man einer Naturkraft folgen muss, wenn die Hemmungen ihrer Wirkung beseitigt sind? Sie fühlte, dass dieser Gedanke schon lange in dämmernden Tiefen in ihr gewesen war, aber jetzt, als er so unverhüllt vor ihr stand, durchfuhr es sie mit einem starken Strahl. Sie hielt ihr Pferd an und schaute um sich.

Durch den lichter werdenden Nebel sah sie das Wirtshaus zum ›General Laudon‹ und auf der anderen Seite der Straße die burgartige Mühle Enzbergers. Langsam fuhr sie weiter, und während sie an den hohen Mauern mit den Schießscharten vorbeikam, begann sie ihren Plan auszubauen, der ihr Adalbert wiedergeben sollte.

Er war in die Stadt gegangen, mit den fünf Leuten, die immer um ihn waren. Regina war nun mit den Müllersleuten in der Mühle allein. Es kam darauf an, sie herauszulocken und in ihre Gewalt zu bringen. Wie konnte das sicherer geschehen, als indem Elisabeth die Angst um den Geliebten wirksam werden ließ? Musste Regina nicht in Angst um Adalbert sein, der sich in die Gefahr begeben hatte, in diesen Kessel voll Verwirrung und Grauen? Es galt, Regina eine Nachricht zukommen zu lassen, die ihre Furcht ganz groß und wild werden ließ und sie dazu brachte, den Schutz der Mühle zu verlassen.

In diesem Augenblick entsann sie sich der geschickten Boten des ›Klubs der babylonischen Jungfrauen‹, die in der Bestellung geheimer Nachrichten das Unmögliche zu leisten imstande schienen. Und es stand sogleich in ihr fest, dass sie sich ihrer bedienen müsse … Dies war der Weg …

Dies war der Weg …

Sie wandte ihr Pferd und fuhr zur Stadt zurück, die mit verworrenem Getöse von Schüssen und wildem Geschrei kochend im Nebel lag.

Als sie an den Festungsmauern von Enzbergers Mühle vorüberkam, sah sie nach den Blumentöpfen an den Fenstern hinauf und lächelte mit einem grausamen und harten Mund.

Gemetzel. Das Wunder

Adalbert hatte auf seiner Bank im Wartesaal dritter Klasse wenig Ruhe gefunden. Die ganze Nacht war ein Kommen und Gehen, ein Türenschlagen und Lärmen. Dazu auf dem Geleise draußen die gellenden Signalpfiffe des zu seiner Arbeit zurückgekehrten Bahnpersonals, das bemüht war, die zu Barrikaden ineinander gefahrenen Wagen wieder freizubekommen.

Wenn Adalbert nach einem kurzen, minutenlangen Schlummer

wieder durch irgendetwas erweckt wurde und die Augen öffnete, sah er die drei Rumänen vor sich auf der Erde sitzen. Sie sahen in dem gelben Licht der Petroleumlampen, die anstatt der elektrischen Lichter hier brannten, ganz fahl aus und sprachen leise und traurig miteinander. Das Gemurmel dieses Gespräches hüllte endlich Adalbert immer dichter ein, wuchs um ihn empor und wölbte sich über ihm, bis er einschlief.

Im Morgengrauen erwachte er, rüttelte sich zusammen und ging auf den Bahnsteig hinaus. Während der Nacht hatten ein paar unternehmende und vorsichtige Leute einer Lokomotive einen Viehwagen angehängt und waren ein Stück hinausgefahren, um die Stadt zu verproviantieren. Die Kämpfe der letzten Tage hatten zur Folge gehabt, dass die Zufuhr von Lebensmitteln fast gänzlich unterblieben war. Die nächtliche Fahrt hatte einen guten Erfolg gehabt. Man hatte irgendwo ein paar Ochsen aufgetrieben, und die Tiere standen nun, nachdem sie ausgeladen worden waren, stumpfsinnig glotzend und wiederkäuend auf den Schienen.

Auf einer zerbrochenen Kiste neben Adalbert saß ein Mann, der hatte ein Skizzenbuch hervorgezogen und malte mit Wasserfarben heftig drauflos, um das Bild der Ochsen festzuhalten, diese gleichgültigen Mienen, diese breiten Rücken und Flanken, deren Farben in der Dämmerung ineinander flossen.

»Morgen, Dibian«, sagte ein junger Mann, der, in einen Plaid gehüllt, aus der Restauration gekommen war.

Der Maler sah flüchtig auf: »Morgen, Hauser.«

»Dibian, oder man muss die Gelegenheit bei der Stirnlocke fassen.«

»Gewiss, so was kommt net so bald wieder. Ich hab noch kane Ochsen in solcher Situation g'sehen. Der zerschossene Bahnhof, die umgestürzten Wagen, dort draußen das Feuer auf dem Gleis … Die reinste malerische Unordnung.«

»Schade, dass man die Geschichte nicht in Marmor hauen kann. Aber ich habe eine Idee, ich mache eine symbolische Gruppe … die wird den Staat und die Gesellschaft in den letzten Tagen darstellen. Und heißen wird sie ›Ochsen am Berge‹.«

»Na, was willst du?«, fragte Dibian, indem er ein paar Klexe von

Karmin in die Nebel aus Neutraltinte hineindrehte. »Sie hab'n sich doch aufg'rafft ... endlich ... und soweit man die Ereignisse überblicken kann ... hab'n wir gesiegt, glaub ich.«

»Noch nicht ganz, mein Bester. Heute ist doch erst der Tag des Unterganges. Wenn er vorbei sein wird, werden wir es hoffentlich sagen können.«

»Du bist ja im Hauptquartier ... so eine Art von Adjutant, was? Du musst's ja wissen. Ich beug mich deiner höheren Einsicht.«

»Ich kann dir nur raten, dass du dich mit deiner Skizze beeilst. Es wird bald wieder losgehen. Die ›Brüder des roten Todes‹ sind noch lange nicht niedergeworfen. Dieser Kerl, der Dreifaltigkeitsschuster, ist entkommen. Und unsere Boten melden, dass er seine Truppen zusammenzieht. Aber es geht nicht gegen uns. Warte einmal ...« Er hatte die Hand auf die Schulter Dibians gelegt und reckte sich horchend hoch auf.

Aus der Richtung des Domberges kamen gedämpftes Geschrei und Schüsse.

»Da haben sie richtig schon wieder angefangen. Kaum dass sie ›Büchsenlicht‹ haben. Nämlich ...«

»Mit nämlich fängt man kan Satz an, da kannst d' jed'n Deutschprofessor frag'n.«

»Das ist die Grammatik des jüngsten Tages. Ich glaube nicht, dass der ›Terror‹ nach den Deutschprofessoren gefragt hätte. Also nämlich, da haben sie so ein altes Tuch, von dem sie behaupten, dass es das Leintuch Christi ist. Und das ist so ein Talisman für den Untergang der Welt. Dem erweisen sie göttliche Verehrung. Und jetzt ist dieses Heiligtum aus dem Dom verschwunden. Jetzt muss also die Erde in ihren Sünden ohne Talisman dahinfahren.«

»Schrecklich!«

»Ja, nicht wahr – das sag ich auch. Und die ›Brüder vom roten Tod‹ behaupten, die ›Marianiten‹, die das Heilige Grabtuch zu bewahren haben, die sollen es gestohlen haben und versteckt halten ... aus lauter Bosheit, damit die anderen nichts davon haben. Und jetzt sind die roten Brüder außer sich. Und in der Nacht haben sie ihre versprengten Streitkräfte gesammelt und wollen über die armen Teufel, die sich im Dom verschanzt haben, herfallen ... Wie allhier man hören tut!«, fügte er im Ton eines Ausrufers hinzu, indem er mit der Hand nach dem Dom wies, dessen ungleiche Türme schon aus der Dämmerung in helleres Licht tauchten.

»Na, ich bin gleich fertig, und dann kann's meinetwegen wieder angeh'n«, sagte Dibian und setzte mit Deckweiß einen schmutzigen Fleck auf die breite Stirn eines Ochsen.

Adalbert kehrte in den Wartesaal zurück, nahm sein Jagdgewehr vor und den Patronengürtel um, und hielt sich bereit, dem Befehl zum Aufbruch zu folgen. Die Rumänen hatten auf geheimnisvolle Weise für ihn und sich eine Art von Kaffee zu verschaffen gewusst, ein bräunliches Getränk, dessen beste Eigenschaft die Wärme war. Aber Adalbert hatte kaum die Hälfte hinuntergebracht, als draußen auf dem Bahnsteig ein Hornsignal zum Sammeln rief. Er war froh, der Qual enthoben zu sein, den braunen Lederabsud trinken zu müssen und dabei doch den guten Willen seiner Begleiter nicht zu kränken.

Der militärische Geist, den die gemeinsame Gefahr der verflossenen Kämpfe geweckt hatte, erwies sich in einem festeren Zusammenhalt der Glieder und Rotten. Lautlos und in recht guter Ordnung rückte die Truppe ab und in zwei Kolonnen den Domberg hinan, um den Feind zugleich von zwei Seiten zu fassen.

Die ›Brüder des roten Todes‹ hatten gegen die ›Marianiten‹ noch keine Erfolge erzielen können. Von ihren Führern, dem Rahmenmacher und dem Dreifaltigkeitsschuster, angefeuert, stürmten sie immer wieder vergeblich gegen das Portal des Domes und das bischöfliche Palais, das auch von ›Marianiten‹ und einigen Abteilungen Militär und Bürgergarden besetzt war. Die Ereignisse hatten die ›Marianiten‹ auf die Seite der Ordnungspartei gedrängt, und sie wehrten sich gegen die Stürmer, als hätten sie sich schon davon überzeugen lassen, dass für heute der Untergang der Erde noch nicht zu befürchten sei.

Der Rahmenmacher, dem jeder Winkel und jeder Hof hier oben bekannt war, hatte endlich den Ansturm der Massen eingestellt und einen anderen Kriegsplan bei dem Nachfolger des Propheten durchgesetzt. Es war ziemlich schwer, den

Dreifaltgkeitsschuster von der Nutzlosigkeit weiterer Angriffe zu überzeugen. In dem durch den Anblick des Blutes und der Gräuel des Kampfes entfachten Fanatismus wollte dieser nichts von Vorsicht und Schonung hören. Er war in einem Zustand von Besessenheit und lallte wie ein Trunkener immer nur grässliche Flüche und Verwünschungen. Und ein Teil seiner Truppen war auch nicht zu einer Änderung der Taktik zu bewegen gewesen. Sie rannten immer wieder sinnlos gegen das Portal des Domes und die Front des bischöflichen Palastes an, immer wieder zurückgeworfen und immer wieder auf der blutigen Spur vordringend, bis der letzte Mann weggeschossen war.

Die übrigen Mannschaften aber hatte der Rahmenmacher in die Häuser um den Domplatz verteilt. Er selbst hatte mit den verwegensten Leuten sein eigenes Häuschen besetzt und wollte versuchen, über die Dächer hin zum Palais des Bischofs vorzudringen. Die Passionsblumen in den Fenstern, die trotz aller Verwahrlosung wieder zu blühen begonnen hatten, waren von Kugeln zerfetzt, die Blumentöpfe zertrümmert, und die ›Brüder vom roten Tode‹ trugen die schwarze fette Erde an den Sohlen durch alle Räume.

Als die Truppen vom Bahnhof auf den Domplatz rückten, wurden sie von einem heftigen Feuer aus allen Fenstern empfangen. Sie verteilten sich sogleich in die Häuser zu einem Kampf Mann gegen Mann, wurden aufgerieben und hinausgedrängt, aber sie kehrten wieder, verstärkt durch immer neue Kämpfer, die auf dem Domberg eintrafen. Zum ersten Mal trat hier reguläres Militär in größerer Anzahl in das Ringen ein. Ein paar Kompanien Infanterie, die mit dem blanken Bajonett in kurzer Zeit einige Häuser räumten.

Inzwischen hatte der Rahmenmacher mit einer Anzahl seiner Leute über die Dächer hin das Palais des Bischofs erreicht. Sie sahen, wie unten die Brüder aus den Häusern hinausgeworfen und auf dem Domplatz niedergemacht wurden. Eine Abteilung wurde in die enge Gasse zwischen dem Chor des Domes und der Front des Palais gedrängt, eingeschlossen und vollständig aufgerieben. Es war ein schrecklicher Kampf, an dem sich auch die Weiber beteiligten. Sie fielen die Soldaten und Freiwilligen mit

Nägeln und Zähnen an, fassten die Bajonette und Gewehrläufe, umklammerten die Füße der Feinde und rissen sie nieder. Auch Adalbert wurde von einem großen Weib mit verwirrtem Haar und rot geränderten Augen umklammert und, indem sie ihn gegen einen Leichnam drängte, zu Fall gebracht. Er sah, wie sich einer der roten Brüder mit einem Messer über ihn beugte ... Dann sah er ein anderes Messer in der Hand Marconianus und sah, wie es in die Kehle des Bedrängers fuhr. Er erhob sich, noch von seinem Fall betäubt, wischte das Blut von seinem Gesicht mit dem Handrücken ab und rannte weiter vorwärts, einem Knäuel von Kämpfenden zu, in dem er den Maler von heute Morgen in Gefahr sah.

Auf dem Dachboden des Palais hatten sich dem Rahmenmacher und seinen Leuten ein paar beherzte ›Marianiten‹ entgegengestellt. Aber die roten Brüder, die angesehen hatten, wie ihre Kämpfer unten niedergemetzelt wurden, schäumten vor Wut, rannten die Feinde nieder, schnitten ihnen die Hälse ab und warfen die Körper durch die Dachfenster auf die Köpfe der Soldaten vor dem Palais. Sie wussten, dass sie verloren waren, und wollten noch vor dem Ende die Vernichtung so weit wie möglich tragen.

Auf den Treppen, in den Zimmern des Palais zog sich der Kampf hin, in hundert Szenen aufgelöst, ein schauriges Gemetzel, in dem alles zur Waffe wurde, Leuchter, Vasen, Stühle und alle Geräte der bischöflichen Küche.

Der Bischof hatte sich mit Frau Agathe in seinem Studierzimmer eingeschlossen. Sie war am Tage vorher zu ihm gekommen, nach einem schrecklichen Auftritt mit Bezug, fast besinnungslos vor Angst und dabei von einer siedenden Zärtlichkeit für den Geliebten erfüllt.

»Ich habe es ihm gesagt«, rief sie, kaum dass der Bischof sie begrüßt hatte, »ich habe es ihm gesagt. Meinen ganzen Hass ... meinen Abscheu vor ihm ... das hat er alles hören müssen. Er hat mir gar nichts geantwortet. Ach, er hat mich die ganzen Jahre nur getreten und mich gequält. Und ich habe mir das alles gefallen lassen ... Ich war schwach und willenlos. Aber durch dich bin ich stark geworden ... Ich habe ihm gesagt, dass ich dich liebe. Ich habe es ihm gesagt ... Warum sollte ich es ihm nicht sagen? Wenn doch morgen ohnehin alles vorbei ist ... Er soll es wissen. Er soll sehen, dass ihm sein Plan nicht gelungen ist, dass er mich nicht ganz unglücklich gemacht hat. Dass ich mir mein Glück doch noch erobert habe.«

Sie fiel außer sich mit Küssen über den Geliebten her und klammerte sich an ihn. »Du lässt es dir nicht nehmen, Agathe?«, sagte er »Du hältst immer noch daran fest, dass morgen das Ende kommt? Ich habe es dir doch schon erklärt: Es ist keine Rede davon. Die Astronomen haben das haarklein nachgewiesen ... Die Erde wird sich ruhig weiterbewegen, die Sonne wird aufgehen wie immer ...«

»Ja ... ja ... ich glaube es dir ja ... wenn ich bei dir bin, weiß ich es.«

»Und? Denkst du nicht daran, was daraus folgen wird ... jetzt, da dein Mann davon weiß, dass wir ...«

»Nein ... ich denke nicht daran. Es ist mir alles eins, was geschieht. Und ich bin meinem Zweifel und meiner Angst dankbar ... Er weiß es jetzt wenigstens ... Ich habe es ihm ins Gesicht werfen können ... Wort um Wort ... Ich habe ihn nicht geschont, du kannst es dir denken. Ich bereue nichts, ich bedaure nichts. Ich bin glücklich, dass ich endlich – endlich den Mut gefunden habe, ihm das zu sagen ... so heiß, wie es mir nur aus dem Herzen herauswollte. Und jetzt ist mir wohl ... Ich bin bei dir ... und ob morgen die Welt untergeht oder nicht ... das ist etwas, das mich gleichgültig lässt ... Ich bin bei dir.«

»Ja ... auch ich bin glücklich«, sagte er und machte sich von ihr los, um mit sich zu Rate zu gehen. Das war eine recht fatale Geschichte. Frau Agathe, die arme, stets um Mitleid werbende Kranke, war zu mänadenhafter Wildheit verwandelt. Er zweifelte nicht, dass es ihm gelingen würde, sie, wenn erst der Tag des Unterganges vorbei war, zur Vernunft zu bringen und zur Rückkehr zu bewegen. Aber darüber war nicht hinwegzukommen, dass Bezug jetzt um alles wusste, und es blieb nichts anderes übrig, als abzuwarten, was er beginnen würde. Übrigens, wenn der Bischof über alle Zusammenhänge nachdachte, so wollte es ihm scheinen, als sei hier eine Art von Vergeltung sichtbar geworden. Die Strafe dafür, dass Bezug das Volk in diese maßlose Angst gehetzt hatte.

Frau Agathe hatte sich indessen zu längerem Aufenthalt bei ihrem Geliebten eingerichtet ... ganz rücksichtslos, als müsse ihm genau so wie ihr das Urteil der Leute gleichgültig sein. Der Bischof musste es geschehen lassen, und während rings in der Stadt der Kampf entbrannt war, zog sie ihn in ihre Umarmungen, bemächtigte sich seiner und überströmte ihn mit einer sengenden Leidenschaft.

Er war durch die Nachricht von dem Anrücken der ›Brüder des roten Todes‹ erweckt worden, und eine Viertelstunde später war er schon auf dem Platze, um den Befehl über die Verteidiger zu übernehmen. Alle militärischen Erinnerungen waren lebendig geworden. Und seinen raschen und besonnenen Maßregeln war es zu verdanken, dass die Angriffe der Stürmer abgewiesen worden waren. Agathe hatte ihn auf allen Gängen begleitet, durch seinen überlegenen Willen wie gestählt und von aller Angst befreit.

Sie war nicht einmal erschrocken, als durch das Fenster, von dem aus sie neben dem Bischof dem Kampf zusah, zwei Kugeln einschlugen und einer der Glassplitter sie leicht an der Wange ritzte. Dann hatte sich der Bischof mit ihr in das Studierzimmer eingeschlossen. Auf den Treppen und in den Zimmern des Palais war das Getöse des Gefechtes. Sie saß in einem der breiten Armstühle, hatte ein Knie heraufgezogen und die Hände darüber gefaltet und sah dem Bischof zu, wie er die schwere Eichentür verschloss und dann aus einem Schrank zwei schöne mit Gold beschlagene Pistolen und einen Browning holte, die er vor sich auf ein kleines Tischchen legte.

Alles glitt traumhaft an ihr vorüber. Sie hatte das Gefühl, als sehe sie von einer Brücke in einen raschen Fluss hinunter, bis die Empfindung des Schwimmens über sie kam. Das leichte Bewusstsein der Gefahr war ihr nur wie ein angenehmer Reiz. Sie lebte in nichts anderem als in dem Anblick des Geliebten, dessen entschlossene und ruhige Bewegungen sie mit Behagen genoss.

Das Geschrei draußen war näher gekommen und vor der Tür ein Getümmel entstanden, aus dem sich ein paar Stöße gegen das Getäfel wie plötzliche Verdichtungen des Lärmes richteten. Dann fielen einige Schüsse, und sie wurden von einem wütenden Gebrüll beantwortet. Der Vorsaal vor dem Studierzimmer war zum Kampfplatz geworden.

Noch immer hatte Frau Agathe das Gefühl des Schwimmens. Es summte ihr in den Ohren, und sie sah nichts als die Gestalt des Geliebten, der hoch aufgerichtet, eine Pistole in jeder Hand, gespannt nach der Tür blickte.

Dann schien es, als lasse das Summen in den Ohren nach. Der Lärm des Kampfes wich von der Tür zurück, jemand rief draußen: »Bischöfliche Gnaden … sie sind fort …« Und der Bischof ging zur Tür und öffnete. Irgendjemand sah hinein. »Er lebt!«, rief er zurück »Er ist da!« Ein paar Menschen drängten sich in den Türrahmen. Es war Agathe, als sehe sie ein bekanntes Gesicht.

Dann ging alles in einem angenehmen Rausche unter … und ganz zuletzt fiel es ihr noch ein, dass der Mann, den sie da gesehen hatte, Adalbert Semilasso gewesen war …

Adalbert war wirklich unter der Abteilung, die den Verteidigern des Palais zu Hilfe gekommen war und die Stürmer zurückgeworfen hatte. Der Rahmenmacher war vor der Tür des bischöflichen Studierzimmers gefallen, und die Letzten seiner Schar zogen sich zurück, auf demselben Weg, auf dem sie gekommen waren. Sie wurden auf den Dachboden verfolgt, der Kampf spann sich auf den Dächern weiter fort, bis die Letzten der roten Brüder durch die Nachbarhäuser zu fliehen versuchten, um den Truppen, die schon diesen Teil des Domplatzes besetzt hatten, in die Hände zu laufen.

Auch Adalbert war auf das Dach des Palastes gestiegen. Marconianu und die zwei anderen Rumänen hielten sich immer hinter ihm. Ein frischer Ostwind brachte ihm nach dem Taumel des Kampfes Kühlung. Adalbert sah zum Himmel auf. Der Wind hatte die Regenwolken zerrissen und zog sie langsam von einem strahlend blauen Schild zurück.

Längs der Dachrinnen drang Adalbert bis zur nächsten Gasse vor, ohne ein Gefühl des Schwindels, mit vollkommener Sicherheit im Gebrauch seiner Glieder.

Er beugte sich vor, um auf den Domplatz hinunterzusehen.

Der Kampf war entschieden, nur ein Trupp von etwa fünfzig der roten Brüder machte eben den Versuch, sich durchzuschlagen. Sie hatten sich fest zusammengeschlossen, feuerten sich durch ihr gellendes »Hu – hu – hu!« an und waren schon bis zu der Gasse gekommen, deren Schacht unter Adalbert war. Die Weiber rissen ihre Blusen auf und warfen sich den Soldaten entgegen, während die Männer hinter ihnen Deckung suchten und auf die Feinde schossen.

Die Freiwilligen beteiligten sich nicht mehr am Gefecht. Sie standen in Gruppen auf dem Domplatz oder waren um die Verwundeten bemüht, die man nach einem von der Rettungsgesellschaft vor dem Portal des Domes errichteten Verbandplatz brachte.

Ein seltsames Geschrei am anderen Ende der Gasse ließ Adalbert dorthin sehen. Da kam eine Anzahl von Weibern heran, halb nackte Weiber, in Tanzschritten … mit aufgereckten Armen und bloßen Brüsten, die Kleider bis zu den Knien aufgeschürzt. Was war das? Griff der Wahnsinn noch immer weiter um sich?

Die Frau, die den anderen vortanzte, trug ein zerfetztes schwarzes Kleid, ihre blonden Haare wurden vom Wind verwirrt und wehten um ihre Schultern, flossen über ihre Brust … Wer war das nur? Wer war das? An einer Stange trug sie ein großes Tuch mit braunroten Flecken. Es war mit großen Knoten an zwei Zipfeln an die Stange geknüpft und blähte sich wie ein Segel, flappte dann wieder schlaff gegen das Gesicht der Trägerin und dämpfte das Gelächter, mit dem sie dem Zug voransprang.

Jetzt war sie so nahe heran, dass Adalbert die Gräfin erkennen musste. Er beugte sich so weit vor, dass ihn seine Begleiter zurückrissen. Die Frau war ihm in der letzten Zeit ganz aus dem Gedächtnis gekommen, sie hatte an keinem seiner Gedanken teil, und er baute seine Zukunft ganz ohne sie auf. Jetzt aber sah er sie da unter sich in einem Zustand von Trunkenheit und Raserei, und die Gewissheit war in ihm, dass sie geradewegs von einer schrecklichen Orgie kam, in Begleitung dieser Weiber, die daran teilgenommen hatten. Und er erinnerte sich einer Stunde, in der er bei ihrer Freundschaft Trost gesucht hatte, einer Stunde, die ihm mehr von ihrem guten und verstehenden Herzen gezeigt hatte, als sie einem anderen jemals hätte zeigen können. Diese Erinnerung war ihm ein Vorwurf und eine Beschämung. Er wollte hinuntereilen und sie aus ihrem Taumel erwecken … Sie würde ihm gehorchen, ihm als dem Einzigen …

Aber in diesem Augenblick erhob sich in der Gasse ein fanatisches Gebrüll. Die Letzten der roten Brüder hatten die Reihen der Feinde durchbrochen und stürzten sich in einem dicht gedrängten Haufen die Straße hinab, gerade dem Zuge der Weiber entgegen. Als die Vordersten die seltsame Fahne der Anführerin erblickten, fuhren sie zurück. Dann schrien sie auf.

»Das Grabtuch! Das Grabtuch! Sie hat das Heilige Tuch!«

Und wie wilde Tiere fielen sie über die Frauen her. Die Gräfin tanzte dem Tod entgegen. Sie hörte nicht auf zu lachen und ihre Fahne zu schwingen, bis ihr das Beil eines Zimmermanns in den Kopf fuhr und ihr einer der Brüder das Heilige Tuch entriss. Heulend wollten die Weiber entfliehen, aber die roten Brüder setzten ihnen in der engen Gasse nach, rissen ihnen die letzten Fetzen vom Leib und schlugen auf die nackten Körper los, unbekümmert darum, dass sie selbst von den Feinden verfolgt und niedergehauen wurden. Adalbert hatte von seinem Dache aus den Blick in eine Hölle, auf einen Haufen von Toten und Sterbenden, aus dem jetzt ein paar bewaffnete Priester das Heilige Tuch entwirrten, um es in den Dom zurückzubringen. Aber die Zeichnung eines blutigen Körpers, der vor Jahrhunderten in dieses Tuch gehüllt worden sein mochte, war verwischt und unkenntlich geworden durch große hellrote Flecken ganz frisch vergossenen Blutes.

Wankend stieg Adalbert die Treppe hinab. Er hatte das Bild eines offenen geifernden Rachens vor sich, mit einem fürchterlichen Gebiss, zwischen dem Fleischfetzen und Fettbrocken hingen. Und im Hintergrunde des Rachens bewegte sich ein dickes Tier in einer dämmrigen Höhle, eine angeschwollene blutrote Zunge.

Er war krank, das fühlte er. Und er musste zu Eleagabal Kuperus, um durch dessen Einfluss wieder zur Besinnung zu kommen. Indem er den Blick erst auf das Haustor und die mit

Fresken geschmückte Wand von Eleagabals Haus geheftet hielt, schritt er über den von Blut glitschigen Domplatz, wich den Haufen von Leichen aus, die man da und dort zusammengetragen hatte, und streckte wie im Traum die Hand nach der Klingel aus. Dabei sah er nach den Bildern über der Tür empor. Da war die Opferung Isaaks zwischen allerlei Rankenwerk und unleserlichen Sprüchen und der Durchzug der Juden durch das Rote Meer und auch das Urteil Salomos mit den beiden Frauen, die Elisabeth und Regina …

Adalbert taumelte ein paar Schritte zurück und starrte mit weit aufgerissenen Augen nach dem Bild. Die Frau, die Elisabeth glich, stand da, mit erhobener Hand und einem Gesicht, dessen Ausdruck ganz verändert und zu einem höhnischen Triumph verzerrt war. Und der Platz, auf dem ihr Regina gegenüber gestanden hatte, war leer. Regina war wie aus dem Bild gelöscht, sie war verschwunden … und die anderen Personen der Darstellung schienen mit den Mienen des Entsetzens nach diesem leeren Platz inmitten des Bildes zu schauen.

»Sie ist weg … Sie ist weg!«, keuchte Adalbert und ergriff den Arm Marconianus, der neben ihm stand.

Eine fürchterliche Angst hatte ihn befallen, wie eine plötzliche Finsternis, in der grässliche Stimmen einander zurufen und weiche, schwammige Körper vorbeitappen. Dann kam ein Schimmer in diese Finsternis, ein phosphoreszierender Schein, und in diesem Licht der Verwesung sah Adalbert ein anderes Bild, in undeutlichen Umrissen, halb zu erraten, aber doch durch die ahnende Angst schrecklich bestimmt: die Vision von Antothrake. Jenes Bild, das er damals in dem öden, heiß überzitterten Hexenkessel der Insel gesehen hatte. Die beiden Frauen … an einem Ufer … Er sah Regina ihrer Feindin den Rücken zukehren, sah einen Dolch in Elisabeths Hand … zwei Stöße und zwei rote Flecken auf dem Nacken Reginas.

Etwas schrie in ihm. Und er stürzte wieder auf die Klingel an Eleagabals Tür los. Dann, als sich der Eingang geöffnet hatte, durch die Gänge und Zimmer, an dem Diener vorbei in die große Halle.

Adalbert umklammerte zwei dürre, knochige Knie.

»Sie ist fort! ... Sie ist fort! ... Fort! Fort!«

»Wer ist fort?«

»Sie, die Frau auf dem Bilde ... Regina ... die Frau, die Regina gleicht ... Sie ist aus dem Bild verschwunden.«

In dem blauen Nebel schienen sich Eleagabals Züge zu verändern. Ein schwerer, aber besonnener Ernst wirkte auf Adalberts verwirrte Seele. »Du meinst die Frau, die Regina gleicht ...?«

»Ja, sie ist fort ... Elisabeth hat sie ermordet ... Es ist so ... Oh, es ist fürchterlich. Wo ist sie? Wir müssen sie suchen. Du wirst mich zu ihr führen; komm mit mir ... komm sofort ...«

Da stand schon irgendwie der Diener mit Mantel und Hut Eleagabals neben ihm. »Gehen wir«, sagte der Alte.

Vor der Tür seines Hauses wandte sich Eleagabal um und sah nach dem Bild, und dann folgte er kopfschüttelnd dem Drängen Adalberts. Als sie den Domberg hinabstiegen, sahen sie auf dem kleinen Platz vor dem Kellerwirtshaus zum ›Schwarzen Adler‹ einen leeren Einspänner stehen. Die Wände des geschlossenen Kupees waren von einer Kugel durchlöchert, die glatt durch den Wagen durchgefahren war. Das Pferd stand mit gesenktem Kopf da und leckte an dem Eisenbeschlag der Deichsel. Von dem Kutscher war nichts zu sehen. Er mochte sich von den Schrecken des Tages vielleicht unten im Keller erholen. Auf einen Wink Eleagabals sprang Marconianu auf den Kutschbock und ergriff die Zügel. Die vier Männer zwängten sich in das enge Kupee, und dann fuhr Marconianu los durch die von aufgeregten Menschen belebten und von Truppen besetzten Straßen.

Manchmal mussten sie vor Barrikaden abbiegen, dann gab es wieder Verhandlungen mit den Kommandanten der Patrouillen, die nach dem Ziel der Fahrt fragten. Adalbert hielt während dieser Aufenthalte und Umwege die Hand Eleagabals in der seinen, mit einem festen, schmerzhaften Druck. Und erst als Marconianu vor der Stadt das Pferd zu schnellster Gangart antreiben konnte, ließ er den Alten los.

Mit ungelenken Sprüngen folgte der Gaul den Zurufen und der Peitsche des Rumänen, dass der Wagen stoßend und klirrend von einer Seite zur anderen schwankte. Da kamen sie über die Höhe in den Schild der Talmulde, und vor ihnen lagen das

Wirtshaus ›Zum General Laudon‹ und Enzbergers Mühle und weiter drüben Bezugs Villa.

Adalbert hielt den Griff des Wagenschlages schon lange, ehe Marconianu den Gaul zum Stehen gebracht hatte, in der Hand, sprang dann hinaus und schlug mit beiden Fäusten gegen das verschlossene Tor. Als er Enzbergers verstörtes Gesicht sah, fragte er gar nicht und rannte in den Hof, die Treppe hinauf in Reginas Zimmer. Aber da war nichts, was ihm Aufschluss gegeben hätte, wo er sie zu suchen habe. Er lief durch das ganze Haus, öffnete jede Tür und sah in jede Kammer hinein, raste durch alle Schuppen und Scheunen und durch den Garten und sank endlich schweißbedeckt und atemlos auf den Hackblock mitten im Hof.

Sie standen alle um ihn herum, und niemand wusste ein Wort des Trostes. Nur der alte Johann hielt sich abseits und ging zwischen der Gruppe um den Hackstock und dem Hoftor unablässig hin und her, mit hängendem Kopf und hart stoßendem Stelzfuß, wie immer, wenn er über eine Sache angestrengt nachdachte.

Enzberger sagte irgendetwas … und seine Frau … Adalbert hörte nichts als einzelne Worte, die sogleich, wie sie gesprochen waren, in einen Abgrund fielen. Dann begann Kuperus zu sprechen, so langsam und nachdrücklich, dass Adalbert aufzumerken gezwungen war. Er fühlte sich wie an Ketten aus einem Schacht gewunden.

»Enzberger sagt uns, dass Regina über dein Fortgehen verzweifelt war. Sie wollte dir sogleich nach und in die Stadt, und es kostete Enzberger alle Mühe, sie zurückzuhalten. Endlich schien sie sich zu beruhigen und Hoffnung zu fassen, dass sie dich wiedersehen würde. Wenn sie nun doch weggegangen ist – und wir haben allen Grund anzunehmen, dass sie doch in die Stadt gegangen ist –, so muss irgendetwas auf sie gewirkt haben …«

»Elisabeth hat sie getötet … ich weiß es.«

»Enzberger hat niemanden gesehen. Aber … es bleibt uns nichts anderes übrig, wir müssen in die Stadt zurück und sie suchen …«

»Suchen …«, wiederholte Adalbert, indem er sich erhob, »Sie ist tot … Ich weiß es …«

Alle gingen mit, auch Enzberger und seine Frau; sie sperrten das große Tor ab und ließen die Mühle allein. Die Rumänen hatten alles noch einmal genau untersucht unter Verwünschungen gegen die Mörder der jungen Frau, die sie alle liebten. Kreuz und quer laufend, wie Hunde auf einer Spur, kamen sie jeder dreimal an dieselbe Stelle. Sie verständigten sich durch kurze Rufe, und als sie vor das Tor getreten waren, setzten sie vor der Mühle ihre Nachforschungen fort. Nachdem sie ein paar Schritte gemacht hatten, bog Marconianu mit seinen Gefährten von der Straße ab, lief ein Stück in die Wiese hinein, kam wieder zurück und ging nun so schnell neben der Straße voran, dass die anderen weit dahinten blieben. Dann wandten sich alle drei nach links und gingen durch das hohe, schon lange ungemähte Gras den Bäumen am Fluss zu.

Adalbert war stehen geblieben. Er sah den drei Männern nach. In dem hohen Gras schienen sie auf und nieder zu springen, als würden sie an Gummischnüren bewegt. Auch die Bäume dort drüben standen nicht still, sondern hoben und senkten sich …

Dann sah Adalbert einen winkenden Arm … Er erhob sich zwischen den tanzenden Bäumen aus einer schwarzen Gruppe von Menschen. Und da begann er zu laufen … und es war ihm, als müsse er durch eine rauschenden Brandung vordringen … irgendwohin … zu einem Punkt, der sehr fern und sehr schwer zu erreichen war …

Da lag aber Regina vor ihm, auf dem feuchten Sand des Ufers. Er sah zuerst nur das Gesicht, mit einer Wange in den Sand gedrückt … ihr Mund war offen und die Augen nur halb geschlossen. Adalbert zitterte gar nicht mehr, als er sich jetzt zu ihr niederneigte. Dann deutete er auf zwei kleine Wunden in ihrem Nacken, die wie Schlangenbisse waren. Die Ränder klafften nur wenig auseinander, und es war auch nicht viel Blut auf den Kleidern und dem Sand zu sehen.

»Elisabeth«, sagte Adalbert, und alle erschraken über seine fürchterliche Ruhe, »Elisabeth hat sie getötet. Es ist wie auf Antothrake! So habe ich es auf Antothrake gesehen, Eleagabal, genau so …«

Mit zärtlichen Händen wendete er die Tote auf den Rücken.

Und lange kniete er neben ihr, mit demselben Gesicht, dem jede Möglichkeit des Wechsels im Ausdruck erstorben schien. Dann griff er, wie einer untrüglichen Eingebung folgend, in eine der Taschen von Reginas Kleid und zog einen Zettel hervor, den er, nachdem er ihn gelesen hatte, Eleagabal reichte.

»Es ist Elisabeths Schrift«, sagte er.

Eleagabal las auf dem zerknitterten Papier die drei Zeilen:

Adalbert ist in der Stadt, wenn Sie es nicht wissen sollten. Er befindet sich in großer Gefahr. Eilen Sie, ihn zu retten. Es erwartet Sie eine Freundin, um Sie zu ihm zu führen.

Adalbert hörte irgendjemanden sagen: »Sie hat sich wenig Mühe gegeben, ihre Spur zu verwischen.«

Dann schien es ihm, dass der Fluss sich vor ihm zu einer Mauer verwandle. Das jenseitige Ufer kippte auf und stieg empor, während das diesseitige Ufer ruhig blieb, als ob hier die Scharniere für die Bewegung des Flusses angebracht seien. Und dann sah Adalbert noch, dass neben der Leiche Reginas, im Sand halb verborgen, eine zerbrochene Flasche lag und eine zerbeulte alte Sardinenbüchse und ein durchnässtes Stück einer Zeitung …

Als man den Leichnam nach der Mühle brachte, war es bereits Abend, und die Welt war noch immer nicht untergegangen. Eine Kavalleriepatrouille kam von der Straße her. Die Hufe klangen auf der noch immer regenweichen Straße gedämpft. Jetzt, da die Ordnung in der Stadt wiederhergestellt war, sandte man Militär aus, um auch in der Umgebung den Unruhestiftern entgegenzutreten. Als die Reiter an der Leiche vorüberkamen, beugte sich der Offizier vor, um der Toten ins Gesicht zu sehen, und wie von einer plötzlichen Rührung ergriffen, hob er die Hand grüßend an den Helm.

Adalbert, der nach einer halben Stunde den Anfall von Schwäche überwunden hatte, folgte den Männern, die sein totes Weib trugen, stieg hinter ihnen die Treppe hinan und ließ sich, als sie den Körper auf das Bett gelegt hatten, in einem Sessel nieder. Er wälzte immer den einen Gedanken: Nun ist alles vorbei … Nun soll es vorbei sein. Sie wird nicht mehr sprechen und lachen, und das Bett, in dem sie jetzt liegt … es ist dasselbe, das unser Glück getragen hat.

Er hob den Kopf. Es war draußen Nacht geworden, und er sah durch das Fenster einen schwarzblauen, hell übersternten Sommerhimmel. Dieser Himmel sah nur wie ein Vorhang aus, ein kunstreicher, wundersam gewebter Vorhang, der, so fein er ist, doch alles verhüllt, was sich dahinter befindet.

Außer Eleagabal, der an dem Tisch mit der Petroleumlampe saß, war kein Fremder im Zimmer.

Kuperus hatte sich in seinem Stuhl zuurückgelehnt und die Augen geschlossen, sodass es schien, als schlafe er.

Mit einem Mal war es Adalbert, als sei das alles nicht wahr, alles nur Täuschung, ein arger Traum. Es waren da gar keine Realitäten, an die man sich halten konnte, nichts Wesenhaftes, und er fühlte sich gegen seinen Willen von einem brodelnden Schlammvulkan langsam eingesogen, ohne dass er etwas Festes hätte ergreifen können; die Stimme eines Menschen ... Er wollte die Stimme eines Menschen hören.

»Eleagabal ... schläfst du?«

Eleagabal schlief nicht. Er öffnete sogleich die Augen, wie einer, dem es gar nicht schwer wird.

»Es ist also wahr?«

»Ja, mein armer Kerl ... es ist wahr.«

»Was soll ich tun? Ich kann nicht ohne sie leben. Bei Tagesanbruch folge ich ihr. Ich möchte noch einmal das Licht sehen, dann ...«

»Das darfst du nicht tun, Adalbert. Du musst erst versuchen, das Leben zu tragen. Und nur dann, wenn dich nichts mehr halten kann ...«

Die Worte glitten an Adalbert vorbei und gewannen keine Bedeutung für ihn. Eleagabal war ihm jetzt so fern, dass er sich durch nichts mit ihm verbunden fühlte. Mit Erbitterung stellte Adalbert fest, dass Eleagabal nichts getan hatte, um Regina zu retten. Er hatte sie untersucht und festgestellt, dass sie bereits am Abend vor der Auffindung getötet worden sein musste. Das war alles gewesen. Und er besaß doch sicher Mittel, die anderen unbekannt waren und die vielleicht geeignet waren, wenigstens einen Versuch zu machen. Freilich ... gegen den Tod war nicht anzukämpfen ...

Plötzlich aber ließ er die Hand der Toten fahren, die er bis jetzt festgehalten hatte, stieß seinen Sessel zurück und stand steil auf. Etwas war ihm eingefallen, so groß, so bedeutend, so schwer, dass er erschrocken war. Er hatte sich einer Unterredung mit dem Alten erinnert und einer seltsamen Mitteilung, die ihm dieser damals gemacht hatte.

»Eleagabal … ich bitte dich um aller Barmherzigkeit willen … du darfst mir jetzt nicht ausweichen … sag mir die Wahrheit. Bin ich schon wahnsinnig, wenn ich mir dies einfallen lasse, oder ist es wirklich so …? Du hast einmal gesagt, du könntest das Leben wieder zurückrufen. Du hast ein Mittel, den Tod in Leben zu verwandeln …«

Auch Eleagabal war aufgestanden und kam nun langsam um den Tisch herum. Er trat zu dem Bett, fasste Reginas Hand und sah ihr ins Gesicht. Dann wandte er sich zu Adalbert: »Es ist so, wie du sagst. Ich habe viele Experimente gemacht. Und sie sind zum Teil gelungen. Freilich habe ich mein Geheimnis noch niemals im Ernst angewendet. Denn du wirst dich erinnern, was ich damals gesagt habe: Der Tod ist noch zu mächtig in dieser Welt. Zu mächtig … und dann muss ich etwas anderes dagegen fragen, ehe ich darangehe, mich in einen Kampf einzulassen … Sie ist dein Weib, Adalbert, nicht wahr?«

Adalbert senkte den Kopf und schwieg.

»Ich habe euch damals mein Gebot auferlegt, nicht euch zur Qual, sondern zu eurer Rettung. Ich ahnte schon, was geschehen werde. Ich wusste nicht, auf welche Weise und durch wen. Das vermochte ich nicht zu sehen. Aber ich ahnte diese Stunde. Ich wusste, dass wir beide an ihrer Leiche stehen würden und dass du mir sagen würdest … was du mir eben gesagt hast. Und ich war gesonnen, dir zu helfen, aber du selbst solltest auch dazu beitragen …«

»Es war zu einer Zeit … wir glaubten damals an den Untergang … Sollten wir so …?«

»Ich verstehe, was euch dazu getrieben hat. Und ich mache euch keine Vorwürfe. Es hat wohl so kommen müssen. Aber ihr habt mir's schwer gemacht … Ich sage nicht, dass es unmöglich ist. Jedem Menschen ist eine Lebenskraft gegeben, die in der

Regel bis zur Erfüllung der natürlichen Bestimmung vorhält. In der Regel. Und die natürliche Bestimmung des Weibes ist die Liebe. Nun wirst du erfassen, dass die Lebenskraft stärker und brausender sein muss in einer Jungfrau als in einem Weib ... Es wäre mir leichter gewesen, euch zu retten, wenn ihr gefolgt wäret. Nun aber ... Es ist geschehen, und ich muss sehen, dass ich dennoch den Tod besiege. Vielleicht sind andere Kräfte in ihr wach geworden, indem sich für sie das Leben erfüllte. Ich weiß es nicht. Es ist ja da noch vieles dunkel und ungewiss.«

Adalbert war auf den Stuhl Eleagabals gesunken und hatte das Gesicht in den Händen verborgen. Es war ihm ängstlich und beklommen zumute, aber dennoch wollte die Hoffnung sich nicht mehr vertreiben lassen. Es würde Eleagabal gelingen ... es musste ihm gelingen.

»Er wird sich nicht so leicht betrügen lassen ... der Tod ... Er wird ein anderes Opfer für sie fordern. Denn siehst du, Adalbert, ich spreche zu dir von einem großen Mysterium des Alls. Im ganzen All ist die Summe des Todes und des Lebens immer gleich. Wir können diesen Gedanken schwer erfassen, denn wir sehen ja nur ein winziges Stück der ganzen unermesslichen Welt. Wir sind auf die Erde gebannt, oder vielmehr im eigentlichen Sinn in uns selbst eingeschlossen. Was wir Entwicklung nennen, ist ein Gesetz von sehr bedingter Gültigkeit. Es bezieht sich auf uns und auf unser Stückchen Welt. Darüber hinaus? Wer kann darüber hinaus sehen ...? Aber die großen Mysterien werden nicht erschaut, sondern erfühlt. Und so sage ich dir, dass das All in einem unabänderlichen Gleichgewicht von Tod und Leben schwebt. Was hier zugegeben wird, wird dort genommen. Die eine große Kraft ist sich immer gleich. Es findet immer ein Ausgleich statt. Allem Keimenden hier steht ein Absterbendes dort gegenüber. Jedem ersten Atemzug ist ein Todesröcheln entgegengesetzt. Und wenn wir hier auf unserer Erde von Entwicklung sprechen, also von einem Zunehmen an lebendigen Kräften, wer weiß, auf welchem der dunklen Sterne dort, die um die Sonnen anderer Systeme kreisen, zur selben Zeit der Ausgleich stattfindet, die Abwicklung, das Zurücksinken in den Tod, durch das die unveränderliche Summe erhalten wird. Und wenn wir mit unseren plumpen Händen in das wunderbare Gewebe greifen, so wissen wir nicht, was unserer Willkür nachfolgt. Wenn wir Regina ins Leben zurückrufen, so müssen wir gegenwärtig sein, dass der Tod ein anderes Opfer sucht.« Und leise murmelnd fügte er hinzu: »Ich … ich bin bereit …«

Ergriffen erhob sich Adalbert und ging auf Eleagabal zu, nahm seine Hände und küsste sie.

»Ich gehe jetzt«, sagte der Alte. »Ich muss in die Stadt gehen … bis zum Morgen bin ich wieder zurück.«

Adalbert hörte ihn über die Treppe gehen, unten mit jemandem sprechen … Dann knarrte das Hoftor, und, während sich alle diese Geräusche wie auf silbernen Gleitbahnen in die Nacht fortzupflanzen schienen, überließ sich Adalbert seiner Müdigkeit. Er war so voller Zuversicht, dass fast alle Unruhe in ihm getilgt war.

Die Geräusche schienen wiederzukehren, sich zu wiederholen, bis ein gleichmäßiges Summen vor seinen Ohren entstand, in dem er, neben Reginas Bett sitzend, einschlief.

Als er erwachte, lag schon ein zaghafter Dämmerschein des nahenden Tages im Zimmer. Jemand sprach unten auf dem Hof. Wenn nicht schon ein leises Zirpen und Piepsen in dem großen Birnbaum vor dem Fenster den Morgen bestätigt hätte, so hätte Adalbert glauben mögen, dass erst einige Minuten seit Eleagabals Fortgang verflossen seien. Dann kam wieder jemand die Treppe herauf, mit müden, schleppenden Schritten …

Eleagabal trat ein, und von seinem Gesicht waren im Grau des Morgens nur die Stirn und der lange Bart sichtbar. Sie glänzten beide silbern, und es war ein beständiges Rieseln über ihnen wie von beleuchteten Wassern. Ohne Adalbert anzusehen, ging er auf das Bett los und ergriff die Hand der Toten.

Adalbert war zurückgewichen, denn er fühlte: Bei dem, was da geschehen sollte, war er zu klein und unbedeutend, um in irgendeiner Weise im Vordergrund zu stehen.

Aber Eleagabal rief ihn heran und bat ihn, reine Betttücher und Wasser zu besorgen.

Die Müllersleute waren schon auf oder noch auf. Adalbert fragte nicht danach und auch sie fragten nicht, wozu er diese

Dinge brauchte. Und sie boten sich auch nicht an, ihm zu helfen, als verstünden sie, dass er keinem anderen gestatten könnte, für Regina in dieser Stunde etwas zu tun.

Als Adalbert mit dem Verlangten kam, blieb er einen Augenblick lang unter der Tür stehen. Der Herzschlag setzte aus. Eleagabal hatte inzwischen Regina entkleidet. Sie lag nackt auf ihrem Bett, und ihr Körper schimmerte matt im Morgendämmern. Die Vollkommenheit ihrer Schönheit war erhaben und rührend, und der Alte stand mit gesenkten Armen vor ihr, wie im Gebet.

Dann wies er wortlos mit leisen Winken Adalbert an, was zu tun war. Und als alles bereitstand, machte er sich daran, Reginas Körper zu waschen. Er tat es mit so sanften und zärtlichen Bewegungen, mit so leichten Händen, dass Adalbert, der sich wieder abseits gestellt hatte, durch nichts verletzt wurde. Als er fertig war, rieb er Reginas Brust und Glieder mit einer weißen Salbe ein und hüllte dann den Leichnam fest in die Tücher.

Die Spatzen vor dem Fenster waren alle erwacht und hatten ihren fröhlichen Lärm begonnen.

Adalbert wollte die Laden schließen. »Lass nur«, wehrte ihm Eleagabal, »lass nur ...« Und dann setzte er hinzu, indem er Adalbert mit einem großen Blick ins Auge sah: »Wie ich euch liebe ... wie ich euch beide liebe ...«

Der Tag war da. Er reckte sich auf den Hügeln hinter der Villa Bezug empor und sah nach der Stadt hinüber; noch hatte er graue und rosenrote Schleier vor dem Gesicht, aber er hob schon lächelnd die Hände, um sie wegzuziehen.

Eleagabal war wieder an das Bett getreten. In seiner Hand sah Adalbert eine winzige blinkende Spritze mit scharfer nadelförmiger Spitze, die der Alte jetzt in ein Kristallglas tauchte. Es war jenes Gefäß, dass ihm Eleagabal in einer Nacht gezeigt hatte, jenes Gefäß, in dem der Gärungsstoff vorhanden war, das Ferment des Lebens. Hoch aufgerichtet und schwer atmend stand der Alte da, den Blick nach oben, wie in einer Anrufung aller guten Mächte. Dann beugte er sich über Regina und setzte nach kurzem Suchen die Nadelspitze in ihren Hals ein. Langsam ging der Kolben nieder ...

»Jetzt ist der Platz dort dein ...«, sagte er, indem er zurücktrat.

Und Adalbert kniete an ihrem Bett, mit verhaltenem Atem … Sein ganzes Wesen war in einem einzigen Strom an die Rettung der Geliebten hingegeben … Er wusste nicht, ob er lange so warten musste oder ob er bloß Sekunden vor Regina gelegen hatte … Plötzlich wurde er sich einer Veränderung im Gesicht der Geliebten bewusst. Die Haut der Wangen schien sich zu spannen, als würden die Gefäße darunter gefüllt; noch regte sich erst jede Zelle für sich, als habe sich noch keine in den großen Zusammenhang aller finden können. Hier und dort traten einzelne Partien aus der Erstarrung heraus, belebten sich und gewannen Farbe und den untilgbaren Reiz des im Wechsel des Stoffes beharrenden Organismus. Immer mehr verschwanden die toten Stellen aus dem Gesicht Reginas. Sie wurden von Strömen des Lebendigen umkreist, in den Wirbel hineingezogen und waren von neuen Kräften und Lichtern überflutet. Es war Adalbert, als sei er der Zeuge einer neuerlichen Erschaffung des Menschen aus dem Unbelebten. Ein so erhabenes Schauspiel enthüllte sich vor ihm, dass er fast vergaß, was sein persönlicher Anteil daran war. So vollkommen hingegeben hing er an dem Wunder, so erschüttert war er in seinen Tiefen, dass er zuerst Eleagabals Flüstern nicht hörte.

Eleagabal musste seine Schultern berühren. »Schneide die Hüllen auf«, sagte er noch einmal, indem er Adalbert ein kleines scharfes Messerchen reichte.

Adalbert trennte die Tücher mit einem raschen Schnitt auf, und es war ihm, als atme ihm nun der ganze Körper mit allen Poren zugleich mächtiger entgegen.

Sein Ohr lag an Reginas Brust und darinnen … da war ein leiser, warmer, nur noch etwas zaghafter Ton, und dann fühlte er ein leichtes Heben und Senken. Er begann zu schluchzen, hielt mühsam an sich, indem er die Zähne zusammenbiss, um die Geliebte nicht vielleicht vorzeitig zu wecken. Und dann sah er auch wieder ein neues Zeichen der Wiederkehr ins Leben … Die Finger der Hand, die an ihrer Seite lag, zuckten, krümmten sich, und die Nägel waren nicht mehr blau, sondern wurden rosig … mit weißen Halbmonden an den Wurzeln … und dann, dann hob sich diese Hand ein wenig müde und schwer und legte sich auf Adalberts Kopf. Er sah auf und schaute in Reginas Augen, die geöffnet waren und einen strahlenden und freudigen Blick hatten. »Ist der Morgen schon da?«, fragte sie nach einer Weile.

Da schob er sich höher, indem er seine Arme um ihre Schultern legte und seinen Mund auf ihre Lippen drückte, die noch etwas kühl waren und ein wenig bebten. So verharrte er, bis das Frösteln aus Reginas Körper gewichen war, bis ihre Lippen warm und fest seinen Kuss erwiderten.

Und dann erinnerte er sich des Retters. Er wollte ihm zu Füßen fallen und seine Hände küssen.

Aber Eleagabal Kuperus war fort. Das Zimmer war leer und schien zum Empfang der Morgensonne bereit, deren erster Strahl eben über die Höhen hinter Bezugs Villa kam.

Bezugs neue Pläne. Johannas Lebensgeschichte. Aktschlüsse

Mitten in dieser Nacht, die dem Tage des Weltunterganges folgte, wurde an der Tür von Elisabeths Schlafzimmer gepocht. Ein Diener war da, der ihr den Wunsch ihres Vaters überbrachte, sie möchte ihn in seinem Zimmer aufsuchen.

Elisabeth war nicht zu Bett gegangen. Sie saß auf dem Balkon und sah nach dem erleuchteten Fenster in Enzbergers Mühle hinüber. Das Licht brannte dort heute die ganze Nacht. Es war ein Totenlicht. Bisweilen sah man in dem offenen Fenster eine Gestalt, einen Schatten, aber nur selten; es war, als habe der Schmerz die Bewegungen der Menschen dort drüben gehemmt. Manchmal nahm Elisabeth auch den Feldstecher auf, der neben ihr auf der Brüstung lag, und hielt ihn so lange auf den viereckigen Ausschnitt aus der Burg der Feinde geheftet, bis jemand in sein Gesichtsfeld kam. Sie sah Adalbert und den alten Mann, der früher häufig in der Mühle eingekehrt war, und der heute bei der Auffindung des Leichnams dabei gewesen war. Auch das hatte sie sich nicht entgehen lassen: zu sehen, wie man die Tote in die Mühle brachte …

Nun lag der Weg für sie frei. Es war ein großer Triumph ihres Willens, dass sie das Hindernis für ihr Glück zu beseitigen vermocht hatte. Ihr Dolch hatte zweimal tödlich getroffen. Und dass Regina wirklich tot war, davon hatte sie sich noch einmal am Morgen nach der Tat überzeugt. Sie war noch einmal dort gewesen, wo der Leichnam lag, unbekümmert darum, ob man sie sah. Wenn die Ordnung wiederhergestellt war, so würde sie doch niemand zu beschuldigen wagen, denn sie war ja die Tochter Bezugs.

Nur unwillig folgte sie der Einladung ihres Vaters, denn sie verließ ungern ihren Posten. Aber diese Ladung war so dringend gewesen, dass sie sich ihr nicht entziehen konnte.

Bezug saß in einem Stuhl und sah vor sich hin, als Elisabeth bei ihm eintrat. Es fiel ihr sogleich auf, dass eine große Unordnung den bekannten Eindruck dieses Raumes verwirrt hatte. Die Geheimfächer der Tische und Wände waren aufgezogen und nicht wieder geschlossen worden. Es sah aus, als sei Bezug inmitten irgendeiner alles umwühlenden Arbeit müde geworden und könne nicht mehr weiter. Und er schien ganz verfallen und alt, mit einem gelben Gesicht und seltsam weit abstehenden Ohren.

Jetzt hob er den Kopf und nickte seiner Tochter zu. Dann wies er auf einen Stuhl, der neben einem kleinen Tischchen stand.

»Ich habe dich zu mir gebeten«, begann er, »um dir zu sagen, dass wir fort müssen.«

Was war das? Was fiel ihm da ein? Sie legte das Knie auf den Stuhl und stützte sich mit den Armen auf die Lehne, indem sie den Vater fest ansah.

»Ja, es ist so«, wiederholte er, »wir müssen fort. Es bleibt uns nichts anderes übrig. Das große Schauspiel ist zu Ende. Die Narren sind zur Vernunft gekommen. Es gibt nichts mehr zu sehen.«

»Ich begreife noch immer nicht, warum wir deshalb fortmüssen«, sagte Elisabeth ruhig.

»Weil sich jetzt der ganze Zorn und die Erbitterung der Menge gegen uns wenden wird.« Und auf eine Bewegung Elisabeths setzte er einschränkend hinzu: »Gegen mich also … wenn du willst.«

»Fürchtest du das Volk auf einmal?«, fragte sie verächtlich. »Nachdem du es aufgestachelt und gequält, in Todesangst gestürzt und dich an alledem vergnügt hast?«

»Du weißt, dass ich Mittel hätte, um mich zu wehren. Ich fürchte mich nicht. Sie werden es nicht wagen, mich hier anzugreifen. Ich bin noch immer der gute Freund der Staatsgewalt. Und schließlich könnte ich mich auch selbst schützen. So wild und zornig sie auch sein mögen. Sie werden sehr stürmisch ankommen, es lässt sich denken, wenn sich die Überzeugung einmal in den dumpfen Köpfen festgesetzt hat, dass ich es war, dem diese lieblichen Vorgänge der letzten Zeit zum Teil zu verdanken sind ...«

»Meinst du, dass sie zu dieser Überzeugung schon gekommen sind?«

»Hainx war in der Stadt und hat ein bisschen herumgehorcht. Irgendwie ist es unter die Leute gekommen. Sie reden davon und regen sich immer mehr auf, und wenn ich Hainx glauben kann, so wird es eine gefährliche Gärung geben. Jetzt schreiben sie mir alles zu, auch das, wobei ich nicht die Fäden gezogen habe. Es ist die Umkehr ihrer Angst, die Umschaltung der Leidenschaften, die kaum erst beruhigt sind. Die Umschaltung in eine Wut, die sich gegen mich richtet. Du kennst das Volk nicht so wie ich, ich habe es kennen gelernt, ich habe es in meinen Händen gesehen. Es war bildsam wie Wachs, und ich habe mit ihm getan, was ich wollte, indem ich seine Instinkte aufgereizt habe. Wenn sie das erkennen, so werden sie mit derselben Raserei über mich herfallen, mit der sie zuerst einander zerfleischt haben. Es ist die letzte Explosion ... bevor die vollkommene Ruhe eintritt. Sie hassen niemanden mehr als den, dem sie sich zuerst blindlings ergeben haben.«

»Du bist ein alter Mann geworden, Thomas Bezug, ein Schwächling.«

Da richtete sich Bezug in seinem Stuhl aus seiner zusammengesunkenen Haltung auf.

»Du hast nicht das Recht, so über mich zu denken. Wenn ich von der Wut des Volkes gesprochen habe, so war ich dabei vor allem um dich besorgt!«

»Mir werden sie nichts tun ... ich bin bloß deine Tochter.«

»Eben deshalb ... Glaubst du nicht, dass dies ihnen genug ist? Du musst mit mir kommen.«

Es machte Elisabeth Vergnügen, den Vater, da sie ihn in wirklicher Angst sah, noch mehr zu quälen: »Das sind alles nichts als Ausflüchte vor dir selbst und deiner Kritik, mein Bester. Du bist einfach zusammengeklappt, daran ist nichts zu ändern. Nur dir selbst kannst du etwas vorspielen, aber nicht deiner ergebenen Tochter Elisabeth.«

»Ich rede nicht mehr davon. Wenn du also meinen entscheidenden Grund hören willst: Ich bin müde ... nichts als müde von alledem hier. Weißt du, wie einem Opiumraucher zumute ist, wenn er erwacht?«

Elisabeth nickte. Ihr war kein Laster fremd.

»So geht es mir. Ich habe einen Opiumtraum genossen, der groß war durch seinen Widerstreit gegen die Vernunft und durch seine künstlichen Verschlingungen. Die ganze Menschheit war mein. Aber jetzt bin ich erwacht, und das ist unangenehm. Die Bestie, die ich gewürgt habe, ist etwas zu zäh. Sie hat sich mir entwunden und bäumt sich von neuem auf. Und ich bin zu müde, um mich gleich wieder in einen neuen Kampf zu stürzen. Zu müde ... Elisabeth! Ich habe meine ganze Kraft an dieses Abenteuer gesetzt. Nun muss ich mich zurückziehen und neue Kraft sammeln. Irgendwohin, wo man mich nicht kennt. Und doch werde ich warten, bis ich gewachsen bin, um noch größer und furchtbarer über die Erde herzufallen.«

Nun hätte Elisabeth dem Vater nicht mehr vorwerfen können, dass er ein Schwächling sei. Sein Blick brannte auf ihrem Gesicht.

»Irgendeine Insel der Ladronen oder Marianen dürfte passen. Dort werde ich ganz im Geheimen meine Geschäfte leiten ... Niemand wird wissen, wo er mich zu suchen hat ... und ich werde nicht ruhen, als bis ich sie alle eingesponnen habe. Fester als diesmal ... das kannst du mir glauben. Und ich werde niemanden mitnehmen als ... dich!«

»Mich?«

»Ja ... dich«, seine ausgestreckten Arme zitterten ihr entgegen,

»keinen anderen. Du wirst mich begleiten, und du wirst erkennen lernen, welch unerhörtes Glück im Gefolge der Macht liegt, wenn man den richtigen Gebrauch von ihr zu machen weiß!«

»Und die anderen ... die Garde, die du da um dich versammelt hast?«

»Sie bleiben zurück.«

»Und Hainx?«

»Der darf nichts von meiner Häutung wissen. Der am wenigsten. Ich brauche ihn nicht mehr.«

»Und wenn das Volk nun wirklich gegen dich losgeht und nur deine Gehilfen findet ... Wenn es wahr ist, was du von ihrer Wut gesagt hast, werden sie diese Leute in Stücke reißen.«

Jetzt war Bezug über eine Anwandlung von Schwäche bei Elisabeth verwundert.

»Was geht's dich an, was mit ihnen geschieht? Aber dir kann es gerade so gehen.«

»Ich habe jetzt keine Lust zu sterben, *my dear;* jetzt erst recht nicht. Ich habe aber auch keine Lust, mit dir auf die Marianen oder Ladronen zu gehen. Ich will hier bleiben. Hier! Hier! Ich werde mich schon nicht erwischen lassen. Meine Laufbahn ist noch nicht zu Ende.«

»Was ist mit dir? Du willst nicht mit deinem einsamen Vater gehen?«

»Ich bedaure ... und wenn du noch so schön die Jammerflöte spielst! Ich bin gepanzert. Ich höre nicht einen Ton.«

Bezug fand sich nun weniger denn je in Elisabeth zurecht. Es war fast ein Vorwurf in ihren Fragen nach dem Schicksal von Bezugs verlassenen Leuten gewesen, ein Weichmut, der diesem Kenner der menschlichen Seele zu denken gab, umso mehr, als sie sich seinen eigenen Bitten so starr widersetzte. War sie am Ende auch in ihren Grundfesten erschüttert und bemühte sich nur, nichts davon merken zu lassen?

Der Alte kam langsam an Elisabeth heran. Sie zog das Knie vom Stuhl zurück und nahm die Arme von der Lehne, und wie sie nun so aufgerichtet vor dem Vater stand, da war es nicht zu leugnen, dass sie um ein paar Linien größer war als Bezug.

»Denke daran«, sagte er mit einem ehrlichen Klang in seinen Worten, »denke daran ... Willst du mich allein ... Arnold ist ertrunken! Der arme Bursche. Und deine Mutter ist mir davongelaufen. Zu diesem heiligen Mann, dem Bischof ...«

»Du hast sie schlecht behandelt, Vater!«

»Hast du sie besser behandelt? Du warst nicht wie ein Kind zu ihr.«

»Ich bin deine Tochter, Vater! Und sie war eine lästige Frau.«

»Aber siehst du nun ein, dass ich fortmuss? Mir, dem Thomas Bezug, ist meine Frau davongelaufen ... zu diesem Bischof, der von meinem Geld seine Hexenkünste bezahlt hat. Wie stehe ich da ... was würde das für eine Freude für den lieben Publicus sein? Es ist dem Bischof ganz sicher auch nicht angenehm ... Aber was habe ich davon? Welches Gelächter? Ich muss fort und irgendwo darüber nachdenken, wie ich dieses Gelächter unterdrücke. Und du musst mit mir gehen ...«

»Und ich sage dir, dass ich nicht gehe!«

Bezug kannte seine Tochter zu gut, um nicht zu wissen, dass ihr Wille unbeugsam war.

Aber er hatte sich in einer Art von Raserei in den Gedanken verrannt, sodass er jetzt nicht sogleich auf seinen Wunsch zu verzichten vermochte. Er sprang auf Elisabeth los und erfasste ihr Handgelenk mit einer heißen, bebenden Faust: »Und du wirst mit mir gehen ... Wir fahren miteinander ... Heute Morgen noch!«

Es wurde ihr nicht schwer, sich loszumachen. Ohne noch ein Wort zu sagen, schritt sie zur Tür.

Da geschah etwas, dessen sie ihren Vater niemals für fähig gehalten hätte. Er verlor vollkommen die Besinnung, stampfte mit den Füßen, drehte sich mit ausgebreiteten Armen einige Male wie ein Kreisel um sich selbst und fegte alles von Tischen und Schränken herab, was er erreichen konnte. Dazu kreischte er ein paar zusammenhanglose Silben, in denen stumpfe und schrille Laute durcheinander wirbelten. Die kostbaren Bronzen klirrten in den Scherben der Porzellanstatuetten, und vom Schwung seiner Arme wurden Bücher, Papiere und Schatullen weit ins Zimmer geschleudert, aus denen beim Aufgehen Geld und Schmucksachen herausfielen.

Dann rannte er einige Male im Zimmer hin und her, als ob er irgendetwas suche, eine Waffe, ein Wurfgeschoss. Dabei warf er Stühle um, die ihm im Wege standen, und griff mit grässlich verkrampften Fingern immer vor sich in die Luft. Plötzlich war es, als sei seinem Körper alle Kraft entzogen worden. Er wurde mit einem Male blass, lehnte sich taumelnd an die Wand unter der Uhr und schrumpfte ein wie ein Ballon, der einen Riss bekommen hat. Nur die Finger waren noch immer krampfhaft verbogen und suchten in der Luft. Aus dem Gekreisch war ein Stöhnen und Röcheln geworden, bei dem die Stimme sich immer überschlug, sodass etwas vom Gewinsel eines Tieres mitklang.

Dann fuhr er mit der Hand zur Stirne und wischte den Schweiß ab, der in großen Tropfen darauf stand.

»Bestie ...!«, murmelte er. »Bestie ...! Wie deine Mutter bist du, wie deine Mutter! Was dich hier zurückhält ...? Ich weiß es doch ... Meinst du, ich weiß es nicht? Deine Neigungen sind fürstlich. Ein Mensch, den ich hätte vernichten können ... und er war mir zu klein dazu! Adalbert ... ein Nichts, ein Jammermann. Ich weiß alles ... ich wusste alles. Und er hat dich verschmäht ... weggeworfen, ja, ja ... weggeworfen!«

Elisabeth stand in der Tür und entgegnete nichts. Sie sah ihren Vater nur an.

»Geh ... Geh ... ich will dich nicht mehr sehen. Ich werde die Einsamkeit zu ertragen wissen ... Ich verfluche dich.«

Gedämpft und ruhig sagte sie: »Du kannst mir glauben, es hat keinen Tag gegeben, an dem ich nicht verflucht hätte, deine Tochter zu sein.«

Dann ging sie, während Bezug zurückblieb, schwer atmend an die Wand gelehnt, mit stieren Blicken nach der offenen Tür. In seinem Kopf war ein Dröhnen, in das Hammerschläge gegen die Schädelwand in rhythmischer Wiederkehr einfielen.

Nach einer Weile fand er wieder den Weg zu sich selbst zurück. Mühsam löste er sich von der Wand los und ging mit wankenden Beinen im Zimmer hin und her, indem er die herumliegenden Papiere mit der Fußspitze umwandte, um zu sehen, was davon von Wichtigkeit und Wert war; nach kurzer Zeit hatte er die

Besonnenheit wiedererlangt. Mit scharfem Blick sonderte er alle Aufzeichnungen, Urkunden und Wertpapiere, die er mitzunehmen gedachte, von jenen, die zurückbleiben konnten. Und jetzt, in dieser Stunde gewann er erneuerte Sicherheit und Zuversicht für die Zukunft aus der Freude über den scharfen Blick, mit dem er den ganzen Stand seiner ungeheuerlichen Unternehmungen überschaute. Schließlich war aus allem, was er mitzunehmen hatte, ein nicht zu umfangreiches Paket geworden, das er in einer leichten Blechkassette unterbringen konnte; noch einmal untersuchte er alle die geheimen Fächer und Laden. An Geld und Juwelen blieb genug zurück.

»Das andere den Geiern und Raben«, sagte er lächelnd, indem er zum Fenster schritt. Er öffnete es und beugte sich hinaus. Der Morgen war frisch und kühl. Weiß zog sich die Straße über den Grund der Talmulde. In den weichenden Schleiern der Nacht war schon ein rötliches Schimmern.

»Es wird eine gute Fahrt werden«, sagte er so laut, als wolle er jemandem eine Versicherung geben. Dann nahm er die Blechkassette und ging in den Hof hinab, wo der Chauffeur das Automobil bereithielt.

»Ich fahre selbst«, sagte er, als der Mann seinen Sitz einnehmen wollte, »und wenn jemand fragen sollte, ich bin noch im Laufe des Vormittags zurück.« Der Chauffeur sprang zum Tor und half der Wache beim Öffnen. Mit einem übermütigen Pusten setzte die Maschine ein und ließ dann ein kräftiges Knattern folgen. Bezug rückte sich zurecht, hob sich auf seinen Sitz wie ein Reiter im Sattel und setzte die Maschine in Gang. Durch das Tor, über den Wiesenweg, und dann lenkte er nach rechts auf die Straße ein, in die Richtung, die von der Stadt fortführte.

Nachdem Johann geholfen hatte, Regina auf ihr Zimmer zu schaffen, und mit den anderen wieder hinuntergegangen war, hatte er sich, ohne mit jemandem noch ein Wort zu sprechen, wieder aus der Mühle entfernt.

Er kehrte erst gegen zwei Uhr morgens zurück und wollte seine Kammer aufsuchen, aber im Wohnzimmer, durch das er hindurchmusste, saßen noch Enzberger und seine Frau wach und teilten ihm mit, dass Eleagabal Kuperus vor einiger Zeit in die

Stadt gegangen sei, dass er aber morgens wieder zurückkommen werde. Sie wollten von Johann ein Wort hören, ob sich auch für ihn eine Hoffnung daran knüpfte, ob er imstande sei, in dieser schmerzlichen Finsternis an die Möglichkeit einer Rettung für Adalbert zu glauben. Regina war ja tot, aber ihr Gatte sollte doch nicht auch zum Opfer fallen …

Johann hörte ihnen eine Weile schweigend zu. Dann schüttelte er den Kopf und ging in seine Kammer. Sie hörten ihn drinnen kramen und murmeln. Als er nach einer Weile mit einem kleinen Paket heraustrat, schien es zuerst, als wolle er wieder, wie vorhin, an ihnen vorübergehen. Aber er blieb nach einigem Zögern mitten im Zimmer stehen, wandte sich und kam an den Tisch. Ohne sein Paket aus der Hand zu geben, setzte er sich auf den leeren Stuhl Enzberger gegenüber und saß mit krummem Rücken da, den Blick fest auf die nassen Kreise geheftet, die von einer Bierflasche zurückgeblieben waren. Die Müllerin hatte sie vor kurzem aus dem Keller geholt und ihren Mann bewegen wollen, zu trinken. Aber Enzberger hatte keinen Durst verspürt, so wie er es seit der Auffindung der Leiche Reginas nicht vermocht hatte, etwas zu essen.

»Bezug will heute Morgen fort«, sagte Johann und legte sein Paket auf den Tisch.

Enzberger sah ihn an. Seit ein paar Tagen war der Alte nicht rasiert, und die weißgrauen Stoppeln standen ihm stachlig um das Kinn und auf den Wangen. Er war seltsam anzusehen mit seinem Greisenkopf, in der Weiberkleidung, die ihm nun auch noch weiter geworden zu sein schien, als hätte ihn die letzte Zeit noch mehr ausgedorrt.

»Bezug?«, fragte die Müllerin.

»Ja … ich weiß es. Er will heute Morgen fort. Mein Tag ist da … Mein Tag ist da …«

Seine Augen waren ganz verändert. Sie hatten nichts Irres und Gequältes mehr, sondern einen stetigen, entschlossenen und fast heiteren Blick.

»Dein Tag?«

»Ja … mein Tag.« Johann senkte wieder den Kopf und ließ ihn eine Weile zwischen den Händen ruhen.

»Heute wird er in meine Macht gegeben. Heute endlich.«

»Was willst du tun?«

»Er wird seine Villa verlassen. Heute Morgen. Es ist Bezugs …«, er unterbrach sich und sah sich um, als habe er vergessen, dass er in einer Festung war, über die sein Feind nichts vermochte. »Ich habe noch so viel Zeit, dass ich euch eine kleine Geschichte erzählen kann. Eine alte Geschichte … von dem Mann, der heute Morgen … von Thomas Bezug …«

»Es ist vielleicht besser, schlafen zu gehen …«, sagte die Müllerin besorgt, denn Johanns Wesen war so von Grund auf verändert, dass sie befürchtete, die Vorgänge des gestrigen Tages hätten seinen Verstand verwirrt.

Aber Johann sah auf seine Finger herab, ließ sie auf die Tischplatte klappen und fuhr fort: »Er war nicht immer der große Mann, der er heute ist, der Herrscher über Tod und Leben … Er hat von ganz unten angefangen. Und wenn er auf anderen Wegen heraufgekommen wäre, man müsste … Was in ihm seit jeher größer war als bei allen anderen um ihn herum, das waren sein Wille und sein Verstand. Sein Wille, ein geschickter Dieb, Mörder, Heuchler, Lügner und Verleumder … und sein Verstand – eine Rechenmaschine. Da hat er als ganz kleiner Junge in Paris in einem Juwelierladen Schaukasten gedreht. Damals hat man noch nicht mit elektrischem Antrieb gearbeitet. Der Junge ist morgens in die große Trommel eingesperrt worden, eingesperrt, und man hat einen Riegel vorgeschoben und ein Vorhängeschloss angelegt. Sein Essen hat man ihm durch eine Klappe hineingeschoben. Und er hat den ganzen Tag im Kreis gehen müssen, im Dunkeln, immer im Kreis, und dabei hat er den Schaukasten gedreht. Draußen sind die Leute gestanden und haben die Schmucksachen bewundert … die Ringe und Armbänder und Uhren und Broschen … und er ist drin im Finstern immer im Kreis gegangen. Das weiß ich, denn er hat es dem erzählt, der später sein Kamerad war … und von dem weiß ich es. Und der … dieser Kamerad hat den armen kleinen Kerl bedauert. Er hat nicht gewusst, dass damals, in diesem Drehen und in dieser Finsternis, alles in Bezug groß geworden ist, was ihn später zum größten Verbrecher gemacht hat. Da ist der Teufel in ihm erwacht, Enzberger … Es muss so sein, denn es ist nicht möglich, dass das aus einem Menschen kommen könnte … von selbst, so aus ihm heraus … es ist nicht möglich. Derselbe, dieser Kamerad, hat immer geglaubt: Ein Mensch, dem es schon so schlecht gegangen ist im Leben, der muss gut sein gegen alle anderen Menschen. Warum? Eben weil er weiß, wie das ist, wenn es einem schlecht geht und wenn man immer nur die Absätze spürt, mit denen man getreten wird. Das war sehr dumm von dem Kameraden. Denn wenn er nicht so dumm gewesen wäre und sich gedacht hätte: Es ist möglich, dass gerade das Elend den Buben schlecht gemacht hat … dann wäre er vielleicht auch vorsichtiger gewesen … und er hätte seine geraden Glieder behalten, der Bursche … Ja, also, der gute Thomas Bezug, der bei seinem Herrn den Schaukasten gedreht hat, immer im Finstern … Und wenn es Abend geworden ist, dann haben sie ihn aus seiner Trommel geholt und in einen anderen Verschlag gesperrt, der war viereckig und auch finster. Ein Bett ist darin gestanden, und da hat er schlafen dürfen. Aber auch hinter einer versperrten Tür. Und was ihm nicht eingefallen ist, während er im Kreis gegangen ist und die Trommel gedreht hat, das wird ihm der Traum in der Nacht gebracht haben … Einmal aber, da haben sie vergessen, den Verschlag abzusperren. Und in der Nacht war auf einmal ein großer Lärm im Haus. Stiegen auf und Stiegen ab Laufen und Schreien, Türenschlagen und ein schreckliches Weinen irgendwo. Fremde Menschen waren da, und sie haben mit lauten Stimmen gerufen, und Säbelrasseln hat man gehört und immer das schreckliche Weinen. Wenn das der Thomas seinem Kameraden erzählt hat, so war das so lebendig, dass es dem Kameraden war, als ob er damals mit dabei gewesen wäre. Und die Augen haben dem Thomas gefunkelt, und er hat ein so grässliches Lachen gehabt … und der dumme Kerl, der Kamerad, hätte sich nach alledem denken können, dass die harte Zeit den Thomas nicht zum Guten verwandelt hat … Denn in dieser Nacht damals ist der reiche Mann, der Juwelier, ermordet worden, und den halben Laden haben sie ihm ausgeräumt. Und lang, lang, hat der Thomas erzählt, ist er unter der Stiege in der Finsternis gestanden und hat zugehört, wie die Frau und die

Kinder so schrecklich weinen. Er hat gar nicht weggehen können, so gut hat es ihm gefallen. Und so lang ist er gestanden und hat zugehört, dass er beinahe die Gelegenheit versäumt hätte, zu entwischen. Aber zuletzt ist es ihm doch noch gelungen, und er hat noch eine goldene Brosche mitgehen lassen, damit er doch etwas zum Leben hat. Und das hat ihm sein Kamerad auch niemals verargt … denn das ist ein Recht des Menschen, zu leben, und so zu leben, wie er zu leben geschaffen ist … Und wer dem anderen daran etwas verkürzt, der verdient, dass er doppelt und dreifach gezüchtigt werde …«

Johanns Faust war mit einem harten Schlag auf den Tisch gefallen. Enzberger und seine Frau sahen sich an; sie ahnten, dass der Alte im Begriff stand, ihnen das Geheimnis seines Lebens zu enthüllen.

»Er hat sich nicht lange weitergeholfen, der Thomas, mit seiner Brosche. Er hat sie am dritten Tag, als der Hunger zu groß war, einem Trödler angeboten. Der hat sie genommen und ihm gesagt, er soll am Abend wiederkommen … wenn er Zeit gehabt hat, sie abzuschätzen. Und wie der Thomas dann am Abend gekommen ist, da hat der Trödler von der Brosche nichts wissen wollen, hat abgeleugnet, dass er eine erhalten hat, und hat mit der Polizei gedroht. Da ist der Thomas davongelaufen … und dann waren wieder schlechte Zeiten. In einem Bergwerk … auf einem Schiff, als Arbeiter in fremden Erdteilen … ich kenne sein ganzes Leben. Ich kenne es ganz … besser als das meine. Denn das meine, das habe ich vergessen wollen … Aber das seine, das habe ich mir dafür eingebrannt, und da ist nichts, was das jemals wieder auslöschen kann. Ich weiß auch jetzt, wie er immer schlechter und schlechter geworden ist. Und dann war er so weit, dass er das Gesicht eines ehrlichen Burschen gehabt hat und ein Herz wie eine Fallgrube und Mörderhöhle. Und so ist er an einem Abend zu der Brettsägerei gekommen, in der der Sägemüller noch einen Arbeiter gebraucht hat. Da ist er gerade recht gekommen, mit seinem ehrlichen Gesicht und seinen starken Armen. Und eine halbe Stunde später ist er schon aufgenommen gewesen und hat sich mit allen Kameraden bekannt gemacht. Die Sägemühle ist vor der Stadt draußen gewesen, und es war eine große und schöne Mühle, der Müller war reich, und alles war gut eingerichtet, und wie der Thomas am nächsten Tag durch die Mühle gegangen ist, da war es nicht, als ob sich ein neuer Arbeiter den Ort anschaut, an dem er jetzt arbeiten soll, sondern als ob einer, der etwas kaufen will oder dem etwas gehören soll, zuvor herumgeht und mit den Augen misst, ob es ihm auch passt. Und etwas war in seinem Wesen, dass der Sägemüller, der ihm alles gezeigt hat, beinahe stolz war, als er zum Schluss von dem neuen Arbeiter gehört hat, dass alles schön und gut ist. So einer war der Thomas.

Es war aber auch wirklich alles schön und gut. Da waren eine Menge neue Maschinen, die von einer großen Dampfmaschine angetrieben worden sind, und eine große Zentrifugalsäge, die in einem Tag so viele Bretter geschnitten hat, wie so eine armselige gewöhnliche Säge in einem ganzen Monat. Die hat so schön schwirren und sausen können, dass es war wie die schönste Musik, und wenn der Johann den Nachtdienst bei der Säge gehabt hat, dann hat er dabei immer an das Mädel vom Müller gedacht, an die blonde Agnes, und das war das Beste, was er sich gewünscht hat, wenn er sie schon nicht hat sehen und sprechen können. Und im Hof draußen ist ein halber Wald gelegen, lauter schöne, gerade Stämme, kerngesund und stark, und so viele neue auch alle Tage gekommen sind, so viele hat die Zentrifuge gepackt, mit Haken in die eisernen Zähne gezogen und zu Brettern zerschnitten. Es war ein weiches Gehen in Hof und Mühle auf dem vielen Sägemehl, das nicht weniger geworden ist, wenn man auch immer gekehrt und weggeführt hat … Die blonde Agnes hat mich nicht ungern gesehen, und ich war auch ein tüchtiger Bursche, das kann ich sagen, Enzberger. Ich bin damals gerade vom Militär gekommen, und es war ein bisschen Soldat in mir, mit allem, was man dort lernt, Geradhalten und nicht über Arbeit klagen, wenn's auch bis zum Hals geht. Und dabei war noch etwas: Ich habe mir immer gedacht, es wäre gut, wenn der Müller einsehen wollt, dass ich ein tüchtiger Arbeiter bin und imstande, sein Geschäft in gutem Gang zu halten, und vielleicht der Beste, dem er sein Mädel übergeben kann und die Sägemühle dazu. Denn ein richtiger Müller, der hat seine

Mühle lieb und hängt sich nicht jedem ersten Besten an den Hals.«

Da fand Johann den Beifall Enzbergers. »A Mühl'n is lebendig wie a Mensch«, sagte er und nickte seiner Frau zu.

»Aber ich hätt das Mädel auch ohne Mühle genommen, so wie sie war, und wenn sie in Unterrock und Strümpfen mit mir gelaufen wär. Denn ich hab sie gern gehabt, wie man nur jemand gern haben kann ... und ich hab sie bis zum heutigen Tag nicht vergessen, und das ist meine Hoffnung, dass auf ein so langes Warten ...« – Johann hatte den Kopf wieder in die Hände gesenkt, und als er ihn erhob, sah er wieder so aus wie vorhin, heiter, entschlossen und zuversichtlich. Und so fuhr er fort: »Sie war wohl ein bisschen wetterwendisch, aber nicht mehr als andere junge Mädchen, und hat es gern gesehen, wenn man sie hübsch gefunden hat ... Aber mich hat sie gern gehabt, immer nur mich, das weiß ich ... So wie ich weiß, dass es heute noch so in mir ist wie damals.«

Das Licht brannte trüb, und Johann warf einen Blick nach den Fenstern.

»Der Morgen ist da«, sagte er, »ich muss meine Geschichte ganz kurz erzählen ... Er war also voll Hoffnung, der Johann: das Mädel ihm gut und der alte Müller, der selber ganz unten hat anfangen müssen, keiner von denen, die mit ihren Kindern über sich selbst hinauswollen. Soweit war alles gut. Und jetzt ist der Thomas ins Haus gekommen, mit seinem Wesen und seiner Geschicklichkeit, sich bei allen einzuschmeicheln. Am dritten Tag ist die Agnes über den Hof gegangen, und wir zwei waren gerade dabei, die Stämme auf die große Rutsche zu bringen. Da richtet er sich auf und schaut das Mädel an, so wie er ein paar Tage vorher das Haus angeschaut hat, so wie der zukünftige Herr. ›Sapperment‹, sagt er, ›das Mädel ist das Beste an der ganzen Mühle.‹ Aber da hab ich ihm gleich gesagt, dass zwischen uns zweien alles richtig ist, beinahe ... und dass der Vater auch nicht nein sagen wird, wenn wir einmal einen guten Tag abwarten. Und dass er sich also nur keine Mühe geben soll. Da hat er sich sofort zurückgezogen und sich entschuldigt, dass er es nicht gewusst hat, und war so aufrichtig und lieb und hat so wahrhaftig ausgeschaut, dass ich ihm alles geglaubt und von der Stund an zu ihm erst Vertrauen gefasst hab. ›Man gewöhnt sich's an‹, hat er gesagt, ›von den Mädeln so leichtfertig zu reden, weil die meisten so sind, die man in der Welt trifft. Und umso größeren Respekt hat man drum vor allen, die nicht so sind.‹ Er hat sich wirklich auch nicht mehr einfallen lassen, sie anzuschauen und ihr in den Weg zu gehen. Aber im Geheimen hat er seine Schlingen gelegt und seine Wege gemacht und hat's verstanden, den Alten auf seine Seite zu bringen. Und ich hab noch immer nichts davon gemerkt und hab ihn gern gesehen, wenn er sich zu mir gesetzt und von seinem Leben erzählt hat. Weil er so aufrichtig und gar nicht hinterhältig war, so hab ich ihm auch alles gesagt, was zwischen mir und der Agnes vorgeht, was wir so miteinander sprechen und was wir von unserer Zukunft denken. Wie ein Freund hat er mir zugehört, und wie ein Feind hat er dabei immer nur gesonnen, wie er das alles wenden und drehen könnte, damit es gegen mich ausschlägt. Denn er war fest entschlossen, das Mädel zu kriegen, nicht wegen des Mädels, sondern wegen der Mühle als erste Stufe auf einer Leiter, die er hat hinaufsteigen wollen. Und wie er beim Alten fest eingebacken war, da hat er endlich die Zeit für gekommen gehalten, dass er seine Trümpfe ausspielt. Und eines schönen Tages nach der Mittagsrast kommt die Agnes zu mir, ganz rot und verweint, und nimmt mich bei der Hand, führt mich fort und sagt mir, dass der Vater gerade jetzt von mir zu sprechen angefangen hat und dass mit mir nichts wär, und sie müsst sich mich aus dem Kopf schlagen. Sie müsst den Thomas nehmen, der hat außerdem noch ein paar Gulden Geld und wär weiter in der Welt herumgekommen als ich und wüsst viel mehr als ich und wär überhaupt geschickter und tüchtiger. Aber sie hat dem Vater gleich gesagt, dass sie sich mir versprochen hätt und dass daran nichts zu ändern wär, und es wär keine Rede davon, dass sie mich lassen könnte. Jetzt sind mir endlich die Augen offen gestanden über den sauberen Kameraden, den Thomas, und wie schlau er seine Sache gemacht hat, und ich hab mich sofort aufgemacht und bin zu ihm hingegangen. ›Du, Thomas‹, hab ich gesagt, ›das lass dir nur vergehn, das mit der Agnes. Da ist nichts damit. Da kannst du machen, was du willst, die hält zu mir. Und solange ich leb und atme, bringst du sie nicht von mir weg, und wenn du noch zehnmal so weit herumgekommen und noch zwanzigmal gescheiter wärst.‹ Aber da lacht er mir höhnisch ins Gesicht, sodass ich endlich seine wahre Meinung erkannt hab: ›Na, lassen wir's drauf ankommen. Ob sie dir lang nachtrauern wird, wenn sie dich nicht alle Tag vor Augen hat. Und, dass du's weißt, am Ersten wird dir der Müller kündigen.‹ – Sie haben's auf alle Weise probiert, haben das Mädel eingesperrt, haben sie Gott weiß wie malträtiert, aber es hat nichts geholfen: Sie hat nicht von mir gelassen. Freilich haben wir auch nicht recht gewusst, wie es werden soll und wie wir zusammenkommen können … Aber gehofft haben wir und ausgehalten beieinander, so sehr der Vater auch gedroht und der Thomas höhnische Mienen gemacht hat. – Ich war gekündigt, und in ein paar Tagen hätt ich aus dem Dienst ausstehen sollen. Und da hab ich meine letzte Nachtwache bei der Zentrifuge gehabt. Es war eine traurige Wache, so gern ich sonst bei der Säge gesessen bin und zugesehen habe, wie sie mit Schwirren und Sausen die langen Stämme in glatte weiße Bretter zerbeißt. Diesmal hat mir die Musik der Säge nichts Freundliches erzählt. Und wie ich da so sitz und sinn, da macht sich die Tür auf und herein kommt der Thomas, den ich von allen Menschen am allerwenigsten erwartet hätt. Und so recht treuherzig kommt er auf mich zu wie früher, und will mir die Hand geben. ›Schau, Johann‹, sagt er, ›müssen wir zwei uns denn wirklich zerstreiten und im Zorn auseinander gehen? Und wir waren früher doch so gute Kameraden. Und das sollen wir wegen eines Frauenzimmers nicht mehr sein? Nein, das wär doch zu dumm, nicht wahr? Zwei Kerle wie wir. Und sollten uns nicht vertragen? Sollt sich denn nichts finden lassen, dass wir wieder zusammenkommen?‹ – ›Nein‹, sag ich, ›da ist nichts zu machen. Denn Tag muss von Nacht geschieden sein und Schwarz von Weiß.‹ Und ich hab ihn gar nicht angeschaut, sondern immer nur in die Kreissäge hinein, die mir vor den Augen geflogen ist, und ich hab die höchste Geschwindigkeit eingestellt, dass das Pfeifen ganz fein und dünn geworden ist. – ›Das Mädel freilich‹, sagte er, ›musst du mir lassen. Das geht nicht anders. Denn am Mädel hängt die Mühle, und die muss ich haben. Da kommst du nicht dagegen an. Aber am Mädel selbst, da liegt mir gar nicht so viel … Schau, ich bin gekommen … Ich will dir einen Vorschlag machen. Das Mädel hat einen harten Kopf … Wenn du ihr zuredest, dass sie mich nimmt …‹ – ›Ich soll ihr selbst zureden, dass sie dich nimmt!‹, lache ich. ›Wart nur‹, sagt er, ›ich habe dir doch schon gesagt, dass mir am Mädel nichts liegt. Aber heiraten muss ich sie und werd ich sie, da kannst du dich darauf verlassen. Also hilf mir dabei, dass sie mir weiter keine Umstände macht. Dann mach ich mir auch gar nichts daraus, sie mit dir zu teilen.‹ – ›Sag‹, schrei ich, ›so einer bist du, so ein Lügenhund und Schuft! Schau, dass du hinkommst … Ich will mit dir weiter nichts zu tun haben!‹ – ›Du willst also nicht‹, sagt er und beißt die Zähne zusammen, und seine Augen bekommen einen merkwürdigen Glanz. – ›Nein.‹ – ›Na ja, dann bleibt mir ja nichts anderes übrig …‹, und tut, als ob er gehen wollte, aber auf einmal schreit er: ›Eha … die Säge …!‹ Ich erschrecke und drehe mich schnell um, denn ich glaube, es ist an der Zentrifuge etwas passiert. Da bekomme ich von rückwärts einen Stoß, der mich gerade der Säge in die Zähne wirft. Ich weiß nicht, wie es geschehen ist … Ein heißer Wind ist vor meinem Gesicht gewesen und der Geruch von erhitztem Stahl, aber irgendwie muss ich mich noch zurückgerissen haben, nur durch das eine Bein hat's mir einen Ruck gegeben …«

»Um Gottes willen!«, schrie die Müllerin auf. Enzberger saß da, riesenhaft im Morgengrauen und ganz fahl.

»Ja, das Bein … das da … war weg. Nach ein paar Stunden haben mich die Burschen gefunden, halb tot, in einer großen Blutlache. Das waren ein paar böse Wochen im Spital. Ein paar sehr böse Wochen. Die Kommission ist zu mir gekommen und hat erhoben, wie der Unfall geschehen ist. Ich hab den Thomas nicht angezeigt. Ich weiß noch immer nicht, warum er mich damals nicht ganz totgemacht hat. Ist er vor Grauen davongelaufen, ohne zu schauen, wie es ausgegangen ist? Hat er gedacht, dass es auch so genug ist und dass ich doch verbluten muss? Aber ich bin zäher, als er gedacht hat. Und ich hab ihn nicht angezeigt. Denn hätt ich dem Richter die Strafe überlassen sollen?

Nein: Ich hab selbst der Richter über ihn sein wollen. Was hätt ich davon gehabt, wenn sie ihn eingesperrt hätten? Freilich, die Agnes, die hab ich an ihn verloren. Das war mir gewiss. Sie hat mich nicht im Spital besucht. Sie haben sie wohl eingesperrt und bewacht. Aber wenn sie auch gekommen wär ... Jetzt war ich nichts mehr für sie. Das Einzige, was ich für das Leben mitbekommen hab, waren meine gesunden Glieder. Und jetzt ... was wär das für ein Elend geworden? Welche Arbeit hätt ich bekommen und nehmen können? Und ich hab mich so furchtbar geschämt. Ja ... es ist eine Schande, wenn der Mensch nicht seine geraden Glieder hat. Ich hab es nicht ertragen. Und wie ich aus dem Spital entlassen worden bin, hab ich Weiberkleider angezogen. Und nicht mehr ausgezogen bis zum heutigen Tag ... Man sieht doch weniger vom Stelzfuß ...«

»Und Agnes?«, fragte die Müllerin leise.

»Ja, die Agnes! Die hat noch lange genug auf mich gewartet und hat sich gegen den Bräutigam gewehrt. Aber wie ich gar nichts mehr von mir hab hören lassen, ist sie müde geworden. Es ist gekommen, wie ich es mir gedacht hab ... beinahe gewünscht, könnt ich sagen. Nach einem Jahr ist sie bei der Geburt eines toten Kindes gestorben. Der Thomas Bezug aber hat die Brettsäge als eine Stufe zu seiner Herrlichkeit benützt, hat von da angefangen, mit immer neuen und immer großartigeren Unternehmungen, hat ganze Wälder zu Brettern verschnitten und sich dann auf andere Spekulationen geworfen, ist dann in eine andere Gegend gezogen, dorthin, dahin, immer höher ... und endlich ist er auch hierher gekommen, wo ich schon auf ihn gewartet hab ... seit Jahren.«

»Beim Palingenius ...«

»Ja ... ich war in dieser Stadt als Soldat ... und einmal, am Sonntag, hab ich mir vom Turm aus meine Garnison anschauen wollen, da hab ich ihn kennen gelernt, und wir haben Freundschaft geschlossen. Eine gute Freundschaft.

Zu ihm bin ich gegangen, als ich nicht gewusst hab, wohin ich mich wenden soll, und er hat die Johanna aufgenommen wie früher den Johann.

Ich hab sein Mädel aufwachsen sehen und hab sie erzogen ...

und jetzt ist sie tot ... und auch der Palingenius ist tot ... Nur der Bezug lebt noch ...«

Johann stieß seinen Stuhl zurück, nahm sein Paket an sich und stand auf. Mit derselben heiteren und entschlossenen Miene reichte er Enzberger und seiner Frau die Hand: »Ich gehe jetzt ... Er lebt noch ... aber nicht mehr lange ... Ich gehe jetzt und hole mir seinen Kopf.«

Dann ging er hinaus und ließ seine Wirte in einem Entsetzen zurück, das durch seine letzten Worte ganz kalt und erstarrt geworden war.

Als Johann eben das Tor öffnete, kam Eleagabal Kuperus gerade aus der Stadt und sah ihn im Vorbeigehen an, und es war ihm, als wisse der Freund von seinem Vorhaben, und da er nicht angesprochen und aufgehalten sein wollte, nickte er ihm bloß zu und ging weiter. Nach ein paar Schritten setzte er sich in einen Hundetrab und lief längs des Straßengrabens immer weiter in die Dämmerung hinein, kam an der Mündung des Weges von Bezugs Villa vorbei und lief, ohne anzuhalten, immer weiter von der Stadt fort. Er hatte bloß erkundschaftet, dass Bezug heute Morgen aus seiner Villa kommen würde, aber er wusste mit untrüglicher Gewissheit, dass diese Ausfahrt eine Flucht sei. Sein alter Hass war hellsichtig und hellhörig, und er las Bezugs Pläne, als hätte er sie von ihm selbst erfahren. Er war gewiss, dass Bezug sich nicht zur Stadt, sondern von ihr fort wenden würde. Er war gewiss, dass Bezug ohne Begleitung kam.

Nun war Johann weit genug von Bezugs Villa entfernt. Hier würde das Automobil schon die volle Geschwindigkeit eingesetzt haben. Der Alte blieb stehen und sah nach links und rechts, ging dann ein paar Schritte weiter und kam zurück und prüfte die Bäume, die am Wege standen. In ihren Kronen hing noch die Dämmerung, aber der Himmel war schon ganz hell, gelb und rot mit fliehenden blauen Schatten unter der immer höher gewölbten Kuppel. Endlich, bei einem verfallenen Gehöft, fand Johann zwei Bäume, die seinem Zweck dienlich schienen. Sie standen einander gerade gegenüber, zwei alte knorrige Birnbäume, die mit den viel verzweigten Wurzeln fest im Boden verankert waren.

Aus dem Paket, das Johann zur Erde geworfen hatte, nahm er

eine Rolle eines dünnen, aber außerordentlich festen bläulichen Drahtes, dessen Windungen glatt und geschmeidig aneinander lagen. Nachdem der Alte an beiden Bäumen eine bestimmte Entfernung vom Boden mit Handspannen ausgemessen hatte, befestigte er den Draht an einem der lebenden Pfosten. Er umwand den Stamm unzählige Male mit den bläulichen Schlingen, sicherte die ausgemessene Höhe durch Nägel und Klammern, ging dann zu dem jenseitigen Baum und traf hier durch ein System von Stiften und Haken eine Vorkehrung, dass der Draht mit einem Ruck in seine vorher bestimmte Lage gebracht werden konnte.

Dann zog er den Draht an und trat auf die Straße, um sein Werk zu betrachten. Da zog sich ein ganz dünner, feiner Strich zwei Hände breit über seinem Kopf quer über die Straße. Johann ging ein paar Schritte zurück und ... da war der dünne Strich ganz verschwunden, in der Morgenluft unsichtbar. Mit vergnügtem Summen kehrte er zu seinem Platz zurück und nahm den Draht noch einmal ab und ließ ihn in den Straßenstaub sinken. Es könnte sein, dass vor Bezug noch irgendein anderer daherkam, ein Wanderer, ein Bauer mit seinem Wagen ... Das Ende des Drahtes aber behielt er in der Hand, wie ein Fischer die Leine festhält, und er sah so behaglich in den Morgen hinein wie ein Fischer, der seines Fanges sicher ist. Eine Melodie, die nur aus ein paar Tönen bestand, wiederholte er immer wieder. Sein Behagen war wie eine angenehme Wärme, die ihn ganz erfüllte, und er war vollkommen wunschlos und gar nicht ungeduldig, in der unerschütterlichen Zuversicht, dass ihm Bezug heute nicht entkommen werde. Es war ihm fast, als sei es ihm noch lieber, wenn der Feind länger auf sich warten ließ. Er verlängerte Johann so die Jägerfreuden des Lauerns. Denn diese Stunde war der Höhepunkt seines Lebens, sein geheimer Sinn und Gipfel, seine Rechtfertigung, und Johann genoss in ihr die Summe aller seiner Kräfte, seiner Jahrzehnte alten Rachegedanken, seiner brennenden, wilden Wünsche in voller Ruhe und heiterer Gelassenheit wie eine köstliche Blume oder einen wunderbaren, belebenden, Glück spendenden Trank.

Hinter Johann lag ein großer verwilderter Garten, dessen Zaun zusammengebrochen war, sodass die Hühner gackernd aus- und einspazierten. Ein Hahn krähte irgendwo. Dann bellte, weit, weit entfernt, ein Hund. Johann nahm alle diese Geräusche in sich auf und fühlte sich in vollkommenem Einklang mit allem ringsumher. Er war wieder jung geworden, ganz so wie damals, als er morgens seine Kraft nicht zu lassen wusste und an den schwersten Stämmen im Hof der Brettsäge mit allerlei Späßen erprobte.

Er fühlte ein Ziehen an seinen Rockfalten. Langsam wandte er den Kopf und sah ein keckes Huhn, das sich an ihn herangemacht hatte und mit dem Schnabel an seinen Schürzenbändern herumzauste. Lächelnd ließ er es gewähren und nahm sich in Acht, es nicht durch eine Bewegung zu verscheuchen.

Plötzlich kam in die Stille ein fernes, dumpfes, atemloses Knattern.

Da sprang Johann mit einem Ruck auf, als habe er zwei gesunde Beine. Mit einem Zetergeschrei flüchtete die gelb gefleckte Henne durch eine Zaunlücke. Johann sah die Straße hinab. Da kam ein dunkles Ding auf ihn zu, mit lauter werdendem Knattern und Schnaufen. Er zog den Draht durch alle Sicherungen, spannte ihn mit einem Stück Holz, das er vom Zaun gebrochen hatte, in scharfen Drehungen straff an und stand dann, mit dem Baumstamm wie verwachsen, regungslos da. Seine Hände krallten sich in die Rinde, seine Finger fühlten über die Risse und Rinnen …

Ein einzelner Mann saß im Automobil. Wer es war, das konnte Johann nicht sehen … die Automobilbrille verdeckte das halbe Gesicht. Aber er wusste auch, ohne das Gesicht zu sehen, es war Thomas Bezug …

Mit größter Geschwindigkeit kam die Maschine näher … so eilig hatte es Bezug, zu entkommen! Das Knattern und Knistern wuchs zu einem Getöse, das in Johanns Ohren vervielfältigt zu einem Donner wurde. Es war ein Sturmwind von Lauten, und alles begann unter diesem Ansturm von Tönen zu schwanken …

Der Baum, an den sich Johann hielt, bebte in seinen Wurzeln …

Jetzt war das Automobil heran …

Jetzt schoss es zwischen den beiden Bäumen durch …

Es gab ein helles Klingen, den lauten Ton einer straff gespannten Saite, an der plötzlich gerissen wird …

Ein dunkler runder Gegenstand … fiel plump in den Straßenstaub und rollte gegen den Graben hin, den Johann jetzt mit einem Satz übersprang.

Es war ein Kopf, ein Kopf mit Automobilkappe und Brille … und glatt und sauber von seinem Rumpf geschnitten, der in der rasenden Maschine saß und schon weit draußen auf der endlos geraden Straße in einer Staubwolke verschwunden war.

Johann schlug dem Kopf die Kappe herab und riss ihm die Brille fort – es war der Kopf des Thomas Bezug. Er packte ihn bei den Haaren im Nacken und hob ihn auf … Das waren die Augen des Feindes, die ihn unbeweglich anstarrten, diese Augen, vor denen sich die Menschen gefürchtet hatten.

»Thomas Bezug!«, schrie Johann dicht vor dem Kopf. »Thomas Bezug!«

Die Augenlider zuckten deutlich … wie bei einem Menschen, der einen Schlag erwartet.

»Erkennst du mich, Thomas Bezug?«

Da kam ein Blick in diese starren Augen, ein Erkennen … ein entsetzliches letztes Aufflammen der Sinne und des Verstandes …

»Ja, ich bin es, Thomas Bezug! Ich bin es … dein Kamerad Johann. Unter denen, die du auf deinem Weg vernichtet hast … war ich einer der Ersten. Aber ich habe alle anderen gerächt, alle … auch Regina. Jetzt ist es aus mit dir! Ich habe dem Drachen den Kopf abgeschnitten … du Hund, du Schuft, du Bestie …!«

Und er beschimpfte den Kopf maßlos, schrie drohend auf ihn ein, spie ihn an und schlug mit den Fäusten auf ihn los, wurde nicht müde, dasselbe Wort und dieselbe Gebärde zu wiederholen, als wolle er noch die letzten Reste eines Bewusstseins in diesem Kopf mit sich erfüllen, mit seinem fürchterlichen und großen Triumph, als wolle er in diese armseligen Sekunden alles ergießen, was er seinem Feinde während eines ganzen Lebens an Schmähungen zugedacht hatte.

Das Blut aus dem Hals lief über seinen Ärmel und seine Kleider, wurde zu einer weichen, schlüpfrigen Gallerte, die er mit wollüstigem Schauder überall an seinem ganzen Körper zu fühlen glaubte.

Johann kletterte wieder über den Straßengraben, wobei er den

Kopf unter dem Arm hielt, und brach sich einen Stock vom Zaun, einen langen, dünnen Stock. Dann setzte er sich auf die Straßenböschung, legte den Kopf Bezugs in seine Schürze und holte sein Taschenmesser hervor, mit dem er das obere Ende des Zaunstockes recht spitzig zuschnitt; er pfiff dabei vor sich hin wie bei einer lustigen Arbeit. Und als er damit fertig war, rammte er den Stock in den Rasen und spießte den Kopf Bezugs auf die Spitze, indem er ihn mit sorgfältig drehender Bewegung ins Gleichgewicht brachte.

Mit beiden Händen riss er sein Feldzeichen aus dem Boden, kletterte auf den Straßendamm und trat den Rückweg an. Den Spieß mit dem Kopf seines Feindes trug er hoch empor. Das Blut lief längs des Stockes herab und über seine Hände, verklebte seine Finger und verband sie mit dem Holz …

Er sang und lachte und tänzelte trotz seines hölzernen Beines …

So zog er der Stadt zu und einer großen Staubwolke entgegen, die von dort auf ihn zukam und in der Lärm und drohendes Summen war.

Das war die Menge, die sich aufgemacht hatte, um über Bezug herzufallen und ihre Angst an ihm zu rächen.

Nachdem sich Regina von ihrer Schwäche erholt und den Gebrauch ihrer Glieder wiedergewonnen hatte, machte sie sich mit Adalbert auf, um Eleagabal Kuperus zu besuchen. Nur mit aller Vorsicht hatte ihr Adalbert zu erzählen gewagt, was sich mit ihr zugetragen hatte, und nur ganz allmählich fand sie sich in den letzten Erinnerungen vor ihrem Tod zurecht. Wie sie ausgegangen war, um den Geliebten zu suchen, und wie sie von Elisabeth erwartet worden war. Und wie sie diese unter irgendeinem Vorwand zum Fluss geführt und dann nach einem Wortwechsel niedergestochen hatte. Von dem Zustand, in den sie dann geraten war, wusste sie nichts weiter anzugeben, als dass es ein warmes und keineswegs unangenehmes Empfinden gewesen war: als schwimme sie in einer dunklen Flüssigkeit, die ab und zu aufblitzt, als streifen Mondstrahlen über eine Wasserfläche. Es war ein Schwimmen in Kreisen, von denen der eine immer tiefer lag als der andere … wie an der Innenseite eines ungeheuren Trichters, sodass sich zugleich das Gefühl des Gleitens damit verband. Das mochte tagelang gedauert haben oder nur sekundenlang, sie wusste es nicht und hatte während dieses Empfindens auch gar keinen Wunsch oder Drang gehabt, sich darüber Rechenschaft zu geben. Sie nickte Adalbert zu, als er bemerkte, dass sie jenseits der Zeit gewesen sei. Dann war dieses Drehen, Schwimmen und Gleiten zum Stillstand gekommen, sie hatte das Gefühl, dass sie sich steil aus der dunklen Flut erhob, sich aus dem ungeheuren Trichter löste und aufwärts zu schweben begann. Durch eine Zone, in der nichts gewesen war als eine zunehmende Helligkeit, war sie ins Leben zurückgekehrt.

Ihre Rettung empfand sie nicht als Wunder, wie die anderen, die sie da gerührt und ehrfurchtsvoll umstanden, sondern nahm sie, da sie nirgends die Empfindung eines Zwanges gehabt hatte, als durchaus natürliches Ereignis.

Die tiefen Zusammenhänge zwischen Leben und Tod waren nicht ihrem Erkennen, aber ihrem Gefühl erschlossen. Es fehlte ihr an Worten, die das auszudrücken vermocht hätten, was sie erfahren hatte, aber sie vermochte es über die geheimnisvollen Brücken der Zuneigung hin, sich wenigstens Adalbert verständlich zu machen und ihm das ängstliche Empfinden zu nehmen, als sei hier etwas geschehen, was gegen die unverbrüchlichen Gesetze des Alls gewesen sei.

Nun wollten sie Eleagabal Kuperus aufsuchen, um ihm zu danken und um ihm zugleich eine neue Bitte vorzutragen. Er sollte den armen Johann retten helfen, der als Mörder Bezugs gefangen saß und über dessen Geisteszustand die Irrenärzte Untersuchungen anstellten.

Adalbert und Enzberger hatten sich Zutritt zu dem Alten verschafft. Sie hatten ihn ganz ruhig und heiter gefunden, in männlicher Kleidung, die er sich nun ohne Widerspruch hatte anlegen lassen. Als sie ihm von Reginas wunderbarer Wiederbelebung erzählt hatten, war er in ein freudiges Weinen ausgebrochen. »Ja … jetzt ist seine Macht gebrochen!«, hatte er gesagt. »Jetzt wird alles Gute in der Welt wieder frei.« Und er hatte hinzugefügt, dass er erwarte, man werde einsehen, dass er nicht das Gefängnis, sondern Dank und Anerkennung für seine Tat verdiene.

Am Tage, der für den Besuch bei Eleagabal bestimmt war, hatte Marconianu im Namen der Rumänen um Abschied gebeten. Es war Adalbert schwer geworden, Worte des Dankes zu finden, als er die treuen und traurigen Augen seiner Wächter auf sich gerichtet sah. Ergriffen gab er jedem von ihnen die Hand und versprach ihnen, die Gräber ihrer Freunde, die hier im fremden Land gefallen waren, zu pflegen. Von einem anderen Dank, den er ihnen im Namen Eleagabals versprach, wollten sie nichts hören, und als Adalbert Regina geholt hatte und mit ihr auf den Hof hinaustrat, damit auch sie den braven Leuten die Hand reiche, waren sie schon fort und nirgends mehr zu sehen.

Enzberger und seine Frau wollten Adalbert und Regina begleiten. Die Mühle blieb unter der Obhut einiger wieder in den Dienst zurückgekehrter Knechte.

In der Stadt war man eifrig bemüht, die Spuren des Kampfes zu verwischen. Der Schutt war aus den Straßen schon weggeräumt, die Häuser, die nur von Kugeln gestreift oder sonst beim Nahkampf beschädigt worden waren, fielen schon durch frischen Verputz und Anstrich auf. In den Brandruinen wimmelten Hunderte von Arbeitern, beschäftigt, die verkohlten Balken und eingestürzten Wände abzutragen und zugleich aus den noch brauchbaren Grundmauern heraus neue wachsen zu lassen. Alle Geschäfte hatten bereits wieder geöffnet und waren bemüht, die Lücken ihrer Lager möglichst rasch zu schließen. Eine ungemeine Arbeitsfreudigkeit hatte sich der ganzen Stadt bemächtigt, als sei sie in verdreifachter Zirkulation ihres Blutes darauf aus, sich rasch wieder auf den früheren Stand zu erheben und alle verlorenen Säfte zu ersetzen.

Alles war viel frischer und lebendiger.

Und Adalbert erinnerte sich der bedeutsamen Bemerkungen Eleagabals von der Notwendigkeit solcher läuternden und heilsamen Krisen ... »Bei einer solchen Krankheit ist es die Sache des verständigen Arztes, ruhig abzuwarten, ob der Patient kräftig genug ist, die Krisis zu überstehen. Hat er sie einmal überstanden, so wird er besser und stärker dastehen als je zuvor.«

Und schon hatte auch das Bedürfnis der kaum Geretteten nach Zerstreuung und Vergnügen wieder eingesetzt. Adalbert sah die Anschlagsäulen mit ganz frischen Plakaten von allerlei Varietévorstellungen, Gartenkonzerten und Zirkusprogrammen beklebt. Ein ungeheurer bunter Lappen fiel ihm auf: Mister Longfellows Riesenzirkus. Eine Unzahl von Menschen, Tieren und Missgeburten war da aufgeführt. Negerbanden und die Brüder Setters, die zehn bengalischen Königstiger des Jim Davids und am Schluss die dramatische Szene: »Die Erstürmung des Bahnhofs«, eine aktuelle Nummer, der ein fieberhaftes Interesse gewiss war.

Lächelnd wies Adalbert auf das Plakat und fühlte einen Nachklang überwundenen Schreckens an dem Druck, mit dem Regina seinen Arm an sich presste. Dann führte er sie durch alle Straßen, durch die er damals als Kämpfer gekommen war, an dem Postgebäude vorbei und endlich den Domberg hinan.

Als er auf den Platz hinaustrat, konnte er sich eines Grauens nicht erwehren. Er sah das Gemetzel jenes regnerischen Morgens wieder vor sich, die rötlichen Lachen, in denen Schmutz und Blut gemengt waren, die Leichenhaufen, zwischen denen er seinen Weg gesucht hatte, und der ganze Platz schien ihm für immer verseucht und verflucht, sodass er sich beeilte, Regina rasch zur Tür von Eleagabals Haus zu bringen. Mit einem Blick suchten sie beide zugleich die alten Fresken auf der Giebelmauer. Aber es war nichts zu sehen, nur die so seltsam lebendige Hand starrte aus dem Stein mit leicht gekrümmten Fingern, die nun keinen Schlüssel mehr hielten. Von allen den Spruchbändern und Figuren, dem Tier- und Rankenwerk war nichts sichtbar als über dem Eingang die halb erloschenen Worte: Glaube dem Wunder.

Adalbert war sehr erstaunt, die Tür offen zu finden. Es war, als habe jemand das Haus verlassen und nicht für nötig befunden, es zu verschließen. Und als sie den Gang betraten, wehte es ihnen kalt und feindlich entgegen, als kämen sie in ein Grabgewölbe.

»Adalbert!«, flüsterte Regina ängstlich und zwängte ihre Finger in seine Hand. Er streichelte diese Finger und führte die Geliebte weiter durch die Dämmerung. Enzberger und seine Frau folgten ihnen, und Adalbert war es, als habe er ihr hastiges Atmen dicht in seinem Nacken.

Der Springbrunnen in dem roten Raum war versiegt, und die Bücherwände in dem folgenden Gang starrten so leblos und ungefüge, wie nur Bücher sind, die keinen Herrn mehr haben und denen die Durchdringung durch den starken Geist ihres Besitzers fehlt.

Die ängstliche Ahnung wurde immer deutlicher und hob ein Medusenhaupt aus dem Chaos des Ungeformten. Zwei große leere Augen sahen auf Adalbert und Regina, und sie schritten zitternd in diesen schrecklichen blicklosen Blick hinein.

Auch der große Kuppelsaal lag leer vor ihnen. Weder von Eleagabal noch von seinem Diener eine Spur. Während Enzberger und seine Frau an der Tür stehen blieben und keinen Schritt in den Raum hineinzumachen wagten, suchte Adalbert überall nach einem Zeichen der Anwesenheit des Alten. Er hätte rufen können … aber es wollte sich ihm in dieser dröhnenden Stille unter dem Milchglas der Kuppel, zwischen den frei stehenden Säulen, die Eleagabal das Licht geliefert hatten, kein Laut bilden. Als er an dem großen Marmortisch vorüberkam, wischte er mit dem Finger leicht über die Platte. Es war eine ganz dünne, feine Staubspur auf der Spitze geblieben.

Plötzlich rief Regina seinen Namen. Sie stand an der Wand mit dem Geriesel feiner Marmoradern und wies auf einen Spalt im Stein, gerade breit genug, um die Hand hineinstecken zu können. Dahinter lag Eleagabals Laboratorium, sein Museum … sein Allerheiligstes.

Da griff Adalbert in den Spalt und fühlte, wie die Wand hinwegglitt, als ob sie oben und unten über Rollen liefe. Ein Eingang lag vor ihnen offen …

Sie traten ein, zaghaft und langsam …

Und als ihre Blicke über die Dämmerung des Raumes Macht gewannen – sahen sie den Alten zwischen den Postamenten, die seine Präparate trugen, auf der Erde liegen. Er lag ganz still da, als sei er ohne Kampf hingesunken, ergeben in ein Schicksal, das er schon längst erwartet hatte. Augen und Mund waren geschlossen, aber um beide spielte ein unergründliches Lächeln, wie der Widerschein versunkenen Goldes aus großen Tiefen. Man sah, dass ihn der Tod nicht in Schrecken zu setzen vermocht hatte.

Von dem wolfsköpfigen Diener war nichts zu sehen. Nur ein großer Hund, den niemand je bei Eleagabal gesehen hatte, lag zu den Füßen des Toten, die spitze Schnauze über dessen Beine gestreckt, als ob er ihn behüten wolle. Und war tot wie sein Herr.

Ein tiefer Atemzug hinter Adalbert beendete das große Schweigen, das sie alle minutenlang umhüllt hatte. Dann begann jemand leise zu weinen.

Und nun erinnerte sich Adalbert der Worte, die Eleagabal in jener schrecklichen Nacht zu ihm gesprochen hatte. Vom Gleichgewicht des Lebens und des Todes im All. War er vielleicht als Opfer gefallen, weil er Regina dem Tod entrissen hatte? Und je länger er darüber nachdachte, desto gewisser wurden ihm diese wunderbaren Zusammenhänge. In seiner Liebe feierte der Tote eine verklärte Auferstehung.

Und indem er Regina bei der Hand nahm und mit ihr neben der Leiche niederkniete, sagte er leise: »Er ist für uns gestorben ... und wir wollen sein Andenken dankbar bewahren ... Wir wollen wundergläubig bleiben und uns lieben ... denn ist die Liebe nicht das Wunder, und kommen nicht alle Wunder aus ihr ...?«

Mister Longfellow, der Kutschenreuters Nachfolger in dem großen Zirkusgebäude geworden war und der, nachdem ihn die Wochen des Weltuntergangswahnsinns fast zum Bettler gemacht hatten, nun wieder mit gutem Wind schimmernden Erfolgen zutrieb, konnte eine ganz besondere, unerhört sensationelle, noch nie da gewesene Programmnummer anzeigen.

Das Publikum war nach dieser aufreibenden Epidemie der Angst, nach all den blutigen Gräueln mehr denn je darauf aus, sich von sich selbst zu befreien, sich von sich abzuwenden, und hätte auch ohne besondere Anstrengungen der Direktion das Amphitheater allabendlich bis auf den letzten Platz gefüllt. Und nun ergaben sich Mister Longfellow aus den Ereignissen der letzten Zeit eine Menge dramatischer Szenen, in denen sehr viel geschossen und gemordet wurde; an denen sich das Publikum, das die Vorbilder dieser Szenen auf den Straßen sich hatte abspielen sehen, mit dem Behagen ergötzte, das es aus dem Bewusstsein seiner Sicherheit gewann. So kam es alltäglich zu einem Sturm auf die Kassen, einem Kampf um die Eintrittskarten, der die Vergnügungssüchtigen und Schaulustigen fast ebenso hart aneinander geraten ließ wie vor kurzem die Wahnsinnigen und Verbrecher.

Heute war das Ringen um den Eintritt besonders hart, denn Mister Longfellow hatte angekündigt, dass eine Dame der Gesellschaft ganz allein, ohne Bändiger, den Käfig der zehn gefährlichen und ungebändigten bengalischen Königstiger betreten werde. Und das Gerücht, das sich an diese Ankündigung anschloss, war so fabelhaft und unglaubwürdig, dass jeder geneigt war, es zu glauben, so unwahrscheinlich, dass jeder wünschte, es möchte wahr sein. Die Plakate hatten keinen Namen genannt, aber die ganze Stadt sprach davon, dass man heute Abend Elisabeth Bezug, die Tochter jenes Bezugs, der ein so seltsames Ende gefunden hatte, im Tigerkäfig sehen werde.

Außer dem Direktor und der Polizei erfuhr nur ein einziger Mensch Bestimmtes über jenes Gerücht: Rudolf Hainx, der in Bezugs Stadtwohnung zurückgekehrt war, um dort im Namen der Erbin Ordnung in die verwickelten Angelegenheiten des Toten zu bringen. Er erfuhr es durch einen Brief, den er von Elisabeth, die in der Villa geblieben war, am Morgen des Tages erhielt, an dem das Auftreten im Käfig stattfinden sollte. Dieser Brief lautete:

My dear!
Du bist ein tapferer Mann, nicht wahr? Ich weiß wenigstens, dass du dich stets für einen tapferen Mann gehalten hast und dass es dir sehr willkommen war, für einen solchen gehalten zu werden. Es gehört zu deinem Profil, deinem Relief, deinen Eigentümlichkeiten sozusagen, diese Linie der Entschlossenheit und männlichen Kraft. Und darum, mein Lieber, will ich heute eine Einladung an dich ergehen lassen, zu deren Annahme du allerdings ein wenig Mut nötig hast. Du wirst vielleicht schon gehört haben, dass die Dame aus der höchsten Gesellschaft, die heute Abend ein wenig die Sensation eines Tigerkäfigs erproben will, deine alte Freundin Elisabeth ist. Und da du mich kennst, wirst du dieses Gerücht nicht als vollkommen unwahrscheinlich von der Hand gewiesen haben. Nun, mein Lieber, es hat ganz Recht, dieses Gerücht. Die ›Dame aus der höchsten Gesellschaft‹ ist

wirklich deine ergebene Freundin Elisabeth. Und meine Einladung geht dahin, dass du heute Abend mit von der Partie sein möchtest. Ich erlaube dir, an meiner Seite den Tigerkäfig zu betreten und dem unfreundlichen Chef der ganzen Gesellschaft, dem angeblich sehr griesgrämigen Sultan, ein wenig die Barthaare zu kitzeln. Ich will dir nichts versprechen, denn das wäre nicht der richtige Mannesmut, der sich erst nach Belohnungen umsieht. Aber es könnte sein, dass ich dich ... wenn du dich bewährst, wieder näher zu mir treten lasse und gewisse freundschaftliche Beziehungen wieder aufnehme ... Die Gründe für mein Auftreten in dieser bisher noch nicht versuchten neuen Eigenschaft? Ich hoffe, du bist klug genug, deine alte Freundin nicht nach Gründen zu fragen. – Ich finde, das Leben ... Ich war eben im Begriff, einen albernen Aphorismus von mir zu geben. Es könnte sein, dass mich nichts anderes zu diesem Entschluss gebracht hat als eine gewisse Verwunderung über manche Dinge. Hältst du es für möglich, dass Tote wieder auferstehen? Das ist ein Märchen ... es ist Wahnsinn, nicht wahr? Und wenn man aber so etwas wirklich erlebt ... ist da nicht einige Verwunderung ganz am Platze?

Ich bin sehr neugierig geworden auf einiges, das ich noch nicht erlebt habe. Recht neugierig. Du ahnst nicht, was die Neugierde aus uns Frauen zu machen imstande ist.

Für den Fall, dass du es vorziehen solltest, dich nicht an meiner Seite dem Volk zu zeigen, und dass ich gezwungen bin, die nähere Bekanntschaft der gestreiften Herren im Käfig zu machen, überlasse ich dir natürlich sämtliche Arrangements. Du wirst den Vorteil meiner guten Mama wahrnehmen, die seine bischöflichen Gnaden vorsichtigerweise irgendwohin gebracht hat, wo sie weniger unangenehm für ihn auffällt. Du darfst auch getrost darauf dringen, dass man einige wohltätige und Gedächtnisstiftungen macht. Es handelt sich ja um das Gedächtnis eines so bedeutenden Mannes wie des Barons Bezug.

Wie bedeutend mein Vater war, habe ich erst jetzt wieder gesehen, als es galt, gewisse Bedenken der Polizei zu zerstreuen. Noch immer ist der Name Bezug ein Talisman, wenn man auch versucht hat, den Glauben an seine Kraft zu erschüttern. – Wie gesagt, alle diese Winke und Wünsche gelten nur für den Fall,

dass ich nicht das Vergnügen haben sollte, dich heute Abend meiner Einladung folgen zu sehen. Aber ich bin überzeugt, dass du kommen wirst …
Deine Elisabeth

Der Diener, der Hainx diesen Brief überbracht hatte, stand wartend, bis das Schreiben gelesen war.

»Was wollen Sie noch?«, fragte Hainx.

»Ich soll dem gnädigen Fräulein die Antwort gleich überbringen.«

»Sagen Sie dem gnädigen Fräulein, dass ich die Antwort im Laufe des Tages schicken werde.«

Rudolf Hainx sandte aber im Lauf des Tages keinen Boten nach der Villa hinaus. Er war nur bemüht, eine Eintrittskarte für die heutige Vorstellung im Zirkus zu bekommen, und da er ein hübsches Stück Geld daranwandte, brachte ihm endlich der Diener einen guten Platz in einer der ersten Reihen. Als der Abend kam, begab er sich im Smoking, einen hellgelben kurzen Überzieher über dem Arm, zu dem großen Amphitheater, aus dem, so dicht und solide es gefügt war, die Unruhe einer ungeheuren Menge durch jede Ritze des Steines zu quellen schien.

Die ersten Programmnummern waren schon vorüber, als Hainx seinen Platz einnahm. Er setzte sich nieder, sah sich in dem Raum um, ließ die mit roten Glacéhandschuhen überzogenen Hände eine Weile nachlässig über die Brüstung hängen und nahm dann sein Opernglas hervor, mit dem er die Ränge absuchte. Da waren viele Bekannte, und er nickte allen so ruhig und freundlich zu, dass unter allen, die ihn sahen, noch im letzten Augenblick darüber ein Zweifel entstand, ob wirklich Elisabeth jene Dame sei, die den Käfig betreten wolle.

Die zwei Stücke, die noch vor dem Hauptpunkt des heutigen Abends kamen, ließ Hainx unbeachtet und setzte seine Forschungen unter dem Publikum fort.

Jetzt trat eine Pause ein, die durch die Vorbereitungen für die nächste Nummer ausgefüllt wurde. Man schob einen großen leeren Käfig mit starken Gitterstangen mitten in die Manege. Dann folgte ein Wagen, der von drei Paar Pferden gezogen wurde. In diesem auf eisernen Radachsen ruhenden und mit schwerem Segeltuch verhängten Gefährt war Leben, ein gefahrdrohendes, in sich zusammengekauertes und zum Sprung bereites Leben. Der Wagen wurde mit der Rückseite an den großen Käfig geschoben, dann trat ein Wärter heran und öffnete mit einer Eisenstange zuerst eine Gittertür in dem großen Käfig, dann einen Schieber in der Wagenwand.

Es dauerte eine Weile, bevor der erste Tiger den großen Käfig betrat. Er ging längs des Gitters, einmal, zweimal, und begegnete bei seinem dritten Umgang gerade bei der geöffneten Wagentür dem Anführer der Tiger, dem berüchtigten Sultan. Knurrend fuhr er zurück und machte dem Alten Platz, der langsam in die Mitte des Käfigs kam und blinzelnd nach den Menschen in dem Amphitheater sah. Nach zehn Minuten waren alle Tiere in den offenen Käfig gekommen. Es waren zehn mächtige Kerle, prachtvolle ausgewachsene Exemplare ... Einige von ihnen, die in freundlichem Verhältnis standen, lagerten sich in Gruppen nahe beieinander, andere gingen unruhig auf und ab, nur Sultan stand noch immer unbeweglich inmitten der Übrigen und blinzelte nach den Menschen.

Rudolf Hainx genoss das Rauschen und Flüstern der Aufregung ringsum. Und jetzt hob sich dieses Rauschen und Flüstern wie eine Woge mit weiß schäumendem Kamm.

Elisabeth hatte an der Hand des Mister Jim Davids die Manege betreten. Sie war in einem Ballkleid aus weißer Seide und Spitzen ... Ihre Schultern waren im elektrischen Licht wie aus weißem Stein. Neben ihr nahm sich Mister Davids in seinem roten Stallmeisterfrack, mit dem roten aufgedunsenen Gesicht und den großen Händen in den weißen Handschuhen recht sonderbar aus. Man wurde den Gedanken nicht los, als sei die Frau mit diesem Menschen da unten eine Verbindung eingegangen, die ihr unmöglich zum Heile ausschlagen könne; und besonders die Frauen unter dem Publikum empfanden jenen eigentümlichen Kitzel, der ihnen das bedauernde Interesse so angenehm machte, das sie beim Anblick eines sehr ungleichen Brautpaares am Altar stets empfanden; jenen Kitzel, der vielleicht seit jeher den größten Teil des Vergnügens an Opferungen ausmachte.

Mister Davids hatte einen breiten Ledergurt umgeschnallt, in dem zwei Revolver staken, und er wollte jetzt eine der Waffen Elisabeth aufdrängen.

Aber Elisabeth wies sein Anerbieten zurück, und lächelnd verneigte sie sich mit einem tiefen Hofknicks mitten in der Manege vor dem Publikum, das unruhig dasaß und vor Erregung unfähig war, seinen Anteil durch ein Zeichen des Beifalls auszudrücken. Es war über die Zone hinaus, in der Händeklatschen und Zurufe zu zeigen vermögen, was es für Gefühle hat.

Hinter Hainx bemerkte jemand, dass er glaube, der Tierbändiger müsse betrunken sein. Und wirklich, Mister Jim Davids schwankte in sehr verdächtiger Weise um Elisabeth herum, während er immer von neuem bemüht war, ihr seinen Revolver aufzudrängen. Sie sah über den aufgeregten Menschen hinweg, ganz vornehme Dame, die sich durch ein Lächeln mit dem Publikum über die Ungeschicklichkeiten eines Nachbarn verständigt und zugleich bittet, man möchte ihm einiges zugute halten.

Die Tiger waren durch den bekannten Anblick des roten Frackes aufmerksam geworden und drängten sich alle an der dem Bändiger zugewandten Seite des Käfigs. Auch Sultan war unter ihnen, rieb den dicken wolligen Kopf an den Eisenstäben und gähnte bisweilen, dass das ganze schreckliche Gebiss sichtbar wurde.

Elisabeth stand an der Holztreppe, die zum Käfig hingeschoben worden war … noch einen tiefen Knicks und ein Lächeln, an dem jeder der Tausenden, die da bebend in dem Rund des Amphitheaters saßen, einen Anteil zu haben glaubte. Die kostbare Brillantenkette um den schönen Hals schien einen Moment ein Geschmeide aus flüssigem Feuer. Als sich Elisabeth von ihrem Knicks wieder aufrichtete, fiel ihr Blick auf ein Paar roter Glacés, die ein Opernglas hielten und nachlässig über die Brüstung eines Sitzes in einem der ersten Ränge hingen. Sie zuckte zusammen, dann nickte sie Rudolf Hainx zu. Und er erwiderte den Gruß, wie man einer guten Bekannten zuwinkt, die man recht gerne sieht, mit der man sich aber durch kein wärmeres Interesse verbunden fühlt. Sie erkannten einander und begrüßten sich mit einem Augurenlächeln. Hainx wusste, was Elisabeth dachte, und sie empfand eine fast freudige Überraschung, dass er doch wenigstens gekommen war, um zuzusehen, dass jemand im Zirkus war, einer unter diesen Tausenden, der die freie Größe ihrer Ironie und den grandiosen Zug ihrer Komödie zu würdigen wusste. Dann raffte sie die Schleppe ihres Ballkleides zusammen … es war ein verworrenes Spiel von Spitzen um die schlanken Beine in den weißen Atlasstrümpfen.

Sie lief die wenigen hölzernen Stufen hinauf.

Der Wärter riss den Schieber zurück, und sie trat ohne zu zögern in den Vorraum, der vom Käfig noch durch ein Gitter geschieden war. Und als der Mann, dem Mister Davids mit heftigen Handbewegungen vor dem Gesicht irgendetwas auseinanderzusetzen schien, bedenklich mit dem Kopf schüttelte, machte sie ihm ungeduldig ein Zeichen …

Da schob er langsam auch die kleine innere Tür auf, und Elisabeth drängte sich durch die schmale und niedere Öffnung … Mit der Linken hielt sie noch immer die Schleppe des Kleides, in der Rechten hatte sie eine dünne Reitpeitsche.

So stand sie aufrecht unter den Bestien, die scheu an ihr vorbeisahen, als wollten sie sich den Anschein geben, sie nicht zu bemerken.

Die Tiger waren offenbar ganz verwundert, anstatt ihres Bändigers ein fremdes Wesen in ihrem Käfig zu sehen, und ließen sich ganz friedlich an, sodass die Fruchtsamen unter dem Publikum Hoffnung zu schöpfen begannen, dass alles einen guten Ausgang nehmen werde. Sultan hatte sich noch gar nicht nach Elisabeth herumgewandt, er stand noch immer vorne, rieb seinen Kopf an dem Gitter und blinzelte Mister Davids an, der vor dem Käfig stand und bemüht schien, die Aufmerksamkeit des gefährlichen Tieres zu bannen.

Elisabeth hatte sich gebückt und lächelnd die Tiger betrachtet, wie man etwa eine Brut junger Katzen ansieht, vertraulich und ohne Gedanken an eine Gefahr, die etwa von ihnen kommen könnte. Und die Tiere wollten noch immer nichts von ihr wissen, machten die Augen zu und drängten sich aneinander, wobei die Sehnen unter dem gestreiften weichen Fell erzitterten.

Da geschah etwas Schreckliches.

Elisabeth hatte zwei Schritte gemacht und mit der Reitpeitsche rasch den alten Tiger zweimal über den Kopf geschlagen. Sultan schüttelte den Kopf und knurrte, aber er schien noch immer nicht von dem Anblick seines Feindes im roten Rock ablassen zu können, der da vor dem Gitter stand.

»Sultan! Sultan!«, schrie Mister Davids drohend und heiser.

Aber Elisabeth hatte das Tier schon ein drittes und viertes Mal über die Schnauze geschlagen …

Da warf sich der Tiger herum, der Käfig dröhnte unter einem schweren Anprall. Ein Schuss fiel, noch einer …

Und da war es, als ob die Wildheit der Tiger mit der Gewalt eines Sprengstoffes losbräche. Es war ein Brüllen und Fauchen, ein Röcheln und Heulen, und die zehn Leiber waren in dem engen Käfig in einem einzigen Knäuel verwirrt, in den der Bändiger einen Schuss nach dem anderen abgab, ohne sie von dem Bündel Kleider abbringen zu können, das unter ihren Klauen und von ihren Zähnen hin und her gezerrt wurde. Drei, vier Wärter schlugen mit Eisenstangen drein, rissen an dem Fell der Tiere mit den langen Haken, mit denen sie sonst das Fleisch in den Käfig schoben …

Das Publikum saß ganz erstarrt, niemand schrie, niemand erhob sich und drängte zum Ausgang, das Übermaß des Grässlichen hatte ihm Bewegung und Stimme genommen.

Und so konnte Rudolf Hainx bequem das Amphitheater verlassen … Das Letzte, was er sah, war das mächtige Haupt des Sultan, der, durch einen Schlag mit der Eisenstange empfindlich getroffen, mit bluttriefendem Rachen wütend in die Manege hinausbrüllte. Von einem seiner Eckzähne hing ein Fetzen eines weißen Kleides herab …

Erst als sich Rudolf Hainx ein paar Schritte von dem Zirkus entfernt hatte, hörte er den fürchterlichen Schrei des Entsetzens, in dem sich nun endlich die Qual der Menschen dort drinnen befreite.

Er beeilte sich, aus dem Bereich der Aufregung zu kommen, die in den nächsten Minuten die ganze Umgebung des Zirkusgebäudes überfluten musste.

Er war sehr zufrieden mit dem Ausgang, den Elisabeths

Abenteuer genommen hatte. Sie hatte es so gewollt, es war nur eine Art von Selbstmord, den sie vor versammeltem Publikum vollzogen hatte, in dem erhebenden Gefühl, noch ein letztes Mal ihre Herrschaft über die Menge erprobt und sie in Angst und Entsetzen sich unterworfen zu haben. Und jetzt erst fühlte er sich gewiss, von einer Leidenschaft befreit zu sein, die er bisher durchaus noch nicht ganz überwunden gewusst hatte.

Er war befreit und sah seine Ziele klar vor sich.

Die Sommernacht rauschte schwül um ihn, mit alten geheimnisvollen Bäumen, denn er hatte einen Weg eingeschlagen, der aus der Stadt ins Freie führte. Er stand an einem Bahndamm still und wartete, bis der Zug, den er herankommen hörte, mit den beleuchteten Wagen und den vielen Menschen an den Fenstern vorbei war.

In der Ferne wetterleuchtete es. Und wenn er sich umwandte, sah er den Widerschein der großen Stadt am Nachthimmel.

»Der Weg ist frei«, sprach er leise und langsam vor sich hin. »Mein Weg! Sie müssen einen Thomas Bezug haben. Sie wollen es nicht anders … Es scheint, dass es zu ihrem Behagen nötig ist … Sie wollen eine Faust haben, die sie schlägt und die sie küssen können.«

Da löste sich ein Stern aus der Höhe und sank in einem sanften Bogen leuchtend in die Nacht jenseits der fernen Hügel.

»Er ist gefallen … ich steige empor.«

Und zur selben Zeit standen Adalbert und Regina am Fenster des kleinen Zimmers in Enzbergers Mühle.

»Eine Sternschnuppe!«, sagte Regina.

»Der Himmel grüßt unsere Liebe«, antwortete Adalbert.

»Er grüßt sie jetzt alle Abende. Ich sehe so viele Sterne … Alle Abende sehe ich sehr viele Sterne fallen.«

»Und es werden doch nicht weniger. Es sind noch immer ebenso viele am Himmel. Es sind unzählige Sterne dort. Es ist wie die Liebe. Sie gibt und gibt immer von ihrem Reichtum … und der große goldene Schatz wird doch nicht geringer …«

»Wie die Liebe, Adalbert!«

Ende